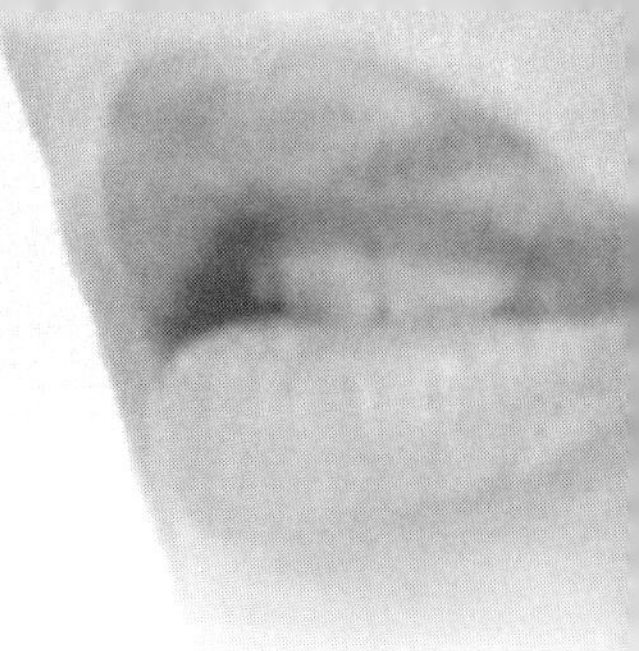

Henry Miller

BIG SUR and THE ORANGES of HIERONYMUS BOSCH

ビッグ・サーとヒエロニムス・ボスのオレンジ

ヘンリー・ミラー

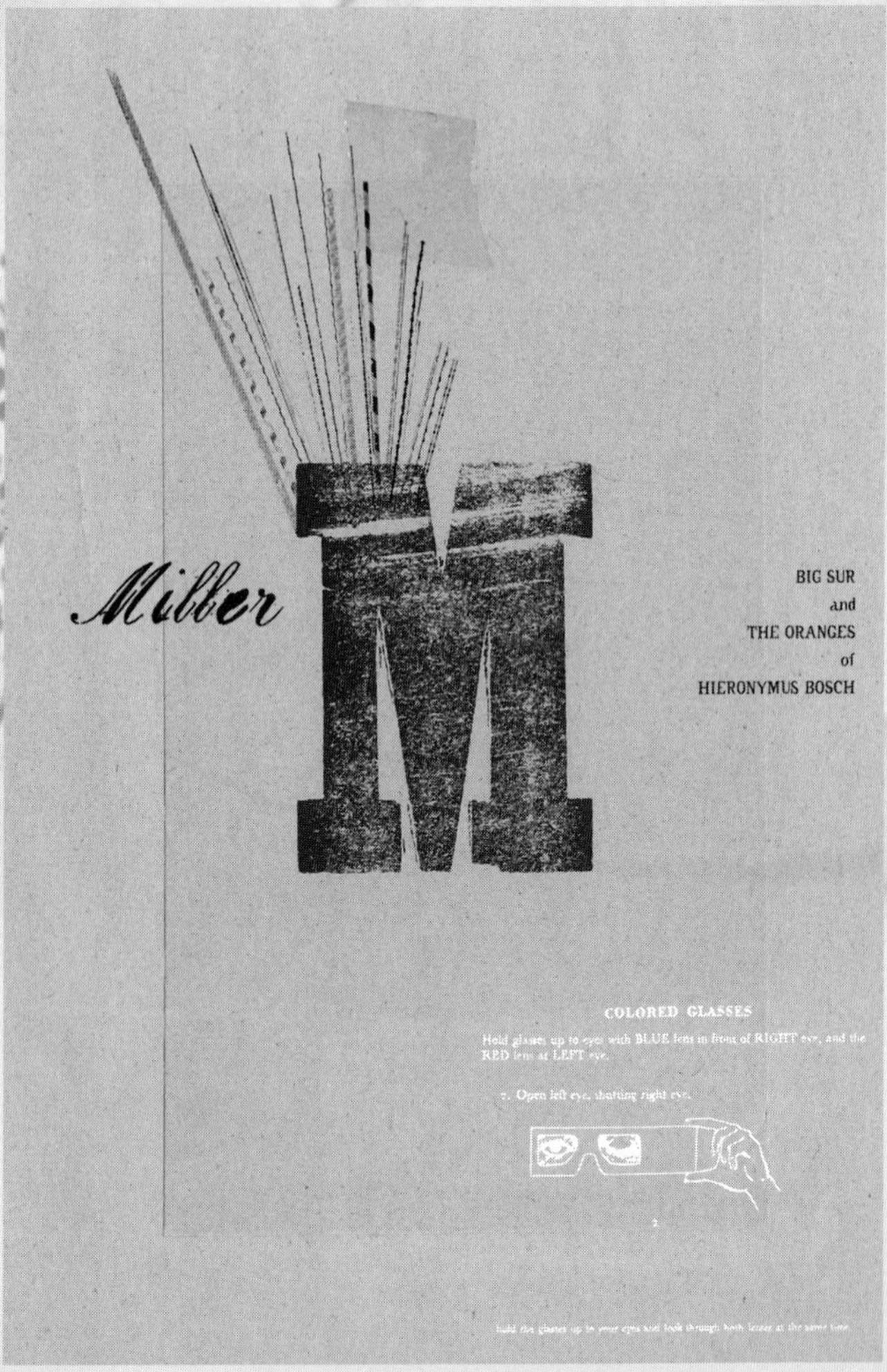
Miller
BIG SUR
and
THE ORANGES
of
HIERONYMUS BOSCH
COLORED GLASSES
Hold glasses up to eyes with BLUE lens in front of RIGHT eye, and the RED lens at LEFT eye.
Open left eye, shutting right eye.

田中西二郎 *Seijiro* TANAKA 訳

文遊社

BIG SUR
and
THE ORANGES
of
HIERONYMUS BOSCH

Henry
COLORED GLASSES
Hold glasses up to eyes with BLUE lens in front of RIGHT eye, and the RED lens at LEFT eye.
1. Look through right eye, shutting left eye.

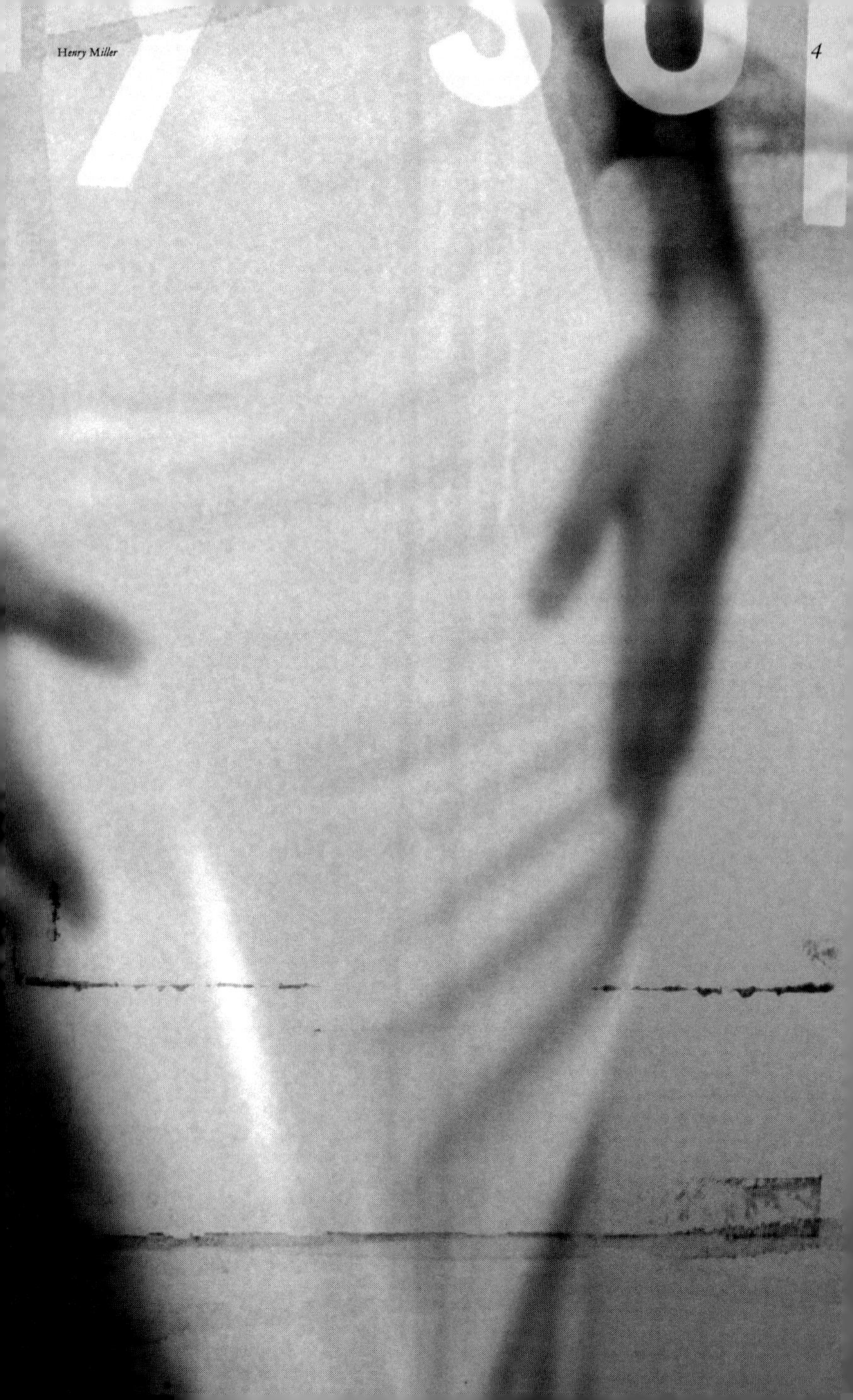

ぼくを失望させなかった
少数の友のひとりなる
アンダーソン・クリークの

エミール・ホワイトに

目次

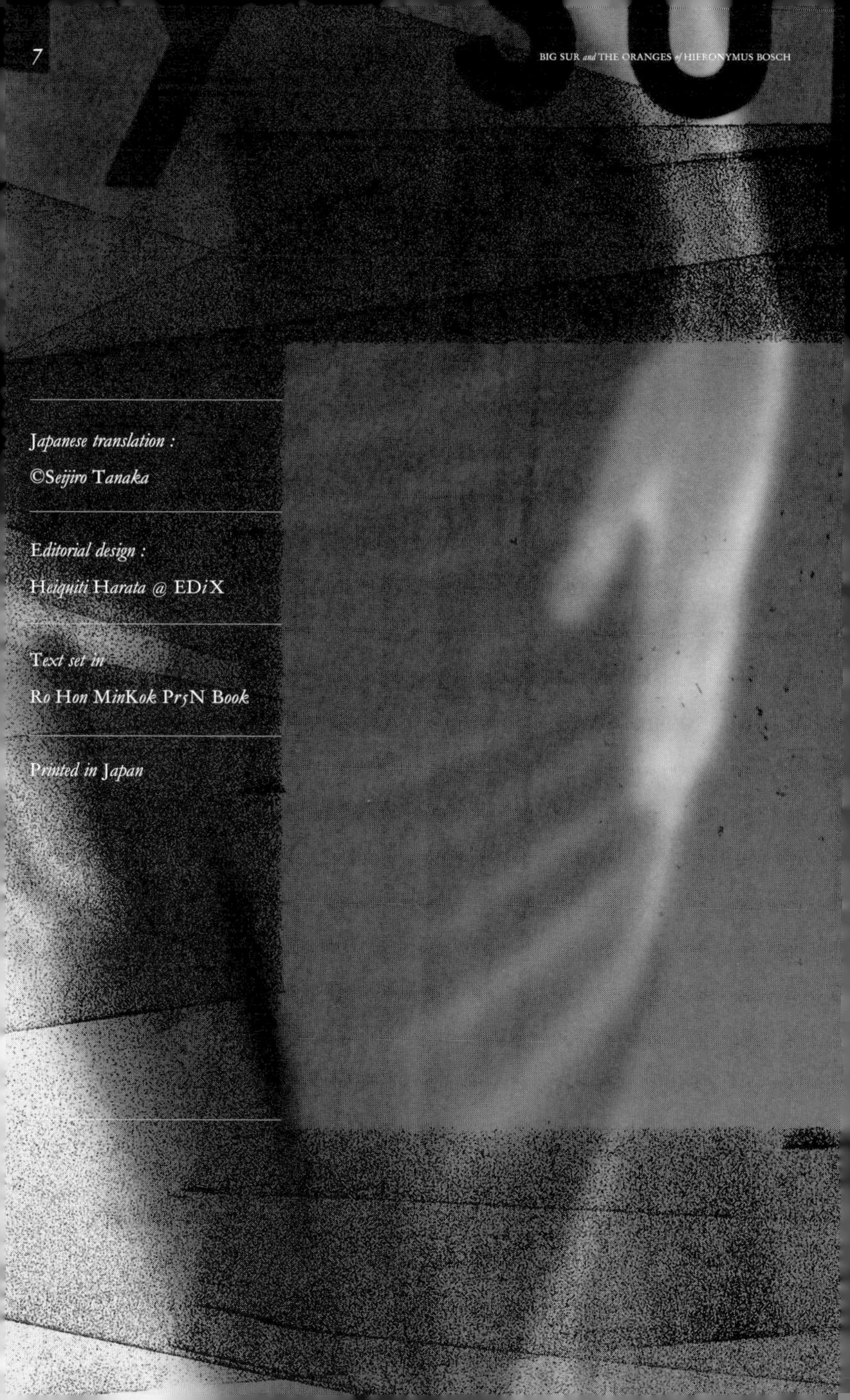

Japanese translation :
©*Seijiro Tanaka*

Editorial design :
Heiquiti Harata @ ED*i*X

Text set in
R*o* H*on* M*in*K*ok* P*r*5N B*ook*

Printed in Japan

わたしは確信する、
この地上で生命を維持することは、
もしわれわれが簡素に、かつ賢明に生きようとするならば、
それは艱難ではなくして、かえって慰楽であることを。

ソロー

これはわたしにとって悲しみであり、
かつおそらくは喜びであるのだが、わたしは物を自分の欲情にあわせて秩序づける……
わたしは自分の絵のなかにわたしの好むあらゆる物を置く。
物にとっては災難な話だが――その物たちは互いに折合ってやってゆくほかはないのだ。

ピカソ

己《おのれ》六歳より物の形状を写《うつす》の癖ありて、
半百《はんぴやく》の頃より、しばしば画図を顕《あらは》すといへども、
七十年画《ゑが》く所は、実に取るに足るものなし、七十三歳にして、稍《やや》禽獣虫魚の骨格、草木の出生を悟り得たり、
故に八十歳にしては、ますます進み、九十歳にして猶其奥意《なほそのおくい》を極め一百歳にして正に神妙ならんか、
百有十歳にしては、一点一格にして生《いく》るが如くならん、願《ねがは》くは長寿の君子、予が言の妄ならざるを見たまふべし、画狂老人卍述。

北斎

『至福千年』（『快楽の園』）
"Tuin der lusten"
ヒエロニムス・ボス

ビッグ・サー
Big Sur

序

本書は三つの部とエピローグとから成っており、このエピローグは本来は『これが私の答えだ！』という題のパンフレットとして出版するつもりで、一九四六年、アンダーソン・クリークに住んでいるあいだに書いたのを、後に短縮しかつ改訂を加えたものである。そしてこれは本書では、読者の好みに応じて最初に読まれても最後に読まれても差支えない、一種の虫様突起的なものとなっている。

ぼくは『付録』として、アメリカ版およびイギリス版のみならず外国語版をも含む著書目録を収めるつもりであったが、そのような目録は近年出版されたある本にすでに出ているので、そうした資料を要求される人びとは次の頁の最後に記した書物を参看していただきたい。

現在進行中の作品はただ一つ、三部作『薔薇色《ばらいろ》の十字架』の最終巻『ネクサス』だけである。『ロレンスの世界』――これの幾つかの断片はニュー・ダイレクション社版の評論集の幾つかにすでに発表したが――は、もうよほど以前から拋棄されている。『竜座と黄道』*Draco and the Ecliptic* はいまだに卵の状態のままだ。

以下に挙げる書目は、一つを除いてすべてパリにおいて英語で初版を発行し、現在はフランス、ドイツ、デンマーク、スウェーデン、および日本の各国語に翻訳されているものだが、このアメリカではいまだに発売を禁止されている――『北回帰線』、『ニューヨーク往復』、『黒い春』、『南回帰線』、『性の世界』、『薔薇色の十字架』（『セクサス』および『プレクサス』）。『セクサス』は現在フランスで――何国語によっても！――発行を禁止されている。日本ではこの作品の日本語訳は禁止されているが、英語版は、すくなくとも今のところは、まだそうでない。『クリシーの静かな日々』は目下印刷中（パリで）であるが、おそらくこれも禁止されるだろう――アメリカでも、ほかのどこでも。

禁止された書物をどんな方法で、どこで手に入れるかだが、最も簡単な方法は、外国から入る船の着くどこの港ででもそこの税関を襲撃することだろう。

フロリダ州ウィンター・パークから、はるばるヒエロニムス・ボスについてのヴィルヘルム・フレンガーの本をぼくに手渡すために訪ねてくれたチャールズ・ハルデマンに最も熱い感謝を。あの日のぼくがまことに粗末なもてなししかできなかったことを彼がゆるしてくれるように!

My Friend, Henry Miller, by Alfred Perlès; published by Neville Spearman, Ltd., London, 1955, and also by the John Day Co., New York, 1956.

年譜・地理・原初に

年譜

一九三〇年のはじめ、ぼくはスペインへ行くつもりでニューヨークを後にした。スペインへはとうとう行けなかった。そのかわり、一九三九年六月までフランスに滞留し、当時はなはだしく渇望していた休暇をとるべくギリシャへ旅立った。戦争のため一九四〇年はじめギリシャを逐《お》われ、ニューヨークへ帰った。カリフォルニアの住人となる前に〝冷房装置の悪夢〟のアメリカ周遊をして、満一年を費やした。この前後、約二年半のあいだに『マルーシの巨像』、『性の世界』、『クリシーの静かな日々』、『冷房装置の悪夢』の諸章、および『薔薇色の十字架』の初巻（『セクサス』）を執筆した。

一九四二年六月、ぼくはカリフォルニアに居すわるべくやって来た。一年あまり、ハリウッドの郊外ビヴァリー・グレンに住んだ。この地でぼくはジーン・ヴァルダに逢い、彼の誘引でモンタレーを訪ねた。一九四四年二月のことである。ぼくはヴァルダとともに数週間、彼のレッド・バーンに滞在し、それから彼の示唆によりリンダ・サージェントに逢うためビッグ・サーへの小旅行をした。リンダはその頃丸太小屋に住んでいて、その小屋の近くにかの祝福せられた〝ネペンテ〟が後に建てられたのである。ぼくは客として約二カ月間留まり、二カ月後に当時兵役に服していたキース・エヴァンズから、パーティントン・リッジにある彼の小屋を使うようにとの申し出を受けた（リンダ・サージェントの尽力によるところが多い）。ここにぼくは一九四四年五月から一九四六年一月まで留まり、そのあいだにニューヨークへの短期の旅行をし、デンヴァーで再婚し、一女ヴァレンタインの父となった。キース・エヴァンズが市民生活に復帰するに及んで、ぼくの一家は他に住居を探す必要に迫られた。一九四六年一月、ぼくたちは街道を三マイルくだったアンダーソン・クリークに移り、崖ふちにある古い囚人小屋の一つを借りて住んだ。一九四七年二月に、パーティントン・リッジに戻り、もとジーン・ウォートンが彼女自身のために建てた家を占有することになった。コンラッド・モリカンがこの地へ来たのはこの年の末近い頃のことで、わずか約三カ月間しかいなかった。一九四八年に息子のトニーが生れた。

パーティントン・リッジはビッグ・サー郵便局の南、約十四マイル、そしてモンタレーからは四十マイルそこそこである。一九五三年、もう一度結婚したときにヨーロッパへ遊山旅行をした以外は、一九四七年二月以降、ずっとぼくはこのリッジに住んでいたわけである。

地理

ぼくがビッグ・サーに着いたのは十二年前の二月のある日であった——底抜けの豪雨の真最中だった。同じ日の夕暮れ近く、土地の硫黄温泉（〃スレードの湯〃）で、若返るような爽快な戸外の温浴をしたあと、リヴァモア・エッジの風雅な古いコテージに住むロス夫妻のところで食事をご馳走になった。このときを初めとして友情以上のあるものが育ったのである。おそらくそれは、一つの新しい生活への参入、と呼んだほうが当っているだろう。

ぼくがリリアン・ボス・ロスの小説『他所者《よそもの》』を読んだのは、このめぐりあいの数週後のことであった。それまでのぼくは一介の訪問者にすぎなかった。〃小さな古典〃とさえ呼ばれているこの書を読んだことによって、ぼくはいよいよはっきりとこの地に根をおろそうという決意をかためた。ザンデ・アレンの言葉をかりて言えば、ぼくは「生れてはじめて、自分の生れた世界に住みついたことを感じた」

いまから数十年前、偉大なアメリカの詩人ロビンソン・ジェファーズが、その物語詩のなかではじめてこの地方のことを歌いあげた。ジャック・ロンドンとその友ジョージ・スターリングとは、そのむかし、ビッグ・サーをたびたび訪れた。ふたりは〃月の谷〃からこの地まで馬の背に乗って来た。だが、世間の大多数の人びとは一九三七年までこの地方についてほとんど何も知らなかった——この年はじめて、カーメル・サン・シメオン国道が、太平洋にそった六十マイル以上の距離にわたって、開通した。事実、このときまで、ここはおそらくアメリカ全土のうちの最も知られることの少ない地方だったろう。

最初の住民たちの大部分は強健な先駆者の素質にめぐまれた山地人で、かれらが来たのは一八七〇年頃であった。リリアン・ロスの言葉をかりれば、かれらはバッファローのつけた路をたどって来たひとびと、そして塩なしで獣肉を食って生きることを知っているひとびとであった。かれらは歩いたり、馬に乗ったりしてやって来た。かれらはあの勇猛不敵なスペイン人をも含めていかなる白人もかつて足跡を印したことのない大地にはじめて触れたのである。

これまでのところ、かつてこの地に在ったと知られている唯一の人類はエセレン・インディアンで、これは遊牧生活形態をいとなむ低い文化の部族であった。かれらの語る言語はカリフォルニアやアメリカの他の地方に住んだ他の部族の言語と何の関連もない。一七七〇年前後に神父らがモンタレーへ来たとき、これらのインディアンはエクセレンといい、かれらの部族が造った古代の都市について語ったが、その遺跡はいまにいたるまで何も発見されていない。

だがおそらくぼくは最初にビッグ・サー地方がどこに位置しているかを説明すべきだったろう。これはリトル・サー川(マルパソ・クリークともいう)の北、あまり遠くないところを起点として、南のかたルチアまで延びている地方をいう。ルチアもまたビッグ・サー同様、地図の上ではほんのピンのさきぐらいの大きさしかない。太平洋岸から東へ、サリナス・バレーまで延びているのが、東西のひろがりである。ビッグ・サー地方は大まかに言ってアンドラ[1]の二倍ないし三倍の大きさの地域を含んでいる。

ときどき、この地を訪れた客が、この海岸——いわゆる南海岸《サウス・コースト》——と地中海沿岸のある部分とのあいだに似たところがある、と言うことがある。また他の客はスコットランド海岸になぞらえる。だ

1 フランスとスペインの国境、ピレネー山脈中にある小共和国。人口七、〇〇〇(訳注)

が比較は無益である。ビッグ・サーには特有の風土があり、まったくこの地方だけの特質を持っている。ここは両極の一致する地方であり、人がつねに天候とか、空間とか、壮麗さとか、雄弁な沈黙とかを意識する地方である。いろいろ語るべきことがあるなかでの一例として、ここは南からと北からと両方から来た渡り鳥が出会う場所である。事実、この地方には合衆国のどこの地方よりも多種類の鳥が見られる、と言われている。またここは、レッドウッド[2]の原産地でもある。人はこの地方へ北から入るとすぐにこの樹に出会い、南へこの地方を去るときにこの樹と別れる。夜にはいまでも、コヨーテ[3]の吠える声を聞くし、もし人が山々の最初の嶺《みね》よりも奥へ押し入るなら、ピューマなりその他の野獣に逢うことができる。灰色熊はもはやここでは見られないが、ガラガラ蛇はまだいるものと予想すべきである。よく晴れた、空気の澄んだ日、海の青さと空の青さとがたがいに競いあうような日、寂然と静まりかえった峡谷《キャニオン》の上空を飛ぶ鷹《たか》を、鷲《わし》を、ノスリを、見ることができる。夏、霧が寄せてくるとき、大洋の上に茫洋とうかぶ雲の海を見おろすことができる。雲はときに、巨大な玉虫色の石鹸の泡のような状態になり、その上に、ときおり二重の虹を見ることもある。一月と二月には山々は最も緑が濃く、ほとんどエメラルド島[4]の緑にも比すべきものがある。十一月から二月までが最良の季節で、空気は清澄爽快であり、空は晴れ、太陽はなおも日光浴がとれるほど暖かである。

　海抜およそ一千フィートの高みにあるぼくたちの棲家《すみか》から、南と北との双方に二十マイルにわたって延びている海岸を眺めわたすことができる。ハイウェイはグラン・コーニッシュ[5]のようにジグザグに屈曲している。けれどもリヴィエラとはちがって、ここでは僅か数戸の家しか見られない。巨《おお》きな土地を所有している旧い住人たちは、この地方が開発されることに熱心でない。かれらはみなこの地の処女地的な景観を保存したがっている。侵入者に対していつまでその処女をまもりきれるだろう

2　アメリカ杉。学名 Sequoia Semper-virens カリフォルニア州特産の木材用として用途の多い針葉樹で、高さ三百フィートに達するものがある。褐色がかった赤い軽い木材はポリッシュされ、愛用されている（訳注）

3　アメリカ狼（訳注）

4　アイルランドの異名（訳注）

5　リヴィエラ海岸の最も有名なドライヴウェイでニース・メントン間をつなぐ。海抜千六百フィートに達するところがある（訳注）

か？　これは大きな問題である。

上に述べた遊覧ハイウェイのコースは、文字どおり山腹を爆破して、莫大な費用で打通された。これは将来はアラスカ北部からティエラ・デル・フエゴ[6]まで延びるはずの国際的大幹線道路の一部をなしている。この道路が完成される頃には、自動車は第三紀の巨象マストドンのように絶滅しているかもしれない。だがビッグ・サーは永久にここにあって、おそらく紀元二〇〇〇年にも人口はなお数百人を数えるだけであるかもしれない。おそらく、アンドラやモナコのように、この地は自主的な共和国になっているだろう。おそらく恐るべき侵入者たちは、この大陸の他の部分からでなく、アメリカの先住民がそこから来たと言われているように、太平洋の向う岸から来るであろう。そしてもしかれらが侵入するとすれば、それは船あるいは航空機に乗ってではないだろう。

またこの地方がもう一度海波に蔽われるのはいつのことか、誰が答えられるだろうか？　地質学的に言うと、この地が海から盛りあがったのは、さほど遠い昔ではない。この地の山々の斜面は、氷のごとく冷たい海のように近づきがたく狷介《けんかい》である――この海では、余談だが、ほとんど一隻の帆船も、一人の強健な泳ぎ手も見ることはなく、ただ折にふれてアザラシを、カワウソを、そしてマッコウ鯨を、みつけることがあるにすぎない。海は、まことに近くまたまことに誘惑的であるにかかわらず、しばしば到達することが困難である。往昔スペインの征服者《コンキスタドール》たちが海岸に沿って路を進むことができず、また山々の斜面を蔽う叢林を切り破って進むこともできなかったことを、われわれは知っている。人びとを惹きつけ、招き寄せはするが、征服はされにくい国土である。これは人間によってスポイルされず、居住されずに残ることを求めている土地だ。

しばしば、多くの丘を越えてつづら折りなる細道をゆくとき、ぼくは全地平を抱擁する絶美の壮観

6　南米大陸の南端、マゼラン海峡でパタゴニアと相対する群島の名。政治的にはチリとアルゼンチンに分割されている（訳注）

を見きわめようと努力して、上へ上へとのぼりつづけることがある。しばしば、北の空に雲の峰がわだかまり、海が白い波がしらに沸きたつとき、ぼくはひとりごつことがある——「これこそ往年ひとびとが夢みたカリフォルニアだ。これこそバルボアが〃ダリエンの頂〃から望み見た太平洋だ。これこそ造物主が、かく見えるようにと意図した地上の面貌《おもだち》だ」と。

またほかの、遠いむかし、妖怪たちだけがいた。すなわち、原始《はじめ》にである。もし原始《はじめ》なるものがあったとして。

ここはつねに荒涼たる岩ばかりの海岸、舗道の敷石を踏みなれた人間にはわびしく近寄りがたく、放浪の吟遊詩人、幾多のタリエシンたち[7]にはゆたかに語りかける魔魅《まみ》の国土であった。自作農として住みつく者はかならず新たな悲しみを大地から掘り起さずにはすまなかった。

ここにはいつも鳥たちがいた。さまざまの種類の渡り鳥とともに、波間をかすめて飛ぶ海賊どもや腐肉あさりどもにもことかかなかった（折々、間をおいて、大洋航路の定期船ほども巨大なコンドルも通り過ぎた）。羽毛は派手に装っても、嘴《くちばし》は厳厲《げんれい》、峻酷だった。かれらは見えざる糸につながれた矢のように一列に並び水平線を横切って飛んだ。獲物に近づくとかれらは突進し、水にひたり、襲撃し、筋交いに飛ぶことに専念しているようにみえた。断崖や波打際にしたがって飛ぶものもあれば、深谷や、金色の山頂や、大理石を冠った孤峰を追い求めるものもあった。

またここには爬行《はこう》し匍匐《ほふく》する動物もいて、あるものはナマケモノのように不精で、他のものは毒液をいっぱい持っているが、どれもみな呆れるほど美しい。ひとびとは暮れがたに猿のようにさわぎたてる見えざる生きもの以上にこれらの動物を怖れた。

徒歩でもまた馬に乗ってでも、進むことは薄《すすき》の穂や、茨《いばら》の棘《とげ》や、蔦《つた》かずらや、また刺すもの、まつ

7　六世紀ウェールズの吟遊詩人。一二七五年に出た『タリエシンの書』にその英雄詩が収められている（訳注）

わりつくもの、突き刺すもの、毒害するもの、等とぶつかり、悩まされることにほかならぬ。

誰が最初にここに棲んだか？　たぶん穴居人だろう。インディアンはあとから来た。ずっとあとからだ。

地質学的に言えば若いほうだが、土地は蒼然と翁《おきな》さびていた。大洋の深みから、比類なく誘惑的な輪郭をもつ異様な岩層が現出した。この陸地を捏《こ》ねあげ形づくるために幾エオンにわたって海の巨神《タイタン》たちがはたらいた成果ででもあろうか。幾百千年の昔にか、かの巨大な陸の鳥たちはこれら隆起した地形の奇峭《きしょう》な相貌に愕《おどろ》いたことだろう。

語るに足るほどの遺跡や廃墟はここにはない。叙述に値する歴史がない。存在しなかったものこそは存在したもの以上に雄弁に物語る。

ここに、アメリカ杉《レッドウッド》はその最後の城を死守した。

暁《あかつき》、その威容はほとんど睹《み》る者をして苦痛を覚えしめる。あの同じ先史的相貌である。つねに現在なるものの相貌である。永遠の鏡のなかで見るみずからのすがたに微笑《ほほえ》んでいる自然。

はるか下では、アザラシたちが、のたうつ肥えた褐色の虫どものように、温かな岩の上で日光浴をしている。大波の小止みないとどろきのなかでも、かれらのしわがれた吠え声が数マイル離れても聞える。

かつて月は二つあったことがあるのか？　ないとは言えまい。頭皮を失った山は数あるし、積雪の下で煮えたぎる川流も少なくない。時あってか大地は鳴動して、一つの都市を平らな野原にしたり、あたらしい金鉱の脈を開いたりする。

夜となればこの遊歩路には無数の紅玉《ルビー》の眼がいちめんにちりばめられる。

して、虚空を跳び越える森の神《フォーン》に匹敵するものに何があるか？　黄昏《たそがれ》ちかく、一切は語ることをやめるとき、かの神秘なる警蹕《けいひつ》が空から落ち来り、万象を押し包み、すべてを述べつくすとき。猟人よ、なんじの銃をおろせ！　なんじを責めるものは屠られた獲物ではなくて、この沈黙である、この虚無である。なんじは瀆《けが》すのだ。

星空の下に馬を進めながら、そのすべてを夢みた男をぼくは見る。黙々と彼は森に入る。小枝の一本ごと、落葉の一枚ごとに、一切の知見を超えた一つの世界。放恣《ほしいまま》に茂った葉叢《はむら》を透かして落ち散る光が空想の珠玉を地にふりまく。巨大な頭部があらわれる、盗まれた巨獣たちの遺骸《むくろ》である。「わが馬よ！　わが土地よ！　わが王国よ！」この痴人どものたわごと。夜とともに歩みつつ、馬と騎手とは松の、樟脳の、ユーカリ樹の深い息吹《いぶき》を吸いこむ。平和はその裸の翼をひろげる。

ほかのどんなありかたを平和が欲したか？

善意、親切、平和、そして慈愛。無始にして無終。循環。永劫の循環。

そうして海は常住に後退する。月が牽《ひ》くのだ。西へ、新たなる陸地、大地の新たなる形状。夢想家たち、法外人たち、先駆者たち。遠い昔の遠く隔たった別世界、昨日と明日の世界へ向っての前進。世界の内なる世界へ。

光のいかなる領域から、われら大地を暗くする影なるものは産みつけられたのか？

第一部

至福千年のオレンジ

伝説の人物〝他国者《よそもの》〟ジャイム・デ・アングロによって始まった、一人だけの小さな社会は、一ダースほどの家族にふえた。その丘（パーティントン・リッジ）は、世界のこの部分でのものごとの成行きの例にもれず、いまでは飽和点に近くなっている。十一年前にぼくがめぐりあったビッグ・サーと今日のそれとのあいだにあるひとつの大きな違いは、実に多くの新しい子供たちの出現である。この地の母親たちは土壌に劣らず多産であるようだ。州立公園から遠からぬところにある小さな村の小学校は、ほとんどその収容力の限界に達している。この学校は、わが国の子供たちにとって最も不幸なことに、今日、急速にアメリカから姿を消し去りつつある種類の学校である。

今後の十年間に、いったいどんなことが起るのか、われわれは知らない。もしウラニウムとかそのほか戦争屋どもにとって死活にかかわる金属がこの地方で発見されたら、ビッグ・サーは伝説以外の何ものでもなくなるだろう。

今は、ビッグ・サーはもはや辺境の前哨地点ではない。観光客、訪問客の数は年々にふえている。エミール・ホワイトの『ビッグ・サー案内記』BIG SUR GUIDE ひとつだけでも、わが家の玄関口まで群れ集まる旅行者を招き寄せている。処女のような謙遜さで開始されたものが、大当りの遊楽地として終るおそれさえ生じている。初期の移住者たちは死に絶えつつある。かれらの巨大な地所が小土地所有に分割されることにでもなれば、ビッグ・サーは急速に郊外（モンタレーの）へと発展し、バス交通、バーベキューのスタンド、ガソリン・スタンド、チェーン・ストアその他、郊外生活をいやらしいものにしている醜悪な場当り的がらくたが充満するかもしれない。

これは寒々とした淋しい見方である。われわれは進歩の潮流にともなう通例のいやらしいものをまぬかれることもないとは限らぬ。おそらくわれわれがそんな目にあう前に至福千年が到来するだろう！

ぼくは自分がパーティントン・リッジへ来て間もない頃のこと、電気もなく、ブタン・ガスのタンクもなく、冷蔵庫もなかった——また郵便は週に三回しか配達されなかった——あの頃のことを回想するのが好きだ。あの頃は——いや、その後ぼくがまたこの〝リッジ〟へ帰って来た頃も、ぼくは自動車なしでどうにかやっていった。なるほど、それでもぼくは小さな（子供が遊びに使うような）荷車を一台持ってはいて、これはエミール・ホワイトがぼくのために細工してくれたものだった。まるで老いぼれ山羊みたいにそいつに取り付いて、ぼくは郵便物や日用品を苦労して丘の上まで——一マイル半の結構けわしい登り坂を引張りあげたものだ。ルーズヴェルト高速道路の近くの曲り角までたどりつくと、ジョックストラップのほか何もかも脱ぎすててしまったものだ。誰にも遠慮はいらなかった！

あの頃の訪問者はたいてい兵役に入る直前とか兵役を去る間際とかの若い人たちだった（戦争は一九四五年に終ったけれど、若い者は今日も同じことをしている）。これらの若者たちの大多数は芸術家か、芸術家になるつもりの連中だった。ある者は最高に変てこな生活を無理矢理につづけて、この土地に居すわったし、ある者は後に真剣にここで頑張る気になって戻って来た。かれらはみな〝現在〟の息づまる不快さから逃れようという渇望にみたされており、もし自分をひとりで静かにほっといてくれさえすれば鼠のように生きてゆきたいと願っていた。まったく考えてみると、なんという奇妙な連中だったことだろう！　テキサス州ウェーコ市のジャドソン・クルーズは、そんなふうにして無理に入りこんだ一人だったが、そのモジャモジャの顎ひげと口のききかたの故に、ぼくに末世の預言者を想わせた。彼はピーナッツ・バターと野生のカラシ菜のほかほとんど何も食べず、喫煙も飲酒もしなかった。ノーマン・ミニ、彼はここへ来る以前すでにポーと同じようにウェスト・ポイント[1]を退学させられたことから始まる風変りなキャリアの持主だったが、処女作を書きあげるまで（妻子といっしょ

1　陸軍士官学校（訳注）

に）ずっと居すわっていた——それはぼくがかつて読んだ処女作のなかで最優秀のものだが、目下のところまだ発表されていない。ノーマンの〝非凡さ〟は、彼がうち枯らした素寒貧《すかんぴん》だったにもかかわらず、誰しもが望みうる最良のぶどう酒（国産ならびに外国産の）を保有する自分の穴蔵からけっして動こうとしなかった点にある。またたとえばウォーカー・ウィンスローもいた——彼は当時『もし人が狂気であったら』*If a Man Be Mad* を執筆していたのだが、この本は後にベスト・セラーになった。ウォーカーは街道ぞいの小さな掘立小屋にいて最高のスピードで書き、見たところ少しも中断せずに書いていたようだが、この小屋はもともとエミール・ホワイトが、毎日、毎週、毎月、毎年、とめどもなく彼のところへ押しかけてくる浮浪人連中を泊めるために建てたものだった。

ぼくが最初にここに来てから、全部でおよそ百人にも及ぶ画家、文士、舞踊家、彫塑家、音楽家が、来ては去って行った。少なくとも一ダースは真の才能をもち、いつか世界にかれらの足跡《そくせき》を残すだろう。疑問の余地のない天才であり、最も人目を聳動《しょうどう》した人物は、初期に属するヴァルダを別とすれば、ドレスデンの人、ゲルハルト・ミュンヒだった。ゲルハルトはすべてを独学で修業した部類に入る男だ。ピアニストとしては、比較を絶するとはいわぬまでも特異ではある。彼は作曲家でもある。そしてそれに加えて、学者であり、指の先まで博学である。もし彼がわれわれのためにスクリャービンを解釈する以上のことを何もしてくれなかったとしても——また事実彼ははるかにそれ以上のことをしてくれたが、悲しむべし、その全部が何の結果も生まなかった——われわれビッグ・サーの住人は永久に彼に負目を感ずべきである。

芸術家たちと言えば、奇妙なことに、この種の人たちで、ここで最後までやりぬいた者はほとんどない。何かが不足しているのか？　それともここには何かが多すぎるのか……日光が多すぎ、霧が多すぎ、平和と満足が多すぎ……?

芸術家部落《アート・コロニー》というもの、そのほとんどすべては、その発端を、成熟した芸術家の、おのれをとりまく仲間たちと絶縁する必要を感じた、その渇望に負うている。選ばれた土地は通例、理想的なもので、特に、その人生の盛りの時期を窮巷陋屋《きゅうこうろうおく》、屋根裏、等々で過して来た当の発見者にとって、そうである。いわゆる芸術家きどりの連中となると、場所とか雰囲気が絶対に大切であって、こうした隠遁者の安息の地を、陽気で騒々しい部落に変えてしまう。ビッグ・サーにもこういったことが起るかどうかは、まだこれからの話だ。幸いなことにある種の抑制もはたらいている。

未熟な芸術家が牧歌的環境で栄えることは稀だ、というのがぼくの信念である。彼に必要と思われるものは、ぼくなどは誰よりもそんなことを唱道したくないのだが、人生のより直接な経験である、言いかえれば、より苛烈な経験である。要するに、より多くの苦闘、より多くの困苦欠乏、より多くの苦悩、より多くの幻滅だ。これらの励ましのための苦痛とか刺戟剤とかを、彼はここ、ビッグ・サーではつねに見いだすことは望めないかもしれぬ。ここでは、彼自身が警戒しない限り、苛酷な現実のみならず妖怪どもとでも格闘を怖れぬ心構えがない限り、思想的、精神的に眠ってしまいやすいのである。ひとたびここに芸術家部落が出来あがってしまえば、それはほかのすべてのそういうものの歩む途を歩むだろう。芸術家は断じて集団のなかでは栄えない。蟻なら栄える。芽を出しかけている芸術家に必要なものは孤独のうちで自身の問題と格闘する特権である——また折々の一片の赤肉《あかにく》である。

離れて暮そうと努力している人間の主たる課題はのんきな訪問客である。それが呪いであるのか、それとも祝福であるのかは絶対に断言できないものだ。過去数年間に得られた経験をもってしても、ぼくはまだいかにして、かの詮索好きな、好奇心に憑《つ》かれた種の、しかも時ならぬ時にふらりと立ち寄って困らせる能力を備えた〝愚劣人間《ホモ・ファトウオゾ》〟の不当な侵入、小止みのない侵掠《しんりやく》に対して身をまもるか、はたまたまもるべきか否かについて知るところがない。もっと接近しにくい隠れ場所をさがそうとしてもむだだ。きみに会いたがるファン、きみに会おうと決意している人間——たといきみと握手するだけでもと思いこんでいる人間——これはヒマラヤに登山することだって思いとまらないだろう。

アメリカでは、長いあいだぼくは観察して来たが、人間はあらゆる来訪者に対して無防備で生きている。彼はそのように生きるか、さもなければ狂人と見られることを覚悟すべきだ。ヨーロッパにおいてのみ、作家は塀をめぐらした庭園の奥、錠のおりた扉のうちに住んでいる。

芸術家は、おのれの引き受けねばならぬ他のあらゆる問題に加えて、自由に闘わんがために不断の苦闘をしつづけねばならぬ。つまり、あらゆるよき刺戟を根絶やしにする毎日の脅威となる無神経な拷問からの逃げ道をみつけだせ、ということだ。ほかのどんな人間よりも、芸術家には調和的な環境が必要である。作家あるいは画家として、彼はたいていのどんなところでも仕事ができる。厄介なことは、どこであれ、暮しに金がかからず、自然が心をそそるような場所では、肉体と精神とをともに保つのに必要な、かつかつの僅かな銭をかせぎだす手段をみつけることはほとんど不可能だ、という点にあるのだ。才能をもつ人間は副業を持って生計を立てねばならぬか、あるいは副業として創造的活動をやらねばならぬ。むつかしい選択ではないか！

よしんば彼が理想的な土地をみつけるとか、理想的な村をみつけるという幸運を得たとして、それだから彼の仕事はそこで彼が必死に求めている励ましを受けるだろうという話にはなって来ないのだ。逆に、おそらく彼は自分がやっている仕事に誰ひとり関心をもってくれないことを発見するだろう。彼は土地のひとびとから変りものだとか偏屈だとか言われるだろう。またそう言われるのが当然なので、なぜなら彼を他のひとびとと区別するものは、他のひとびとはそれなしで結構やってゆけるらしい、あの謎めいた要素〝X〟にほかならないのだから。彼が隣人たちにとって奇矯とみえる態様の食べかた、しゃべりかた、服装のしかたをすることはほとんど確実である。そのことだけで彼が嘲笑され、軽蔑され、孤立させられる指標として充分だ。もしも、ささやかな職にありついて、自分も隣人に劣らずまともな人間であることを示すならば、事態はいくらか改善されるだろう。しかしそれも長くはつづかない。自分が〝隣人に劣らずまともな人間〟であることは、芸術家である彼にとってほとんど、あるいは全然、意味がない。彼をして芸術家たらしめたものは彼の〝他と異なること〟なのであって、機会さえ与えられれば、彼は他の人びとをも異なるものにしてのけるであろう。おそかれ早かれ、あれかこれかの仕方で、彼は隣人たちに厭な思いをさせるにきまっているのである。普通の人間とちがって、彼はこの衝迫にとらえられたときは一切を投げ棄ててしまうだろう。のみならず、彼が芸術家で*ある*ならば、俗人たちが無茶で不必要だと思うような犠牲を払うことを強いられるだろう。内なる光にみちびかれて進むうちに、彼は自分の気の合った生活の道連れのために貧乏をえらぶことを避けられないだろう。そして、もし彼が大芸術家の素質を内に抱いているとすれば、彼は一切を——彼の芸術をさえも、放棄するかもしれぬ。このようなことは、平常の市民、特に善良な市民には、没常識であり、考えられぬことである。こうして、ある人物にひそんでいる天才を認識することができないため、社会の最もえらい、最も尊敬されている一員が、次のように人に言うのを聞かされる、といったことがしばしば生じるのだ——「あの男には気をつけたまえ、あれはろくなものではないぞ！」

世の中というものがかくのごときものである以上、ぼくは自分の率直な意見として次のように言いたい――すなわち、人間、もし自分の二本の手を使ってはたらくことを知っているならば、相当な一日の給料のために相当な一日の仕事をする気があるならば、すべからくおのれの芸術を放擲して、この土地のような人里はなれた場所に腰をすえて、沈香《じんこう》も焚かず屁もひらぬ生活をするがよかろう、と。たしかに、あらゆる価値観を喪失してしまった世界でもてはやされる人間になるよりも、ここのような相対的な天国で一個の無名人たることをえらぶことこそ、むしろ最高の知恵であるかもしれないのだ。だがこれは前もって決着をつけられることは稀にしかない問題だ。

　この村に、ぼくが述べた種類の知恵を採用していると思われる一人の若者がいる。彼は独立して暮せるだけの収入があり、するどい知性の持主で、教養もあり、敏感で、優秀な性格を持ち、二本の手ばかりでなく頭脳と心情とを用いても有能である。彼自身のための生活を造りあげるにあたって、はたから見たところでは、彼は家族をふやし、自分にできる範囲で家族たちを養い、毎日の生活をたのしむことのほかは何もしない、という途をえらんだようである。彼は建物を建てることから作物の収穫をあげること、ぶどう酒をかもすこと、等、等にいたるまで、すべてを自分ひとりの手でやる。ときたま猟をしたり釣りをしたり、また単に自然と交わるために荒野へ出かける。普通の人間にとっては、彼はたいがいの人間よりも体力がすぐれ、よりよい健康をたのしみ、なんらの悪徳も、通例の神経症の兆候もないということを除けば、単なる一人の善良な市民にすぎぬと見えるだろう。彼の蔵書は立派なもので、彼はそれをたのしく利用している。彼はいい音楽をたしなみ、よくそれを聴いている。どんなスポーツやゲームにも一家を成しているし、骨の折れる仕事であればどんなにタフな相手とでも対抗することができ、一般的に言って、〝愉快なやつ〟と呼ばれて然るべき人間である、ということはつまり、いかにして他人にとけこむか、いかにして世間と協調してゆくかをわきまえている人間だということだ。だがそのほかに彼が知りかつ行なっていること、そして平均的市民が行い得ずまた行おうと思いもせぬことはというと、それは孤独をたのしむこと、簡素に生活すること、何も欲しがらぬこと、そして求められればいつでも自分の持つものを他に頒《わ》け与えることである。ぼくは彼に迷惑をかけるのを怖れて彼の名を言うことを避ける。願わくはこのミスターX、無名人たる生活の名人、他の人間にとってのすばらしき模範たる彼をいま彼が在るままにさせておこうではないか。

二年前、ヴィエンヌに滞在中、ぼくはヴィエンヌの郡長でユートピア文献のすぐれた蒐集家であるフェルナン・リュードと交わりを結ぶ特権に恵まれた。去るに臨んで、ぼくは彼の著書『イカリア旅行記[2]』*Voyage en Icarie* の一冊を贈られた。これはちょうど百年前にエティエンヌ・カベーがイリノイ州ノーヴーに開いた実験村に参加するためアメリカへ渡ったヴィエンヌ生れの二人の労働者について叙述したものだ。ノーヴーのみならず、かれらが通過した諸都市――かれらはニュー・オーリンズに上陸し、帰国のときはニューヨークを経由した――のアメリカの生活についての叙述は、われわれのアメリカ的生活様式がいかに本質的に不変であるかを考察するためだけにでも、今日読むに値する。たしかに、ホイットマンはほぼこれと同じ頃に（彼の散文作品のなかで）あらゆる階層にわたっての卑俗さ、乱暴さ、乱脈さについてのこれに似たすがたを描いていた。しかし一つの事実が目立っており、それはアメリカ人が社会、経済、宗教のみならず、性の関係についても最も狂気じみた実験や吟味を行おうとする内発的衝迫に動かされていたという事実である。性と宗教とが優越的だったところでは、最も驚嘆すべき結果が成しとげられた。たとえばオネイダ共同体（ニューヨーク州）は、ニュー・ハーモニー（インディアナ州）におけるロバート・オウエンのそれと同様に記憶すべき実験として残るべき

2　この『イカリア旅行記』の書名はエティエンヌ・カベーがその（想像の）ユートピアを描いた同題の書物に由来する。この書での注目すべき仕事は、ロマンティックな意味では共産主義的であるが、これは今日われわれの世界に存在する全体主義政府の正確な青写真だという点にある。（原注）

はずのものである。モルモン宗徒にいたっては、かれらの努力に比せらるべきものはかつてこの大陸で企てられたことはなかったし、おそらく二度とは企てられないだろう。

これらの理想主義的な冒険、特に宗教的共同体によって創始された企てでは、その参加者たちは、ある鋭敏な現実感覚、実際的な知恵を持っていたらしく、しかもそうした良識は（通例のクリスチャンたちの場合とちがって）その宗教観と少しも軋轢《あつれき》を生じなかった。かれらは人格、個性、自主性を持ち、正直で、よく法をまもり、勤勉で、自立して生活のできる、自足した市民たちであり、いくらか清教徒的な生真面目さと厳格さとで（われわれの現在のものの考えかたからみれば）毒されているけれども、誠実さや勇気、独立心に欠けるところは少しもなかった。アメリカ人の思想、アメリカ人の行動様式へのかれらの影響はきわめて力づよいものであったのだ。

ここビッグ・サーに住んで以来、ぼくはますますわが同国人たちのこの傾向、実験的精神に心ひかれるようになった。今日、〝よき生活〟をしようと求めているのは共同体や集団ではなくて孤立した個人たちである。こうした人びとのうちの大多数は若い人で、しかも少なくともぼくの観察した限りでは、すでに専門職業生活の味を知った者、すでに結婚、離婚を経験した者、さらにはすでに軍隊生活をして、よく言われるように、いくらか世の中を見て来た者が多い。こうした、いわば新しく増殖して来た種類の実験者たちは、完全な幻滅を経験して、かつて正しいもの、育て甲斐あるものと思っていたあらゆるものに断乎として背を向け、新しく出発しようと雄々しい努力にうちこんでいるのだ。この型の連中にとって、新しい出発とは、放浪者として生活することを意味していて、どんなものにでも飛びつき、何ごとにももたれかからず、生活の要求や欲望をへらし、いずれ最後には——絶望的自棄から生れた知恵を生かして——芸術家の生活を送ろうと決意している。だからといって、これはわれわれが熟知している型の芸術家ではない。むしろ、彼の唯一の関心は創造にあり、報賞や名声や成功には無関心であるような芸術家だ。もっと簡単に言えば、自分がよりよき芸術家であればあるほど、額面どおりに受け入れられる見込みはより少ないという事実と最初から和解しているタイプの芸術家なのだ。これらの若者たち、通例は二十代の末から三十代の初めの年配で、かれらはいまやまるで別の惑星から来た無名の使者たちのように、われわれの身のまわりをうろうろしている。実例の示す力により、かれらの徹底した非随順性と、さらに言ってみればその〝非抵抗性〟とのために、かれらはすでに認められた芸術家たちのうちの最も雄弁で声の大きい連中よりも潜在的な刺戟のつよい力があることをみずから証《あか》しつつあるのだ。

注目すべき点は、これらの個人が、邪悪な体制を覆滅することにではなく、社会の裾野のほうでかれら自身の生活を生きてゆくことに関心を抱いている、ということだ。かれらがビッグ・サーのような土地へ向って沈澱してくるのは自然な現象というほかはない――いまではこの広大な国のあちらこちらにビッグ・サーの模造品があるほどだ。われわれはよく〝最後の辺境《フロンティア》〟ということを口にする癖があるが、実は〝個人〟が在るところ、そこにはかならず新しい辺境《フロンティア》があるだろう。よき生活をいとなもうと欲する人間にとって、よき生活とは〝彼自身の生活〟のことを言う言いかたの一つなのだから、そこにはつねに彼が大地にみずからを植えこみ、根を生やす一つの場所があるはずだ。

だが、いったいこれらの若者が発見したものは何であり、またまことにおもしろいことにはそれが、アメリカをめざしてヨーロッパを去ったかれらの祖先とかれらとを結びつけるものでもあるのだが、それは何であろうか？　ほかでもなく、アメリカ的生活様式とは一《いっ》の錯覚的な生活のありかたにほかならず、それが提供するかのごとくみせかけている安全とか豊かさとかのために要求される価格は高すぎるということだ。こうした〃脱走者〃たちの存在、それは数のうえでこそ少ないが、その存在そのものがこのカラクリがこわれかかっていることの証拠の一つなのだ。転覆はもはや不可避と思われるが、それが来たとき、かれらのほうがほかの者たちよりも破局から生きのびる確率は大きいだろう。少なくとも、かれらは自動車なしで、冷蔵庫なしで、真空掃除機、電気かみそり、その他の〃日常欠くべからざる〃品々なしで……おそらくは金さえもなしで、いかにして暮してゆくかを知っているだろう。もしもわれわれが新しい天国と新しい地上とをこの眼で見ることになるとしたら、たしかにそこでは金銭が不在であり、忘れられており、まったく無用になっているにちがいあるまい。

ここでぼくは、ヘレンおよびスコットのニヤリング夫妻による『よき生活を生きる』*Living the Good Life* の書評[3]を引用したいと思う。評者は曰く――「私たちがここで示唆してみたいと思うことは、混乱した、欲求不満に陥った生活に対する解決方法は、単に田舎へ引越して、〃簡素な生活〃を実行しようと企てることにはないということです。この解決方法は人間の経験に対する一つの態度にあるので、その態度とは簡素な生理的および経済的配置を道徳的にも美的にも不可欠とする態度であります。人生のより小さないとなみ――食と住と衣とを確保すること――に、本質的な調和とバランスとを与えるものは、人生のより大きな目的にほかなりません。実にしばしば人びとは〃共同体のなかに〃理想の生活を夢想しますが、それは〃共同体〃なるものがそれ自体で目的なのではなく、より高い質のため――精神、心情のより高い質のための一つの枠にすぎないことを忘れているのです。共同体をつくることは幸福と善とのための魔法の処方ではありません。共同体をつくることは、人びとがすでに原理として持っている幸福と善との結果なので、共同体とは――それが一つの家族のであれ、数家族のであれ――人間の美点の無限に変化する表現にほかならず、それらの美点の原因ではないのです……」

3 雑誌 Manas ロサンジェルス発行、一九五五年三月二三日号より(原注)

十一年前にビッグ・サーにみずからを植えこんだぼくは、ただの一度も共同体生活なるものについて考えたり関心をもったりしなかったことを告白せねばならぬ。数百平方マイルの土地に散らばった百人ほどの人口をもってして、ぼくには〝共同体〟の現存すらも意識されなかった。ぼくの共同体は、当時、一匹の犬パスカル（と命名したのは思想家みたいな悲しそうな顔をしていたからだ）、数株の樹木、ノスリたち、それに有毒な樫の一見ジャングルのような茂み、から成り立っていた。ぼくの唯一の友、エミール・ホワイトは道路で三マイル離れたところに住んでいた。さらに三マイル下った所には硫黄泉があった。ぼくの立場からは、ここで共同体は終っていた。

ぼくは、もちろんのことだが、自分がまちがっていたことをまもなく知った。たちまちのうちに隣人たちが八方から——まるでそこらの茂みのなかからのように見えた——顔をだしはじめ、それもみんな贈り物をかついで、〝新来の友〟のためにこの上なく思慮に富み気のきいた助言を用意して、あらわれた。こんないい隣人たちにぼくは絶対に会ったことがなかった！　どの隣人もみなぼくが嘆賞おく能わない如才のなさと敏感さとを具えていた。かれらは相手が自分たちを必要としていると嗅ぎつけたときにだけやって来た。フランスにいたときのように、ぼくはもう一度相手を好きなようにさせておくにはどうすればいいかを知っているひとびとのなかに住んだという気がした。そしていつでも、料理か話し相手かが欲しくなったら、うちの食卓に加わってくれ、というおきまりの招待があった。

都会ふうの生活しか知らない、不幸で〝無力〟な個人の一人であるぼくが、あれこれのことで隣人の助けを求めざるを得なくなるまでには、あまり暇はかからなかった。いつでも何かしらが不足しているし、いつでも何かしらが故障していた。もし万事をぼくひとりの力でやれとほうりだされていたら、いったいどうなっていたか、考えるだけでもぞっとする！　とにかく、どんなときにも喜んで、気持よくさしのべてくれる助力があって、はじめてぼくは、人から受け得る最も貴重な贈り物、いかにしてみずからを助けるかについての教訓を受けた。ぼくはたちまちにして覚った——ぼくの隣人たちは、あらゆる場合に極度に人なつこく、親切で、寛容であるばかりでなく、ぼく自身が愚かにも自分のことをそう思っていたよりも何倍も賢明で、何倍も頭がよく、何倍も他人の世話にならぬ能力を身につけていた。はじめは目に見えぬ蜘蛛《くも》の巣のようだった〝共同体〟はだんだんに最も手ごたえのある実在になって来た。生れてはじめて、ぼくは、排他的に自分の幸福しか考えているのではない心やさしい魂にとりまかれていることを感じた。ぼくの内部に、かつてのぼくが知らなかったもの、不思議な新しい安定の意識がふくらみはじめた。事実、ぼくは訪問客たちに向って広言したものだった、一度ビッグ・サーの住人になったら、悪いことなんか絶対に起り得ない、と。もっとも用心ぶかく、いつも次のように言い添えた——「ただし本人がまず最初によき隣人であることを証明しなければならんがね！」これはぼくが訪問客に語りかけた言葉ではあったが、実は自分に言いきかせるつもりで言ったのだ。そして実際に、お客が帰ってしまってから、教会の連祷《れんとう》みたいに、ひとりで同じ文句をくりかえしたものだ。大都会のジャングル生活しかしたことのない者にとって、自分もまた一人の〝隣人〟になれるのだと知るには時間がかかるのは当然だった。

ここでぼくはハッキリと、また省みてやましくないとは言えないのだが、次のように告白せざるをえない——ぼくは疑いもなく、どんな共同体でも自慢のできない、最悪の隣人である、と。ぼくが現在でも単なる寛容以上のもので相手にしてもらっていることは、まったくいまもなおお自分がおどろいている事実なのだ。

しばしばぼくはあまりにも完全にすべてのものの埒外にいるので、自分が〝あと戻り〟できる唯一の方法は自分の子供たちの眼で自分の世界を見ることしかないと思うことがある。ぼくはいつも、かつてウィリアムズバーグと呼ばれていたブルックリンのむさくろしい一郭で楽しく味わった輝かしい幼年時代を想い起すことから話を始める。あのむさくろしい街々、みすぼらしい家々を、ぼくはこの地方の広大な海と山のひろがりに結びつけようとする。鳥といえば新鮮な肥料《こやし》の山の御馳走を楽しんでいる雀か、迷子の鳩しか見たことのなかったことにぼくは想いをめぐらす。鷹も、ノスリも、鷲も、いや、コマドリやハチドリさえも一羽も見たことはなかった。いつも家々の屋根やひどい煙を吐いている煙突のおかげでバラバラに断ち割られていた空のことを思う。また空にみちていた空気、香りがなく、しばしば鉛色で圧《お》しつぶされそうで、さまざまの化合物を燃やすための煤《すす》で汚染された大気を、ぼくはふたたび呼吸する。小川や森にある誘惑については何も知らず、街なかでやっていた遊びについて思う。その頃の小さな仲間たち、そのうちの幾人かは後に刑務所へ行った、かれらのことを優しい気持でぼくは考える。あらゆる欠点にもかかわらず、あれはぼくが生きた〝よき生活〟であった。すばらしい生活、と言ってもいい。あれがぼくの知った最初の〝楽園〟だった、あの昔の近処合壁《がっぺき》のなかに、それはあった。そしてあれはもう永遠に過ぎ去ったものではあるが、いまだに想い出のなかで親しむことができる。

だがいま――ぼくたちの家の前庭で遊んでいる子供たちを見まもるいま、ブルーの服に白波の帽子をかぶった太平洋を背景に、影絵のようにたわむれているかれらを見るいま、巨大な、怖ろしげなノスリが上空でのんびりと旋回し、円を描き、さっと舞い下り、いつまでも円を描きつづけるのを見つめるいま、ゆるやかに風に揺れる柳、その長い弱々しい枝があくまで低く垂れ、またあくまで緑に、あくまでなよやかなのを眺めるいま、池で鳴きたてる蛙や茂みから呼びたてる小鳥の声を聞くいま、また急にふり向いて矮小な樹にレモンが熟しているのを見つけたり、ツバキがちょうど咲きかかっているのに気づいたりするいま——ぼくはこの永遠の背景の前に置かれた自分の子供たちを見る。かれらはもはやぼくの子供たちですらもなく、ただの子供たち、大地の子供たちだ……そうしてぼくは知っている、かれらが自分たちの生きて育ったこの土地を決して忘れず、決して見棄てないことを。ぼくの心のなかで、ぼくはどこか遠くの海辺からこの昔の田舎家を見たくて帰って来たかれらといっしょにここにいる。かれらが無数の金色の想い出の押し寄せるなかで心やさしく恭謙な気持で歩きまわっているのを見まもりつつ、ぼくの眼は涙で濡れている。かつてこの樹を植えたとき、かれらはぼくを助ける気はあったが、遊びに夢中になりすぎていて手つだわなかった、それがこの樹だとかれらは果して気がつくだろうか？　ぼくたちがかれらのために建て増した小さな翼《ウイング》に立って、こんな小っぽけな寝室に自分たちがおさまっていたなんてことがあるのかと不思議がるだろうか？　ぼくが毎日を過した小さな仕事部屋の外に立ちどまって、もう一度窓ガラスをたたき、パパ、ぼくたちといっしょに遊んでくれない？——まだもっとお仕事をしなきゃならないの？と訊《き》くだろうか？　ぼくが庭で拾いあつめたおはじきの石、かれらが呑みこまないようにと隠しておいたのを、かれらはみつけるだろうか？　森のなかの、小川がサラサラと流れている湿地に立って夢見ごこちになり、木立のなかへ駈けこむ前にお飯《まま》ごとの朝食を作る壷や鍋をさがしたことを、かれらは想いだすだろうか？　山の中腹にそうて山羊の通った路をあるき、風のなかでシーソーのように揺れている昔のトロッター家を、はらはらしながら感心して見あげるだろうか？　そしてかれらは、たとい思い出のなかでだけのこととしてもロス家へ駈けてゆき、こわれた剣をハリーディックに修繕してくださいとか、シャナゴールデンにジャムの壷を貸してくださいとか頼もうとするだろうか？

ぼく自身のかがやく幼年時代のすばらしい出来ごとにくらべ、かれらはその十倍もの比べものにならぬほどすばらしい思い出を持っているにちがいない。なぜならかれらはぼくに劣らず遊び友達にも遊戯にも謎にみちた冒険にも恵まれていたばかりでなく、純粋な紺色の空や、目にみえぬ足で谷々を出たり入ったりする霧の壁や、冬はエメラルド・グリーンの丘、夏は純金の山また山の連なりをわがものとしていたからだ。いや、まだそれどころか、林の測り知れぬ静けさ、太平洋の燃えさかる雄大さ、太陽にずぶ濡れになる昼と星をちりばめた夜と、これらもかれらのものであった――「ねえ、パパ、早く来てお月さまを見てよ、プールのなかで寝ているよ!」またさらに隣人たちには可愛がられるし、父親はまるで阿呆みたいで、自分の教養を高めたり、自分がよき隣人に仕上げたりするよりもかれらと遊んで時間をむだにするほうを好んだ。またこの父親は幸運にも一介の文士にすぎないので、好きなときに仕事を投げだして童心に返ることができるのだ! こうして朝から夕方まで二人の健康な、飽くことを知らない男の児にのべつ悩まされる父親は幸運なるかな! たとい天下一品の大阿呆になろうとも、ふたたび子供たちの眼を通して見ることを学ぶ父親たることは幸運なるかな!

「〝自由精神〟教団の兄弟姉妹たちはかれらの献身的共同生活を〝パラダイス(楽園)〟と名づけ、この語をもって愛の精髄を意味するものと解釈した」[4]

先日、『至福千年』(ヒエロニムス・ボス作)の断片を見ながら、隣人のジャック・モルゲンラート(もとブルックリンのウィリアムズバーグの人)にぼくは、樹木を飾っているオレンジが、いかに幻想を誘う

4 ヴィルヘルム・フレンガー著『ヒエロニムス・ボスの至福千年』一〇四頁。The Millenium of Hieronymus Bosch, by Wilhelm Fränger (Chicago: University of Chicago Press, 1951)(原注)

ほどに真実《リアル》であるかを指摘した。これらのオレンジが、一見したところ実に超自然的にリアルでありながら、しかも、たとえばセザンヌ(この人は林檎のほうが有名だが)の描いたオレンジ、あるいはまたファン・ゴッホの描いたオレンジすらも持たないような何かを持っているのはなぜだろうか?――そうぼくはジャックに質問した。ところがジャックにとってはこれは単純なことだった(序でに言うが、ジャックにとってはあらゆるものが単純である。そこが彼の魅力の一部なのだ)。ジャックは言った、「あれは環境のせいですよ。」そして彼は正しい、絶対に正しい。この同じ三枚絵《トリプティック》のなかの動物も、その超リアルさにおいて同等に神秘的、同等に幻想を誘う。ラクダはつねにラクダであり、豹は豹であるが、しかもかれらはまったくほかのどのラクダとも、ほかのどの豹とも似ていない。かれらはヒエロニムス・ボスのラクダであり豹であるとさえほとんど言えない――ボスは魔術師であったけれども。かれらは他の時代、人間があらゆる被造物と一つであった時代……「獅子が小山羊とともに寝た時代」に属しているのだ。

ボスはきわめて稀な画家たちの一人である――いや、彼はまったく画家以上のものであった――魔術的ヴィジョンをわがものとしていた人である。彼は現象的世界を透視し、それを透明にし、かくてその原初のすがたをあらわにした。[5] 彼を通して世界を見ると、それはふたたび不壊《ふえ》の秩序と美と調和のある世界、それを楽園として受け容れるか、煉獄に変えるかはわれらの特権であるような世界、としてわれらの前に現われる。

まことに魅惑的なこと、また時としては恐怖すべきことは、この世界が実に多くの、さまざまなひとびとにとって実に多くのものでありうるということだ。これらすべてのものが同時にありうるし、また事実ある、ということ。

5 「人間精神は、それが対決させられる現象的世界に、論理的な関連と実際的な創意の網を張った。そしてそれ故に、この知的ならびに物質的な世界支配によって、精神はかつてそれが純粋に自然な分け前を得ていた〝創造された世界〟から無限に遠隔のところへみずからを運び去ってしまった。〝自由精神〟の同胞たちが生の意味を認識したのはこの自然界においてであった」(『ヒエロニムス・ボスの「至福千年」』一五二頁)(原注)

ぼくがこの『至福千年』について語ることになったのはなぜかといえば、ぼくのようにたくさんの訪問客を、しかも地球上のあらゆる部分から迎えていると、自分がまさに楽園と呼んでもいい地に住んでいることを絶えず自覚させられるからである。(「で、どうしてこういう場所をうまく見つけたんですか?」というのが、たいていの客の感嘆の叫びである。まるでぼくが見つけるのに一役買いでもしたかのように!)だがぼくがおどろくことは——そしてこれが大切な点なのだが——別れを告げるときに、自分もまた楽園の果実を享受したっていいはずだ、と考える人がほとんどないという点だ。十中八九まで、訪問者は、やむを得ず古い絆《きずな》を断ち切る勇気——というより想像力といったほうが当っているが——がないと告白するだろう。彼は言う、「あなたは運がいい、どこにいても仕事ができるんだから」——ということは作家だから、という意味だ。彼はぼくが彼に話したこと、しかも最も強く指摘したことを忘れている——つまりこの共同体の他の成員たち——しかも本当にここでの立役者たる人たちは、精神においては話は別だが、特に文士でも画家でも、その他のどんな種類の芸術家でもないのである。「いまからでは遅すぎる」訪問者は、最後の悲しげな一瞥をあたりに投げながら、つぶやくように一人ごとを言う。

この態度こそ、多くの男女が心ならずも屈服した淋しい諦めを、なんと鮮明に見せていることだろう! たしかに、誰しもが、人生の長い途上のどこかの点で、自分はおのれのえらんだ生活よりもはるかに良い生活をすることができるのだと自覚することがある。彼を引き留めるものは、そのために必要な数々の犠牲に対する怖れである(おのれを繫ぎとめている鎖を断ち切ることまでが犠牲のように思えるのだ)、しかも何事も犠牲なしには成しとげられぬことは誰でも知っているのだ。

この地上にであろうと彼岸にであろうと、楽園へのあこがれはもはやほとんどなくなっている。

idée-force（強力観念）であったものが、いまでは idée-fixe（固定観念）になってしまった。強い潜在力のある神話から、タブーにまで下落してしまった。ひとびとはよりよき世界――それがどんな意味のものであろうとも――をもたらすために生命を犠牲にはするだろうが、楽園に到達するために一インチでも動く気はない。またひとびとはおのれが地獄に住んでいると思いながら、そこにほんの小さな楽園をつくりだすために骨を折る気もない。革命をするほうがずっと容易で、ずっと多くの血が流れる――その革命とは、簡単に言いかえれば、別の、もう一つの現状《ステータス・クオ》を確立することだ。もし楽園が実現可能なものならば――これが昔からある反論だ！――それはもはや楽園ではない。

おのれ自らの牢獄をつくるのだと頑張る人間に何と言えばいいのだろう？

世の中には、自分が楽園だと思うものを発見したあとで、そこにある欠点を拾いにかかるタイプの個人がいる。結局はこの人の楽園は、彼が前に逃げだした地獄よりまだ悪いところになってしまう。たしかに楽園は、どんなものであろうと、またどこにあろうと、欠点を持っている（楽園的欠点、そう呼びたければ呼んでもいい）。もしそうでなかったら、人間たちなり天使たちなりの心を惹くことはできなかったろう。

霊魂の窓は無限である、とぼくたちは教えられている。そして楽園をヴィジョンとして持つのは霊魂の眼を通してである。もしきみの楽園に欠点があるなら、もっと窓を開け！　ヴィジョンはまったく創造的な能力である――それは航海者が器具を使うように肉体と精神とを使う。窓を開き、油断なく見張れ――インドへの近道と思われるものを見つけるか、それとも新しい世界を発見するかは大した問題ではないのだ。あらゆるものが発見されたいと願っている――偶然にではなく、直観的に。直観的に探求する場合、探求者の目的地は決して時間または空間を越えたところではなく、つねにここ、そして、いまである。もしわれわれがいつも港に着いたり港を出たりしているならば、永久に錨をおろしているということも言えるわけだ。してみれば目的地とは一つの場所ではなく、むしろ事物を見る新しい見方がそれなのである。つまり、見方には限界というものはない、ということだ。これに似て、楽園には限界というものはない。その名に値するどんな楽園も創造のうちにあらゆる欠点を受けとめ、価値を減ずることなく、光沢を失うことなく残るのである。

もしもぼくが、この土地ではあまり議論されていない（そうであることをぼくは白状しなくてはならないが）調子の議論に入りこんでしまったとしても、それでもやっぱりぼくはこれが共同体の多くの成員たちの心をひそかに捕えているものであると信じている。

新しい生きかたを求めてこの地へ来た人は、みなその毎日の暮しのきまった手順に完全な模様変えを行なっている。ほとんど全部の人が遠くから、そして通例は大都市から来ている。ということは、職をすて、堪えられぬほど厭わしかった生活様式をすてて来たことを意味した。ある人がどの程度まで〝新生活〟を見いだしたかは、彼または彼女が押し進めた努力によってのみ測られる。人によっては、かれらがもといた土地にとどまっていてさえも〝それ〟を発見していただろう、とぼくには思えることがある。

この地へ来てからぼくが確かに見た最も重要なことは、ひとびとが自己のありかたにはたらきかけて成しとげた変容である。どんなところでも、これほど誠実熱心に勤勉に、自己に対してはたらきかける個人というものを、ぼくは見たことがない。またそのはたらきかけが成功している例も。しかもここでは何一つ、少なくともあからさまには、教えられたり説教されたりすることはない。なかにはこうした努力をしたが失敗した人もある。われわれほかの者にとっては幸いなことに――とぼくは言いたい。だがこれら失敗した人たちも何かしらは得をした。その一つとして、かれらの人生観は変った、〝改善〟はされなかったとしても視野が広くはなった。また教師にとって、彼みずからの弟子となること、また説教者にとって彼みずからの改宗者となること以上のいいことがありうるだろうか？

楽園では説教したり教えたりはしない。完全な生活を実行するだけだ——でなければ逆戻りするかだ。

この土地には、〝なんじの見いでたるものを受け容れ、それを好きになり、それによって益を享けよ、然らずんばなんじは追放されん〟と主張する不文の法律があるように思う。だがわかっていただきたい、誰も排斥の行いをする者はない。この地の誰も、いかなるグループも、そんな権力を持ちたがることはない。地域そのもの、それを形成している諸要素が、それを行うのだ。これはぼくが言うとおり、法なのだ。そしてこれは何ぴとにも害を及ぼさない、正しい法なのだ。シニカルな頭のひとには、われらのなつかしき〝現状《ステータス・クオ》〟の昔のままの凱歌と聞えるかもしれない。だが熱心家は知っている、いわゆる〝現状《ステータス・クオ》〟なるものがそれの楽園的な性質のほうへ進むものだとして、この地にはそういうものはないというのがまさしく事実であることを。

然り、この法が行われる理由は、楽園へ向って進むものが地獄へ向って進むものを同化することはできないし、また事実同化しないだろうからである。われわれは自分の天国を自分でつくり自分の地獄も自分でつくるということが、いかにしばしば言われているか。しかもそれをいかに弱くしか心に銘じないでいることか！　だがわれわれが信じると否とにかかわらず、真理は勝つのだ。

楽園であろうがなかろうが、この近辺の人びとは、背景にとってのかくも不可欠な性質をなす壮麗さ、高貴さに従って生きようと努力している、というのが、ぼくの持つきわめて明確な印象である。かれらはあたかもここに住むことが一つの特権であるかのごとくに振舞い、あたかもこの地にみずからを見いだすことが誰かの恩恵から出た行為によるものであるかのごとくに振舞う。土地そのものが、普通だれしもがかくありたいと望みうるよりも圧倒的に広大であり雄偉であるので、アメリカ人のあいだではあまり出会うことのない謙譲、恭敬の態度をとらせることになる。環境には改良を加えるべきことが何もないので、自分自身の改良に立ちむかうという傾向があるわけだ。

牢獄、貧民窟、集団収容所、等、等といった憎むべき邪悪な環境にあって、すさまじい変貌を体験し、眼界をひろげ、性情を変化させた個人が少なくないことは、もちろん真実である。きわめて稀な個人だけが、こうした場所に進んで残ろうとする。光を見た人は光の後を追う。そして光は通例、彼をみちびいて、彼が最も有効に務めを果しうる場所へ、すなわち、彼が隣人にとって最も役に立つであろう場所へ、連れてゆく。この意味では、それが最も暗黒なアフリカであろうが、最も高いヒマラヤの頂であろうが、問うところではない。神の御業《みわざ》はいずこであれ為され得る、というべきだ。

われわれはみな海外へ行って来た兵士に会った。そしてわれわれはみなそのおのおのがそれぞれに違う話を語ることを知っている。われわれはみな帰還兵士たちに似ているのである。精神的に言えば、われわれはみなどこかへ行ったことがあり、その経験によって益を享けたか、またはひどい目にあった。一人は言う、「もう二度とはいやだ!」他の一人は言う、「やって来い、どんなことでも引き受けるぞ。」阿呆だけが一つの経験をくりかえしたがる。賢い人はどの経験も一つ一つが祝福として見らるべきであることを知っている。われわれが否み、あるいは斥けようとすることこそは何によらず、まさにわれわれが求めるものである。しばしばわれわれを無力にし、一つの(良きまたは悪しき)経験を歓迎するのを妨げるものこそ、われわれの欲求なのである。

ぼくはもう一度、例のさまざまの欲求を抱いてこの地へ来ながら、しばらく後に〝それ〟が自分の見つけたかったものでなかったからという理由で、あるいは〝自分〟が自分でそう思ったのと違う人間だからという理由で逃げだしてしまった連中の話に戻ろう。ぼくの知りえたところでは、かれらのうち一人も、〝それ〟または〝自分〟を発見していない。ある人は自由の特権と責任を持ちこたえられなくて、もとの主人のところへ奴隷みたいな恰好で帰って行った。ある人は精神的隠遁のなかに自分の途をみいだした。ある人は無為の落伍者になった。他のひとびとは単純に邪悪な〝現状《ステータス・クオ》〟に降服した。

ぼくはまるでかれらが厄介者あつかいされていたかのように話している。ぼくは意地わるく追究するような気持はもたない。ぼくがごく単純に言いたいことは、かれらのうち一人も、ぼくの卑見によれば、ほんの少しでも幸福にも、暮しがよくもなっていないし、どんな意味でも一インチも前進していない、ということだ。かれらはみなその後の残りの生涯を、自分のビッグ・サーでの冒険について語りつづけることだろう――そのときの状況にしたがって悲しそうにも、残念そうにも、また大いに得意そうにも。あるひとびとは心のなかに――ぼくは知っている――自分の子供たちが、自分が示したよりも多くの勇気、多くの忍耐力、多くの自主性を示してることを深い希望として抱いている。だがかれらは何かを見落しているのではないか？　かれらの子供たち、かれらみずから白状した失敗の生活から生れたものとして、すでに断罪されているのではないか？　かれらはまだ〝安全さ〟のウイルスに毒されていないだろうか？

明らかに、最も調整困難なものは平和と満足の関係だ。人間は、闘うべき何ものかがある限りは、あらゆる苦難を凌《しの》いでゆくことができるものらしい。苦闘の要素を取り除くと、人間は水から出た魚のようになる。もはや何も心配するタネのなくなった人びとは、ヤケを起して、しばしば世界の重荷を引き受けて大騒ぎする。これは理想主義からではなくて、何かすることがなくては困るからであり、あるいは少なくとも何かおしゃべりの種がほしいからである。こういう空虚な魂たちが本気に人類の苦しみについて心配してるならば、かれらはとうに自己犠牲の炎に身を焼きつくしているはずだ。人間は、巨人の、いや聖人のと言ったほうがいい、聖人の全精力を尽き果てさせるほどに大きな領域を発見するために、わが家の戸口の外へ出る必要さえないのである。

当然のことながら、外の歎かわしい状態に注意を向ければ向けるほど、人はおのれのものとしている平和や自由を楽しむことができなくなる。たとい自分たちが天国にいると思っていても、われわれはどうだか怪しい、疑わしいと考え直すことができる。

あるひとびとは言うだろう、われわれは自分の人生を夢うつつに空費したくない、と。まるで人生そのものが夢ではない——絶対に目覚めることのない正真正銘の夢ではないかのようではないか！　われらは夢の一つの状態から他の状態へと遷《うつ》ってゆくのだ——眠りの夢から覚醒の夢へ、生の夢から死の夢へと。いい夢をみて楽しんだ者なら、誰でも時間をむだにしたと文句を言いはしない。それどころか逆に、彼は日常の現実《リアリティ》を高揚させるのに役立つ実在《リアリティ》に参与させてもらったことを喜ぶのだ。

さきに言ったように、ボスの『至福千年』に描かれたオレンジは、われわれが不断に見のがしがちであってしかもそれこそまさに人生の実体であるところの、この夢のごとき実在《リアリティ》を発散している。それはぼくたちがこれこそ奇蹟をなしとげるヴィタミンをたっぷり含んでいる食品だと素朴に信じて日ごとに消費しているサンキストのオレンジよりも、はるかに喜ぶべく、はるかに有効である。ボスが創造した至福千年のオレンジは魂を取り戻させる。彼がこれらのオレンジを置いたその周囲の環境《アンビエンス》は実在と化した精神の永続的な環境にほかならぬ。

あらゆる被造物、あらゆる物体《オブジェ》、あらゆる場所は、その環境を持っている。ぼくらの世界そのものもまた唯一無二なる環境を有している。しかし諸世界、諸物体、諸被造物、諸場所は、みなこれを共有しているのだ――それらはつねに交互変成《トランスミューテーション》の状態にある。夢のもつ至高の喜びはこの交互変換的な力のうちにひそんでいるのである。夢のなかでは人格が、まことに甘美に、いわば液化し、自己の存在の性質そのものに錬金術がほどこされ、そのとき形式と実体、時間と空間は崩壊し弾力的になり、おのれのごく軽微な望みに対して従順に反応する、そのとき夢から醒めた当人は、いつも自分では自分のものだと称している不死の霊魂なるものが、この永遠なる変化の元素の容器にすぎないことを、まったく疑問の余地なく知るのである。

醒覚した生において、すべてがうまくいって心配ごとが消え去るとき、知性は沈黙させられて夢みごこちにすべりこむと、われらは永劫の流転に至福を味わいつつ降服し、生の静かな流れに乗って恍惚とただようのではないだろうか？　われらはみな植物、獣、魚介、あるいは空中に棲む生物たるおのれを知るとき、そのときこそ全き忘却の瞬間を経験する。あるひとびとのごときはおのれが古代の神々としてあった瞬間をさえ知った。大多数の者はおのれの生涯でただ一瞬、まことに悦ばしく、まったき調和を味わって、「ああ、い﹅ま﹅こ﹅そ﹅は﹅死﹅ぬ﹅べ﹅き﹅時﹅だ﹅！」と叫びそうになった一瞬を知っている。この陶酔的な幸福感の核心に潜むものは何か？　それが長くは続かぬであろう、続きえないという思いであるか？　ギリギリ結着、という意識だろうか？　そうかもしれぬ。だがぼくはそこにもう一つの、より深い見方があると思う。つまり、こうした瞬間、ぼくらはぼくら自身ずっと以前から知ってはいたがいつも受け容れるのを拒んで来たこと――生きることと死ぬこととは一つであり、すべては一つであり、われらは一日しか生きまいと千年生きようと変りはないのだということ——これらのことを自分に言い聞かせようとしているのだとぼくは思う。
孔子はこのことを次のように述べた——「朝《あした》に道を聞かば、夕《ゆうべ》に死すとも可なり」[6]

はじめにビッグ・サーはぼくには仕事をするのに理想的な場所と見えた。今日、仕事ができるときには楽しく仕事をしているけれども、ぼくはそれを別の眼で見ている。仕事をするかしないかというようなことは、ますます重視しないようになったのだ。この地でぼくは自分の生涯での最も苦渋な経験に属する経験をした。またぼくは自分の最も激しい感動的な瞬間をも知った。甘美であれ苦渋であれ、すべての経験はおのれを富ませ、よき酬いあるものであることを、いまのぼくは確信している。何よりも、それは教訓的である。

過ぐる十年間に、ありとあらゆる階層、職業の何百、何千のひとびとと話をした。大多数の訪問客は、ぼくにはそう思えるのだが、自分の背負うている問題の重荷をおろしに来る。ときどきはぼくは相手に彼の問題を持ち帰らせることに成功した——またその上に幾つかの新しい問題、彼が持って来たよりも重くて解きにくい問題を背負わせることもあった。

ぼくを訪ねてくれる多くの人はぼくにさまざまの贈り物を受け取らせた——金銭、書物、食品、飲料、衣類、ときには郵便切手さえ——あらゆる種類の贈り物があった。お返しにぼくが差出せるものはぼく自身という贈り物だけだった。だがこうしたことはごく些細なことだ。ぼくをまんまと一杯くわせたことはほかでもない、名目上は隔絶したところに住んでいながら、世間は、都会の息の詰りそうなところにいる場合以上にぼくの戸口に近く迫って来る、ということだ。ぼくには毎日の新聞を読

6 論語里仁第四(訳注)

んだりニュース放送を聞いたりすることは必要でない。〝外界〟の状況について知る必要のあることは何によらず、手を加え篩《ふるい》にかけられて、自分でやって来るのだ。

それにまた何とどれもみなそっくり同じことなのだろう！　なぜ自分の屍骸をひきずってまわるのか？「動かずじっとして世界のまわるのを見ていろ！」ぼくはしょっちゅうこう自分に言い聞かせる。

ここでぼくはある問題に触れることを強制されていることを感ずる。その問題は高度に個人的ではあるが、にもかかわらず〝誰彼《だれかれ》を問わず〟興味をもたれるらしい。いささかの名声――おそらくは怪しげな名声――をもつ文士として、ぼくの訪問客のなかに多くの若い文士、または文士になりそうな連中を数えるのは自然の成行きだ。かれらが作家稼業をえらんだ目標、目的について知るに及んで、ぼくは自分にはなはだ厳しい質問を投げかけることを余儀なくされる。ぼくは自ら問うのだ――いかなる意味においておれはこういう青二才どもと本当に違っているのか？　次から次へと本を出しながら、おれはかれらにない何を手に入れたか？　またかれらのやっているすべてがおれ自身の正直な疑惑を大きくするばかりなのに、なぜおれはかれらを励ますべきなのか？

とにかく説明しよう……これらの若い男（と女）たちは、かつてのぼくがそうだったように、自分の書きたいことを書き、なるべくたくさんの人に読まれることのほか、またそれ以上の何も望んでいない。ぼくは自分を表現したいのです、とかれらは言う。大いに結構。（「それで、何がそれを邪魔するのかね？」とぼくは自分に言う）自分を表現したあと、かれらは認められ、かれらの努力に対して推賞を受けたいと思う。ごもっとも。（「誰がそれを妨げるんです？」）さて認められ、受け容れられて、かれらは自分の労作の果実をたのしみたいと思う。（「人間的な、あまりに人間的な」）しかし――さてここに疑問がある、きわめて重要な疑問が――きみらは、わが親愛なる若い狂熱家諸君、「自分の労作の果実」

と言う場合、それが何を意味するか、おわかりですか？　「苦《にが》い果実」という言葉を聞いたことがおありですか？　認められると同時に――あるいはお望みなら〝成功〟と同時にと呼んでもいいが――創作に含まれるあらゆる悪が押し寄せることを知らないんですか？　きみが目的を達することで、きみが夢みた報酬は決してかちえることを許されぬだろう、そのことをきみは認識していますか？　おそらくきみは田舎に静かな家をもち、愛情ある、きみを理解する妻と幸福で満足している子供たちがいる景色を思い描いている。一切万事が時計の仕掛みたいに動く装置のなかで傑作に次ぐ傑作を出しつづけるきみ自身を眼にうかべている。

　いったいこれは、なんという欺瞞だ、きみにとって！　なんたる災厄と疫病がきみを待っていることだ！　きみの最強の思想をぼくらに与えよ、世界をその根柢まで震撼させよ――だがきみのゴルゴタを、十字架の責苦を逃れようとだけはしてくれるな！　ひとたびきみが作品を送りだしたからには、作品こそきみに敵対するものと覚悟したまえ。もしきみがきみ自身の生み育てた怪物どもに圧倒され呑みこまれてしまわぬなら、きみこそは比類なき者となるだろう。いつかはきみがこの世界をば、それがただ一つの精神を高める思想の衝撃すら受けたことがないかのように眺める日がかならず来るのだ。いかに万事が徹底的にへまなことになってしまったか、いかに申し分なくきみときみの張りあった相手とが誤解されてしまったかを見て、きみは怖れをなし、とまどうだろう。きみがうかうかとそうなるのに一役買った世界が、導師とか裁決者とかとしてではなく、おのれの生贄《いけにえ》としてきみを要求するだろう。

　いや、こうしたことをぼくはきみに前もって告げることはできない、なぜなら、まず第一に、きみは決してぼくを信じようとはせぬだろうから。また信じるにも及ばぬことだ！　きみの話に耳をかたむけながら、きみの顔をかがやかす熱意を見てとりながら、ぼくはほとんど自分がまちがってることを信じる気にさえなっている。そうしてぼくはこの話をこんなふうにきみにしゃべった点でたしかにまちがっている——というのは、一つのことだけは議論の余地なく正しいから。で、それはほかでもなく——どんな勝負《ゲーム》であろうと、終《しま》いまでやる値打がある、ということだ。だがきみはきみの高邁な事業を〝遊び《ゲーム》〟として見る気になれるのかしら？

　ほかにもう一つ、知っておくべきことがある……きみがきみ自身を十全に表現したなら、そのあかつきには、またそのあかつきにのみ、次のことがきみに明らかになるだろう——すべてはすでに表現され了《おわ》っていた、言葉においてのみならず行為においても——さればまたきみが真にする必要のあるのは〝アーメン〟と唱えることのみだ！

　ぼくが最初に〝アーメン！〟を唱えることを学んだのは、ここビッグ・サーにおいてだった。そしてまた単に神秘めかす気持以上にあのセリーヌの啓発的な意見について考えるようになったのも、ここへ来てからだった——「私はきみたちみんなにかなりの高みから小便をひっかける！」またここで、いわば裏の林のなかで、ぼくは発見した——特筆大書《ミラービレ・ディクトウ》したい！——ぼくの三人の隣人が『アラビア・デゼルタ』[7]を読んでいた。またぼくが出会った人で数カ月間ぼくの家に客として引き留めたのが、牧師の職をやめてキリストに似た生活を送ろうとしている人物であった、これもここでの、ぼくの家での出来事である。自分の思想を鋳なおして、その新しい思想で生きぬくひとびとをぼくがこの目で見たのもここであり、ほかの場所ではなかった。そして、ほかのどこよりもここで、ぼくは最大の叡智とともに最大のナンセンスに耳をかたむけた。

7　チャールズ・モンテイグ・ダウティ（一八四三—一九二六）著『アラビア砂漠紀行』Travels in Arabia Deserta (1888) 名文をもって知られる。著者は後年詩劇や叙事詩の多産で知られた。（訳注）

動かずじっとして世界のまわるのを見まもれ!

ビッグ・サーは十分な刺戟を与えないとこぼす人がいることをぼくは知っている。逆にぼくの気持では、ここには刺戟がありすぎるのである。感覚が溌剌として鋭敏である人間には、自分の家の閾《しきい》から動きだす必要さえもない。そういう人間にとって、ここにはソローがウォールデンを発見したのに劣らず人を動かしてやまぬ教訓的な、豊かで充実した一つの世界がある。

世界を――この疏遠になった世界を愛している一人の人間として、ぼくはこのぼくの家を、ぼくの知った最初の真の家を、愛していることを白状せねばならぬ。疑いもなく最も〝家〟を高く買うのは永遠の放浪者、無法者たちである。もしぼくがふたたび世の中へ思い切って飛びこむとすれば、ぼくはいまならば花ばかりでなく根のあるものを差し出すことができると信じる。ビッグ・サーがぼくに教えたものを単純に差し出すことは決して小さなことではないだろう。ぼくはビッグ・サーと言っているので、アメリカではないのだ。なぜなら、ビッグ・サーがアメリカのどれほど大きな部分であろうとも、またビッグ・サーはまったく骨の髄までアメリカ的ではあるけれども、ビッグ・サーをはっきりビッグ・サーたらしめているものはアメリカという言葉が伝達する以上の何ものかである。もしぼくがこの土地で高揚されたアメリカ的資質の一要素を抽出するとすれば、それは親切さである。この太平洋岸《コースト》では、盃を挙げるときに「ここには親切がある!」と言うのが昔からの慣習だった。ぼくはほかの土地でこの言いかたが使われるのを聞いたことがない。そしてぼくの一番近い隣人のハリー・ディック・ロスが「親切!」と言うとき、まさにそのことを意味しているのだ。

ぼくの変てこな自伝的ロマンスを読んで、いったいあの飢饉と旱魃《かんばつ》の暗黒の歳月を、よくも沈まずに頭を水から出してこられたものだ、いったいどうやって切り抜けたのだと質問する人がよくある。

もちろんぼくはこれらの小説のなかでも説明した、いよいよという瀬戸際で、いつも誰かが助けに来てくれたのだと。誰でも確乎たる目的を抱いている人間は友達とか支持者とかを惹きつけずにはいないものである。誰が、どんなことだろうと、たったひとりで成しとげるだろう？　だが印象的なことは、その助けは、それが来るときには決して予期した方面からは――ぼくらが考えて、あそこから来るはずだというところからは、来ないものだということだ。

そうだ、ぼくらは決してひとりぼっちではない。けれどもそれが真理だと知るには人はひとり離れて生きなければならぬ。

はじめてぼくが孤独とはどんなものかを知り、そしてそれが好きになったのは、コルフ島にいたときだった。二度目は、ぼくが孤独ではないようなことをずいぶん喋っているにもかかわらず、それはここビッグ・サーでのことだった。

たとい数分間でも孤独であること、それを自己の全存在で認識することは、ぼくらがほとんど庶幾《こいねが》おうと思うこともない祝福である。大都会の人は田舎の生活をばおのれを毒し生活を堪えられぬものにするすべてのものからの逃避として夢みる。だが彼が見落していることは、もしその気になるなら、小っぽけな村よりは一千万人のただなかにいるほうがより孤独になりうる、ということだ。孤独の気持を経験することは一つの精神的達成である。この経験を求めて大都会から逃げだす人は、特に彼が都会生活のやしない育てた欲求のすべてをそのまま持ち越している場合、おれはただ淋しくなることに成功しただけだ、と腹だたしさを覚えるだけであろう。「孤独は野獣か神々だけのためのものだ」と誰かが言った。この言葉には真理がある。

ぼくらがほんとうにひとりであるときだけ、生の充溢と豊かさとがぼくらにあらわになる。生活を単純化することで、一切がこれまで知られなかった意味を帯びる。ぼくらがみずからと合一するとき、最もつまらぬ葉っぱ一枚が宇宙に占むべき適切な場所を占める。一塊の糞土、また然りだ。適切に調子さえととのえば、よく言うように、クリスマスが来るとみんな一つになる。最低と最高とが置換できるようになる。一つのことがほかの一つのことと同じく大切になり、一人は他の一人と同じに善い人になる。そうなれば黒ハゲタカも気味わるくは思われず、単にその腐肉をかたづけて清掃してくれる習性のゆえに我慢するということではなくなる。自分の貴重なエゴが存在の大海のなかにのみこまれる。また野原の石くれさえもそうなれば無生物とは思われず、未来の城壁や防塞になるという眼で見られることもない。たといほんの僅かの間しか続かないとしても、無限の生命の現出として世界を見、われわれの用に供されるものとしてのひとびと、生物、物体の容れものとして見ない特権は、絶対に忘れることのない何かである。理想の社会とは、ある意味で、自己およびすべての生命あり呼吸するものと一つにならんがためにひとりになり、超然と孤立していようと決意した個人の、ゆるやかで流動的な集団ということになろう。それは、たといその社会の成員が一人も神を信じなくても、神にみたされた社会であろう。それは、楽園という言葉がすでにわれわれの語彙《ごい》から消え去ってから久しいけれど、その社会こそは楽園であるだろう。

ぼくがいつか訪ねようと夢みているすべての都市にも国にも、もちろんこういう社会はないだろう。最も神聖な場所にあってさえ、人は痴愚を、迷信を、偶像崇拝を行いがちなものだ。前に言ったように、今日ぼくらは〝よき生活〟に専心しているのが個人だけであるのを見ている。にもかかわらず、これら孤立した個人たちは、ばらばらに分裂して争っている共同体——いまではそれは共同体の名を汚すものでしかない——に代る新しい共同体を実現しつつある。世界は、それを構成する諸要素がいかに抵抗しようとも、そのような共同体になるほうへと向っている。事実、その抵抗が強ければ強いだけ、結果はいっそう確実になる。われらは不可避なものにのみ抵抗するのだ。

ぼくはビッグ・サーを孤立した場所であるかのように、世界とほとんど、あるいはまったく関わりを持たぬかのように語って来た。これほど真実から遠い話はない。ぼくの旅したほかの場所で、世界の動きに敏感で、またよく事情に通じている点で、ここのひとびと以上の連中に会ったことはない。ここのように小さな共同体で、これほど多くの世界漫遊客を誇れる土地は稀だ。この人はいまタイへ向けて出発した。あの人は日本、トルコ、あるいはギリシャへ出発した、もう一人はインドかペルーへ出かけた、またもう一人はグアテマラ、ユカタン、またはポリネシア諸島へ向った——と、そう聞かされてぼくはいつになってもおどろくのをやめたことがない。ぼくの隣人のある人は地球のおそろしく遠い地域に長いあいだ住んでいた人である。またある人は（両大陸の）インディアンとともに住んだことがあり、ある人はアフリカ、日本、インド、メラネシア等の未開人たちと住んでいた。

ほとんど一人のこらずが何かの畑の専門家であるらしい——美術、考古学、言語学、象徴主義、ダイアネティックス、禅、あるいはアイルランド民話、等、等。近い隣人二人をあげれば、ロスやトラートンのような人たちは、地上と天上のことについての知恵のことは言わずとも、その一連の実際的知識にかけて、どこの社会へ行っても匹敵する者は少ないだろう。その他、トロッターの息子たち——といまだに呼ばれている男たちのように、日々の仕事に精をだしているあいだに、どんな有名な〝力の強い男たち〟も恥ずかしくなるような力業をやってのける。女たちのほとんどみながすばらしい料理人で、男たちもしばしばこれに劣らない。そのほかの家々にはかならずぶどう酒の玄人《くろうと》がいる。また父親たちは一人のこらずすばらしい母親になる素質がある。

くりかえすようだがぼくは言わずにいられない――かつてこれほど多くの才能ある人、これほど多くの有能な男女、これほど多くの物知りで独立の能力をもつひとびとのいる社会をぼくは知らない。何の取柄もないような顔をしている山の上ののらくら男でさえ、自分で勝手に〝本物のごろつき《サノヴァビッチ》〟などとレッテルを貼って喜んでいるが、いかにして自分ひとりを友として生きるかを知る達人であって、その気になりさえすればまことに穏和で、人から愛される、情けぶかい人柄になれるし、実は何もかも味わいつくした幸福な〝半端者《はんぱもの》〟の一人であり、それゆえに彼は（神よ彼を恵みたまえ！）牢獄のなかよりも神殿のなかを尊敬する気がなく、流れ者ほどにも学者先生を尊重せず、判事のほうが食べるものと着るものにかけては一家の見を持する被告人よりもえらいとは決して認めない。

また、この国民から愛されている国のなかで、隣人が、何かわたしでお役に立てることはありませんかと思いがけもなくたずねに来てくれる土地がほかにあるだろうか？　つまり、何かこしらえたり、修繕したり、とりかえたりするものはないかと訊きに来てくれるのだ。何かの急場のとき、大声で呼べばとどく距離に、いつも六、七人の丈夫な連中が、何をさておいても助けに来てくれることをあてにしていられる。ぼくは何か困った場合に――またわが家はかなり風変りなそういう場合があったことを言っておかなければならぬが――これら手助けの人たちの手におえなかったことは一度もなかった。こうした事情からえられる教訓はこれだ――組織がゆるければゆるいほどいい！

さて、議論と行動が一通りかたづいた上で、この土地での足場を失わないためには、住人はその能力のすべてを醸出させられるという、逃れることのできぬ事実が残る。彼は有能で、実際的で、果断で、忍耐づよく、生気にみちているかもしれぬが、それでも絶えず立ちはだかってくる挑戦にはとても対抗できない。挑戦はのべつ、やたらにやって来る——陸の景色、海の景色、森林、川流、渡り鳥、雑草、疫病、ガラガラ蛇、地ネズミ、ハサミムシ、能なし、流浪者、落日、虹、ノコギリソウ、タチアオイ、そしてアサガオと呼ばれる植物界のヒルともいうべきやつ。岩石さえも誘惑的で恍惚とさせる。またこの地球上のほかのどこで、そそり立つ壁のような霧が日附変更線から押し寄せ、その壁のてっぺんはナイフの刃先のように青く、そのうしろからは沈もうとする太陽が〝稲妻〟を射出する、という景色が見られるだろうか？

それはそれ自身かくも魅力的で、かくも壮麗で、かくも完璧であるので、はじめのうち誰しも情感の上で途方にくれてしまう。酩酊の予備的状態がその次に不可避的にやってくるのだが、これはアルコール中毒者のそれが決して知らないものだ。そこで居すわり期が来て、たいていは少しばかり退屈気分がこれにともなう——これは完璧さとたわむれたことに対して支払う償いである。次に来るのが困惑期で、内心の疑惑が夫婦喧嘩を起させやすくし、水平線はことごとく争いのために暗くなる。やがて最後に底まで落ちこみ、叫びだす——誰でも一度はかならずそう叫んだものだ！——「ビッグ・サーだって？　ふん、あすこだってほかの土地と同じようなものさ！」このように言うことによって、きみは深い真理を道破するわけだ、つまり、土地というものは結局きみ次第のもの、きみがそうあらしめたもの以外の何ものでもないこと、まさに友、愛人、妻、愛玩の動物、ないしは一つの営み等と異なるところはないのだ。

然り、ビッグ・サーは現実と化した夢となりうるが——また完全な失望でもありうる。もしそこに展開する光景に何かまずい点があったら、鏡のなかにきみ自身を映してみたまえ。ビッグ・サーとほかの〝理想の〟地との一つの違いは、ここではきみがそれを早く手に入れるし、それを手に入れるのがなかなかむずかしいことだ。眉間《みけん》で受けとめる、とでも言おうか。その結果は、自己をしっかりと握りしめるようになるか、さもなければ尻尾を巻いて、きみの迷妄をはぐくむために他の場所を求めて去るか、二つに一つだ。それは一つの宇宙ぜんたいを捨ててうろつきまわることだ——またそれできみがいつになってもきみ自身と直下《じきげ》に対決するにいたらないとしても誰が気にかけるだろう？

　ビッグ・サーはメッカでもルルドでも、ラサ[8]ですらもないのだ。またそれは癒る見込みのない理想家のためのクロンダイク[9]でもない。もしきみが芸術家で、この土地に坐りこもうと思うならば、まず金主《パトロン》をみつけるのが賢いやりかただろう、というのは芸術家は芸術家に寄食するわけにはゆかぬもので、当地では誰でも他人はみな何かしらの種類の芸術家だからである。鉛管工ですらそうなのだ。

　ある人物が、この共同体にとって価値あるものとして何をもたらすことができるか？　たんなる正常な、謙遜な願望として、どんなことでもよいから必要なことを、どんな方法でも可能な方法でやりたいという人があるとする。簡単に言うと、有能な二本の手と、強い心臓と、幻滅に対する予防注射ずみという証明書と。もしきみが知性の持主なら、それを持ってくるのはよいが、ただし通例それにともなうガラクタは御免こうむりたい。ここにはすでに知識人は多すぎるほどいるのだ。そして、ほかに何も持ってこられないとしても、ユーモアの感覚だけは欲しい。きみがほかの土地ではそれが必要でなかったとしても、ここでは必要になるだろうからだ。またきみが、医学を信じるならば自分の薬箱を持参するといい——ここには学者のほかにドクターと名のつく人はいないから。またきみがマメに獣医のところへ通う覚悟ができていない限り、愛玩動物《ペット》は持って来ないほうがいい。なぜなら、いまのところまだ不明な理由によって、ここではペットたちは動物特有のあらゆる病気以外に人間のかかる病気にも冒されるからである。

8　メッカはアラビア西部の都市でモハメッドの誕生地として回教徒巡礼の聖地。ルルドはフランス南西部ピレネー山脈のふもとにある町で、洞窟のなかに有名なマリアの聖堂がある。ラサはチベットの首府でラマ教の聖都。（訳注）

9　カナダ北西部の金生産地で一八九七—九八年頃いわゆるゴールド・ラッシュでわきかえった。（訳注）

この文書の発信場所たるパーティントン・リッジについて言えば、ここにはいまだに電報も電話もなく、下水設備やゴミ処理施設もない。あき壜や使用ずみの缶やその他の屑をかたづけるためには、きみは車を一台持って、割り当てられたダンプ地までかなりの距離をドライヴしなければならない。さもなければミズーリ出身のハワード・ウェルチが経営する専門ダンプ・カー・サーヴィスと契約を結ぶほかはない。

こうして、これまでのところビッグ・サーはどうにか手のとどく範囲のもので我慢しながら這い進んで来た。おそらくこの地を地図にのせるために不足していると思われるものを挙げれば——売春宿一軒、監獄一つ、それに金メッキの電気椅子一個、というところだろう。ユダヤ人の経営の菓子屋が一軒あったらすばらしいのだが、これはたぶんいっぺんに何も彼も欲しがりすぎるというものだろう。

結びとして、ぼくは読者の親愛なるヘンリー・ミラーとは別の、この地方ではぼくよりも有名なもう一人のヘンリー・ミラーの言葉を引用したい。ぼくがここにもちだすのは牧畜王ヘンリー・ミラーのことであって、彼がかつて所有していた土地の広大なことは、旅行者がメキシコ国境から出発してカナダまで歩いても、彼の所有地の外へ一歩も踏み出さずにすんだといわれている。とにかく、ここにかつて彼の言った言葉がある——「もしある人が食物を他人に乞うほど不幸であるならば、彼に食を与えて彼の感謝を手に入れるがよい。断じて彼を食のためにはたらかせ、彼の憎しみを受けるなかれ」

第二部

平和と孤独・混成曲

平和と孤独・混成曲 《目次》

1 性《セックス》と無政府《アナーキー》の宗教

風邪をひいたので休もうと寝床へ入っていると、あれが始まった、出血である。いつでも（真昼間に）寝床に入るというのが風邪なり、痔疾なり、憂鬱症なり、その他、本物の病気でも想像上だけの病気でも、ぼく流の治療法なのだが、そういうときぼくはかならずベッドのわきに小さなベンチを置き、それに巻煙草と灰皿と読みものとをのせる。もしもひょっとして……

一、二時間ほど甘美な夢見ごこちに過したあと、ぼくは友人のジェラール・ロビタイユが送ってくれた『新フランス評論』*La Nouvelle Revue Française* に手をのばした。それは数カ月前に物故したシャルル・アルベール・サングリア追悼号であった。ジェラールの手紙に、ぼくがサングリアについて何か知っているかと問うてあった。その通り、ぼくは知っていた。パリのブラヴィク・アムの家で、ぼくははじめて、そしてただ一度だけ、サングリアに会った。まことに幸運なことに、その日の午後と宵の全部を、ぼくはサングリアとともに過した。こうした数少ない短時間のことが、ぼくの一生では際立った出来事として記憶に残っているのだ。

雑誌を手に取るまでぼくは知らなかったのだが、あの面会の当時、サングリアは彼の生涯の最悪の時期の一つを閲《けみ》しつつあった。あの道化者か聖職を奪われた司祭のような顔つきの人物、いつも饒舌をふるい、ふざけて、笑って、飲んで、休まずしゃべりつづけていた人物——あれは大晦日で、ぼくたちは壺に何杯もの玉子酒を飲んだ——この人物がぼくらと別れて帰って行く先が、玄関部屋のみじめな片隅、それも事務机や整理戸棚の下にパンの塊が隠されていたり、便所へ行った人間の出す音がはっきり聞えたりする場所であろうとは、いったい誰が想像したろうか――夢にもそんなことがあろうとは？[1]

ぼくは彼に対して捧げられた讃辞を読み、彼がいかにおどろくべき性格の人であったか、いかに気まぐれな生涯を送った人であったか、いかに貴重な文章をものしたかを知るにつれて、ぼくの頭は渦を巻いて旋回しはじめた。雑誌をわきへ押しやったとき――ぼくはもう一行も読みつづけられそうもなかった――出血が突如としてはじまった。酔いどれ船のようにぼくは輾転反側《てんてんはんそく》し、襲いかかる思い出の洪水のなかでのたうった。しばらくして、ぼくは起き上がり、ノートブックを手にとり、暗号みたいな心おぼえの文句を書きつづりだした。それが数時間つづいた。ぼくは自分が風邪をひいてることを忘れ、いまが何どきであるかも忘れた。

深夜の十二時をすぎてから、ようやくいやいやながら鉛筆を置き、灯を消した。眼を閉じながらぼくはひとりごとを言った――「いまこそおれはビッグ・サーでの自分の生活について語るべきときだ」と。だからぼくは語ろう――先日、寝床に横になっていたときに頭に浮んだのと同じように乱雑な語り口で……

ぼくは、ぼくの小説の多くの読者や、ぼくの生活を話題にする人びとが、ぼくを象牙の塔に住む人間と信じているのではないかと思っている。かりにそうだとしても、それは壁のない塔であって、そこでは伝説的な、しばしば〝時代錯誤な〟出来ごとが起っている。この荒唐無稽譚《ファンタジア》を読み進む読者は、原因と結果、時間の順序、その他あらゆる種類の秩序が――人生そのもののもつ非論理的秩序を除い

1　N・R・Fの一九五五年三月一日号、ピエール・ゲゲンが引用しているサングリアの日記の一節を見よ。文章の表題は"Le Dandy"（原注）

ては——存在しないことを頭に置いて読んでもらいたい。

たとえばある一日、ある非常につらかった一日を描くとする、ぼくは少なくとも六回は邪魔をされて、それから……つまり、ちょうどパリからやって来たある作家（ローマから、アテネから、という場合もある）と心おどる会談をやったあとで、次にはまたぼくの過去と現在の生活のあらゆる細部まで知りたがる厄介な客——この人は実はぼくの本を一冊も読んでいないことをぼくは発見したが、もう手遅れだ——と談じたあと、今度は下水溜がうまく掃《は》けないので検べたあと、三人の学生が戸口へやって来て申し訳なさそうに説明するには、かれらがぼくに求めるのは単にヨブについてのぼくの意見だと——ヨブですぞ！——かれらをやっと追い払ってから、今度は——とにかくそれがみんな冗談ごとではなくて、大まじめなのだから助からない！——こうして、一つがかたづけばまた一つがやって来て、その合間に書きかけたところを（センテンスの途中で）書きつごうとしてるところへ、"*jeunes filles en fleur*" の花束かかえて比類なきヴァルダの御光来だ。ぼくがいつもに似ずおだやかなのを見て、しかもそれが疲労困憊《こんぱい》の結果であることは覚らず、彼は叫ぶ——「だからぼくはあの娘たちにいつも言って聞かせるんですよ、あなたが実にすばらしい〝語り手《ラコンテュール》〟だと！　さあ、あなたの〝逸話に富む生活〟について何か彼女たちに話してやってください！」（〝逸話に富む生活〟とはザッキンの造語だ）。

まったく不思議なことだが、夜中の午前一時、からのグラスがいっぱい並びパン屑や果実の皮が散らばっている食卓、客たちがやっと帰ったあと、沈黙がふたたびぼくらを包んだとき、ぼくの頭のなかで鳴りひびいているのは何かといえばサンドラールの本のなかの一行、四、五日まえの夜、ぼくを感電させた彼独特のフランス語で書かれた謎めいた一行にほかならない。このサンドラールの一行と、その日のさまざまの数多い出来ごととのあいだには何の関係もない。ぼくたち、つまりヴァルダとぼくとはサンドラールの名前さえ口に出さなかったが、そういうことはあまり例のないことなので、ぼくの友人たち数人は――ヴァルダ、ゲルハルト・ミュンヒ、ジャイルズ・ヒーリー、エフレイム・ドナーといった連中とのあいだでは、はじめから終いまでサンドラールで持ち切りなのだ。だからぼくはその奇妙に気にかかる彼の一行とともに腰をおろし、何があの一行を呼び起したのかを思いだそうとしながら、一方では何時間か前、その日のよほど早い時刻に書きかけのまま残したセンテンスをどうやって書き終えたらよいのだろうと考えた。ぼくは自問した――いや、もうたびたび自問したんだが――いったいあのサンドラールという異常人は、どうやってあのほんのわずかの時日であんなに大量の本を出したのか（ぼくはドイツのパリ占領直後からの期間のことを言ってるのだ）――しかもそれらの本を片手だけ、左手だけで、秘書の手助けもなく、暖房もない、食糧も少ないなかで、愛する息子たちは戦争で殺され、厖大な蔵書は野蛮人《フン》どもに焼かれ、等々の事情のなかで、書いたのだ。ぼくはそこに腰をおろしたまま彼の生涯、彼の作品、彼の思想、彼の情感を再体験していた、いや再体験しようと努めた。ぼくの一日は――それは充実したものではあったが――あの彼の途方もなく大きな存在の大海のなかではじめて始まる……

　あれは、ぼくがいささか文通をしていたある女がオランダから到着したのは、〃その頃のある日〃のことだった。ぼくの妻がつい近頃ぼくを残して去ったばかりで、ぼくはぼくの小さな娘と二人きりだった。彼女が部屋に入ってわずか数分間で、ぼくは客と娘とのあいだに即座に、相互の反感が生じていることを嗅ぎつけた。ぼくは用事をつづけることを来客に詫びた――そのときぼくは床を洗って、蝋を塗ろうと決心したところだった――そして客が皿洗いのほうを引き受けようと言ってくれたことに大いに感謝した。一方、娘のヴァルは、いつも以上にぼくを困らせることばかりした。彼女はぼくと客との会話の邪魔をすることに意地のわるい喜びを覚えたらしかった――会話といってもぼくが仕事で跳ねまわってるので、だいぶ乱調子なものだったが。そのうちに娘は便所へ行き、一瞬後にはたちまち水が出ないと告げた。早速ぼくは棒雑巾《モップ》を投げだし、ツルハシを取りに駆けだし、腐敗タンク《セプティック》[2]を蔽っている汚物を除く作業にとりかかった。とりかかったと思ったら雨が降りだした。ぼくはそれでも仕事をつづけた――白状すると、来客の女性がたびたびそばへ来てはあっちへ行き、またそばへ来るのをくりかえして、そんな仕事はやめてしまえとヒステリカルに勧告するのに、いささか迷惑していた。最後にぼくは、下水の入口の、例によってもつれた木の根でふさがっているなかへ、腕をつっこんだ。その邪魔物を引っこ抜くと、水が出て来た――水といっしょに、便器のなかに落ちたものも出て来た。汚れを洗おうと家へ帰って来たときのぼくの姿は見ものだった。もちろん、床はまだ水びたしだし、家具はテーブルとベッドの上に積み上げたままだった。

来客は、ぼくについて、世界的に有名な作家で、ビッグ・サーという名の崇厳な土地に世塵をはなれて住む人物という像をつくりあげていたから、作家の仕事とは何の関係もない無数の雑用をしようとするといってぼくを叱りはじめた――いや、ことによると彼女はぼくを慰めているつもりだったのかもしれない。彼女の言いぐさがぼくにはあんまり無茶に思えたので、いささか面くらった気味もあって、そんならこういう汚ない仕事は誰がやればいいんですか……神様ですか？　と無愛想に質問した。彼女はなおもその曖昧模糊とした論調でぼくがするべきでない仕事について論じつづける――つまり洗濯、炊事、庭掃除、子供の世話、下水溜の手入れ等、等。ぼくは襟もとまでカッカとして来たが、そのとき急に表の曲り角に車が一台乗りつける音が聞えたように思った。外へ出てみると、案の定、ヴァルダが、例によって友人たちや崇拝者たちの一隊をしたがえて段々をおりてくるところだった。

2　バクテリアを利用して下水を無害にする装置（訳注）

「ややや、いかがです？　こりゃおどろいた！」握手、紹介など、ひとまわり。相も変らぬ感嘆詞の連発。「まあ、すてきなお住居！」（雨のなかでもだ）オランダからの客人がぼくをかたわらへ引き寄せた。哀願の表情を浮べて彼女がささやく――「何をしたらいいんでしょう？」

「愛想のいい顔をすることですよ」とぼくは言い、彼女に背を向けた。

数分後、彼女はまたぼくの袖をひっぱって、ぼくがこの人たちのため食事の用意をしなくてもいいのかとせつなそうにたずねた。

それからの数時間の出来ごとは飛ばして、彼女の別れの言葉を読者に告げよう――「あたし、ビッグ・サーってこんなところだとは夢にも思いませんでしたわ！」息をひそめてぼくも言った――「ぼくだって！」

さて今度はラルフだ！　真夏だというのに、彼は厚い外套を着て、毛皮の縁をつけた手套をしている。手に一冊の本を持ち、チベットの僧みたいに、悠々と行きつ戻りつ、行きつ戻りつ、漫歩する。ぼくは草取りに熱中していたものだから、すぐには彼の存在に気がつかない。垣根の近くに置き忘れた根掘り鍬《ぐわ》を探しに行こうと頭をもちあげたときに、ようやくぼくは曲り角にいる彼の姿を認めた。彼が変り者であることを知っているから、うっかり釣針にひっかからないように鍬だけ取ってこっそり逃げて来ようと思った。あの男を無視してやろう。やつは敏感だから腹を立てて行ってしまうだろう。だがぼくが垣根のほうへ歩きだすと、この風変りな怪物はぼくに近づき話をはじめた。その話し声があまり低音なので、ぼくはやむをえず近寄った。それが運の尽きだった。

「あなたはヘンリー・ミラーですか？」彼が言う。

ぼくはうなずいた、実は衝動としてはちがうと言いたかったのだが。

「ぼくはあなたと話がしたいので、訪ねて来ました」（「しまった、とうとう始まった」とぼくは腹のなかで）

「ぼくは追い払われたんです」――粗暴にか、侮辱的にか、彼は言い添えた――「ある女に。それがあんたの奥さんだったらしいんだ」

これに対してぼくは単にうなり声を洩らした。

彼は言葉をつづけて、自分もまた作家であること、彼自身の生を生きるため、すべてから（つまりはたらくことと家とから）脱出したことを、ぼくに語った。

「ぼくは性《セックス》と無政府《アナーキー》の宗教に加わるために来ました」

この言葉を、まるでトーストとコーヒーについて話しているような、おだやかで平静な調子で彼は述べた。

ぼくは、ここにはそういう部落はないと彼に告げた。

「しかしぼくは新聞でそのことを読んだんです」彼はがんばった。ポケットから新聞を取りだしかけさえした。

「そんなのはみんなデッチあげですよ」ぼくは言った。「新聞に出てることをいちいち信じてはだめですよ」ぼくはわざとらしく笑った。

彼はぼくの言葉を信じないらしかった。自分がその団体の――部落といったものはないにしても――適格な一員になれると思う理由を述べつづけた。ぼくは話の腰を折った。ぼくは仕事がある。勘弁してくれと言った。

すると彼は感情を害した。つづいて短い問いと答えの応酬があった——いささか立ち入った、無礼な質問、それに対してやや意地のわるい返答——結果は彼の心の乱れを増すばかりだったようだ。急に彼は持っていた本を開き、大いそぎでページを繰って、探していた一節をみつけた。そしてそれを声をだして読みはじめた。

それはぼくの書簡集『ハムレット』のなかで、ぼくの友であり共著者であるマイケル・フレンケルがぼくを叱りつけている手紙の一節だった。まったく、痛罵したといってもいい。

読み終って、彼は冷たく、弾劾するようにぼくを見て、言った——「いまのは当ってるようですね、どうです?」

ぼくは木戸を開けて言った——「ラルフ、いったいきみはどうしたんだ? 降りて来たまえ、すっかり話そうじゃないか!」

ぼくは彼を自分の小さな巣へ案内し、腰をおろさせ、巻煙草を手に取らせ、胸襟を開いて語るようにとすすめた。数分のうちに彼は泣いていた。まったくのあわれな、抵抗力のない、恋にやぶれた若者だった。

同じ日の夕方、ぼくはアンダーソン・クリークのエミール・ホワイトへの手紙を持たせて、彼を送り出した。彼は、セックスとアナーキーの宗教団体などはないことを知るに及んで、伯母の住んでいるロサンジェルスへ向うつもりだとぼくに話した。ぼくは彼がその晩はエミールの家で過し、それから出かければよかろうと思ったのである。ところが、結構な晩餐と一夜のよき眠りとのあと、彼はエミールがタイプライターを持っていることを発見した。朝、結構な朝食のあと、彼は器械の前に腰をおろし、それまで一行も書いたことはなかったにもかかわらず、たちまちにして一冊の本を書くという考えを頭のなかへ持ちこんだ。数日後、エミールは、いつまでも泊めてやるわけにはいかないことをものやわらかに彼に教えた。そんなことでへこたれるラルフではなかった。へこたれるなんてとんでもない。彼はエミールに、こここそは自分が昔から住みたいと望んでいた種類の土地であること、もしエミールが助けてくれるならば自分は職をみつけて生活費を稼ぐつもりであることを告げた。

　簡単に言うと、ラルフはビッグ・サーに約六カ月間、滞在し、半端仕事をいろいろやり、ある一軒から他の家へと漂流しながら、どの家でももめごとを起した。要するに、あまやかされた子供みたいな行状をつづけていたのだ。その途中のある日、ぼくは中西部のどこかに住むラルフの父親から、ラルフのめんどうを見てくださる皆さんに感謝しているという手紙を受け取った。父親はラルフに正常な、常識的な生活をさせようとして家の者がいかに苦しみ悩んだかを手紙で述べていた。それは問題児についての紋切型の物語で、ぼくにとってはコスモデモニック電報会社で雇ったり馘にしたりした昔から馴染のありすぎる話だった。

　ラルフの行状についての不思議なことの一つは、彼がいつもその服装のうちの必要な部分をなくして現われることだった。夏の一日、彼は厚い外套と手套でやって来た。いま、寒くなって、彼は腰まで裸でやって来るようになった。シャツや上着はどうなったか？　焼いてしまったのだ！　彼はもうそれらのものが嫌いになったか、さもなければそれらを彼にくれた人間が嫌いになったのだ（ぼくたちはみんなしてときどきの彼の衣料を補充してやっていたのだ）。

　冬の寒く陰気な日に、ぼくがモンタレーのとある横町で車を走らせていると、ふと見かけたのがほかならぬラルフで、半裸体でふるえながら、まったくみじめったらしく悲しそうだった。ぼくはリリク・シャッツといっしょだった。ぼくたちは車を降りてラルフをカフェテリアへ連れこんだ。彼は二日のあいだ何も食べていなかった——刑務所を追いだされたときからのことらしい。寒さよりも彼を苦しめたのは、父親が自分を連れ去りに来ることへの恐怖だった。

「なぜあなたはぼくをあなたのところへ泊めてくれないんですか?」彼は幾度も同じ問いをくりかえした。「ぼくは決してご迷惑をかけやしません。あなたはわかってくれるけど、ほかの連中はわかってくれない。ぼくは作家になりたいんだ——あなたみたいに」

ぼくらのあいだでは、これまで何度もやりあった議論だ。ぼくは前に言って聞かせたこと、つまりそれは望みがないという話をくりかえすことしかできなかった。

「しかしぼくは変りましたよ、いまは」と彼は言った。「前よりよくわかって来たんです」彼は子供のように、断乎として、自分のしたいようにするといって頑張りつづけた。リリクが筋を通して話して聞かせたが、どうにもならなかった。「あなたにはぼくはわからないんだ」と彼は言うのだ。

とうとうぼくは癇癪をおこした。「ラルフ」ぼくは言った、「きみはただのつまらん厄介者だ。誰だってきみには辛抱できないよ。きみは厄病神だ。ぼくはきみを家へ入れる気もないし、きみのめんどうを見る気もない。きみが勝手に餓えて凍えるにまかせておくつもりだ——きみが常識にめざめるためにはそれしかないよ」これだけ言って、ぼくは立って出口へ歩きだした。ラルフは車のところまでぼくらについて来て、ステップに片足をかけ、まだ自分の立場をうったえつづけた。ぼくは自分の外套を脱いで、彼の肩にかけてやり、リリクに車をスタートさせてくれと言った。

「自分で何とかするんだ、ラルフ!」別れの挨拶に手を振りながら、ぼくはどなった。

彼はその場に根が生えたように立ちすくみ、それでもまだ唇が動いていた。

数日後、ぼくは彼が浮浪者としてつかまり、両親の許へ送られたことを聞いた。それが彼についての聞いた最後だった。

ドアをノックしている。開けると、ひとかたまりの訪問客が笑顔で立っている。例によって口々に──「ちょっと通りがかりに。お目にかかりたくて」

ぼくの全然知らない人ばかりだ。けれども……「さあお入り！」

例の通りの前口上がひとしきり……「美しいお住居ですね……どうやってここをみつけられたんですか？……子供さんが幾人かおいでだと思いましたが……お邪魔ではありません？」

やがて晴れわたった空の一角から、客のひとり、女の声が、鳴りわたる──「あの、売っていただける水彩画がおありでしょうか？　あたくし、ずっと前から、ヘンリー・ミラーの水彩画を一枚、ほしいと思っておりましたの」

ぼくは飛びあがった。「それ、まじめな話ですか？」

まったく、彼女はまじめだった。「どこにありますの？　どこですの？」彼女は部屋のあちこちの隅を跳ねまわりながら叫んだ。

ぼくは描きかけの数枚を得意で取りだし、長椅子の上にひろげる。その何枚かを彼女が見ているあいだにぼくはせっせと飲みものをつくり、犬の食事の用意をする（犬がさきで、お客はその次だ）。

客たちが歩きまわって、壁にかかってる絵を見ている声が聞える──どれもみなぼくの絵ではない。

ぼくは何の注意も与えない。

しまいに、絵を買いたいと言った婦人がぼくの袖をとって、ぼくの妻の作品が貼ってあるドアのところへひっぱってゆく。それはカーニヴァルの光景を写したもので、燃えるような派手な色彩で、人間やいろいろの物がいっぱい描いてある。まったく愉快な絵には違いないが、水彩ではない。「これのようなの、もっとお持ちじゃありません?」彼女が訊く。「とても魅惑的ですわ。空想画ですわね?」「ちがいます」とぼくは答えるが、べつに説明の労はとらない、「しかし虹を描いたのならあります、お気がつかれましたか? 岩山のはどうです? 岩をどんなふうに描くか、近頃やっとわかった……むつかしいですな」こんなことから、ぼくはいかに一枚一枚の絵がそれぞれ一つのテーマ、あるいは言いかえれば一つの問題を表現しているかについて、長々しい演説をやりだす。「悦楽の問題ですな」ぼくはつけくわえる。「もし苛責《かしゃく》の問題を自分に課すとしたら、それは阿呆のすることですからね、そうでしょう?」

こうした軽薄なおしゃべりに自分でまきこまれてしまい、ぼくはつづいて、ぼくの作品は画家としての自分の変転を描こうとする企てにほかならないという事情を説明しようと骨を折った。ずいぶんと怪しげな説明だが、それも次のようにつけくわえることで切りあげにした――「ぼくの大部分の時間は絵ばかり描いています」これまた同様に阿呆らしく、もったいぶった言いぐさにひびいたに違いない。

相手の女性はちっともしょげたりがっかりしたりした様子をみせないので、ぼくはまたつづけて喋った――つい一、二年前までは、ぼくは建物ばかり描いていた、建物の群ればかり……まったく、実に沢山の建物を描いたので、ときどき一枚の紙では描ききれないほどだった。

「ぼくはいつも〝ポタラ〟を描くことから始めました」ぼくは言った。

「〝ポタラ〟?」

「ええ、ラサのです。映画であなたもごらんになったでしょう。何千という部屋のある建造物で――

ダライ・ラマの住んでいるところですよ。コモド・ホテルよりもずっと前に建ったんです」

この辺で、ぼくはほかの来客たちが一向におちついていないことに気がつく。もう一杯飲みものをだせばうまくいくんだろうが、ぼくはまだ乗りかけた馬から降りるわけにいかない。たとい絵を売りそこなうことになろうとも——またそれがいつもの例なんだが——馬には乗りつづけるより仕方がないのだ。ぼくはほかの手を用いる、単なる探りとして。さるあまり知られていないフランスの画家について——この画家のジャングルを描いた風景画が、ここ何年もぼくに取り憑《つ》いている——長々しい、まったく的はずれな評論（枝だの、葉だの、人間の頭だの、手足だの、槍だの、ところどころの空の破片だの——さらに、その気になれば雨までも——なんと見事に彼は綯《な》い交《ま》ぜ、織り交ぜ、からみあわせて、しかも渾然と完璧な明晰さに達していることだろう。しかもそれが何で幾何学的整合でないことがあろう？　そこでぼくは「しかも幾何学的整合をもって」という文句を投げこむ）。さて、もう一度ぼくはみんながおちつかなくなってるのを感じる。困りきったぼくは、ジャングル風景について弱々しい諧謔をとばす——何しろその風景があまりに甘美なので、たといあなたがそれとの触れあいを見失うことがあっても、あなたはそこにあるものを掻きまぜることならできるのです（ぼくのつもりでは、もちろん、樹の幹や枝や葉や花や灌木をくっきりと描きわけるよりは掻きまぜ玉子《スクランブル・エッグ》をつくるほうが、ぼくにとってはつねにずっと易《やさ》しく、ずっと直感的でもある、という意味だ）。「昔はね」——と、ぼくは必死に話頭を転じて「ぼくは肖像画しか描きませんでした。ぼくはどれもみな自画像と呼んでいましたが、それは誰を描いてもみんなぼくに似てしまうからでした」（だれも笑わない）「そうです、ぼくはきっと百枚以上も……」

「あの、すみませんけど、もう一ぺんドアの上の絵を拝見してもよろしくって？」ぼくの絵を買うお客の言葉だ。

「さあ、どうぞ、どうぞ」

「あたくし、これ本当に好きだわ！」

「それはぼくのじゃないです。家内が描いたんです」

「そうだと思いましたわ。いえ、つまり、あなたのお描きになったんじゃないことはわかりましたの」

これはごくあっさりと、何の悪意もこめずに言われた言葉だった。

彼女は渇いたように、熱心に見なおしてから、水彩画の散乱しているベッドへ歩み寄り、ぼくが気に入っているので残しておきたく思っている一枚をえらんで、さてぼくに訊く――「これ、いただいてもよろしいかしら？」

「率直に言いますと、お渡ししたくないです。でも、是非とおっしゃるなら……」

「これ、どこかまずいところがありますの？」彼女は枯葉のように絵をベッドの上に落した。

「いや、そういうわけでもないんです」ぼくはその絵を、まるでいとおしむような手つきで、拾いあげた――「ただ自分で持っていたかっただけなんです。これはぼくのいちばん好きなやつなんですよ」

ぼくはその〝ぼくの〟を強く押し出して、彼女に逃げ道を与えるようにした。そのときまでにぼくは、〝ぼくの〟美術観がよっぽど左巻きなものだということを彼女に印象づけてしまったにちがいないと確信していたのだ。その点をもっと確実にするため、ぼくは表の道路ぞいに住んでいる画家のわが友エミールは、あまりその絵を認めていないことをつけくわえた。「主観的すぎるというんです」

これによって生じた効果は、運わるく、彼女にその絵をもっとていねいに検討する気持を起させた。その絵に覆いかぶさるように、彼女はまるでその眼に拡大鏡の眼鏡をかけたように熟視した。彼女は数回、絵をまわして見た。逆さにするとよく見えたらしく、急に彼女は言った――「これ、いただくわ。いえ、あの、あたしに買えるお値段でしたら」

ぼくは倍の値段をふっかけて、彼女の度胆を抜き、あきらめさせるという手もあったが、そんなことをする気はなかった。ぼくの気持の上では、もう彼女はそれを手に入れていた——試練を受け、それを乗り超えたわけだった。それでぼくはもともと言おうと思っていたより安い値段を言い、取引は成立した。彼女は額縁をつけてほしいようだったが、あいにくぼくには提供できるのがなかった。

お客たちがいよいよ帰りかけたとき、彼女は、例の気に入った絵をぼくの妻が売る気になってくれるだろうかとぼくの意見をきいた。「ありうることです」とぼくは答えた。それから、衝動的に、彼女は家のなかへもう一度踏みこんで、ぐるりと見まわし——「あたくし、もう一枚いただいて行ってもいいかしら。あそこのをもう一ぺん拝見してもかまいません?」

ぼくはべつにかまわなかった。気にかかったのは、ただ、どのくらい暇がかかるか、だけだった。もう一度、重ねてある絵をめくってゆくうち、彼女の手がとまって——彼女の鑑識眼が認めた、とぼくには思えた——まともな眼をもった者なら二度と見る気にならぬはずの一枚をていねいに見ていた。

「いったいこれは何でしょう?」その絵を高くもちあげ、笑いを押えようと苦しみながら彼女は叫んだ。「〝エル・アラメイン〟と題をつけました。ロンメルがイギリス軍に一杯くわせた戦場です——そうでしたね?」(ぼくは先刻、もう一つの画題『トラファルガーの海戦』について彼女に大法螺を吹いた。そんな題をつけたのは、その絵が打ち砕かれ、顚覆した船をいっぱい描いてあったからだった。ぼくは波を描くのがむつかしかったので、打ち砕かれ、顚覆した船を描いたのだ)。

「あなた、ロンメルとおっしゃって?」彼女がきいた。

「ええ、ロンメル。そこの前景にいるのが彼です」ぼくはそこを人さし指で指さした。

彼女は優しくほほ笑んだ。「あたくしはまた案山子《かかし》かと思いましたわ」

「どっちにしたって、たいした違いはありませんよ」ついでだから、機嫌のいい顔をしておこう。

「それで、あの黒い点々、汚点《しみ》みたいなのは、何でしょう、そこの山の近くに？　あれは山ですわね、ちがいまして？」

「墓石です。いくさの後ですから……ぼくはあれに墓碑銘を入れるつもりです。ええ、白絵具《ホワイト》で碑銘を書きこもうと思ったんです。もちろん読み取りにくいでしょうがね。それに、文句はヘブライ語になりますから」

「ヘブライ語で？」

「かまわないでしょう？　どうせ墓石の碑銘なんか、誰が読むもんですか」

その時分には彼女の友人たちが彼女を呼んでいた。かれらはワトソンヴィルに住むもう一人の名士を訪問する時間があればと思ったのだ。

「じゃ、参りますわ」彼女は言った。「いずれ手紙でお願いして、どれか郵便で送っていただくかもしれませんわ。どれか……あんまり秘教的でないのを」彼女はくすくす笑った。

石段をかけあがりながら彼女は手を振った。「タッ・タッ！」と彼女は叫んだ。

「タッ・タッ！」ぼくは応じた。「買った絵が気に入らなかったら、郵便で送り返してください。あいつはこの家では安住できるはずですから」

その晩、食事のあと、心のなかからいろいろのイメージを逐いだそうと思って、提灯《ちょうちん》を手にして庭の毒樫の枝の茂ったところへ行き、樹の枝に提灯を吊し、仕事を始めた。毒樫の長い、憎々しい根を引き抜くのは何という楽しさ——何という狂暴な楽しさだろう！（手套をはめて）ときには水彩画を描く以上だ。水彩画を売る以上なのはもちろんだ。だが、絵というやつは、どんな品物が出来あがるか、決して安心はできないものだ。ロンメルを描いたと思っていても、それが案山子にすぎないことを発見するのが落ちである。そうしてときどきは、あまり狂暴に急いだため、ブタクサのかわりにザクロを引っこぬくことだってあるのだ。

街道ぞいのルチアに、ノーマン・ミニが去ってから暫く後のこと、ハーヴェイという名の男が後釜にすわった——主任コック兼皿洗いとして。彼は藪原のまんなか、毒樫やガラガラ蛇や、霧やアオバエの猖獗《しょうけつ》するなかにテントを張り、そこに彼は妻と二人の幼い子供とともに住居を定めた。このテントのなかで彼は絵を描き、ヴァイオリンを弾き、文章を書こうとした。なかんずく彼は書くことを欲した。もしぼくが生れながらの文士というものをこれと目星をつけたことがあるとすれば、このハーヴェイという男こそ、それだ。彼が談話するとき、彼はすぐれた話術家、すばらしい説話者であって、まるで本を読んで聞かせているように聞かせた。何を話しても、その話は形式と構造と明晰さと意味とを兼ね備えていた。

だがハーヴェイはこの天分だけで満足しなかった。彼は書くことを欲した。

折にふれて、その日の仕事をすませてから、彼はぼくのところへやって来た。彼はいつもぼくの時間を奪うことについて詫びごとを言ったが——そのくせたいてい何時間も尻をおちつけていたが——彼の言い訳は、また彼は心からそう信じていたのだが、彼にはぼくが必要だというのだった。正直のところ、彼はぼくがつねに喜んで話を聴く客の一人であった。一つには、彼は英語文学の発生時代からはじまっての深遠な知識の持主だった。ぼくの信ずるところでは、彼はかつて英語文学の教師だった。彼は他にもいろいろなことをしていた。彼がルチアという寂しい場所で料理人兼雑用小使として勤めたのは、それによって文筆の道をこころみる機会が得られると思ったからだった。なぜ彼がそう思ったかはぼくにはわからぬ。勤めはほとんど暇な時間を彼に与えなかったし、人数の多すぎるテントは理想の仕事部屋とは称しがたかった。のみならず、ヴァイオリンを練習し画架を立てて油絵を描きながらでは、一人のダ・ヴィンチを除いては文章まで書くことはとても望めるものではあるまい。だがそれがハーヴェイのやりかたであった。

「私は書きたいんです」彼はいつも言った、「けれどもどうしても書けない。出て来ないんです。一度に何時間もタイプに向っていて、せいぜい二、三行しか生み出せません。おまけにその二、三行もよくないいんです」

ぼくと別れるとき必ず彼は実にいい気分になった、書けそうな気持になったと言った。「明日《あした》こそ、風が通るようにいい調子が出そうな気がします」そうして心からぼくに礼を言うのだ。

こんな調子で何週間もが過ぎたが、ぼくとの会話の消化剤的効果にもかかわらず、出て来たのはほんの滴《しずく》ぐらいだった。

ハーヴェイについて魅力的なことの一つは、といって決して他に例がないわけではないが、そうした閉塞状態、(タイプの前での)麻痺症的傾向にもかかわらず、長い小説の内容を物語ることにかけて——たとえばドストエフスキーのものなど——細部までものすごい正解さで、どんなこみいった部分でも作家でなければとてもできないと思われる見事さで強調し、聴く者に印象させる、そういう能力があったことだ。たった一回の講義で、ハーヴェイはたとえば次のような一連の作家たち——ヘンリー・ジェイムズ、メルヴィル、フィールディング、ロレンス・スターン、スタンダール、ジョナサン・

スウィフト、ハート・クレインといった連中をひとからげにして分析的に、教訓的に、また陶酔的に語ることができた。作品や作家について語るハーヴェイの話を聴くのは（ぼくには）有名な文学の大学教授の講義より遥かにおもしろかった。彼は話のなかの作家たちのおのおの、全部と彼自身を同一化して、彼自身のさまざまの苦悩がかつてはそれらの作家たちの苦悩でもあったかのように巧みに流しこむことに妙を得ていた。彼は選択し、評価し、解明する術を心得ていた、これは否めない事実だ。

だがこの能力は、誰でも容易に推察できるように、われらの友ハーヴェイにとってはあまりに容易に得られたものだった。こみいったヘンリー・ジェイムズの物語の美点を論じることはペンギン鳥を料理したり暖めなおしたりする片手間にできる何でもない仕事であった（彼は実際に、ある日ハイウェイで傷ついたペンギン鳥をみつけ、三日三晩の悪戦苦闘のあげくにとうとうすばらしい御馳走にして客に出した！）。

ある午後、ウォルター・ペイターの功罪についての長々しい論究の最中に、ぼくはだしぬけに手を挙げた。あるずるい考えがぼくの頭にひらめいたからだった。その考えとは、言うまでもあるまいが、ウォルター・ペイターとは縁もゆかりもないものだった。

「ちょっと待った、ハーヴェイ！」ぼくは叫んで、彼のグラスに手をのばし、いっぱいに酒をみたした。「ハーヴェイ、ぼくはきみに話したいある思いつきがあるんだ」

ハーヴェイはぼくの頭のなかに動いているものについて何一つ気づいていなかった。彼はきょとんとしてぼくを見ていた。

「いいかね」ぼくはほとんど内心の興奮でふるえんばかりで、しゃべりだした、「まず最初にウォルター・ペイターを忘れたまえ――それからヘンリー・ジェイムズもスタンダールも、すべてきみが好んで射ち落す其の他の鳥もだ……やつらはみんな死んだカモにすぎないんだ。きみの病弊は知りすぎてることにある……きみ自身のためにならないほど知りすぎてることをぼくは言うんだ。ぼくはきみにあいつらを埋葬してもらいたい、きみの意識から払拭《ふっしょく》してもらいたい。これからは本を開くのをやめたまえ、雑誌もだ。辞書さえも開かんほうがいい。少なくとも、ぼくがこれから勧めることをやってみるまではだ」

ハーヴェイはとまどったようにぼくをみつめ、辛抱づよく疑問の解けるのを待っていた。

「きみはいつも書けない、書けないと言ってるね。来るたんびにそう言うよ。ぼくはもう聞き倦きた。そればかりか、ぼくはその話を信じないよ。きみはきみの書きたいようには書けないかもしれないが、書けることは書けるんだよ！　たとい白痴でも、書くことにしがみついていれば書く術をおぼえることができるよ。そこでぼくの考えたことなんだが……ぼくはきみに早く帰ってもらいたいんだ」――ぼくがこう言ったのは、もし彼がぼくの計画を知ろうとして質問をはじめたら、計画はたちまち話のなかで煮つまることがわかっていたからだった――

「そうだよ、家へ帰って、一晩よく寝て、明日、できれば朝食まえに、タイプに向って、きみがなぜ書けないか、そのわけを説明することだ。それ以上も、それ以外もいらない。わかるかい？　なぜぼくがそれを勧めるかは訊かないで、やってみることだよ！」

彼が一言もぼくをさえぎろうとしなかったことにぼくはおどろいた。ただ急に横から揺すぶられた人のように、顔に妙な表情を浮べていた。

「ハーヴェイ」ぼくは言葉をつづけた、「二つのことは同じでないとしても――うん、ぼくは話すことと書くことの二つをさして言ってる――きみが日の下《もと》にあるあらゆることについて、雄弁に語りうることをぼくは認めている。またきみはきみ自身、きみの問題についても、他人について語るときと同様に精細に語ることができる。実際、きみ自身について語るときのほうがいいくらいだよ。そうして、実は、それこそきみがいつもやっていることなんだ——たといきみがヘンリー・ジェイムズなりハーマン・メルヴィルなりリー・ハントなりについて語っているような顔をしているときでもだ。口を動かす才能に恵まれた人間は——またきみはたしかにそれに恵まれてるんだが——たった一枚の白い紙にへこたれるべきではないんだ。それが一枚の白い紙であることを忘れたまえ……それが一個の耳であるかのごとく振舞いたまえ。話しかけるんだよ！　紙のなかへ話をぶちこむんだよ！　きみの指でだよ、もちろん。……書けない、なんて！　ばかばかしい！　もちろんきみは書けるんだ。きみはナイアガラの滝だよ。……さあ帰って、ぼくの言うとおりにしたまえ。ここでの話はぴったりやめようじゃないか。そして忘れるなよ、きみは自分がなぜ書けないかということについてだけ書くんだぜ。どういうことになるか、やってみたまえ……」

そんなふうにしてハーヴェイを立ち去らせ、彼が死ぬほどやりたがっている〃そのなかへ入りこむこと〃をさせないということは、ぼくとしてはある程度の強硬さを必要とした。しかし彼は割にあっさりと出て行った。実際に、彼は車のところへ行き着く頃は駈足に近い足どりになっていた。

一、二週間たち、それから三、四週間たったが、ハーヴェイからは何のたよりもなかった。ぼくは、自分の思いつきが、結局、あまり秀抜なものではなかったと考えはじめていた。そこへある日、彼が現われた。

「やあやあ！」ぼくは叫んだ。「やっぱり生きてたね！　どうだ、うまく行ったかい？」

「うまく行きましたとも」彼は言った。「あの日、あんたから妙な考えを頭にたたきこまれて以来、わたしはずーっと書いていましたよ」そうして、ルチアでの勤めを投げだす気になったことを説明した。ここへ来る前にいた東部へ帰るんだという。

「出発するときには、原稿の束をあんたの郵便函へ入れて行きます。もし暇があったら、ちょっと見てくれませんか?」

ぼくは心から見ようと約束した。数日後にハーヴェイは妻子をつれて引越した。だがぼくの郵便函に原稿の束はなかった。数週間後に彼から手紙が来て、そのなかに、彼は原稿はぼくを煩わすに値すると思わなかったのでぼくの郵便函に入れなかったと説明してあった。一つには、原稿は長すぎたのみならず、彼は文士になるのをあきらめた、という。生計のために何をするつもりかは言っていなかったが、ぼくは彼が教職に戻るような印象をうけた。それが通例の成行きなのだ。ほかのことがみんなだめになったら、人に教えよ!

それきりハーヴェイからは便りがない。今日、彼が何をしているか、全然知らない。ぼくは彼は文士であるといまでも確信している。いつの日か文筆に戻り、それに専心するだろうと確信している。なぜそんなに確信をもって言うのか、ぼくにはわからない。

今日にあって悲劇的なことは、ハーヴェイのような人の場合、たといかれらが〝音速障壁〟を突き破ったとしても、ほとんど即座にかれらは殺されてしまうということだ。かれらはあまりにうまく書くか、あるいはまずさが足りないか、どちらかである。かれらのよき文学についての博識と熟知との故に、かれらの生得の趣味と鑑識眼の故に、かれらは一般読者と結びつくレヴェルを発見するのがむつかしくなっている。特にかれらに欠けているのは、禅の大師たちによって〝仏を殺せ!〟という語で見事に定式化された、あの解放衝動である。かれらはもう一人のドストエフスキー、もう一人のジッド、もう一人のメルヴィルになりたがるのだ。

冷静に考えても、ぼくのハーヴェイに対する（またハーヴェイと憂いを同じくするすべての人びとに対する）忠告は、正しいし、賢明であると思う。もしある事柄について〝かくかくである〟という答えを与えることができないなら、〝かくかくではない〟という答えを与えよ！　肝腎なのは釣り上げること、車輪をまわらせること、行列を歩きださせることだ。車のブレーキがきかなくなったら、逆行してみることだ。それでうまくゆくことがよくある。

　ひとたびエンジンがかかったら、何より大切なことが――いかにして読者に結びつくか、あるいはきみ自身の読者をいかにして創造するかと言ったほうがいいが――問題として残っている。読者なくして書くのは自殺である。どんなに少数でも、聴衆がなければならない。ぼくのいうのは、作品を認めてくれる、熱心な読者、えらばれた読者のことだ。

　若い作家たちで、自分たちは読者と手をつなぐ道をみつけねばならぬと――創造し、発明せねばならぬと――認識している者がいかに少ないことだろう。よい作品、美しい作品、あるいは誰よりも傑《すぐ》れた作品を書くことだけで充分ではない。〝独創的〟な作品を書くことだけでさえ不充分だ！　彼はこれまで破れていた連帯を築かねばならぬ、あるいは再築せねばならぬ――それは潜在的な作家たる読者によっても、おのれを芸術家であると信じている作者によってと同様に熾烈に求められている連帯なのである。分裂、孤立化というテーマは――〝アトム化〟といまでは呼ばれているが――世に多くの唯一無二の個人が存在するのと同じ数の多面体である。そしてぼくらはみな唯一無二である。再連帯へのあこがれは、一つの共通の目的とすべてを抱擁する意味深さを持ち、いまや普遍的になっている。仲間である人間にわが心を伝え、それによって読者との心の交わり《コミュニオン》を築きあげたいと希う作家は、誠実と率直さを以て語るほかはない。彼は文学上の価値基準について考えるに及ばない――価値基準は彼が仕事を進めるにつれて出来てゆくだろう――彼は傾向とか流行とか、売行きとか、是認される思想かされない思想か、とかを考えるに及ばない。彼はただ彼自身を、裸の、弱点だらけの自己を読者に手渡すことだけが仕事だ。およそ彼を締めつけ、制限するすべてのもの――否定の言語を使って言うなら――それを彼の仲間なる読者は、たとい芸術家でなかろうとも、作者と同等の絶望と困惑とを以て感じてくれるものだ。この世はすべての者に同様にのしかかってくる。ひとびとはよき文学、よき美術、よき演劇、よき音楽のないことによって苦しんではいない、かえってこれらのものが世に現われることを不可能にしているものによって苦しめられているのだ。言いかえれば、ひとびとは声なき恥ずべき陰謀（それが知られていない故にいっそう恥ずべきものだ）のために苦しんでおり、その陰謀こそはかれらを芸術および芸術家の敵として十把ひとからげに縛っているものなのだ。ひとびとは芸術がかれらの生活における第一義の動く力となっていないことによって苦しんでいる――かれらは芸術なくしておのれの道を歩み、生活を送ってゆくことができるかのごとき見せかけを押し通す行為を日々くりかえすことによって苦しんでいる。かれらが何故に不毛と挫折とを感じ、喜びのないことを感じるるか、その故は芸術（およびそれにともなって芸術家）がかれらの生活から締めだされているからだということを、ひとびとは夢にも気づかない――あるいは一度も自覚しないかのごとく振舞っている。このようにして（知らず知らずにか？）一人の芸術家が暗殺されるごとに、それに対して何千という普通の市民たちが、さもなければ正常な喜び多い生活を知り得たはずのものを、神経病者、精神病者、分裂症患者として煉獄的生存をつづけるように断罪されているのだ。否、おのれの脳天に一発ぶちこもうとしている人間は『イリアス』『神曲』その他の偉大なお手本に眼を据えていなければならぬことはない。彼はただ自分の言葉で、自分の悲しみ、自分の辛苦艱難の物語、自分の非実存主義の叙事詩をぼくらに与えてくれればいいのだ。このような否定の鏡を見て、何人《なんぴと》も自分がどういう人間か、またどういう人間でないか、自分自身をそこに見いだすだろう。彼はもはや自分の子供の前でも、あるいは自分の隣人たちの前でも昂然と頭を挙げてはいられないだろう。自分が――そして他人ではなく――自分自身の仲間のひとびとの急速な没落、崩壊に、知ってか知らずにかは別として、一役買っている怖るべき人物にほかならぬことを認めねばならぬだろう。翌朝、昨日の仕事をまたつづけるとき、彼は知るだろう、自分のすることなすこと、自分のしゃべる片言隻句、自分がかかりあうどんな瑣事《さじ》でも、われわれすべてをその網の目に捕え、われわれの内なる生命を徐々にではあるが確実に押しつぶすところの、目にみえぬ有毒な蜘蛛の巣の一部であることを！　その読者がどんな高い地位にあるかなどは問題でない――彼が悪者でありまた犠牲者である点において無頼の徒、やくざ者と同等なのである。

誰がこういう本を印刷するだろう、誰がこういう本を発行し流布してくれるだろう？

ひとりもいない！

友よ、きみがやらなくてはならんだろう。でなければ、ホメロスがしたようにしたまえ――大通りでも横町でも、白い杖を持って旅をする、歩きながらきみの歌をうたうのだ。聴いてくれる人びとには金を払わねばならぬかも知れぬが、それだからといってとてもやりおおせられぬ芸当でもあるまい。少量の〝茶〟を持ち歩けば、きみは間もなく聴衆が得られるだろう。

2 アンダーソン・クリークの仲間

「それはたまらない苦痛だったが、わたしはその苦痛の終ることを欲しなかった――それにはオペラふうの壮大さがあった。それはグランド・セントラル駅を〝審判の日〟のように赫奕《かくやく》と照らしだした」

一九四五年、〝ポエトリー・ロンドン〟社はエリザベス・スマート作の『グランド・セントラル駅のほとりで私は腰をおろして泣いた』と題する一冊の薄い本を出した。それはまことに異風の小篇で、「一篇の恋物語」であるとジャケットにはうたってある。この本の作因となったロマンスは、ヴァルダがときめいていた頃のアンダーソン・クリークでの出来ごとであった。それはリリアン・ボス・ロス作『他所者《よそもの》』――この作品はおそらくビッグ・サーが存在をつづける限り売れつづけるだろう――とほぼ同じ頃に書かれたものにちがいない。

エリザベス・スマートは言う――「この地の伝説はみな血みどろの争闘や自殺、薄気味のわるい巫術《ふじゅつ》や超自然の知識にかかわるものばかりである」彼女はおそらくロビンソン・ジェファーズの物語詩のことをあたまに置いて言ったのだろう。エミール・ホワイトがユーコン河地方を経てアンダーソン・クリークに来た（一九四四年）頃には、ただ一人の芸術家も見あたらず、囚人小屋は一軒のこらず鼠も住まなくなっていた。争闘も銃砲の果しあいも、暗殺も自殺もなかった――太平洋岸一帯は平穏であった。戦争は終局にちかづき、渡り者の労働者がぼつぼつ流れこんでいた。まもなく髪を長くした芸術家たちがあらわれるようになり、ロマンスの花はまた新しく咲きはじめた。夜、クリークの流れが海へと奔るにつれ、岩や丸太のあいだから、さまざまの災厄的な出来ごとが怪しげな幻想的な脚色をほどこされて語りだされ、それがこの土地の魅力に味つけした。長くは居つかない芸術家たちから成り立っている〝部落《コロニー》〟は、わずか数年のあいだにそれら伝説の血みどろな諸相ばかりをなぞって歌いあげることになった。

エミール・ホワイトの小屋は――たしかにあれこそ小屋にちがいなかった！――ハイウェイぞいだったが、バラや朝顔の蔓《つる》がからまった丈の高い生垣の八重むぐらに隠れていた。ある日の昼食どき、ぼくらはこの生垣の日蔭に腰をおろして、簡単な食事をした。この小さな集まり場所は、もとは陰気な、白かびの生えた、鼠の糞や野菜くずや、もっと汚ないものの臭いを発散していたのを、ぼくも手つだって清掃したのだ。コーヒーやサンドウィッチをのせた小さな食卓は、道路から一フィートか二フィートしか離れていなかった。車が一台、乗りつけて、一人の男とその細君が降りた。食卓の上へ五十セント銀貨を投げだして、コーヒーとサンドウィッチを注文した。男はぼくたちが道ばたでカフェ商売をやってるものときめこんでいたのだ。

その頃エミールは何もかもひっくるめて週七ドルで暮していたが、ぼくは折にふれてはコーヒーとサンドウィッチで小銭をかせいだらよかろうとすすめたものだ。土地にはカフェは少なかったし、あいだが離れすぎていた。ガソリン・スタンドの間隔は五十マイルもあった。エミールは夜明け前の二時、三時に、たびたびガソリンとか水とかを求める旅行者に寝ごみを起されたものだ。

そのうちに、一人また一人と、芸術家たちが出現した――詩人、画家、舞踊家、音楽家、彫塑家、小説家……綱わたりの芸術家を除いてあらゆる種類の芸術家があらわれた。みんな貧乏で、みんな何もせずに食ってゆく気になっていて、みんな自己を表現することに死物ぐるいだった。

その時分までに、リリアン・ロスは別としてぼくが会った唯一の作家は、リンダ・サージェントだった。リンダには、作家たるために欠くことのできない一つのもの——おのれの自我を信ずること——を除いては、あらゆるものが具わっていた。彼女はまた作家にありがちの病気——自我恐怖症《エゴフォビア》に悩まされていた。彼女が何年間もとりくんで来た小説、これは怖るべき作品だったが、それが完成して間もなく不幸にも火事で焼いてしまった（同時に家も焼けた）。ぼくが彼女の家の客として泊っていたあいだに、彼女は短篇や中篇を見せてくれた。それらは出来あがったものも書きかけのものもあったが、どれもみなすばらしかった。それらの大半は彼女が少女時代に知ったニュー・イングランド人をあつかったものだった。それはむしろ伝説のビッグ・サーのほうに余計に似ているニュー・イングランドだった——暴力、恐怖、近親相姦、やぶれた夢想、絶望、孤独、狂気、その他あらゆる種類の挫折感《フラストレイション》。リンダはこうした物語を読者の感情に対する花崗岩のような無関心さで物語っていた。彼女の語彙《ごい》はゆたかで、金襴の織物のように濃密で、また奔河のように喧擾《けんじょう》をきわめていた。彼女は鍵盤の全音域を自在に領略した。いくつかの点で彼女はあの不思議な東アフリカの女性、イサク・ディーネセン[1]の名で書いた女流作家をぼくに想いださせた。ただリンダはあの女性よりもリアルで、地上的で、読者の血を凍らせる非情さがある。彼女がいまも書きつづけていることを、ここで書き加えておくべきだろう。ある山地の淋しい見張所から書き送られた最近の便りによると、彼女は新しい長篇を書きあげようとしているとのことだ。

ノーマン・ミニの名はすでに書いたが、彼もまた、出版者のお好みの言葉を真似ていえば、「もう一人の将来ある作家」だった——のみならず現在もそうだ。いや、実を言えば彼ははるかにそれ以上だった。彼は一身のうちに、フォン・モルトケ、ビッグ・ビル・ヘイウッド[2]、カフカ——それに加え

1 Isak Dienesen（1885—1962）デンマークの小説家。本名 Baroness Karen von Blixen-Finecke 一九一三年から三一年までケニヤでコーヒー園を経営し『アフリカの日々』（1937）でケニヤの自然や原住民の生活を描いた。また『七つのゴシック物語』（1934）その他の短篇はホフマンを想わせる

て、ブリア・サヴァラン[3]の資質をあわせ持っていた。ぼくがはじめて彼に会ったのは、サンフランシスコのケネス・レックスロスの家でだった。彼は即座にぼくを感銘させた。ぼくは彼が深い自卑の念に悩んだことがあるらしいことを嗅ぎつけた。ぼくはそのときは彼を作家としてでなく戦術家として見た。陸戦の戦術家としてだ。いまや彼は人生を戦場とする〝失敗した〟戦術家だ。それがぼくにとってのノーマンだった——魅力あふれるノーマン、ぼくはいつまでも彼の話に聞き惚れていられたし、いまでもそうなのだ。このめぐりあいの後、一、二年して、ノーマンは妻子を連れてビッグ・サーへ、過去数年の収穫のうちに発芽して来た長篇を書こうと決意してやって来た。彼は結局この作品をルチアで完成したが、ぼくはいまではもうその標題をおぼえていない。しかしこの作品の風味はおぼえている。それは『この人間のつくった宇宙の言語に絶する恐怖』とでも題していいものだった。この作品には一点の瑕瑾《きず》もなかった——作品そのものが瑕瑾だというなら別だが。それはわれわれの昼の世界の夢魔を鏡にうつして、まったく残忍、酷薄、無情に展開する幽冥界のドラマである。

あの本を読みながら、いかにぼくらは汗をにじみださせたことか！〝ぼくら〟とわざわざ言うのはほかでもなく、まんなか頃まで読み進んだ頃、ノーマンはしばしば注射のためにぼくを訪れはじめたからだ。精神的注射だ、もちろん。いまや戦術家がするどく前面へ出て来た。手づまり状態に直面して、彼の軍事的狡智が——これ以上うまくぼくには表現できない——活躍しはじめたのだ。彼の戦力は見事に陣形をととのえていたし、彼の威力はいまだ失われていなかったから、勝利はいまにも彼の手中に握られるばかりだったのに、決定的対決の火蓋を切るべき行動に彼は踏み切れなかった——というよりはその行動を実行に移すことができなかった。

ぼくはそれまでその本を一行も読んでいなかったし、また実のところ彼はその筋書の輪郭さえも

神秘と恐怖のユニークな作品である（訳注）

2 ウィリアム・ヘイウッド。炭鉱労働者で一九世紀末から二十世紀初頭、急進的なＩＷＷの会長になったアメリカ労働運動の指導者（訳注）

3 Jean Anthelme Brillat-Savarin (1755-1826) フランスの美食家で名著『美味礼讃—味覚の生理学』の著者。大革命で一時アメリカに亡命した（訳注）

はっきりとぼくに話してくれたことがなかった。彼は筋書をどろどろのモロミみたいなものとして語るだけだった。彼は酒を醸すについて助けを求めたわけではなく、醱酵の過程で深邃《しんすい》な洞見が欲しいと思ったのだ。ここでぼくはノーマンが一句一句、一行一行と、慎重に手さぐりしながら、批判しながら、苦悩しながら、努力しながら書き進むタイプであることを言っておくべきだろう。作品の構図は彼にははっきりしていて、おそらく彼の脳細胞のなかは幾何学的に整然と刻印されていたのだろうが、文章のほうは僅かずつしか噴出せず、たいていは点滴ぐらいしか出て来なかった。水槽《タンク》には水がたっぷり用意されているのに、何故に流出が阻まれるのか、彼にはわからなかった。あるいは彼は書くことの技術について誤ったアプローチをしていたのかも知れない。むしろ（批評の）眼をつぶって、あたまに浮んだことを何でもかまわず書きつけるのがよいかも知れない。どうしてぼくはこんなに速く、こんなに自由に書けるようになったのか？ 彼は彼自身を、あるいは彼の口で言っていることを怖れていたのか？ 彼は果して本当に作家だったのか、それとも自分でそうだと想像しただけなのか？ 才能は誰にでもあり、修練を経て何かしらを生みだすことができるはずだ。だがそれだけで充分なのか？ 火が、情熱が、憑かれた者の策励《うながし》が、なくてはならない。自分の本が傑作になるか悪作になるか、誰も気にかけることはない。書けばいいのだ、ほかのことは何も考えずに。書け、書け、書け……。

もし彼がヨーロッパに住んでいたら、ノーマンは自己を表現するのにこんな苦闘をしたかどうか、ぼくは疑問だと思う。一つには、ヨーロッパでなら彼は自分を理解させることができただろう。彼の自卑は本当のもので、ぼくを感動させた。ぼくには彼がもっと大きな仕事に向いているような気がした。ほかの出口がみな閉ざされたあと、死物ぐるいで書く一念にとりついた男、という気がした。俗世界での成功者となるには、彼は誠実すぎ、まじめすぎ、真剣すぎた。まったく、それほどにもおのれを持することに厳しかったので、恐怖と疑惑にさいなまれたのだ。

ある出版社に著書を出させようとして、いささかのまずい努力をしたあとで、彼はあきらめた。まもなくルチアでの職を失って、都会へ帰るほかはなくなった。その次にぼくが知ったのは、彼がバークレーのカリフォルニア大学で管理人の職についているという話だった。夜勤の仕事だったので、昼間のうちものを書く機会が得られた。ときどきは講義を聴くこともあった。ぼくらの謙遜な管理人が、ときたま教室に入って聴講する教授たちよりも数学、歴史、経済学、社会学、文学といった科目ではずっと素養が深いかも知れぬと考えられるのは皮肉な話だ。管理人になる術については、彼はどんなすばらしい講義ができることだろう、とぼくはよく考えたものだ。なぜなら、ノーマンという男はどんな仕事にとりついてもそれを一つの術と化してしまうからだ。この、あらゆるものを術と化そうとする執拗さ、これが世俗の目からみると、彼の最大の欠点なのだった。

ぼくの気持では、ノーマン・ミニが作家として認められるようになるかどうかは、まったくどうでもいいことだ。たいせつなことは、こういうアメリカ人がわれわれの生活のただなかに存在しつづけるということだ。

快い風のように書くことのできる男は、ウォーカー・ウィンスローだった。ウォーカーはビッグ・サーへ来る前に、すでにいくつかの変名で数冊の本を書いていた。彼はまたかなりの数の詩を書きためていた。だが自伝的な長篇小説『もし男が狂気になったら』[4]を書きはじめるまでは、彼は自分の真骨頂を発見していなかった。毎日彼は十五ページ、二十ページ、三十ページと書いた。早朝から夜までタイプに向っていた。この本を書きあげるまでにかかった数カ月のあいだ、彼は一滴の酒にも手を

4　*If a Man Be Mad*, by Harold Maine (pseudomym) (New York: Doubleday & Co.,) (1947) (原注)

ふれなかった。彼は大量のコーヒーを飲み、一日に数箱の巻煙草を吸った。彼はまた書き直しもたくさんした、その大部分は圧縮だった。この本を書いているあいだに、彼はほかの本を書く依頼を受けた。ぼくの記憶では、あるときなど、彼は同時に三冊の本を書こうとしていた。

だが、ちょうどノーマンと同じで、書くことは第二義の問題だった。ウォーカーの本領は民衆だった。生涯の大部分を彼は浮浪者、なまけ者、ルンペン、波止場ごろとして過して来た。それも聖者の魂を抱いて。自分が困っていないときは彼はいつも他人を助けていた。困っている人間を助けるために、遠いから行けないという距離は彼にはなかった。弱き者、悩める者のために、彼は生きた松葉杖だった。本を書くことはウォーカーにとって一種の幕間《まくあい》狂言の性質をもったものでしかありえなかった。彼はゴーリキーではなかったが、別の社会では――もっと受容力があり、もっと寛容で、不適格な者、見すてられた者についてもっと〝敬虔〟であるような社会だったら、彼は第二のゴーリキーになっていたかもわからない。たしかにウォーカーはどんなゴーリキーにも劣らず最低のみじめな者をよく知り、理解していた。彼はまた、ほとんどの作家たちが及びえない程度にジョン・バーリーコーン（ビール・ウイスキー）をよく知り、かつ理解していた。彼の問題は文学的技能を会得することではなく、無限の経験への彼自身の深淵的な飢餓を克服することだったし、いまもそうである。もう一人、人間性へのすぐれた感受性をもつ作家として、ぼくが一言をついやすことを迫られていると感ずるのはジェイク・ケニーだ。ジェイクはビッグ・サーの住人ではないが、この土地の地境《じざかい》のはずれには住んでいる。彼は心情的にはロシア人で――広い意味でのドストエフスキアンだ。多くの潜在的大作家の例にもれず、ジェイクは出版者とのつきあいに勝ち味のない男だ。ぼくは彼の長篇第一作の原稿を数回読んだ。『眠りかけて』と彼はそれに名づけている。本のなかみを知ってみると、すばらしい標題なのだ。これ以外につけようのない題だ。その欠点――みな小さな欠点だ――にもかかわらず、この作品はアメリカ文学でそうたびたびお目にかかれない諸性質を持っている――ほかでもなく敏感さ、情熱、そして同胞愛。あまりにも血が熱《あつ》すぎることは疑えない。アメリカ人読者が苦情を言いそうなほど笑わせたり泣かせたりする、なぜならかれらはとめどもなく笑ったり泣いたりするのを恥じる連中だから。

不幸なことに、ジェイク・ケニーは手を使う仕事に堪能である。彼は作家であるのみならず、大工、建築家でもある。こんな不幸なことはない。なぜかといえば、ペンによって生計の資をかせぐことに失敗すると、彼はつねにその赤手《せきしゅ》をもってそれをかせぐことができるからだ。そして〃われわれ〃ひとりの男がいかにして生計の資をかせぐかにあまり関心をもたない者たちは、それによっていかに多くを失ったかを決して知ることがないだろう。おまけに、われわれは本当に『眠りかけて』という本を欲しがるかどうか？　それよりも〃おれを眠らせてくれ〃という種類の文学のほうを読みたがるんではないか？

ぼくの近くに住むポール・リンクもまた似たような〃不幸〃な男である。およそ何でも屋である彼はジェイク以上にさえ不幸だ。彼もまた小説を書き、その小説はどうしても買手がつかなかった――二十五社以上の出版者へ托鉢巡礼をやった。「良すぎる」とかれらは言うのだ。「こうすぎる、ああすぎる。」ぼくから見れば愚かにも、彼はその作品を数回も書き直した。Aの出版者は彼が小説の初めの部分を削ったら引き受けるだろう。Bの出版者は結末を書き変えたら採用してくれるだろう。Cにいたっては彼がこの人物、この事件、この何とか、あの何とかをもっと詳しく書いたら〃考慮〃してくれるだろう。かれらが好意でそう言ってくれるものと信じているポールは、まるで囚人の着る拘束服に自分の寸法を合わせようと――しかも自己に不忠実になるまいとして――悪戦苦闘する。なんたる望みのない努力であるか！　誰だって、出版者の要求するようになんか断じて、断じて、するもんではないのだ。その原稿はわきへ除けて、新しく、また新しく、また新しく書くがいいのだ。かれらが最後にきみを受け容れたら、そのとき最初の原稿をもう一ぺんかれらに投げつけるのだ。するとかれらは言うだろう、「なぜあんたは、いままでこの作を見せてくれなかったんですか？　これは傑作だ！」と。編集者はかれらが読んだもの、あるいはかれらがかつてことわったものをしばしば忘れる。誰かほかの者が読んだんでしょう、ぼくじゃない、そうかれらは言うだろう。あるいは、「わが社はあの頃ちがう方針をとっていました」と言うだろう。出版者たちにとって、天気模様はいつでも変るものだ。だが、だからといって、自分の処女作をまだ引き受けてもらえない作家にむかって、編集者とか出版者とかいう手合いはバカばかりで、ほかの人間どもと同様に判断力がないのだとか、かれらは文学それ自体に関心を持つものでなく、かれらの価値基準は砂と同じように千変万化するんだとか、言って聞かせたところでむだである。「どこかで、なんかの拍子で、いつかは……」と作者は考える。大いによろしい！　ランボーが言っているように、「前進せよ、どこまでも！」

リトル・サー河の近く、とある風あたりの強い谷かげ――ずいぶんひどいところだ！――に、イギリス人の詩人、エリック・バーカーが、ある大きな牧場主のため番人として働いている。[5]給料は安く、仕事は楽で、時間は自分のものである。朝は氷のような谷川に一浴し、午後は海で水浴する。ときたまは漁夫、猟人、酔漢――それに家畜泥棒も予想するわけだろう――等の立入りを警戒し、防ぐ。こう書くといかにもすばらしい生活のように聞えるが、それは一年のうち九カ月、一日二十四時間、風が休みなく吹きつづけるのでないとしての話だ。

エリックは二十五年間にわたり詩を――もっぱら詩だけを書いて来た。彼はよき詩人である。謙遜

5　上のように書いたあと、彼はクビになった。Ｈ・Ｍ（原注）

で、慎み深く、決して自分を押し出そうとしない詩人だ。ジョン・クーパー・ポウイスやロビンソン・ジェファーズのような人たちが彼の作品を尊重する。わずか数カ月前に、エリックは、賞の形ではじめて表彰を受けた。彼がこの次の賞を受けるのはさらに二十五年後のことかも知れない。エリックはそんなことをべつに気にかけていないようにみえる。彼は自分自身とともに、また隣人とともにいかに生きるべきかを知っている。何かインスピレーションがあると、彼はそれを紙に書いておく。インスピレーションがなくとも彼は苦にしない。彼は詩人であり、詩人らしく生きている。それのできる作家は少ない。

ヒュー・オニールも詩人だ。彼は数年間、アンダーソン・クリークに住んだ。雀の涙ほどの金で暮していた。彼が平静なすがたでなかったところをぼくは見たことがない。たいがいの場合、彼は黙っていた。ときとして彼が頑《かたく》なな沈黙を見せることもあったが、ふだんは愉しげな沈黙で、ひとの気を滅入らすそれではなかった。ビッグ・サーへ来るまで、ヒュー・オニールは自分の手を使っては何ひとつしたことがなかった。彼は学者タイプだった。そのうち急に、あきらかに必要に迫られてだろうが、彼は自分がどんな仕事でもできることを発見した。彼は大工、鉛管工、左官の仕事に雇われさえした。彼は隣人たちのために暖炉を作った。使えるものもあり使えないものもあった。だがどれもみな見た目には美しく頑丈に出来ていた。それから彼は造園を手がけた——莫大な野菜畑を手入れして維持したが、それは一軒の家族のためにしたことだったけれども、アンダーソン・クリークに住む全員を養うのに充分だった。彼は漁撈と狩猟を手がけた。彼は陶器をやいた。彼は絵を描いた。彼はズボンに継ぎをあてる法、靴下をかがる法、服にアイロンをかける法を学んだ。ぼくはいまだかつてヒュー・オニールのように、一人の詩人がこれほど何にでも役に立つ代物に開花する有様を見たことがない。

そのくせ、それでいて、彼は相変らず貧しかった。ちゃんと計画的にそうだったのだ。彼はいつもおれは仕事ぎらいだと言っていた。しかもそう言うヒュー・オニールほどに活動的な働き手、勤勉な存在はなかった。彼が嫌ったものは殺風景な日常的世界、意味のない労働だった。彼は軍隊に入るよりは餓死を望んだ。そして彼は美しく労働することができたのと同じく美しく餓死できる人間だった。餓えることも気晴らしの一つであることを証明するためかのように、優雅にそれをやってのけた。彼は空気を食って生きているようにみえた。彼の歩くのも空を歩いているようだった。すばらしく速く、音をたてずに歩いた。

ハーヴェイと同じく、彼も専門の講師のような魅力と巧緻さと洞見とで一篇の小説について講釈することができた。アイルランド人だったので、一つの主題を奇想天外な角度からねじまげるのがうまかった。聴く者は彼のとりあげる小説について、どのくらいまでがヒュー・オニールのもので、どのくらいまでが作者自身のものか知るために、その小説にもう一ぺんとりついて読み直さなければならなかった。同じことを彼は自作の物語についてもやった――物語とぼくが言うのは彼の実生活から出たものをさすのだが。それを話すときどきに応じて、彼はその話に新しい角度を与えた。なかで最もおもしろかったのは戦争について、ドイツの捕虜だった頃の彼の生活に関するものだ。それらは『戦争のなかの人々』を書いた人物――あのアンドレアス・ラツコに、格調も気分も非常によく似ていた。ふたりとも、ひとびとが最悪の状況にあってさえもあらわにする嗤《わら》うべき愚劣な――そしてまた讃うべき崇高な――すがたを強調するのだ。ヒュー・オニールは彼が八方ふさがりの窮境にあることを自覚しながら、つねに自分を嘲笑していた。まるでそれらの窮境が誰かほかの人間の身の上であるかのようにだ。ドイツで、捕虜になり、ボロをまとい、飢えて、傷ついて、眼さえもよく見えなくなっていながら、彼は人生をおもしろいもの、グロテスクで滑稽なものと見ていた。彼には一オンスの憎悪もなかった。自分がひどい屈辱をこうむったことを語りながら、さながら彼のほうがドイツ人に同情しているような——かれらも人間であってそれ以上のものではなく、あのような立場に置かれたのだから気の毒だ、と思っているかのようだった。

だがヒュー・オニールはこれらの物語を決して紙の上に書かなかった。彼は（少なくとも）もう一冊の大戦争小説を成すに足るだけの素材を持っていた。彼はこの小説をきっと書くといつも約束していながら決して書かなかった。そのかわりに彼は短篇やエッセイや詩をよく書いたが、それらはどれ一つとしてぼくたちを魅惑するほら話と似たものではなかった。戦争は彼の運命を決した。そのために普通の生活は単調で無意味になった。何の意義もないことをしていて彼は幸福だった。彼は自分の時間を怠けて過すことを喜んだし、ぼくにとってはそういう彼を見ていることが愉しかった。なぜ彼は、結局のところ、書かねばならぬのか？　結局それは、ほかの仕事が人間をひっぱりこむのと同じ苦悩を抱えこむことになるのではあるまいか——人生の車輪を回しつづけている人間にとって？

ある時期、彼はアイルランド産のハープを持っていたことがある。これは彼には申し分なく似合った。もし彼がそのハープをたずさえて世界じゅうを遍歴し、自分の唄をうたい、自分の物語を語り、ここで垣根を修理したら、かしこでは歩道づくりをやるというふうだったら、いっそうよく彼に似合うことだろう。歩くときの彼の足どりはまことに軽やかで、まことに高雅、快活でこの世の中の仕事などにはまったく無頓着だった！　われわれの社会が、自分の毎日の時間をむだづかいすることを許し、日々の苦労や退屈ときれいさっぱり手を切っていることに対し——せめてひとかけのパンと指ぬきほどの量のウイスキーでも——褒美《ほうび》として与えるような社会でないとは、なんと情けないことではあるまいか。ある者はそれを気軽にうけとって、そのくせちゃんと目的を果す、ある者は自分を叱りとばしながら勝手に苦労して妻子に地獄の生活を味わわせる、ある者はとことんまで辛抱し抜く、ある者はあっさり蛇口をひねって吐きだささせる、ある者はやりだしたが最後いつまでも結着がつかぬ、ある者はやりだす前から結着がついている。長い目でみれば、どれも大差はないようでもある。たしかに出版社にとっては大差ないし、広い読書界一般にとってはなおのことそうだろう。われわれの文壇はゴーリキーたち、プーシュキンたち、ドストエフスキーたちを生みださなかったとしても、ヘミングウェイたち、スタインベックたち、テネシー・ウィリアムズたちを生んでいる。誰も迷惑はしない。迷惑するのは文学だけである。スタンダールは『パルムの僧院』を六十日たらずで書いた。ゲーテは『ファウスト』を完成するのに一生涯をかけた。漫画本と聖書とはこの二篇のどれよりもよく売れる。

ときどきぼくは現存の最も多産な作家のひとりで、しかもその分野での最優秀の作家、ジョルジュ・シムノンから手紙をもらう。彼が次の長篇にとりかかる用意がととのったとき——それは数週間の仕事だが——友人たちに、しばらくのあいだ文通をなおざりにせざるを得ない旨、通知する。しばしばぼくは、一冊の本を数カ月ぐらいで完成したらどんなにすばらしいだろうと自問することがある。自分はしばらく〝放送を中止する〟と、誰かれかまわず通告するのは、どんなにすばらしいことだろう！

だが話を奴隷海岸へ戻して……世の中のこと、何がどうなろうと一向、苦にしないようにみえる人物、それはログ・ロガウェイだった。ロガウェイはクレンケル・コーナーズ[6]に近い空屋になった小学校の校舎に住んでいた。彼はベン・ブファーノの許しを得てそこに住んでいたが、ブファーノはブファーノでその校舎をスタジオに使うことの許可を官憲から受けていた。

ロガウェイは長身で、のんきな船乗りタイプの、骨がゴムで出来ているような男だった。彼は乗っ

6 ハイウェイ建設中のキャンプのあったところ（訳注）

ていた船が潜水艦にやられたのがもとで取りつかれた重症の腸疾患に悩んでいた。そのために思いもかけない年金を受け、おかげで絵を描く暇ができたというのでひどく幸福になった、あの様子では両脚とも魚雷で吹っとばされても苦情を言うことはあるまいとぼくなぞは信じている。彼はダンスをすることと絵を描くことにかけては底抜けの阿呆だった。一種の〝野牛踊りのすり足《シャフル》〟の動作《スウイング》を編みだして、これが本格の（下劣な）ながし眼と組み合わされると、まるで尻に大型クラッカーをくっつけたプリアポス[7]のように見えた。

ロガウェイは毎日一枚のキャンヴァスを描き上げ、ときには一日に二枚、三枚を完成した。そのどれも彼には満足を与えなかったようだ。にもかかわらず彼は来る日も来る日も描きつづけ、しかもますます速くなり、いつの日かはかならず石油を掘り当てるのだと信じて描きまくった。とうとうキャンヴァスが無くなったら、彼は一カ月前に描いたキャンヴァスをとってその上へ描いて行った。彼の絵はどれも陽気な、音楽的なところがあった。おそらく彼の絵は体操するのとあまり変らなかったろうが、それはスウェーデン体操ではなかった。

これらの〝体操〟について印象的なのは、彼がそれを行なった場所だった。彼は学校の校舎のなかでやってもよさそうなものだった――広さは充分にあった――だがログには細君と二人の子供があり、子供の一人は赤ん坊で、子供たちは彼を気違いにしそうだった。そこで毎朝、夜が明けると、彼は校舎の裏へ姿を消し、隠れた小道を数百ヤード歩いて、ちょっと見たところ屋外便所みたいな小屋へ行った。ログが大急ぎで板をぶっつけて造ったこの間に合せの小屋は、後にブファーノが瞑想にふける場所として役立った。この山のなかを歩きまわった者で、茂みのなかに隠されたこの巣が、中国の絹布の画巻、チベットの巻物、コロンブス以前の小像、その他、ブファーノが漫遊時代に蒐集した

7　ギリシャ神話の生殖の神（訳注）

美術品でつつましく飾られていることを誰ひとり想像する者はなかった。のみならずまた山中の放浪者は一人の画家が、それもロガウェイのような大男が、仕事場としてこんな小屋を造ったなどと夢想すらもしなかったろう。背丈の低いブファーノでも、ここで昼寝をするため体を横にすっかり伸ばして寝ようと思えば、壁に穴をあけてそこから両足を突きだす工作をしなければならなかったほどだ。

いまでもぼくはロガウェイが新しいキャンヴァスと取組むときに必ず没入する狂熱的興奮にある姿を見ることができる。自分の作品をちょっと横眼で眺めようと思えば、彼は小屋の入口からうしろ向きに外へ出なければならない。もう一度なかへ入ると、今度は黒い斑点のほか何も見えない。ときどき、あまり陶酔してうしろ向きにあとずさりするものだから、グリーズウッド[8]の一列につまずき、イバラやイラクサの茂みのなかへ尻餅をつく。それでも彼は体についた棘《いばら》や針をはらい落そうともしない。棘や針の痛みは絵を描くテンポを速める役に立つだけだ。ロガウェイの唯一の関心事は太陽の光線が弱くなる前に最大限の生産をすることだった。

日が暮れると彼はくつろいだ。酒と音楽を彼とともにする者がいないときは、一人で飲み、一人で踊った。酒は彼の宿痾《しゅくあ》にはよくなかった。ほかにもっといいものが手に入らないから彼は飲んだのだ。彼をいい気持にさせるにはカップで一杯しか要らなかった。ときには彼は居どころから少しも動かず、まるで骨を抜かれたイワシみたいに、ゴムのような関節をふるわせるだけで踊った。ときには彼はまことに完璧に関節のなくなったグニャグニャ状態になり、まさに恍惚のきわみにある章魚《たこ》とそっくりになった。

ロガウェイのあきらめきれぬ願望は、もっと温暖な風土、水浴のできる大洋、そして彼がビッグ・サーで生活するよりも安く暮せるような為替《かわせ》平価の国をみつけることだった。彼はある日メキシコへ

8 アカザ科の灌木の一種（訳注）

行き、一年かそこら滞在してからマジョルカに切りかえ、それから南フランス、さらにポルトガルへ行った。最近、彼はタオス[9]で暮しており――むろん絵も描いている！――ところがあそこはむろんどの大洋からも遠いし、冬はいやな気候だし、おまけに観光客がむやみに押しかける。たぶんログは町のインディアンたちを説きふせて、かれらのスネークダンスに自分を仲間に入れることを承知させたのだろう。彼の行動についてぼくの考えうる理由はこれ以外にない。

アンダーソン・クリークの小屋には、トイレがあったのは運がよかったが、ぼくたちはラジオもレコードプレーヤーも持たないので、音楽で音を消すことができないのは閉口だった。しかしこれはぼくの親友で、これまた作家であるギルバート・ナイマンが音楽を聴くのをさまたげはしなかった――と、ぼくが言うのは、ぼくたちの住居からの音楽のことだ。はじめに、アンダーソン・クリークに住もうとしてやって来る人間は誰でも、みないろいろのものを聴く。ある人はベートーヴェンの交響曲を、ある人は軍楽隊の演奏を、ある人はさまざまの声を、ある人は泣き声や悲鳴を。特に谷川の近くに住むひとびとにとっては、この谷川こそはこれらの気味のわるい、心を騒がす音の源《みなもと》なのだ。ギルバートと彼の妻および娘は、かつてヴァルダの邸だった大きな家を住居とした（ヴァルダは居間をボールルームに模様変えした。その部屋はすばらしい球戯室にもなったろう）。だが、前に言ったとおり、ギルバートは約百ヤードは離れているぼくたちの家から〝音楽〟が聞えてくると言い張った。しかもそれは主に夜、聞える、と言って、寝つきのよくない彼は憤慨した。彼は酒飲みとしてもよろしくなかったが、その話にはいまは立ち入るまい。ぼくがその音楽なるものについて、いったいどんな種類の音楽かと問うと、彼は答える――「例のヴァレーズ[10]のレコードだよ。」彼の言うのは『イオニザシオン』か、『密度二一・五』か、『オクタンドル』か、それとも『インテグラル』か、ぼくにはとうとうわからなかっ

9　ニューメキシコ州の町、避暑地、芸術家部落あり（訳注）

10　エドガー・ヴァレーズ、一八八五―一九六五、フランス生れのアメリカの作曲家（訳注）

た。「いや、それがね」と彼はいつも言うのだ、「例の、木魚だの、橇《そり》の鈴だの、タンバリンだのゴングだの、鎖《チエーン》だの、うるさい音をたてるやつさ。」ギルバートは音楽にはいい趣味を持っていて、モーツァルトを愛し、静かに休息するときにはヴァレーズを聴いて楽しんだ。かれら一家が住む家ではどこでも、またかれらはいつも妙な薄汚ない場所をえらんで住む癖があるようだが、そこには必ず豊富なレコード・アルバムがあった。バンカー・ヒル（ロサンジェルス）というのはミルウォーキーにも劣らない気持のわるい土地だが、そこにいた頃の彼の一家はしばしば食べるものにも事を欠いたが、音楽はいつもあった。ビヴァリー・グレン（ハリウッドのすぐ外）の小さな緑色の家では、ギルバートはからだにオリーヴ油を塗って、家の裏の藪のなかに隠れて日光浴をしていたが、音楽はたっぷり鳴りわたっていた——ショスタコーヴィチ、『夜のガスパール』、ベートーヴェン四重奏、ヴィヴァルディ、フラメンコ、カントール・ローゼンブラット、その他、というわけだ。隣人たちはしばしば少し音を低くしてくれと彼にたのんだものだ。彼が小説の仕事を——ガレージのなかで——しているときも、音楽はいつも鳴っていた（仕事はいつも真夜中に始めて暁《あけ》がたに終った）。

ビヴァリー・グレンで彼が書いた小説は、『暴君はどこの国にもいる』[11]という題で、彼がビッグ・サーに住んだ初期の頃に話がきまり、出版された。これもまた甘美な小説だったが、ただし隣人たちのあいだでは賛否こもごもだった。ぼく自身はというと、メキシコについて書いたこれ以上の小説は読んだことがない。とにかく、ギルバートはいまや第二の長篇、『地下街』*The Underworld* にかかっていた。彼が仕事を夜でなく昼間やるようになったのはこの時代で、そこで音楽——例の幽霊音楽——がひどく彼の心をみだしはじめたのだ。もちろん彼は酒も飲んでいた。彼は氷のように覚め切って飲みはじめ、まったく別人のようになって終る。正常に返ったときの彼は——さあ、これほど適当な言葉

11 *There's a Tyrant in Every Country* Published by Harcourt, Brace & Co., New York, 1947.（原注）

はぼくには考えられないのだが――まさに美妙になる。

素面《しらふ》のギルバートはインディアンのように歩く――音をたてず、疲れることなく、足早に。酔えば、失神状態にある人のように、断崖にそって歩く夢遊病者のように、左右にくねりながら歩いてゆき、つまずき、前後左右に体を動かし、しかも決して倒れない。こんな状態になると彼のおしゃべりも歩きかたとよく釣り合ってくる。文字どおり彼は一つの主題を縫うように進んでゆく――たとえばレオパルディ、またはタントラ経典[12]、またはポール・ヴァレリー――最も危険な廻り道をするかと思えば、とても越えられそうもない障碍物を跳び越え、完全な正確さで後戻りし、落ち、起き上がり、息が切れたときにはパントマイムに頼り、ときには適当な言葉がみつからなくて困惑し……途中で横道にそれても――余談のつもりではじめた話のふりだしへ戻って――一時間後、ときには二時間後にでも正確にふりだしへ戻って来ることができた――戻って、と言ったが、それは彼が宙にぶらさがったままで置き忘れた文句そのものへ戻って、ちゃんと結着をつけるのだ。ときどき、こうした飛躍の途中で、彼はしゃべるのをやめ、ぼくらが彼の言葉のつづきを待っていることを忘れてしまい、黙想に耽ってしまうことがある。こういう癖を彼は、コロラドで身につけた――天来のメッセージを待って緊張する癖を。そのメッセージというのはいつも〝マンマ・カリ〟と彼が呼ぶ女神からときまっていた。ときどきマンマ・カリは、ちょうど彼がマメをフォークにのせて口へ運ぼうとしているところへ、現身《うつそみ》のすがたをあらわす。すると彼は恍惚境に入り、フォークは唇までの途中で止ってしまい、惚れぼれと恋する神をみつめるのだ。

これがギルバートのグロテスクな面であって――といって彼の最も魅力のない面というわけでもない。もう一つの面は永遠の学徒という立場である。彼はロマニクス、ロマンス語系の専門家で、フラ

12 ヒンドゥー教の経典、シヴァ神とその妻なるシャクティ神との対話の形で儀式、修道、瞑想等を秘教的に説く（訳注）

ンス語、スペイン語、イタリア語は完全にものにしている。彼のフランス語からの翻訳――ヴァレリー、ボードレール、ヴェルレーヌ、ランボー、フェルナンデス等――はすばらしいものだ。ロルカの戯曲をこの国で最初に翻訳したのも彼だ。『血族結婚』[13]はロルカの戯曲流行のさきがけになった。彼はまたラモン・センデルをも訳したが、この人はロルカと同世代のおそらく最大の小説家だ。ギルバートの翻訳について特筆すべきことは、彼がスペイン語やフランス語の深い知識を示したことだけでなく、このほうがもっと重要なことだが、実に見事な英語の知識をも示したことだ。たしかイタリア語からの翻訳の出版されたものはなかったと思うが、彼がよくぼくに語った作家はジャコモ・レオパルディである。レオパルディとドゥーゼと――どっちを彼がよけいに熱情をかたむけて語ったか、ちょっときめにくい。彼はまたチャーリー・チャップリンとジョン・ギルバートについても、感動的な雄弁をふるって語ることができた。特に後者の『肉体と悪魔』での演技について、然りだった。

ここでぼくはギルバートが、少年俳優として立ったのがその履歴のはじまりだったことを言っておくべきだろう――その場所はたしかコロラドだったと思うが、あるいはカンサスだったかもしれぬ。彼はカンサスをまるで毒薬のように嫌っている。あの州の話が出ると、いったい彼はこの世であそこに生れ、育ったのか、それとも前世でそうだったのか、聞いていてわからなくなる。彼のうちなる俳優の資質は強力であって、アンダーソン・クリーク時代にも彼のふるまいには芸人《ショウマン》らしい痕跡があった。彼が酔いから覚めかかり、ふだんの声に帰ろうとしているとき、彼が羊飼の格子縞肩掛《プレイド》をかけ、髪にポマードをつけ、胸ポケットのハンカチーフにほんのり香水の香りをさせ、靴をみがき、腕をまげて筋肉の隆々たるところをみせ、空想の玉突き室の空想の床を気取った歩きかたで歩くとき――彼は空想の一、二時間を、パデレフスキと玉突きで暇をつぶしているつもりなのだ――そんなときの彼

13 原作 Bodas de Sangre は一九三九年発表（訳注）

に俳優らしい前身がうかびあがるのだ。そうして本来の彼に戻るとき、さきほど途中までやめたセリーヌの、あるいはドストエフスキーの、ヴァッサーマンの独自の美点についての議論のつづきをやりだすのだ。もし彼が少しく辛辣になっていたら、彼はアンドレ・ジッドを硫黄とアンモニアの風呂のなかへ漬けるだろう。だがぼくは横道へそれたようだ……。

音楽の話だっけ！　ある夜、午前二時ごろだったろう、ぼくらの小屋のドアがどしんと音たてて開き、いったい何事が起ったのか気がつく前に、一本の手がぼくの咽喉をつかみ、乱暴に締めつけるのを感じた。それが夢ではないことはぼくにはよくわかった。と、一つの声、すぐに誰のものかわかる酔っぱらった声、しかも半分泣いてるような、おびえた声が、ぼくの耳もとでどなった——「あの糞たれ機械はどこにあるんだ？」

「何の機械だい？」ぼくは咽喉をつかんだ手をほどこうと骨折りながら、辛うじてゴボゴボとうなった。「ラジオさ！　あいつをどこに隠してるんだ？」

言いながら、つかんだ手を離し、その辺を掻きまわしはじめた。ぼくはベッドからとびだして、彼をとりしずめようとした。

「ぼくのうちにラジオがないことは知ってるじゃないか」ぼくはどなった。「いったいどうしたんだ？　何がきみに取り憑いたんだ？」

彼はぼくを無視して、その辺の物をあちこちへどけたり、猛然と両手で壁をたたき割ろうとしたり、皿小鉢や鍋や薬缶をひっくりかえしたりした。それでも何もみつからないので、まもなくおとなしくなったが、まだ怒気はおさまらず、呪ったり罵ったりしていた。ぼくは気が狂ったんだと思った。

「何だね、ギルバート？　いったい何があったんだ？」ぼくは彼の腕をつかんでいた。

「何だとは何だ?」彼はわめいた。暗闇のなかだったが、彼の睨んでいる眼が見えるような気がした。「何だとは何だ? さあ、こっちへ来い!」彼はぼくの腕をつかんで、ぼくをひっぱった。

彼の家の方角へ数ヤードふたりで出て来てから、彼は急に立ちどまって、悪鬼のようにぼくにつかみかかり、わめいた——「そら! 今度こそ聞えるだろ?」

「聞えるって、何が?」ぼくは何の気なしに言った。

「音楽だよ! いつだって同じ節《ふし》だ。おれはあのために気が狂いそうなんだ」

「ことによるときみの家から聞えてくるのかも知れんぞ」と言ったものの、ぼくはそれが彼の内部から聞えていることを知りすぎるほど知っていた。

「じゃ、やっぱりどこから来るか知ってるんだな」とギルバートは言い、足を早めて、まるで死んだ馬を曳きずるようにぼくを引き立てた。息をひそめて、何やらぼくの「ずるい」やりかたについてつぶやいていた。

彼の家に着くと、彼は膝をついて、犬のように植えこみやポーチの下を嗅ぎまわった。彼をよろこばせるため、ぼくも四つん這いになって、ベートーヴェンの『第五』を放送している隠れた機械を探した。家のまわりや、入れるだけの床下を這いまわった揚句、ぼくたちは仰向けに寝そべって星を見上げた。

「やんじまった」とギルバートは言った。「気がついたかい?」

「きみは変だぞ」ぼくは言った。「ちっともやんでやしない」

「正直に言ってくれ」いくらか和解的な声の調子になって彼は言った、「あれをどこに隠したんだ?」

「ぼくは何にも隠しゃしないよ」とぼくは言った。「あすこだよ……小川のなかだ。あれが聞えないのか？」

　彼は横向きになり、耳に手をやって、全神経を集中して聞こうとした。

「何も聞えないな」彼は言った。

「おかしいな」ぼくは言った。「ほら、聴きたまえ！　今度はスメタナだ。きみも知ってるだろ……『わが生活より』*Out of My Life* だ。あれ以上はっきり聞えることはないくらいだ、一つ一つの音がわかるよ」

　彼は反対側を下に向きを変え、また耳に手をあてた。その姿勢をしばらく保っていたが、やがて仰向けになって、天使の微笑をその顔にうかべた。彼はちょっと声をあげて笑い、それから言った——「やっとわかった……おれは夢をみていた。おれはオーケストラの指揮者になった夢をみていた……」

　ぼくがさえぎった。「しかしほかの場合のことはどう説明するんだい？」

「酒さ」彼は言った。「おれは飲みすぎるんだ」

「いいや、そうじゃない」ぼくは反論した。「ぼくもきみと同じようにあれを聞いてるんだ。ただぼくはあれがどこから来るか知っているがね」

「じゃ、どこだい？」ギルバートが言った。

「さっき言っただろ……小川からさ」

「誰かがあれを小川のなかに隠したって言うの？」

「その通り」ぼくは言った。

　ぼくは適当に間を置いて、それから追い討ちをかけた。「誰だか知ってるかね？」

「知らん」彼は言った。

「神様さ！」

彼は狂人のように笑いだした。

「神様か！」彼はわめいた、「神様！」そしてますます大声になった。「神様、神様、神様、神様！神様にあの音が出せるのか？」彼は笑いにからだを痙攣《けいれん》させていた。ぼくは話を聞かせるために彼のからだを揺すぶらなければならなかった。

「ギルバート」できるだけおだやかに、ぼくは言った、「きみが構わなければ、ぼくは帰って寝るよ。きみは小川へ降りて行って、あれを探したまえ。橋の近くの、左手の苔のむした岩の下だよ。誰にも言うんじゃないぜ」

ぼくは立ち上がって、彼と握手した。「忘れるなよ」ぼくは言った、「誰にも言うなよ！」

彼は指を唇にあてて、シーッ！　シーッ！　と言った。

異常なことは何でもアンダーソン・クリークからと言われていた。たいていは〝芸術家ども〟のせいにされるのだ。かりに迷った牝牛が誰の仕業か殺され、肉にされたとする、それはアンダーソン・クリークから来た男がやった仕事だ。通りがかりの車の運転者がハイウェイで鹿を殺すと、その男は獲物をアンダーソン・クリークの誰か貧乏な芸術家のところへ持って行ったと言われ、絶対にブラウン氏やルーズヴェルト氏のところへとは言わない。もしも古ぼけた小屋のドアなり窓ガラスなり、一夜のうちにぶちこわされたら、それはアンダーソン・クリークの乱暴者の仕業にちがいない。硫黄泉で月夜の晩の入浴パーティーがあった――混浴パーティーだとさ――やっぱりそれもアンダーソン・クリークの連中だ。すべて借りたもの、なくなったもの、盗まれたもの、あるいはよりよい目的のために使われたものは、糸をたぐればみなアンダーソン・クリークにつながるという。少なくとも、それが伝説である。ある日、この土地うまれのある人がぼくの前で言ったように――「あの連中はみんなモルヒネ中毒ですからな！」

ちょうどそれと同じで、ビッグ・サーで最初の空飛ぶ円盤が出現したのも、アンダーソン・クリークでのことだった。この話をぼくに聞かせた男は、ある早朝の出来ごとだと言った。形は、ランプ・シェード型というよりは、飛行船に似ていた。それは地面すれすれに舞い降りて、たいへんよく見え、また舞い上がり、さらに二回それをくりかえした。このことがあったあと間もなく、さらに二度あらわれ、一度は暁方、他の一度は夕暮どきで、二度とも硫黄泉の滞在客が目撃した。それからある日、ぼくの友ウォーカー・ウィンスローが、ぼくのぐっすり眠っているところを叩き起して、海のほうを見て、水平線のすぐ上に、不思議な現象があるから見ろと言った。ぼくたちはそこに、眼に見えぬ旋回軸《ピヴォット》のまわりを旋回する双子星《ふたごぼし》のごとく見えるものの奇怪な活動を約二十分間にわたって観察したが、二十分後には光が異様に強くなりすぎ、そして薄れ消えた。しかしそれは翌日、沿岸ぞいの政府の測候所によって、〝円盤現象〟として報道された。そのあと間もなく大ぜいの友人が円盤とか、かれらの車のうしろから追って来た光だとか、その他いろいろ知らせて来た。その誰もが酔っ払いでもなく薬の常用者でもなかった。そのうちの幾人かは〝あの円盤の話〟なんぞ、と頭から信じなかった。――あるいはそれまでは信じていなかった連中である。なかで最も精細に物語ってくれた一人は、リトル・サーの近くのハント牧場に当時住んでいたエリック・バーカーだった。まだ明るい午後四時ごろ、彼は六個の小円盤が頭上を活発に、だがさほど異常な速度ではなく、飛んでいるのを見た。それらは海のほうへ向っていた。エリックはそれらは決してハゲタカでも、気球でも、隕石でもなかった、と断言した。のみならず彼は断じて幻覚を見て吹聴するタイプではないのである。それから数週後、カーメルから訪ねて来た人が似たような現象を目撃した。この女性はそれを見て非常に動揺し、ほとんどヒステリカルになった。トム・ソーヤとドロシー・ウェストンが、ある晩モンタレーからの帰り途で、かれらの車の前方に光が踊っていたと報告した。光の踊りは五分間以上もつづき、その後もくりかえしたという。エフレイム・ドナーは、ある晩、ぼくの家から帰る途中で、五マイル以上の道のりを、奇怪な、色あざやかな光が道づれになってついて来た——というが、彼の足は断じて宙に浮いていたわけではない。彼の細君と娘が一緒にいて、彼の言葉を裏書しているのだ。

やはりこのアンダーソン・クリークで、ゲルハルト・ミュンヒはよく演奏をした——エミール・ホワイトが誰かから借りた旧いアップライトを使って。ときどきゲルハルトはこの〝癇癪もち《ディステンパー》〟のクラヴィコードで演奏会をやってくれた。自動車旅行の人たちがときどきエミールの小屋の入口ちかくで車を停め、ゲルハルトの演奏を聴いていることがある。ゲルハルトはよく元気がなくなり、荒れて、自殺的なムードになることがあるが、そんなときぼくは（まじめに）彼にすすめてピアノを外へ持ちだし、道路わきに置いて、奏《ひ》くことをすすめたことがあった。もし彼がそういうことをたびたびやっていたら、誰か興行師でも通りかかって、演奏旅行を彼にすすめるだろう、というのがぼくの考えだった（ゲルハルトはピアノ演奏会をヨーロッパいたるところで開き、あちらでは有名である）。しかしゲルハルトは決してこの考えに乗って来なかった。たしかにこれは卑俗で押しつけがましいことではあるだろうが、アメリカ人はそういう種類のことに惚れこみやすいのだ。思ってもみたまえ、彼が道ばたでスクリャービンの十篇のソナタを全部、ひきまくっているのを、どこかの企業心の強い男が発見するとしたら、どんな派手な評判がまき起ることだろう！

だがぼくがアンダーソン・クリークについて言いたいことは——ジャックが建てた家、三百ドル以下で、シャワーとトイレがつく申し分のない家が出来たことは別として——こういうことだ……そこには作家や芸術家ばかりでなく、ピンポンとチェスのプレーヤーたちも住んでいるのだ（ぼくに言わせれば、ぼくがある中国人の興味ある著書を再発見したのもアンダーソン・クリークでのことだが、その本は、旅順口のたたかいで日本人が用いた戦術と、中国のチェス・ゲームとの関係について論じたものだった。これは実に興味のある本で、カイザーリンクが世界はじまって以来の奇書だと言った『易経』、つまり『変化の書』ほど奇異ではないとしても、なおかつ一見する価値がある）。まず最初に、ぼくは八歳のとき以来ずっとチェスをやって来た事実を言っておきたい。と同時に付け加えて言っておかねばならぬことは、その後の五十五年間に、ぼくの技量はほとんど進歩していないことだ。さて、ときにはエフレイム・ドナーのようなその道の巧手と話をしたこととか、ときにはノーマン・ミニのような人物と話をしていて、彼が軍事上の戦術論をやっている場合とかに、チェスへの興味が燃えたつことがある。最近にそうなったのは、アンダーソン・クリークの住人、チャーリー・レヴィツキーと談話した結果としてである。

チャーリーはどんな遊びをもよく遊ぶことができる——つまり勝つことばかりを考えず、遊ぶことを愛するが故に遊ぶ人間であるところの、まことに温雅な、円滑な、好もしい人柄である。彼は相手の好きなどんなゲームでもやる——そして相手を負かしてしまう。彼は勝とうとして懸命に頑張るわけでなく、単に勝つことを避けられないのだ。ぼくが彼と幾度かチェスをたたかったあと、ある日のこと、もし彼がぼくにクイーンを一つ与えたらゲームはいっそうおもしろくなるだろう、と言いだした。「クイーンを一つと、ほかにお望みの駒をもう一つ」という言いかたで、彼は言った。もちろん、造作もなく、たちまちのうちに彼は勝った。この経験で即座にぼくは戦意を失った。翌日、その頃ぼくの家に泊っていた友人ペルレスにこの話を聞かせたところ、彼が次のように言ったので、ぼくは危うく椅子からころげ落ちそうになった――「クイーンだの僧正《ビショップ》だのって、そんなもの問題じゃない！ ぼくは自分の歩《ふ》を全部あげるよ――それできみを負かしてみせるよ」そうして、呆れたことに、そのとおりだった！ 彼はつづけざまに三度、ぼくを負かした。そこでこういう犠牲をはらうことには何か思いがけない有利さがあるのかも知れんとぼくは思い、「じゃ今度はぼくが自分の歩を全部あげるよ」そこでやってみたら、十手でぼくは負けてしまった。この話のモラルはこういうことだ――「生兵法《なまびょうほう》は大怪我《おおけが》のもと」

3　チャーマ物語

〝インチ・コネティカット〟というのは、ポール・リンクがパーティントン・リッジの子供たちのために創作した、毎日の続きもの童話の主人公の名であった。この続きものは、ある朝、ポールと子供たちとが通学バスを待っているあいだに、自然と始まったものだ。話はどこまでも奇想天外の代物で、ポールはそれを一年か、それ以上もの期間、だらだらと引き延ばして続けて来た。

ぼくは、そのインチ・コネティカットという名を耳にしたとたんに、猛烈なうらやましさを感じた。アイザック・ダスト（ゴミのイサク）とかソール・デリリアム（へべれけ・サウル）とかいうのよりどんなにいいか！　ぼくはその名をほんとにポールが思いついたんだろうかと疑った。

インチ・コネティカット物語がぼくにとって一種の拍車みたいだったというのは、ちょうどぼく自身、毎晩の食事のときに子供たちを楽しませてやろうと、続きものの話をやりはじめたところだったためである。ぼくのは〝チャーマ〟という名の小さい女の子についての話だった。チャーマは実在の少女のほんとの名で、少女とはマール・アーミテージの娘である。マールと彼の家族がある日ぼくたちの家を訪ねてくれて、ちょうどうちのヴァレンタインと同じ年頃の彼の娘チャーマは、会った全部の者を魅力で縛ってしまった。彼女は実に美しくて、まったく冷静沈着で、インドの王女みたいな風格があった。彼女が帰ったときから数週間後まで、わが家はチャーマ、チャーマ、チャーマで持ち切っていた。

ある晩、食事のとき、ヴァルが、チャーマはどこにいるのか（「ちょうどいまよ」）と、ぼくに訊ねた。ぼくたちは美味《うま》い料理をたべ、最上のぶどう酒を飲み、ふだんの摩擦は姿を消していた。ぼくは好調だった。

「チャーマはどこにいるの――か」ぼくはヴァルの言葉をくりかえした。「さあ、きっとニューヨークだろう」

「ニューヨークのどこ?」

「さあ、まずセント・レジスだろう。これはホテルだがね」（ぼくは名前が派手なのでセント・レジスと言ったまでだった）

「チャーマはそこで何をしてるの? お母さんといっしょなの?」

急にぼくはインスピレーションを感じた。この美しい少女がたった一人で、ニューヨークのまんなかの粋《いき》で高等なホテルにいるところをお話にしてみんなに話してやったらおもしろいだろう! いいじゃないか! そこでぼくは、何も知らずにしゃべりだしたところが、これが何週間もつづく続きものになったという次第だ。

子供たちとしては当然のことだが、かれらはぼくに、夕食のときだけでなく、食事のたんびにご馳走しろと要求した。だがぼくはこの要求をたちどころに押しつぶした。ぼくは言った、お前たちがお行儀よくしてれば――何というやらしい言いかただろう――パパは毎晩、お夕飯のときにお話をつづけてあげよう。

「毎晩?」と小さいトニーが、異様に感動した様子で、質問した。

「うん、毎晩」とぼくはくりかえした。「つまり、お前たちがお行儀よくしてたら、だよ!」

むろんかれらは、お行儀がわるかった。どこの子供がよくなんかするか？　で、もちろんぼくは自分が言ったように、毎晩はご馳走してやらなかった――が、それはかれらのお行儀がわるかったせいではなかった。

ぼくたちはいつも、チャーマにエレヴェーターのベルを鳴らさせるところから、物語の続きが始まるようにした。どういうわけかエレヴェーターは――〝セント・レジス〟にはエレヴェーターがあるとぼくは思うんだが！――ぼくが場面やら事件やらをいかに写真のようにこまかに描写しても、ほかのどんな描写よりもエレヴェーターが子供たちをワクワクさせるのだ。どうもこのエレヴェーター問題はぼくはいつも頭に来た――なぜなら物語をでっちあげるのに、ぼくは最高の突拍子もない筋立てを工夫した点に誇りを抱いていたからだ。にもかかわらず、やっぱりぼくたちはその晩の章のはじまりにチャーマがエレヴェーターのベルを鳴らすところから始めなければならなかった。

「パパ！　チャーマをもう一ぺんエレヴェーターで上がったり降りたりさせてよ！」

子供たちがいつまでたっても首をひねらずにいられない問題はというと――どうして小ちゃな女の子にすぎないチャーマが、ニューヨークみたいな大都市で、たった一人でなんとかうまくやっていけるのか？　たしかに、ぼくはこの疑問のために、ニューヨークについての鳥瞰図《ちょうかんず》をかれらに与えて、ちゃんと土台をこしらえておいた（トニーはモンタレーより遠くへは行ったことがなく、ヴァルも一度サンフランシスコへ行ったことがあるだけだ）。

「ニューヨークにはどのくらいの数の人がいるの、パパ？」トニーは何度となく倦きずにこの問いをくりかえした。

するとぼくは何度となく、くりかえすのだ――「ざっと一千万だよ」

「それじゃずいぶんたくさんだね、ねえ?」とトニーは言う。

「そうだとも!　ものすごくたくさんだぞ!　トニーには数えきれないよ」

「ぼく、ニューヨークには一億万人の人がいると思うな、そうでしょ、パパ?　一千万億人だな」

「うん、そうだな、トニー」するとヴァルが――「ニューヨークには一億万人の人なんかいないわね、パパ――そうでしょ?」

「ああ、もちろんいないよ!」

この題目をうっちゃろうと思って……「いいかね、ニューヨークに幾万人の人がいるか、誰も知らないんだよ。それがほんとのことさ。それで、どこまで話したっけ?」

するとニ人のうちのどちらかが叫びだす――「チャーマがベッドのなかで朝食をたべてるところよ、忘れちゃったの?」

「そうよ、チャーマがベルを呼ぶベルを鳴らして、ベルボーイが来たら朝食にたべたいものを注文しようと思ったのよ。ベルボーイはいちばん下の階からエレヴェーターに乗るんでしょ、パパ?」

もちろんぼくはチャーマに最高の優雅で洗練されたマナーを身につけさせておいた。彼女がもし現実生活でぼくの描写した少女のようだとしたら、彼女の父親は彼女を勘当しているだろう。だがヴァルとトニーは彼女が真からスマートだと思っていた。つまり真から cute だと――ぼくの言う意味がわかってもらえるかどうか?

「そのボーイがチャーマのドアをノックしたとき、ねえパパ、チャーマはいつも何て言ったの?」

「*Entrez, s'il vous plaît!*」

「それ、フランス語でしょ、パパ?」

「そのとおりさ。だけどチャーマはいくつもの言葉が話せるんだよ、知ってたかい?」

「どんな言葉?」

「スペイン語、イタリア語、ポーランド語、アラブ語……」

「そんなの言葉じゃないや!」

「どれが言葉じゃないんだい?」

「アラブ語」

「うん、わかった、トニー、言葉じゃなければ、何だい?」

「鳥か……なんかだろ」

「鳥じゃないわ、ねえそうでしょ、パパ?」とヴァルが声を張りあげる。

「言葉だよ」とぼくが言う、「だけど、アラブ人のほかの人は、誰も話さない言葉さ」(揺藍《ようらん》時代からすぐに正しい情報を子供らに与えるぐらいむつかしいことはない)

「ほんとはチャーマが何語で話したか、どうだっていいのよ」とヴァルが言った。「さきを話して!チャーマは朝食のあと、何をしたの?」

これは好いリードだった。ぼく自身、チャーマは朝食後に何をしたか、わかっていなかったのだ。さあここで、ぼくは急いで考えなくてはならない。

バスに乗って出かけるなんぞは、わるくないかも知れないぞ。五番街からブロンクス動物園へ。動物園なら三晩は子供たちを楽しませるだろう……

チャーマにシャワーを浴びさせ、衣装を着けさせ、髪をととのえたり、その他のためメイドを呼ばせ、マネージャーに電話をかけてどのバスに乗ればいいか調べさせ、そして何よりも重要なエレヴェーターが五十九階へ昇ってくるのを待たせるところまでで、かなりの時間と技巧とが必要だった。いよいよチャーマが歩道に降り立ち、若手スターみたいな装いをこらして、街を見物しようと張り切って歩きだすところまで来ると、ぼくはよほど元気がなくなって来た。ぼくの希望では彼女を一刻も早く動物園へ運んでしまいたいのだが、どっこい、子供たちのほうはバスが五番街をゆっくりと進んでゆく途中、チャーマの眼が（彼女は階上のデッキに乗っている）何をとらえるか、それが知りたいと主張してなかなか承知しないのだ。

ぼくは自分の大嫌いな街々やさまざまの景観をできるだけ詳しく説明した。ぼくは五十九丁目から出発したのではなく、二十三丁目のフラットアイアン・ビルディングとブロードウェイの角から出発した。正確に言うと、ぼくはそこにあるウエスタン・ユニオン電信会社のオフィスから――ぼくがかつて本拠を置いていた、ぼくの最後の本拠だったあそこの一階から、スタートしたのだ。あの日、ぼくがあのオフィスを出て歩きだし、ブロードウェイを解放された奴隷みたいな気分でぶらりぶらりと歩んで行ったとき、まさにぼくにとっての新しい人生が始まった――という話を初めて聞いても、ぼくは言いたくはないが、かれらはたいして感銘を受けなかった。かれらは商店だの看板だの群衆だのを見たがった。かれらはタイムズ・スクエアの果実ジュース・スタンドについて、十セント銀貨《ダイム》一つで氷で冷えた美味で新鮮な果実ジュースの、どんな味のでもお好み次第、すごく背の高いグラスが手に入るというすばらしさを、詳しく知りたがった（カリフォルニアには、乳と蜜の国、硬軟さまざまの果実の国でありながら、この種のスタンドがない）。

チャーマはどうしているかというと、ピーナッツの袋を持ったおしゃべりのお婆さんと隣り合せに坐って、大はしゃぎだ。お婆さんが外の高いところを指さしている隙に、チャーマはせっせとお婆さんのピーナッツをかたづける手つだいをしている。「手提げには気をつけなさいよ、ニューヨークには泥棒がいっぱいいますからね」とお婆さんが言う。

「パパも昔、泥棒だったんでしょ?」とトニーが言う。

ぼくは取り合わずに話を進めようとするが、トニーは詮索をやめない。

「パパは牢屋に入れられて、壁に穴をあけて逃げたのね」とヴァルが言う。「アフリカで、外人部隊に入っていたときのことでしょ、パパ?」

「そのとおりだ、ヴァル」

「でもパパは泥棒だったんでしょ、ね、パパ?」とトニーが言う。

「そうかな、そうでないかな。パパは馬泥棒だった。あれは少しちがうんだ。子供たちからお金を盗んだりはしなかった」

「それごらん、ヴァル!」

幸いに、ぼくらはちょうどロックフェラー・センターの前を通った。ぼくはアイス・スケートをやってる連中を指さした。

「なぜカリフォルニアではいつも凍っていないの?」とトニーがきいた。

「寒さが足りないからだ」(これはやさしい部類だった)

かれらはセントラル公園には感心した。とても大きくて、とても美しい。ぼくは夜になって飢えた恋人たちを求めて植えこみのなかを這いまわるお巡《まわ》りたちのことは何も話さなかった。そのかわりぼくが毎朝、勤めに出る前に馬に乗ってあそこへ出かける習慣だったことを話して聞かせた。

「パパはあたしたちにお馬を買ってくれる約束よ、忘れた?」

「そうだ、いつ買いに行くの?」

右手に一軒の古い邸を見て過ぎながら、ぼくは、むかし、この近づきたくない通りにそったアイザック・ウォーカー&サンズ会社のために衣類を届けに行かされた日々のことを思った。特に思いだされたのはヘンドリックス老人と、一団のお仕着せの召使たちをしたがえてまったくの孤独に暮していた彼の生活だった。老人は、彼の肝臓がさほど彼を苦しめなかったときでも、なんと怒りっぽい糞爺《くそじじい》だったことか! またぼくはルーズヴェルト一家のことを思いだした——父親のエムレンと、その三人の長身の息子たち、四人とも銀行家で、四人とも毎朝、冬でも夏でも、降っても照っても、ずらっと並んで五番街からウォール・ストリートまで歩き、"仕事"がすむとまた帰って行ったものだ。かれらはステッキは持っていたが、外套も手袋も着けなかった。あのように毎日、それができる身分であっても、遊歩行進《プロムナード》をするというのはたいしたことだ。ぼくの五番街を行きつ戻りつする"プロムナード"は、あれとは大いに趣を異にしていた。濶歩するというよりは、こそこそうろついた口だった。そしてむろん、ステッキはなしだった。

ぼくはその晩は動物園の入口のところで物語を打ち切った。次回の分にとりかかったとき、ぼくはチャーマが象をさがしているところでやめたことを忘れていた。うっかりして、ずっと南のバッテリーにある水族館へ話を切り替えてしまった(水族館はぼくがアトラス・ポートランド・セメント会社時代によく行ったところだ。昼食を食う金がなくて、いつも海の生物を観察しながら時間をつぶしたものだった)。とにかく、"インク・フィッシュ[1]"の話か何かでだいぶ調子を上げて来たところで、ヴァルが突然、チャーマは動物園にいることを思いだした。そこで、動物園に戻り、われわれはとうとう三晩や四晩ではなく、七晩もあそこをぶらついた。じっさいぼくはあの野獣どもの心おどる棲家《すみか》から解放されることは

1 イカのこと(訳注)

永久にあるまいと思いはじめたほどだ。

ま、こんな調子で一場面から他の場面へ、たとえばスタテンアイランド（罰あたりどもの故郷）へのフェリーボートにも乗れば、ベドロー島への渡し船にも乗り、後者では自由の女神像の内部へも這い上がったりした（ここではパリのグルネル橋の小さな自由の像の話にちょっと脱線した）。毎晩、毎晩、廻り道をしたり逆戻りしたりしながらニューヨーク見物はつづき、ときにはコニー・アイランドやロッカウェイ・ビーチあたりまで遠出もした。あるときは夏だったが、あるときは冬の話になり、子供たちはそんな急な季節の変化にも気づかないようだった。

ときどき、かれらはチャーマが今日も明日もと使っている金は、いったいどこから手に入れるのか、知りたいと言いだした。ぼくの答えは（うまいもので）彼女のお父さんがお金持で、一定の金額をホテルのマネージャーに預けてあり、マネージャーの眼から適当と思うお金をチャーマに渡してくれるのだ、という説明だった。

「一ぺんに二ドル以上は渡さないんだ」とぼくが言い足した。

「二ドルって、ずいぶんたくさんのお金だねえ、パパ？」とトニー。

「小さな女の子にしてはたくさんのお金だ、うん。だがそう言えばニューヨークはとても暮しにお金のかかるところでね」ぼくは、一部の小娘たちが金持の両親からどのくらい小遣いを捲きあげるか、彼には言うことをはばかった。

「パパはいつもあたしたちに一クォーターだけしかくれないわ」とヴァルがつまらなそうな顔で言った。

「それは、うちでは田舎に住んでいるからさ」とぼくが言った。「ここではお金の使い途がないからね、そうだろ？」

「あるよ、ここだって」とトニーが言った。「ぼくはいつか州立公園で一ドル使ったよ」

「あら、だって、それでトニーはあとでお腹《なか》こわしたじゃないの」とヴァルが言う。

「ぼくは一クォーターは嫌いだ、ペニー銅貨[2]のほうが好きだ」とトニーが言った。

「それはいいね」とぼくが、「この次お前が一クォーターくださいと言ったら、パパはペニー銅貨をあげることにしよう」

「幾つくれる?」

「二十五個さ」

「そのほうが一クォーターより多いでしょ、ね?」

「ずーっと多いさ」ぼくは答える。「小さい子にはなおさら多いね」

とうとう話の材料がなくなって、ぼくはチャーマを当時ニューメキシコに住んでいた両親の家へ飛行機で帰らせることにきめた。わが国の広大ですばらしい大陸の驚異を空から描写してやったら、子供らにはさぞスリルだろうと思ったのだ。そこでぼくは積荷をふやそうと躍起になって、途中あちこちで着陸したり、ばかげた廻り路をしたりする安い航空路にチャーマをむりやり押しこんだ。

ある晴れた春の朝、ラ・ガルディア空港からチャーマは飛び立って西へ向った。西部というのは〝大陸分水界《グレート・デイヴァイド》〟を越さなければ始まらないことを、ぼくは説明した。子供らがあまりピンと来ないらしいので、ぼくは言った――「ほんとうの西部とは〝極西部〟のことなんだ……カウボーイが住んでいて、インディアンやガラガラ蛇のいるところさ」こう言えば子供たちにはカリフォルニアをさすことになる、特にガラガラ蛇についてはそうだ。とにかく、そう説明したところで、チャーマはデンヴァーで飛行機を乗り換えねばならないことになった。「デンヴァーは横道にそれるけれども」ぼくは言った、

2 一セント貨(訳注)

「飛行機は生きた死骸を拾いあげるために、あそこに着陸しなきゃならない」

「〝生きた死骸〟って?」ヴァルが叫んだ。「それ何のこと?」

「まだ冷えきっていない死骸のことさ」とぼくは言った。が、言ってすぐに、これでは何の説明にもなっていないことがわかった。

「まあいい、そのことは飛ばそう」とぼくは言って、飛行機を、一団のインディアンの群れのまっただなかに着陸させた——かれらは第一公式の盛装で、隈取《くまどり》から、鳥の羽根、鈴に太鼓、その他すべて型どおりだ。

なぜインディアンが出てくるか? 第一に、生きた死骸を消してしまうため——あれはぼくの失敗だったから——第二にはチャーマに、極西部の正統の息子たちからの盛大な歓迎を与えるためだ。ぼくは子供たちに話してやった——チャーマの父親マールはもとインディアンといっしょに暮していたことがあり、また彼はカルーゾ、テトラッツィーニ、メルバ、ティッタ・ルッフォ、ジーリ、その他の名家たちを呼び寄せてインディアンに——まさにここで——逢わせたと。

「それ、どういう人たち?」とヴァルが言った。

「そうか、その話をするのを忘れていた。その人たちは、みんな有名なオペラ歌手さ」

「わかった、ソープオペラだ[3]」とトニーが言う。

「あたし、わかんないわ」とヴァルが言う。

「パパもだ、ただね、このチャーマのお父さんのマールというのはね……そうだ、お前たちもおぼえてるね!……あの人はもとは興行師(impresario)だった、とても有名な人だったんだ」

「それは皇帝(emperor)みたいなひと?」

3 家庭向けラジオ、テレビ放送劇、石けん会社がスポンサーだった(訳注)

「そう、似てはいるがね、ヴァル、ちょっと違う。興行師は、歌手たちに歌う場所をみつけてあげる人なんだ――カーネギー・ホールとか、メトロポリタン・オペラ・ハウスとかをね」

「ぼくたちをちっとも連れていってくれないや！」とトニーが叫ぶ。

「興行師はね」――ぼくはトニーの苦情を無視して――「有名な歌手たちを世界じゅう連れて歩くのを商売にしてる人だよ。歌手たちに仕事をみつけてやって、お金をもうけるんだ、わかるかい？」（子供らにはわからなかったが、かれらは鵜のみにした）。「いいかね」ぼくはなるたけはっきりさせてやろうと思って、「かりにお前がだよ、ヴァル、いつかえらい歌手になったとするね（パパはいつもお前は美しい声を持ってると言ってるだろ？）。するとだ、お前は歌うためのホールをみつけなきゃならないわけだ、そうだろ？」

「なぜ？」

「なぜって、みんなにお前の歌うのを聞かせるためにさ」

彼女は納得したようにうなずいたが、ぼくには彼女がまだ当惑しているのがわかった。

「あたしはラジオで歌うわけにいかないの？」彼女は質問した。

「そりゃ歌えるさ、だけど、最初は誰かに仕事をみつけてもらわなきゃならないんだよ。誰でもラジオで歌うことができるわけじゃない」

「みんなはいっしょに旅行したの？」とトニーがきいた。

「いつ？」ぼくが問い返す。

「さっきパパが言ったじゃないの、世界じゅうをまわったって、そのときさ」

「うん、そうだとも！　まわったのさ！　だからマールは、ズールー族やピグミー族と知りあいになった……」「じゃ、みんなはズールー族のためにも歌ったの？」トニーは本気で興奮しだした。彼がなぜズールーを記憶しているかというと、ぼくのファンの一人で、プレトリア[4]に住む一婦人が、トニーにズールーの銃——木製のもの——と、ほかにも二、三のズールー製のめずらしい贈り物を送ってくれたことがあるのだ。その当時、ぼくはなんとかしてズールー族を宣伝しようとしていた。ズールー族はまったくすばらしい民族だ。かれらのために好意ある言葉をさしはさむ機会を得るのは、決して毎日あることではない。

だが……このときには子供たちはもうわれわれがどこにいるのか、すっかり忘れていた。ぼくもそうだった。

然り、そこにはつねにアフリカがある。アフリカが何でわるいか？（「失礼ですが、リヴィングストン博士では？」）あれはすばらしい二輪馬車の旅だった、片手間に金鉱を探したり、シバの女王の失われた王国を捜して失敗したり。ぼくは子供たちをティンブクトゥまで連れていった——血を好む怖るべきトゥアレグ族の手から、幾たびか生命がけの脱出を必要とした、冒険だった。何よりもかれらに感銘ふかかったのは砂漠だった——たぶんそれは砂漠には際涯がないからだろう。またわれわれはひどく咽喉《のど》が渇いたが、見える限り一滴の水もなかったからだろう。ときおり、われわれは空に逆さに映る都市を見た。それもまたすごい魅力だった。たしかに。また最後にわれわれは動物の王国へ来た——ライオンたちと虎たち、象たち、シマウマたち、駝鳥たち、ガゼル[5]たち、キリンたち、類人猿たち、チンパンジーたち、ゴリラたち……かれらはみな黙々と、平和に、一つの群れをなしたかのように一緒に動きまわっていた。そこにはすべての動物のために充分な空間があった——コオロギたちやバッタたちのためにも。

4　南ア連邦北東部トランスヴァール州の首都（訳注）

5　カモシカの一種（訳注）

もしポール・リンクがあのインチ・コネティカット物語をはじめなかったら、われわれは今日まででもあの物語をつづけていたかもしれない。ポールはすぐれた物語の語り手で、ぼくよりも彼の続きもののなかにもっと多くの魅力を盛りこむ術を知っていた。彼はサスペンスをつくりだす術にも長じていた。のみならず、インチ・コネティカットはまさに〝スーパーマン〟の直系だった。ではぼくの物語はというと、これはコナン・ドイル、ライダー・ハガード、その他とともに記録文書館に属していた。アフリカの秘境はスーパーマンの関係するところでは何ものでもない。そしてインチ・コネティカットは、ぼくの知りえたところから察するにスーパーマンより一枚上である。それ故ぼくは危ない立場になっていた。だが経験を得た点では幸福だった。ぼくは何物かを学んだのだ。つまり、大人の注意をそらさないためにも有効な一つの小さなことを学んだ。それはこういうことだ——何事でも、全部を一度に相手に食べさせることはできない。ライオンだって一きれずつしか口へ入れることはできない。作家たるものはこのことを最初から知っているべきだが、作家たちはおかしな動物で——かれらはときには物ごとをうしろむきに学ばねばならぬこともあるのだ。

もう一つのこと……たとえば、ぼくが息子のトニーの手から恐怖物語をひったくろうとしたというので、トニーが抗議した場合、彼が「だって男の子はときたま人殺しが好きになるんだよ！」と言った場合、こういう言葉を決して本気に受け取ってはならない。もちろんトニーは文章を読むことはできない、彼は絵から判じるのだが、その絵はわれわれみなが知るとおり、徹底的に写実的である。だが絵本（漫画であれ恐怖ものであれ）を見るのは一つのことであり、時たまは殺人が好きになると言う五歳の子供といっしょに血まみれの残虐映画を終りまで見るというのは別のことである。子供らは殺人を好まない。少なくとも映画の主人公たちがやってみせるような殺人は。かれらは（ぼくはそのことを知って喜び、かつ驚いたのだが）、アーサー王やサー・ランスロットのような人物を愛好する。これらの英雄たちはフェアな闘いをする。かれらは石や鉄の塊で人間の頭をぐしゃりとたたきつぶすことはしない。かれらは敵が倒れているときにその歯を蹴ったりはしない。かれらは長い光った槍で攻めかかるし、またかれらが広刃の刀を使うとき、それは力の勝負であるとともに技の勝負でもある。通例、騎士は、はげしい斬りあいのさなか、相手の手から剣がもぎ取られた場合、その剣を相手に手ずから返してやる。騎士たち——とにかく昔の騎士たちであるならば、かれらは腰をかがめて壊れた壜をひろい、それで人間の顔をそこなうようなことはしなかった。かれらは一つの規範にしたがって闘ったし、五歳の子供でさえも名誉の規範にまつわる騎士道の魅力には敏感なのだ。

あるいはぼくは間違ってるかもしれない。あるいは都会の子供たちは、五歳のいたいけな年頃でも、ギャング映画や、それを成り立たせているすべてのものを享楽しているかもしれない。だがたぶん田舎の子供たちは……

4 水彩画マニア

折にふれて、それも何かの加減でふと来客がとぎれたときなど、水彩画病がぼくにとりつく。〃病《マニア》〃とぼくが呼んでいる、こいつがはじまったのは一九二九年、ちょうどフランスへ向う一年前のことだ。それ以来というもの、およそ二千枚も描いたろうか、その大部分は散逸している。

どこかで一度そのことを言ったけれども、これは繰りかえす価値のあることだ——絵を描きたいという気持が生れたのは、人けのないブルックリンの裏街を歩いていた一夜だった。仲間のオリーガンといっしょだった。ふたりとも一文なしで、まるで狼みたいに腹を減らしていた（ぼくたちは、誰か〃親切なやつ〃の顔にぶつかれないものかと思ってうろついていたのだ）。ある百貨店の裏側のショウ・ウィンドウを通りすぎようとして、ぼくたちはターナーの水彩画の展示に眼をとらえられた。もちろん、複製だった。それがキッカケだった……

ぼくはそれまで、ほんの少しの画才さえも人に見せたことがなかった。実際、学校では、図画の時間をすっぽかすことを大目にみてもらえるほど、まったく見こみのない下手さ加減だった。いまでも下手だが、いまではもうそのことをあまり苦にしない。描こうと思って腰をおろすとき、ぼくはいつも幸福を感じる。描き進んで調子が出てくると、口笛を鳴らしたり、鼻歌になったり、大声で歌ったりどなったりする。ときには画筆を置いて、ちょいと踊ったりもする。

描きながら、ぼくはひとりごともよく言う。声にだしてだ（まあ元気づけのためだろう）。そうだ、早口で、勝手なことをしゃべる。きちがいじみたおしゃべりと言ってもいい。友人たちがよくぼくに言う――「きみが絵を描いてるところへ来あわせると、機嫌がいいから助かるよ」（この点、文章を書いているときとは反対だ。執筆中は、ぼくはたいてい内向的で、ぼんやりして、無口で――むっつりと無愛想なことが多い――だから客を迎える主人としても、友人としても感心しないやつだし、話の聴き手としても困りものだ）。

はじめのキッカケがターナーの水彩画だったことはその通りだ。だがゲオルク・グロスも大いに与《あずか》って力があった。例の百貨店のウィンドウの前に立ったときよりほんの一、二カ月前に、妻のジューンが、ゲオルク・グロスの『この人を見よ』*Ecce Homo* と題する作品のアルバムをパリから持ち帰った。表紙に自画像があった。あの晩、オリーガンとの散歩から帰って、ぼくはその自画像の摸写をやった。やってみるとなかなかよく似ているので、ぼくはすっかり興奮し、たちまちその場で、これまでの絵画についての自分の弱気や抑制的な気持を完全に吹っ切ってしまった。それからわずか一年後、ぼくはパリへ行き、そこでまもなくヒレア・ヒラーとハンス・ライヒェルの二人と知り合った（ヒラーもライヒェルも水彩画の技法についてぼくに教えようとしたが、ふたりとも失敗した。当然なことだが、ぼくという男は〝課業《レッスン》〟を受ける能力を欠いていたからだ）。さらにその少し後に、ぼくはエイブ・ラットナーを知った。彼の仕事するのを見ているうち、自分も努力をつづける気になった。一九四〇年にアメリカへ帰り、何回かの展覧会をやったがそのうち重要なのはハリウッドでやったもの一回きりで、そのときはほとんど全部の絵が売り切れたのだ！　だがぼくが――少なくともぼくの眼から見て――ほんとうの進境をみせはじめたのは、ビヴァリー・グレンの、いわゆる〝温室〟のなかで、真夜中すぎまで描いているのを、ジョン・ダドリーがうしろから見ていて批評してくれたときからだった。

しかし水彩画のことでぼくが最も恩を受けたのは少年時代からの友、エミール・シュネロックである。彼は商業美術家として出発したが、いまは南部のある女子大学で美術を教えている。一九二九年のむかし、ぼくを励まし、ぼくを指導し、ぼくに熱を吹きこんだ人間は彼だった。いま考えてもおかしくなるが、あのころ彼はよくぼくに言ったものだ——「ヘンリー、ぼくはきみみたいに勇敢に描けたらいいなと思うよ」——ということはつまり、「乱暴に、でたらめに」描くことだ。人体解剖も、遠近法も、構図も、力学的均斉も、全然お構いなしに描くことだ。自分の好きなように描くのはおもしろいにきまっている。トマトの缶詰、ミルク壜、バナナ・クリームの皿やパイナップルを写実的に描くよりはずっと楽しいわけだ。

あの時分も、エミールは美術界の事情にすばらしくよく通じていた。ぼくのところへつづけざまにやって来るとき、いつも巨匠たちの複製の高価な画集を持って来て見せるのが、彼の絶大な楽しみだった。しばしばぼくらは一冊の画集を見ることで一晩をすっかりつぶしたものだ。ときにはある大家の一枚の複製が、ぼくらの一晩の話題をひとり占めにすることもあった。チマブエとか、ピエロ・デラ・フランチェスカとかいう画家の場合がそれだった。あの頃のぼくの趣味は完全な折衷派だった。傑作も悪作も、みんな好きになれたような気がする。部屋の壁はいつもさまざまの安物の複製画でいっぱいだった——北斎、広重、バクスト、メムリンク、クラナッハ、ゴヤ、エル・グレコ、マティス、モディリアーニ、スーラ、ルオー、ブリューゲル、ボス等。

あの遠い昔にあっても、ぼくは子供たちや狂人の作品に猛烈にひきつけられた。今日、もし選ぶとすれば——もし選択なんぞする暇があったら！——ぼくはピカソ、ルオー、ダリ、セザンヌといった〝巨匠〟たちよりも、子供たちや狂人の作品にとりまかれていたほうがいいと思う。時をへだてて幾度か、ぼくは子供や狂人の絵を摸写しようと努力したことがある。ターシャ・ドナーの〝傑作〟の一つを摸倣するつもりで熱心に研究し——当時、彼女は七歳の子供だった！——ぼくはこれまで描かれた最良の橋の絵の一つを描いた。といってそれは、ターシャがぼくの眼の前で描きとばした橋にはとても及ばなかった。狂人の絵ということになると、かれらの画風《スタイル》なり描法《テクニック》なりの足もとにも寄ろうとするなら、ぼくの貧しい私見によれば、それには巨匠の手腕を必要とする。ときたま、ぼくの内なる阿呆が支配力をふるうような日に、ぼくはそうした試みをやってみることがある——が、うまくいったことは一度もない。そいつをやるためには本物の狂人になるよりほかに手はないのだ！

ときどきぼくは、これはと思う絵葉書を、丹精して摸写することがあり、そういう自分を、狂人ではないまでも少しはあたまがおかしいのではないかという気がする。そういう絵葉書は地球上のあらゆる地方から、ひっきりなしに送られてくる（そうしたなかで、ときには、たとえばメッカからカーバ神殿を写したものを受け取った日など、本心から魂を揺すぶられることもある）。しばしばこれらの葉書は、ぼくの知らない人の名が署《しる》してある。僻遠の地に住んでいるファンたちである（「いま『マルーシの巨像』を読んだところです。あなたがここにおられないのが残念」）。

現在までに、ぼくはまずまず驚くに値すると思われる画面の一大蒐集をなしとげている——世界各地の聖蹟、摩天楼、港湾、中世の城や聖堂、中国の仏塔、天守閣、異国の鳥獣、世界の諸大河、著名な墓、古代の金石文《きんせきぶん》、ヒンドゥー教の男女の神々、未開人の服装、東洋諸国の文字、遺跡、聖典の写本、名高い裸体像、セザンヌの林檎、ゴッホの向日葵《ひまわり》、想像できる限りのあらゆる十字架像、ルソーの野獣とジャングル、ルネサンスの怪物たち（すなわち〝偉人たち〟）、バリ島の女たち、旧い日本のサムライたち、旧い中国の岩石や滝、ペルシアの細密画《ミニアチュール》、ユトリロの郊外、レダと白鳥（そのさまざまな意匠）、ブリュッセルの『小便小僧』、マネ、ゴヤ、モディィリアニの後宮の女たち、そして、おそらく他のいかなる画家の作品よりも多いパウル・クレーの魔術的主題の数々。

ぼくは他のいかなることよりも他の画家たちの作品を見ることから多くを学んだ——もしぼくが学ぶということがあったとするなら——と本心から信じている。書物の場合と同様、ぼくは絵画を見るのに、単なる一個の審美家の眼だけではなく画技というこの技と現になお格闘している一人の人間の眼で見ることができる。たといまずい絵であっても——たとい商業美術でも——思想のための養分をもたらしてくれることを、ぼくは知っている。どんなものでも、飢えてそれを見る限り、決して悪い絵ではない（これが鑑賞技術の第一歩なのだ）。ニューヨークの地下鉄に乗っていて、ぼくは——あのかつての若き日に——どんなに熱心に、〝アロウ・カラー〟の男たちの顔の襞《ひだ》や皺を研究したことだったろう。

自然を研究することが有益かどうか、ぼくはあまり自信がない。誰しもが有益だと言うだろう。だがぼくはぼく自身の頑固で直る見込みのない自己のために語っているのだ。なるほどぼくといえども——特にここビッグ・サーに住むようになってから——まさにこのことにかなりの時を費やして来た。けれども、ぼくの風景画（もちろん海景画を含めて）を見る人で、ぼくが母なる自然に与える時間と思考とに着目する人があろうとは思えぬ。これらの構図を自然から読み取った場合、ある者は戸惑い、ある者は手をたたく（喜んでか、怖れてかは、ぼくにはまったくわからぬ）。たいがい、それらの構図のなかには何か馴染まないもの、何か指の傷みたいにひりひりする怖ろしい不自然なものがある。あるいはこれらの〝疵《きず》〟は、ぼくの〝商標〟を描きこもうとする無意識の努力の結果なのかもしれない。思い切って正直に言えば、ぼくは平凡な自然を絵にすることに決して満足しない人間だ。もちろんそれは絵画の場合にである。ぼくが自然と自分だけでいる場合、森や丘をひとりで歩いたり、誰もいない浜辺を歩いたりする場合は、これはまったく別だ。そのとき自然はすべてであり、ぼくは——ぼくのうちの残されたものは、ぼくが眺めているものの極微な部分にすぎない。見える限りのものにはいかなる際涯もない——何かを特に観察しようとしているのでなく、ただ眺めわたしている限りは。つねに、このような気分のとき、あの〝突如として覚る〟荘厳な瞬間が来る。そうして、しばしば適切に言われるように、人は破顔一笑する。こうした感激を、〝税関吏《ル・ドゥアニエ》〟ルソーは、われわれが彼の絵を見るときつねに与えるのではないか？ 突然の直観と溢れる笑いとを？ いわゆる〝原始派《プリミティヴ》〟のほとんどすべての画家は、この歓喜と驚異の感動をわれわれに与える。これらリアリティの巨匠たち、かれらはたいてい原始的《プリミティヴ》などという代物ではないが、かれらについて、われわれが関心をもつのはかれらが世界に対していかに感じたかであって、かれらが世界をいかに観たかではない。かれらはわれわれをして、われわれの見るところのものに跳びつき、抱きしめさせる。かれらはそれらの事物をほとんど堪えられぬほどリアルならしめる。

ここビッグ・サーでは、一年のうちの一定の時期の、一日のうちの一定の時刻だけ、うすい青緑色が遠くの山々にひろがる。それは昔のフランドルやイタリアの巨匠たちの作品にのみ見られる、古めかしく懐かしい色調である。それは光線の魔術的な放射によってもたらされた遠方の色調であるばかりでなく、世界を観る一定の見方から生れた神秘的な現象である——と、少なくともぼくは考えたい。一例をあげれば、父ブリューゲルの作品にそれは観取することができる。『イカルスの墜落』と題する絵のなかにそれは見事に現われており、前景を占めている犂《すき》を持った農夫の衣裳は、彼の眼下に遠くひろがっている魔法に魅せられた海に劣らぬほど魅惑的である。

この地に住んで以来、ぼくがようやく本当に知るようになり、それを待ち、さらに言えばそれに浴するようになった魔術的な時刻が、一日のうちに二回ある。一つは暁《あかつき》で、もう一つは日没である。両方とも、ぼくが〝真の光〟と考えたくなるような一刻である。一方は冷たく、一方は温かだが、どちらも超現実というか、リアリティの背後にあるリアリティというか、そうした雰囲気をつくりだすのだ。夜明けに、ぼくは海を見わたす、そのとき遠い水平線は虹の色あいを帯びた幾重の縞にいろどられ、つづいて海岸線に並ぶ山なみを見れば、曙《あけぼの》の反射光が〝麻酔した犀《さい》の背〟を舐めまわすような調子で忘我恍惚の境に遊んでいる。もし視界に一隻の船があれば、低く這う太陽の光線がまったく眼くるめくような爛光をそれに添える。見る者は即座にそれが船だとは識別できない――むしろ北極光のたわむれかと思わされるのだ。

日が沈むころ、われわれの後ろにある山々が、もう一つの〝真の光〟で赤らむとき、峡谷の樹木や潅木はまったく様《さま》変った相貌を呈する。万物は光の束、光の円錐、光の傘だ――葉も、枝も、茎も、樹幹も、くっきりと、離れればなれに、あたかも造物主自身の手でエッチングされたように際立《きわだ》って見える。幾流れもの樹木の河が斜面を噴流のように流れ下るのを見るのはそうしたときだ！　それともそれは峡谷の壁に襲いかかる兵隊（盾と鎗《やり》を持ったギリシャ装甲兵団）の隊列でもあるのか？　いずれにせよ、この一刻、人は樹と樹のあいだ、枝と枝のあいだ、葉と葉のあいだに、空間の深みを見まもる言語に絶したスリルを経験する。それはもはや地と空とではなく、光と形体――天上の光と天界の物体と――なのだ。この心を酔わすリアリティがその絶頂に達するとき、岩石は語りだす。それらの岩石が示す千態万様の形状は史前時代の怪獣らの化石よりも雄弁だ。それらが纏う鉱石の残滓《ざんし》で燦めく衣裳の色彩が奏でる音楽の華麗さよ。

秋と冬は、この〝啓示〟に接する最良の季節だ、なぜなら大気は清涼だし、空にはいっそうの驚異があふれ、日光はそれが描く弧の低さの故にいっそう効果的だから。軽い雨のあと、山々がそれぞれの山襞の起伏に応じて起伏する無数の微毛のような細道の輪にとりまかれて見えるのは、こうした時刻だ。とある曲り目を曲ると、眼の前にあらわれる丘が、エアデール種の犬の毛皮を拡大鏡で見るようなすがたで聳え立っている。その丘の、あまりにも蒼然と翁《おきな》さびて見えるので、どこやらに柄の曲った杖にすがった羊飼でもいるのかと地平線に眼をさまよわせたくなる。遠い昔の思い出、幼児のころ読んで、まだ消えずに残っているものが脳裡によみがえる――物語本の挿絵、神話知識の最初の落穂、色あせた絵暦、台所の壁にあった石版刷、扁桃腺摘出の手術を受けた外科医の壁にあった牧歌的な版画……。

よしんばわれわれがつねに自然から出発しなかったとして、いずれ必要なときが来れば彼女の許へ来るにきまっている。いかにしばしばそれらの痩せ土の山道を歩きながら、一本の小枝、一枚の枯葉、ほんの少しの香りのよいサルビアの葉、炎熱のなかにも萎《しぼ》まずにいる一輪の花などを見まもるためにぼくは足をとめたことだろう。また一本の樹の前に立ちどまってその樹皮を熟視したことだろう――まるでそれまでそれらの樹幹が樹皮で蔽われており、しかも樹そのものばかりか樹皮もまたおのれの生をいとなんでいることに気づかなかったかのように。

ヤグルマギクその他の野生の花々とともにルピナスがその生の道行きを歩み終えるとき、キンエノコロがもはや犬どもにとっての脅威でなくなるとき、五官を襲う草木のほしいままな繁茂が鳴りをしずめたとき――〝自然〟を形成する千変万化の要素を観察しはじめるのはそうしたときだ（突如として、いまこうして書いていると、〝自然〟はぼくにとって珍奇な新しい言葉のように思えてくる。人間がこの言葉、ただ一語で一切を包みこむ生命のこの名状すべからざる宝庫を包括する言葉を見つけたとき、何とすばらしい発見をなしとげたことだろう！）。

ときどき、ぼくはあたまのなかが思想や印象でいっぱいになり、至急にノートをつくらねばならぬような気がして、大いそぎで家へ帰ってくることがある。もしぼくが執筆中だったとすれば、これらの思想や感激は純然たる不整合たらざるを得ない。だが、それにもかかわらず、これらは有用な思想であり感激であるのだ――なぜならそれらは何カ月、いやときには何年も前に胎生的な形で知られていたものの完成した想念であることがしばしばだからだ。こうした経験を幾度となくくりかえしたがゆえに、〝ぼくら〟は何ものをも創作するのではなく、〝それ〟はぼくらのため、ぼくらを通じてそれを行なっているのであり、もしぼくらがほんとうに〝波長を合わせる〟というか、そうしたことができるものならば、ぼくらはホイットマンが言ったように、ぼくら自身のバイブルを作ることになるだろう――と、そういう確信を強めずにはいられないのだ。まことに、あのものすごい〝精神＝機械〟がはたらいているとき、問題は、いかにして波長に乗ってくるものをことごとく受け取るかにある。ぼくが自然に関して言った〝ほしいままな繁茂〟と同じものが、脳髄にも現出するのだ。突如として、これまで停止状態にあって、その存在さえよく知られなかった人間のこの部分が、あらゆる方向で剝落しはじめる。精神は一個の沸騰する思想のジャングルと化す。

またほかのとき、ぼくは〝自己教育的〟ムードとしか呼びようのない気分にあると思うことがある。こうしたとき、ぼくは新しい眼でものを見る術を自分に教えこんでいる。ぼくは絵の描ける状態にあるか、あるいはその状態にまさに入ろうとしているかなのだろう（こうした状態は嘔気のようにぼくを襲う）。ぼくはアングロ路に、トレ・キャニオンの巨大なカウボーイ・ハットを正面に見ながら、犬を一匹そばに侍《はべ》らせて腰をおろし――犬どももも何かを学ぶのだ――そうして一枚の草の葉、とある山襞のつけている深い影、じっと動かずに立っている鹿、それも小さな点ほどの大きさしかない――そうしたものをどこまでも見て、見て、見つくしてから、ときには視線を転じて、とある一塊の岩のまわりに海がつくりだしているレースの白泡だとか、大洋のベッドからおもむろに半身を乗り出して陽ざしを浴びている野獣のように見える岩山――ぼくはそれらをときに〝ディプロドクス〟[1]と呼ぶことがある――その巨獣の横腹にとりつけた白襟のような泡だちを見つめたりする。リンダ・サージェントがよく言っていたことだが、このサンタ・ルチア山脈が両性的《ヘルマフロディティク》だというのは、まったく本当だ。形状、輪郭ではこれらの丘や山はたいてい女性的で、力強さ、生命力では男性的だ。見たところ――特に夜明けの曙光のなかで見れば、それらは太古のもののようだが、われわれのすでに知っているとおり、ずっと新しく生成したのだ。幸いなことに、人間よりも動物のほうが、それらの山に多くはたらきかけた。また風と雨、日光と月光のほうが、さらに多くはたらきかけた。人間がそれらを知ってから、ほんの僅かの時間しか経ていない、そのことが恐らくこの山々のいまなお保存している原始的性格のために役立っているのだろう。

朝、日の出から間もない頃、もし霧が下の国道を蔽い隠してくれるならば、そのときこそぼくは稀にしか見られぬ景観に恵まれるのだ。ぼくが最初に宿をとったネペンテ（その頃には丸木小屋が一軒しかなかった）のほうの海岸を見わたすと、ぼくの真うしろから昇ってくる太陽が、下の真珠光色した霧のなかへ、ひどく大きくなったぼくの影を落すのだ。ぼくは祈りの形に両腕を挙げ、どんな神もかつてわがものとなしえなかった大きな幅に両の翼をひろげる、と、そこに、風に流れる霧のなかに、ぼくの頭のあたりに一つの円光が――仏陀自身すらも誇らしげに纏うかと思われるかがやかな円光が泛《うか》びただようのだ。これと同じ現象がヒマラヤ山中でも生じ、篤信な仏陀の行者は山頂から――〝み

1　北アメリカ大陸に発見される古ジュラ紀の巨大な恐竜（訳注）

仏のおん腕のなかへ〃――身を投げるというではないか。

　だが、この夢のような淡い霧にも似て、ぼく自身もまた風に流されている。またこの何となく風に流されることの気持よさ！　あれほど骨を折って心に印《しる》し記憶したさまざまの観察のすべてが、瞑想の場所を離れてぶらぶらと家路をたどるぼくの脳中から霧散してゆく。それらは霧散するが、失われてしまうのではない。その精髄は残って、どこか掴みどころのない場所に蔵《しま》いこまれ、よく躾《しつ》けられた召使のように必要なときに出てきてくれる。たとい〃突然の悟り〃の瞬間に、自分の知った通りの波長に乗せることに成功しないにしても、少なくともぼくはその波の波らしさを把えることはできよう し、むしろそのほうがいいくらいだ。たといある草の葉の形がどんなだったかを忘れるとしても、少なくともぼくはそれをギザギザの形に描く術を記憶するだろう。

　実に腹立たしく頭に来るのは、自然界に遍満する光を捕えられないことだ。光こそはわれわれの盗んだり、真似したり、いや、偽造したりすらできない一つの物である。ファン・エイク、フェルメール、ファン・ゴッホといった連中でも、その神秘な壮麗さの弱々しい幻覚を与えるにすぎない。ヘントの大聖堂で、ファン・エイクの『精霊の小羊』をはじめて見たときに味わった、せつないまでの歓喜を、ぼくは想いだす。あれこそは、ぼくが大自然の神的な光に最も近く近づきえたときだという気がした。もちろん、それは内部から来る光――聖なる光、超絶的光だった。それは芸によって――最高の鬼巧、練達の極致ともいうべき芸によって成しとげられたものであって、しかも、もしわれわれが正しくそれを理解し、またわれわれにもし感受力があるならば――またそれがないとはいったいどういうことなのだ？――その芸は、われわれをそのなかで溺れさせている言語に絶した巨大な宇宙群を照らす太陽群のすべてをも光うすれさせるほどの不死不滅の光をば、われわれにかいま見させるものではなかろうか。

ぼくはここで暫時ターシャ・ドナーのところへ戻りたい。自分が見たもの、感じとったものを描こうとして描けないことに癇癪を起すと、かならずぼくは心のなかでターシャを呼びだすことにしている。たとえば馬を描くことになったら、ターシャは頭のほうからでも尻尾のほうからでも描きだす――どっちからでも変りはない――そうしてかならず一頭の馬を描きだす。樹を描くときでも同じだ。彼女は葉っぱや枝からとりかかるか、または幹からとりかかるかする――だがいつもかならず一本の樹になって、それが小箒《こぼうき》になったり銀紙の花束になったりすることはない。かりに彼女が紙の左端から描きはじめるとすれば、順に描き進んで右の端まで到着する。その逆の場合も同様だ。またかりに紙のまんなかで家から描きはじめるとしよう、彼女はまずドアや窓や煙突や屋根、それに踏段もすっかり描き、それからもっと敷地の造園にとりかかる。空はたいてい最後に描きこむ――上空を描く余地がある場合はである。もし余地がなかったら、どうだっていうのよ？　あたしたち、いつでも空が要るわけでもないでしょ？　要するに問題は、彼女の思考と彼女のいそがしい指の動きとのあいだに絶対にギャップがないということだ。彼女は空間を一インチきざみに端から領略しながら、しかも呼吸できるだけの空気と吸いこめるだけの香気とは残しながら、目標へ向ってまっしぐらに進んでゆく。彼女の部屋の壁のクレヨンのコンポジションは、前にも言ったとおりピカソ以上、いやパウル・クレー以上にさえぼくが認めるもの、豊かに語りかけるものがある。ドナー家を訪ねるたびごとに、ぼくは必ずつつましく彼女の絵の前へ歩み寄り、つねに新しい気持で眺め入る。そして眺め入るたびごとにそこに何か新しいものを発見するのだ。

ときには、朝、目を覚まして、ベッドから起き出るか出ないかに、ぼくは自分に話しかける――「畜生、今日こそはセザンヌを一枚、仕上げてみせるぞ！」それは例の、ちょっと見たところでは思いつきの心おぼえ以外の何物とも思えない即興的な水彩風景画の一つをさしてのことだ。幾度かの傷心的な努力のあと、ぼくは、いまやりかけているこの仕事がセザンヌの一枚なんかにはとてもなりそうもなく、相変らずのヘンリー・ミラーの——絵とでも何とでも勝手に名をつけてもらいたい代物にすぎないことを認識するわけだ。まったく絶対的にうまくいかないことを感じ、ぼくはいまここへジャックが来てくれたらどんなに嬉しいだろうと心の底でつぶやく。リヴァモア・レッジのジャック・モルゲンラートのことだ。ジャックのような練達した画家の友達に、二、三の要領を得た質問をすることが、すばらしい幸福になるというときがあるものだ（ついでに紹介させてもらう——このジャックはフレスコ、油彩、テンペラ、水彩、グァッシュ、クレヨン、パステル、インク、その他どんな材料を使っても仕事のできる男であり、また彼にできることを挙げれば、家を建てること、下水道をつくること、時計の修理、エンジンの解体——その解体したやつをもと通りに組み立てること！——それから鼠捕りの罠をこしらえること、ただしこれは鼠を殺したり不具にして活動不能に陥らせたりするのでなく、単にジャックがそいつを逃がしてやる気になるまで生け捕りにしておくだけの代物だ）。

興奮から醒めた気分で考え直すと、ジャックはぼくが心に抱いている疑問を問いかけるべき相手ではないことに気がつく。まず第一に、彼がその質問を無視しなかったと仮定しても、答えを引き出すのにはまる一日かかるだろう。ジャックに質問をするのは、銅貨を一枚ジューク・ボックスに入れるのに似ている。相手は黙っている、その沈黙がときには永遠かと思われることもあるが、その沈黙のあいだに、こちらの質問は、宇宙のどまんなかに隠されている根元的な問答装置にかけて問い直されているのを聞いてるような気がしてくる。いま言ったとおり、その大根元《おおもと》までとどくのに永遠の時が必要だし、その応答がまたジャックの唇まで長い旅をしてもどってくると、たいがいはその唇がパクパクと動きはじめ、やおら声を発するのだが、それまでにもう一つの永遠の時を必要とするわけだ。これがぼくの好きなジャックの特異な癖である。はじめぼくは彼がわざとむつかしがり、本来は単純な事柄をわざと複雑めかそうとしているのだと思った。だが間もなくそうでないことがわかった。ジャックについて心得ておかねばならぬことは、彼があらゆることに同様・同等の慎重な考慮を払うということだ。彼に調子のわるくなったドアを見せたとする、彼はそれを見て、ためつすがめつ、ありとあらゆる角度から検査して、襟首のあたりを掻きながら、しばらく黙想にふけり、さて口を開いて、「どうも大手術らしいな」と言う。その意味は、この家をたたきこわしてドアの錘《おもり》を仕掛けるほかはなかろう、というのだ。だがジャックにとっては一軒の家をたたきこわすのは何でもない。もし山が彼の行手に立ちはだかっているなら、彼はその山を二つに断ち割るだろう。要するに以上のことはジャックが生れつき、いわゆる〝根本原理主義者〟であることを言うためである。彼は根本原理主義者であり絶対主義者である。ただし円転滑脱、妥協性に富み、寛容にして優雅なるそれである。別の言葉でいえば一個の異常人である。

また彼はその年齢に比して遥かに賢明でもある。彼が永遠そのもののように思考し行動するというのは、畢竟《ひっきょう》彼が永遠の状況のなかで生きているからにほかならぬ。かくて、やれ垣根をつくってくれ、下水工事をやってくれ、果樹園の枝をおろしてくれ、溝を掘ってくれ、こわれた椅子を直してくれ、煉瓦を積んでくれ――と、そのどれを頼まれてもジャックは例によって例のごとき夢遊病者的千里眼で仕事に立ち向うから、〝活動的〟な手合だったら頭に来てしまう。だがジャックが一つの任務を終ったときには、仕事はなしとげられている。なしとげられて残るのである。だから彼に一つの質問をするならば、その問いは充分に、正直に答えられ、いわば最終的に答えられるのだ。

はじめて彼と知合いになった頃、ぼくは彼が少しばかり法螺吹きだという印象を抱いた。特に彼の芸術的才能についてそうだった。彼はあれこれの技芸について、何事にもあれ、自分はその達人だと明言したことは一度もないのだが、そのくせ彼、ジャックはその道を底の底まで究めつくしたから、もはや誰も（彼自身はいうまでもなく！）それをそれ以上に探究する必要はない、と言ってるような印象を残すのであった。こうした話に耳をかたむけながら、ぼくはしばしば鉛筆を彼の手に押しつけ、「ひとつ帽子を描いてくれないか?」と言いたい誘惑を感じた。もちろん、ジャックの返事は「どんな帽子ですか?」で、そうして――「縁《ふち》はまくれてるのがいいですか、真直ぐなのがいいですか?」そのあとにはまた――「わたし個人としては、あなたの頭のなかにあるのはフェドーラ[2]だと思いますが」

だがぼくが話題にしたいと思って（最良のモルゲンラート式方法で）話をひっぱって来たのは、次のことだ――ジャックはぼくの多くの口に出さなかった質問に答えてくれた、ということ。彼はぼくの問題のあるものを永久に解決する解答をぼくに与えた。ぼくは絵画について考えていたかもしれないが、ジャックはいつもの彼の癖で何が絵画をして絵画たらしめるかを考えていた。あるいは一言でいえば、何があるものをしてあるものたらしめるかを――。こうして、これ、またはあれを媒介にしての技法について考察することで、ジャックはぼくに巧妙に、強力に、かつ争う余地なく、正しい思考、正しい呼吸、正しい在りかたの必要をば体得させてくれた。それはつねにぼくの学んだ感謝すべき教訓だったし――またそれはつねにぼくを閉口頓首させたものだ。

ジャックがぼくと別れて帰ったあと、いつもぼくはかならず中国人、日本人、ジャワ人、ヒンドゥー人について考えこんでしまう。かれらの生きかたやかれらの生に賦与して来た意味について考えこん

2 頂の中央に縦にくぼみのある中折れ（訳注）

でしまう。なかでも主としてすべての東洋人の生活に浸透している芸術のつねに現存する原素について。またその崇敬の念について――造物主に対する崇敬だけでなく被造物に対する崇敬、人間相互に対する崇敬、動物の世界と植物の世界に対する、岩石や鉱物に対する、またいかなる装いをもって現われた場合においても技術と技能に対する崇敬について。

どのようにしてジャックはこのような古代の知恵や美徳や至福への霊感を体現しえているのか？ ジャックは東洋人ではない――ただし恐らくは血統上、それに次ぐ者ではあるが。ジャックはポーランド回廊地方[3]の出身で、ドナーやマルク・シャガールや、その他の多くの詩人、画家、思想家たちと同様、スラヴ人どもがその嗜虐的な酩酊状態で *ad nauseam*[4] に鞭やら焼き鏝《ごて》やら馬の蹄やらで肉体と精神に加えたあらゆる残虐を堪え忍んできた民族の出だ。ブルックリンの猶太人街《ゲットー》に移し植えられたジャックは、ともかくも祖先たちの生きかたや、すでにアメリカ的な快適な生活と物質的成功のウイルスに毒されていた新しい隣人たちの生きかたを見棄てて来た。彼は自己解放の決意のもとで芸術をさえも見棄てた。生活そのものを芸術にしたのだ。然り、ジャックこそは、いかなる野心をも抱かず、ひたすらに善き生活をいとなむことだけに専心する稀なる人間たちの一人なのだ。しかもまた彼は善き生活をいとなむことについても少しもくよくよしない。単にいとなんでいるのだ。

そんなわけだから、メッカから来た絵葉書を眺めても、またユトリロの郊外風景の絵葉書を眺めても、ぼくは自分に言う、「これもあれに劣らず好いな」と。ぼくは幸福なのか？ そんなことがおもしろいのか？ ぼくは善き生活について忘れている。ぼくは自分の義務や責任を忘れている。今年もまた勢いよく芽をだした毒樫のことさえ忘れている。絵を描いているときは気分が好い。そうしてそれがぼくを好い気分にさせるなら、ほかの人間をも好い気分にさせる場合が多いだろう。そうで

3 ヴェルサイユ条約でドイツからポーランドへ割譲されたヴィスツラ河口付近の帯状地帯（訳注）
4 へどが出るほど（訳注）

ないとしたら、ぼくは心配だ……ところで、少し前に山を見ていたとき使おうと思った絵具は何だったろう？　ああそうだ、イエロー・オーカー、インディアン・イエロー、ブラウン・レッド、生《き》の代赭色《たいしゃいろ》、それにローズ・マダーだ。それに生の焦茶色《アンバー》もちょっと入れるといいか。よし！　たぶん赤ん坊のうんこみたいになるだろうが、かまうものか。ぼくはね、滑稽天使だよ。どこかにラック・ガランスを一滴、入れておかなくちゃ。まったく、絵具の名前は何と美しいんだろう！　英語よりフランス語だとよけいにいいな。それはそうと、思いだした、あの本をインメンゼーの——いや、それともヘルシンキだったかな？——誰とかさんに送るときに、包み紙に〝失敗した〟水彩画を使うのを忘れてはいかんぜ！　おかしな話だ、世間の人はどうしてあんなにひとが棄てたものを珍重するようになるんだろうな！　もしぼくがやりそこないの仕事について五十セント要求したら、きっとことわられるだろうが、それでもって本を包んで——まるで糞《くそ》の役にもたたないもののように——やると、受け取った人はまるで天与の賜物《たまもの》かなんぞのようにありがたがるのだ。

森のなかでハリーディックに逢ったときがこれに似ている。彼はいつもうつむいて何か拾いたがっている。ときにはそれが一枚の枯葉にすぎないこともある。「あれをごらんなさい！　実に豪華じゃありませんか？」などと彼は言う。豪華だって、、、？　大げさな。ぼくはそれが何であろうとそれに注目する——もう千回も見たけれども気がつかなかったのだ——そしてたしかに、それは豪華だ。実際、それがハリーディックの器用で敏感な手にのせられると、豪華以上のものでさえある……それは異例のもの、唯一無二の存在だ。そのまま歩いて行って——それをまだ手に持ったままで、やがて家へ着いたときはもっと愛情をこめてそれを熟視するだろう——彼は日ごろ歩く路に落ちているさまざまな物について一篇の熱烈な讃歌をつくりはじめる、われわれが日々に踏みつけて歩きながら、踵《かかと》の下で踏みくだいていることに気づきもしないさまざまな物について。彼は形、構造、目的について語る、地下と地上とのあいだで進行している、誰にも考えも及ばず、夢にも気がつかぬ協力関係について、化石と民俗学について、忍耐と心の優しさについて、小さな生きものたちの苦労について、かれらの保身のための狡猾さ、巧みさ、辛抱づよさについて、その他、その他、縷々《るる》として語りつづけ、しまいにはぼくには彼が手に持っているのは一枚の枯葉ではなくて、辞書と百科事典と技術の手引書と歴史哲学とを打って一丸にした大全書か何かのような気がするほどだ。

ときどき、ある問題について考えている途中でよくあることだが、昨日ぼくの家へ来てぼくの水彩画をめくって見ていた男が、そのなかの一枚の〝奇っ怪な代物〟について、ふと立ちどまってもう一度見直したとき、果してそれを着想し実現したときの事情について、ほんの少しでも気づいたかどうか？　とぼくは自問するのだ。もしもぼくがその客に、この絵は、ゲルハルト・ミュンヒがぼくの壊れたピアノを弾いているあいだに、ワン・ツー・スリー、ほらこんな風にね、そうしておまけにファイヴと、こんな調子で描きあげたんだよと話して聞かせたら、相手は信じてくれるだろうか？　つまりこの絵がラヴェルにそそのかされて出来たことに、客はほんの少しでも気づくだろうか？　あの『夜のガスパール』のラヴェルに？　そうだ、ぼくがあるとき突然に一切の自制を失って音楽を絵に描こうとしはじめたのは、あれはゲルハルトが「スカルボ」をくりかえしくりかえし弾いているあいだだった。ゲルハルトの演奏がぼくを感動させた有様は、まるで一千台のトラクターがぼくの背骨を高速で上り下りしているようだった。リズムが速くなればなるほど、音楽は雷鳴のように不吉になり、ぼくの絵筆は紙の上を飛びめぐった。筆を止めたり考えたりする暇はなかった。行け！　行け！　元気なガルボ！　美しいガルボ！　元気なランスロット・ガルボ、スカルボ、バルボ！　速く！　速く！

もっと速く！　画用紙からは八方に絵具が流れた。ぼくのからだからは汗が流れた。尻がかゆくなったが掻いている暇はなかった。それ行け、スカルボ！　踊れ、ガザボ！　ゲルハルトの双腕は麦を打つ殻竿《からざお》のように動く。ぼくの腕も同じだ。彼がピアニッシモになると——彼のピアニッシモは彼のフォルティッシモに劣らず見事だが——ぼくもピアニッシモで行く。ということは、ぼくは樹々に殺虫剤をふりかけ、ぼくのｔに境線をひいたり、ｉの点を打ったりするわけだ。ぼくは自分がいまどこにいるのか、何をしているのかわからない。それがどうだというのだ？　ぼくは片手に絵筆を二本、片手には三本もち、どの絵筆も絵具がべっとりついている。そんな調子で次から次へと描いてゆく、しかも描きながら歌い、踊り、揺すり、よろめき、ふらつき、つぶやき、ののしり、わめいている。おまけにその上に一本の絵筆を床へ落して、それを踵で踏んづけてしまう（スラヴ的忘我の境）。ゲルハルトが指さきにやすり紙をあてる頃には、ぼくは半ダースもの水彩画を描きあげている（最終楽章《コーダ》も終止譜《カデンツァ》もおまけに盲腸部までつけて完成し）——ハゲタカ、オクタルーン、ヤマガラの類がびっくり仰天しそうなやつを。

だからぼくは言う、もしもぼくの名を署《しる》した水彩画を見かけたら、一度でなくかならず二度は見てもらいたい、と。それはラヴェル、ニジンスキー、あるいはニジニ・ノヴゴロドの舞踊家の一人から霊感を得て描いたものかもしれない。それがやり損じらしく見えるということで投げ出さないでもらいたい。トレード・マークに気をつけて探してもらいたい——鉄の蹄とか、よく調律したクラヴィコードとか。その背後には一つの歴史が隠れているかもしれぬのだ。いずれ他日、ぼくはあなたを案内してハリウッドへ行き、レオン・シャムロイが瘋癲《ふうてん》にも金を出して買った二十五枚の水彩画をお目にかけよう。そうすればあなたも、たとい失敗作であろうとも適当な額縁に入れて見せられれば、あなたを垂涎《すいぜん》させうるということを知るだろう。レオンはそれらの絵のためにぼくに上値で支払ってくれたのだ、彼の心情に祝福あれ！　彼はそれらの絵のための額縁のためにはさらに好い値で支払った。そのうちの二点を彼は後にぼくに送り返して来た——運賃は前払いで。テストに落第したのだろう、この二点は。つまり立派な額縁を与えられるというテストにである。こうして絵といっしょに額縁もぼくは受け取った。レオンは何と、すばらしく立派な男だ——とぼくは思った。その水彩画を破り取って、額縁に白紙を入れた。バルザックの真似をして、ぼくは白紙の一枚に「こはカンディンスキーなり」と書いた。それからもう一枚には——「こは一枚の白紙にて、そが上にわれらが言葉の一、二を記せばすなわち夜は来る」

さあ、署名《サイン》もすませた。飯にしよう。

5 驚異のこころ（プーキーとバッチ）

「いまこそ麻薬のようにスヘフェニンゲンの静けさと安らぎが作用します」とは、一九二二年か二三年かにわが友ヤコブス・ヘンドリク・ドゥンがぼくへの手紙に書いて来た文句である。

この奇妙な一行をば、ぼくは硫黄鉱泉の、海と空とアザラシどもとのほか人っ子一人いないところで、よく思いだす。数時間の元素らとの交会《こうかい》は、客をもてなしたり、たいくつな原稿を読んだり、詩人、教授、さらにあらゆる名称を僭した阿呆どもからの手紙に返事を書いたりしたために頭脳の底にたまった岩層を削り去ってくれる。まったく、いちど単純な怠惰に身心をまかせると、精神の内的発条《ばね》が本来の機能を恢復することの容易さ、自然さはおどろくばかりだ。

温泉ではぼくはよくオーデン・ウォートンと出会う――いまは八十歳の老人だが、四十五歳のときに、鉄鋼会社の幹部社員としての年収十万ドルの仕事をさらりとやめる良識の持主だった。そしてそれ以来、絶対に何もしなかった！　今日までおよそ四十年間、オーデンは完全に無為をつづけ、彼の良心はケシ粒ほどの悩みも持たない。オーデンと話をしていると、もしわれわれは一切の煩累《はんるい》を投げだして、野の百合のように生きたとしたら、世の中は果して破滅するだろうか、と考えこまざるを得ない。親愛なるオーデン、彼はいまでは一文なしだが、神がめんどうを見てくださる。俗人として彼が蓄積した富を棄て去るのに、彼は多くの年月を要した。その一部、それもかなりの額を、彼はメインの森のなかで案内人といっしょに狩猟と魚釣りとで費やした。牧歌的な毎日だ、とそれらの日々についてオーデンの語るのを聞けば思う。

いままでは彼は本当に隠居していて、エドとベティ・イームズという夫婦がオーデンの世話をしている。〃世話をする〃という言葉を、ぼくは〃彼が心臓発作で死ぬまで辛抱する〃という意味で使う。[1] オーデンは病気になったことがなく、時間をつぶすのに苦労もしない。彼の毎日は蝶々のそれのように過ぎてゆく。もし誰か話しかける者があれば、彼は話す。誰もいなければ、彼は読む。一日に二度、イマヌエル・カントのように規則正しく、温泉まで歩いて来て、また歩いて帰る。一マイルほどの散歩だ。それだけで彼の筋肉の萎縮を防ぐに充分である。彼の肱掛椅子のわきに積みあげてある読みものは、八時までに彼を眠らせるに充分な程度に無害である。読書でだめなら、ラジオが眠らせてくれる。

ぼくはいつもオーデンとの対語を楽しむ。しかしそれ以上に楽しいのは〃バッチ〃との対話だ。この〃バッチ〃とわが家で呼んでいるのはイームズ家の坊やである。彼はうちのトニーと同じ年頃で、天使のような性情に恵まれている。ときどきぼくは温泉に入りにゆくときトニーをバッチと遊ばせておくことがある。この二人は銅貨の両面のように気質が違っている。

バッチがちゃんと歩けるようになってから、まだやっと一年ぐらいだ。彼は生れたときエビ足で、寄り目で、そして鼻が人並はずれて高く、いまにシラノ・ド・ベルジュラックになるのではないかと心配させた。長いあいだ病院にたてこもり、何回も手術を受けた後、これらの欠陥はすべて一掃された。おそらく彼の信じられぬほど善良な性質を、彼が小児として耐え忍んで来た欠陥、挫折、苦痛のせいにするのは、ぼくが誤っているだろう。だが、それがぼくの抱いている印象で、正しいにしろ誤りにしろ、事実はバッチがこのあたりのどの子供とも違ってるということだ。

彼はいつも駈け寄って来て挨拶する、足はまだいくらかぐらつくし、眼もまだいまにもでんぐりか

1 上のように書いてから数カ月後、その通りになった(原注)

えりそうで気になる。だが彼のキラキラ光る顔つきから、何という温かさと真剣さ、何というかがやきが光り出ていることだ！　彼はまるでぼくが神の使者ででもあるかのように、何かの幻覚を通じてこちらを見てでもいるかのように、ぼくに感じさせる。

「ぼく、新しい靴をはいたよ、見て！」彼は黄金か雪花石膏《せっかせっこう》ででも出来ているかのように足をつきだして見せる。「ぼく、もう走れるよ。見たい？」そして彼は数ヤードを走って見せ、いきなりふりかえり、天国のような笑顔でぼくの顔をみつめる。

七歳の幼児にとって、歩き、走り、跳ね、躍ること以上に不思議なことがありうるだろうか？　バッチがそれをするとき、ぼくらはもしわれわれがこの動物的能力以上の何も持たなかったとしてもやはりわれわれは祝福されているのだということを覚るのだ。バッチは肉体的いとなみをば神聖なたわむれかと思わせさえする。まことに、彼を動かす一々の身振りはすべて感謝の祈りのごとく、天使的な存在の示す歓喜のごとくである。

あらゆる子供たちと同様、彼も贈り物をよろこぶ。だがバッチの場合、もしあなたが野原のありふれた石ころを一つ、これは坊やのだよと言って手渡したとすれば、彼はほかの子供ならば金の板張りの消防車をもらったときにだけ見せるのと同じ大満悦の感謝をこめて礼を言うだろう。外科医のメス、ひとりぼっちでベッドに過した長い夜と昼、誰ひとり遊び友達もなく、待ち、希望し、あこがれ求める気持を、彼はその魂の奥底で知ったに違いなく、そのすべてが彼の性情を〝優しくする〟のに一役買ったに違いないのだ。彼には、たとい一人の乱暴で鈍感な遊び友達でも、およそ自分に意地わるをしたがる者があるということをまったく理解できない。その無垢《むく》の心では、他人には善意と親切とのほか何も期待しない――見ていて涙がこぼれるほどだ。一オンスの悪意も羨望も彼にはない。ひとを恨んだり、物に執着したりする心もない。もちろん自分と同じ大きさ、同じ年頃の、あまり乱暴でもなく気むずかしくもない遊び友達が持てれば嬉しいのだが、たとい持てなくとも、また事実たいていは持てないのだが、それでも彼は小鳥や花や、少しばかりのつまらぬ玩具や、さらにその無尽蔵の人なつこさで、やってゆくだろう。彼が急にしゃべりはじめるときは、まるで急に耳許でさえずりだす小鳥のようだ。

バッチは、何かひとが彼と約束でもしない限り、決して何も求めない。たとい約束した場合でも彼は――相手がその約束をまもるのを忘れたとして――忘れたことを彼のほうであらかじめ容《ゆる》してしまっていると相手に感じさせるような調子で、そのことを言いだすのだ。バッチはおそらく他人を〝いやなやつ〟とか〝間抜け〟とか思うことができないだろう。彼がころんで痛い思いをしたとする、彼は誰かが助け起してくれるまで坐ったまま泣いているということはない。おお、断じて！　眼に涙をためてひとりで起きあがり、かたわらの者に彼の黄金の微笑を投げてよこす、その微笑はこう語っているのだ――「ぼくのバカな旧い足がいけないんだよ！」

ある日、彼が最後の眼の手術をして間もない頃、バッチはぼくの家を訪れた。トニーは留守で、彼が使い古した三輪車が庭にあった。バッチは乗ってもいいかとたずねた。彼はそれまで一度も乗ったことがなく、それに厄介なことにはまだ正しい視力がなかった。ぼくに話したところでは、ものが二重に見えるらしかった。もちろん彼はそのことを、まるで嬉しがってでもいるように話した。ぼくは彼に舵《かじ》をとったり、後退したり、といったことをおぼえさせるように少しくてつだってやった。そうしたことをのみこむのに暇はかからなかった。彼の足はまだ少しぎごちなかった。大きくターンするたびに彼のからだは危険な角度に傾斜した。幾度も彼はころげ落ちたが、そのたびにすぐにまた起きて、いつもにこにこと、嬉しそうにやっていた。

帰るときが来たとき、ぼくはバッチにその三輪車を持たせてやらねばならぬことを知った。それはもういまではつまらぬ代物だが、乗る稽古をつづけるのには役に立つだろう。ぼくは彼に、トニーが帰って来たらあげてもいいと言うかどうか、小父さんがきいてあげようと言った（ぼくはトニーがそれを手放すことを知っていた、そうすればトニーは新しいのを買ってもらえるからだ）。ぼくはバッチに、小父さんは明日、町へ行って、トニーに新しい三輪車を買ってやり、古いのをきみにとどけてあげる、と話した。

「じゃ、明日、来てくれるのね?」というのが彼の別れの言葉だった。

彼が行ってしまったあと、ぼくは彼がトニーの古三輪車を相続できると聞いたときの彼の嬉しそうな顔のほか何も考えることができなかった。いうまでもなく、ぼくは翌朝、早起きをして町へでかけた。あいにくなことに、ぼくのツケのきくデパートにはトニーに向いたサイズの三輪車が品切れだった。そしてぼくはほかの店で買おうにも現金を持たなかった。

（近頃は何を買うにも一財産だ。ぼくはむかしマディソン・スクエア・ガーデンで六日競走のバイク走者から競走車を買ったが、いまなら子供の三輪車の値段だった）。

ぼくはその晩バッチに会いに行って、事情を説明すべきだった。が、行かなかった。ぼくはただ彼があんまり熱をあげていなければいいが——そうしてぼくが行ったとき、いつもの調子でぼくを恕《ゆる》してくれればいいがと思案しただけだった。四、五日後に、ぼくは古三輪車を車のうしろに隠して、でかけて行った。車で乗りつけると、まるで時刻を約束したようにバッチがそこに待っていた。彼が緊張し、ハラハラしているのが、ぼくにはわかった。同時に、落胆させられた場合を考えて、気をひきしめていることも見てとらずにはいられなかった。

「やあ、バッチ、どうだね？」と声をかけ、ぼくは車から降り、親しみぶかく抱いてやった。彼はぼくを抱擁しながら、ぼくの肩ごしにこっそり、車のなかをのぞきこんだ。

「うん、元気」と彼は答え、彼の顔は明るく、両手は楽しさで踊っていた。

必要以上に一瞬も長く彼に気をもませまいとして、ぼくは車のうしろを開き、三輪車を引張りだした。

「アッ！」もう我を忘れて、彼は叫んだ、「やっぱり持って来てくれた！　ぼくは小父さんが忘れたかと思った。」そのあとで彼はどんなに毎日ぼくを待ったか、車が彼の家へのドライヴウェイに入ってくるたびにどんなにぼくをさがしたかを話して聞かせた。

ぼくはみじめな気持になった——第一には彼をこんなに長く待たせたことで、また第二には彼にこんなひどい三輪車をやるということで。座席は取れかかっていたし、ハンドルはねじれていた、その上にペダルもたしか一つはなくなっていた。バッチは何とも思っていないらしかった。彼のお祖父さんがうまく直してくれるだろうと彼は言った。

帰り途、ぼくはバッチの将来について考え耽ってしまった。彼には何かがある、アメリカの少年たちが稀にしか持たない何かがあるような気がする。もし軍が彼を採用して大砲の餌に使わなかったら、相当のところまで行けるだろう。彼はいますでに小型ラーマクリシュナだ。[2] という意味は、土から生れた、まことに稀少な人物の一人——いつの時代、どこの風土にも稀な——忘我の人、あふるるばかりの愛をたたえたる人、ということだ。重慶の子供たちについて書かれたある本の一節がぼくに浮んだ——

2　一八三四—八六。ヒンドゥー教の宗教改革者、神秘家（訳注）

「これら重慶の浮浪児たちの善良さがこれほどまでだということから、もし世界が子供たちの手に渡され、人間は誰も十二歳になったら苦痛のない方法で処刑されるようになったらどんなにいいだろうと、私はずっと昔には信じていたものだが、そのことがふたたび信じられそうになって来た」[3]

おれは自分の子供たちのために生きているといったような話はよく聞くし、またぼくたちが子供たちのためにあれこれとやっては――たいがいはやりすぎて――いるけれども、アメリカの子供たちは親たちとの関係でも、またさらに悪いことには、かれら自身としても、決して幸福ではない。子供たちは自分が邪魔にされ、厄介あつかいされ、金をくれて追っぱらわれる存在であることを嗅ぎつけている。アメリカの教育学者で、カイザーリンクがその『旅日記』*Travel Diary* のなかで日本人について書いているような調和的な親子関係について書ける者はあるまい。だが当時は、一人のヨーロッパ人も、また一人の東洋人も、カイザーリンクが日本女性を描写したようにアメリカの女性を描写することは不可能だったろう。ぼくはある一節を引用しよう――

「日本の婦人たちについて、多少ともスタイルについての感受性をもつ人間であるならば、言いかえれば蝶々に対して河馬のする振舞いを要求しない人間であるならば、ただ一つの意見しか持つことはありえない、つまり――日本婦人はこの世に創造されたもののうち最も完璧な、ごく少数の絶対的に完成された被造物の一つである、と。……まことに、優雅さのほかの何ものでもない女性たちを見るのは、あまりにも悦ばしすぎることだ――その真のあるがままの姿のほか何ものをも虚飾せず、その真になしうることのほか何ごとをも誇示しようと欲せず、その心情は極度にまで洗練された女性たち。ヨーロッパの娘たちのうち、その心の底で、極東の姉妹たち以上のもの、以外のものを望む者は少ない――彼女たちは男たちの気に入られることを、女性として魅力あることを望んでいるので、さまざ

3　ロバート・ペイン著『永遠の中国』Forever China, by Robert Payne.（New York: Dodd, Mead & Co., 1945.）（原注）

まの知的な関心を含むそれ以外のあらゆるものは彼女たちにとって目的を達するための手段である。おもてむきは精神的願望しか持たぬようにみえる女たちの多くが、もしもこのような遠まわしな魅惑の手段、それは彼女たちの世界では等閑に付すことの困難なものではあるが、もしもそれを無視できて、日本女性のように本来ありのままの自分を見せることができるならば、彼女たちはどんなに安堵の吐息を洩らすことか！　だがこのようなことはヨーロッパの女性にとって成功の覚束ないことであり、それを企てる多くの者が失敗することなのだ。いわゆるモダン・ガールは、すでに素朴な作法、形式で完成するには意識過剰であり、純粋の優雅さに生きるには邪気がありすぎ、そして何よりも、容易に完成するためには性情が豊かになりすぎている。愛らしさという点で近代ヨーロッパの美人は、とうてい教養ある日本女性に対抗できなくなっているのだ」[4]

　この本のはじめのほうでぼくは、ビッグ・サーの新しい様相は、ぼくがはじめて訪れた一九四四年以後に人口に加えられた子供たちによって顕現する、と書いた。疑いもなく、ファイファー家、ハーラン家、ポースト家、その他の初期移住者たちがこの地方を切りひらいたパイオニア時代に、子供たちは重要な役割をつとめた。今日、これら子供たちの大多数は祖父母になっている。今日、昔のハーラン一家のように、自給自足の生活をいとなむ家族はもうない（数十年間にわたりハーラン家の人びとは金を使わずに暮した）。そうだ、旧時代は永遠に過ぎ去った。新時代は村の小学校に群れている子供たちのものだ。

　ぼくにとって、これらの子供たちについておどろくことは、かれらの個性である。各々の子供が、めいめいのはっきり区別される性格をもち、独自の行動様式をもつ、一個の人格だ。一部は、たとえばデイトン家の男児のように、父親が木樵《きこり》であり、社会から隔絶して住んでいて、家庭で教育を受け

4　The Travel Diary of a Philosopher, by Count Hermann Keyserling (New York: harcourt, Brace & Co., 1925), Vol. II.（原注）

ている。また一部は、まだ学校へゆくには幼なすぎ、父親について毎日はたらきに出ているが、家事の多すぎる母親と家にとどまっているより悪いとはいえない。ときには母親が、結婚から離婚へと身の上が変る途中で、職に就かねばならぬときがある。そんなとき子供は一日の大部分を自力でやってゆくので、そのおかげで非常に自足的、自信のつよい子供になる。

ぼくはトニーの遊び友達の一人でぼくの特別に好きな子供を思いだす――マイク・ホーランド、通称〝チビのマイク〟である。チビのマイクは四歳のとき、すでに一個の〝人物〟だった。一度、彼の母親が旅に出たとき、一週間ぼくの家に泊ったことがある。彼が加わったぼくの一家は何とすばらしかったことだろう。彼のように穏和で、控え目で、無口な子供をぼくは見たことがない。何をきいても彼はウンと答えるのだが、そのウンがほとんど聞きとれないほど小さな、可愛い声なのだ。たとい彼の好まない食べものをすすめられても、あるいは食べたことのないものでも、彼はかわいい小さな〝ウン〟で答えて、そばへ寄ってくる。ときには、からかうつもりで、彼にも〝イヤ〟と言えるかどうか見たいと思い、小父さんにピシャリとぶってもらいたいかときいてみる。すると彼は「ウン」と答える。ときにはちょっと変化をつけて、「ウン、そうしてちょうだい」と言った。

(トニーが最初におぼえた言葉は〝イヤ〟だった。言ったなんてものではない、彼はうなったのだ。〝イヤア!〟。〝ウン〟と言わせられるようになるまでに一年はかかった)。

まったく、マイクはかわいらしかった。そして、あのラジオに出てくるスパーキーのように(あれは子供らがいちばん好きな番組だ!)、少年よりは小妖精に近い。誰でも知ってるように、スパーキーは非常な早口だ。子供たちは気に入ってるようだが、彼のしゃべりかたはいやらしくて聞くに堪えない。彼の小妖精的おしゃべりが聞きとれるようになるまでぼくには幾日もかかった。

マイクの魅力は彼の沈黙にある。それはきわめて訳知りの、意味ふかい沈黙だ。そこには賢者のもつ何か、聖人のもつ何かがある。つまりヨセフ・ディ・クペルティノの階級に近い聖人だ。サンドラールが彼について書いたすばらしい数ページを読んだ人は、彼があまりに無能な阿呆だったために修道僧たちのところへ預けられたことを想いだすだろう。神の眼から見れば彼は〃幸いなる者〃の一人だった。彼の人目をおどろかせた空中浮揚で彼をささえたものは彼の没我の愛だった。

マイクには、彼がいかに無口で愛らしくて小妖精じみているにしても、阿呆らしいところは一つもない。反対に、彼は絶えずひとびとを驚異させ、煙《けむ》にまく存在だ。彼は自分のほしいものをよく知っており、たいがいはそのほしいものを手に入れるが、ただし穏やかに、控え目に、ほとんど無私な態度で手に入れるのだ。ぼくは一度トニーに、ぼくが銀行に預けていた金をはたいて高価な消防自動車を買ってやったことがある。一週間後に、それはマイクのものになった。二人の子供は物々交換をしたのである。トニーはその消防車を手に入れてから三日後にもう飽きていたのだから、この交易は結構フェアなものだった（呆れた話みたいだが、これは誓って真実の話である）。

マイクは壊れた玩具、棄てられたどんな物でもたしかに受け取り、それを何カ月も無心に楽しむ。彼が飛行機がほしいとき——木製の、せいぜい十セントの値段のもの——彼は一度に十個もでなく、一個だけしかほしがらない。彼はそれらの飛行機に記録飛行をやらせる天才がある。そしてもし壊れたら、それを修理することを知っている。トニーは知らない。トニーは、街道で車の前蓋《フード》をあけて指を汚すよりはそのまま乗りすてて近くの町まで歩いてゆくほうを好む彼の父親に似ている。それは実は指を汚すかどうかという問題ですらもない……彼の父親は何事につけても——特に機械に類する物は、うまく修理できないことをはじめから知っているということだ。

ところが反対にロペス家の三人の息子たちは、大人になるずっと前から何でもうまく修理し、直すことを知っているし、何ごとにも適応することを知っているようだ。ここで急いで言っておかねばならぬが、ロペス家はぼくの模範的家庭の実例である。メキシコ系の父親は、正しい常識の持主ならば永久に雇人として雇っておくことに賛成しそうな、不充分な給料しか取っていない労働者の一人だ。母親はこの母親という言葉の本来の意味にふさわしい母親だ。メキシコから、かれら夫婦はアメリカ人がややもすれば過小評価するばかりか、それを利用して食いものにすらしかねない種類の貴重な美質——忍耐、優しさ、敬意、神を敬まう心、穏和さ、謙遜さ、自制心、そうしてあふれる愛情、等——をこの国へもたらした。ロペス家の子供たちは両親のこれらの美徳を反映している。男の子が三人、そのうち二人はそっくりよく似た双生児で、いちばん上に女の子が一人いる。かれらは一大家族のように仲よくやっている。ほとんど聖家族のように、とぼくは言いたい。かれらを見ると、家族という言葉も悪くないなと思う。内側からはもちろん、外からもおそらく、かれらをおびやかすことのできるものは一つもなさそうだ。かれらはメキシコ人がつねにそうであるように、この「自由で勇敢な者たちの土地」で苦難の生活を経た。だがかれらはかれらを知り、かれらの苦闘をみまもったすべてのひとびとの愛と尊敬をかちえている。

この地方の暇のない母親が、一日間なり一昼夜なり、または一週間、あるいは一カ月でも、わが子を誰かの手にゆだねたいと思ったとき、彼女が否応なくやって来るのはロペス家である。ローザ・ロペスは決していやと言わない。この言葉は彼女の語彙《ごい》にないのだ。"*Sí Señora!*"[5] と彼女は言って、自分の子供と同じようにその子を抱き取る。そうしてそこで、夫婦がわが家《ホーム》と呼んでいる汚点《しみ》ひとつない、大ぜい詰めこんだ小屋のなかで、このアメリカ人の子供はおそらくはじめて聖母の像を、十字架の前の

5 はい、奥さん!(訳注)

小蝋燭を、壁の釘にかかったロザリオを見るだろう。おそらくまたはじめて、このアメリカの子供はお祈りに両手を組み合せ、伏眼になって連祷を口にする大人たちを見るだろう。ぼくはカトリックではない。カトリシズムにつきまとうあらゆる礼式や文句にも用のあった例《ためし》はない。しかしぼくは熱心で敬虔なカトリック家族であるロペス家には深甚な敬意を抱く者だ。ぼくがかれらを訪ねるとき、当然に感ずべきものを感ずるけれども、教会を訪れたあとでは稀にしかそういうことはない。ぼくは神の現存がそれみずから明白であるかのごとく感ずる。そして、ぼくはロザリオや十字架や聖像や聖母の石版刷などに反対する者であるけれども、しかもこのビッグ・サーに一家族があって、これら信仰の従属物が証拠としてあり、それらの伝えようと欲するものを伝えているのはよいことだと言いたい。

子供たちは、とても救いようのない悪童で、救いようのないほど幸福で活発で、かつ家にいるときはよく手助けをする。かれらには影ほどの悪意、卑しさ、粗野さもない。アメリカでは外国人、ことに貧しい外国人の家族の場合、子供らは生れながら趣味と敏感さと内面的な才能の豊かさを持っている点、概してアメリカ人の子供の及びがたい点だが、かれらもその例に洩れない。ロペス家の子供たちには、なおその上に持っているものがある。騎士的性情、とぼくはそれを呼びたい。もしかれらがかれらより年少の子供たちと遊ぶことになったとする、また実際にそういうことはよくあるのだが、かれらはどんな大人にもできないほどよく面倒をみてやる。かれらの特に好きなところは、激しく、そして荒っぽく遊ぶところだ。かれらは生まれつきの生命力と遊び心があるようだ。かれらが泣いたり泣き言《ごと》を言ったりしているのを見たことがない。かれらは五歳と六歳で小さな大人である。娘のロジータにいたっては、やっと歩けるようになったとき以来、小さな母親としてやって来ている。

雇人、庭師として、セニョール・ロペスは子供たちに高価な玩具を買ってやれた例《ためし》がない。彼はかれらが健康だったことにただもう感謝するばかりだった。彼は子供たちを心から愛したし、かれらをあつかう仕方を知っていた――優しく、しかし厳しくあつかったのだ。妻のローザは、来る日も来る日も家事をやり終えるだけの暇があったことはほとんどない。どんな極貧のアメリカの家庭でもなくてはかなわぬ物となっている便利な道具類をかれらは一つとして持たなかった（ここで過去形でぼくが語っているのは、かれらがクレンケル・コーナーズに住んでいた時代、ぼくたち自身もローザの気前のいい性質を悪用する罪を犯した頃のかれらの生活を語っているからだ）。まったく、ロペス一家は何ひとつ贅沢品らしいものを持ったことがなかった。かれらはセニョール・ロペスが職にありついていること――たぶん死ぬまで――を幸運と考えていたのだ。

両親のこうした貧乏のゆえに子供たちは苦しんでいたか？　ほとんど否だ。しばしば襤褸《ぼろ》をまとい、裸足《はだし》で裸同然であり、たいていは不潔で飢えてはいるが――しばしば三歳か四歳で乞食をしてさえいるが――ヨーロッパ全土を通じて最も幸福な子供たちはスペインで見出される、まさにそのようにビッグ・サーでも、ロペスの子供たちがいつも示すような悦びと満足、のびのびした自発性、生への愛、そうしたものを見出すには最低の貧しい家庭を訪れねばならない。ロンドンの街頭の遊戯をとりあつかった一書のなかで、『南風』*South Wind* の著者ノーマン・ダグラスは、最も愉快に楽しんでいる子供たち、最も思いつきの豊かな子供たちは、まったく何ひとつ遊び道具を持たない子供たちであることを痛いほど明らかにしている。それと対照的に、われわれの国の大都市にある公立学校付属のレクリエイション用運動場を見るがよい。何百万のドルが高価な施設のために費やされ、しかも哀れな鼻たれ小僧たちはそこで運動を許された小さな囚人みたいに――さもなければ三十分間だけは破壊行動をゆるされて檻《おり》へ投げこまれた小悪魔みたいに――見えるではないか。

ある日ぼくはロペスの子供たちが空想の都市を建設しようとはたらいているところへ行きあわせた。そこは野菜畑の裏で、イバラやアザミをかれらは急いでかたづけたあとだった。計画はすでにかなり広い面積を占めていて、かれらはその仕事をやっと開始したところだ。ぼくの心をとらえたのは、かれらがこの小世界を創造するのに使っている材料だった。この材料はいったい何々だというのか？あき缶、牛乳の箱、古むしろ、マッチ箱、爪楊枝、おはじき石、南京玉《ビーズ》、靴紐、ドミノの札、カルタ、古タイヤ、錆びついた巻毛用のコテ、折れ釘、棄てられた玩具、針さし、安全ピン、こわれた鋏、小石、板きれ……何でも手あたり次第のがらくただ。

そのわずか数日前にぼくはある友人を訪ねた。これは医師で、ぼくが買いものをしているあいだ、トニーがこの友人の息子と遊びたいと言ったのだ。医師は自分の息子に数時間、遊び友達が出来たことをひどく喜んで、親切にもトニーを自分の家まで車に乗せてゆくと言ってくれた。

ぼくは彼の家へまだ一度も行ったことがなかった。日没ごろ着いてみると、日本人の庭師が花壇や植えこみに水をやっていたが、子供たちの姿はどこにもなかった。ぼくはしばらくのあいだその家の美しく手入れの行きとどいた邸内を見物して歩き、広い中庭の椅子やテーブルを見たり、すばらしい樫材に隠された鉢植えの木に感心したり、さまざまの遊び道具が整然と配置されているのを驚嘆してみつめたりした——ブランコやシーソー、梯子、〝迷路《ラビリンス》〟（これにはたぶん別の名がついているのだろう）、二輪車に三輪車、荷車や手押し車等、等。この献身的な父親がその子供たちに買ってやろうと思わなかったものがあるとは誰が知ろう。彼は子供たちがかわいくて、子供たちを幸福にするため、できる限りのことをすべきだと信じていた。その子供たちをできるだけ早く外へ出すことばかり考えている彼の妻もまた子供たちを愛していた。幸せなことだ。この邸の持主は子供たちだった。親たちは単にそこに住んでいるにすぎなかった。

だが二人の男の子はどこにいたか？　この家のいくつかの部分を探検し終った後——邸には誰もいないらしかった——ぼくは一つの大部屋へ行き当ったが、これはぼくだったら居間として自分で使いたい種類の部屋だった——それはもっぱら子供たちだけが使用する目的のものであることが明らかだった。そこの床の上で、トニーと医師の息子とが一個の木片と一本の紐とで遊んでいた。二人がどういう遊びをしていたのか、ぼくにはついにわからなかった。ただしぼくが知りえたことは、かれらが何かかれら自身の思いついた遊びをすることで喜々として遊んでいたということ、それは五十ドルとか百ドルとかいう金のかからない品物、ゴムで蔽ったり、クロミウムを張ったり、噴射推進式《ジエット・プロペラ》つきだったり、最新式モデルだったりではない品物だったということだ。

ここでぼくがどうしても一言触れずに見すごせない家族がある。ここでも主役は子供が演じている。ほかでもなく、それは太平洋岸の観光旅館の一つである〝ネペンテ〟に住んでいるファセット一家だ。両親のロリーとビルは、一年のうち七カ月というもの、料理と飲みものと踊りとを売りものにする企業の経営でいそがしい。子供らは——少なくとも最近までは——バカ騒ぎのドタバタを売りものにしていた。五人が揃ってである。

ファセットの子供たちの特色は次の点にある——つまり、かれらは子供であることを楽しみ、遊んでいるという印象を与えるのだ。かれらはただの子供であり、楽しく時を過ごすのは子供にとっての問題なのだということを、大いに楽しむ。思いつきの豊かさにかけて、かれらにはちょっと敵がない。かれらの陣地へ入って行くと、もしそれが予想外の訪問であったとすれば、諸君は類人猿の世界へ引きこまれたような気分になる。それはかれらがやってみせるおしゃべりや悪ふざけや軽業や、身の毛のよだつ離れ技《わざ》だけではなくて、かれらが造りだすものすごい大混乱のためなのだが、この大混乱たるや、かれらはそれをつくりだす方法を実によく心得ており、つくりだすことに歓びを味わっているもので――特にパパやママにみつけられないときに一層うれしがるのだ。だがかれらの前で誰が〝しつけ〟という言葉をもちだすことを思いつくだろう？〝しつけ〟とはかれらの死にほかならぬだろう。かれらに必要なものは一にも二にも空間《スペース》だ、スペースが広ければ広いほどいい。いわばかれらはホテルの食堂と軒さきの酒場とにつづくダンス・フロアに、すばらしいローラー・スケートのリンクを持っているわけだ。夕方、客があまりこんでこないあいだに、このいたずら小僧どもがフォーク・ダンスで客をたのしませる。かれらはプロの踊り手にふさわしいくらいの演目を持っている。いちばん年下のキムなどはまだほんのチビ小僧だが、見ていて実に愉しい。まるで空に浮んでいるようにスイスイすべる。かれらは監督を必要としないし、事実そんなものはいない。くたびれればかれらは引込んで、おとなしくベートーヴェンの四重奏なりシベリウスなり、あるいはシャンカルのアルバムなりを聴いている。

親たちは、もちろん、ときどきはこの悪たれたちの持ちだすさまざまの問題に困らされる。ことに一家のあるじたるビルは、この〝ネペンテ〟を開くという卓抜なアイデアを思いつく前から、これだけの眷属《けんぞく》をどうして食わせ、また着せていったらいいのか、夜おそくまで思案に耽ったものだ。だがそういう日々は過ぎた。現在の彼の主たる問題は、惣領のグリフをヨーロッパへ送って一修業させようか、それともビッグ・サーにこのまま置いて、好い加減な何でも屋になってもかまわないとするか、これである。もっと大きな問題は、ビルが一財産こしらえたとき、いったい家族一同はどこへ行って、世界のどの地方で、住んだものだろうか？　である。

これはかなり愉しい思案だ、とぼくなら言いたい。カプリではいかんのかね？

「ヘンリーはいつも良い児でした！」これがぼくの母の口癖で、それがぼくにも伝わって、ときどきひょいと口の端にのぼる文句だ。そのわけをちょっと話そう。

ジャック・モルゲンラートには、トニーより三つばかり年下のヘルムートという男の子がいる。誰も彼をヘルムートとは呼ばない。〝プーキー〟というのが彼につけられた通称だ。またこれが、ある風変りな理由で、彼にぴったりなのだ。プーキーとトニーとの年齢の差は、かれら二人をある奇妙な、心を動かす関係に置いた。まず第一に、かれらは約六マイル離れて暮しているので、かなり長い時の間隔を置いてでなければ顔を合わせない（子供にとって長い時だ）。トニーは、プーキーにとって一種の小さな神であるらしい。プーキーがいつも考えることは、いつまたトニーに会いにつれて行ってもらえるか、ということだ。一方トニーは、どっちかといえば荒っぽい遊び友達なのだが、プーキーがやって来たときにはその心の優しい、思いやりの深い面を見せるのが例になっている。いわば小犬と遊ぶ大きな犬みたいにである。

しばしばぼくはプーキーが、愛情と讃美と驚異とをこねあわせたような表情でトニーを見上げている場面をみつける。たとえば彼はちょうど何か言いだそうとして口を大きくあけたところで、その思想が言葉になるまでの一秒の何分の一かのあいだに、プーキーは一つの変貌をなしとげ、もしぼくがそれを目撃する幸運に恵まれたとすれば、その変貌はつねに深くぼくを動かさずにいない。ほんの幼児の頃から、プーキーはこの大歓喜の状を示して来た、それは大人の顔の表情にはもはやほとんど見かけないものである、プーキーが口を開いて何か感激的な発言をするとき、なぜあのように特殊な制止というか、口ごもりをするのか——少なくともぼくには説明がつく。明らかに、彼の心を満たしている情感が、それを言葉にあらわす彼の能力をはるかに超えているのだ。感動が彼の心のうちに高まり、まさにこぼれようとする、その次の瞬間――ほんの一瞬か二瞬、いやかなり長い一瞬か二瞬のあいだ――彼は口をふさがれるのだ（フラ・アンジェリコはこの現象を幾度も捕えている）。

魅せられたように、ぼくの視線は彼の口から彼の眼へと移動する。突如として、その眼は二つの液化した光のプールになる。そのプールをのぞきこみながら、ぼくは幼児時代のぼくが偶像視していた少年、エディ・カーニーを見ている自分に気づく。エディ・カーニーとぼくとのあいだには、ちょうどトニーとプーキーのあいだにあるのと同じ年の差があった。エディは、ぼくにとって、彼のためなら、もし彼がぼくにそうしろと頼むなら、嘘をつくことも、盗みも、あるいは殺人をさえも喜んでする、そういう一個の半神だった。

ぼくはこれら街の（昔のブルックリン、第十四地区）仲間たちについて『黒い春』のなかにすべて書いた。これらの騎士的な同志たちの名もことごとく挙げた――エディ・カーニー、レスター・リアドン、ジョニー・ポール、ジミー・ショート、スタンリー・ボロフスキー、その他。かれらのイメージはぼくの記憶のなかに、まるであの偉大な故旧たちの住んだあたりをぼくが去ったのは昨日か一昨日のことだったかのように生きている。

先ごろ、このなつかしい界隈の一八九〇年代のたたずまいを写した街の写真を手に入れたいと思い、あるブルックリンの日刊新聞の〝古老たち〟というコラムに一通の手紙を出した。ぼくを喜ばせ、かつおどろかせたことには、ぼくの竹馬の友たちの一部がまだ生存していることをぼくは発見した。もちろん、かれらの大多数はエリジウムの楽土中の人になっていた。物故した二、三のひとびとの親族は、親切にもぼくに手紙をくれて、〝わが小さき相棒たち〟の写真――みないまでは七十の坂を越している――を同封してくれた（「時は流れ尽きようとしている」と仲間の一人は書いて来た。たぶん彼は時計の時間をさして言ったのだろう）。

これらの手紙の一つに、ぼくの偶像エディ・カーニーの姉から来たものがある。彼女は数枚のエディの写真を封入して来た――一枚は十六歳の少年としての彼（その彼はぼくが知っていた十歳の子供の頃とほとんど違っていない気がした）、他の一枚は第一次世界大戦の伍長としての軍服すがた、三枚目は肺を毒ガスに冒されて復員した後のものだった。ぼくの心に生き生きと浮ぶのはこの軍服すがたの写真だ。何とも言えない悲しみ、あきらめ、そして、まったき厭離《おんり》の気持が、彼の顔に刻印されているのだ！

〃やつら〃は、ぼくの少年時代のかがやける英雄に、どうしてこんなひどいことができたのか？戦争の残虐非情な物語のすべてが、このいまでは見わけもつかぬ面影のうちに、すっかり書きこまれているではないか。

彼の姉の手紙をくりかえし読み、ぼくはエディが、ぼくの手紙の紙上にあらわれるほんの数カ月前に死んだのであることを知った。そのあと、たちまちぼくの眼は次の字句に躍りかかった――「エディはいつも好い息子でした。」それとともに大きな感動の波がぼくをさらっていった。いったいこのおれは、母がいつも人々に好んで言ったように、いつも〃好い息子〃だったのかどうか――ぼくは思い耽った、深く思い耽った。おそらく、すべてを考慮した上で、それは事実だったろう、なぜならぼくは叱られたり、小言をいわれたり、ぶたれたり、といったことの大きな記憶を持たないからだ。子供としてはそうだったのだ！　もう一人の〃好い息子〃のイメージが心に浮ぶ――ジャック・ロートンだ。少なくとも、誰しもが彼をそう思っていた。

ジャック・ロートンは、ぼくが新しい近隣――「若き日の悲しみの町」――のつきあいで最初に得た仲間の一人だった——ぼくはこの新しい近隣を古い付合いとの比較でいつも不利なあつかいをして来たが。ぼくがこの仲間について特別に思いだすのは、彼がぼくよりも遥かに賢く、遥かに世間を知っていたことだ。ぼくらは同年だったけれども、ぼくを〝生の秘密〟に入門させてくれたのは彼だった。またぼくらの年長者たちの欠陥や愚かさや悪徳をぼくに指摘したのも彼だった。だがやっぱり好い息子だった！　彼の家へ入ると、そこはいつも散らかっていておまけに不潔だったが、ぼくはかならず天使のような子供のためにだけ用意されたような歓迎を受けたものだ。彼の母親は、魅力はあったが物臭《ものぐさ》なイギリス女で、いつも牧師とか校長とかいった〝おえらがた〟をお茶に招《よ》ぶのが好きで、まるで自分の息子のようにぼくをかわいがった。ただ二点だけ差別がつけられていて、それがぼくの心に深く刻印された——彼女がジャックを見るとき、たといそれが彼を叱るときであっても、そこには愛情のこもった眼差《まなざし》があった。あの表情だけはぼくはほかの母親たちの眼差の場合に出会うことが絶えてなかった。ぼくのほかの友達の家では、かならず叱責、口小言《くちこごと》、平手打、といったものがまかり通っているのに気づいた。たしかに、こうした躾《しつけ》のための仕置は決して望ましい効果を生むものではなかった。

さよう、おれもずいぶん気楽にやっていたことは間違いない——と、ぼくは心で一人ごとを言った。家計を助けるために外へ出てはたらかねばならぬというようなことはなかった。好きなことをして、好きなところへ出かけて行ったものだ。つまり……つまり、自分の意志で、はたらきに出ようと決心するまでは、だ。おれは学業をつづけたければつづけられたし、専門の職業を身につけたければその修業もできたし、ちゃんとした女と結婚もしたければすることができた。だがそうはしないで……まあ、ぼくの本を読んでくれた人たちはぼくの生涯を知っている。ぼくは醜悪な部分を隠すことはしなかった。間違いだらけの小路を歩きつくし、間違いだらけの大通りもすっかり歩いた——それでもぼくはちっとも間違わなかった！——つまりどんづまりの八方ふさがりになるまでは、だ。

もし学校を卒業しなかったことが間違いなら（間違いではない！）、はたらきに出ることももっと悪い間違いだ（「仕事！　この言葉のあまりのいたましさに、彼はそれを口に出して言うことができなかった」とコセリーの小説中の一人物は言う）。まもなく十八歳になろうとする頃までに、ぼくは自由を——相対的の自由を、大多数の人びとが知り得るよりも以上の自由を知っていた（それには〝言論の自由〟が含まれており、これはぼくの書いたもののなかにもはっきり顔をだしていた）。そのあとで、まるで阿呆のように、ぼくは従業員名簿に加わってしまった。いわば一夜にして、はした金がぼくの口にあてがわれ、ぼくは鞍を負わされた馬になり、ぼくのやわらかな横腹に暴虐な拍車の先端が打ちこまれた。何という溝泥《どぶどろ》のなかへおれは自分を投げこんだものだと、覚るのには手間暇はかからなかった。ぼくが取りつく新しい仕事は、どれも〝殺人、死、そして荒廃〟の方向に一歩を進めることでしかなかった。ぼくはいまでもそれらを牢獄、淫売宿、精神病院だと思っている——アトラス・ポートランド・セメント会社、連邦準備銀行、経済調査局、チャールズ・ウィリアム通信販売社、ウエスタン・ユニオン電報会社、等、等。こうした匿名の傭い主、親方たちに奉仕することで、生涯の十年間を空費したことを思うと！　プーキーの眼にうかんでいたあの歓喜の表情も、エディ・カーニーやレスター・リアドンやジョニー・ポールのような友に対してぼくが用意していた至高の讃嘆の眼差も——失われ、埋め去られ、どこかへ行ってしまった。それが戻って来たのは、ずっと後になって、ぼくが完全に生計の道を失い、貧窮のどん底に落ち、世間からまったく見すてられるところまで落ちこんだときだった。乞食になって自分の生れた町の街頭をうろつく無名の人間となったときだった。そのときぼくはやっと、もう一度、驚異の眼、愛の眼で同類たる人間の眼をのぞきこむようになった。おそらく、あらゆる誇り、虚栄心、傲慢さ——そうしたこれまで自分が世間に見せつけて来たすべてのものが剥げ落ちてしまったからだろう。あるいはぼくの〝傭い主、親方たち〟が期せずしてぼくに善根をほどこしてくれたのかも知れぬ。あるいは……

とにかく、ぼくが作家に転身してからの期間——およそ三十年あまり——ぼくは最高から最低にいたるあらゆる種類の人間と仲よく付き合って来た。聖人、見者のたぐいのみならず、われわれが、尊大にも〝人間のくず〟などとかたづけてしまう連中とも、親密に知りあって来た。どの人たちに一番恩義があるのかはわからない。だがぼくは次のことは知っている——もしもわれわれが突如として圧倒的な災害に見舞われたら、もしもぼくがその混乱と破壊のまっただなかで今後の自分の生涯をともにしたい人間をただ一人だけ選ばねばならないことになったら、ぼくが拾いだすのは、わが友ドナーが過日ぼくの庭の雑草とりにとつれて来た、名も知らぬメキシコ人の日雇い人夫だろう、ということ。ぼくはもう彼の名をおぼえていないが、つまり彼はまったくの無名の人だったからだ。

彼は、およそいかなる聖者よりも、真に無私な人物だった。また彼は、精神的な意味で、最も美しくもあった。その立居振舞いも、外貌も、彼はぼくの想像裡で、もしキリストがこの地上に再来するとすればたぶんあのような姿であらわれるのではないかと思われた（だが〝彼〟は果して地上を去ったことがあるのか?）。彼の眼には、あのプーキーが折にふれて見せるあの眼差があり、それが絶えて消えなかった——眠っているあいだですらも、と言いたいくらいだ。彼こそは人間世界の宝玉、われわれ人間が探し求めることをすでにやめている宝玉だった。それはわれわれが雑草や小石のように何も考えずに踏みつけて歩いている宝石で、しかもわれわれは一方ではウラニウムとか、その他の今では〝稀少な〟鉱物を探し求めている——愚かにもわれわれは、それによって絶滅への競走でほかの人類よりも優先することになるわけだ。

ぼくはこのメキシコ人と意思を交換する方法として顔つきやジェスチャーしか持たなかった――ぼくのスペイン語はゼロだ。だがそれが少しもハンディキャップでなかった。むしろ逆に、それがありがたい恩恵になった。誰しもが他人と意思を疎通したいと思うほどのことを、すべてこの〝人夫〟は彼の眼差で伝えた。ギルバート・ナイマンが〝人間の善の高貴さ〟についてぼくに語りたいときはかならず彼はメキシコ人について語った。メキシコのインディアンたちだ。彼は遠い昔からかれらを知っているようだった。まったく、彼のメキシコ行きは――彼は永久にメキシコにとどまるつもりで行ったのだ――あれは一種の大願成就という趣があった。言ってみれば、それは彼の前世にはじまったうるわしい経験を完成する、といった趣があったのだ。ぼくはよくおぼえているが、ギルバートは、話がメキシコとメキシコの事物のことになると最高に雄弁になるのだが、それが急にものが言えなくなり、どもったりつまずいたりして、それからさらに雄弁な沈黙に落ちこむ――それは〝彼の友〟、ただ一人の友、ユーセビオ・セロンのことを話そうとするときなのだ。

「きみにはわからない」と、いつも彼は言った、「きみには見当もつかない、想像することさえできない――あそこへ行って、かれらといっしょに暮してみるまでは、あれがどういう人たちかということがね」

ぼくは当時も彼の言葉を信じたが、いまも当時以上にさえ信じる。この二つの大陸に住むあのひとびとのあらゆる優雅さ、あらゆる威厳、あらゆる心のやさしさ、愛情のこもった親切さは、あの侮蔑的な〝インディオ〟という一語に要約されているようなものなのだ。

そして、あのぼくのよき友、もちろん彼は〝ずぶ濡れの〟不法入国者だったが、このかがやかしいカリフォルニア州での三年間、背骨も折れるほどの労働とわずかの賃金で、いったいどんなことになったか？　リオ・グランデの向う岸の家族のところへ持ち帰る小さな貯蓄（それがわれわれのかれらに突きだす餌なんだが）をこしらえたか？　少なくとも、愛する家族とともに一カ月の休暇を許すほどの金が貯えられたか？

彼は来たときと同じ姿で帰っていった——破れたシャツ、ボロの上着、からっぽのポケット、口をあけた靴、風と太陽にさらされて少し濃く焼けた肌、そして、手渡された貧しい食物と眠ることを許された虱《しらみ》だらけのマットレスに感謝しつつ（とまあ鼻を高くしておこう）決して燃え尽きはしないが血をにじませた魂を抱いて。彼はおのれの汗と労苦の報償の証拠としてもちだせる一個の宝を持っていたが、それはどこかのすばしこい野郎が彼に売りつけた共同墓地の一区画の権利書だった。どのようにして、定められた時に、この区画の占有者として帰ったらいいのか、誰も彼に説明してやらなかった。誰も説明できなかった。彼はそれを手に入れることはないだろうと、売りつけたぼくらは知っている。彼の行くべき場所は——そして彼こそは宝玉なのだが——モンタレー共同基地ではなく、熱病に冒された河床、古代文明の廃墟、そして焼けただれた土地の荒廃のなかなのだ。

6 フランで四万ドルの話

ぼくがランボーについてのエッセイを書きあげたのはアンダーソン・クリークにいたときだ。このエッセイは『地獄の季節』を訳そうとして失敗した、その副産物だった。当時はよくわかっていなかったことだけれども、あれはぼく自身の三度目か四度目の〝地獄の季節〟の始まりだった。ぼくはジョージ・ライトからある崖のふちにある小屋を受けついでそこに住んでいたが、このジョージがちょうどその頃、あの論文の一断片を『サークル』[1]に載せた。あれは「類似、親近、交感、反響」をとりあつかった部分だった。

ランボーの作品を愛する人なら誰でも知っていることだが、アビシニア滞在中の彼を苦しめた小さな悩みの一つは、彼がベルトに巻きこんで持ち歩いていた金であった。手紙の一つで彼は書いている——「ぼくはいつもベルトのなかに四万金フラン以上の金を持ち歩いています。その目方が四十ポンドもあり、この荷物のためぼくは赤痢になりかかっています」

戦争がたけなわになった一九四〇年にアメリカへ帰り、ぼくはフランスに持っている著作権から切り離されてしまった。ぼくの最初の出版者である(オベリスク・プレスの)ジャック・カーヌが宣戦布告の日に死んで、あとに残った十八歳の息子モーリスはあとを継ごうにもまったく商売がわかっていなかった——と彼の家族も友人たちも思った。ぼくはコルフ島にいてモーリスから受け取った電報のことをおぼえている。それは、もしぼくがオベリスク・プレスのために書きつづける気があるなら、

1 最初は二部にわかれて『ニュー・ダイレクションズ年報』の九号と一一号に発表したが、現在は『暗殺者の時代』の題で一巻として再刊されている。(The Time of the Assassins; New York: New Directions, 1956)(原注)

よろこんで毎月一千フランずつ送ろう、という趣旨のものだった。その頃としてはこれは相当の額で、ぼくはよろこんで応諾した。

もちろん当時のぼくはアメリカへ帰ることなどは少しも考えていなかった。ぼくはギリシャにとどまることを計画していた――当時すでにぼくはこの国を自分の終《つい》の棲家《すみか》と思っていた。

このモーリスからの吉報のあとを追うようにして、パリが陥落し、完全な通信杜絶《とぜつ》になった。送ると約束してくれた最初の一千フランはとうとう受け取らなかった。戦争が長びくにつれ、ぼくはオベリスク・プレスは閉鎖し、いまではギロディアスという姓になっているモーリスはドイツ軍に殺されるか投獄されるかしているだろう、という結論に達した。GIたちが、ぼくの著書が市場に出るや否やあらそって買っているなどというのは、ぼくの夢にも思ったことのない話だった。

ぼくらがアンダーソン・クリークに住んだのは一九四六年中のことだった。ヨーロッパから帰って以来、ぼくはどうにか溺れないように水の上に首をだしているために悪戦苦闘した。ぼくらの借りた小屋は月にたった五ドルの家賃だったが、食料その他の必需品をとどけてくれる配達人にいつも借金していた。ときによっては二百ドルから三百ドルも彼から借りていることがあった。ぼくらは一枚の衣類も買わなかった。赤ん坊でさえ他人のすてたものを使っていた。だがぼくらはワインだけは上等のものをたのしんだ。これはノーマン・ミニのおかげで、ぼくらは彼の酒庫をほとんど飲みほしてしまった。安ものの中古車でさえ問題にならなかった。四十五マイル離れた町へ行くのに、ぼくらはヒッチハイクするほかなかった。要するにぼくの稼ぎは、せいぜい一匹のヤギが生きてゆける程度のものだった。

とにかく、あれは喜びにあふれた〝手から口へ〟の境涯であって、ぼくらの困窮を察したファンの人たちの思いやり深い親切のおかげで、どうにか助かったのだ。ぼくらはいつまでも貧民のように生き続けるところだった。ヨーロッパの戦争は終っていたが、東洋での戦争はまだたけなわで、冷たい戦争はもう既定の事実だった。ぼくたちはどうにか二つの大切な品にありついた――どんな隙間からも煙の出ないストーヴと、寝床用の人なみなマットレスとだ。後者は隣人のマック・コラム家からの贈り物だった。娘のヴァレンタインはまだ一歳未満で、したがって食べものも衣料もたいして必要でなかった。またぼくはたまってくるゴミやクズを処理するのに（いまぼくがやってるように）自動車も必要とすることはなかった。裏口を出れば断崖の下はすぐ海だ。崖からゴミを投げすてるときに赤ん坊をいっしょに投げないように気をつける必要があった。（「水を換えるんだ、金魚をじゃないぜ！」）

そこへ、ある霧の濃い日、自然の緑はことごとく葉緑素の悦びをうたいあげているとき、モーリス・ギロディアスから一通の手紙が来た。封筒にはパリのスタンプがあった。ぼくは封をやぶって開く前、しばらくその封筒をみまもった。

手紙は長かった。そして大いそぎで飛び飛びに読んでゆくうちに、ぼくの眼は動かなくなった――。

四〇、〇〇〇ドル

ぼくは手紙をテーブルに投げだして、クスクス笑いだした。あんまり急いで読んだからだ、とぼくは思った。眼がどうかしたんだ、幻覚さ……巻煙草に火をつけ、もう一度手紙を拾って、ゆっくり、用心して、一語また一語とていねいに読んでいった。

眼の錯覚ではなかった。占領期間中に出版社を維持する上で出会ったさまざまの困難についての長々しい説明の最中に、ぼくの作品がかの地でめぐりあった成功について急いで述べてあるなかに、一つのセンテンスが埋もれていた――そこに彼、モーリス・ギロディアスは、印税がたまりにたまって、四万ドルに相当する額を、ぼくのものとして預かっていると、ハッキリ述べているのだった。

ぼくは手紙を妻にわたして読ませた。彼女はあやうく気絶するところだった。ぼくらの不安と興奮を増したことには、手紙は、目下の状況ではこの法外な金額をアメリカにあるぼくの銀行口座（そんなものは持っていなかったが）へ払いこむことは不可能である、ということを明瞭すぎるほど明瞭に記していた。御足労ながらこちらへおいでになってお受け取り願えませんか？（「親愛なる政府当局へ啓上」とアーメッド・サファは書きだしていた、「本書状により我らの館は崩壊寸前にあり、家主のシ・カーリルは当方に反感を抱きおるため、修繕を肯《がえ》んじ申さず候条、この段御報申し上候……拙者らと致しては当地へ御来駕ありて篤と御一見これあること切望の至りに供えども、已むを得ざるときは館を貴地へ送り……」[2]）

もしぼくが来られなければ、彼、ギロディアスは月額一千ドルか二千ドルをぼくに送るよう方法を講じて努力しよう、と手紙にはあった。パリにはつねにフランをドルに換えたり、またはその逆の交換を欲する旅客があるから、という彼の説明だった。

ぼくは毎月一千ドルか二千ドルを受け取るという状況を予想したときに味わった心の擾乱《じょうらん》をはっきりと思いだす。「いかん、それはいかん！」ぼくは叫んだ。「おれは堕落してしまう！」

「フランスへ行って、金を取り立てて、それを家と土地に投資し、またあちらに住むのがよかろう」

「ヨットを買って、世界一周をやったらよかろう」

「田舎の古城を買い取るがよかろう……売りものはたくさん出ているし、すごく廉《やす》いよ」

これらは友人たちが即座に与えてくれた示唆《しさ》の一部である。ぼくとしてできないのは、パリへゆき、

2　アルバート・コセリー作『必死の家』(The House of Certaion Death, by Albert Cossery; New York: 1949)（原注）

金を取り立て、それを持ち帰ることだった。それはタブーだった。

ところで、金というものはぼくの星占いではっきり出てくるものには属していない。ぼくが冷静にあれを研究すると、ぼくの運命は上乗のものだということがわかる。要約して言うと、ぼくはいつでも自分の欲しいものを手に入れるが、それ以上のことはない――星占いはそう教える。金に関しては、ぼくは金のために踊りを踊ると出ている。ふん、勝手にしろだ！

以上が、ぼくとぼくの妻とのあいだで思想を交換しているあいだに、ぼくの脳中を駈けめぐった思いであった。いかに真剣、誠実らしく手紙に書かれてあっても、実のところはかつがれているんではあるまいかという疑いがだんだん強まって来た。言いかえれば、人騒がせだ。ぼくはその四万ドルを、正金でも、貨幣でも、金塊でも、あるいはまた証券でも、さらにはまたズローティー[3]でもピアストル[4]でも、この眼で見ることは決してあるまいという確信が、ぼくの内部で大きくなっていった。

衝動的にぼくは床の落ちかかった調理場の端の戸口へ行き、朝日の原のほうを眺めやりながら、いきなり笑いだした。あんまり長いあいだ、ひどく笑いつづけたものだから、横腹が痛くなった。ぼくは幾度もくりかえして言った――「おれには向かない！　おれには向かない！」それからまたしばらく笑った。たぶんあれはぼく流に泣いていたのだろう。笑う合間に母の言葉がぼくの耳もとで鳴っているのが聞えて来た。「なぜおまえは売れるものを書かないんだえ？」

「モーリスが月に百ドル送ってくれさえしたら、すばらしいんだが」と、ぼくは心で言いつづけた。月に百ドル――規則的に――それでぼくらの家の問題は解決するはずだ（その当時は解決するはずだった。今日では、誰の問題にしろ、解決するのに足りる金額なんてものはない。大金は何もかも食い散らしてしまうのだ）。

3　ポーランドの貨幣単位（訳注）
4　スペインの貨幣単位（訳注）

ぼくの荷物は何の重みもない以上、ぼくは赤痢にはならなかった。だがぼくはすばらしい豪奢な生活の悪夢や幻覚に悩まされた。ときにはぼくは『最後の人』のなかのクビになったホテルのポーターみたいな気持がした。手洗い所《トイレット》の番人のために自分の財産と愛情とを浪費するかわり、それらをわが友エミールのために、あるいはときとしてはユジェーヌのために浪費した点だけが違っていたが、――ユジェーヌは一九三〇年のある絶望的な日、梯子のてっぺんからぼくに微笑を投げかけた貧しいロシア女だ、そのときぼくはまったく万策つきて、パリの場末を、空腹のせつなさをしばし逃れるためにパンの屑なり牛の骨なりないものかと探しに出かけたところだったのだ。

なぜぼくが自分を待っている巨万の富を求めてパリへ一度も行かなかったか、これまた一つの物語になる。行くかわりに、ぼくは、こうしたら、またはああしたらといった愚案を手紙で書き送ったが、どれ一つとして役に立つ案はなかった――金というやつにかけては、ぼくはまったく実際的でないことしか思いつかないからだ。空想の小切手をもてあつかうのにも倦きる時が来る前に、フランの平価切下げが来て、つづいてすぐにまた第二の平価切下げになり、これは最初のやつよりは〝健全な〟措置だった。これらの切下げで、ぼくの〝財産〟はもとの金額の約三分の一になった。そこへぼくの出版者のモーリスが、債権者とのあいだに悶着を起しはじめた。彼は贅沢な生活をしていた――あたりまえだ！――田舎に家を買い、リュ・ド・ラ・ぺに贅沢なオフィスを借り、最上のワインしか飲まず、大陸の端から端へ、しょっちゅう旅行する必要のあるような情況をこしらえあげた――としかぼくには思えない。だがこうしたことは、ひどい泥酔のさなかで〝負馬を買〟いだすという致命的失敗にくらべればものの数ではなかった。いったい何にとりつかれたのか、ぼくにはわからぬが、何か狂気じみた理由から、彼は次から次へと、誰も読みたがらない本を出版しはじめた。そういうことをやりながら、彼はぼくの財産に手をつけた――残っていた分についてだ。もちろん、そうするつもりは彼になかった。だが死んだ馬たちを生かしておけるのはポケット・ブックの出版者だけである！

その最低の干潮時《ひきしおどき》に、ぼくの生涯に時あってかならず飛びだしてくる〝奇蹟〟の一つが起った――だからぼくはものごとがいよいよ行きづまるとそいつをあてにしたくさえなるのだ。ぼくら一家は相変らずアンダーソン・クリークに住み、ぼくがそれで話をきめる気だった月に百ドルの送金は、ギロディアスが〝なんらかの方法で〟送ろうと申し出た月に千ドルだか二千ドルだかの金と、とどかないという点では同じことであった。話の全体が一場の悪夢のごとき臭気を発しつつあった。またときには冗談の種にさえなって来た（「あなたが百万長者になりそうだったときのこと、おぼえてる？」）。

ある日、ジーン・ウォートンという、ぼくのビッグ・サー生活の初めの頃に会い、親友の間柄になった女性が、訪ねて来た。彼女はパーティントン・リッジに住み心地のよい小さな家を持っていて、この家でぼくらは幾度も彼女と食事をともにした。この日、別に何のキッカケもなく、彼女は、ぼくらが彼女の家を、土地もいっしょに、自分のものにしたい気持はないかと、おだやかに切りだした。彼女は、ぼくらには彼女の家のような住居が必要であり、かつ彼女以上にぼくらにはそれが必要だと思う、と言った。そのあと、二、三のやりとりのあと、彼女は、あたしにはあたしの家が実はあなたがたのものみたいな気がするんです、と言いだした。

ぼくたち夫婦は、もちろん、あっけにとられ、よろこび、圧倒された。ぼくらにとって願ってもないことだ――けれども、ぼくらは悲しく白状した、ぼくらは一文なしなのです。そればかりか――ぼくらは急いで付け加えた――いつになったら話のできるほどの金が持てるか、わからないのです。ぼくはぼくらには何の財源も手段もなく、目に見えた見込みもないことを、はっきり言った。現に〝有名な〃文士として、ぼくの希望できる最良のことは、どうにか地味な暮しを立ててゆくことなのです。

これに対する彼女の答え、それをぼくは終生忘れないだろう、それはこうだった——「お金の必要はありません。家屋敷は、おいやでさえなかったら、あなたがたのものよ。いつでも引越してちょうだい。お金は、あなたの船が港へ入ったときに払ってくださいな」ちょっと一休みして、彼女は言いそえた、「お金は適当なときにとどくわ、あたしにはわかっているの」

この条件で、ぼくたちは取引をすませた。

ところでぼくはここで中断して、数分まえ、ちょっと昼寝をしていたときのことを語らねばならない。〃昼寝をしていた〃と書いたが、ほんとうのところは〃昼寝をしようとしていたとき〃ということだ。眠るかわりに、ぼくは便りを受け取ったのだ。こうしたことが、ヒエロニムス・ボスのオレンジについての幸福な考えがぼくに浮んで以来、ずっとつづいているのだ。今日の正午のはいけなかった、ひどくいけなかった。ぼくは妻のイヴがこしらえてくれた美味な昼食をほとんど味わうことができなかった。昼食をすませるが早いか、ぼくは薪を数本、暖炉に投げこみ、毛布にくるまって、仕事のつづきにとりかかる前のいつものうたたねをするべく待ちかまえた(うたたねが長ければ長いほど仕事もよくできる。決して損にはならないのだ)。ぼくは眼を閉じたが、便りは来つづけた。それがあまりしつこく、やかましくなったので、ぼくは眼をあけて呼んだ——「イヴ、ちょっとメモに書いといてくれないか?　ええと、〃豊穣〃……〃こそ泥〃……〃サンディ・フック〃。」ぼくは二、三の鍵になった言葉を記録しておけば、その流れを止められると思ったのだ。だが、うまくいかなかった。完全なセンテンスが次から次へとぼくに注ぎこまれて来る。それが段落になる。ページになる……これが始終おこることなのだが、やっぱりこの現象にはおどろかされる。それを書き残そうとしても、みじめに失敗する。黙らせようとすると、もっとひどい災難に遇うのだ。

申し訳ないが、ぼくはもう少しこのことを語らねばならぬ……最後にそれが起ったのは『プレクサス』を書いているときだった。この仕事に専念していた一年間かそこらのあいだに——別の点から言うと、ぼくがこれまで生き抜いて来たうちでの最悪の時期の一つだった——この侵入はほとんどつづけざまだった。巨大な塊が——特に夢の部分が——まるで印刷されてあるような形で、しかもぼくの側からすれば何の努力もなしにやってくるのだ——努力といえばぼく自身のリズムと、ぼくを奴隷のように虜《とりこ》にした得体の知れぬ指揮者のリズムを均等にするための努力があるだけだった。あとから思うとこの時期のことが不思議でならないのは、毎朝、自分の小さな仕事部屋へ入ると、ぼくは最初にまず日々のドラマが不可避的におこす怒りや嫌悪や不快の大波を静めなければならなかったからだ。できる限り自分を平静にするため、声に出して自分を叱りつけたり戒めたりしながら、ぼくはタイプ機の前に腰をおろす——そうして音叉《おんさ》をたたく。バン！　まるで石炭袋のように、それはこぼれだす。ぼくは一度に三時間か四時間はそれを抑えておくことができた、それは郵便配達が来たときだけ中断される。昼食のときはもっと喧嘩がひどくなる。ぼくを沸騰点へもちあげるに充分なひどさだ。そのあと、机の前へもどり、もう一度音を出し、レースは次の邪魔が入るまでつづく。

あの本はかなり長いほうだが、あれを書きあげたとき、ぼくはすっかり調子をあげていたので、ひそかにあと二篇書けそうな期待をもった——それも快速力で。だがぼくが予期したようなことは何ひとつできなかった。世界がぼくの周囲で粉砕されてしまった。もちろん、ぼく自身の小世界がだ。

それから三年間というもの、ぼくは一度に一ページ以上進むことは不可能だった、しかもこうした噴出の間隔はひどく長かった。ぼくが書こうと努力していたその本について——というより書く勇気をかき起そうと努力していた、のほうが適切だ！――ぼくは二十五年以上、考えたり夢みたりして来た。ぼくの絶望は、とうとう、これは自分のものを書く時期は終ったのだと確信させられそうなところまで来た。ところが、もっと悪いことに、ぼくの親しい友人たちは、ぼくという男は逆境にならないとものが書けないやつだ、などとあてこすりを言って嬉しがっているようだった。見たところぼくにはもはや敵として闘うべき相手がないように思われたことは事実だ。ぼくは自分とだけ闘っていた――ぼくが無意識に内部に蓄積した毒液と闘っていた。

例の〝声〟の話に戻ろう……もう一つ例をとれば『ロレンスの世界』があった。クリシーで書きはじめ、パッシーで書きつづけ、七百ページか八百ページ書いたあとで抛《な》げだした。不発弾だ。挫折だ。だがあれは何というすばらしい仕事だったろう！　あれほど仕事に憑《つ》かれた経験はぼくにはない。書きあげた本文に加えて、ぼくは山のようなノートと目のくらむばかりの引用文――それはロレンスの著述からだけでなく十数人の他の著者からのもので、その全部を自分の本に織りこもうとして失敗したのだ。さらにそのほかに地図や図表――設計図だ――があった。ぼくはそれらで仕事部屋《ヴィラ・スーラ》のドアや壁を飾り、それによってこの仕事をつづけるためのインスピレーションを待ち、かつは自分の陥ったディレンマの解決になることを祈ったものだ。

ぼくを打ち倒したのは、あの〝指令〟だ。あれは消えることを拒む火のようだった。やむときなく数カ月それがつづいた。ぼくは酒場の立呑台に立っていてさえも、メモ紙と鉛筆を取り出させられずには一杯の酒も飲めなかった。外で食事してても――たいていそうだったが――食事のあいだに小さなノートブックを一冊、書きつぶしてしまう。もしベッドへ這いこんで、間違って灯を消しでもすると、またそれが新しく始まった、まるで痒《かゆ》みのように。ぼくは一日に筋の通った文章は数ページしかタイプできないほど疲れていた。ある日、突然に、自分がロレンスについて書いて来たことはどれもみなその反対のことも言えるのだと気がついたとき、こうした状態はとうとう荒唐無稽の域にまで達した。結局、ぼくは〝意味の意味〟という成句に巧みに隠されているどんづまりまで来てしまったことが明らかだった。

あの声！　この正真正銘のインチキが発生したのは、（ヴィラ・スーラで）『南回帰線』を書いている最中だった。その頃のぼくの生活はかなり熱狂的で――ぼくは一時に六つのレヴェルで生活していた――ときには何週間もつづく乾いた呪縛状態がよく来たものだ。だがその頃のぼくには書いている小説について強い支配力があったし、何者にも押しつぶされない内面的な確信があったから、こうした休止状態にもたいして煩わされなかった。ある日、あまり放埓《ほうらつ》な生活をしすぎた祟《たた》りででもない限り、まったくこれという理由もなしに、例の指令が始まった。すっかり喜んで、またこのときは（ことにノートを作ることについて）いっそう用心ぶかく、ある友人がぼくのために作ってくれた黒い机へまっすぐ歩み寄り、全部の差しこみプラグに線を入れ、アンプにもコールボックスにもつなぎ、そうしてどなった――*Je t'écoute... Vas-y!*（聴いてるぞ……はじめろ！）　すると、どうだ、やって来たではないか！　ぼくはコンマやセミコロンさえも考える必要がなかった。あの天空の録音室から、まっすぐに、全部が与えられたのだ。疲れ切って、ぼくは中止を、中休みをたのみこむ――もうたくさんだ、トイレへ行きたい、バルコニーへ出て新鮮な空気をちょっと吸いたい、等。だが何があってもだめだ！　ぼくはそいつを一気につかみとるか、さもなければ罰則を受ける危険を冒すしかない――通信杜絶だ。ぼくに許される最高限度は、アスピリンを一錠、手に取ってのみこむだけの暇だった。トイレを我慢できると〝それ〟は思わせた。昼食、夕食、その他ぼくにとって必要または重要と思われるものもまたそうだった。

ぼくはその声が、あまりに近く、あまりに強制的、あまりに権威的で、しかもあまりにも普遍的重要性を担っていたので、それが見えたような気さえした。ときにはそれはヒバリのように聞えたし、また他のときには夜鶯《ナイチンゲール》のようでもあり、またあるときは――まったく、これは気味がわるかった！――あのソローの空想した、夜も昼も同じ蠱惑《こわく》的な調子で歌う鳥のようでもあった。

ぼくが「Fuckの国」――これは〝Cockaigne（怠け者の天国）〟という意味だ――という名の〝幕間《まくあい》狂言〟をやりはじめたとき、ぼくは自分の耳を信じることができなかった。「あれは何だ？」ぼくは自分がひきずりこまれてゆく世界を夢にも想像していなかったので、そう叫んだ。「あれを書いておけとぼくに要求しないでくれ、たのむから。きみはぼくのために余計な悶着を起そうとしてるだけじゃないか。」だがぼくの哀訴は無視された。一センテンスまた一センテンスと、ぼくはそれを書き記して行った――次にどうなるものか少しもわからずに。翌日、そのコピーを読んで――コピーは一回分ずつ出来て来た――ぼくは首を振って、気抜けしたようにつぶやいた。これはまったくの囈言《たわごと》、駄ぼらか、それとも崇高な傑作か、どちらかだ。どちらであっても、それに筆者として署名するのはぼくだった。それから数年後に、司法権の代表者が、ぼくを罪人だと立証しようという下心で、ぼくがこれらの個所を〝金もうけのため〟書いたなどと告発しようとは、どうしてぼくに想像できたろう？ぼくはあのとき官憲との悶着にぼくをまきこまないでくれ、あんな〝不潔な〟言葉、あんな破廉恥な、きわどい文章をぼくに書かせないでくれと、あの〝詩神《ミューズ》〟に哀願していた。そうして、あの〝声〟をとりあつかうのにぼくが使った聾《つんぼ》で唖《おし》の言葉で、ぼくは指摘した――いまにおれはマルコ・ポーロやセルバンテスやバンヤン、等々のように牢屋のなかか絞首台の下で小説を書かなければならなくなるだろう、……そうして安楽なご身分の神聖な牡牛どもは、黄金と屑滓《せっし》とを弁別できなくて、有罪の判決、〃金もうけのために〃ああいう夢想をたくらんだ廉《かど》で有罪だという判決を下すだろう！　と。

造幣局から手つかずで皿にのせて手渡された純金に自分のサインをするというのは勇気の要ることだ……

そしてやっと昨日——何という暗合か！——丘を散歩しての帰り途、あらゆる物に水銀の指で触れるような薄い、透明な霧が、ぼくの家の地面に見えて来て、急にぼくはそれがあの同じ『南回帰線』のなかで自分で描写した〃野生の公園〃にほかならぬことを認識したのだ。おお、そこに、水中の光のなかで泳ぎながら、樹々はそれぞれ正しい間隔で、前の柳は後の柳に頭をさげているし、バラは満開だし、パンパス・グラス[5]は金色の穂をつけはじめているし、タチアオイは大きな光るボタンを着けた餓えた哨兵のように突っ立っているし、木から木へ飛び交う小鳥たちは大いばりでたがいに呼び交わしているし、そうしてイヴは鍬《くわ》を手に、彼女のエデンの園に裸足で立っているし——かと思うとダンテ・アリギエーリが、石膏のように青ざめ、冠の上に頭だけがちょっと出ていて、ニレの木の下の小鳥の浴槽《バーズ・バス》で恐る恐る渇を医《いや》していた。

5　ススキに似た南米原産の草（訳注）

7 大問題、小問題（ジーン・ウォートン）

さて、どこまで話したっけ？　おお、そうだ、ジーン・ウォートンとパーティントン・リッジの小さな家のことだ……とうとう自分の家と名のつくものが、それをとりまく三エーカー近い土地といっしょに。彼女の予言のとおり、フランはきわどいところで間に合った。家と土地に対してサッパリと支払うのに足りるだけあった。

それよりもさきに、ジーン・ウォートンはぼくの知人のなかで、〝大地の豊かさ〟について語るだけではなく、それを自分の毎日の生活で、また友人や隣人との付合いのなかで実地に示した、最初にして唯一の人物だった。

ヴィラ・スーラの時代に戻って、ぼくがはじめてデイン・ルディアと音信を交わしだした頃、ぼくは、われわれがちょうど足を踏みこんだというか、踏みこみかけているというか、そのわれわれの〝水成時代〟は、正しくは〝充実の時代〟と呼ぶべきかも知れぬ。この新時代の閾際《しきいぎわ》にあっても、この地球の資源は無尽蔵であることが誰の眼にも明らかになっている。ぼくが言っているのは物質的資源のことだ。精神的資源のほうはというと、これまで何か欠陥があったろうか？　それは人間の心にだけあった。

時代の空気は新秩序、新しい管理体系についてのさまざまの理論にみちみちている。すばらしい画像が、ちょうど曲り角を曲った時代について描かれている。この地球に住むわれわれが戦争することをやめたのを見るとき、原子力エネルギーが全人類の利益のために利用されるときについて。だが何人《なんびと》も、いま始まろうとしているこのかがやかしい時代が切迫した、まったく実現可能な、完全に実際化できる時代、否、まさに唯一の生きのび得る時代であるという考えかたで行動してはいない。それはカクテルの時間の談論で、現在当面の話題が語りつくされ、出しがら同然になったときにもちだされる、お上品な題目だ。たいていは空飛ぶ円盤の話の添えもの程度だ。さもなければ某々先生《スワミ》の近著の噂の尻馬に乗るかだ。

ジーン・ウォートンは、くりかえすが、ぼくがこれまで会ったなかで、ただ一人、この新時代へ両足とも入れている人物だ。彼女はぼくがリンダ・サージェントの丸木小屋に滞在中に会った、この共同体の最初の一員だった。ぼくはいまでも彼女が大きなレインコートを着て、顔がそっくり隠れるように漁夫用の帽子をかぶり、ビッグ・サーの小さな郵便局のドアを出てくる姿を眼に浮べることができる。彼女の光る眼は優しく、表情ゆたかで、温かな心づかいにみちていた。ぼくは彼女から発光するるかがやきに即座に気がついたから、郵便局を出るときに彼女のことをリンダに質問した。それから何週間か、ぼくは彼女に会わなかったが、後に知ったところでは、それは彼女が彼女の援けを求める人びとからの訴えにこたえて大陸を縦横に旅行していたためだった。

ぼくがパーティントン・リッジのキース・エヴァンズの小屋へ移ったとき、ぼくはたびたびジーン・ウォートンの新築の家のあたりを散歩し、その家を物欲しく眺めたものだった。土地も含め、すべてが未開拓だった。ときどきは窓のなかを覗きこんだりしたが、いつも同じ書物が置かれてあるのが見えた——いや、ただそう思われただけだったか——しかしそれはただ何気なくそこに投げだしてあったのだ。その書物とは『科学と健康』だった。

当時、ひとびとはジーン・ウォートンといえばクリスチャン・サイエンスの信者か、〃何かそんなほうの人〃だが、ただし彼女は〃違っている〃ような感じをこめた言いまわしで説明されるのが常だった。ぼくの察するところでは、あの頃、誰ひとりとして彼女が自分の立場をはっきりさせようとする努力のなかで経験しつつあった苦悩について、少しでも気づいた者はなかったと思う。つまり、ぼくの言いたいのは、彼女がその独自の人生観を発展させ検証すること、〃真理〃の道をたどることで、過去と決裂し――また彼女を理解していると思っているひとびととも決裂した――そのことによって彼女はときとして厄介な、困った立場に置かれた、ということだ。別の言いかたをすれば、彼女はもはや何かの〃所属〃ではなくなったのだ。彼女の親しい友達すらも、もはや彼女を一定の分類に類別できなくなった。彼女がときおり発表する思想は、かれらから見れば矛盾した、いやそれ以上に悪い、〃異端的〃なものだった。またときには不条理な、まったく筋が通らないものに思われた。彼女ははっきりと過去から別れ、進んで行った――それが肝腎なことだ。そして、ひとりが速い速力で進んで行けば、間隔はひどく大きくなり、ついて行けない者にとっては苦しいものにもなる。ぼくは彼女の軌道内にいた者で、誰かその事情をよく理解した者がいたかどうか、疑問だと思う。「ジーンは変って行きました」――かれらにはその事情を説明するのに、最上の場合でもせいぜいこうしか言えなかった。

ぼくにはぼくの背景があって、それでどうしてこの女性の内心の深い思想と相契合《あいけいごう》することになったのか、これは今日になってもなお一種の謎である。とはいえ、彼女との付合いが進み、思想や意見の最も自由な交換を可能にする深い友情にまで変じてゆくにつれ、彼女がぼくという、まったく違う道を歩いて来た人間に、自分自身の心の底までうちあけることができた理由を、ぼくはますますはっきりと感得するようになった。大切なのは過去ではなかった、現在だった。ぼくにとって、彼女にとってと同様、現在がすべてになって来ていた。いや、ぼくにとってこそ、堪えられぬほどそうなっていた。彼女と語りあうことで、この堪えがたい焦《あせ》りは消えた。彼女はまさにそのなかにいた、それに属していた、いやそれと一つだった。

ぼくはここで、直ちに、言わねばならぬ、ジーン・ウォートンは彼女の考えをひけらかすことから話を始めたのではないことを。少なくとも、ぼくにはそうでなかった。彼女は親身な、親切な隣人であることから始めた。ぼくとは住居がわずか数百ヤードしか離れていなかったが、おたがいに見えるところには住んでいなかった。ぼくが彼女の〝心霊的傾向〟について、なんらかの直接の言葉を受け取りはじめたのは、ゆっくりと時間をかけて、またまったく自然な形でのことだった。その最初から、ぼくが得たものは、彼女の明快で率直な思考からの好もしい効果にほかならなかった。彼女がほとんどあらゆることについて極めて確かな見解を持っていることは、ぼくにはよくわかったし、ぼくにはそれが爽やかで快かった。彼女がそれらの見解を述べる仕方には、少しも肩肘《かたひじ》を張った、論争的な調子はなかった。

ぼくは自分に治療者の必要を感じなかった――いや、感じないと思っていただけかもしれぬが、それにしても彼女の前にいるとき、いつも彼女がこうした力の持主であることを嗅ぎつけずにはいられなかった。そして、おそらくぼくの生涯ではじめて、このような能力の起源や性質に立ち入ることについて慎重になった。彼女と交わした会話がどんなに短くても、あとで、自分が前よりもいい気持になった、いわば本物の人間らしくなった、とかならず自分に言い聞かせるのだった。断わっておくが、ぼくはヴィタミンの余分な注射で得られるような肉体的な元気の増進のことを言っているのではない――ただしそういうものもたしかに認められはしたのだが。ぼくが言っているのはむしろ精神的幸福感であって、それは過去に味わった麻薬的な陶酔感とは違って、自分を温寂に、平静に、沈着にさせ、単に世界と一つになるだけでなく、自分の一体感が確かめられた気持になるのだ。

それでもなおぼくは彼女をよりよく知ろうと特別に努力はしなかった。ぼくら一家が彼女の家をわが家として住むようになり、彼女の側では幾つかの内的危機をくぐりぬけ、一つの確固たる安心立命の状態に達したのだが、この状態たるや深い精神的訓練を経ていない者であったら、ゆゆしい危険をはらむものであったと思われる——そうなってからはじめてぼくは彼女とのあいだに、かなり長い時間をかけて立ち入った思想の交換をするようになった。それはまことにぼくにとって啓示的な意義をもつ経験であった。彼女の見解の性質と本質について——彼女の人生哲学と考えてもいい——ぼくは少ない言葉で解説しようと企てることにはためらいを感ずる。彼女自身が『生活の青写真』[1]と題する小冊子でこの至難な離れ技を演じた。この本のなかで彼女はその思想を水晶のような結晶体にまで凝縮させ、曖昧隠微《あいまいいんび》な点を少しも残さず、しかも読者に自分自身のため補足する余地を許している。この方法で造りだされた効果は、彼女の名を口に出しただけでほとんどいつも始まる論争の空気をいやが上にも高めるものだった。たぶんぼくはもっと詳しく説明すべきだろう。ジーン・ウォートンは、どれほど明瞭に自分をわからせても、どうしても誤解される危険をまぬかれない、そういうひとびとの一人なのである。彼女は談話の上でも活字上でも、水晶みたいに明晰に自己を示し得るのだが、それでいて彼女の本を読み、話を聴いたひとびとのうちに疑惑と軽侮と不安とをめざめさせる。おそらくこれは、完全に明晰澄明であることによって支払わされる代償なのであろう。だが、このような逆説的なディレンマに彼女がときとして陥ることについては、一つの確かな理由があるのだ。それは、彼女の言葉が、もっぱら実例を通じてのみ与えられるということだ。それは論議されるものでなくて、

1 Blueprints for Living; by J.P.Wharton; distributed by Wharton Publishers, Box 303, Los Gatos, California.（原注）

生きられるべきものなのだ。そして一部のひとびとを説得するのにまったく失敗するのはまさにこの事実である。ラーマクリシュナはそれを次のように表現する――

「何千回という講義をしても、世俗的なひとびとに対しては如何ともすることができない。あなたは石の壁にくぎを打ち込むことが出来るか？　壁にむかって何らかの印象を与えようとしても、こちらの頭のほうが割れてしまうだろう。ワニの背中に剣を打ちこんでみよ、ワニは何の印象も受けないであろう。托鉢僧の鉢（ヒョウタンの）はインドの四つの聖地へのものであったかも知れぬが、いまだ昔と同様に辛い……」[2]

彼女を知り、彼女を受け容れるひとびと、彼女が彼女自身と格闘したのと同様に、みずからも自身と格闘するひとびとにとって、ジーン・ウォートンの思想と意向とは明瞭で誤解の余地のないものである。かれらは表面的な矛盾の要素がある場合にさえも、そうである。たとい彼女が――何と言おうか――〃無知の雲〃を造りだしているように見える場合でさえも、そうである。われわれはイエスの言葉がどんなものから成っているかを知っている。また彼の行動についてさえも！

しかし、ぼくがジーン・ウォートンの名をもちだしたのは、単に彼女を賞讃するためではなかった――もちろんぼくは彼女に実に多くの負い目を負うているし、彼女より遥かに劣れる者たちに対して敬意を表したり讃辞を呈したりで、たびたび横道にそれる人間だから、彼女についてそうするのはまったく妥当だと思うのだが。つまり、ぼくは、彼女がその真理の光を見たとき以来、みずから引き受けたまことに奇異な苦闘の有様の故に、彼女について語ることを強いられているのである。ここにいま語りつつある人物が通常な人間でなく、その苦闘も通例の苦闘でないこと、これは自明なことであると、ぼくは読者にご承知ねがいたい。ここで、彼女との関連でメリー・ベーカー・エディの名をほの

2 『ラーマクリシュナの福音』The Gospel of Ramakrishna, published by the Vedanta Society, N.Y.（原注）

めかすことは、あるいは不幸な、誤解のもとになることかもしれない。クリスチャン・サイエンスが彼女の人生に一役を演じたことは否定できない。ぼくはそれが極めて貴重な役割だったとさえ敢えて言いたい。しかしそれはすべて過去に属する。彼女の『生活の青写真』を読む労を惜しまなかった人ならば、誰しもジーン・ウォートンの現在の考えかたとメリー・ベーカー・エディのそれとのあいだに決定的な相違があることを発見するだろう。

およそ独自の観点を持つ人間が騒動の因になる運命にあるというのは避けられぬことであるようだ。人生の意義と目的について明確、積極的な見解を持ちながら、それが本人の行動に影響し、したがってまた本人の周囲のひとびとにも影響することなしにすますことはできない。また、真実は悲しいものかも知れぬが、それは通例はひとびとに不愉快な影響を及ぼす。つまり世間の大多数のひとびとにである。少数者、いわゆる弟子たち、そういうひとびとはみなあまりにしばしばその行動が戯画に類したものになりがちだ。その創始者はつねに孤独で、つねに軽侮、偶像視、また裏切りを受けやすいのである。

過去の偉大な心霊的指導者たちの伝記を読んでみると——釈迦やミラレパやイエスなど——あるいは老子やソクラテスのような人物でも——われわれはかれらの苦難を理解すると揚言する。少なくとも頭では理解している。しかしわれわれのただなかに一人の新しい人物、新しいヴィジョンの鎧《よろい》を着て、非凡な英知を身につけた人物が出現したとせよ、問題はまたもやすっかり新しく始まるのだ。ひとびとはこれらの心霊の侵入をつねに閉じられた劇として視る根深い傾向がある。ときとしては最も教養あるひとびとでさえも。

その新しい心霊がたまたま女性に体現されるという場合には、状況はさらに一層複雑になる。「そ、んなこと、女の役割ではないよ！」まるで心霊の領域は男だけのものであるかのように。

だが、ジーン・ウォートンが困った立場になったのは単に彼女が一人の女だからではなく、彼女が一個の人格、極めて人間的な人格だからだった。ぼくは、ここでついでに認めておかなければならぬが、彼女が最大の困難に出会ったのは彼女の女性としての立場からだった。といっても、男どもが何千年にわたって女性の心をねじまげることに費やした努力のことを考えに入れれば、それはたぶんさして意外なことでもあるまい。

だがもう一度問題の核心に戻ろう……この問題の全貌は、『マウリツィウス事件』にはじまるヴァッサーマンの三部作の第二巻に、まことに悲痛に示されている。英語訳ではこの第二巻は『ケルコーフェン博士』*Dr. Kerkhoven* と題されている。主人公のケルコーフェンは非常に風変りな治療者だが、彼はたまたま心霊的療法の治療者でなく、精神分析家である。彼の特別の技能は自己破滅である。他人を救うことで彼はみずからを十字架にかける。われから望んで計画的にではなく、彼が彼自身であることの故にそうなる——（他人のために）彼が行うことは彼自身あるいは彼以外の誰の力にも及ばぬ悲劇に彼をまきこむが故にそうなるのである。ケルコーフェンは、〝世界を救う〟ことを何ら意図していなかった。彼は激情の人、深い洞察力の人であり、純潔で非利己的な動機で行動する人物であった。彼は彼自身の同情心の強い性質の犠牲になった。この彼のほとんど欠点のない性格に納得させられるためにはこの小説を読まねばならぬ。

ある意味で、この三部作を読んだことと、もう一つ、ビヴァリー・グレンでルネ・ネルと長時間、極めて収穫の多い談話を交わしたことが、ぼくにとって、少なくとも部分的に、また明らかに最も同情的に、ジーン・ウォートンの心内のドラマを理解するための心の準備をととのえてくれた。このときの状況をぼくなりに解釈すると、彼女は他人を助けることの不毛さ、非条理さがまったく歴然たる真実そのものとなるような境涯に達していたのだ。彼女は教会から離れ去り、あらゆる、いかなる種類の組織からも離れ去った――まことに、若い日の彼女が家と両親から離れ去ったのとちょうど同じように。他人の悲しみと苦しみには極度に敏感で、あらゆるわれわれの悪の原因たる無知と盲目さとによく気のつく彼女は、事実上、ひとびとの相談相手、慰め手、悩みを医《いや》す者の役割を引き受けるよう強いられることになった。彼女は自然に、成心なしに、こうした立場に落ちこんだ――善行を行う者としてではなく、単に天使のような存在としてそうなったのだ。おのれの義務を行うことで、彼女は無邪気に自分が苦しみ悩める人に対し、力と健康、平和と歓びの真の根源が存在すること、それがどのような性質のものかに気づかせてやるのだと信じた。だが、こうした実験をした者がみな気づいたように、彼女もおいおいに気づいて来たのは、ひとびとが本来かれら自身のものである神的な能力に関心を抱いているのではなく、かれらがその魂の愚かさや卑しさの故につくりだした荒廃を医してくれる仲介者をみつけることにのみ関心を抱いているのだ、という事実であった。ひとびとはかれらの生得のものである神のごとき性質を生き抜くことよりは、遠くにある神を信じ、崇拝することのほうを好むものだという事実――それは他のひとびとには一種のシニカルな形で、わかりすぎるほどはっきりとわかっている事実だったが、彼女にもそれがわかって来た。彼女はひとびとが、十字架へではなく、より豊かな生活、朽ちることのない生活へとみちびく困難な、だが直接な途を望まず、後悔してはまた新しい罪を犯し、それを懺悔するという怠惰な、無責任な道、やさしい道を望んでいることを知った。

「なんだ古臭い！」とおっしゃるか？　だがそういうお方は知性でそうかたづけるのか、それとも苦《にが》い個人的経験からか？　そのどちらかで話は違ってくる。英雄的な苦難に対して不感症なひとびとには、殉教者きどりというような心理がいかにもありそうなものと思われるかもしれないが、われから進んで殉教者になろうとする人間はいない。また誰しも最初に個人的な救いの奇蹟を経験した人でない限り、世界を救おうと身を乗りだす人間もいない。たとい無知文盲の人でもレーニンとアッシジのフランシスとを区別し、フランクリン・D・ルーズヴェルトとラーマクリシュナ、あるいはガンディとを区別する能力を持っている。ナザレびとイエスまたは仏陀ゴータマについて、誰がかれらを歴史上の人物に比較しようと夢にでも考えるだろうか？

彼女は、自分がひとびとの肉体的病を医することができるのを自分自身が満足できる程度に証明し得たとき、それが行うことであるよりもむしろ見ることであるのを発見したとき、わたし自身はただの道具に過ぎません——〝わたしではなくて父なる神なのです〟——この治療の力は誰でも手のとどくところにあるのです、ただ眼を開きさえすれば……そう言ってひとびとを説得する仕事にその精力を傾注した。この誠実な努力は混乱と誤解をもたらす結果にしかならなかった。また疎隔を増大する結果に。ひとびとは（あらゆる種類の）援助を求めて彼女の戸をたたくのをやめはしなかった、逆に、彼女がその病を医してやったその連中こそ、彼女の考えかたに従わせることの最も困難な連中だった。外部のひとびと、わきから見ていた連中については、すべてはわかりきった結末であった。かれらは崇高なもののなかに軽蔑すべきものを見た。かれらは自己抹殺のみしかない場所に我執《エゴ》を見た。

こうした問題に幾度か触れて、ぼくはいつも彼女に、もっと超然とした態度をとるように勧めた。彼女が幾度でも同じ罠《わな》に落ち、まったく自分では気づかずに利用され喰いものにされることをみずからに許している有様を見抜くことは、ぼくには造作もないことだった。ごく単純な質問を受け、彼女はそれが真面目な質問だと思い、へとへとになるほど詳しい説明をさせられる場合があった。またときには、ものごとをきちんとさせて置こうとする気持が強いために、つい態度振舞いが神経質になり、あれこれと尽せるだけの手をつくすやりかた、それもぼくはお節介をしなければいいのにと（無言で）彼女を非難したものだ。そんな妙なことになる気配を感じるだけでも彼女は悲しんだであろう。彼女は自分が他人のために役立ちたいといつも心がけて、絶えず他人のまわりをうろうろしていることにまったく気づいていなかった――あるいは気づかないように見えた。いつも気を張りつめて、疲労を振り払おうと闘っている哨兵のようだった。そうするよりほかないことを、彼女の本性そのものが命じたのだ。この態度の誤りを正そうと彼女が努力したとすれば――ぼくにはわかるのだが――他人の病気や不幸のことになるとさっさと眼を閉じることのできるひとびとの心には、無関心で迎えられたに違いない。だがそこへ気のつくひとびと、最高に気のつく存在にとっては、問題は眼を閉じているか、いつも開いているかではなくて、干渉を避けるという問題である。〝天使の踏み入ることを怖れる場所へ、愚者は押し入る〟という格言がある。明らかに、天使は普通の生身の人間よりも遠く、深くものを見ている。もし天使たちが立ち止るなら、確かにそれは自己保身の考えからではない。

人はいつ自らを行動におもむかしめるべきか？　行為を命ずるものは何か？　また行為せぬことはときとして行動のより高度の形式であるのではないか？　イエスはポンティウス・ピラトの前で無言であった。仏陀は一輪の花をとりあげて大衆に見せることで彼の最大の説教を行なった。

「ジーン」ぼくは一度思いきって言った、「あんたは、一切は善だと言ったね――悪とは、まったく肯定的であることの否定であるにすぎない、設計は完全無欠だ、光は闇に勝つ、真理は勝利を収めねばならぬし、収めるのだ、と……だがあんたは弱者を援けるのをさしひかえられるかね、ねじけた魂をまっすぐにするのをさしひかえられるかね、愚かしい質問や、尊大ぶった要求に沈黙で応えることができるかね？　自分は自分のあるがまま以上の何物も求められていないという自信に立って、あるがままの自分でいられるかね？　〃あること〃こそはすべてではないのかね？　それともあんたの言いかたでは、〃見ること〃かね？　虚偽、妄想、非現実を見抜くことかね？」

彼女の誠実については、ぼくの心にいささかの疑いもなかった。ぼくが彼女に探りあてた、たった一つの欠点――と、もし強いてそう呼ぶとすれば――は、行き過ぎた同情心だった。そうは言っても、人と神とのあいだに、これ以上に大きな結びつきがありうるだろうか？　同情、あわれむという性情は、心情と知性とが一つになり、人間的意志が絶対の信頼の前に頭をたれるときにこそ、はっきりと目覚ませられるものだ。真の同情には、対人的の態度とか、相手にまきこまれるということはない。力の抛棄とか空虚化とかいうこともない。まったくその反対なのだ。同情が表明されるとき、あらゆる不協和な要素は瞬時にして調子をととのえられる。だがそれは絶対の確信、真実との絶対の一致があるとき、そのときにのみ感得され、効果あるものとなり、その魔法をはたらかすことができる。つまり〃わたしと父なる神とが一つになっている〃ときにのみだ。

ぼくが彼女のうちにときにより探りあてたものは動揺、あるいは不決断だった――このものが気の弱くなった場合などに彼女をそそのかして、〃真の導師〃のみが避け得るような――あるいは他の場合その結果に確信が持てる故に避けずに与えるような――そうした小さな一押しを与えさせる。前には彼女はたびたび心身を疲れさせる一押しを与えて、そのことのために高価な代償を支払ったものだ。そういう逆戻りの危険は彼女にはなかった。問題は、新しい誘惑、新しい罠、利用して食いものにしようと待ちかまえて我執が隠れている罠をつくりだすことなく、どうすれば前進できるか、どうすればより大きな奉仕ができるかにある。彼女はおのれの持つ知恵の限りをつくして日ごとに自分を新しく訓練し、どれほど罪のない種類の介入をもやめようと努めた。自戒ということは隠れた欠点をいたずらに思いださせるだけのことだと気づいて、彼女は内なる声の勧告には何によらず従うようにもみずからを訓練した。みずからを開け放しておこうとする闘い、決断するのを避けようとする闘い、意見を持たないように、意志を使わないように、どんな状況にもそれが生じる前ではなくて生じたときに生じるがままに対処するようにとの闘い——要するに闘わないために闘い、もがかないためにもがき、決心しないと決心し、文字どおり彼女はみずからを戦場にして戦った。この多方面な争闘の痕跡は外からはほとんど見られなかった。つねに平静で、自信にみちて、楽天的で、しかも自分ではその気がなくてさえも他人には治療者らしかった。内面では、だが、彼女は消耗した。彼女には人生で演ずべき役割があるのだが、この役割の性質はますますつかまえどころのないものになりつつあった。彼女が進歩すればするほど、洞察が深まれば深まるほど、自分にとって為すべきことが少なくなるのだった。そうして彼女はいままでいつも極めて活動的、精力的な人だった。疲れというものをほとんど知らなかった。そればかりか、彼女はできるだけ自分を無名の人としておくことに全力をつくした。彼女は放棄したいという欲望すらも放棄していた。しかし彼女の生活は——心配して彼女をみまもって来たひとびとには——ますます騒がしく、ますます深くまきこまれていった。彼女の行動は隠れた鉱石の存在にコンパスの針が揺れ動くように不規律になった。誰もが彼女の行動に違った解釈を持っていたが、どの解釈も的を射てはいなかった。彼女自身のすらも。

彼女の個人的物語の経過《デルールマン》を短く切りあげるのは——ぼくはまもなくそうすることになるが——読者の好奇心をあおりたてることでもないし、例外的な個性への興味をかきたてること——世の中は顕著な〝個性たち〟にみちみちている――でもなく、たといわれわれがそれについて考えること極めて稀であるとしても、われわれ全人間の死活にかかわる問題に注意を喚起することなのだ。われわれがいま通り抜けつつある過渡期についてときどき言われることだが、今度こそは荒野からあらわれてわれわれを導いてくれる世界的な人物はいないだろうという話だ。今度こそはわれわれは自分で自分を救うよりほかに手がないだろう（このことは、もちろん、すべての偉大な教師たちが悪戦苦闘して人間に理解させたことでもある）。世界一般がいま搦《から》め取られている悲惨な状況を与えられて、いま、世界的指導者としてわれわれを鼓舞することのできる人物が一人として水平線上に認められぬ、というまことに顕著な事実が、看取されている。新しい教説による福音が、もしそのあとについてゆけば、われわれのいまの弛緩《しかん》状態から救い出されるというような、そんな新説も現われていない。天国はなんじらの内にある――あるいは学者たちがそう翻訳すべきだと主張している、〝なんじらの手のとどくところにある〟――という説、人間は仲保者《ちゅうほしゃ》を必要としないという説、人間はみずからの努力によるほかは救われないという説、地球の富は無尽蔵だという説――これら避くべからざる真理はいまあくまで容赦なく、反論の余地なく、正面からわれわれを見つめている。われわれが救われることを強情に拒むのは、まことに残酷な、皮肉な正当さがあるのだ。われわれが自称〝救世主〟たちをあつかう軽蔑や冷笑は決してわれわれの鈍感さの反映ではない。われわれは今日、〝善行者〟や〝調停者〟は暢気で無鉄砲な罪びとたちよりも大きな害をなす可能性があることを知っているのだ。

国民として、われわれアメリカ人は、幾つかの危険な実験を甘受した。一九一四年以来、われわれは世界のために継ぎをあてる作業をやって来た。たしかに良心に一点の汚れもなくやって来たとは言えぬが、まったくの偽善でもなかった。要するに、われわれは、生活に有用な物を自分の頒《わ》け前以上に持っている国民、相次ぐ侵略や革命のために精神的にも肉体的にも心霊的にも不具になっていない国民ならやりそうなことをやって来た。しかもわれわれは世界の他の国々に居すわっている怖るべき状態を改善することに完全に失敗した。そればかりでなく、われわれ自身が堕落し、退歩してしまった。われわれは祖先たちの勇気、信仰、楽天主義のことは言わぬとしても、確かな人格、独立心、快活さと弾力性といったものの多くを失った。まだ若い国民なのに、はやくも疲れて、疑惑や心配でいっぱいになり、世界の諸問題でどういう道を進むべきかにまったく途方に暮れている。われわれにやれそうに思われることは、せいぜいわれわれ自身にもっと注射をしたり、隙のないように武装したりすることだ。われわれが野蛮に脅迫したり脅威を与えたりしない場合は、甘い言葉で誘ったり、おだてたり、なだめたり、とにかく知っている限りの手管《てくだ》を使う。われわれがほんとうに心配しているのは静かに、安らかに自分たちの大きなパイを楽しむことだけだということは、世界じゅうに知れわたっている。だがわれわれがいまあらゆる疑いの余地なく知っており、それ故にこそ深刻に心を乱している事実は、われわれには世界の他の国々が飢えているあいだは自分たちのパイを楽しむわけにゆかない、ということだ。われわれが他国人もかれらのパイを持てるように授けない限り、われわれ自身のパイの切身を持つことさえできないのだ（かれらもパイを欲しがり、もっと実質のある何かをではないと仮定しての話）。

もしわれわれの崇拝するのが豊富さであるならば、そのときは常識はわれわれが破壊的生産物と破壊的思考の製造に時間とエネルギーを浪費するのをやめよと命ずるだろう。ある男が、からだも強く健康で、わが家には充分以上のものを持っているから隣人から何も取りたいと思わず、そして絶えず薬をのみ、仕事に出かけるときは立派な鎧を着込む、そういう男が自分の住宅のまわりに石塀をめぐらして、誰かが侵入してパン屑ひとつ彼から奪うのを許すまいとする。また彼はこう言う――「うん、ぼくはきみと食卓をともにするのは幸福だと思うが、しかしその前にきみはきみの考えを変えなければだめだよ。」あるいはまた、もっと進んで次のように言う――「きみについて困る点は、きみがいかに生くべきかを知らんことなんだ！」

ぼくはこのもう一つの半分がいかに生きているか知っているふりをするわけではないが、こちら側の半分の生きかたについてはいくらか知っている。ぼくはぼくの住んでいる小さな社会から逃げだす必要さえ感じていない。ぼくの周囲の隣人たちに見る善きもの、かれらが善き生活を生きようとし、お互いどうし正しい行いをし、自分たちの環境をできるだけの楽園にしようと、まことに英雄的な努力をしているのを観察し、それでもなお、正直で嘘を言わない人間である限り、ぼくはかれらが、いま開かれんことを希求している新しい世界に、まだ片足だけしか入れていないと断言せぬわけにはゆかない。新世界とぼくが言うのは充実し調和ある相互関連の世界――神、人間、自然、子供、親、夫あるいは妻、兄弟あるいは姉妹との関係だ。ここで注意してもらいたいのは、ぼくが芸術、文化、知性、発明等について一言も言わないことだ。遊びの世界、そうだ！　広大な、おそらくまったくの怠惰の世界に次いで、何よりも有益な世界。だがまず最初に……

いや、文士として、ぼくは単なる友人または隣人が眺めるのとは違った眼で、すぐ近くの光景を眺めてみたい。ぼくにはジーン・ウォートンが見たすべてを見ることができる――またおそらくそれ以上を。ぼくはこの土地でぼくに起った〝興味ある〟出来ごと、善い悪いにかかわりなく、健全か不健全かにかかわりなく、それらの出来ごとについて考察することにした。ぼくはこの環境の道徳的考察を企てているのではない。わが家から数百ヤード右なり左なりへ行ったところで、下劣なならず者なり、途方もないヤクザ野郎なり、不潔な守銭奴なり、無能で傲慢な阿呆なりと顔を突き合わすことができるということは、ぼくにとって少しも差支えない。「世界を形づくるにはあらゆる種類が要る。」なるほど！　もしぼくが毎日の山歩きで牛の通う路から迷い出て、アザミのトゲや硅石の粉にまみれて帰ったとしても、誰に文句を言うか？　隣人の一人との何げない会話のなかで、ときとしておのれ自身の個人的なみじめさが倍音となり反響となって聞えて来ることがあり、それは自分が無視するか見すごすかして来た周囲の状態に気づく機会を与えるものでもある。あの何の某は、あんなにちゃんとした生活をして、世の中とうまく調和し、他人には寛容で思いやりがあるのに、文字どおり彼を気違いにしかねない細君がある、という話が一つの愕《おどろ》くべき啓示として伝えられることがある。あるいはまた、あの某々という男は、自分の仕事の領分ではとても幸福で満足しているように見え、誰でも彼のことを成功者として見ているが、当人は自分のことをみじめな失敗者と見ており、自分が判事、外交官、あるいは何でもいいが、そういうものになるのを拒んだのは自分の犯した大きな誤り以外の何ものでもないと考えている。問題のその人物が——判事、政治家、芸術家、鉛管工、日傭い労働者または農場の手つだい人、等——何であろうと、もし彼の生活を深く覗きこむならば、そこには不幸な、不満な個人を発見するだろう。そしてもしその男が、その魂においてみじめな人間であるならば、彼の妻は彼以上にすらみじめであることは保証してもいいくらいだ。ある家が、まことに住みごこちよく気が楽で、温かく、客あしらいがよく思われるのに、そこには幽霊や骸骨があり、われわれの戯曲家や小説家がかつて与えたよりも遥かに大きな、遥かに微妙で複雑な、悲劇や災厄が孕《はら》まれている。個人の私生活に関する場所では、どんな芸術家も奥底まで触れるに充分な天分を持たない。「もしあなたが不幸なら」とトルストイは言う、「そして私はあなたが不幸であることを知っているのだが……」そうした言葉がいまもぼくの耳のなかで鳴っている。トルストイ自身、彼は偉大な老人だったが、また天才であり、よきクリスチャンでもあったが、不幸を避けることはできなかった。彼の家庭生活は一場の悲しい冗談のように思われる。彼が霊において偉大になればなるほど、家庭における彼はますます嗤《わら》うべき姿になった。これは一つの古典的境遇には違いないが、それを小さなスケールで普遍的にくりかえすとき、悲しむべき事態である。夫たちはかれらの最善をつくしている、妻たちも彼女らの最善をつくしている、それなのに何ひとつゼリーのように固まって来ないのだ。爆竹は鳴るが花火は揚らない。つまらぬ口論、愚かな罵りあい、嫉妬、陰謀、大きくなる疎隔、ヒステリカルな不安、さらにこれにともなって、口論、陰謀、ゴシップ、誹謗《ひぼう》や泥試合がますますひどくなり、そのあとは離婚だ、別居手当だ、子供のわけあいだ、家財の分割だという話になって、さてそれから新規まきなおし、そこでまた新しい失敗、新しいつまずきが来る。最後には相も変らぬウイスキーのご厄介になり、破産から癌か、精神分裂症の一撃か。その次が精神の、心霊の、肉体の、核またはエーテルによる自殺である。

以上が、テレビの画面にはいつもハッキリと現われるとは限らぬ画面である。別の言葉で言えば、否定、すなわちこのものから一切の肯定的なもの、善きもの、永続するものが窮極的に突き抜けて来るであろうところの、否定である。どこであろうとパラシュートで降りる地点はいつも同じだから、みつけるのは易しい――日々の生活。

このような仕組みには、ぼくはジーン・ウォートンに劣らず馴染みが深い。ジーンは否定のほかに何も見えないひとびとのために肯定をうちだすべく実に多くの時間と多くの努力とを費やした――あるいは、そのひとびとはむしろ否定を読むことのできぬひとびとだったかもしれぬ、なぜならもし読めるならばかれらは否定よりも肯定をより多く求めることはなかったであろうから。なぜわれわれは、ひとたび肯定的なものがわれわれに示されたにもかかわらずそれを保持することができぬのか？　答えは流派や教義によって違うので、たくさんある。いずれにしても、われわれはたとえてみれば、汽車に乗っている一団の近視眼者に似ていないだろうか？――かれらはぐっすり寝こんでいた、眼鏡は無事にポケットにおさまっていた、ところが急にかれらは眼を開き、ほんの一瞬間、あらゆるものをはっきり、鮮明に見た、まるで完全な視覚の世界をたのしんだかのように、はっきりと鮮明に見た、というのである。ここでごまかすのはよそう。かれらの視覚世界は完全であったことは間違いない――ほんのわずかの瞬間はである。何でそうなったか？　かれらはこのことを自問したか？　否だ！　かれらは平静に眼をこすり、これでまたもとのごとく視界はかすみ、そしてめいめい眼鏡をかけた。こうすれば、隣席の人と同じによく見える、とかれらは自分に言い聞かせる。だがかれらは正常の視力をもつ人間と同じによく見えるのではないのである。かれらは不具者として見ている。

バルザックが言うとおり、目つき、姿勢、足の構え、歩度、そして〝ものを視る角度〟――それはみな一連のものだ。人間のうちなる天使は、ものごとを自分の好きなようにやってゆきたいという、あのいとわしい人間意志を抑えておけるときにはいつでも顔をだしてくれるのだ。ものごとがそれぞれ違うように見えるだけではなく、完全な視力を回復してさえいれば、ものごとは実際に違っているのだ。事物の全体を見るとは全体であることだ。事物をことごとく焼き払いたがるやつは、おれが世界を救えるのだと思っている阿呆と好一対だ。世界は焼き払われる必要もないし、救われる必要もない。世界はあるし、われわれはいる。われわれが抵抗すれば、それは変移する。受諾すれば、しばらくはここに居すわる。何一つ堅固な、固定した、あるいは不変なものはない。万物は流転する、なぜなら創造された一切のものはこれまた創造的だからだ。もしきみが不幸なら――「そうしてそうであることを私は知っている!」――考えたまえ! きみはきみの余生をあらゆる面で、あらゆる動径《ヴェクトル》で闘い抜くことに使い果すことができる――そうして何の結果も得られはしない。あきらめて、敗北を認めたまえ、そのときぎみは世界を新しい眼で見ることができる可能性はある。可能性以上に確実にきみはきみの味方や敵を新しい見方で見るだろう――それがたといきみの細君や、あるいはあの悪党じみた、思いやりのない、頭の硬い、短気な、ジンでいかれた亭主野郎であっても!

右にスケッチしたようなリアリスティックな画面と、あの〝オレンジ〟が咲いていたときにぼくが描いた魅力的な肯定の世界とのあいだには矛盾があるだろうか? 疑いもなくそれはある。ぼくは自分に矛盾することをやったのか? いや! どちらの画面もほんとうだ、たとい筆者の素質によって色づけられているにしても。われわれはつねに二つの世界に同時にいるのであり、そのどちらの世界も実在《リアリティ》の世界ではないのだ。一つはわれわれがそこにいると思っている世界であり、もう一つはわれわれがそこにいたいと思う世界である。ときおり、まるでドアの隙間を通してのように――あるいは例の汽車で眠る近視眼者のように――われわれは持続しつつある世界をかいまみる。そのとき、われわれはどんな形而上学者が教えてくれるよりもよく、真の世界と偽《いつわ》りの世界の区別、実在の世界と幻覚の世界の区別を知るのだ。

すでにこれまで幾度かぼくは、〝それ〟が何であろうとも、ここビッグ・サーで手に入れるのは、よその土地で手に入れるよりも厳しく、速く、直截《ちょくせつ》だ、という事実を強調した。ぼくはふたたびこの話に戻ろう。まず言っておくが、この土地の人びとは基本的にはほかのどこの人びととも少しも変っていない。かれらの問題は根本的には都市、ジャングル、砂漠、あるいは広大な草原《ステップ》に住む人びとと同じである。最大の問題は隣人とどううまくやってゆくかでなく、自己とどう折り合ってやってゆくかである。陳腐だ、とおっしゃるか。だがやっぱり、これは真実だ。

ある人の問題が(ここビッグ・サーでは)これほど劇的な様相を帯びるとはどういうことか? ときにはメロドラマ的と言いたいくらいだ。場所そのものがそのことと大いに関係がある。もし魂が、おのれの苦悩を演ずる舞台をえらぶことになっていたとするなら、ここにこそはその場所だ。人はむきだしに曝《さら》されているのを感ずる――自然の諸元素に対してのみならず、神の眼に対しても。裸で、傷つきやすい形で、力と威厳との圧倒的な背景の前に置かれ、彼の問題はこの闘争が演ぜられるプロセニアムの故に拡大されたものとなる。ロビンソン・ジェファーズは彼の物語詩のこの様相に強い光をあてることにおいてまさに的を射ている。彼の作中人物とかれらの行動様式とは、一部の人が信じているような偽りの誇張に陥ったものではない。もし彼の物語にギリシャ悲劇の味があるとすれば、それはジェファーズがこの地に、古代ギリシャ人たちに取り憑《つ》いていた神々と運命の雰囲気を再発見したからである。この地では光は古代ギリシャでと同じくらい強烈であり、丘は同じくらい裸であり、ひとびとの社会も同じくらい自治自律を尊んでいる。ここに定住した剛健な開拓者たちは、かれらの秘められた劇を知らしめるのに一つの声だけで足りた。ジェファーズはその声なのである。

しかしここで劇に登場するもう一つの因子がある。厳密な意味で隔離されているのではないが、ビッグ・サーは世界を荒立てる激浪をば、いわばフィルターを透《とお》してのように受けている。この地に住めば、海べりであろうと山頂であろうと、人はそれがみなどこか〃外で〃起っているという感じを持つようになる。最近のニュースのショックを受け取るために朝のコーヒーを飲みながら日刊新聞を読む必要もなければ、ラジオをかける義務も感じない。彼はそれがあってもそれなしでも暮してゆけるし、受け取ろうが捨てて置こうが、共同体の他のひとびとと歩調が合わぬとは感じない。彼は混雑する、いやな臭いのする地下鉄で勤めに出ることもない。終日電話に出ていることもない。ピケット・ラインと対決したり、おびえた群衆に催涙ガス弾を投げる警察に出会ったりもしない。子供たちにテレビのセットを買ってやる必要もない。生活は、ここではアメリカの他の土地で当り前のこととして受け容れられている多くの刺戟的な要素から解放されて、おのれの行路をたどることができる。

ところで一方では、生活が苦しくなり、どうしたらいいか途方に暮れたとき、忍耐力ももう尽きかけたというとき、この土地ではどこも行くところがない——頭をバカにするための映画もない、苦しみを包んで慰めてくれる酒場もない（酒を飲む場所というものはあるにはあるが、もしこの目的のためにそれを使ったらすぐに仲間はずれにされるだろう）、踏み歩くべき舗装道路も、眺めるべきショウ・ウインドウもなく、喧嘩をふっかけるべき愚連隊もいない。然り、人は完全に彼ひとりに頼るほかない。もしどうしても歯ぎしりをしたいなら、荒浪にでも、ひっそりした森林にでも、石ばかりの山にでも歯ぎしりをすればよい。人はここでは都会の住人にはわからない事情で自棄、絶望に陥ることができる。たしかに、ここでも暴れまわることはできる……だがそれでどうなるというのだろう？　山を切り刻んでリボンにすることもできぬし、空をバラバラに切り裂くことも、どんな幅の広い刀でも波を平らにすることもできない。発作的狂乱状態になるのはご勝手だが、そういう悪ふざけをやりだしたら〝母なる自然〟は何と言うだろう？

ぼくはある時期のことを思いだす——このパーティントン・リッジでのことだが——その頃ぼくはまったく自暴自棄の半狂乱状態を経験した。それはぼくの当時の妻が絶望的な立場から自分を救いだそうとしていた時期に当る。彼女は子供たちをつれて東部へ帰った——表向きは子供たちがまだ会ったことのない祖父母にかれらを知ってもらうということで。もう帰る頃と思ったより少したって、妻からの手紙の来るのが急に杜絶《とだ》えた。ぼくは待った、数通の手紙をやったが返事はなく、そのうちの一通は開封されずに戻って来た（ということは受取人の行先が不明か、または死んだかであることを示していた）、そうしてそれから、沈黙が濃くなってゆくうち、突然ぼくは恐慌状態になった。ぼくは妻のことをそれほど心配していたのではなく――といっても本当は心配すべきだったのだろうが――心配したのは子供たちについてだった。「いったいおれの子供たちはどこにいるんだ？」と、ぼくは自問しつづけた。この問いを、ぼくは自分に問いつづけ、その声がだんだん大きくなり、ついには世界じゅうの人間に聞かせようと叫んでいるかのように思えるほどだった。とうとうぼくは妻の妹に電報を打ち、その返信は二日後に来て、〝かれら〟は数日前に汽車で発《た》ったから、たぶんロサンジェルスにいるだろう、と知らせてあった。これは少しも慰めにはならなかった、というのは当時ぼくの考えたところでは（それはぼくの無邪気さからだったが）かりに妻が子供たちを家へつれ帰るつもりだとしても、ロサンジェルスはわが家ではなかったからだ。のみならず、ロサンジェルスが彼女の行先だということをどうしてぼくが知り得たろう？　もしかしたらそれは出発点にすぎぬかもしれぬではないか？いま頃はみな国境を越して、メキシコの奥地へ行ってるかもしれぬ。そしてそのときその場でぼくは、〝家〟とは――彼女にとって――どこかほかの場所を意味するようになっているのだ、と気がついた。もはやぼくには彼女に通信する方法がなくなっている。まるで剃刀《かみそり》の刃で断ち切るように、スッパリと断ち切られた！　一日たち、二日、三日たった。まだ何の便りもない。ぼくのプライドが妻の妹にもう一度電報を打つことを妨げた。「じっと待つんだ」ぼくは自分に言った。「凍りつくまでじっと坐っててやる。」ほんとにか？　まあやってみるがいい――一日は二十四時間ある、それがまた分、秒、一秒の何分の一とかに細分されて、永久につづくんだ。ところがぼくに考えられること、ぼくが自分に向って何百ぺんでもくりかえす言葉は——「どこ、どこ、どこ?」ばっかりだ。うん、そりゃ警察へ行くとか私立探偵をたのむとかいつだってできるんだが……行動人は、こうした緊急の場合にすることを一千も考えつくことができる。だがぼくはそのタイプでない。ぼくは岩に腰をかけて考える。あるいはおれは考えていると考える。何人《なんぴと》も、おのれの良心が課した全部の問いと答えとに精神を傾注してしまったあとで、おれは考えていいるとは言えないはずである。その通り、ぼくの頭はまったくの空白、交互にやってくる疑惑と希望と、詰問と告白と、それに無慈悲に打ちのめされ、泣きじゃくっている空白以外のものではなかった。

こうした場合、人はどうするか——荒浪は寄せては返し、カモメは鳴きしきり、ノスリはお前なんぞとうの昔に能なしの屑になってるんだぞと言わぬばかりに鼻を鳴らし、そうして空はいやが上にもかがやいているけれども空虚で希望の影もないとしたら? ぼくはきみに、もし一オンスの良識でも残っているなら、どうするかを教えよう。それをぼくは、ウィリアム・ブレイクが、ある客から、惨苦の極にあるときにあなたはどうしたかと問われたときに答えた仕方で教えよう。ウィリアム・ブレイクは、おだやかに、彼のよき妻、協力者なるケイトに向って、そして言った——「ケイト、そういう場合にわたしたちはどうするのかね?」すると彼の愛するケイトは答えた——「あら、あたしたちは跪《ひざまず》いて、お祈りをするんじゃありませんこと?」

ぼくがしたのもそれだった。そしてそれこそは、すべての血を流す母親の息子が、あまりに堪え忍びえない事態になったときにすることなのである。

8 ファン・レターのさまざま

もしも時間が両手に重くのしかかっているのを感じるときがあったら、ぼくはどうするか、知っている——車に跳び乗り、ロサンジェルスへドライヴし、大学図書館の〝特別コレクション部門〟の鋼鉄キャビネットにしまってあるファイルを探しだす。これらのファイルには大学側の熱心な要請に応じて、ぼくがビッグ・サーに住むようになってからこの図書館へ寄托した何千通という手紙が収めてある。これらの手紙は後世のためにある、とぼくは想定する。不幸にして、手紙のなかでの最良のもの、最も乱暴な、狂気じみたやつは、図書館からの要請を受ける少し前に、ぼくが焼いてしまった（ぼくの妻の煽動に乗って）。それ以前、ニューヨークで、またパリでも一度（ギリシャへ旅立つとき）ぼくは一トン近くもある郵便物を棄ててしまった、その頃はたとい〝後世〟のためだろうと何の重要性もないと思っていたので。

手紙といっしょに、もちろん《ビアン・アンタンデユ》、原稿、美しく印刷した詩集、とても書き切れないほど多種類の書籍、小切手、結婚や葬式の通知状（なぜ離婚の通知も含まれぬか?・）、新しく生れた赤児の写真（ぼくのファンたちの所産）、論文類（何十篇とあった）、講義目録、書物からの抜刷、切抜、一ダースもの異なる外国語で書かれた批評、写真や署名の請求、新世界のための計画、醵金のアピール、其々の罪なき人の処刑中止に協力する訴え、減食療法からゾロアスター教の本性にいたるさまざまの題目のパンフレットや単行論文——などが送られて来る。

ぼくはこれらすべての題目、計画、申込みに猛烈に興味を抱いているると見なされているのだ。当然なことに、ぼくが最も関心を抱くのは、小切手である。もし小切手を封入してありそうな希望を抱かせる封筒をみつけたら、それがぼくのまっさきに開く封筒である。順序として次に来るのは、馴染みの薄い外国の切手を貼った郵便だ。いつか雨の日にでも読もうと取りのけるのは、その封筒の厚みから、早産した小説、エッセイ、詩等が入っているとあらかじめわかるものである――これらは通例もしぼくがそうしたければ紙屑籠《かみくずかご》にゆだねてもよろしいと告げられているものであって、送り主は自分ではそうする勇気を持ち合わさないものだからだ！　ところが一方、ぼくが愛敬する誰かからのほんとに内容ゆたかな代物は、ぼくは硫黄浴泉へ行くときまで取っておき、そこでゆっくりと静かにそれを楽しむことにしている。だが毎日あきずに投げこまれる大量の紙屑に比較して、こういう本物は何と稀なことだろう！

ときには、ごく短い手紙で、たいへん優美な、またはそうでなければひどく下手な手跡で、これがぼくをむしゃくしゃさせる。たいていは外国人で、ぼくと同じ文士でもある人からだ。前に一度も名を聞いたことのない文士だ。このぼくをカッとさせる短い手紙というのは、ある複雑で解きにくい、通例は法律上もしくは倫理上の問題をぼくが提出したのに対して、この人たちは超明快な精神の持主だからわずか三行か四行の半月刀みたいな文句で濃い霧やべとべとする脂を切り払う、すばらしい頭脳の冴えで、おかげでこちらはその問題を持ちだす前にいたのとそっくり同じ場所に取り残されるという仕儀になる。ぼくが頭に描くタイプは司法官のタイプである。優秀な弁護士ほど、また偉い裁判官ほど、その返事は簡単で要領を得ないものであるらしい。

最初に言わせてもらいたいのは、いちばん気の抜けた、味のない手紙を書くのは英国人だということだ。かれらの筆蹟さえも精気の欠乏が手に取るようにわかるような気がする。書道の見地から言って、かれらは自分の影のうしろにうずくまってるようにみえる——こそこそ逃げ隠れする腰抜けという印象だ。まるで生れつき自分の考えをはっきり持ち出してくる勇気がない——それが何であれ、かれらをしてぼくに手紙を書かせたものがあるはずなのに（たいがいはそれはかれら自身、かれらの精神的貧しさ、かれらの打ちひしがれた元気、低下した水準、といったものについてだ）。もっとも例外はたしかにある。すばらしい、眼を見張らせる例外だ。書簡の名手として、詩人ロレンス・ダレル、あるいは帰国したウェールズ人ジョン・クーパー・ポウイスに比肩する者はいない。ダレルの手紙はペルシアの細密画《ミニアチュール》や日本の木版画を観るときと同じ確実な歓びを目覚めさせる。ぼくは彼の手紙の筆蹟のこと——これまた一役買ってはいるが——を考えているのでなく、言語そのものを言うのだ。書くものが手紙であれ論文であれ、その文体は純一にして無雑、その各行は声を発し、泡だち、沸騰する、恵まれたる散文の巨匠がここにある。いずこであれ彼が書状を裁するべく腰をおろしたあたりから芬香《ふんこう》が浮動し、風景の驚異と永遠性に加えるに寓話と神話、伝説と民間伝承、習俗、祭祀、建築等の珍味嘉肴《ちんみかこう》を満喫するの思いあらしめる。彼ロレンス・ダレルは実にコス、パトモス、クノッソス、シラクサ、ロードス、スパルタ、デルフォイ、カイロ、ダマスクス、イェルサレム、キプロス——これらの地からぼくに手紙を書き送った。これら歴遊の地の名だけでもぼくを垂涎《すいぜん》させるに充分だ。そして彼はそれらの地名を彼の小説や詩のなかにちりばめている……

さて次に〝修道士ジョン〟——これはポウイス自身がときどき自称する名だが——彼の書簡の外見だけでぼくは恍惚境へみちびかれる。彼はおそらく便箋を膝の上に置いて書くのだろうが、その便箋が見えざる軸受け玉《ボール・ベアリング》か何かで旋回しているらしい。彼の書く行は迷路のようなカーヴを描いて流れるので、逆立ちをしながらでも、シャンデリアにぶらさがりながらでも、壁をよじのぼりながらでも読めるようになっている。彼はつねに意気天を衝いている。つねにである。日常茶飯事が記念碑的に拡大される。しかもこれが、すでに一眼が使用に堪えなくなり、食物を噛むにも歯がなく、つい最近まで――いま彼は八十歳代であるが――絶え間なく胃だか十二指腸だかの潰瘍に悩まされていたという事実にもかかわらずのことなのだ。ぼくと文通するなかで（アル・ジェニングズを除き）最年長者であり、しかもその誰よりも若く陽気な人物、誰よりも自由闊達で誰よりも寛仁大度《かんじんたいど》、また誰よりも熱血に富むのが彼だ。彼がウィリアム・ブレイクのように歌いながら手をたたきながら死ぬであろうことをぼくは確信する。

何を書いてもあらゆる場合に自由に凝滞なく書ける――チェスタトンやベロックがそうだった――人はまことに尠《すく》ない。発信者の名を見て、たいていぼくは手紙の内容の性質がわかる。ある人は病気のことばかり、他の人は金に困っている話ばかり、また第三の人は家庭のいざこざ、第四の人は出版者や取引先とのごたごたばかり並べてくる。ある男は春本や春画の通《つう》で、この話題から離れられない。他の男はランボーなりウィリアム・ブレイクのことだけを語りつづける。かと思うとある男はエッセネ派[1]のことばかり、他の男は途方もなく難解なインド形而上学だけに熱をあげ、次の男はルドルフ・シュタイナーかヒマラヤ山中の〝導師たち〟について、それしか書いたことはない。またダイアネティックス専門の警察犬みたいな男、禅に血道をあげる男もいるし、イエス、釈迦、ソクラテス、ピタゴラスのことだけ書いてくる人たちもある。読者はこの最後の種族は人を鼓舞激励する精神の持主だと思うかも知れない。とんでもない、かれらこそはおよそ退屈で、口さきばかりの空っぽな、無味乾燥な手合ばかりだ。正真正銘の〝ガス状脊椎動物〟だ。かれらは会社のオフィスや公衆便所で聞きかじっ

1 紀元前二世紀頃、パレスチナにあったユダヤ教団（訳注）

た最新の小話を取り次いで得々としてる早耳連中よりも退屈さで優越しているだけである。

ほんとうにぼくを数日間シャンとさせる手紙は伝書鳩で来る、いわゆる〝アイソトープ〟だ——偏人、奇人、頭のおかしいやつ、それに平凡な狂人などからのものだ。こうした文書がもしときおり集められ出版されたら、作家の生涯へのすばらしい洞察が得られるだろう。いつでも有名な作家が死ぬと、彼と他の世界的名士たちとのあいだで交換された書簡が堰《せき》を切ったように明るみに出てくる。ときにはこれらは好い読みものになるが、そうでない場合も多い。フランスの文芸週刊誌の愛読者として、ぼくはよくそうした書簡、たとえばヴァレリーとジッドといったひとびとの書簡の断片を読むことがあるが、そのあいだなぜこんなに眠いんだろうと不思議に思うのだ。

ぼくが荒っぽく〝頭のおかしいやつ〟という分類に入れたなかには、頭は少しも変でなくて、ただ常識的でないとか、やくざっぽいとか、天邪鬼《あまのじやく》とかの連中があり、かれらは全部ほんものの唯我論者であるところから、もちろん世の中と折合いがわるい。ぼくはかれらが運命の酷薄さについて心情的に泣きごとを言っているとき、かれらを最も滑稽に感じる。こう言うと意地わるに聞えるかもしれぬが、〝何の事情か〟年から年じゅう困ってばかりいる人間から、その困る事情について読まされることぐらい浮き浮きした気分になれることはないというのが事実である。このタイプの人にとって山のように思われることが、かならずわれわれにとってはモグラの塚なのだ。指に出来たササクレの悲劇を拡大できる人、そのために五ページも六ページも詳しく書ける人は、天の成せるコメディアンである。あるいはきみの作品をハンマーと火箸《ひばし》でバラバラにし、それを分解して無に帰せしめ、さてその紛失した部分をば自分がふだんスパゲッティの容れものとして使っている旧式のビデに入れてきみに手渡してくれる人物、これまた珍重すべきではあるまいか。

ここに一人、いつも精神病院から直接にぼくに手紙をよこしていた狡猾《こうかつ》なコヨーテがいた。この男に、あるときつい弱気になってぼくは写真を送ってやったことがあるが、それから何週間というもの十枚、二十枚、三十枚という長い手紙を、鉛筆だのクレヨンだのセロリの茎だので書いて爆撃して来た——いつもぼくが腎臓病にかかっているときめこんで、そのことばかりだ。彼はぼくの眼の下の袋に眼をつけ（これは父系のフランツ・ヨゼフから受け継いだものだ）、そこからぼくが遠からず死ぬ運命にあると推論した。ただしぼくが膀胱を丈夫に大切にするため彼の勧告に従うならこの限りでない。それを説明するには何回かにわけて続きものの手紙を必要とした。彼の処方による摂生法は高度に非正統的な性質の肉体運動で始まり、それをいささかのゆがみも偏《かたよ》りもなく日に六回、それもそのうち一回は真夜中に、実行することになっていた。これらの体操のどの一つを取ってみても優秀な体操家を船乗り結びに縛りあげてしまうだろう。また体操に付随して食事の献立の上でも気違いでなければとても思いつけないような離れ技《わざ》を要求していた。とにかく実例をお目にかけると……

「ホウレンソウの茎だけを食べること、ただしまず乳棒でよくすりつぶし、次にハコベ、パセリ、種子になったタンポポ、ナツメグおよびいまだ家畜化されていない齧歯類《げっしるい》の尻尾とまぜること。」

「以下に挙げるものを除きすべての肉類を避けるべし——モルモット、野生の猪《いのしし》、カンガルー（現今は缶詰あり）、アジア原産のオナガー（野生ロバ）——ヨーロッパ種は禁物！——ジャコウネズミ、黄色シマヘビ（アメリカ産）。すべて小鳥類は膀胱によし、ただしウソ類、ヘビ鵜《う》、マイナー・バードを除く。」

彼は逆立ちは超自然な起源による隔世遺伝的習慣だと説明し、これには反対だと強く主張した。そのかわり、四足で歩くこと、特に絶壁の岩の上でやることを推奨した。食事と食事とのあいだに少しずつ物を食べることはよろしい、いやむしろ欠くべからざることである。特にキャラウェイの実、ヒマワリの種子、西瓜の種、あるいは砂状結石や鳥の粒餌さえも、少しずつ口へ入れるべきである。またぼくは多量の水、あるいは茶、コーヒー、ココア、麦湯の類を喫してはならないが、ただしできるだけ多くウイスキー、ウォッカ、ジンを飲むべきである——一度に茶匙《ちゃさじ》一杯だけ。すべてリキュールはタブーであり、シェリーは原料は何であろうとも魔女の飲みもの同然に避くべきである。彼は脚注をつけて説明して曰く、自分がこの件に関して厳格ならざるを得ないのは、数年にわたる研究（たぶん実験室でだろう）の後、シェリー酒は、いかなる方法でいずこで製造されたものでもアルニカの根[2]、ゼニゴケ、ヒヨス等[3]、人間有機体にとり有毒な植物の少量が含まれていることを発見したが故である——これらは死刑囚とか微生物とか、抗生物質を造るため承認せられた処方で与えられる場合にも稀に有毒である。たとい死期が迫っても、ぼくは泥や尿や菌類を基にしたサルファ剤やペニシリン、また一連の奇蹟的薬品一族に属するものの厄介にはなるべきではないのだそうだ。

時間の飛びゆく速さ——まったく信じられぬほどだ！——は別として、ビッグ・サーの生活でいつもぼくを惘然《もうぜん》とさせる面がもう一つある。すなわち毎日積みあげられる屑の量、これだ。屑はぼくと文通する人びとに関係がある。なぜなら、手紙に付随して来る写真、論文、原稿、その他に加えて、いろいろと来るものがある——衣料品、文房具、護符《おまもり》やお札《ふだ》、レコード・アルバム、古銭、拓本、メダル、装飾品の盆、日本の提灯と日本の安もの装飾品、美術用品、カタログや暦、小像、異国の花の種子、巻煙草の美麗な缶、贅沢なネクタイ、手廻しの蓄音器、ユーゴスラヴィアの絨毯製スリッパ、インドの革の上履《うわばき》、各種付属品つきのポケットナイフ、巻煙草のライター（実際に使えたやつは一つもない！）、雑誌類、株式市場情報、絵画（ときには大きなものもあり、返却するのに時間と金がかかる）、ト

2　キク科の植物（訳注）
3　ナス科の植物（訳注）

ルコとギリシャの練り粉菓子、輸入品のキャンディ、数珠《ロザリオ》、万年筆、ぶどう酒とリキュール酒、たまにはペルノーの一壜、ぼくの使うことのないパイプ（だが葉巻は一度ももらったことがない！）、それからもちろん書物、ときには完全なセットのもの、さらに食物——サラミ、燻製の魚、チーズ、壷に入ったオリーヴ、ジャム、砂糖煮のくだもの、甘いのや酢っぱいピクルズ、とうもろこしパン（ユダヤ式）、それにときおり少量のジンジャー。ぼくの文通者が供給してくれないぼくの必要品はほとんどないくらいだ。しばしば、手許の現金が不足なとき、かれらは郵便切手を送ってくれる——きっと引出しから掻っぱらったものだろう。子供たちもまた玩具からあらゆる種類のおいしい菓子やきれいな衣服にいたるまで、贈り物のわけ前にありついている。世界のどこか辺鄙《へんぴ》なところに住む新しい友人が出来ると、かならず忘れずに子供らに何か〝異国的〟なものを送ってくれとたのむ。そういう友の一人、レバノンに住む一学生は、アラビア語の『コーラン』を送ってくれた。印刷の美しい小型本で、彼はそれを子供たちが適当な年齢になったら教えてくれと懇望した。

それ故に、なぜぼくらがつねに火を熾《おこ》すのに不自由しないか、容易におわかりだろう。ぼくらがなぜ本や小包を包むのに紙やボール紙や紐をたっぷり持っているか。以前には、丘を歩いてのぼったり降りたりせねばならなかったから、贈り物の用事というものは一つの問題だった。いまはジープのステーション・ワゴンで、ぼくは必要とあれば荷車一台分だって運搬できる。

定期的に手紙をくれる幾人かは、詩の折返し《リフレイン》文句のように忘れずにくりかえす——「何か要る物があったら忘れず知らせてください。もし私が持たないか、手に入れられないときは、誰かそうできる、またそうする人間を私は知っています。どんなことでも、私に声をかけるのをためらわないでください！」（アメリカ人だけがこんなふうに書く。ヨーロッパ人はもっと保守的だ。ロシア人ときては——亡命した連中だが——かれらは天国だってくれると言いかねない）。この類のひとびとのうちには、どういう尺度で計っても例外的な人たちがいる。一人はある航空会社の無線技師で、他の一人はロサンジェルスで一つの実験室を主宰している生化学者、もう一人はギリシャ系の学生、それからもう一人はビヴァリー・ヒルズに住む若い脚本家だ。無線技師のVから小包が来ると、ぼくは象以外のものなら文字どおり何でも入っていそうだと思う。小包の主たる内容はいつもていねいに新聞紙の詰めものをしてある（新聞紙はインド、日本、イスラエル、エジプトと、どこでもそのときの彼の居場所のものだ）。それにフランス、ドイツ、イタリアの絵入り週刊誌だ。フランスの週刊誌ではいつも少なくとも一篇ぐらいはその時々のぼくの関心を持つ主題のものがみつかる。まるで彼がぼくの必要を察してくれているかのようだ！とにかく、彼が送ってくれる貴重な品物のなかやまわりに挟まって、トルコ求肥《ぎゅうひ》[4]、近東の新鮮なナツメヤシ、ポルトガルのサーディン、燻製の日本の牡蠣《かき》、その他いよいよという時刻までに彼が思いついた小さな珍味の品々……生化学者のF、これはぼくが必要なタイプ用紙、カーボン紙とかインクリボンとかを送るとき、たとえば新流行のペンや鉛筆、一壜の超特別ヴィタミン、大きなサラミ、一切れか二切れの本物のとうもろこしパン——ぼくの関心をもつ限りただ一種類の本物のパンで、いまは非常に少なくなり、チョウザメのように高価だ——といったものをいっしょに入れることを決して忘れない。彼はまた美味《うま》いバターも送ってくれる、ただし輸送がうまくいった場合だが。……ほかの二人、KとMは、いつもぼくの原稿をタイプすることや、印刷物をつくることなどを申し出てくれる。もし一本か二本の水彩絵具のチューブをたのむと、かれらは一年分のそれを送ってくれるし、上等な水彩画用紙の綴りさえ貰うことがある。Kは彼のお祖母さんに絶えずぼく用のソックスやセーターを編ませて忙しがらせている——それからお祖母さんは子供たちのためにルクーミをこしらえてもくれる。

4 香料入りの甘いトルコ菓子（訳注）

またダンテ・Zのごときは、ぼくのために調査の仕事をして助けてくれる。ダンテは大部の書物を読破して、その内容の要約をしてくれるし、ぼくがその時々に自分のファイルにすぐ使えるようにしておくことが重要と認める埋もれた書物の一節を追跡してくれたり、世に知られない書物の難解な章節を翻訳してくれたり、あるいはまた何の某という作家が云々という作品を書いているかどうか調べてくれたり、甚だしい場合にはぼく自身決して利用するつもりはないが誰か物識りの阿呆と論争した暁《あかつき》に使えるように手許に用意しておきたいために、古代の医学論文を調べてデータを集めてもらったりもする。

さらにまたレオン・ベルンシュタイン博士のごとき偉大な人がいて、もしぼくがたのめば飛行機に乗って診療を求める赤貧の男を訪ねてくれるだろうし、彼は必要なことならあらゆることをしてくれるばかりでなく（感謝）その貧乏人が予後の長い期間、生活のできるように配慮してもくれるだろう。ジョン・クーパー・ポウイスが永久にユダヤ人とネグロとを褒めたたえることが何かの不思議だろうか？　ぼくがたびたび言ったように、後者なかりせば、アメリカは喜びなく、汚れなく、超富饒《ふじよう》なる〝白色人種〟と称する無味単調な標本どもの博物館になっているだろう。ユダヤ人なかりせば、慈善は国内に始まって、そこに留まるだろう。すべての芸術家は、アメリカでは勿論のこと、彼のユダヤ系の友人たちに百倍も負うところがあるにちがいない。またその負い目は物質的奉仕だけではないと思え、同業者諸君《シエール・コンフレール》、きみたちの友人のなかで最初にきみたちを激励し、きみたちの本を読み、きみたちの絵を看て、きみたちの作品を見せ歩き、きみたちの作品を買って（たとい、必要とあらば月賦でも）くれるのは誰であるか。買ってくれて、しかも諸君、下手な言訳を言って願い下げになどはしない――「それはもう、金さえお払いできるんでしたら！」きみの仕事をつづけさせるため、一文の余裕もないときですらきみに金を貸してくれるのは誰か？　ユダヤ人のほかの誰が言ってくれるだろう、「あなたのために金を借りるところを知っているのは私だ、あなたは何もしなくていいんですよ！」食料、衣料をはじめ日々の生活に欠かせない品物をきみに送ってやろうと考えてくれる人は誰か？ああ、芸術家たるもの――少なくともこのアメリカでは――ユダヤ人と付き合うのを避けることはできない。そしてユダヤ人と友達になり、ユダヤ人を真似し、ユダヤ人からこの民族がその血のうちに相伝している勇気、耐忍、寛容、持久力、執拗さを吸収同化することを避けてはならない、なぜなら芸術家たることは犬の生活をすることであり、大多数のユダヤ人は同じ境涯からその人生を始めたのだから。ほかの民族も、もちろん同じだが、かれらは生活が向上するにつれてそれを忘れてしまうらしい。ユダヤ人が忘れることはまずない。またそのはずだ、数かぎりもなくくりかえされたドラマのまっただなかに生きていて、どうして忘れることができよう？

そこでぼくはいまパレスチナにいるボリスの息子、リリク・シャッツ、ぼくの義兄になった男から、規則的に来る手紙のことを思いだす。リリクは数年間、パーティントン・リッジとアンダーソン・クリークの中間にある穴ぼこのようなクレンケル・コーナーズという低地に住んでいた。バークリーにいた頃、彼は一日ビッグ・サーへの小旅行を試みたが、これはぼくに彼と協力してシルク・スクリーン印刷の本を出すことを勧めるために企てたものだった。ずいぶん骨も折り、苦労して、しかも無一物から始めて、ぼくらはこの仕事をやった。[5]　この本『夜の生活のなかへ』*Into the Night Life*、その着想、その製作、そしてその販売（売行きは着実にゼロにとどまっている）は、大いなる友情の始まりだった。彼が故郷のイェルサレムへ帰ってから後、はじめてぼくは彼の妻の妹イヴを知り、彼女と結婚した。もしぼくがイヴを発見しなかったら、今日ぼくはぼろ屑になってるだろう。

5　この企てのことを書いた絵入り小冊子を参看せよ、この本の製作について述べてある（原注）

ところで手紙だが……まず初めに知ってもらいたいのは、例の〝契約の櫃《はこ》〟[6]を造った人物と同名のベザレルの息子なるボリスのその息子なるリリクは、どんな国語でも話せるという格別な天分の持主である。生国の語ヘブライ語を含めて六カ国語をかなりよく知ってはいるが、彼は言語学者というわけではない。彼にとっては相手がトルコ人、アラビア人、セイロン人、アンデス地方のペルー人、ピグミー、あるいは中国の知識人《マンダリン》——誰であろうと隣人と意思を通じあうのに必要なのは言語の知識ではないのだ。リリクのやりかたはいきなり話を始めることである——舌と手と足と耳とを使って——唸ったり、奇声を発したり、ダンスのステップを踏んだり、インディアンの手振りを真似たり、モールス記号を使ったり、等、等をやってゆくうちに、まがりなりにも説明してゆく。それは共感とか、感情移入とか、同一性とか、あるいはどういう言葉でもいい、善意、親愛、兄弟愛、姉妹愛、神のごとき慈悲心とわかりのよさと、すべて彼の先祖伝来の特別な遺産たる本来の資質が溢れ出る流れとなって支え、抱き運んでゆくのである。然り、リリクは石の壁にでも話しかけ、答えさせることができる。彼が必要に迫られて彼の父のコレクションから絵なり骨董品なりを売ろうと、二、三の生きた墓石に必死にうったえるところをぼくは見たことがあるが、かれらはどんな石の壁よりも聾《つんぼ》で頑強だった。周知のように、絵を売りたいという話をちょっと口に出しただけで凍りつきそうになる人間も世の中にはある。カビの生えたパンの一片でも手放してくれと呼びかけられそうな微かな気配だけで、たちまち石に化してしまう連中もある。

もしリリクがビッグ・サーで難儀をしたとすれば、同様に故郷のイェルサレムでも難儀をしただろう。だが彼の手紙にはそんな調子は少しもない。事実、リリクの手紙の書出しは——いつもかならずだ——彼が騒々しいカフェのテラスに腰を下ろしてるところへ、靴を磨かせてくれとか、彼の要らな

6 旧約『出埃及記』三一章、また拙訳『わが読書』二六四—二七四頁参照（訳注）

い布地を買ってくれとか、泣きついて来る哀れな連中がいる（泣きつかれる内容はいろいろだ……ときには聖人の足の爪の乾燥したやつを売りつけに来るやつもある）。たとい雨が降っていても太陽はつねに（彼の胸には）出ていて、彼、教授は（Cher Maître, cher ami と彼は呼びかけられる）、格別に好調で、その理由は彼がちょうどこれから新しい油田層にとりつくところであるか、それともちょうど一仕事かたづいたところか、そのどちらかである。彼の手紙は時、所、いまちょうど考えてること、いまの自分の気持――息が苦しい、便秘している、生あったかいビールを飲んで上機嫌、等――といったことで始まる。わずか数行で、彼は群衆や、市場や、近くの墓地や、駈けまわっている給仕のボーイたち、能書きを並べたてる行商人や泣きごとを言う乞食坊主、羽毛をむしられている雛鶏《ひなどり》（歯の抜けた老婆に）、曲芸を演じている大道香具師《やし》、食べものの香、垢と汗、それから酒、いましがた間違って呑みこんだ球根、昨日の美味だったニンニク（ぼくの家では一度に一個のニンニクの球根を航空便で彼に送っていた）、家へ帰ったら早速パレットにしぼり出そうと思う潤《うるお》いのある色の絵具。その他、云々《ウント・ゾウ・ワイター》というわけだ。

ほとんど一語おきに綴りが間違っている――英語でもドイツ語でもロシア語でもフランス語でも。リリクがそのつもりでなしにやるような言葉のゆがみ、変形を故意にやろうとすれば頭脳のアクロバットを必要とするだろう。fart（屁）のような粗野な言葉だけが誤りなく出て来る。また実際に彼の楽しさにあふれた書簡にはふんだんに放屁のことが出て来る――彼自身がやるのと周囲の人たちがやるのと。イスラエル人はわれわれの上品な言い方でのいわゆる〝風《ふう》を乱《みだ》す〟行為のとき顔を赤らめたりあわてて言いわけを言ったりはしないらしい。

「目下われわれは」と彼は書いてくるだろう、「ふたたびアラブ人と悶着を起しています――あるいはアラブ人がわれわれと。」家へ帰る途中、流れ弾を逃がれるため、何度か家の軒下へもぐりこまねばならぬかもしれぬ。彼が家を留守にするたびごとに妻のルイーズは夫が死んで帰るか生きて帰るかと心配する。だがリリクは、あらゆる点からみて、こうした成行きにあまり懸念することはない。みんな日常の行事の一部なのだ。彼が興味をもつこと、彼が *chuckle*（嬉しがり笑い）するのは――彼が三年間もきちんと学校へ行ったというのに、どうしてもうまく綴れないのがこの言葉だ――外の世界のニュースである。たぶんヘブライ語でニュースを知ると、われわれの場合よりも複雑怪奇に感じるのだろう。例の日当りのいいカフェ（たとい雨が降っても）にのんびり腰を下ろし、生温《なまぬる》いビールをチビチビすすりながら、饐《す》えたチーズの一切れをのんびり少しずつ噛みながら、外の世界を観察するとそれはそのほんとうの姿で見えてくる――つまり徹底的にばかげた姿に。そうさ――と彼は言う――われわれはアラブと悶着を起しているかもしれないさ――彼は決して〝アラブの畜生ども〟などとは言わない――だがそれなら台湾はどうだ、中国は、インドネシアは、ロシアは、日本は、北アフリカと南アフリカ、西ドイツと東ドイツは――以下みな同じことで、ぞっとするような蹴球場に上ったり下りたり、出たり入ったり、ぐるぐる廻ったり、そこで世界のいわゆる〝文明〟国民ともあろうものが、知恵くらべしたり、火をつけたり、押しっくらをしたり、突きとばしたり掴みあったり奪いあったり、嘘をつきあったり侮辱しあったり、からからかと思えば脅かし、こっちで連合の破綻をつくろうなら、あっちでは同盟を御破算にし、一方の国々の武装を解除すれば他方では完全武装をさせ、平和と進歩を口にしながら大量殺戮《さつりく》の準備をし、こっちの地獄の犬どものグループに殲滅的破壊の最新のモデルを約束するかわり、ほかのグループには慎重に旧式になった武器を制限する――艦隊、戦車、爆撃機、小銃、機関銃、手榴弾、火焔放射器、等々、これらはかつては〝文明を救う〟ことに効果的だったが、いまでは七月四日の爆竹ほどにも破壊力がなくなってるし、その爆竹だって七月四日のお祝い用のやつさえまもなく全面禁止になるかもしれない、なぜならそれは子供たちが扱うと危険だからで、それにくらべると原子爆弾なぞは、上手に貯蔵しておきさえすれば蝿一匹傷つける心配はないからだ。彼がスリヴォヴィッツ教授の説と称して茶目っ気たっぷりに書いているように、「兵站術《へいたん》の虎の巻は、I・B・Mの機械を使って捏《こ》ねあげても、過越《すぎこし》の種なしパンよりいくらもましなものにはならない」という。リリクが居もしない教授をダシに使って述べている諷喩《ふうゆ》の意味は、狂気の叫び声は夕べの祈りへの呼び声よりも高く聞えるということだ。われわれの求めるものは、かの教授の言うように、政治家の泣き落しじみたたわごとと、山鳩のやさしい睦言《むつごと》との区別をわれわれに教えてくれるものは、音をもっと大きくする増幅器、より優秀な増幅器ではなくて、減幅器であり、濾波器《フィルター》であり、遮壁《スクリーン》である。……さてもうお別れだ、親愛なるリリク、いまは平和と静寂の午後四時、闘牛士たちはおのれの死と出会い、外交家どもはかれらの原爆カクテルを味わいながらわれわれの背中にナイフを突き刺す刻限だ。

（じゃ、ピーナスをお植えになったのね？　ファイテルバウムの奥様？　ほかに何か新しいものはございます？）

ほかの人の声がするのは、ほかの部屋があるからだ。ほかの新しい苦労があるのは、ほかの黴菌があるからだ。なぜだかわからないが、ニンニクのない話をしていたら、ある冬の日の午後おそく、ぼくらの家の外の道路に立っていた悲しそうなバスク人の娘の面影が心に浮んだ。彼女の薄い革の破れた靴は水がしみこみ、両手は寒さで無感覚になり、臆病でドアをノックする勇気がなく、それでも雨のなか一晩じゅうでもそこに立っていてもいいからぼくに会おうと心をきめていた。

それほどまでの大切な用事とは何だったか？　ニーチェの『反時代的考察』の第二巻に出ている〝平和と軍備廃止〟の哲学をぼくが知っているかどうか、訊きたいというのだ。このかわいそうな娘、彼女に必要なものはいま以上の〃平和と分割〃ではなくて、栄養だった。ぼくは彼女を家に入れ、暖炉のそばに坐らせ、スカートや靴下を乾かさせ、妻にたのんで食べものをたっぷり彼女に詰めこませた。それから、その晩ゆっくり話を聞いたあと、エミール・ホワイトのところへ車で連れてゆき、その夜の泊りをたのみ、翌朝は車で送ってやるように手配してもらった（彼女はL・A《ロサンジェルス》をめざしていた。金も車も持っていなかった。すべて頭のいかれた人間はL・Aをめざすらしい。またかれらは空飛ぶ鳥のように気軽に旅をする）。

アンダーソン・クリークの雰囲気が気に入ったと言って——めずらしくもない！——彼女は一週間ほどぐずぐずしてから、やっと出て行った。出てゆく前に、エミールへの感謝の意を表わすために、一ぺん相手をしてもいいと申し出た、がエミールは誘惑されなかった。〃平和と分割〃も少し度が過ぎるようだ。

三、四週間後に、ぼくは彼女から手紙をもらった——彼女はいまモンタナにいる——手紙はあるインディアンの部族がわれわれの連邦政府と悶着を起している次第を詳しく書き、その部族の酋長からの熱烈な伝言として、ぼくにその複雑な事情を直接に知ってもらいたいからいますぐ来てくれとのことである。彼女の述べるところでは、部族の頭株たちはぼくがかれらのためにワシントン特別区で調停者として行動するようにぼくを説きふせるべく努力したいと言っているそうだ。ぼくはもちろん直ちに私用の飛行機をやとって、ダック・クリークの上空を低空で飛んだ——秘書と通訳と資格充分な速記者とを同行させて。

その夜、ベッドで眼をさましていて、ぼくがヨーロッパから帰って間もなく、あのワシントン特別区の見かけ倒しの世界で起った滑稽な挿話を思いだした。政界の上層にいる某という男と、ぼくは世界の他の部分で偶然に知り合いになっていたのだが、その男からわれわれの清浄無垢の首都の中心部にある有名なクラブでの昼食に招かれた。ぼくは少数の彼の懇意な友達で、いわゆる〃熱帯〃文学に熱中してる連中と会食するのだと思っていた。一人また一人と回転ドアから入ってくる客を見ていて、ぼくはかれらがみな脇の下にどれも同じように見える包みを抱えているのに気がついた。またこれらの客たちは一人のこらず高い地位の連中らしくぼくには思われた。事実、まもなくその通りであることをぼくは教えられた。その各人が、猥本的文学をあつかう犯罪者たちを監視し、追跡し、正当な処罰を受けさせることを任務としている政府の各部局の役人だった。当時は政府の眼から見てぼくが主たる犯人であったから、これら真理と教養の代表者たちは問題の有害な書物に自署させることで、ぼくに多大の栄誉を与えようとしていたわけだ。言って置かなければならないが、かれらはみんな会ってよかった好漢ばかりのように見え、ぼくの〃不潔な〃本のため頭がおかしくなったり品格を落したり、精神が堕落したり魂に傷を負ったりした者は一人もいないようだった。こういう汚れた仕事に従事したことについて弁明したあと——その弁明はまじめに陳述され、かつまじめに聴取された——かれらはめいめい順番に、ぼくの署名の上に書きこむ何か〃独創的〃な文句を考えてくれとぼくに強要した。

ぼくが全部のサインを終えたと思ったとき、ほかの連中より一際《ひときわ》堂々たる風采の役人が特別な包みを開いて（同じ例の〃熱帯〃文学の）、数冊をどさりと置いて、低声でぼくに言った——「まことに恐れ入りますがこの一冊は其々長官に何か一言お書き願いたいのですが。」そこでぼくが命令のままに忠実に従ったら、彼は前よりもさらに低い声でつぶやいた——「それからこれは某々大統領の分でして。」そこで彼が三冊目に手をのばしたから、ぼくは心のなかで言った——「こいつはきっとローマの教皇猊下《げいか》のためのものにちがいない！」だがそうではなかった。それは内閣のへっぽこな一員のためのものだった。最後にぼくに揮毫《きごう》を求めた一冊、相変らずの丁重な、〝まことに恐れ入りますが〟でたのまれたのは、ソビエト・ロシア大使へ届けられるはずのものだった。話を聞いていると、この使節は、当時ワシントンを訪問中の彼の妻に、彼女が手に入れることのできたぼくの作品中のいちばん猥褻《わいせつ》なやつを持ち帰るようにと要求した。彼女は外交官用の特別荷物をたよらずに自分で直接持ち帰ることになってるというのだ。ここにいたって、ぼくはむかつきがこみあげて来たので、失礼して便所へ行き、食べたものを吐きだそうとした。吐いたのは少量の胆汁だけだったが……

以上書いたことは、もちろん、一語もほんとうのことではない。〝ブルックリン育ち〟の腹立ちまぎれのうわごとに過ぎない。

この同じ〝熱帯文学〟のことを語る以上、一言だけつけ加えたいのは、ときたまファンたちから送られて来る不潔でボロボロな、読み古しの本についてである。この連中は奥地の罪もない無邪気な原住民たちに古ぼけた蓄音器だの水鉄砲だのを投げ売りする合間に、淫売宿とか、ほかの〝恋の屠殺場〟へちょいちょい出かけるが、これは明らかに自分たちの罪を洗い流すのが目的である。ここビッグ・サーに住んで以来、こうした暢気者の略奪者たちが、右のような正道を外れた隠れ家に（当然のことながら）みつかる個人蔵書からくすねた禁止本を送ってくる、ぼくはもう一ダースぐらい受け取っているにちがいない。いったい読むのは誰だろう――女将《おかみ》か、女たちか、それとも客か？　その送られて来た版本を誰が読んだにしろ、その読者は実に熱心に、こまごまと、またしばしば批評家的眼光をもって読んでいた。ある人はぼくの綴りを訂正したし、ある人はぼくの句読点を是正してくれたし、またある人はあちこちに語句を添加しているが、それらの思いつきのよさはジュイムズ・ジョイスやラブレーでさえ三舎を避けるだろう。またほかの連中は、きっと一杯機嫌が手つだってのことだろうが、余白に、ぼくがどこでも見たことのないような――わが国の公衆便所でも、また奇抜な思いつきと下品さが底抜けに横行しているフランス新聞のトイレットでも見られない隠語を書き散らしている。

郵便物のなかに現われる珍談のうち、ぼくが最も興奮させられ、最も長い時間夢見ごこちになったのは、突拍子もない土地や人間から来た絵葉書である。たとえは小アジアのわびしい荒野で考古学上の探検に加わっている発掘者から、何という名か知れぬ村で一部の『セクサス』に思いがけなくぶつかった、と知らせる葉書をもらった場合を想像していただきたい。あるいはまた、こちらがこれまでずっと崇拝してきて、頭のなかでは何ヤードにもなる長い手紙を書いて来たけれども、現実には書く勇気を持ち合せなかった知名の芸術家からこっそりと便りをもらい、それには、「この土地で（というのはナイル河とか、ガンジス河、ないしはブラマプトラ河とかの岸辺で）あなたのたいへん熱烈な信奉者たちと昼食をともにしました」などと書いてあって、そのあとにスバル座の星々が並んだような署名がつづいている。そうかと思うと遠い太平洋上の何とかいう環礁から、箒《ほうき》の柄で書きなぐったような手紙には、上官の大佐だか少将だかが「ぼくの一冊しかない『南回帰線』を取り上げてしまいました、どうか代りの一冊を送ってください！」と書いたあとへ、かならずしも脅迫的効果のためばかりでもないらしく付け加えてある――「ぼくが消されてしまわないうちに」と。またぼくの知らない国語で書いた手紙が来て、その発信者はある原稿のなかですばらしい一節にぶつかった――それは、これまた『南回帰線』に関係のある一節で――珊瑚礁の上でひとり寂しく死んだある男が書いたものだ、という知らせである。さらに、ある老紳士は、かつては批評家であって、ぼくを最初に賞讃した一人だったが、いまヘブリディーズ[7]の自分の城から紋章入りの書簡箋に、あなたはいまでも生きているか、その後何か書いていているとすればそれは何であるか、と質問して、さらに（いと悲しげに）書き添えて来た――

7　スコットランドの西方の列島（訳注）

「ご承知のごとく、小生はあの後ナイトに叙せられました！」あの後とはいったい何の後なのだ？ひょっとすると例の批評を書いて、批評家商売を棒に振ってから後ということか！

すべてこれらの通信や質問、虫のいい要求や親愛と思い出のしるしなど、みな幾日かつづく気持のいい心のたかまりをつくりだしてくれるが、それはぼくが慢心しているからではなく、ぼくがまだ初心《うぶ》な少年で、狐火のような妖《あや》しげな魅力にぞっこん惚れこんでいたとき、ある薄汚ないジプシーがぼくの手相を見て、ぼくにはとうにわかっていることばかり教えてくれたが、そのときぼくが聞きたかったのはたった三つの魔法の言葉だけだった——「彼女は　あなたを　愛している！」——そのためにぼくは熱病状態に追いこまれた、それとちょうど同じわけだ。

かつてアテネで、アルメニア人の占い師が、ぼくのこれから試みようとしているさまざまの波瀾に富んだ旅行のことを予言したが、そのとき彼はこれらの旅行の大体の方向を指示して、一つは疑いもなくオリエント地方、次は確実に南太平洋、その他であると言った。しかしそのときぼくの脳中で鳴りひびいている疑問は——「はっきり土地の名を言え！　おれがラサへ、メッカへ、ティンブクトゥへ行けるかどうか教えてくれ！」今日、ぼくは気づいている、もしぼくが自身で行けないにしても、ぼくの〝使節たち〟の一人が行くだろう、そしてぼくはいつの日か、ぼくの知りたかったことは何でも知るようになるだろう——それも来世ではなく、この地球上の現在の生涯で。

9　〃めいめい勝手《ソーヴ・キ・ピュウ》に逃げろ！〃

聞くところによればトカゲの尻尾をちょん切ってもトカゲはたちまち新しい尻尾を生やすそうである。だがなぜ哀れな生きものの尻尾をちょん切るのだ？　これに似て、なんじの敵を征服し、あるいは絶滅させてすらも、明日はまた新しい敵をもたらすだけなのだから、そんなことは無益である。われわれはいったい平和を欲するのか、それとも単に怖るべき最後をまぬかれたいのか？

ぼくはわれわれの欲求に処する態度について、これとだいたい同じ行きかたで考える。これはわれわれのあこがれるものとは違う、なぜなら（聖人になることにさえ）あこがれるというのは単により多くの〃業《カルマ》〃を積み上げるだけだからだ。ダイアネティクス[1]は〃罪なき者〃ということを言い、また〃いまだ罪を潔《きよ》められざる者〃のことを言う。後者はわれわれの絶対多数を意味する。これまでにぼくが出会った〃罪なき者〃はダイアネティクスの話を一度も聞いたことのない男や女である。もしあなたが、どんな思想の学派に属そうとも〃罪なき者〃であるならば――本物の〃罪なき者〃は何の派にも属さないだろう――あなたは通例、何なりと欲しいものを欲しいときに手に入れるはずだ。早すぎも遅すぎもせず、多すぎも少なすぎもせずに手に入れるはずだ。あなたとあなたの欲求とは、いわば手をたずさえて清算所を通り抜けるのだ。これが神経病の場合だと逆のまわりかたをする――神経症患者はいつも外にいて内をのぞきこんでいるか、あるいは彼が内側にいるとしたら、それは水槽のなかの魚のようなものだ。

1　個人の行動を生れる前の経験によって説明し、その経験が脳に残している記憶の痕跡を心理療法で払拭できるとする非科学的理論（訳注）

ぼくは自分が〃罪なき者〃だと自称する気はないが、ぼくにとって物ごとが日に日にますます明瞭になって来ていることは自覚している。人間は悪魔的存在であって同時に天使的存在でもあると認識するのに、ぼくは四十五歳に達するまでもなかった。しかしぼくがわれわれ人間存在の二要素を並べて、両者が幸福に結婚していると見ることができるようになったのは、ぼくが四十代に達してから後だった。ぼくがある男なり女なりのうちに悪魔を見いだそうとするのをやめるが早いか、ぼくは天使を見いだしたし、その逆も然りだった。最後にぼくは人間存在をそのあるがままに——つまり二つでなく一つとして——見ることができるようになった。そしてその域に達したとき、ぼくはそれまで便宜上白い魔術とか黒い魔術とかラベルを貼っていた多くの物を理解することができた。ぼくはけっきょく魔術だけ、純粋な魔術、魔術以外の何ものでもないものだけを意識するようになった。もしそれが利己的目的のために用いられれば、それは災いとなって作用した。利己的でなく用いられればその効果はあらゆる予想を超えていた。だがどのように使われようと、それは同じ一つの実体であった。

今日、全世界は原子爆弾のおそるべき現存を通じてこの単純な真理に気づいて来た。原子エネルギーの立場で考えるのと、魔術の立場で考えるのと、両者の違いは、顕微鏡を通じて微生物を験するのと高能力の望遠鏡で大宇宙を透視するのと、この両者の関係と同じである。一方では虚無に集中する傾向があるのに対し、他方では無限に集中する傾向がある。

諸君が〃影と実体〃とのあいだを区別しはじめるとき、諸君はすでに魔術をオモチャにしているのだ。あるいは、別の言いかたをすれば、諸君はアラディンのランプを手中に握っているが、まだ正しいことを欲することを学んでいない。諸君はときどきそれをうっかりしてこする。すると〃まるで魔術のように〃事件が生じるのだ。何という妙な言葉だ——〃生じる〃とは！　諸事件は生じる、ちょうど諸君自身が生じたように。何かが生じるたびごとに、それがいったい何であるかを理解するのには時間がかかるが、それがくりかえされることによって徐々にわかってくる――その速度は明瞭な場合と朦朧《もうろう》とした場合と、その程度によってきまる――つまり、単に一つの不定形動詞である〝生じること〟とは、まさに正しい表現であって、諸君は自動詞をとりあつかっているのではなく（中国語には〝自動詞〟がない）、想像しうる限りの最も強力で持続的なエネルギー、かの善良な、旧時代の言いかたで〝神の意志〟と呼ばれていたものに神秘的に結びついている思考シンボルをとりあつかっているのだということがわかってくるのだ。この〝神の意志〟なる言葉を、普通はそれを包んでいるチンプンカンプンから掬《すく》いあげてみると、それは単純に、宇宙をつかさどる〝知性〟とか、宇宙そのものにほかならぬ〝精神〟とかいうものがあって、諸君が事件の主役になろうとするのをやめた場合、それをたよりにし、それに協力するのだ、ということを意味しているのである。

一つの例題を出して、この太古からつづいている魔術がいかにはたらくかを示そう……

石の壁に頭をぶっつけるかわりに（なぜわれわれはこう始終頭痛にばかり悩むのだろう？）静かに腕組みをして腰を下ろし、壁の崩れるのを待とう。もし諸君が無限に永い時間待つ気であるならば、それは一つ瞬《また》きをするあいだに起るかもしれぬ。なぜなら壁はしばしばわれわれを支配する誇り高き精霊よりも早く崩れ去るからだ。そうなることを腰を下ろして祈ってはならぬ！　ただ腰を下ろしてそうなるのを見まもることだ。壁についてこれまで言われ教えられたことは一つも気にかけず、そうして坐っていることだ。頭痛のことを考えているとやがてそれが消え去るのに気づくが、そんなことを考えるのはやめて、事物のあいだにある空虚さに思いをひそめ、そして最後には事物そのものの空虚さに思いをひそめよ。この茫漠たる空虚さがほかの何物でもなく空虚によって満たされたとき、諸君は、これまで壁として見ていたものが全然壁ではなく、たとえば橋であるとか、あるいは火の梯子《はしご》であったという事実に目覚めるだろう。もちろん壁はまだそこにあるだろうし、もし諸君が普通の視力しか持たなければそれほどこのほかの壁にもよく似ているであろうけれども、いま諸君はその種の視力を失っており、それとともに、一人の煉瓦積み工が科学者の説明する壁の構成要素は実は何々であるというような話の意味を理解する場合に感じる困難さもまた諸君は失っているはずだ。諸君は科学者に対して優位に立っている、すなわち諸君は何物をも説明する必要を感じないからである。有るところのものは、有る。

以上の話は鎮痛剤みたいなものだ。わかる人たちにはわかるだろう。わからない人たちにはやっぱり腹痛は——あるいは頭痛は残るだろう。だからさらに別の言いかたで言わせてもらおう……

われわれはみな、われわれの友達が、医師の努力が失敗したときにわが身を外科医者にゆだねるのを見たことがある。あるいはほかに手だてがなくなった場合に精神分析家へかけつける——これは心理的外科だ。さらにまた眼科の専門医がおのれの無力を告白するときベイッ・メソッドの弟子になる。あるいは、ほかには自殺以外の逃げ道がないという場合にはクリスチャン・サイエンスの施術者に世話になる。つまり何らかの形で、われわれがほんとうに死物狂いになると、われわれ自身を〃イエスの腕のなかへ〃投げこむのだ。

さて、ところで……医療の悲しむべき全歴史を通じ、さまざまの奇蹟を演じた幾多の圏外的人物（その名前のわきにいつも大きな疑問符《クエスチヨン・マーク》がつけられている）がいて、（あらゆる時代の）医者たちは何とかしてその奇蹟を無効にしようと骨を折ったが、しばしば単に肩をすくめることしかできなかった。大づかみに言って、この型の治療者に持ちこまれるのは癒《なお》る見込みのない患者だけである。たとえばパラツェルズスについての言い伝えによれば、幾つかの場合に彼は死人を生き返らせたという。イエスはラザロを墓から立ちあがらせる前に三日のあいだ待った。そしてイエス自身の時代に、もし彼の生涯と事業についての記述を信ずるとすれば、彼自身以上にすら驚嘆駭目《がいもく》すべき奇蹟の行い手が生きていた。ぼくが典拠とするのはティアナのアポロニウスである。これまた同じく魅せられたる生涯を送ったカベサ・デ・バカにいたっては、病者を医《いや》すか、さもなければ死ねと命ぜられた瞬間まで、おのれの治療の力についていかなる知識をも持たなかったのだ。

民俗誌の年代記には、いまではその名さえ忘れられた男女による目覚ましい治療の事蹟が数多く載せられている。これらの異端的施術に顕著な特質の一つに、非認識の技法とでも呼ぶべきものがある。ガンディが非抵抗の教義を創始して成功したように、これら〝怪行者〟たちは非認識を実行した——すなわち罪、咎《とが》、恐怖、そして病……さらに死すらも認めることを拒んだ。

ところが一方、医師は、不快の最も軽微な症状にも敏感であるのみならず、九つの頭をもつヒドラのような病気という怪物に対するおのれの偏愛や執念をわれわれに注ぎこんで、彼がかくも見事にこの怪物と腕をくらべたということでそれを一層おそろしいものにする。われわれは権威をみとめられた〝治療者たち〟の与える曖昧な恩恵に過重な代価を支払う。専門の老練家に癒してもらう特権に対して、われわれは数年分の労働の報酬を犠牲にすることを期待される。熟練した屠殺者にバラバラに切り裂かれるという贅沢をする財力のない者は、死ぬか、自分で癒すかせねばならぬ。こうした高価な分解検査《オーバーホール》について奇妙なのは、患者が（事後において）しばしばより悪い余病に罹《かか》ることはないという保証が全然与えられぬということだ。まったく、これでは悪いほうへ効くような気がするではないか。あちこち修理をすればするほど、肉体はますますダメになる。病人は存在しつづけるかも知れぬが、ただの歩く死骸としてにすぎない。

今日、医師は、かつてわれわれがそう思ったとおり、古くさいものになりつつある。医師に代って、いまや怪しげな三頭政治が支配している——診断医、実験室の勤務者、そして薬剤師である。奇蹟の薬をほどこす神聖家族。外科医はいまや残飯にありついているだけだが、この残飯はなかなか旨味があると言わねばならぬ——外科医はいまでも大繁昌していて、いつも死ぬほど酔っぱらっているのだから。

ときどき、硫黄鉱泉で、ぼくは健康と活力の完璧な標本みたいな男に出会うが、この人は何年か前に医者に見放された人間である。こういう人たちの話を聞くと、みな同じことを言う——かれらは自分の病気のことは忘れてしまった、病気は無視して、ほかにすることをみつけた——何か人の役に立つ仕事を——それのおかげでかれらは自分を忘れたのである。

ぼくはこの苦痛の多い話題について実に多くの手紙を受け取るし、客が来たときの最も出やすい話題もこれであって、もしそういう事実がなかったら、この問題について考えこむ気にはならぬだろう。おそらく、ぼくは実験を好むひとびとをひきつけるのだろう。おそらくぼくは、われわれの人生行路を包囲し邪魔するペテンやごまかしを突き抜けようと男らしく闘っているひとびとをひきつけるのだろう。ひとびとは絶えずぼくにアッと驚くような事実、不思議な出来事、信じられぬ経験を語ってやまない——まるでぼくが第二のチャールズ・フォートであるかのように。彼らは闘い、反逆し、実験し、真理の片影をかいま見る——かれらは自信の発作的激情で興奮させられる——しかもなおかれらは絶望的にまで気落ちしている。「親愛な受難者同胞よ」ぼくは言いたい気がする、「ぼくはきみたちが惑い、途方に暮れているのを知っている、ぼくはきみたちが疑惑に苦しめられているのを、きみたちが探し求め、もがき苦しんでいるのを知っている、だがもがくのはやめたほうが賢いのではないだろうか（もがくことに対してさえももがくのは）、疑惑に完全に兜をぬぎ、万事をきみ自身の良心の光で験証し、その答えに従うほうが賢いのではないだろうか？　一人は星占いが自分に反対していると話すだろう、他の一人は自分の職業が自分を気違いに駆り立てるとか、ボスのやつは血まですする悪党だとか言うだろう、また他の一人はおれは人生にわるいスタートを切ったとか、妻がおれのあらゆる不幸の因《もと》なんだとか言い、もう一人はわれわれの世界のように腐った世界ではぼくはとても、頑張ってゆける適性がないとぼやくだろう、まだほかにも……

これらの弁疏《べんそ》がいかに真実であるかもしれないにしても——神のみぞ知る、それらはどれもみな真実すぎるかもしれないのだ！——いかにわれわれがおのれの説明できそうもない行動を正当化する必要を痛感するにしても、ひとたび生きようと心をきめた以上は、ひとたび人生を楽しもうと決断した以上は、こうした心を悩ませ苦しめ落胆させる要素といえども最低の重要性もありはしないという事実は残るのだ。ぼくは知っている、歓喜と霊感のかがやかしい根源だった不具者や病人がいたことを。またぼくは知っている、まるで化膿した傷のような〝成功者〟の男や女を。もしわれわれに死者を復活させる力があるとするなら、われわれの為そうすることで、人生そのものがすでに企てたことでない——しかも精いっぱい企てつづけているのでない——どんなことがあり得るだろうか？　若いひとびとが、成人の男または女になろうとする戸口に立って、みずからを犬のように諸君の足もとにひれふし、ほんのパンの皮ほどの助力を乞うたとして、諸君の言うべきことはいったい何であるのか？　これらの若者たち、かれらの火のごとき思想と行為とをもって世界を顛覆するかわりに、すでに世界からの逃避の方法を求めているとしたら、かれらにはいったい何ごとが襲ったのか？　まだ時も来ないのに若い者を老けさせ、解放されるかわりに挫折させられているのはいったい何が起ったのか？

かれらをして、自分たちは無用の人間であり人生の苦闘に適していないと観念を抱かせるのはいったい何であるのか？

何が起りつつあるのか？　人生はわれわれに新しい要求をつきつけつつある。古代人が直面せねばならなかった宇宙的大変動は精神的の大変動に席をゆずった。サイクロトロンは原子を破砕したばかりでなく、われわれの道義の掟《おきて》をも破砕した。怒りの日はわれわれの上にあるが、まったく予期しなかった仮装をして現われている。前には便利であったものが天罰に変った――雷電と稲妻とを操る術を知っているのは神々だけである。しかもなお、真に若き人間、時代の産物といおうか――一人のタメルラン、一人のアレクサンダー、一人のナポレオンが――われわれを正気に呼び戻すための爆弾を投げるつもりでいるだろう。彼は逃避の方法を考えるのでなく、いかにして年長者たちとかれらの代表する一切とを殺し去るべきかを考えているだろう。いかにしてこの疲れた世界に新しい寿命を与えるべきかを考えているだろう。かれはすでにおのれの名を空に書いているだろう。

まさにこうした思想で頭脳を沸き立たせている一人の若いフランス系カナダ人をぼくは知っている。彼は一マイル離れていても天才の匂いがする。彼の手紙には想像できる限りのあらゆる領域から拾い集めた色とりどりの異常な品々がいっぱい詰っている。彼はおよそありとあらゆる理論や学説、最も身の毛のよだつような、人間がおのれの脳中からすでに放逐してしまったものまでを含めて、すべて通暁しているらしい。彼は賢者のごとき、詩人のごとき、狂人のごとき、また〝第二のイエス〟のごとき調子で書くことができる。ある手紙では彼はぼくを九天の高きにもちあげるかと思えば、次にはぼくを地虫のように押しつぶす。彼はフロイトとアインシュタインを別々にとりあげ、次にまた両者を一つにまとめて丸噛《まるかじ》りにしてしまう。彼は自分の空想の病気をヒンドゥーのバラモン学者のような巧みさ、器用さで解釈することができる。また彼は水の上を歩くことができるかのようだが、アヒルほども泳ぐことはできない。彼は一方で最も愛すべく、尊むべく、将来ある青年でありながら同時に最も有害な若者にもなる。彼は諸君がぶち殺したくなるほど小憎らしくなりうる。またその気になれば彼はまるで山鳩のように諸君の愛を求めるだろう。ある手紙で彼は世界の諸問題を、彼自身の問題をも含めて解決する道を発見したと言うが、次の手紙では自分が次の世で生れ変るまでが待ち遠しいと言っていらだっている。もし今日、彼がラーマクリシュナかクリシュナムルティに熱中しているとすれば、明日はサド侯爵かジル・ド・レイにより以上にさえ熱中するかもしれない。

　このぼくの若き友を最も興奮させる疑問はこれだ——おれは人生でどういう役割を演ずるだろうか？　ジョゼフ・デルテーユは、ある初期の作品で、単純に次のように言う——「専制君主たれ！」と。「まず汝に！」と題する章で、彼は次のように語りだす——「汝の臓腑をさらけだせ！　そは全能にして完《まった》き真実である！　徳行《ヴェルチュ》とは胃袋を意味するラテン語である。」さらにつづけて彼は言う——ぼくはところどころの文句を拾っているのだ——「汝には悦楽に耽る権利がある。人生は汝の色女だ——汝の好きなように人生を愛せよ……思考にだまされるな——思考は中気やみだ。優しくもまた悲しき不能。……夢想を警戒せよ——夢想は盲目である。……世間を知らないことは言いわけにならないのだ」[2] チェスタトンはディケンズを論じた本のなかで、愚者を装うこと、あるいはむしろ愚者になることについて、いろいろ述べている。なかでも愚者の価値を認めることについて。「偉大なディケンズ作中人物」と題する章には、以下のような個所がある——

「彼（ディケンズ）は人生について二つの基本的に重要な考えを述べた——すなわち、人生は嗤《わら》うべきものだ、と同時に人生は生きる甲斐あるものだ、というのである。ディケンズ作中の貧賤な人物た

2　ジョゼフ・デルテーユ『北風のなかのジャン・ジャック・ルソー』*De J. J. Rousseau à Mistral* by Joseph Delteil (Paris: Editions du Capitole, 1928)（原注）

ちは警句を使っておたがい同士おもしろがるようなことはしない。かれらはかれら自身をおたがい同士のなぐさみにしている。

「ディケンズの偉大な作中人物を知る鍵は、かれらがみな偉大な愚者たちだということだ……偉大な愚者とは知恵が足りないというよりむしろ知恵を超越した存在である……人間はまったく愚かでありながらまったく偉大でありうる。われわれはアキレスのごとき叙事詩の英雄においてこれを見る。否、むしろ人間はまったく愚かなるが故にまったく偉大でありうるのだ。

「偉大な芸術家たちはつねに人間性を体現せしめるのに偉大な知識人よりはむしろ偉大な愚者をえらぶことを観取すべきではあるまいか。ハムレットは知性の美的夢想と困惑とを表現する。だが織匠のボトムはこれらのものを遥かにハムレット以上に表現する。

「『喜んで愚者を忍ぶ』ことについては使徒パウロの戒めがある[3]、私たちはいつも〃忍ぶ〃という言葉に重点を置くから、この句をばあきらめを勧めるものと解釈している。おそらく〃喜んで〃の語に重点を置いて、私たちの愚者との親しみを喜びとし、さらにはほとんど道楽に近いものにするほうがよいのではあるまいか[4]」

デルテーユが勧めるように〃専制君主〃になることと、偉大な、荘厳な愚者となることとのあいだには、それほど大きな差違はない。後年の『第二のイエス[5]』という作品のなかで、デルテーユは、若さへの強烈な熱狂に加えるに愚者の神的な知恵を讃美して、まことに深みのある、しかも浮き浮きした陽気な文章をぼくらに与えている——陽気さがあるからこそ深みがあるのだ。この本はいわば〃天地創造の日曜日〃といった感じのもので、そこに述べられている思想は〃創造の七日目〃にのみ与えられ得るものである。そのなかで〃第二のイエス〃は首を斬られた雛鶏のように走りまわる。〃*Sauve*

3 コリント後書一一—一九（訳注）

4 G. K. Chesterton: Charles Dickens (New York: Dodd, Mead and Co., 1906)（原注）

5 Jesus II, by Joseph Delteil (Paris Flammarion, 1947)（原注）

qui peut!〟(はやく逃げろ!)と金切り声で叫びながら彼は、大地の一隅から他の一隅へと、さし迫った大破壊の脅威を告げ知らせつつ走りまわる。終りに近く、どこかアララット山の近くらしいところで、彼は異様な、ひどくまじめな男と出会う、これぞほかならぬ老アダムその人なのだ。そこで始まるのが悪人たち、われわれのすべての悪に対して責任のある〝やつら〟についてのうるわしい対話である。この〝イエス〟が人道の名において犯された大犯罪を数えたてる(物語は先ごろの戦争を記憶に新しいものとして書かれている)と、老アダムは冷笑して言う「プー! 無だ、超虚無だ!」この〝イエス〟が力尽き、せっぱ詰っており、さらに悪いことに機略がまったく尽きてしまっていることは明らかだ。老アダムはおだやかに一切の恐怖、一切の犯罪、一切の残虐行為を——「殴りあい、卑しい陰謀、現象学……そうしたものすべてを手の一振りで」否定し去った。

「悪はそこにはない」老アダムは柔和な、うちひそめた声で——はじめて咲いた巴旦杏《はたんきよう》の花のように〝*inouie*〟(幻怪微妙)な声で言う——「悪は内にある。」それは行為ではなくて状態である、と彼は説明する。ありかたであって仕かたではない。「悪は魂にある!」

聖書的な沈黙。人は数世紀が空のかなたへカチリと音たてて消え去るのを聞いた……と、どこかで機関銃の一斉発射音……兵隊たちの笑い声、靴音……

「みんな自分で気をつけろ! 逃げるんだ!」イエスが叫ぶ。

「子供が!」相手は言う……「地球はまるいのだ。……〝やつら〟はどこにでもいる……エデンの園にだっているのさ」

イエスは言葉が出ない。

「だからどうだというのだ!」アダムは言う。「わしはずっとここにいた、静かにおちついて、世界の始めからだ……誰にも知られずにだ、息子よ。それが大きな秘密だ……わしは地下へ逃げたのだ……霊魂の地下へ（*le maquis de l'âme*）」

読者は巻《かん》を擱《お》いたとき、まるで神がみずから遣わされた天使たちに髪をくすぐられたような気がする。語句の清新さ、横溢する精気、軽快な罵倒と猥雑さ、向う見ずな奔放な創意――といったものがこの書に魔術的特質を与えている。誰一人罵倒からまぬかれる者はなく、何ものも聖なるものとして残されない。しかもこの本は純粋な崇敬の念――人生に対する崇敬の念による一つの行為なのである。読者は腹の筋肉のよじれるのがやみ、涙の最後の一滴を拭い去ったとき、おれはすっかり馬鹿にされたと（これこそ多くの批評家が読者に信じさせることだ）は思わず、おれはいま一流の大きさの愚者との対座から別れたのだと知るだろう――その愚者こそはおれの混濁した頭に穴をあけ、そして、知恵のかわりに、救いのかわりに、おれを〝終りのない笑い〟の遠乗りへ連れだしてくれたのだ、と。

そうしてこれこそ、もしもぼくにその天才があったなら、わがカナダ人の若き友に献じたいと思うものにほかならない――その友はその荒涼たる青春をそれ以上にさえ荒涼たる雰囲気のなかで過したが、いまは、神に謝す、かの喜ばしき悪徳と腐敗の都、パリにあって罪ふかき人生を生きつつある。彼はいまだその霊魂を地下へ追いこんだことがない――だが彼に時を与えよ！　空想の病のあとに現実の病が来る。感染のあとには免疫が来る。不死のあとには永遠が。第一のイエス、第二、第三、そして最後のイエスのあとに、老アダムが生き残る。アダム・カドマス。タチアオイの花はうるわしいではないか？　それ、あのジョニー・ジャンプ・アップ[6]を見たかね？　なぜきみはあの十字架を壁からおろしたのだ？　もとへ戻したまえ！　すべてその名に値する十字架は薔薇色の十字架だと、ぼくは言わなかったかね？「めいめい勝手に《ソーヴ・キ・ピュウ》逃げろ、だと？」ばかな！　まあ、このリーダークランツのミ

6　三色すみれの一種（訳注）

ルク・チーズを食《や》ってみたまえ……こたえられんよ……

10 父親教育

上の章でたびたび論じた題目の一つに訓練の問題がある――子供が訓練を与えらるべきか、与えらるべきでないかの問題だ。どんな題目も、原子爆弾でさえも、これほど仲の好い隣人どうしのあいだで意見のわかれる、争いの多い問題にはならない。結局、壁際まで追いつめられて、誰でもみな訓練の名に値する唯一のものは自己訓練であるという点に同意するだろう。だが、――ここが花火の始まるところだ――「子供たちには行儀作法を教えなければなりませんわ!」

子供たちに行儀作法を教えるについて、人はどんなふうにやるか?(もちろん、適切なやりかたのことだ)。即座に、誰しも考えるだろう、答えは一つしかない――模範を示すことだと。だが、この種の議論に参加したことのある人なら、これが最後の手薄な防禦線であることを知っている。模範の力というものは日常戦争の戦術では小さな戦法と見られているようである。それは聖人の答えであって、悩み、とまどっている親や教師の答えではない。とめどもなく議論を続けているうち、どこかで必ず聞かされるのは、聖人たちには自分の子供がなく、またイエスが「幼な児らのわたしのところへ来るのをそのままにしておきなさい。天国はこのような者の国である」と言われたけれども、もし彼が家庭の問題と呼ばれるものを知っていたならばほかの言いかたをしただろう、といった議論である。かれらに言わせるとイエスは無責任な、とりとめのないことを喋《しゃべ》っていたことになるのだ。

先日、靴を磨いてもらいながら、ぼくは黒人の靴みがき、ウィリアム・グリーンウェルとはなはだ興味あふれる会話をした。ぼくがいつもグリーンウェル師をひいきにしているのは靴を磨かせながら幾つかの賢い言葉を無料で受け取るからである。わが友はバプテスト教会の運営委員でありバイブル教室の講師兼原典批評家で、たぶんモンタレーではよく知られている人だ。ある下宿屋の玄関にある彼のスタンドは誰でも気づかずにいられない、というのは入口のところにいつも一足の長靴があって、そこにカラーリリーが芽を出しているからだ。

朝から夜までグリーンウェル師はスタンドで靴を磨いている。そしていつも同じ服装をしている——みすぼらしい兵隊の上着にズボン、薄汚れたエプロン、それに南北戦争時代の遺物らしい古びた中折帽《フェドーラ》。会話がどんなふうに始まったとしても、終りはきっと聖書の話になる。わが友は彼なりの聖書に通暁している。彼は自由自在に引用するばかりでなく、最後には何章とか何篇とかのほか、批評や解釈まで付け加える。彼の口から出る言葉は辛辣で挑発的、活気と直截性《ちょくせつせい》に富んでいる。

先日、ぼくが台座に腰を下ろすと、彼はぼくの息子のことを訊ねた。息子はたいてい自分の靴も磨かせろとせがむのである。そこで会話が始まった。若さ！　グリーンウェル師の眼は彼がこの言葉を発音するとき輝いた。彼にも四人の息子があり、みないまでは成人しているが、かれらを〝まともに育ててあげる〟ことについて彼は最善をつくしたものだ。だが彼の眼を開いたのは孫であった、と彼は言った。このチビだけは違っていた。チビは何事にも自分の流儀でやったし、ときどき問題を提供した。

さらに続けて師が語るには、この孫は彼の好奇心を目覚めさせた。孫を矯正したり、邪慳に叱りつけたりするかわりに、孫のすることを観察して、できることならなぜそうするのかを知ろうとした。「そりゃ、どなったりおどかしたり、仕置をしたり、やりたければできますよ」彼は論じた、「けれども本当は、われわれ人間、一人のこらず独特のものがある、その当人だけが持つ性質を持っています。『こうしちゃいかん、ああしちゃいかん』と言ったって、役に立つもんじゃありません。この子はなぜああはしないでこうするのか、それともこうはしないでああするのか、そのわけをみつけだすことです。人間は他人を叱りつけたってうまくいきません、ましてや子供はそうです。子供はみちびくこと、それしかありません。それがまた、コツがありましてね！　そうですよ、あなた！」彼がぼくを見る眼には光があった。

「まあ自然をごらんなさい。自然には問題を処理する独特のやりかたがあります。人間が年をとると、自然はその人間をつかまえて寝かして、死なせてやります。『おまえの仕事はもうすんだよ』と言って聞かせる。『若い者と入れかわっておやり！』とね。世の中は年寄りのものじゃなくて、若者のものです。年が寄ると人間は堅くなってやわらかみがなくなる。硬直するんですね、つまり。自然は決して年をとりません。自然は生命の味方です、成長、柔軟さ、実験の味方です。自然の場合は、すべて〝与えて取る《ギヴ・アンド・テイク》〟です。自然というものは全部が一つの本体です。自然が自分と闘うということはない。私たちもやっぱり一つのからだの一部なんだ」彼はちょっと言葉をとぎらせ、腕を高く挙げた。「手足を切られてはからだ全体が苦しみます！」

　ここでまた言葉をとぎらせ、唾を吐いた。彼は噛み煙草をやるのだ。

「ところが、あんた、人間は高慢とうぬぼれでいっぱいです。えばりくさっている。いつでも自分のしたいようにしたがる、神様のなさりたいようにではない。どうです、この世の中！　若い者たちのうろつき歩くのをごらんなさい――みんな途方に暮れてるんです。誰もかれらにどっちの方角へ行け、どの道を進めと言う者はない。はじめっから間違っているんですよ――つまりアメリカの教育のシステムがです。われわれは若い者の頭に、何の役にも立たんものをいっぱい吹きこんだが、かれらが知っているべきことは何ひとつ教えない。わしらはかれらに偽《にせ》の知識を詰めこみます。わしら流のものの考えかたに合うように、かれらを曲げたり捩ったりする。自分のために考えることは一度も教えないのです。いつでも若い者のうしろにいて文句を言っている。『これをしちゃいかん、あれをしちゃいかん！　そっちじゃない、こっちだ！』。あれはいけません、効目《ききめ》がありません。あれは自然の行きかたではない、また神の流儀でもない。

「この世に生れて来た一人ひとりの子供が、わしらの眼を開き、新しい人生観をわしらに与える力を持っています。それだのにわしらはどうしていますか？　子供を造り直して、わしらの思いどおりにしようとする。だがわしらはいったい誰だというんです？　何者だというんです？　わしらが知恵と理解の模範だとでもいうんですか？　ある人が富なり名声なりを持っているから、または一軍の指揮をするとか、新しい破壊のための兵器を発明したから、それでその人があんたや私よりえらいことになりますか？　それだけで人よりましな父親だとか、ましな教師だとかになりますか？

「わしらの大部分は教えられた以上のことはほとんど知りません。それではそう大した知識じゃないでしょう？　とにかく、えばれるほどのものじゃない。ところで、子供は無垢に生れて来ます。子供は光と愛とをもち来たす……それと、学ぼうとする意欲をね。大人は墓のほうへ向いている、でなければ過去のほうへ向いている。だが子供は現在に生きています、永遠なものの精神のうちにね。つまり、わしらは子供を教育してなんかいないのです！　子供を駆りたて、叱りつけ、小突きまわしている。わしらは子供らがわしらと同じバカな過ちをするように教えている――そうして今度はわしらの真似をしたといって罰を与えている。これは自然のやりかたじゃない。人間のやりかた――人間的なやりかたです。罪と、死とへみちびくやりかたです」

ぼくはうちの二人の子供がぼくの答えられない質問でぼくにせがむとき、よくグリーンウェルの言葉を思いだす。原則としてぼくは本当のことを言う、「わからないよ」と。それでもしかれらが「ママは知ってるだろうな」とか「ハリーディックは知ってるよ」とか、「神様なら知ってるよ、ね？」などと言うと、ぼくは言う、「すてきだ！　今度はママに（またはハリーディックに）訊いてごらん」

ぼくは、無知は罪にあらず、という観念を伝えようとするのだ。世の中には誰にも答えられない質問、ママやハリーディックにも答えられない質問があることを、もちろんやわらかに、ほのめかしさえする。このようにして、子供らに、いつかはきっと訪れる啓示――知識の取柄は一口食べるごとに大きくなるチーズにかぶりつくようなものだ、という啓示を受ける準備をしてやりたいとぼくは希《ねが》っている。またぼくは、一つの質問に自分で答えることのほうが、誰かに答えてもらうよりもいいことだ、という考えを徐々に教えたいと希っている――たといその答えが間違っていても、そうなのだ！　クイズ番組の上でだけは、〝正しい〟答えがえられる――しかしそれがいったい何の意味があるのだ？

知識と真理とのあいだの深淵は底が知れない。親たちは真理についてさかんにお喋りをするが、真理をまじめにあつかう者は稀だ。出来あいの知識を分配するほうがずっと簡単だ。そのほうが便宜でもある、なぜなら真理は忍耐を要求するから――無限の、無限の忍耐を。最高に気楽な手段は、子供らがそれだけの緊張に堪える年頃になるが早いか、束にして学校へ送りつけることだ。そうすればかれらは知識の粗悪な代用品である〝学〟なるものが得られるだけでなく、躾《しつけ》もしてもらえる。

ぼくはこれまでたびたび言って来たが、ここでもう一度言おう――少年としてぼくは幸福な生活をした。実に幸福な生活を。ぼくは一度だけ〝躾〟を受けたのをおぼえている。それは母が言いつけたものだった。たしかにぼくは一日じゅう、我慢がならないほどいたずらをした。その晩、父が仕事から帰ったとき、ぼくを思いきり叩いてやってくれと言われた。父の顔つきからみて、ぼくは、父がこの不面目な役目を遂行するのをあまり喜んでいない様子がはっきりわかった。ぼくは父に申しわけなく思った。だから、父が革のスリッパを手に取って、ぼくを打ちのめしたとき、ぼくはひどく痛いふりをして、できるだけの大声でわめいた。それが父の気分をいくらかよくすることを望んだのである。彼は自分の息子はおろか、誰にも罰を科する人間ではなかった。それ故ぼくは自分の能力のゆるす限り父に協力したのだった。

この土地の隣人たちの眼からみて、ぼくは父親としてあまり高く買われていない。一つにはぼくはそうたびたび〝手きびしくやる〟ことをしない。ぼくは寛大すぎ、あまやかしすぎるという評判を取っているのだ。ときたま、癇癪を起したとき、ぼくも子供らをなぐったことはある。まあよく言うことだが、子供らがぼくをつつきすぎたのだ。こういうことがあると、ぼくはすぐに後悔して、できるだけ早くその出来ごとを忘れようとする。ぼくは悪いことをしたという気持を心にたくわえることもないし、これからは——こうしたみっともない場面のくりかえしを避けるために——子供たちにもっと厳格になろうと自分に約束することもしない。子供はいつもその瞬間に生きているので、ぼくもそれを手本に生きることに最善をつくすのだ。

ぼくが特に自分をいやらしく思うのは、こんなことを言っている自分に気がつくときだ——「気をつけていないと、また叱られるぞ!」ぼくは脅《おど》しは殴るのより悪いと思う。健康な子供ほど余計に跳ねまわるから、したがって脅しを投げつけられることも多い。正常で健康な子供たちは生れつきの暴《あば》れん坊である。かれらは、われわれ、死んだも同然の人間、何事も世間の習慣に従う人間がすすめるような生きかたに向くように出来ていない。行儀のいい子供たちはいっしょに暮すには楽しいだろうが、かれらが人並すぐれた男や女になることは稀だ。親たち自身が異例な人間である家庭、その毎日が善良さ、親切さ、理解の深さでいとなまれ、そのいとなみを通じて調和の雰囲気を生みだしている家庭は、例外としよう。だがどれほど多数の家庭がこの種の雰囲気をただよわせているか？　西欧世界では家庭は夫が妻とたたかい、兄が妹とたたかい、親が子とたたかう戦場である。この騒擾《そうじよう》がわずかにラジオの音で弱められているが、そのラジオも同じ情況をより大きな、より残忍な、より倒錯的な、より卑劣なスケールで再生しているのだ。またもしそれで弱められなければ、アルコールがそれを溺らせる。こういうのが今日の子供にとっての家庭だ。少なくともいわゆる文明の世界では。

　子供を溺愛する父の役を演じながら、ぼく自身は、やってはならぬときめられていたことをみんなやってのけた、すばらしい不羈奔放《ふきほんぽう》な時代のことをおぼえている少年だった。ぼくはあの〝世界苦《ウエルトシユメルツ》〟の激しい悶《もだ》えが襲ってくるまでは、深刻な意味で不幸だったということを一つも思いだせない。

　父親として、ぼくはある意味で母親めいた立場でもあった、というのはほかのまじめな市民たちのような仕事を持たないからで——書く仕事なんぞ暇つぶしにすぎない！——子供たちが手におえなくなったとき、いつでもぼくはその声の聞えるところ、手のとどくところにいた。父親であって、しかも不幸な結婚をした夫でもあったぼくは、しばしば仲裁人などは必要であってはならない場合に仲裁人の役を勤めねばならなかった。ぼくがどんな決定を下そうとも、それはみんな間違いばかりであり、それらは後になってぼくに不利に利用された。少なくともぼくにはそう思われた。

　この悲喜劇的なディレンマの小局面の一つとして、ぼくの妻が、ぼくを保護していると信じていた、という事実があった。ぼくを保護するという意味は、本を書くことよりほかにもっと大切な何かの仕事を持たない父親たちに対して、子供たちがかけやすい迷惑から護ってやる、というのだ。彼女は本のことを大事に何でもやっていたし、またそれが極端だったから、彼女がぼくを保護するといってすることが大抵は益よりも害のほうに作用した。あるいはぼくはそんなふうに見ていた（ぼくがいっでも正しくものを見てはいなかったことをぼくは知っている！）。

ま、とにかく、それがこんな調子で進んだ……どんなことが起っても、子供らは仕事しているぼくを邪魔してはならない。もしかれらが自分でころんで怪我をしても、それについて騒ぎたててはならない。泣いたり叫んだりする必要があっても、それは聞えないところでそうすべきである——ということになっていた（たぶん妻は、もし子供たちがやって来て、ぼくの肩の上で泣いてくれたほうが、ぼくはずっと嬉しく感じるだろう、とは一度も思ってても見なかったろう）。子供らがどんなことをしたくても、ぼくが子供らに注意を向けてもよいときが来るまで待たなくてはならなかった。もしも、あらゆる戒めにもかかわらず、かれらがぼくの仕事部屋のドアをたたいたら——またもちろん、かれらはよくたたいた！——かれらは一つの小さな罪を犯したという気持にさせられるのが常だった。そうして、ぼくが愚かにもドアを開け、一瞬の注意をかれらに向けたならば、そのときはぼくはかれらの犯罪をそそのかしていることになる。いや、それ以上に、ぼくは怠業の罪を犯したことになる。もしぼくがひと休みして、そのおかげで子供たちが何をしているかを見る機会があったとすれば、ぼくはかれらが期待する権利のないことをぼくに期待するようにかれらを力づけるという罪に陥るわけだった。

午後の三時ごろになると、ぼくは大概、一つのことしか考えない——なるたけ遠く家から離れること、それも子供らをつれてゆくこと。しばしばぼくたちは疲れ切って家へ帰った。そして子供たちが疲れ切ったとき、かれらは断じてこの世の最も愛すべき生きものとは称しかねた。

あれは終りのないどうどうめぐりだった。終り《プンクト》！

いよいよ別居ということになったとき、ぼくは父でありかつ母であろうとする淋しい、せつない努力をした。女の児はちょうど学校へ上がった頃で、男の児のほうは彼女より三つ若い弟だったから、まだ幼くて学校へはやれなかった。息子に必要だったのは乳母か家庭教師だった。ときどき一人の隣人が——ここでぼくは特にあの親切な女性、ドロシー・ハーバートのことを思うのだが——来て、手を貸してくれた。少したって、ぼくは、男の児は母親の世話にゆだねるよりほかに何もすることはないことがわかった。それで、ぼくが誰か息子を適当に世話し監督してくれる人をみつけた場合はすぐに彼をぼくの手許へ返すという諒解のもとに、彼女に引き渡した。

それから間もないこと、ある魅力的な様子をした女性がドアを叩いて、ぼくが子供たちの世話をする者を探していると聞いて来たと言った。彼女にはぼくの子供らと同じ年頃の二人の子供があり、夫とは別居しているという。彼女はそのサービスと交換に部屋と食事のほか何も望まないと言った。そのことを言うにあたって、彼女はビッグ・サーに住めることになりさえすれば、どんなことを要求されても構わないという様子だった。

彼女が来たのと、ぼくの妻と息子が女の児の誕生日を祝うために来たのとが、かち合った。ぼくは事情を説明しながら、これも運命の計らいというものだろうと思った。驚いたことに、妻はその若い女性がその任にふさわしいという点で同意し、そこばくの涙を流したあと、息子をぼくの手にゆだねることを承諾した。

その日はずいぶん騒がしい日だった。何マイルもの四方から子供らが祝いと歓びのために来た。何人かは両親も連れて来た。

言うのを忘れていたが、この出来ごとの数日前に、ぼくの友ウォーカー・ウィンスローが二階に仕事部屋を構えたところだった。彼は数週前に右の肩甲骨を割ってしまい、トピーカからの遠い道をずっと左手でドライヴして来たのだった。ぼくの苦境を見かねて、ウォーカーは料理番兼パート・タイム〃女家庭教師〃として勤めようと申し出てくれていた——明らかに、一日に何時間か、静かにおちついて仕事に没頭できるものと思ってのことだった（彼は以前にいたことのあるメニンガー財団の創始者を主題とする一冊の本を書く仕事を大出版社から依頼されていた）[1]。また、明らかに、彼はアンダーソン・クリークにいた頃、ぼくとともにした愉しい経験をくりかえせるものと期待していた。

にぎやかな集いの途中で、かの若い女性、アイヴィという名だが、彼女は思慮深くもその場から身をひいた。彼女はそこに誰もおらず、果すべきこれという役割もないことを知って、恥ずかしがり、きまりわるがっていた。さびしく一人でぶらついているうち、ウォーカーに出会った。

後にウォーカーがぼくに話したところによると、アイヴィはそのとき、その場から帰ってしまおうとするところだった。彼女は悲しくなり、混乱し、すっかり不安になっていた。けれども書斎での一杯のコーヒーと静かな話しあいのあと、ウォーカーは彼女に自信をとりもどさせるのに成功した。ウォーカーは気軽に話せる人柄だし、女性は特に彼を物わかりのよい、気持をなぐさめてくれる人だと思うらしい。

その日、後刻、彼はぼくをわきへつれてゆき、ぼくとアイヴィとはうまくゆかないかもしれぬこと、彼女は自分の不幸な人生の故に感情が動揺しており、今度ひきうけた責任に気おくれがしているようだ、と説明してくれた。状況は、彼女が自分の二人の子供を夫にゆだねて去るほかないという事実のために悪化していた。

「ぼくはあんたにこのことを話すべきだという気がしたんです」と彼は言った。それから付け加えて、

1 『メニンガー物語』The Menninger Story (New York : Doubleday, 1956)（原注）

「しかし彼女は試しにやらせてみるだけの値打のある人だと思うな。彼女は善意で、悩んでるんだ、ぼくにはわかるな」

ウォーカーは、あの取極めがうまく実行できないとすれば、彼とぼくとで子供たちの世話がやれるということでなければならぬ、という意見だった。ぼくが午前中トニーの面倒をみて、ウォーカーが午後をひきうければいい。彼はまた料理と皿洗いも全部ひとりでやってもいい。しかしアイヴィがその仕事をちゃんとやれるんなら、そのほうがいいにきまっている。

アイヴィはちょうど十二時間だけいた勘定になる。彼女は、ぼくの子供らが〝とてもやりきれない〟ことを理由に、きっぱりとやめて行った。妻はもちろんもう帰ったあとだったから、ぼくは事件の展開を急いで知らせることはなかった。ウォーカーはアイヴィと彼女の二人の子供たちを町まで車で送った上で、夕食の支度のために急いで帰らねばならなかった。

夕食後、ぼくらは短い話合いをした。「これで、子供さんたちをここに置きたい気持は確かですか?」ウォーカーがたずねた。ぼくは、きみが約束してくれたとおりやってくれるなら、そうしたい、と答えた。

そのすぐ翌日、騒ぎは始まった。午前中いっぱい、三歳の幼児の元気いっぱい暴れるのとつきあうのは三面六臂《さんめんろっぴ》の持主でないと勤まらない仕事だった。何をして遊ぼうときめたって、勝負はせいぜい数分でけりがついた。家にある玩具は全部もちだされ、使われ、そして一時間たたぬうちに投げだされた。もしぼくが外へ散歩にゆこうと言えば、子供はかならずくたびれていた。彼のよろこんで乗った古い三輪車があったが、その午前中がまだ終らぬうちにハンドルははずれてしまい、ぼくが血の汗をしぼって工夫しても、ついにそれをもと通りに取りつけることはできなかった。ぼくは毬《まり》投げしようとしたが、彼の協力が充分に得られなかった。ぼくはほとんど彼の真上のところに立って、彼の手のなかへ毬を置いてやらなければならなかった。またぼくは彼の積み木も取りだし――数ブッシェルのバスケットにいっぱいあった！　よく世間で言うように彼に何か〃建設的なこと〃をさせようと骨折ったが、この遊びで彼が関心を持つのは、もっぱらぼくが建てた家なり橋なりを蹴とばしてバラバラに壊すことだけだった。それはたしかにおもしろかったよ！　ぼくは彼の汽車ポッポを何台も一つに縛り、それに幾つかの空缶やほかの音のやかましい物をくっつけ、バカみたいに引張って走らせたが、子供は坐りこんでぼくを眺めていた。彼は、まあ、すぐに飽きてしまった。

ときどきウォーカーはぼくたちがどんな調子か見に来た。最後に――まだ遅くも十時は過ぎていなかったと思うが――彼は言った――「二階へ行って、少し仕事をなさい。ぼくが代りましょう。ひと区切りつけたほうがいい」

仕事はとにかく、自分をとりもどしたかったから、ぼくはしぶしぶ勧めに従った。自分の巣に腰を下ろし、これまでに書き上げたページを読み直したが、一行でも搾《しぼ》りだすには参りすぎていた。まだ朝のうちなのに、ぼくが欲しかったものは昼寝だった！　トニーがわめいたり叫んだり、悲鳴をあげたり泣声を立てたりするのが聞えていた。かわいそうなウォーカー！

ヴァルが学校から帰ったときは、事態はますますむつかしくなった。もう喧嘩、喧嘩、喧嘩で、それ以外の何もなかった。たとい一人が拾い上げたものが石ころ以上の何物でもない場合でも、他の一人がただちにそれをよこせと言った。「それはぼくんだよ、さきにみつけたんだよ！」「うそ、みつけやしないわ！　あたしだってさきに見つけたんだわ。ココ・ピピ、ココ・ピピ、やあい！（これが子供たちの大好きな悪たれ言葉だ）。」こうなっては二人がかりで時間を全部投げこまなければとても収拾がつかない。夕食の時刻までにぼくたちはいつもへとへとにさせられた。

　毎日が同じおきまりの成行きだった。進歩も改善もあったものではない。完全な停滞そのものだった。早起きなウォーカーはどうにか朝食前に一仕事やった。彼はまるで時計みたいに五時にはちゃんと起きる。濃いコーヒーを自分でわかしてから、タイプに向った。書きだすと彼は速かった。何事につけても彼は速かった。ところがぼくのほうは、呼び起される最後のギリギリまでベッドにい、いくらかでも神経エネルギーの貯蔵をふやすことを心がけた(当時のぼくは〝バラの実《ローズ・ヒップ》〟[2]のことも知らなければ、燐酸カルシウムの錠剤のことも、ましてや〝虎の乳《タイガーズ・ミルク》〟のことなんか何も知らなかった)。何かを書くという問題になると、ぼくはそんな考えそのものを全部あっさりと追放してしまった。いくら文士だからといっても、何よりもまず人間であるべきであるし、人間らしい気持になるべきである。何とかして生きのびること——それがぼくの問題だった。ぼくは絶えず一つの幻想を心にたくわえつづけた——誰かがぼくを救いに来てくれること、子供が好きで、子供のあつかいかたを知っている誰かが、という幻想だ。何によらずぼくの欲しいもの、なくては困るものは、その要求が切実であれば、たいてい手に入った。完全な保姆《ほぼ》だって来てくれたっていいではないか？　夢想のなかではぼくはいつもインド人かジャワ人かメキシコ人の、ごく庶民的な女性、単純で、あまりインテリでなくて、けれどもあの偉大な必須の資質、〝忍耐〟の徳だけは間違いなく持っている女性をば、わが救い主として心に描いていた。

　夜になって、子供らを寝かしつけたあと、気の毒なウォーカーはぼくを雑談にひきこもうと骨を折った。だがこれは絶望だった。ぼくの頭には一つの考えしかなかった——それはできるだけ早くベッドに入ることだった。毎日、ぼくは自分に言い聞かせた——「こんなことが永久につづくわけはないんだ。勇気をだせ、この大バカ者！」毎晩、ベッドへもぐりこみながら、ぼくはくりかえした——「ま

2　特に野バラの熟した果実(訳注)

た一日たった！　忍耐だ、忍耐だ！」

ある日、日用品を買いに町へ出かけたウォーカーが、おだやかに、アイヴィに会って来たと告げた。「彼女がどんなふうにやっているか、知りたかったものですから。」ぼくは、そうした心づかいをしてくれるウォーカーは実に親切な男だと思った。いかにも彼らしいことだ、もちろんそれは。誰であろうと、困っている人間にはかならず面倒をみてやる種類の男なのだ。そうしていつでも彼自身が困った目にあうのだ。

次に町へ出かけたときまでぼくの知らなかったことは、彼とアイヴィとが親友の間柄になっていることだった。あるいは、彼の表現にしたがえば、「アイヴィはぼくに熱をあげてるみたいなんです」というわけだ。そうこうするうちに、アイヴィの問題が新しくひとひねりした。生活を保つ手段がないため、彼女は子供たちを夫に引き渡さざるをえなくなったのだ。彼女はこのことでよほどみじめな気持になっていることだろうと誰しも思った。

ぼくは、自分が二度とアイヴィに会いたくない気持でいることをウォーカーに話すという誤りを犯していた。彼女はぼくが困りきっているときに、あまり気乗りのしない態度でちょっと手つだったきりでぼくを捨て去った。それで、象みたいな硬《こわ》ばった気特で、彼女をゆるすのは容易でなかった。彼女の子供たちが行儀がいいとしても、それは母親が冷酷な、無慈悲な薄情女であるためであるにすぎない、とまでぼくは言った。

ウォーカーは力の限り彼女を弁護した。彼女という女をよく知りさえすれば、ぼくの考えは変るにちがいないと保証した。「彼女には彼女の悩みがあったんですよ」彼は言った。「それを忘れないでくださいい。」だがぼくは一向に心を動かされなかった。

もうすっかり冬で、おまけに長雨が降りつづいた。アイヴィがある午後いきなりあらわれて、数日間、滞在した。彼女は子供たちの世話もてつだわず、料理や洗濯さえもしなかった。ぼくが彼女を嫌ってることを知っていたので、そばへは一切やって来なかった。ときどき、暮れがた近くに姿を見せて、小さなストーヴのわきに腰を下ろし、火をつついていた。どういうわけか彼女はこのストーヴと恋に落ちているらしく、いつも綺麗に掃除して、磨きたてていた。

二階の書斎でかれら二人がどんな調子でやってるのか、ぼくには何もわからなかった。そこには暮しのための設備が何一つなかった。下水の流しすらなかった。ぼくがどこかでみつけて来た薪ストーヴは、絶えず煙をだしていた。床はセメントで、ウォーカーは自分の足を湿らせないために、汚ないボロ布や、ポテト袋や、破れたシーツなどを床に敷いていた。もとは入口になっていた（そこがガレージだった頃）左右に開くすべり戸は両側とも口をあけていて、それがために感心しない空気の循環が行われていた。頭上の、漆喰張りの天井板と屋根とのあいだには、リスやネズミが夜も昼もにぎやかに騒いだ。特にやりきれないのは、そこでクルミがごろごろころがって音を立てることだった。雨は屋根ばかりでなく窓からも洩った。雨が降るとたちまち床に水たまりが出来た。まったくの話、これではとても〝恋の巣〟にはなりそうもない場所だ。

アイヴィは、雨が本気で降りつづくようになると、ほとんど町へは帰れなかった。あの冬ぐらいよく降った雨をぼくは見たことがない。幾日ものあいだ、まるで天からの劫罰か何ぞのように雨はぼくたちを水びたしにした。このあいだ、ヴァルが学校へ通うことは不可能だった。学校は十マイルも離れていたうえに、ぼくらの家からハイウェイまでの道は事実上、航行不能だった。このことは、ぼくが家のなかで子供ら二人の面倒をみること――二人を楽しく過させてやる必要があることを意味した。

ぼくら——ウォーカーとぼくとはリレー式にはたらいた。昼寝どきになると、ぼくが子供らといっしょに横になった。そうすることによって、一日の後半のための精力を補給することがぼくの希望だった。それが何という妄想であったことか！　昼寝どきにぼくたちがやったことといえば、のべつ寝返りすることだけだった。もうこれでたくさんだと思うと、ぼくは子供らに出てゆけと命じる——そしてかれらが望むこともそれだった、まるで袋のなかから出たがる小猫どもみたいに。たいがい、ぼくは昼寝前よりも昼寝のあとのほうが疲れを感じた。前途によこたわる時間は鉛のようにしか動かなかった。

かれらのいたずら、バカ騒ぎが行われた部屋は、普通の広さで、幸いに家具はあまり多くなかった。主なる障害物はベッドとテーブルと小さなストーヴだった。〝障害物〟とぼくが言うのは、かれらの楽しみを制限しないために、ぼくはかれらに屋内でも自転車を使う許可を与えたからだ。自転車はかれらがほかの遊戯にあきたとき、いつなりと活躍を始める。レースのため（玄関から裏口まで）の準備として、まず第一に床の上から障害物を撤去せねばならぬ。すべてのものはベッドとテーブルの上に投げ出される。テーブルには椅子だのオモチャだの道具類だのが積み上げられ、ベッドには遊び道具、ラッパ、剣、ゴム人形、ボール、警笛《クラクション》、積木、ライフル、オモチャの兵隊などが積み上げられる。絨毯はぼくが巻いて、雨水がいつもたまっている大きなフランス窓の窓際へ押しつけられる。部屋の中央、ベッドとストーヴが向き合ってるあたりは、つねに交通渋滞の危険にさらされてる場所だ。部屋のどちら側の端からレースが始まるにしろ、かれらはつねにストーヴとベッドの中間で衝突した。当然に、かれらは交通混乱によって誘発される罵詈讒謗《ばりざんぼう》の争論に熱中する。

かれらはこの自転車レースに一時間以上も没頭することがめずらしくない。ぼくは腰を下ろす場所も横になる場所もなく、したがってはじめは一個所に立っていて、それから他の場所にたたずみ、まるで拳闘試合のレフェリーみたいなことになる。ところが、遊びに熱中している子供たちというものは、大人が漫然と時間を徒費してるのを見ることを嫌うものである。ぼくがぼんやり突っ立って傍観しているくらいなら、交通巡査になってくれたっていいだろうとかれらが言いだすのは時間の問題にすぎない。ぼくは棍棒やライフルを持たされ、誰かがトニーにお土産にくれた倭人《こびと》巡査の帽子をかぶらされる。ようし、それでいい、それから呼笛《よびこ》だ！　ぼくの役目は、かれらが数歩の距離を走るまで待って、呼笛を吹き、手を挙げる——垂直にか、または水平に——それからまた呼笛を鳴らすのだ。ときにはチェンジ・オブ・ペースが突然すぎたために誰かが棍棒なりライフルの銃身なりにぶつかることがある。それがほんものの事故であるか否かについて、かならず熱烈な論争がもちあがる。

自転車遊びからは、たいてい道化とでんぐり返し遊びに移行する。この際にウォーカーが呼び出されるのが例になっている。ウォーカーはぼくよりも頭一つ分背が高く、彼が子供たちを肩の上にのせ、前進したり後退したりし始めるときは、かれらは第七天国にのぼった気分になる。ウォーカーがたっぷりお勤めをすませた時分に、ぼくが床にごろりと寝て、子供らに蛇遊びをやらせることになる。これは、一人を頭に、一人を腰にのせて、誰かがへたばるまでのたくったりもがいたりする遊びだ。これには精力をなるたけ早く使い果す以外に目的はない。息ぬきのために、ぼくはダイスをころがすか、ビー玉を飛ばすことを提案する。ぼくらは小銭とか数とり札とかボタンとかマッチ棒とかを賭けてダイスをやる。かれらがやがて相当のサイコロ賭博《ばくち》うちになること、うけあいだと言わねばならぬ。この遊びが一段落すると、ウォーカーかぼくかが道化の役を勤める。

子供らが最も好む演技は、〝赤い骸骨〟が、どれか有名な銘柄のビールの広告をしているうちにそのビールに酔っぱらってくるところを真似することだった。〃赤い骸骨〃は数カ月前にこの家に来て、日の長い午後をたっぷり楽しませてくれたなかでも、この物真似演技が最高だった。子供らはそれを忘れていなかった。恐らくいつまでも忘れないだろう。ぼくだって忘れないだろう……この物真似をちゃんと演じるためには、古びた背広を着てよれよれの縁の垂れた帽子、それもバカでかいやつをかぶる必要があった。その理由は単純である。ビールをがぶ呑みして、顎《あご》といわず咽喉《のど》といわず胸といわずビールをこぼすばかりでなく、最後にはビールとパンやチーズのためにすべりやすくなっている床の上にぶっ倒れ、着ているものをべとべとに汚さなければならないのだ（奇妙なことだが、〃骸骨〃が来た午後について、子供らが何よりもはっきりと記憶していることは、彼、あの偉大な〃赤い骸骨〃が、自分の汚した床を雑巾できれいに掃除するといってきかなかった、という事実である！）。とにかく、テレビのファンなら誰でも知っているように、これほどビショビショの、シャックリ沢山の、とんまな、腹のよじれる演技である。ビールをガブ呑みし、ビショビショにこぼし、眼にも耳にもパンをふんだんにこすりつけ、からだを前後にゆすってさえいれば、ほかのことはどうでもよろしい。ときにはぼくはこうした物真似をしたあと、実際に酔っぱらったことを感じた。子供らはもっと酔っぱらった。ただ見物しているだけである。しまいにはぼくらはみな二段に折れまがるカナテコみたいな恰好で跳ねまわっていた。ときたまぼくがすべってベッドの下に入りこんだら、ぼくはそのままなるたけ長いあいだ横になっていた、元気をとりもどすために。

さて夕食だ。大掃除の時間だ。この時刻に客がこの家に入って来たとすれば、彼は精神病院へ迷いこんだかと思うだろう。一つには、ぼくは敏速にはたらかねばならなかったということがある。なぜならば、ウォーカーが料理にとりかかると、彼は電光のごとく料理するからである。毎晩、彼はフルコースの食事をこしらえる――スープとサラダに始まって、肉とジャガイモと肉汁と野菜とビスケットとパイまたはカスタード・プディングまで。

もちろん家じゅうの者が夕食どきには餓死寸前になっている。この大掃除時間中に配置を完了できなかった家具その他は、みんな床の上にそのままにしておく――あとの仕事としてだ。あとの仕事という意味は、子供たちが寝てしまって、いわば仕事が何もなくなったときということだ。この雑巾で床をきれいにする仕事というのは、たった半時間の仕事である。へとへとになるまでいじめられた一日に対する快い気分なおしだ。腰をまげ、かがめて、品物を分けたり、床を拭いたり、散らばったものを整理したり、それをまた整理しなおしたり――子供の遊びだと諸君は言うだろう。ぼくはいつも考えたものだが、わが家には世話をしてやらねばならぬペットや家畜類、掃除の必要な鳥籠などがなかったことは、まったく幸運というほかはない。

食事について一言……。ぼくにとってはそれは美味であった。毎日、ぼくはウォーカーがすばらしい料理人であることについて彼を祝福した。子供らは、だがそうではなかった！　かれらは腹をすかしていたとはいうものの、それはかれらの食べなれた種類の料理ではなかった。一人が肉汁を嫌ったかと思えば、一人は脂肪が好かないと言った。「ぼくは芽キャベツ、大きらいだ」とトニーが言う。「あたしはもうマカロニ、食べられないわ、嘔《は》きたくなっちゃう」これはヴァルの言いぐさだ。試行錯誤法にしたがって、かれらが何をきらい、何なら食べるかを発見するのには日数がかかった。パイやプディングですらも、もはやかれらの味覚には合わなかった。かれらはゼリーをほしがった。

ウォーカーは単に途方に暮れたばかりでなく、まったくうんざりしてしまった。名コック長から一品料理の半端職人に格下げされてしまったのだ。ぼくは食事中の子供らの行儀のわるさについて詫びるよりほかどうすることもできなかった。ただもう、子供に向って、ちょっとこれを食べてごらん、あれを味わってごらん――ほんのちょっぴりだけでいいから――と機嫌をとりながら頼むように言うよりほかに手だてを知らない、おろおろした親、という嗤《わら》うべき役割を引き受けるところまで追いこまれたものだ。トニーの皿の上の、汁気の多いロースト・ポークの、ぐるりにたっぷり脂肪身《あぶらみ》のついたやつをフォークで突き刺し、自分の口のはた数インチのところへ持って来て、眼を細くして、ためつすがめつ、嘆賞してから口に入れ、舌つづみを打ってみせ、おまけに涎《よだれ》まで垂らしてみせ、のみこむ前に「ウーッ！　うまい！　ウーッ！　こんなうまいものを食べないのかねえ！」などと言ってみても、もちろん何の役にも立たないのだ。

「イヤな臭いがするんだもん！」トニーは言う。でなければ、「嘔きたくなっちゃうんだもん！」だ。すると今度はヴァルが、溜息を――贅沢にあきた貴婦人みたいな溜息をついて、自分の皿をわきへ寄せながら、ものうげな、いかにも退屈そうな口調で、今晩のデザートはどんな代物かと質問する。

「ゼリーだよ、ヴァル！」ぼくは、ぼくとして最大限の毒々しさ、譏笑《きしよう》をこめて答える。

「ゼリー？　あんなもの、あたし倦きちゃったわ」

「ようし。それじゃ蛙の巣はどうだい？　それとも錆びた釘にキュウリの薄切を添えたのがいいかね？　あのね、ヴァル、明日は燻製のタラと燻製の牡蠣《かき》の入ったソラマメ・スープときまっている。きっとおまえたちはよろこぶよ！」

「ほんと？」

「そうだ、だからそのパンの屑を小鳥たちに投げてやるんじゃないよ！　うちでは明日の朝食に、そのパンに蜂蜜と芥子《からし》とニンニク・ソースをかけて食べることにするから。お前が芥子好きなのはパパ知ってるんだ。いいかね、気むずかしやさん、パパがいつか言っただろ、パンが古くなって、カビ臭くなると、虫がわくんだって。小さな虫からはサナダ虫が出てくる。パパの言ってること、わかるかい？」（効果をみさだめるため、ちょっと一息入れて）。「パパがいつか話した料理店《レストラン》のこと、おぼえてるかい……リュ・ド・ラ・ゲテにある……パパがいつもカタツムリを食べに行ったレストランさ。あすこは古い店だったから臭いがあったけれども、食べるものはみんな美味《おい》しかった。料理がまずいなんて言おうものなら、店の人はその客をほうりだしちまう……」

「あら、パパ、やめて！ そんな話、あたしたちは聞きたくないわ」

そばからトニーが――「パパ、それはほんとのお話じゃないでしょ。ほんとだと思ってるんじゃないよね？」

「いいや、ほんとの話だよ、トニー。パパはちょっとこの話をたとえにしただけだ。おまえたちは嘔きたくなるとかムカムカするとかよく言うだろ。パパはカタツムリやスッポンのスープの話をするんだ。わかるかい？」

ヴァルが生意気な顔つきで――「あたしたちはそんな話、好きじゃないわよ、パパ。ママはそんなふうのこと、いっぺんも話したことないわ……」

「そうさ、だから困るんだ……」とたんにやっと気がついてぼくは自制する（おーい、仲間！ 三角帆立てろ）。

「いま何の話をしていたんだっけ？ うん、そうだ、ニセのスッポン・スープの話だ。スッポンのスープには三つの種類があってね、ニセのやつ、[3] 甲羅の硬いスッポン、それにオジブウェイ[4]……」

「まあ、パパ、酔っぱらっちゃったのね！」

3　スッポンの代りに子牛の頭などを使う（訳注）

「酔っぱらってなんかいないぞ！」（酔っぱらっていたらよかったのに）「ただ少しプリプリしてるだけだ。だからまた一つ、おまえたちの勝ちがふえた。よく包んでしまっておきなさい、ほしいときにはいつでもあげるから」

「チェッ、くそ！」とトニーが言う。

（何ということだ、いったい彼はどこからこんな言葉を拾って来たんだろう！）

「おまえは馬鹿《カカ》って言うつもりだったんだろ、トニー？　それとも肥料《こやし》のこと？」

「ううん、くそって言ったんだい」トニーは答える。

「うん、そんならパパはカカ・ピピ頭って言ってやるぞ！」

「そんならあたしはパパは頓馬《とんま》だって言うわ！」とヴァルが割りこんで来た。

「よろしい、それでは話をすっかり振り出しに戻そう。だがその前にパイをひとつ……上等なヨーグルトを塗りつけたやつはどうだい？　そこできくがね、おまえたちはリンバーガー・チーズを食べてみたことあるかい？　ない？　そうか、そんならおまえたちのすてきなご馳走がまだ残ってるわけだ……ウォーカー、この次に街へ出たら、リンバーガー・チーズを買って来てくれるだろうね？　それともリーダークランツのミルク・チーズ……やわらかくて、内側がとろとろのクリームになってるやつ……ところで、みんな、パパといっしょにパイを食べてくれたら、パパはサラミをもう一片《ひときれ》と〝ヘイグ・アンド・ヘイグ〟を一杯、やることにしようかな。どうだね？」

（この短い演説をぶっているうちに、とんでもない奇怪な考えがぼくの頭にうかんだ。そうだ、いよいよ離婚訴訟が始まったら、こうした食後の余興場面を速記にとって、裁判官に提出することにしたらどんなもんだろう？　爆弾的証拠になるんじゃあるまいか？）

4　アメリカ・インディアンの大種族の一つ（訳注）

しばらくの小凪《こなぎ》の状態が来た。ぼくは両手で頭を抱え、眼だけは開けていようと精いっぱい頑張っている。ウォーカーはもう皿を洗ったり、鍋の汚れを掻き取ったりしている。ぼくはせめて屑物を外へ捨てに出るぐらいのことはすべきなのだが、まだ椅子にへばりついている。ぼくは子供たちを眺めやる。かれらは、腹に一発、速い打撃をくらったあと、クリンチに持ちこもうとしているグロッキーなボクサーみたいな顔をしている。

「パパ、お話を読んでちょうだい」

「ごめんだね」

「約束したわ」

「約束なんぞするもんか」

「読んでくれなければ、あたしたちは寝に行かないわよ」

「パパはお酒のんでるんだ」

かれらを振り払うために、ぼくはフライパンのことを言う。「あれでおまえたちをガンとやるのはどうだい？」

それからまだいくらかやりとりをして、ぼくはどうやらかれらを浴室へ連れこんだ。ぼくはやっとかれらをだましすかして顔を洗わせたが、歯をみがかせることまではできなかった。

まったくあれはひどい骨折りだった——かれらに歯をみがかせることは！　ぼくはあんな難行苦行をくりかえすくらいなら、スローン軟膏を一パイントも飲んだほうがましだ。そして、あれほど洗面台のところで騒いだり怒ったりしたにもかかわらず、今日、かれらはふんだんに虫歯をこしらえているのだ。怪訝《かいが》に堪えないのは、あれほどのべつに口説いたり、なだめすかしたり、あやしたり、脅したりした親方のぼくが、慢性喉頭炎にもならずにすんだということだ。

ある晴れた日に、ウォーカーが癇癪《かんしゃく》をおこした。この出来ごとはぼくに深い感銘を与えた。ウォーカーが一言でも人に逆らう言葉を口にすることがあろうとは、ぼくには信じられなかったのだ。彼はいつも穏和で、人なつこくて、遠慮ぶかかったたし、辛抱づよさといったら、辛抱の天使が彼についていたほどだ。危険な精神病患者たちにつきそっても、ウォーカーはおのれを持していることができた。精神病院の看護人として、彼は革紐だの棍棒だのに頼ることなしにものごとを秩序だてて来た。

だが子供たちは彼のアキレスの踵をみつけてしまった。

ある日の午前中、例によって長い、腹の立つ半日のちょうど中頃に、とうとう彼は爆発した。ぼくが家のなかでぐずぐず動きまわっていると、彼から外へ呼び出された。「何とかしてくれなくては困ります」彼は甜菜《ビート》みたいに真赤な顔でどなった。「この子供らときたら、まったく手におえませんよ」

ぼくは子供らが何をしたかと訊きさえもしなかった。事の最初から、ウォーカーが彼の正当な分担以上のものを引き受けて来たことをぼくはよく知っていた。ぼくは彼に詫びようとさえしなかった。ぼくは徹底的に恥じ入り、堪えられぬほど情けない気持だった。こんな有様のウォーカーを見ること自体、もはや最後の藁だった。

その夜、子供たちがいなくなってから、彼はおだやかに、冷静にぼくと話した。彼はぼくが単に自分を罰しているだけでなく、子供たちをも同様に罰していることを、明瞭に指摘した。友人としてのみならず、患者に話している精神分析家として彼は語った。この話のなかで、ぼくが盲目だった状況の歪みに対して、ぼくの眼を開いてくれた。子供たちを手許に置きたいというぼくの望みは、果してかれらに対する愛情や、かれらの幸福を心にかけてのことであるのか、それとも妻を罰してやりたいという隠れた願望のためであるのか、それを——ぼく自身の利益のため——知ろうと努力すべきだ、と彼はぼくに言った。

「こんなことをしていたって、あなたは、どこへも行きつけやしません」と彼は言った。彼の話はほんとうに穏和で、筋が通っていた。「ぼくはここへあなたを助けに来ました。もしこの調子でどこまでもやっていこうとあなたが頑張っても、ぼくはあなたを見捨てやしません。ですが、あなたはあとどのくらい持ちこたえられますか？ あなたはいまでは一束の神経にすぎません。率直に言いますがね、ヘンリー、あなたはもうへたばっているんです——だがあなたは自分に対してそれを認める気になれないんです」

ウォーカーの言葉は効目《ききめ》があった。ぼくはそれを抱いて一晩眠り、さらに二十四時間それについて考えつくした揚句に、自分の決断を発表した。

「ウォーカー」ぼくは言った、「ぼくは敗北を認めるよ。きみは正しい。女房に電報を打って、子供を連れてゆかせるよ」

彼女はすぐにやって来た。ほっとしたものの、ぼくはみじめに傷心していた。鈍い痛みとともに、疲労困憊《こんぱい》と気力喪失が襲った。この家はもはやぼくには死体置場のように思われて来た。一夜に十回も、子供らがぼくを呼んでいると思って、ギョッとして眼を覚ます。何が空虚だといって、子供らが飛び去ってしまった家の空虚さにまさるものはないだろう。それは死よりもまだ悪かった。だがそうなるほかはなかったのだ。

だがほんとにそうなのか？ ほんとうにぼくはできるだけの骨を折ったのか？ もう少し柔軟性のある、もう少し賢明な、もう少し工夫に富んだやりかたはなかったのか？ もっとこうしたり、ああしたりできなかったのか？　ぼくは最高のきびしさで自分を糾弾した。ウォーカーは賢くて、善意にあふれていたかもしれぬ、だが彼の意見に従ったぼくは阿呆だった。彼はぼくの一瞬の弱気につけこんでぼくを捕えたのだ。あともう一日あれば、ぼくは勇気を振い起し、彼の勧告に抵抗する意志を立て直したかもしれないのだ。彼の言葉に含まれる真実を否定することはできないけれど、にもかかわらず、ぼくはひとりごちた——「だが父親は彼ではない！　父親であるということの意味を彼は知らんのだ！」と。

どこを歩いていても、ぼくは子供たちが落したもの、忘れていったものに突き当った。妻がみんな荷物トラックで持ち去ったはずだったのに、いたるところにオモチャがころがっていた。独楽《こま》もあった、お弾《はじ》きもあった。飯《まま》ごとのスプーンや皿もあった。それらの小さな物の一つ一つがぼくの眼に涙を浮ばせた。一時間が過ぎ去るごとに、子供らはいま何をしているかと声に出して心配した。新しい学校が好きになったかしら？（トニーは幼稚園へ入ることになっていた）。新しい遊び友達は出来たかしら？　相変らず二人で喧嘩しているか、それとも喧嘩するほどの元気もなくしているんじゃないか？　毎日、外へ電話をかけにゆきたい衝動を感じたが、子供らが混乱すると困ると思って、この衝動に抵抗した。執筆の仕事に戻ろうとしたが、子供らのこと以外は考えられなかった。自分の暗い思いを振り捨てようと散歩に出かけても、ちょっと道をまがるたびごとに、子供らとともにした小さな出来ごとや、何かのいたずらのことなどが思い出された。

然り、ぼくは子供らをなつかしんだ。罪そのもののようにかれらをなつかしんだ。かれらとともに経て来たつらい思い出のためにこそかれらをなつかしんだ。いまではウォーカーしかいない。だがいったいウォーカーにとってぼくが、またぼくにとって彼が、何の役に立っているか？　ぼくはおのれの悲しみ、おのれの喪《うしな》ったもののために一人になりたかった。傷ついた牡牛のように山のなかへわけ入り、吼えたかった。おれはかつて一人の夫だった、一人の父親だった、また一人の母親でもあった——さらにまた保姆でもあり、遊び友達でもあり、一人の道化者、一人の阿呆でもあったのだ。いまおれは何者でもない、一人の道化ですらもない。文士であることについては、ぼくはもう少しもそうありたくなかった。このおれが、いったい誰かにとって興味があり、価値のあるどんなことが言えるのだ？　中心のぜんまいが壊れて、時計は止ってしまった。せめて奇蹟でも起ったら！　だが奇蹟といえるほどの治癒力のあるどんな解決案もぼくには思いつけなかった。おそらくぼくは何事もなかったかのように生きる道を学ばねばならぬのだろう。だが自分の子供らを愛している者だったら、そんな生きかたを学ぶことは不可能だろう。そんな生きかたを欲しさえもしないだろう。

だが、〝生命〟は命ずる——「そうせねばならぬ」と！

ぼくはかれらが去った朝にそうしたように、浴室へ戻って、そして狂人のように一人で泣いた。泣き、むせび、わめき、呪った。ぼくは自分の内部に苦悩の最後の一滴もなくなるまで、そんな調子で暮した。まるでしわくちゃな、からっぽの袋みたいになるまで。

11　ハ短調の感謝状

エフレイム・ドナーは、あの天才少女、ターシャの父親である。ぼくはこの〝落穂ひろい〟を書き始めたとき以来、彼について何か言いたいと思っていた。

これは長いこと延び延びになっていた、ハ短調の感謝状といってもいい。正直のところを言えば、ぼくはもう何カ月も前に、この文章を書き始めていた――ぼくが悲しみのベッドから起きあがろうとしているところを彼が描くというので、そのためにモデルとして坐っていたあいだのことだ。

あるひとびとは、〝人〟と〝芸術家〟とは一つだと信じている。他のひとびとは別の意見を持っている。たしかに、それはその人に会って、彼にとって自分が何者であるかによって違うし、またその会った人において自分が完成品を見いだすか、それとも未完成品を見いだすかによって違う。

さらに、話を始める前にぼくは訊きたい――きみは真っ二つに引き裂かれたものを一つにまとめることができますか？　と。

ぼくははっきり言うが、ぼくはドナーにおいて、〝父親〟だけを見る場合もあるし、あるいは〝友達〟だけを見る場合もある。同時に彼において〝芸術家〟を――それ以外の何者でもない彼を見る場合も、たびたびある。通例は、ぼくは彼を成り立たせている九十八の要素をことごとく見るし、それらの要素が、単に感動的であるばかりでなく激しく励まされるほどのものとして結合しているのを見る。なぜなら彼がまさに額面どおりの彼であるとき、彼、この信じられぬほど稀有《けう》の人物、エフレイムこそは一にして他にかけがえのない神格的存在――〝創造者〟の相貌を帯びた人間であるからだ。このような彼を見るとき、ぼくは泣きだしたい気持になる。また事実、ぼくはときにはほんとうに泣いてしまう、――いわば、ひっそりと心の奥で、しみじみと愛情にひたる涙を流すのだ。

かくもぼくを折にふれて感動させる人物にはいったい何があるのか？　それは彼が、絶対に何者をも等閑に付すことがないという事実、あるいはこの事実の認識である。あるいは、さらに積極的に言えば、彼が何人《なんびと》にも、また何事にも関心を――本心からの関心を示す、という事実だ。

いつでも彼と別れるとき、ぼくの心に〝祭式〟という言葉が浮ぶのが常だ。なぜなら、彼があるものに対して示すその愛のこもった関心、そこに彼が覚知するもの――そこには彼の言動のすべてに一種の宗教的な祭儀の風趣を帯びさせる何かがあるからだ。そしてこのような思いがぼくの心に浮ぶが早いか、かならずぼくは彼との対談が何故にかくも楽しいかに思い及ぶ。そのとき、ぼくは知るのだ、ドナーのあらゆる言動は、エリック・グートキンドの言葉にしたがえば、〝人生からえられる至高の贈り物は永遠の生命を知る機会《チャンス》である〟という真理をば身を以て示しているのだと。このことをいくらか世俗的に言いかえると、ドナーが、彼の客に出す料理にいささかの風味を加えるとき、それは神がその御手をお加えになるのを彼が行なっているので、断じてそれ以下ではないということだ。

エフレイム・ドナーは苦労の多い生活をして来たが、それは陽気で明るい生活でもあった。陽気な犬だけが辛い苦しい生活に立ちむかう強さを持つ――いわば芥子《からし》よりほかに付けるものがないときでもパンにキャヴィアを塗りつける術《すべ》を知っている。芸術家としての生涯を生きるための彼の苦闘について、ドナーは千一夜物語ほどの逸話の種を隠し持っている。なかで一番おもしろいのは、驢馬《ろば》といっしょに寝た話である――カーニュ・シュル・メールでの出来ごとだ。彼の逸話はすべて一つ主題《テーマ》の変奏曲であって、その主題とは、人は芸術家となるためには、まず最初から芸術家であることが必要だ、というのだ。何人も芸術家に生れつきはせぬ。人はみずから撰ぶのだ！　そして、きみがもしひとびとのあいだにあって最初にして最後の者たることをえらんだならば、きみは驢馬といっしょに飼葉桶に前足をのせて寝ようと、あるいは身近の者、親しい者のすべてからきみの生きかたを重大な誤りとして見られ、恨みつらみや侮辱を山ほど食わされようと、何ひとつ意外とは思わぬだろう。

ぼくは〝善なる生活〟について最後に書いた人はサンタヤーナだったと信じている。もっとも彼が何と言ったかはぼくはいまだに知らない――なぜならぼくは先天的にサンタヤーナを読む能力を持たないから。しかしぼくは善なる生活とはどういう意味か、また何故に芸術家の生活が善なる生活への準備であるかの理由を知っている。その理由は、一言で言えば次の通りである――善なる生活とは聖なる生活である（完《まった》く生き、完く死ぬること）。それはなんじが日々になんじのできる限りのことをなす種類の生活であり、しかもそれは芸術のためでもなく、国のためでも家族のためでもまたなんじ自身のためですらもなく、ただそれがなすべき唯一のことなるが故になすのである。〝生〟とは存在することであり、なすこととなさざることとを含む。〝芸術〟とは作ることである。人生の詩人たること、これは芸術家たちが稀にしか自覚していないけれども、これこそは至高である。おのれの吸いこむ以上のものを吐きだすこと。一里を歩けと求められて二里歩くこと。このようにして〝造物主〟を讃《たた》え、これに服し、これを崇《あが》めること。〝充実の世界を蓋《おお》う充実の御名《みな》を〟とグートキンドは言う。これをこそ〝生の詩人〟は日々の彼の生活に掲げ、謳《うた》う。

話は横道にそれるが……ぼくは師匠《メートル》エフレイム（そうぼくは甘ったれて彼を呼ぶのだが）に訊《たず》ねるとする――（水彩画で）大雨降りの景を描くためには一定の技術の習練によるのがいいか、それとも直観的――実験的方法にたよるのがいいのか。すると彼は答える、「もっとパセリを使うんだな！」ところがこのパセリ――「もっと多くのパセリ」――こそは充分な、しかも正しい解答だということには立派な理由があるのだ。パセリは、誰しも知るように、薬草である。薬草というものは、あたかも祭儀と同様に、われわれの進歩的な、平凡実際的な世の中では、あわれにも無視されて来たものだ。薬草は植物界に属するとはいうものの、それは動物界よりはむしろ鉱物に近い。言いかえれば、いわば飛地《とびち》として、これら薬草類は一種の主導的地位を形づくっている。それらは自律的であり土着的である。これらの属性をまったく別にしても、薬草類は健康と活力の源泉たる不老長寿の薬効を有している。然るが故にパセリの若い茎は、真率な水彩画家にとって、アイルランド吟遊詩人にとってのげんげ《シャムロック》の花と同じ霊感的特質を有しているのだ。

だがここで忘れずに書きとめて置きたい……パセリといえばいつでも出てくるのが『シュルハーン・アールーフ』[1]であり、『カバラ』であり、また『ダニエル書』である。パセリは、美味なオムレツを作るときのように、最後の一分時に投げこまれる。大暴雨なり、雲間から洩れる日射しなり、あるいは砂漠の砂あらしなり、何を描くにしてもぼくをほんとうに支持し、補強し、またぼくの手をみちびいてくれるものは、それらの巨大な、空に舞う化鳥《けちょう》たち、すなわちこの宇宙の謎の上空に何十世代ものあいだ飛翔しつづけて来た無名の預言者たちの結晶した叡智にほかならないのだ。

さらにこの点をもっとはっきりさせるため、ドナーはぼくの手を取って言うだろう。「こんなふうにやるんだよ、ヘンリー……。」〝こんなふうに〟とは彼が迷宮へもぐりこむ準備をしていることを意味する。「完全な答えはいつでも謎の性質を持っているよ」と彼は言う。「もし誰かが『スフィンクスってなぜあるんだ?』と訊くなら、その答えはほかのことばかりでなくスフィンクスをも含んでいなけ

1 十二世紀にローマの猶太人言語学者 Nathan ben Jehiel が編纂し、十九世紀にニューヨークのユダヤ学者 Alexander kohut が改訂出版したヘブライ語及びアラム語の辞典(訳注)

ればならない。人によってはこういう答えかたをごまかしだと思うだろう。こういう連中について困る点は、かれらが決して正しい質問をしないことだ。完全な答えは事実や数字を省略するかもしれないが、かならず神を含んでいる。ところで水彩画の問題は宇宙論上の問題ではない。認識論上の問題ですらもない。そんならなぜ時間をむだにするのかね？　もっとパセリを！　それで解決さ」

おそらく将来は博物館に飾られるだろうと思われるドナーの自画像がある。これは見事な肖像であるのみならず見事な絵画でもある。シャツは彼の顔の表情に劣らず生き生きと描けているし、背景には一人の聖人の罪の重みを——あるいは一エファ[2]の大麦を——支えるに足るほどの織物が描いてある。ドナーはそこに、真昼の日光をいっぱいに浴びて、『モーセ五書』そのもののように大の字なりに仰臥している。彼はそこに、もしこんな言いかたが許されるとしたら、アッケラカンと大きく口をあけている——というのは、彼はその一瞬の表情を、われわれが無警戒の自分のすがたを鏡のなかで捕えるときのやりかたで捕えたからだ。ドナーは自分を看やっている自分のすがたをそこに見ているのだが、それを自分が看ているのは自分自身だとは知らずに見ているのだ。この、おのれの未知の自己を一瞬、ちらりと見た、その一瞥《いちべつ》のなかに、彼は〝可笑《おか》しさ〟の味を出そうと企てた。いわば夢から醒めたヤコブが、自分の鼻のあたまにとまっている一匹の蝿をみつけた、とでもいうような。これを彼は彼自身を看ていると言うべきではないが、それだからといって彼が世界を看ているとも言えない——なぜなら世界は瞬間的に消え失せているからだ。彼がわれわれに与えたものはほんの一瞬の視線だが、この視線のなかに生の驚異が内包されているのだ。

その部分《ディティル》について一言……この絵をよく見ると片耳が扇のように開いているのをみつけるだろう。この耳の突き出ている恰好には、危うく嘲笑を誘いかねない何かがある。この道に熟達した者だけが、

2　ヘブライの量目単位で一プッシェルに当る（訳注）

あの夢見ごこちな視線とこの奇怪《ビザール》な突出物とのバランスを捉えることができるだろう。だがそれは一つの耳にちがいない。遠いところから何かを聞きつけた耳。それは何だろう？　星座の軌道を進む音か？　蛙の鳴声か？　おそらくは永遠のかそけき流れに泡だつ時のささやきにすぎぬかもしれぬ。それが何であろうと、耳の持主はそれを彼の全存在で聞いた。一瞬のあいだ、彼は貝殻と化していた。秘儀である。

よき肖像画を成すには、言うまでもないことだが、描く者は描かれる人の魂の内面を見ることができる者でなければならぬ。よき自画像を成すには、人は死灰の内面を観取せねばならぬ。人間はおのれの過去のさまざまの自己の廃墟の上におのれを建築する。われわれが無にまで縮小したとき、われわれはふたたび生きてくるのだ。おのれの宿命をばおのれの痴愚《ちぐ》の残灰で味つけする、これが秘訣だ。死灰のうちにこそ自画像のための材料が隠れている。

さて、ドナーの精神は巨大で激しい。空の貝殻のなかにひびく波音のように、彼の精神に襲いかかるとどろきがある。それは宇宙のとどろきであり、啓示を得た瞬間に人間の魂を引き裂く音でもある。さて誰が、正気で、画布をとどろかせようと企てるか？　だがまさにそれをドナーはやってのけた。しかも彼はそれを巻煙草を唇に挿《はさ》んだままでやってのけたのである。

あの巻煙草！　あれは現実とではなく、冗談《バディナージュ》の芸との結び目なのだ。唇に巻煙草をくわえながらでなくては、彼は実際に話をしない。揶揄《やゆ》と韜晦《とうかい》が話の中身だ。「ピタゴラスとアクィナスを寄せると、ヨナ・プラス・鯨《くじら》に等しい」とか、「イシングラスにとってミカとは、エホバにとってのヨブのごとしさ」とかいった類いだ。巻煙草を唇にニカワづけにしていれば、ドナーはどんな人間の寸法でもとってしまう――おまけに自分の系図までも。彼自身の言葉で言ってみれば――「こんなわけでモルデカイはベルシャザールを屠殺《とさつ》したのだ」

エフレイム・ドナーとベザレル・シャッツと――ぼくの多くの友人たちのうちでこの二人だけがぼくのうらやむ教育的背景を負うている。シャッツはエルサレムにある彼の父親の学校で教育を受けた――ベザレル美術工芸学校がそれだ。彼はもっぱら美術工芸だけを学んだ。ぼくらがぼくらの子弟に詰めこむほかのすべての科目を彼は余暇に学び、それによってよりよくそれらを学んだ。ドナーはというと、彼はヴィルナで生れ育ち、その祖父に著名のラビ[3]であり、大学者であるのみならず賢者でもあった人を持つ幸運に恵まれた。まことにこの二人の友は祝福された者たちだ。二人はまた自由な精神の持主でもある。何らの教条を強いられることなく、おのれ自身のために思考するように教えられた。二人ともいまなお飽くことのない好奇心――あらゆるものについて――の持主だ。その好奇心はまた俗世の諸事実に対する健康な無視と抱き合っている。読書にかけて、ドナーは何でもござれである。ヘブライ語、ポーランド語、ドイツ語、フランス語、スペイン語、イタリア語を同じ流暢さで読むことができる。毎年、彼は『ドン・キホーテ』を再読する。また彼はブレーズ・サンドラールのペンから流れ出る一切のものを読む六人のぼくの知るアメリカ人の一人でもある。

ぼくらが町へ出るときほとんど毎回、ドナーは家に立ち寄って食事を馳走になる。またドナー家のひとびとが硫黄泉への湯治にやってくるときは、きまってぼくらの家に立ち寄り食事してゆく。アヒルの焼けるのを待つあいだ、ぼくらはたいていピンポンの勝負を数回やる。食事の用意が出来るときまでに、ターシャは半ダースぐらいの絵を描きあげている。

ぼくらが書物、食べもの、教育（その不健全さ）、薬草、あるいは絵画について語りあわないときには、ぶどう酒を語りかつ飲んでいる。ぼくらの話のすべてを通じて流れる主動機（ライトモチーフ）はフラ

3 ユダヤ律法博士（訳注）

ンスである。ぼくがパリでドナーと逢った、あれは一九三一年か三二年かであった。たった一度きりだ。それ以来、およそ七年前にドナーがカーメル高地に住居を定めるまで、ぼくらはふたたび会わなかった。ぼくらの話を聞いている人は、ぼくらが一生の大部分をフランスで過したかと思うだろう。そう、ぼくらは、もちろん、ぼくらの生涯の最良の部分をかの地で過したのだ。そして決してそれをぼくらは忘れないのだ。

ドナーのフランスとの親縁はヴィルフランシュ[4]で始まった。彼は地中海周遊の船旅の途中、ニューヨークのひどい搾取をする工場で毛皮工として働きながら蓄めた金の最後の数ドルを握って逃亡したのだ。株をもてあそんでいた彼の友人が、すでに彼の貯金の半分をなくしてしまっていた、ちょうどその頃、ブロードウェイを流して歩いていたドナーは、それでもまだ三カ月の地中海旅行ができることを一枚のポスターで知った。預金通帳を見て、彼はちょうど間に合う金額があるのを知った。船がヴィルフランシュに寄港したとき彼は一杯のみに上陸した。その土地があまり彼を魅了したので、その場で残りの旅をやめる決心をした。一年間、彼は徒歩でフランス、スペイン、イタリア、ポルトガル、ユーゴスラヴィアおよびその近隣諸国のさすらいの旅をつづけた。切符を精算して受け取った数ドルがそう長くつづくはずはない。だが彼はバーやレストランで肖像のスケッチをして、どうにか命をつないだ。その一年が終ると、彼はニューヨークへ帰り、また一年、毛皮商売で貯められるだけ貯めた。その期間の終りに、彼はもう二度と同じことをやる誘惑を受けぬようにと、自分の使っていた道具をすっかり打ち壊して、フランスで画家として生きる決意で船に乗った。海外に四年か五年を過し、その間に自習で画技を学んだ。今日、彼は半島における最高の画家の一人であり、多くの画家たちについてぼくが言える以上に、頭のてっぺんから足の爪さきまで芸術家である。

4 リヨンの近く、ローヌ河畔の町（訳注）

ドナーはぼくがこれまでに会った最も群居性の強い人間たちの一人である。彼の家へ行って訪問客と鉢合せをしない日というものはまずない。仕事の邪魔をされるのを意に介せず、かなりの数のキャンヴァスを仕上げるばかりか、友人のために雑用をしたり、用たしのため出かけたり、かれらの問題に耳をかしたり、海岸、砂漠、酒造所、牧場などへ出かけたり、家の造築をしたり、石の壁を建てたり、庭の手入れ、タイル積みをしたり、絵を教えたり、令嬢を教育したり、料理、洗濯、買いものに奥さんを手助けしたり、アワビやイガイやカタツムリを探しに行ったり、アルコール中毒の友達を看護したり、かれらが暴れれば留置場から貰いさげてやったり、金を借りたり貸したり（彼はそのどちらもの達人だ）、その他、普通の芸術家ならとり乱して騒ぎだしそうな一千一種ほどの雑事をやってのける時間をちゃんとみつけだしている。

彼の雑談もまた彼の天衣無縫の活動ぶりを反映している。（ついでだが、彼はヴィタミンを摂らず、ラムに割った糖蜜や醸造用イーストの類いも勿論だ）。彼はチェスや薬草やナポレオンや、大好きなセルバンテスを話題にしているときと同様、自分の工夫した新しいソースの美点を論じるときにも実に溌剌として相手を傾聴させる。ぼく自身もそうだが、彼もまた偏屈者、神経症患者、精神病者、アルコール中毒者、麻薬常用者、浮浪者、奇癖者、そしてまったくの平凡愚劣な阿呆などの心を惹く運命にあるらしい。ときどき彼は絵を売る。取引をきめる際に、彼はたいてい買手にぼくの著書の一冊を持って行くように強制する。彼はまたこれからパーティントン・リッジへ行こうとし、なぜかわからぬ理由によりその前にまず彼に会おうとして立ち寄った〝迷惑な連中〟をぼくに会わせないように妨害してくれる。もしそれが話してみてなかなかおもしろい人物だとわかった場合は、彼が自分で彼を車に乗せてぼくのところまで連れてくる——七十マイルを往復するちょっとしたドライヴだ。出発する前に、その新来者がうまい食べもの飲みものを積みこんでいるかどうかをかならず確かめる。ああ、なんという友達だ！

こうして彼が連れて来る客たちは、通例、世界を広く、遠くまで旅をした人間だ。だから彼はぼくが客を歓迎するムードになるようにするには、「ヘンリー、この人はビルマから帰ったばかりだよ」とか「この男はイエメンにいたことがあってね」とか言いさえすればいいことを心得ている。またときには〝*C'est un française, mon vieux!*〟（「おい、フランス人だぜ、きみ！」）だけのこともある（ビッグ・サー郵便局では〝正当な旅券〟を持たない外来者が頻繁に追い返されるのだが、その外来者がフランス人らしい場合には外国の有力者の来訪にふさわしい丁重さと待遇を与えてお通りを願うという不文律がある）。

じっと動かずにいて地球のまわるのを見ていたまえ！

これら地球を股にかけた旅行者たちの興味津々の物語を傾聴しながら、ぼくはしばしば自分の生れた土地から一歩も外へ踏み出さなかったぼくの父のことを考える。仕立屋稼業にひたりきっていた父は、それにもかかわらず彼の顧客たちが出かけて行った異国について語るのを聞くだけで、それらの異国のすべてを見て来たような印象を人に与えていた。彼には強い記憶力があり、何によらず外国のものには猛烈な興味を持っていて、話を聞かせてくれる相手に自分を同化する能力の持主でもあった。彼は誰も聞いたこともないような土地の通りの名をはじめ、酒場、商店、名士たちや記念碑の名までも、次から次へすらすらと並べることができた。ときどきはただの一度も足跡を印したことのない町や村や都市について罪のない嘘をつくことがあった——つまりまことに巧妙に誤ったことをしゃべるのだ。誰一人それを悪くとる者はなかった。彼こそは正真正銘の空想的旅行者だった。そうしてぼくもこの点では大いに父に似ている。どこか遠い土地の絵葉書が一枚あれば、その土地をごく詳しく知っているという気持になるのに充分である（ときにはこれら遠隔の地について異様で犀利《さいり》な観察をしている自分に自分でおどろくことがある。それが本当だったことを、後に書物のなかで偶然に言及されているのを見てようやく発見するわけだ）。中国、ビルマ、インドなどの幾つかの都市について、ぼくはあまりにも強い心象風景を描き持っているので、もしぼくが将来それらの地を訪れたとしても、その真の景色が想像のそれを消し去るほどの強烈さがあるかどうか、疑わしいと思う。

　だがドナーの話にもどろう……その背景の故に、その血統の故に、その経て来た試練と苦難との故に、またおそらく何よりも彼がまず第一に芸術家であることの故に、彼は絶対に渝《かわ》ることのない施与者であり、また将来もつねにそうであるだろう。ぼくたちが会ったときにまず彼が訊くことは、ぼくが何か欲しいものはないか、である。「スケッチが一枚、売れたんでね」彼は言うだろう。「何か貸してあげられるものはないかね?」もしぼくが〝ない〟とあっさり答えなければ、彼はつけ加えるだろう――「何だったら二十ドルにしてもいいんだぜ」（まるで彼がたったのみみっちい五ドルだけをぼくに渡す気だと、ぼくが思やしないかと心配してるような口吻だ）。「わしはいつでも借りられるからね」彼は言う。「つまり、その、きみがもっと入用なら……ああ、それはそうと、きみの帰る前にぶどう酒を少しあげたいから忘れずにいてくれよ。すばらしいやつを四箱も手に入れたからね……。」そしてここで彼はぼくが大好きなのを知っている酒の名を言うだろう。

　ときにはぼくは彼が家の近くのシェヴロン・ガソリン・スタンドのある街道に立っているのを見つけることがある。彼は何をしているのか? 待っている。ただ待っている。誰か、彼が数ドルの銭を無心できそうな人間のやってくるのを待ち、かつ希望しているのだ。彼は金がなくなっても決して気を落さない。単に活動的に、敏捷になるだけだ。彼に精神的支持を寄せるために彼のかたわらに位置を占めていると、やがて一人の〝友〟が偶然にもやってくるという事態が一度ならず生じた……そしてこのよき友がエフレイム師匠のために持って来たものはといえば、それは獲《と》りたての美しい鮭一尾であったり、見事なイタリアのサラミに同様に豪奢で風味よろしきイタリアのチーズであったり、ときにはおまけにフランスぶどう酒一函がついたりする。こういったことが、かつてぼくがそういう危急の場合に使うようにと特別に彼に進呈した *kmeya* をこすることさえせずに起るのである。

その気前のよさとは別に、ドナーはぼくの知った人間のなかでたぶん最も他人の気ままに寛容な人間であり、子供たちに関して特に然りである（これは彼とぼくと二人のあいだでの秘密の諒解事項だが、子供や動物に何の注意も払わない客はタブーになっている）。彼の妻のローザは子供たちの問題となるとさらに輪をかけて寛容である。彼女は、血液が空気中の酸素を吸収するのとまったく同様に子供らを吸いこんでしまう。彼女が子供たちの言いなり放題になる、その度合たるや、ほとんど驚愕に値する。子供をあつかう術にかけて母親たちや教師たちを教育するのが彼女の職業である。言うまでもなかろうが、特にあまやかされたいたずらっ子どもを仕込む社会では、これは最もむつかしい職業である。

ターシャの小さな友だちが、かれらに（理論的には）ふさわしいあらゆる利便を享受するように配慮するため、ローザは知らず知らず、たいていの男なら憤慨しそうな重荷をドナーの肩に背負わせる。かれらの家庭は子供たちが中心になる――その大多数はやかましい子供たち、我儘な子供たち、あまやかされた子供たちだ。幸いなことに、エフレイム師匠の画室は家から約二十ヤード離れている。ここにドナーは毎朝たてこもって、正午すぎまで仕事をする（この辺の芸術家たちに共通なきまりとして毎日正午までにできるだけ仕事をし、そのあとは勝手に好きなことをやることになっているらしい）。

ターシャが行っている学校はカルメル派修道院の向う側の美しい入り江近くにある。それはたぶんアメリカではこの種の学校の最後のものの一つだろう。生徒は一握りほどしかおらず、そこで子供らの受ける課業は骨が折れない。休み時間には校舎から石を投げてとどくほど近い浜辺で遊ぶ。ここには尼さんたちがしばしばつつましくふざけたり跳ねまわったりしにやって来る。もっと勇敢な尼さんたちはときどき足を海で濡らす。正式の喪服すがたで走りまわっている彼女たちは、いつも直立しているように教えこまれた精神錯乱状態のタラみたいな印象を与える。

この田舎の小学校と型にはまった都会の学校との対照は実に大きい。ここでは子供たちは幸福で屈託がなく、勉強に熱心だ。かれらはきびしく訓練されたり、やかましい規則に縛られたり、機械化されたりすることがない。まったく、かれらは学校が自分たちのものであるかのように振舞っている。強制収容所的な雰囲気はまったく見あたらない。生徒の一人が自分のペットを学校へつれて来たいと希望する場合も、そのペットが馬か牛ででもない限り、許される。また彼女が小さな友達をつれて来たとしても、その友達は先生たちからも生徒たちからも歓迎される。事実、みんなは一切の行事をやめてその少女の歓迎の唱歌を合唱するのだ。

ターシャがまだごく小さかった頃、彼女はこの二階の窓から落ちたことがある。それがもとで彼女は特別な教育を受けるようになり、ずっと続いている。ターシャがたといお愛嬌にでもまた落ちることはまずなさそうである。彼女は彼女の両親ができる限りの技巧と熟練と狡智とすぐれた洞察とを駆使して両側から指導され助言され誘導されている。おそかれ早かれ彼女はその望みをほとんど全部かなえてもらっている。もし彼女がそうしたやりかたで少しばかりスポイルされてるとしても、誰もそれを気に病まない。時が彼女の我儘を治すだろう。もしターシャが朝食にレバーと玉葱を欲しいといえば、そうしてもらえる。いけないはずがあろうか？　いったい誰の胃袋なのだ？　もし彼女が肩にとまらせる鳥が欲しいと言えば、彼女はそれを手に入れる。一度、彼女は美しい山羊が欲しいと言い、それを手に入れたが、間もなく馬のほうがかわいいと言って山羊を見捨てた。補強剤として、彼女は飲めるだけのミルクと、あらゆるヴィタミンと、醸造用イーストと、ラムに割った糖蜜を摂っている。薬草のことは言わずもがなだ！　現在、彼女はバイクを一台持っているが、これにはトニーが眼をつけており、彼女がM・Gかジャガーが欲しくなってバイクを袖にすることをぼくらみんなが祈っている。

ほかの家庭だったらば、こうした戦術は一個の怪物を生みだすことになるだろう。ほかの親だったら、ターシャの要求は脅迫のにおいがするだろう。だがエフレイムとローザはこの試練を楽々と切り抜ける。この夫婦はその血のなかに自由が根づいていて、愛の勝利をかたく信じることからのみ生じうる結果に対しては何ら危惧も抱かないのだ。かれらの放任から生じる諸問題は——またもちろん問題は生じるにきまってるが、かれらはそれらを過渡的なものとして問題にしない。夫婦はターシャがこの次に何をかれらに要求するかについて少しも心配せず、両親の愛と理解と忍耐に応じて少女がどのように成長するかという点にだけ関心がある。夫婦は娘の成長を、ひよわい草木をあつかう優秀な庭師がするように観察し、指導している。かれらは彼女に力をつけさせるためにのみ彼女を庇《かば》っているのだ。

この実験の興味ある点は、それがうまく行っていることだ。この母親は世の多くの母親がそうであるように神経質な傷心に陥っておらず、豊かな健康を誇っている。父親にいたっては、日々に新たに創造的になっている。それはまるで夫婦が、子供のため物惜しみせず浪費すればするほど、思いがけぬ形でかれらがゆたかに恵まれるかのようである。〝自由なる流動〟とはかれらのドアの上に掲げられた書かれざるモットーだ。結果は、（自然な愛情の）貯水池はつねに満ちているということだ。この底抜け騒ぎと勝手気儘と無差別の大尽振舞との中心から、友人や隣人、遊び友達などに対しても、パン種のようなはたらきをする健全さ、よろこび、ゆたかさの流れが湧き出てゆく。

貧しい生れの二人の移住者が、その周囲のひとびとにこれほどの影響を与えたというのは、いささか奇異なことではないのか？　かれらがアメリカに対してどんな恵みを受けたにしろ、アメリカはそれよりはるかに多くをかれらに負うている。アメリカの伝統において語るに足るものは何によらずかれらは受容し、最大限まで追求した。かくてかれらは形成されつつあるアメリカ人としてこの国にいる。なぜならアメリカ人とは、その祖先によって開始された実験を恒久化させるとき、はじめてアメリカ人たりうるからだ。彼は彼の祖国を、それが宿命づけられている坩堝《るつぼ》たらしめようとしてはたらくときはじめてアメリカ人である。皮肉にも、今日、われわれは移民の家でなく、アメリカ人の家にこそ偏見と不寛容とがはびこっているのを見かける。いわゆる百パーセント・アメリカ人の家庭にこそ、精神の弛緩《しかん》、健康な好奇心と生得的な熱望の欠如、それどころか安易で快適な生活のため大勢に順応しようとする怖るべき傾向を見かけるのだ。いまやダニエル・ブーンやトマス・ペイン、ジョン・ブラウンとその後裔《こうえい》により近いのはミスター・メイフラワーではなくてミスター・スリヴォヴィッツである。

ドナー夫妻が実行している異常なまでの放任的寛大さは弱気や単なる迎合から発したものではない。それは並はずれた心の豊かさから生れたものだ。それは植物であれ動物であれ、子供であれまた芸術家であれ、さらに思想であれ、およそ成長可能な一切のものに向けられる。生きとし生けるものの精髄を養い育て、扶《たす》けようとする衝動にしたがうことで、かれら自身も同様に成熟し、ほかならぬかれらがはたらかせた諸力そのものによって養われ、育てられ、扶けられているのだ。

ぼくはドナーのことを少し前に、彼は一マイル行ってくれと頼まれたらその二倍きみといっしょに歩くタイプの男だと言った。この態度は到底、放任、あまやかしの態度とは言えぬ。まことに、そこには共感と同情と、そして凡庸を越えた理解とがある。だがその本質は生に対する畏敬である。あるいは単に――〝崇敬〟とのみ言うべきかも知れぬ。おのれに求められた以上のことを為すひとびとは、断じて枯渇することはない。与えることを恐れる者のみが与えることによって弱められる。与える術とはまったく精神的な事柄である。この意味で、おのれのすべてを与えるということは意味をなさぬ、なぜなら真の施与に関する限り底というものはないからだ。

ときどき、ぼくはドナーが、あまりにも広すぎる域にまで彼自身を拡張する傾向があると非難することがある。人間はナイヤガラの滝に向って、あんまり水を流しすぎると非難する場合もあるのだ！あらゆる方向に金を使うのはユダヤ人の弱点であると同時に美徳でもある。非ユダヤ人の眼から混乱と見えるものがユダヤ人の眼には正常なのだ。ユダヤ人には超凡なエネルギーが恵まれ、また超凡な熱情の豊富さがある。彼はおどろくほど他人に興味をもつ。その生得の正義に対する愛、同情心、仲間を集めたがる気持と他人の役に立ちたいという激しい欲求、これらの素質が、どんな一般人の社会でもユダヤ人を火つけ役として目立たせるのである。

ぼくはドナーを深く理解すればするほど、ユダヤ人の離散の事情がよくわかって来た。そのユダヤ人の運命は、ユダヤ人を遠く広く世界じゅうに離散させ、地下に追いやり、その知恵と機才を鋭くし、内面的な諸能力を発達させた元凶である非ユダヤ人の運命に比してさほど悲劇的だとはいえない。ユダヤ人の行手にわれわれが置いたあらゆる障碍、われわれが課したあらゆる不利は、みなユダヤ人を強くするものにすぎなかった。ユダヤ人をわれわれの生きかたに適応させることができなかった結果、われわれはとうとう相手の生きかたにわれわれ自身を適応させ始めている。われわれは、キリスト教的な生きかたというものが、最初のキリスト教徒が現われる遥かに以前からユダヤ人によって実行されていたことを認め始めてさえいる。ユダヤ人は強情にその独自の生きかたにしがみつきながら、われわれがかつて実行したことのない一種のキリスト教にわれわれを改宗させつつあるのだ。

ドナーに支配的なのはそのハシディズム[5]的傾向である。この忘我的要素は彼の作品に顕現している。彼の描くものが自然から得た風景であるなら、キャンヴァスはみずから歌っている。海を描いた彼の作品の幾つかは、鳥糞石《グアノ》をまとうた裸の岩が、白泡と霧のなかから、まるで歓喜と持続力とを人格化したかのように勝ち誇って躍り立っている。海はつねに天上の光を映す鏡であり、その光は不可知なるものの深みから発出する小止みない、きらめくような光である。水、風、空のあらゆる混沌は、その光景の本質的神秘を描きだすことのみを求める画筆の詩的操作によって抑制されている——というか、制圧されている。薄い、揺れている、おぼろな水平線は天空のあるかなきかの重みの下で屈曲しているが、そこには圧迫に服する筋肉の高雅なたわみがある。

このような絵をゆっくりと見まもっていると、ぼくには芸術家の力が不相応に分散されていないことがよくわかる。絵画を研究してぼくの気づくことは、画家の内部の相争う興味が、彼を右に左に牽引するのではないかと心配するのは無用のことで、それらの健康なさまざまの誘惑のなかから画家は生きのびて、いわば錬金術のようにそれらを役立てている、ということだ。魂の弾力性は彼を〝与える者〟たらしめるが、それがまさに〝創造する者〟たる彼の最高の保護者でもあるのだ。ひとたび彼が自分の岩、空、海に戻ったとき、彼が同胞人間たちの悲しみや苦しみとの同一化を通じて堪え忍び、犠牲を払い、そうして発見したすべてのものをその岩や空や海に注ぎこむのだ。ユダヤ的〝離散〟の意味は彼の作品のすべてに虹のようにかがやいている。

5　十八世紀ポーランドに発したユダヤ神秘主義思想（訳注）

もしも最初のキリスト者が一人のユダヤ人であったのなら、最後のキリスト者もまた一人のユダヤ人であるのは大いにありうることだ。なぜなら〝割礼を受けざる者〟の歴史にはかれらが人間と人神とのあいだ、あるいは中国人の言うごとき *l'homme* と *l'homme-humain* とのあいだのギャップに橋をかける能力があることを示すものは何もないからだ。

12 運命の役割

表面上、〝運命の役割〟についてはドン・キホーテ的であるばかりか逆説的な何かがあるようだ。人はつねに自分が幸運を〝手に入れた〟と考えたがるか、さもなければ偶然がもたらした機会の大部分を自分がうまく物にしたと考えたがるものだ。ぼく自身、受動的に、つねに胸襟《きょうきん》を開いていることによって——言いかえれば誠意と信頼を示すことによって——人の希望、あるいは祈りは、実現するものだ、ということを信じるようになっている。祈りという言葉で、ぼくは人間が欲求するものを求め、希望し、哀願し、あるいはそれと交換に受け取ることを意味しているのではなく、むしろ〝なんじ為しとげらるべし！〟という思いを、それを定式化することなしに、むしろその思いを生きる、という意味に考えている。簡単に言うと、どんな状況に自分を見いだすにせよ、われわれはそれを一つの挑戦と認めると同時に一つの機会、一つの特権と認めるべきである、ということを全心全霊をもって確認する、それが祈りだ。

ぼくの生涯でのある時点へ来るまでに、ぼくは普通の人間の運勢に落ちかかるよりも多くの浮き沈みを味わって来た——と、ぼくは信じる。ぼくがヴィラ・スーラに住みついた時分（一九三四年）、だいたいあの頃に、ぼくはいわば地震学的な動揺は減りつつあることを自覚するようになっていた。ある一定のリズムと秩序とが次第に形をとり始めた——外面的にはぼくの生活は依然として熱病的で、悩ましく、混乱していたけれども。おれの生活には一つの型《パターン》があり、それはそれで筋の通ったものだ、という認識が奇妙な形で訪れたのだ。ヴィラ・スーラに移り住んでから間もなく、ぼくは自分の夢想を記録し始めていた。そしてその夢想だけでなく、それを文章に書くという行為が引きだした連想の数々をも記録した。数カ月間こういうことをやっているうちに、ぼくは突然わかって来た。サローヤンがどこかで言っているように〝突然にわかること〟——これはそうした経験を持つ者にはなかなか含蓄のある句なのだ。この言いかたにはただ一つの意味しかない——新しい眼で見ること。

ちょうどそれと同じ頃、一連の出来ごとの連鎖、〝行き当りばったり〟のひとびととの出会い、それにある何冊かの書物を読んだこと——いわばぼくの膝の上へ投げこまれた書物たち——等を通じて、ものごとはゼリーのように固まりだした。そうしてぼくはある奇妙な現象、これまではそれがなかった故にかえって目立つ一つの現象に、ますます強く気づくようになった——つまり夢想が一つまた一つと実現するという現象だ。ぼくはやがて自分が何を望むかについて用心する態度をとるようになったが、それはわれわれが一般に重要でないものか、さもなければ実際には有害なものを望む傾向があることを認識するようになったからだ。この点まで来ると、この経験を持ったことのある人なら誰も知っていることだが、微妙な誘惑があらわれてくるものだ。

ギリシャへの旅（一九三九—四〇年）は、ロレンス・ダレルとの思いがけない友情を通じて実現したのだが、これがものごとを結着させた。これは三重の意味での〝機会〟になった。なぜならこれは一つの幸運——つまりあの時点でぼくに起りうる最上のことだったばかりでなく、実はすでにヴィラ・スーラでは結末に来ていた生活と決裂する手段にもなったからだ。だがこれら以上に、また遥かにこれらを超えて、あのギリシャの冒険がぼくの眼を開かせたという事実がある——あれ以来、ぼくには世界はもはや同じものには見えなくなったのだ。戦争のためにギリシャから追い立てられたことすらも恵みだった——当時はそれを理解する知恵がぼくになかったけれども。最後に、アメリカの再発見、[1]当時は不毛な、不愉快な仕事に思えたのだが、それがビッグ・サーの発見にみちびいた。

ここビッグ・サーに来て以来、ものごとはまともに生起し始めた。もしぼくが望んでいた〃平和と孤独〃とを見いだすことに成功しなかったとしたら、ぼくがそのぼくの失望をつぐなって余りあるほかのさまざまのものを見いだしたことは絶対確実なのだ。もう一度だけ言う、ぼくは自分の見いださねば困るものを見いだし、経験しなければ困ることを経験したと言ってもよいと。

ビッグ・サーに錨《いかり》をおろしてからぼくのものとなった多くの実り多い経験のうちで、何冊かの書物の発見は、過去を追想して思うのだが、幾つかの〃暗合〃や *rencontres hasardeux*（思いがけぬ出会い）や、その他の〃思いもよらぬ出来ごと〃とくらべて勝るとも劣らぬ——いや、あるいはそれ以上の重要性がある。これらの書物との〃邂逅《かいこう》〃はいずれ後にゆっくり話したいと思っている。[2]

この、あらゆる方向に——垂直にも水平にも——ひろがっている蜘蛛《くも》の巣、ほとんど無際限と見えるこの蜘蛛の巣を、どこから語り始めようか？　このような、〃運命〃などという神秘なものを考察し始めた人間が最初に気のつくことは、そもそも初めとか終りとかいうものはないのだという事実、それもまったく途方もない事実である。一切がたがいに結びつき、しかも一つのものである。謎解きでもするように、それの部分部分を並べて置くと、その良き部分も悪《あ》しき部分も同等に「運命の部分」であるように見える。瑣末事《さまつじ》ほど格別にその大きさや重みとは比例を失って重要らしくみえる。すべてのことがバラバラになり、しかも自我のひとりよがりな臆測を無効にする程度にである。少し前にリズムと秩序のことを言ったとき、ぼくのつもりでは内と外との対応、あるいは！〃上なるものがかくあるごとく、下なるものはかくあり〃だった。もしぼくが星を読むとすれば、それは明日何ごと

1 『冷房装置の悪夢』 The Airconditioned Nightmare（New York: New Directions, 1945）（原注）

2 『わが読書』Books in my life の第二巻で（原注）

が起るかを知るためではなく、その瞬間に何ごとが起りつつあるかの確認を求めるためだった。

じっと動かずにいて地球のまわるのを見まもれ！

よろしい、ナメクジのようにではなく、だが綱渡りの芸人のようにだ。眼を前方にむけ、静かに足を踏みしめて。小さな失敗も失敗は失敗だ。楽園のこちら側と楽園の向う側と。二つのものは他の一つのものと同様の値打だ。敏感に、しかも気を楽に。虚心にしかも大きく眼を開けて。一致はするが、画一は好まない。拳銃はいつも手許に置くが、こめてあるのは空包だ。イラクサ、アザミ、くっつき虫、トゲある草、その他の雑草には警戒を怠らない。喇叭《らっぱ》が鳴ったら武器をとれ！　だが引金を引く指は使うな。

金のためには祈ってはならぬ！　ＳＯＳを発信するなら小銭だけを頼め。そうしないと手ひどい裏切りに出会うだろう。悪銭についてては、それで買えるものの話以外、決して口にするな。日用品を買って、あとは紙幣でパイプに火をつけろ！　金をつくることができなかったら友をつくることを忘れるな。それも多すぎてはいけない、ただ一人の真の友は、手ひどい運命の打撃を防ぐに足りるからだ。

ぼくはこの〝落穂ひろい〟の冒頭で、この文章はあたかも出血のように——サングリアとともに始まると言った。ではサングリアをぼくの鼻さきに置いたのは誰だったか？　パリ第十九区のジェラール・ロビタイユだ。次の問いに答えよ——ぼくがこのどうどうめぐりを始めるのに必要なものは、Ｎ・Ｒ・Ｆの、〝花環《クーロンヌ》〟欄が最近物故した、いたましくも追慕されているシャルル・アルベール・サングリアのために捧げられている号だということを、ジェラールはどうして知ったか？　そして右のシャルル・アルベールとのただ一度の思い出が、過去十一年間のぼくの人生に電気ショック的な衝撃を与えるであろうと、どこの誰がどのようにして予見しえたのか？

おれにとってヘキュバとは何者なのか——またヘキュバにとっておれは？

〝落穂ひろい〟とぼくは言ったか？　おお、その通り。さもなければ――ポイント・カウンター・ポイント。ハートが切札。勝つか負けるか、同じピノクルの二人でやるゲームだ。

ものを書きだしてからずっと、ぼくは幾度か間を置いて助力を求める手紙を出すことを余儀なくされた。こうした悲鳴をあげる間隔は、年とともに大きくなっていった――幸いなことに。近頃――最近七年間ばかりというもの――ぼくは奇妙でおもしろいことが生じていることに気づいた。そういう手紙の複写をとって、その最初の一束を郵便に托したとたんに、一枚の小切手が到着していままでの骨折りがばかばかしくなる。注意してもらいたいのは、それがぼくの訴えに答えての小切手ではなく、天の一角から落ちて来たものであることだ。通例、それはぼくが返される見込みのないものときめていた貸金に対する支払いか、さもなければすっかり忘れてしまっていた印税かである。

「おれはもう少し辛抱すべきだったんじゃないか？」ぼくは自問する。「いや、それとも、行動することによって、運命が少しばかり正しい方向へむかって動くように一押しした、ということもありうるのかな？」

まことに奇妙なことに、重要なことは金ではなくて自分にそんな友があるとも知らずにいた友人の発見であることが明らかになる。然り、助けを求める手紙を出すのはいいことだ、たとい最後の瞬間にそれが不必要であることがわかるとしても。なぜか？　なぜならば、ささやかながら寄進についてくれる真の友達の発見ということを別にしても、自分がむかしから知っていたこと――金持は一般に最後になって反応する、という事実を学ぶからだ。この方面でのぼくの最後の経験、それは圧倒的な経験だったが（およそ百通かそれ以上の相手のなかで）、わずかに四人だけが「いいえ」すら返事をくれなかったが、この四人はぼくのリストのなかで最も富裕な人びとだった。この四人のうちの一人だけが睫毛《まつげ》一本うごかさずに援助に応じてくれたとしても……いや、そんなことに立ち入る必要があろうか？　このクァルテットについて悲しい事実、皮肉な事実は、かれらがみなぼくの大親友だと自任していることだ。その一人はいつもぼくに会うと快活にぼくの背中をたたいて、「ヘンリー、きみは聖人だなあ！」と言う。ぼくはいつか彼のこの言葉の意味を問うべきだろう――ぼくが彼を責めないことをもってぼくに感謝しているのか、それとも無一文で暮してゆくには聖人にでもなる必要があるということなのか。

　ぼくがギリシャへ行く準備をしているとき、自分にとって保存するに足る貴重なものと思うノートブックや原稿を入れたトランクを一友人に預けた。戦争が勃発し、ぼくは友人との連絡の途を失い、まもなく例のトランクはなくなったものとあきらめることにした。事実、数年後にはそんなトランクのあったことさえすっかり忘れた。すると、パーティントン・リッジに居をさだめていくらもたたぬ頃、ぼくはある商船の高級船員から、ぼくに渡すように頼まれた二個のトランクを持っているという伝言を受け取った。彼は、自分はぼくの読者の一人であるから、お役に立てるのは愉快なことだから運搬費はいらない、と言い添えて来た。

　トランクが到着したとき、そのうちの一個は『北回帰線』のなかでぼくがフィルモアと名づけた人物のものであることを知っておどろいた（あの小説の筋を知っている人なら、ぼくが〝帽子も荷物もない《サン・シャポー・サン・バガージュ》〟彼をアメリカ行きの船へ送りこんだ話を思いだすだろう）。故郷の町へ帰ったあと、ものの二年間というもの、フィルモアは――彼は〝ボヘミアン〟でもあったが法律家みたいでもあった――税関と鉄道の役人たちがくたくたになるほど追及した（鉄道というのはサン・ラザール駅のことで、ここに彼は自分のトランクを一時預けにしたのだ）。たしか彼は共和国大統領に文句をつける手紙まで書いたはずだ。そのトランクがいまここに何事もなく届いている。ぼくは好奇心から開けてみた——中身は法律書、家族のアルバム、それにイェール時代の記念品ばかりだった。もう一つの、ぼく自身のを開けると、中身は何一つ手つかずにそこにあった。ぼくが入れたものは一つ残らずあり、少しも傷《いた》んでいなかった。『北回帰線』のどっしりした原稿もあった——これはいつかちょっとした金目のものになる品物だ。

この二つのトランクはあれからずっとどこにあったのか？　誰がぼくにそれを送ってくれたか？　パリ郊外のある村の運送屋、ぼくとはただの二度会ったきりで、その折もほんの少しばかり言葉を交わしただけの人だ。彼に礼状を書くとき、ぼくはこれほど大きな贈り物を受けて、お返しには何をさしあげたらよかろうかと訊ねた。このトランクが手許に戻ったのは金銭ではかりえない恩恵だと思うと、ぼくははっきり書いたのだ。彼の返事は——「何も要りません！　何も！　お役に立てたことが嬉しいのです。」ぼくはまた書いた——いや事実、数回、せめて金でなくても彼なり彼の家族なりの望みの品を言ってくれまいかと書き送った（当時フランスの人たちはまだいろいろの物の不足に苦しんでいた）。だが何一つ彼は欲しがらなかった。最後の返事は、それほどに親切に言ってくださるなら、あなたの著書の一冊に署名して送ってください——それ以外何も要らない、という趣旨のものだった。この文通のあいだに、例の二個のトランクはぼくの友人が戦争の勃発でフランスを去るときに彼に委託したものであることがわかった。だがこの良心的な運送店主がどのようにしてぼくの所在を知ったかは、依然として謎である。またぼく自身のものといっしょにフィルモアのトランクが、どうして善良なマリウス・バットドゥの庫《くら》のなかへ持ちこまれることになったかもまた謎のままである。

もしあのトランクに『死海古文書』が入れてあったとしても、あの善良な人は同じ返事をしたにちがいないとぼくには思える。

Voilà un chic type!（快男児なるかな！）

金《かね》——だがいったいこいつはどうしてあんなことになるんだろう！ パーティントン・リッジに住んだ最初の数カ月、ぼくは『冷房装置の悪夢』を書きあげるためメキシコへ行くという思いつきを弄《もてあそ》んだ。ぼくは〝資金を求める訴え〟——一年間ぼくの生命をつなぐだけの資金と用途をはっきりさせた——を書きあげ、ニューヨークのゴッサム・ブックマートのフランセス・ステロフに宛てて、それを彼女の掲示板に貼りだしてくれるよう頼んだ。このアピールから何かの結果が得られようとはぼくはあまり期待しなかった。文章もかなり上《うわ》すべりしたもので、それはぼくの思うにはおそらく心の底ではぼくは本気でメキシコへ行きたくなかったためだろう。実はぼくの欲しかったのは少しばかりの現金だった。

数週後、ニューヨークのスタンプを押した一通の手紙が来て、それに二百五十ドルの小切手が入れてあった。送り主はハリー・コヴェールと名乗り、だが実のところ誰なのか秘密にしておきたいことをぼくに諒解させた。彼は一年のあいだ、だいたい同じ金額を毎月ぼくに送る、と約束していた。また自分は手に入るかぎりぼくのものは何でも読んでいる、一個の熱烈な讃美者だと知ってもらいたい、と書き添えてあった。それはどこか変った手紙で、完璧な英語でありながら外国ふうの色合いがひそんでいる、それがぼくの好奇心を呼んだ。だがぼくはその人が誰かを知ろうとする努力はしなかった

（もらい物にケチをつけるな！）。

約束したとおり、送金は規則正しく着いた。そのうちに、しばらく文通を交わしていたある若い女性が、ぼくの家に来て滞在した。彼女は舞踊家で、雨天でも晴天でも毎日きまった練習をするのを習性としていた。ときどき、ぼくは林のなかを散歩していて、彼女がレオタードを着こんでチンパンジーのように手足を動かしているところにぶつかった。彼女の練習の……

ある日、家族といっしょに郵便物や日用品を積みこんで坂をのぼっていると、一台の車が追いついて、運転者が横へ顔をだし、ヘンリー・ミラーさんじゃありませんかと訊いた。「私はハリー・コヴェールです」と彼が言った。

ぼくはすぐには適切な連想ができなくて、ぼんやり彼の顔を見ていた。

「例の小切手をお送りしてる男ですよ。友達がわからないんですか？」

しばらし、まごついて、返事ができなかった。ぼくは真っ赤になった。そのとたんにカチリとピントが合った。

「アリコ・ヴェール！」ぼくは叫んだ。「そうだったのか！」

そのときになってやっと、彼が〝さや豆〟のフランス語を変名に使っていたことが、ぼくの頭にうかんだ。

「やっぱりフランス人だったんですね？」

「本当はちがうんです」彼は答えた。「私はスイス人です。いや、というよりもスイスで生れたんです」そう言って、彼はぼくに本名を教えた。

ぼくの小屋へ着いて、彼が持って来た食物やぶどう酒を車から降ろしたとき、ぼくはできるだけ用心して、いったいどうしてわざわざビッグ・サーまでやって来たのかと訊いた。

彼の答えはぼくをおもしろがらせた。「あなたがどんな暮しをしてるか、見たかったんです。」それから彼は小屋を急がしく観察した（これはキース・エヴァンズの所有だった）。海に面した大きな厚板ガラスの窓に鼻を押しつけ、一、二歩、外へ踏みだして、いちめんに金色をしている山々を一瞥してから、心の底からの嘆息を一つして、叫んだ――「あんたがメキシコへ行かないわけがやっとわかった。ここは天国の次に好い土地です」

ぼくらは彼が持って来たペルノーの味を見た。そして間もなくおたがいのうちあけ話を交換し始めた。彼が金持ではないことを知って、ぼくはおどろいた！ 保険の代理店をやって不自由のない暮しはしているそうだが。富裕な両親の息子で、親たちからプレイボーイの生活をしろと励まされ、海外放浪の生活の大部分をフランスで過した。

「私はあなたを助けることを拒むことができませんでした」彼は言った、「私自身、いつも作家になりたくてたまらなかったからです。」そして急いでつけ加えた——「しかし私はあんたのように腹が据わっていない。餓えるのは私はごめんです」

彼が話をつづけて、彼の生涯の物語を語ってゆくうちに、彼の現在の立場は決してバラ色とは言えないことをぼくは知った。彼は不幸な結婚をし、彼の収入には不相応な暮しをしており、生計のためにみずからえらんだ商売には少しも興味がもてないという。ぼくは彼がこれ以上あまり長くぼくを援助しつづけることはできそうもないことを言うためにここまで来たのかとカングり始めた。だがそれはぼくの誤りだった。

「私の本当の望みは」と彼は急に言いだした、「あなたと立場をとりかえることですよ」

こんな宣言に対しては、ぼくはまったく不用意だった。ぼくは少しばかりひるんだにちがいない。

「いや、私の言うのはね」と彼は言葉をつづけ、「あなたは、自分がどれほど幸運だったかを知っているらしい人たちの一人だ、ということです。私ときたら、完全に動きがとれないんですからね」

この訪問はわずか数時間で終った。ぼくたちは最良の友人として別れた。

送金のほうは、それからも数カ月つづいたが、やがてまったく音信が絶えた。かなり長い沈黙がつづいた。ぼくはひょっとしたら自殺でもしたかと思った（彼はやりそうなタイプだった）。ようやく彼から音信に接したのは一年か、それ以上たってからだった。ぼくの受け取ったのは、哀れ深い、悲壮な手紙だった。彼、あの向う見ずな後援者は、あるまとまった金額を送ってくれるようにとぼくに頼みこんで来たのだ――そうしてさらに残額をできるだけ早く送ってくれと。

このときばかりはぼくは約束をまもった。ただちにまとまった金額を送った上に、その後数週間で、残りの額もきれいに支払った。

最後の支払いを受け取ったとき、彼は長文の熱烈な手紙をよこした、かなりにぼくを意気沮喪させる手紙を。その要点は、だいたい、彼にはこのたびの出来ごとをほとんど信じられない、という意味だった。彼はぼくがすっかり金を払うとは夢にも期待しなかった――しかもこんなにさっさと払おうとは断じて予想しなかったと告白していた。これはさしてお世辞とも言えぬ、とぼく自身は思い、その手紙を手にとって再読し始めた。ぼくはある一カ所につまずき、坐り直した。それは彼が、無一文になってからはじめて他人の物の考えかたがわかり始めたことを説明している個所だった。救援をもとめて、当然ながら彼は友人たち、特に相手が困っているときに救ったことのある連中に頼んだ。ところが一人のこらず、かれらは応じなかった。最後に彼がぼくに手紙を書いたのは、まったくの自棄《やけ》っぱちからだった。ところがぼくは応えてくれた！　どうしても本当とは思えなかった。もう一度お礼を申します――あなたに祝福あれ！

ぼくは手紙を下に置き、それについて反芻《はんすう》しようとして、そのとき最後の一枚の裏側に追伸が書きつけてあるのに気がついた。それにはこうあった――自分はこうしてどん底まで来たから、ここにとどまって……書くつもりだ。もしあなたにできることなら、自分にもできるはずだ。自分はもう世間に用はないし、二度と金を儲けたいとも思わぬ。みじめではあるけれども、ものごとがこんなことになったのを自分はむしろ喜ぶ。とにかく、あなたは自分の人類に対する信頼を呼び戻してくれた。いまこそ自分が一人の人間であることを実証する番だ……

これらの言葉を読み、ぼくはご機嫌になったとは言えない。また彼が一夜にして作家になることにそう大した信を置いたわけでもない。それはそうだが、しかしぼくが興味を——しかも力づよい興味をおぼえたのは、最後のどたん場になって、多くの人間のなかの最後の一人のところへ来たときにはじめて、彼は応答を手に入れた、という事実を彼が認めていることだ。ぼくはもうずっと長いあいだ、ほんとうに絶望しそうになったら、仲間の人間のなかで最もつまらぬ人間を頼りにせねばならぬ、という信念にもとづいて行動して来た。お前が求めるものを最も持っていそうもない人間に声をかけろ。もしこのように行動することでおのれが何をなしつつあるかを知るならば、われわれは一人の魔術師の許へおのれを運んでいることを知るだろう。助けるものを何も持たぬ人間が最も多くを持っている者だ。あるいは、誰が真の助ける力を持つか？　と言うべきだろうか。こういう人間は思いがけぬ要求によって決して胆をつぶすことはない。また彼は相手が貧窮しているからといって、ぞっとしたり悲しんだりもしない。なぜなら彼にとってそれは欣喜すべき事柄だからだ。いまこそ彼は友とは何を意味するかを実地に示すことができる。彼はあたかも一つの特権が自分に与えられたかのごとく振舞う。彼は文字どおり餌にとびつくのだ。

「百ドルとか言ったね？」（小便をする壷さえ持たぬ男にとっては法外な額だ）。彼は頭を掻く。「ちょっと考えさせてくれよ」

彼は考える、それから、微笑が彼の顔に灯をともす。ユリイカ！（わかった！）。そして彼は問題を景気よく念頭から追い払ってしまう——「なに、たった百ドルか？　おれはまた千ドルとでも言うんだと思った！」とでも言いたげに。

そこで彼は食べものを少し相手にやり、ポケットにはいささかの銭を押しこんで、帰ってゆっくり寝ることだなと言う。「明日の朝には手に入るさ。タッタッ！」

その夜のうちに……ここはフランス語で言わせてもらおう、そのほうが本当らしく聞えるから……*le miracle se produit.*（奇蹟が起った）。

ここで要領よく振舞うことが大切だ！　金がどこから来たか、どうしてこんなことになったか、いつ返せばいいか、等、等、そんなことは一切質問しないこと。金を受け取り、主を讃《ほ》めたたえ、この奇蹟を行なった友を抱擁し、一滴か二滴の涙を流し、そうして逃げ出すことだ！

これが毒をもって毒を制する療法の一処方だ、処方料は無料……

金銭がすべてではない……ラウール・ベルトランが訪ねて来た日は、ぼくにとって特筆大書すべき一日だった。というのは、彼がぼくの先細りになった〝運命〟への扉を開いてくれたからではなく（ただしあれは時宜にかなった行いであったけれども）、また例によって彼がぼくの喜びそうな友人たちを連れてくるばかりか、その日のために彼のフランス人の老家政婦が腕によりをかけてこしらえたご馳走も持って来てくれたためでもなく、さらにまた彼がぼくの心に親しい事柄をばぼくの聞いて喜ぶ言語で話してくれたためでもなく、実に、彼こそはその場の情調を、適切な、これしかないという気分に盛りあげる方法を知っている稀にみる人間の一人だからである——その気分とは、そこでは一切のものが花やぎ、芽ぶき、ふくらみ、決して色あせることがないと約束する、そうした情調である。彼、この親愛なるラウール・ベルトランが現われるときには、かならずどこかぼくの心の奥深いところで音楽が鳴りひびきだす。

ぼくがフランス的生活様式と結びついて受け容れることを学んだあらゆるものを、彼は例証しているように思う。十年間のフランス滞留の結果としてぼくがいつくしんで来たあらゆるものを、まるで魔法の杖を持ったかのように彼は再生させてくれる。それがヴェル・ディヴのオートバイ・レースであろうと、サン・ウーアンの犬の墓地であろうと、セント・ヘレナでのナポレオンの最後の日々であろうと、バスクの言葉の神秘であろうと、あるいはアルビジョアの悲劇的歴史であろうと問題ではなく……それはつねにぼくらをフランスの魂、核心に近づける交響楽的な旅であった。

パリの為替管理事務所のド・カルモア氏が一日ぼくを訪問したのは、たしかラウール・ベルトランを介してだったと思う。この事務所を通じて、外国人著作家たちへの支払いが管理され統制されている。ムッシュ・ド・カルモアの訪問はまったくの非公式のものではあったが、ぼくには深い感銘を与えた——それは政府そのものからの訪問を受けるのに似ていた。帰りがけにぼくに名刺を手渡しながら、このフランス共和国の好意的で慇懃《いんぎん》な使者はぼくに告げた、もしあなたがあなたに帰属すべき印税その他を取得する上で困難に遭遇したならば、ちょっとわたし宛に一筆お書きなさい。この言葉を彼は、まるで飛行機でひと飛び、金を直接自分でぼくにとどけることが彼にとって大きな愉快であるかのように言ったものだ。

数カ月後、ぼくは彼の言葉どおりのことをせざるを得ない仕儀になった。応答は即刻だった、電撃的といおうか。

Merci encore une fois, cher Monsieur de Carmoy!（親愛なるカルモア氏よ、もう一度ありがとう！）

だがラウール・ベルトランに話を戻そう。彼が最初に訪ねてくれたあの日、彼はぼくがヴィラ・スーラで知り合ったフランス人の新聞記者にともなわれて来た。その当時まだ少年から少しおとなになったばかりだった彼は、いまパリの大新聞の特派員になっていた。いよいよ二人が帰り支度をしかけたとき、飛行機でパリへ帰ろうとしている記者は、帰ったら何かぼくのために彼にできることはないかとぼくに訊いた。一瞬のためらいもなしにぼくは言った。「うん、あるよ。」まるでその考えが勝手にぼくの頭にとびこんで、水が噴きだすようにほとばしり出た、という案配だった。それは例の巣のなかに残って腐りかかっている卵、もう冗談になってしまった例の〃財産〃に関した話だった。それはたちまち一つの質問という形をとった。パチョウティンスキーの三兄弟――ユージーン、アナトール、レオン――はどうなったか？　かれらは戦争から生きのびたか？　いま困っているか？　それはぼくの心のなかの一つの大きな疑問符だった。その次に思ったこと、そこからの推論は、単純だった――かれらに金庫室への鍵を与えて何がわるい？

「きみ」ぼくは言った、「ぼくのためにやってもらえることが一つある。パリの幾つかの新聞に、『北回帰線』の著者ヘンリー・ミラーが旧友パチョウティンスキー兄弟の所在を知りたがっているという小さな広告を出してくれたまえ。返事が来るまでそれをつづけてもらいたいんだ」

それからぼくはこの三兄弟がかつてぼくにとって何を意味したか、ぼくの困窮時代にかれらがぼくに何をしてくれたかを説明した。

一カ月たつかたたぬ間に、ぼくは三人のうちで最も親しかったユージーンからの航空便の手紙を受け取り、それにはみな生きていて、元気だ、別にひどく困ってはいない、とあった。ユージーン自身はというと、自分が祈り求めている唯一のことは政府が――いつだってろくな政府があった例《ためし》はないが――自分の戦争中のはたらきにより当然その資格があるはずの年金を払ってくれることだ。何よりも自分は少し結核の気《け》があり、ただし一、二年の療養所《サナ》生活でまたもとの元気に戻れる希望がある。

ぼくは彼が結局年金を受けることになったいきさつ——あまりにも信じられぬことのようだが——については飛ばして、話の結末をつけておこう。

ヴェルサイユで、ユージーンはある老紳士と知り合ったが、この人は家を売って田舎へ移りたがっていた。もしユージーンが買手をみつけてくれるならば、ユージーン自身が田舎で家を買えるだけの金を進呈しようと約束した。ユージーンはその前から南仏《ミディ》のロクコール（タルン・エ・ガロンヌ）という村に目をつけていた。とても信じられない紛《まぐ》れ中《あた》りで、不動産のことなど何も知らないユージーンはヴェルサイユの家の買手を網にかけた。ぼくの知っている次の事実は、彼がロクコール村で廃校になった学校の建物を買ったという話だ。それは十三室もある校舎で、昔の砦《とりで》が精神病院に改造されたような趣の建物だという。小高いところに気取った形でのっかっている校舎を写した絵葉書に彼は印をつけて、いま改修している二つの部屋のありかを示し、この二室はぼくの妻とぼくに使ってもらうつもりで別にしてある、これは誰にも使わせず、もっぱらぼくら二人のもの、それも永久に——と書いて来た。こうしてぼくらはいつなりと第二のわが家が持てる——ぼくらの愛するフランスに——と言えるわけだ。

わが友アルフの呼称するように〃わけもなく泣く男〃であるぼくは、このぼくらの新しい家のたたずまいを見て、かなりの熱い涙をこぼすのを拒めなかった。またもやぼくはシネマ・ド・ヴァンヴの外ではじめてユージーンと出会った日のことを思った——彼は高い梯子のてっぺんに立って、オルガ・チェーホワの主演映画が来るという広告を掲示板に貼っているところだった。またもやぼくは映画館の向い側の、ユージーンと二人でたびたび一杯の〃ジャワ〃[3]を飲みながらチェス・ゲームをした酒場（ビストロ）の窓からぼくを睨んでいる、みじめなボール紙のぶらさがってるのを見た——それにはどんなみじ

3 コーヒー（訳注）

めな、みすぼらしい〝広告〟でもフランスでは必要な収入印紙がちゃんと貼ってあった。この広告は彼が自分の手で書いたもので（そこから数戸さきの）、ホテル・アルバに住むアンリ・ミラーが一時間十フランという質実な値段で英語教授に応ずることを通行人に知らせるものだった。『北回帰線』を読んだ人々はこの良き友ユージーンと彼の〝旧き世界の園〟を思いだすだろう。〝彼の園〟とは、また何という婉曲語法《ユーフエミズム》だったことか！　それはぼくの記憶がただしいとすれば、かれら兄弟が卜居《ぼつきょ》していた、テルモピール袋小路《アンパース》に近い陋巷《ろうこう》だった。あの栄誉ある古戦場と、その名をもらったあの狭い、臭い、むさくろしい路地とのあいだに、いったいどういう連鎖があるのか、ぼくにはお手あげだ。例の〝旧き世界の園〟にいたっては、それはユージーンの胸のうちにあるので、どこの家の外にもあるわけではない。

こうして数行の熱い涙をしたたらせつつ坐っていると、あのユージーン、ぼくが一杯のコーヒーを飲みたいときを除いては一スーの銭も持っていたことのなかった彼が、こんな王侯にもまさる贈り物をぼくにくれる人間であったということは、まったく自然な、論理的な、不可避なことでもあると思えて来た……

そこでいまは話を『十三人の十字架にかかった救世主たち』と『黙示録への鍵』に移そう。この二つはぼくがとうとう手に入れることのできなかった二つの作品の題名であって、しかも数人の友人がきっとぼくのために手に入れてやろうと何度も約束してくれているものでもある。

最初に挙げたものは、高名な『アナカリプシス』の著者、サー・ゴッドフリー・ヒギンズの著である。版本は存在する、と聞かされてはいるが、発見はむつかしく、法外な高値だという。やれやれ、ぼくはもう欲しくない。

他の一篇、異色のリトアニア詩人、オスカル・ウラディスラス・ド・リュビッチュ・ミロシュ（リトアニア風ではミラシウス）の作で、これにはおもしろい物語がつたわっている。ミロシュの作品や彼について書かれたものをほんの少し読んだだけで、ぼくははなはだしく興味をそそられた。ぼくは誰にも彼にたいするぼくの関心についてこれまで一度も語ったことはないし、事実これまで彼についてともに語るべき相手をぼくは一人も知らないのだ。[4]

五年ほど前、ちょうどとりかかっていた仕事[5]のために必要な書物を蒐《あつ》めようとしているあいだに、ぼくはチェスワフ・ミウォシュの署名の電報を受け取ったが、この人は亡き詩人の甥であるとのことだった。つづいて着いた手紙は、ぼくが関心を持っていた作家とは関係のないものだった。それはワルシャワ美術館長がぼくを訪ねたいという申し入れについての手紙だった。その後、二、三回の書簡の往復があったが、これによってぼくは詩人の作品への熱中に冷水をかけられることになった。チェスワフ・ミウォシュは当時ワシントン駐在のポーランド公使館員だったが、おそらく後に彼が名声をかちえた大きな小説をすでに執筆中だったのだろう。

時が過ぎた。ヨーロッパへの休暇旅行の途中（一九五三年）、妻のイヴとぼくとは、ローザンヌのギルド・ド・リーヴルを訪れ、数年前から文通していた館長のアルベール・メルムーに会った。長談話《ばなし》の途中、一息入れたところでムッシュ・メルムーは、ちょうど例のラウール・ベルトランの友人のように、急に、あなたがたのローザンヌ御滞在中、私の力でできることは何かありませんかと問いかけた。そして、これも前の場合と同様、ぼくは一瞬のためらいもなく、またあらかじめ一考もせずに答えた――「あります！　ミロシュの *Les Clefs de l'Apocalypse* という本をみつけください！」ぼくはさらに説明して、さまざまの友人から、ミロシュの著作の決定版はスイスで発行されていると聞いたと

4　ぼくを興奮させたミロシュのいくつかの側面について、ほんの片鱗だけを記しておこう――
（1）「その全生涯を通じて、ミロシュはドン・キホーテをば〝人間〟の同義語と認める考えをかえなかった」
（2）「彼は一八九六年にルーヴル美術学校と東洋語専門学校とで研究をはじめた。フェニキア及びアッシリアの美術を研究し、かくして聖書のすぐれた翻訳者ユジェーヌ・ルドランの指導のもとにオリエントの金石学を学んだ……内心の情熱にうながされ、彼はパレスチナ＝メソポタミア系諸国語の暗号通信法を編みだした。史前学の研究者として、彼は人類の起源、宇宙の起源、その第一原因について思いめぐらした」
（3）「みずからやみがたい精神的使命感

言った。

メルムーはぼくに異様な微笑を見せて、すぐさま答えた——「そんなことはわけありません。すぐに出版者に電話しましょう。彼は私の友人で、このローザンヌに住んでいます」

彼は受話器をとりあげ、ぼくはその名を聞きそこねたがその友人を呼びだし、この風変りな要求をするにいたった事情の説明にとりかかった。ぼくは彼がぼくの名を数回くりかえすのを聞いた——「そうだ、いまこのぼくの部屋におられるのだよ」——そしてぼくのほうを見て、「彼はあんたを知っていますよ！」と言うように笑ってみせ、また話をつづけた。長い話になった。彼を困らせないために、ぼくはぼくたちといっしょに来た友人たちの方を向いて低い声で話を始めた。

しばらくして、ぼくはその電話での話が異例に長くなっていることに気づいた。メルムーはもう話すのをやめて、ただうなずいたり、うなったりした。彼はこの上なく熱心に話を聴いているように見えた。

最後に彼は電話を切り、ぼくに向って言った——「残念です。あなたが欲しいといわれる本以外ならミロシュの本は何でも手に入れてあげられるんですが」

彼は椅子の背にもたれて、その出版者の身の上話、それも実に異常な話に加えて、後者とかの詩人との関係について、一場の長談話《ばなし》を始めた。出版者は単に詩人の親友であるばかりか、本心からの後援者だったらしい。ぼくの聞き誤りでないとすれば、出版者、彼自身がミロシュを読んだ結果として詩を書き始めた。然り、彼はミロシュの書いた一切のもの、問題の書を含めて、すべて印刷した。しかしこの作品『黙示録への鍵』については——「彼はそれの版本《コピー》をただの一冊だけ、もっぱら彼みずからのものとして印刷した。彼はそれを人に貸すことすらも許さなかった。何人《なんぴと》がそれを読むことをも欲しなかった。たとい敬慕する[6]ヘンリー・ミラーであろうとも。なぜこんな態度をとるのか？ほ

を抱いていたミロシュは、おのれの順応しえない現世にあって脱俗の境に生きた。おのれが人間的幸福にふさわしからぬこと、おのれの出生そのものがすでに一の顛落であったこと、そしておのれの幼時はこの顛落の重力の意識をば掴んだ時代の思い出にほかならなかったことを、彼はつねに感じていた」

（4）「いわゆる大自然（たといそれが人類大多数の眼に美しくあろうとも）、数千年の昔からわれら人間がその胸に抱かれて生きて来た、この自然なるものはまったく醜悪、下劣そのものである。われらがこの自然を承認しないのは、たれしもおのれの意識の底に原初の自然、神のものにして真正なるところの自然の追憶を抱いて生きて来たからである。この第二の自然、すなわち現にわれらをとりまく自然にあっては、一切は言語道断の悪以外の何ものでもない」（これはミロシュ自身

かでもない、彼はこの書をその著者に値しないものと認めるからである。メルムーの言葉から、ぼくは、この作品の宗教的観点について両者のあいだに不一致があった、という印象を受けた。だが何ぶんにもメルムーはたくさんのことを早口で一気にしゃべり、ぼくはいささか目眩《めまい》の気味だったので、この点についてはぼくは誤っているかも知れない。

数カ月後、(パリの) 上院に近い簡素なレストランに席を占めているとき、一人の男がぼくたちのテーブルに来て、チェスワフ・ミウォシュだと自己紹介した――ワシントンから手紙をぼくにくれた人と同一人だった。彼がどうしてぼくだとわかったのか、ぼくには説明できない。おそらく彼はぼくの名をわきで耳に入れたのだろう。それはとにかく、手紙の一つに書いた何かたいしたこともない事柄について詫びごとを言ったあと、そこに腰を下ろしてぼくらと話し始めた。ローザンヌの出来ごとはまだぼくには新鮮に心に残っていたので、ぼくはギルド・ド・リーヴル事務所での出来ごとを話し始めた。彼はまったく当惑したらしく、そんなことはまったく理解を絶していると言わぬばかりに数回、首を振って、それから言いだした、「いや、それはばかげた話です! 私はその本をあなたのお手に入るようにできますよ。しかしあれを読みたいとお思いになるかどうか、私には疑問です」

「なぜです?」ぼくが言った。

「というのは、あれは実のところ本ではないからです……たった一頁半の長さしかないのですから!」

びっくり仰天した。わずか一頁半のためのこのばか騒ぎとは! ぼくは唖然とした。

「どうぞそれを手に入れさせてください」ぼくは懇願した。「これでぼくはますますそれが読みたくなりました」

彼は都合つき次第、早速そうしようと約束した。今日までそれはとどかない。いつかとどくのだろ

の語録)――以上の引用はすべて *O. V. de L. Milosz: sa vie, son oeuvre, son rayonnement*, by Geneviève-Irène Zidonis (ジュヌヴィエーヴ・イレーヌ・ズィドニス著『O. V. de L. ミロシュ＝その生涯、その労作、およびその光輝』): Oliver Perrin, Editeur, 198 Boulevar Saint-Germain, Paris, 1951. から採った。(本書はカリフォルニア州ロサンジェルス市駐在フランス領事館からの寄贈にかかわる)(原注)

5 『わが読書』(原注)

6 話のまま (原注)

うか？　その一頁半には何が書いてあるのだろう？

　レチフ・ド・ラ・ブルトンヌは、これまたまったく毛色の変った代物だ！　多年この名はぼくの耳目に熟しているが、それは主としてフランスのシュルレアリスト、アンドレ・ブルトンが、特に彼の著作にたびたび言及しているからである。なぜぼくが彼を読む努力をしたことがないのか、ぼくには説明できない。その名そのものがまことに怪しげな魅力に富んでいて、ことによるとぼくは欺されるのが怖ろしかったのかもしれぬ。しばしば彼の名はぼく自身の作品の批評にあらわれる（いろいろの場合、批評家たちはぼくの名をば、ペトロニウス、ラブレー、スウィフト、サド、ホイットマン、ドストエフスキー――そしてレチフ・ド・ラ・ブルトンヌと並べてもちだした）。

　ある日ぼくは当時のわが国のエチオピア大使、J・ライヴズ・チャイルズから手紙を受け取った。それによると、手紙の筆者はぼくの著作を手に入る限りすべて読んでおり、ぼくの書くものと有名なレチフの著作とのあいだには大きな親近性があると思う。ぼくはレチフを読んだことがあるのか？　読んでいるにちがいないと彼は感ずる、というのだ。ぼくは彼のものを一行も読んでいないと返事した。すると第二の手紙が来て、是非とも読むようにと勧めてあった。もしあなたが彼の本を入手できなかったら私に知らせてくれ、あなたの手に彼の版本が渡るように計らうから。つづいて彼はぼくに告げた、自分は彼の生涯と著作の研究にかなりの時を費やしたし、いまはレチフの書誌を鋭意編纂中であると。

　この手紙でチャイルズはぼくが是非『ニコラ氏』*Monsieur Nicolas* と『パリの夜』*Les Nuits de Paris* を読むようにも勧めて来た。彼はこれらの本の長さをぼくに告げるのを省略した。『ニコラ氏』だけで十四巻ほどを成していることを知って、ぼくはたちまち意気沮喪した。そうしているうちにニューヨーク州のカイロから、ダンテ・ザッカニーニと名乗る学者でかつ飽くことを知らぬ読書家が、同じくレチフ・ド・ラ・ブルトンヌ讃頌《さんしょう》の爆弾をぼくに投げつけ始めた。ぼくの食欲を烈しくするため、彼はあるイギリスの出版社が出した『パリの夜』の大量に省略した一巻本をぼくに送りつけた。ぼくはそれを興味をもって読んだが、熱狂にはいたらなかった。のみならず、この簡略な味識によって、ぼくはレチフの文学的行路とぼく自身のそれとのあいだに脆弱《ぜいじゃく》な連関しか見いださなかった。いささか愚かにも、ぼくは当座のあいだレチフはもうたくさんだと断定した。

するとある日、わが国のエチオピア大使の長いあいだの労作なる厖大な書物が、郵便でとどいた。まさにこれはすべてのレチフを愛する読者が著者への負目を感ぜねばならぬ金字塔的著作である。この事が網羅している領域の広大さはぼくを圧倒した。「おれには真似はできない」とぼくは独語した。それればかりでなく、ぼくはちょうど自分のことを、多い上にも多くではなく、少ない上にも少なく読むことにすると手記したばかりだった。

ここで、チャイルズ自身、その厖大な概説書の序説のなかで述べていることを知るのは興味があるかもしれぬ――彼は、その愛するレチフの全著作は数にして五十篇を越え、全部で二百巻にわたる(!)ことを発見したときは、さすがにこの仕事をやりつづける勇気がほとんど失われたというのだ。しかしながらレチフの発表した全著作を読むことは、この大著を生むために費やされた絶大な労力のほんの一部分にすぎなかった。

この怪物レチフの途方もない性状の一端を示すため、チャイルズの序説の数行を以下に引用させてもらう――

「私にとって、レチフは、そのあらゆる弱点にもかかわらず――また事実、彼の弱点は多かったが――さまざまの理由から共感の持てる人物である。何よりもまず、心の本性からの優しさ、他人に対するこの人物の非人情をつねに意識しながら、しかも大いなる人間味が認められること、人間の条件を向上させようとする熱烈な願望、雄大な世界観、おのれの全存在を傾倒して同時代人に、また進んで後世にまで有用でありたいとする志望、そして最後におのれの欠点を認める点での申し分のない誠実さ。レチフはまた、シェイクスピアとジャンヌ・ダルクとを侮蔑することが流行の思潮であり、フランスでは特にそうであった時代に、この二人の美点を称讃したことを特に強調したい。彼は人類の知的地平線を拡大することに思いを凝らし、その目的に毀誉褒貶《きよほうへん》をかえりみず独往邁進《どくおうまいしん》した。彼の著作は万華鏡《まんげきよう》のごとき無数の断面、無限の屈折を示し、常人が一生涯を費やしてもその廬山《ろざん》の全貌をあとづけるに充分でないほどである。すべての人間と同じく彼もまた不完全な人間であったが、彼は決しておのれが欠点の多い人間でないかのような虚飾に囚われることがなかった。彼はまさしく人間的であり、おそらくはあまりに人間的でありすぎたのであろうが、しかもその点においてわれらが彼に負うところの負債はまことに大きく、その大きさは将来においてますます明らかになるであろう」

（ジェッダ、サウジアラビアにて、一九四八年二月二十七日）

ちょうどレチフのくだりを終りにしようとしているところへカイロから手紙が来て、彼、ダンテはついに『ニコラ氏』らの完全な、省略のないフランス版の全十四巻を読み終り――そしてその十四巻を同じ日にぼく宛てに発送する、と言って来た。一週間ばかりでそれは着いた。

ぼくはまるであの途方もない怪物レチフの遺骸を収めた棺を送られたような気がした！　どうしよう？　まず第一に順序よく並べること、ぼくはそうした。次にぼくは好い加減の巻を抜きだして、あちらこちら、一、二頁ずつ走り読みした。それから、書棚の最上段の、エドワード・サンチァゴ著『巡回』と題する瀟洒《しょうしゃ》な、謙譲そうな一巻のかたわらにそれらを並べ、ひとりごちた――「いつか麻痺症で動けなくなったら、これに没頭することにしよう」そう言いながら、ぼくは新しく蔵書に加わったこの書のかわりにどけられた書物をあつめ、それらをボール箱に投げこみ、馬車に馬をつないで、アラスカからティエラ・デル・フエゴまで通じている景色のよい街道に沿った屑すて場まで走らせ、書物を太平洋に投げこんだ。

さて今度は、ぼくがサンタ・モニカでとうとう取っ組み合いをすることになった、エッセネ派についてである。ぼくがサンタ・モニカへ行ったのは、わが友ロバート・フィンクの招きで、エイブ・ワイナーの絵を見るためであった。ここでぼくはワイナーの友、ヴェニスの住人、ローレンス・リプトンに紹介された。

ある長くつづいた楽しい宵も終りになろうとする頃、ぼくはローレンス・リプトンとの会話を始めた。ミステリー小説の作者としてアメリカじゅうに――少なくともペン・ネームでは――知られているリプトンは、ぼくとしてはエッセネ派とよばれる神秘派の宗派についての資料のことで話しかける相手として、おそらく最も意外な人物のように思われるのだ。

ぼくたちはたいへんな駈足で、ありきたりの前置きなどは抜きにして、二人きりの熱心な対話を始めたわけだが、それは思想の交換というよりは精気あふれるゲームといった調子のものだった。前にこれに似た口舌のダンスにとびこんだ最後の経験はニューハンプシャーの小さな村でだった。このことを言うのは、この種のことは一人の生涯でそうたびたびは起らないからである。いま挙げた出来ごとは、ある冬の日、ぼくがダートマスのハーバート・ウェスト教授といっしょに、ある遠くの町での会議に出席したあとで起った。ぼくらはハノーヴァーにあるウェスト教授の自宅へ車を走らせていた。夕方近く、ある村の近くまで来たとき、ハーブ・ウェストは突然、その村に住む彼の友人を二人で訪ねようと言いだしたのだ。

彼はとある質素な家の前に車をとめたが、そこに、入口でぼくらを迎えようと待っていたのが、彼の友人だった。この人についてぼくは何も聞かされていなかったし、紹介されるときもその名を聞き洩らしたほどだった。だが挨拶を交わした瞬間、まるでずっと昔からの知合いのような気がした。まるで前世で、わずか数千年前にやりかけになっていた会話のつづきのように、その玄関さきで、ぼくたちは話し始めた。いまこのウェストの友人に関してぼくに思いだせる世俗的な事実といえば、彼が永いあいだイギリスのインド派遣軍に勤務していたことだけである。

ぼくらはその家に二時間いた、そのあいだ〝少佐〟とぼくとは呆れかえるほど不釣合いな、一見ばらばらに結びつきのない、さまざまの題目を話題にした。ぼくらは、何か世に知られない書物の題名とか、よほど無名な歴史上の人物の名とか、およそ世間に通用しない部門の知識とかを口にしては、たがいに意味ふかい微笑を交わしてはほかの話題に移る、というようなことが実にしばしば起った。ただの一度も、ぼくらは、言ってみれば、間違ったボタンを押さなかった。まるでぼくら二人でコンピューターを操作して、そしてただの一度も誤らず、何の努力もせずに正しい答えを投げだす、というのに似ていた。実際、その雰囲気は、ボタンを押し、きまった溝にすべりこみ、つないだり組み合せたり、合わせたりはずしたりする、そうした調子のものだった。そのとき触れた題目はどれもみな、それ自身よりも遥かに重要な何ごとかを解きほぐすための口実でしかないように見えた——ただしこの重要な何ごとかとはいったい何なのか、ぼくらはその点をはっきりさせる試みすらもしなかったのだが。

付け加えて言おう——かの人物の生涯はぼくのそれとは何ひとつ共通のところはなかったことを。ぼくらは完全に別の、似ていない世界を経て来た。のみならず、ぼくはあの出会い以来、彼と通信しようと決してしていない。その必要がないのだ。ぼくらが再会したとき——それともあるいは生れかわった次の世にでも会うことになっているのか？——ぼくらはきっと間違いなくあのとき話しかけたところから話をつづけるだろう……

だがこのローレンス・リプトンは……肉体的には——その点ぼくはすぐさま気がついたのだが——彼はぼくが非常に強く嫌っているある男を激しく思いださせた。彼は口のききかたまで、ぼくがいまだに嫌悪し軽蔑しているこの人物に似ていた。だが彼が触れるどんな題目も——彼は何の継穂《つぎほ》もなしに一つの主題から他の主題へ移ってゆくのが癖だった——まるで磁石のようにぼくを彼のほうへ牽きつけた。彼はそのときすでに一ダースほどもの題目を移り歩いた揚句だった——その各々の題目を挙げるだけでぼくにはいつもアドレナリン剤を服用したような効果がある、そうした題目ばかりだった。そのとき突如としてぼくは彼が〝エッセネ派〟という言葉を発音するのを聞いたと思った。彼はその言葉を正確に発音した、それがぼくをドキリとさせた。

「エッセネ派と言われましたか？」ぼくが訊いた。

「ええ」彼は答えた。「なぜです？　興味がおありですか？」彼はおどろいたようだった。

ぼくは説明した、もう何年も、このセクトの習俗、儀式、生活様式について知り得るかぎりのことを追跡して来たのだと。ぼくはこの宗派の行動がアルビジャンズ派[7]のそれと似ているように思うと言って、その相似点を幾つか挙げた。それから『イエスの知られざる生涯』と題する不思議な本についても軽く触れた。ジェラルド・ハードの著書『時間、苦痛および性（セックス）』のなかに、この不思議な宗派をとりあつかったおどろくべき一章があることも言った。

そうです、そうです、わたしはそういう話はみんなよく知っている——彼はそう言いたいらしかった——またそれ以上にたくさんのことも。だがいまその話に深入りする暇がありますかな？　彼は人名、年代、引用、あらゆる形の奇怪な、神秘学的な知識を撒き散らしていた。

「ほんとうにもっとお知りになりたいのなら」と彼は言った、「この十年かそれ以上の年月、私がこの題目について蓄積した、もっと重要な資料を家内にコピーさせましょう」

「いや、そんなことはぼくは夢にも……」

「何、何でもないですよ」と彼は言った。「家内は喜んでやってくれますよ、そうだね、お前？」

奥さんは、ええ、もちろんですわ、と言わざるを得なかった。

数週後、彼が約束してくれた資料をぼくは受け取った。

そのなかには彼自身の、きわめて聡明で他人の反論をゆるさない考察や解釈も含まれていた。

時がたち、エッセネ派という問題もその住みなれた片隅にひきさがった。そこへ、ちょうど十日前のこと、パレスチナから帰国したある医師が、ぼくの旧友リリクからの伝言をもたらしてくれたが、この人が、〝たしか〟『ニューヨーカー』に載った〝はずだと思うが〟と言って『死海文書』についての長い論文に、ぼくの注意を喚起してくれた。これはエドマンド・ウィルソンの書いた、きわめて重

7　十二、三世紀南フランスのアルビ地方に起った反ローマ的宗派（訳注）

要な論文だ、と彼は言った。ぼくはいささか懐疑的で、この医師は何かほかのものと混同しているのではないかと思った。ぼくは稀にしか『ニューヨーカー』を読まないので、この出来ごとがこんな事態になるなどということは少しも知らなかった。

二日後、郵便のなかに、『ニューヨーカー』の例の客が話した号が現われた。それはこの数カ月来、何の便りもなかったローレンス・リプトンが送ってくれたものだった。リプトンからの手紙には、ぼくがウィルソンの論文を見のがしている可能性が強いと思うので、この題目に対するぼくの関心を想起し、これをぼくに特に送ることは至上命令と認める、と書いてあった。

これは暗合だろうか？　そうかも知れぬ。しかしぼくはそれとは別の考え方を採る。

人生のある時点で、大多数の人はこの〝暗合〟という語の意味について考えこむものだ。もしわれわれがこの問題に勇気をだして直面するなら――なぜならこれは心をみだす問題であることが確かだから――われわれは単なる偶然の出来ごとというのは答えにならぬと認めることを余儀なくされる。もし「定まった運命」という語を用いるなら、われわれは敗北を感じる。また感じるのは当然である。人間は自由に生れたればこそ、こうした神秘な時、ところ、および事件の連結が起り得るのである。運命に特徴付けられた男と女を占星術で占うと、単なる〝偶発的な事件〟が大いに重要な出来事になることがわかる。あるいはこれらのひとびとは普通の人間よりもおのれの存在の可能性をより強く認識することができたが故に、内と外の、小世界《ミクロ》と大世界《マクロ》の相関ということが顕著であり、ダイヤモンドのごとく明々白々なのであるかもしれぬ。

〝偶然〟の神秘と格闘することで、ぼくらは適切な説明をなしえないかも知れぬが、ぼくらが人間の理解力の及ぶ限界を超えた法則の存在に気づかされることは否定できない。その点に気づくこと強ければ強いほど、正しい生きかたと好き運命とのあいだには関連があることを感得するのも強くなる。もしぼくらが充分に深く探究するならば、運命には好運も悪運もなく、問題になるのはぼくらがぼくらの（好きまたは悪《あ》しき）運命をいかに受け取るかであることを識るにいたるだろう。下世話にも言うではないか——〃*To make the most of ones' lot*〃[8]この格言の含意は、ぼくらは神々から同等に寵愛されてもいないし、冷遇されてもいない、という観念である。

ぼくが強調したい点は、運命を受けとめるにあたって、ものごとはかくなる宿命であったとか、ぼくらは格別の配慮を蒙るために選ばれたとか考えるべきではなく、ぼくらの内なる最善のものに呼応することによってぼくらはみずからをより高き法則、宇宙の不可思議の法則——善悪とか、汝と我とかにまったく関することのない法則との諧調に置くことになるかもしれぬと考えるべきである。

大いなるエホバがヨブに課した試練がこれであった。

このような暗合や〃奇蹟〃——と、そう勝手に呼んで来たが、そうした事例のぼくの人生に現われたものを数かぎりもなく書き並べることができよう。だが、数は無意味である。もしただ一つだけ起ったのであれば、それも同じ怖るべき有効性をもつだろう。まことに、人事百般について、ほとんどすべてのこと以上にぼくを困惑させるものは、おのれの思考の型、おのれの決して疑うことのない論理に適合しない事件や偶発事を無視しあるいは避けて通る人間の能力、これである。この点について文明はその反応においていわゆる野蛮人に少しも劣らず原始的である。おのれの予想できないものを額面どおり正当に見ることを彼は拒否する。彼は事故だとか、例外だとか、偶然だとか、暗合だとか、等、等の言葉をもちだして来て、論点をはぐらかすのだ。

だが〃それ〃が起るたびごとに、彼はよろめく。哲学者、形而上学者の心なぐさむ甘味料を提供し

8　自分の運を精一杯ものにする（訳注）

ようとするあらゆる努力にもかかわらず、人間は宇宙のなかで安住していない。思想はいまもなお麻酔剤にすぎぬ。最も深い問いは〝何故〟である。そしてそれは禁断の問いだ。問うこと自体が宇宙的妨害《サボタージュ》の性質をもつ。そしてその罰は――ヨブの受けた憂目である。

ぼくらの生活の日々に、ぼくらの生活を支配する諸事件と宇宙を交配する諸力とのあいだの、広大無辺の、複雑をきわめた相互関連の証拠を、ぼくらはつきつけられている。それらの証拠に触発される洞察のひらめきを追うことをぼくらが怖れるのは、何ごとがぼくらの身の上に〝起る〟であろうかを知るようになることへの怖れにほかならぬ。ぼくらが出生から知るべく定められた一事は、ぼくらが死ぬということだ。だがこのことさえも、確かではあろうけれども、受け容れがたいことをぼくらは知るのだ。

さて何ごとが〝起る〟かは、予知しえざること、外から来ること、ぼくらの願望、ぼくらの計画、ぼくらの期待が無視されること等の風味を帯びている。だがこれらの出来ごとが誰の身の上に〝起るか〟、その当体たるひとびとは二種類に分けられるだろう。一《いっ》はこれらの出来ごとを正常かつ自然のものと看《み》なすひとびとと、他は異常な、気まぐれな、おのれの知性にたいし侮辱的なものと看《み》なすひとびとである。一方はおのれの真の自己をもって対応し、他方はおのれの小我をもって対応する。前者は真の宗教心あるひとびとであって、〝神〟なる語を改めてもちだす必要を認めない。後者は、自分では懐疑派とか無神論者とか自称するかもしれぬが実は似而非《えせ》信心家であって、彼自身の限られた知性よりも大きな、宇宙に遍在するいかなる知性の存在をも躍起になって否定する連中である。彼は説明すべからざるもの以外のあらゆるものについて説明ができ、彼が説明すべからざる現象をかたづけるやりかたはそれらが彼の注意にのぼってこないかのように装うことである。動物界での彼の兄弟は駝鳥である。

この題目を終るにあたり――さしあたって――ちょうどいましがた手に入った一書からの引用をしたい。この本をぼくに貸してくれた人は、ぼくが（無心に）このような本にまず心がひかれることのない人だとして言及しそうな人物である。この著者の言葉と右に述べたこととの関連は即座には明瞭にならぬかもしれぬ。だが関連はたしかにあるので、この一節を引用する理由は、読者の心にはすでに形づくられているにちがいないと思われる疑問にたいしてなされうる最良の答えの一つだとぼくには思われるからである。これはかの有名なハリール・ジブラーンの伝記にたいする〝弁証《アポロギア》〟からの引用である。

「余が本書の執筆を決意したのは長い躊躇の後のことであった。その故は何人も、おのれの生活のただ一瞬間たりとも、その複雑にして紛糾せる意味のすべてを解明し、宇宙の生命との無限の関連において忠実に、正確に、かつは遺漏なく描叙しうる者は一人もないと余は信ずるからである。然りとすれば、たといいかなる才の持主たりとも、痴人にまれ天才にまれ、他人の生涯を一巻の書中に封じこむことを何人が敢えてしようぞ！　かかる見地よりすれば、およそ歴史の名のもとに人が人について述べ作ることとは、余の判断を以てすれば、なべて人生と名づけられたる大海の表面をさわがす泡粒と異なるところはない。いかなるペンをもって鉛をおろすともその深さはあまりに深く、いかなる画筆もて描かんにも水平線はあまりに遠い。今日にいたるまでわれらはいまだかつて何人の伝記も、また何事の歴史も書き得たためしはない。もしわれらにしてただ一人の伝記を、十全に書いたとするなら、そのなかにわれらは全人間の歴史を読み得るであろう。またわれらにしてただ一事の来歴を真心こめて記録したならば、そのなかにわれらは一切の事物の物語を発見するであろう」

13　真正の愛の行い

もし本心からの欲求があるなら、それはかなえられるだろう。

この思想は、ジーン・ウォートンがくりかえしくりかえし、また百ほどもの違った言いかたで表白したものだが、このような陳述は、嘲笑されて無意味なものとなるか、額面どおり受け取られて実証されたり否定されたりするか、そのどちらかである。ぼく自身の場合、数えきれぬほどの回数、それが真実であることが立証されたことは、いつになってもぼくをおどろかすことをやめないのである。何ごとをおいてもまず第一におのれに向って問うべきこと――それは、ぼくらはほんとうにぼくらの真の欲求を自覚しているか？　である。〝それ〟のほうでは知っている、が、ぼくらは知らぬ。〝ぼくら〟はたいてい一番びりになる、てんでついて行けない場合もめずらしくない。ぼくらは自分が占めるかもしれぬ王座を、それが目の前に来る前に人に譲ってしまう。一頭の白馬が、くつわを銜《は》みながら、かつて夢想だにしなかったゴールへとぼくらを運ぼうと待ちかまえている。だがぼくらはそれに乗るか？　乗る者はみなおのれの背後に火焔の足跡を残している。

問題は、どこへぼくらは行きたいのか？　である。そして、ぼくらは荷物を持って行きたいのか、それとも身軽な旅をしたいのか？　である。第二の問いへの答えは、第一のそれのなかに含まれている。どこへ行こうと、ぼくらは裸で、一人だけ行かねばならぬ。ぼくらめいめいは、他人からは決して教えてもらえぬことを学び知らねばならぬ。崇厳なものに触れるためには、ぼくらは嗤《わら》うべきことをせねばならぬのだ。

　他人の欲求がほんとうは何であるか、誰に言えよう？　何人《なんびと》も、ためらわず進めと呼びかける以外に、ほんとうに他人を助けることはできぬ。ときには人はいまいる場所から身動きもせずに進まねばならぬこともある。おのれの問題からみずからを引き離すこと、これが秘訣だ。なぜ問題を解こうとするのか？　問題を溶かせ！　無視、軽蔑、無関心といった塩性の溶液にそれをひたすのだ。卑怯者、謀叛人、裏切者となることを怖れるな。このぼくらの宇宙には、あらゆる者を容れる余地があり、おそらくあらゆる者が必要ですらあるかもしれぬ。太陽はその熱を送る前に地位や身分について問いはせぬ。颶風《ぐふう》は神をうやまう者も神に叛《そむ》く者も一様にひれ伏させる。政府はたとい汚れた金でも税金に取る。ましてや原子爆弾が諸個人の人格に尊敬をはらうはずもない。またたぶんそれだからこそ、みずから正しとする連中がジタバタ騒ぐのだろう。

　狂信者の言説が滑稽に聞えるのは、彼が深遠な諸真理を――深遠な二番煎《せん》じの諸真理を――説く場合の、その説きかたのためであって、彼はそれらの諸真理をつまらぬ事物の領域で実証しようとする。だがもし一本の藁《わら》をして前人未発のやりかたで行動させることができるものなら、人間についても同じことができそうなものである。科学者の実験室での仕事はみんな絶対確実なことばかりだ。危険な偶然は、証明を意図したことを証明するために除去されるか、または利用されるかのどちらかである。理性人は奇蹟という言葉を使うことを卑しむ。彼はそんなものはないことを立証しようと汗だくになり、しかもその間、彼自身が無理解の奇蹟の一つであることを立証しつつあるにすぎないのだ。奇蹟はいたるところに無数にある――問題は誰が、どのようにこの言葉を使うかにあるのだ。だが自分が単なる機械（頭脳的機械）の歯車の一つにすぎぬと主張する人間は、ちょうど矛盾しているときの神のような語りかたをする。実にしばしば彼は自己矛盾に陥るのだ。

だがこの際、神を閉め出しておこう。ドアも窓もすっかり閉めて、隙間はふさいでしまえ！　さあこれで、常識で話ができる。だが待ってくれ、それで何の話だっけ……原子爆弾の話だったか？　あ、やっと思いだした――コーヒーだった。コーヒーがまた高くなった、きみは知っていたの？　はてな、いったいぼくらはどうしてそれがわかったんだろう？　いったいどうして？　おや、ぼくらは金《かね》の話をしていた……世間の人は金のために何をするか、金はどのようにして金をつくるか、そういった話を。ぼくらは話していた――糊口《ここう》のためとあれば、どんな種類の仕事でもやらぬよりはましと思う人間はいるものだという話を。その一例が〝ムッシュ・ド・パリ〟だ。他人の首をチョン斬ることで衣食の料を得たいと思う人間がこの世にあろうはずがないと、きみは思うかもしれない。もしも自分の首をチョン斬るとしたら、それが金銭のためであれ、ただ斬りたいから斬るのであれ、立派なことだ。だが他人の首を……しかも首一つあたり幾らということで？　想像も及ばないことだ！　たとえば将軍というやつは、彼のためにこの不潔な仕事をやってくれる部下を持っている。彼自身は決して手を汚さない。何かの特別な勇武の功業の後(これには何十万という人間の生命が費やされただろう)、彼は通例、叙勲される。だが〝ムッシュ・ド・パリ〟のほうはいつも世間から忌み嫌われている。しかも彼はせいぜい月に一個の首を斬るか斬らないくらいなのだ。しばしば彼は教会の信心あつい信者である。聖体拝領その他、みんな型どおりにやる。イエスの血を飲みつつ、彼は自分の斧を鋭《と》ぐための精神的基調をととのえる。まずもって良心的労働者というべきだろう。勤めをきちんと果すという点で、処刑だろうが皿洗いだろうが、心がけは一つだ。血という点については、これは別の話だ（ときどき彼は眼に血しぶきを受ける)。もし彼が斬るのが牡牛の首ならば、その血は金になるだろう。だが人間の血は——需要がない。しかもそれにはAからZまでのヴィタミンが含まれているのに。この種のタブーは奇妙である。

邪魔が入って中断。

先日、ぼくは息子のトニーといっしょに山道を歩いた。ちょうどぼくらが〝アリゾナ〟と名づけている謎の地点（そこはコロンビーヌが兄のオニックスと誰にも邪魔されずに恋を語る場所だ）まで来たとき、トニーがぼくに言った——「ぼくは絶対に戦争に行かないんだ！」

「どうするつもりだい?」とぼくが言う。

「ベニー・ブファーノみたいに、さきに指を切り落しちゃうんだ」

何でこんな考えが子供のあたまに植えつけられたか、ぼくは知らぬ。たぶんぼくらの食後の雑談のなかからでも拾ったものだろう。

さきへ進もう……

もしも〝サルヴェーション・ネル〟に似た女性がきみの家の扉を叩くことがあったら、すぐさま彼女を追い払ってよそで仕事をさせてはいけない。もし彼女がきみに耳を傾けさせたいというなら傾けてやるがよい。ひとびとはしばしば救世主が、もしも〝彼〟がふたたびわれわれの許に訪れることを心にきめているとしたらの話だが、果してどのような姿で現われるだろうかと想いをはせるものである（ぼくに内緒で教えてあげるが、〝彼〟は決してダ・ヴィンチの肖像画のような姿をしてはいないであろう！　もちろん、これは〝権威ある《エクス・カテドラ》〟筋からの話だ）。

さて〝サルヴェーション・ネル〟についてだが……。もし彼女の言葉つきが間が抜けているように思えたら、腹のなかで次のように考えてみることだ——「これはひょっとすると、われらの愛するイエス・キリストが、電気掃除機の行商人としてこの地上にお帰りになったのかもしれんぞ。おれたちをびっくりさせようと、女に化身してお帰りになったのだ」

(有名な脳外科医のベルンシュタイン博士は、ある日、これによく似た調子でぼくらの家を訪れた。ぼくらはちょうど春の大掃除の真最中だった。博士がいきなり上着を脱ぎながら最初に言ったことは、「お手つだいしましょう!」だった。彼は「私はトピーカの在郷軍人会病院にいたベルンシュタイン医師です」とは言わず、「お手つだいしましょう! いままでもたびたびやったことですから」と言ったのだ)。

だからわれらの愛する救世主も、もしももう一度、救いの御業《みわざ》を試みようと決意したとすれば、ドレスをもてあそびながら次のように仰せになることも大いにありそうなことだ——「どうぞ、あの、ご心配なく、この電気掃除機はたいへんみなさまの自由なお時間をふやしてさしあげるものですのよ。これほど気持のいい、これほど憎らしい、これほど可愛らしい道具を、どなたもごらんになったことはありませんわ。ひとつ試してごらんなさいませ、ね」

そしてこの得体の知れぬ怪物、クロミウムのプレートをつけた永久にこわれない電気掃除機こそは、諸君が求めてやまなかったそのもの、諸君の沈黙の祈りへの解答そのものではないと、とっくりと思案してもみないでどうして知ることができるのだろうか?

たとい諸君が生れつき疑《うたぐ》りぶかい性質であろうと、またたとい諸君が超自然的に用意周到で、理性と論理とに食い荒されていようと、電気掃除機の行商人に身をやつした救世主と、国家の公僕を装った死刑執行人との区別を嗅ぎつけることぐらいはできるはずである。一人の将軍が、「兵らよ、余はたといわが師団の全員の生命を犠牲にしても、あの陣地を奪い取りたいのだ」と言うとき、彼はいかなる弾丸、いかなる銃剣も彼の皮膚を貫くことはないことを意味している。諸君はその身を栄光もて掩《おお》うべきである。彼の場合は他の何師団をも投入し、他の幾つの戦場でも闘い、他の幾つの戦争に勝つことができる。「進め！」と彼は叫ぶ。「わが輩は戻って援軍を呼んでくる」

イエスには援軍はなかった。彼には彼のやわらかな肉しかなかった。そしてぼくらはその肉がいかに潰《けが》されたかを知っている。そこに〝彼〟は十字架にかけられ、苦痛があまりにも大きくなったとき、〝彼〟は叫んだ――「わが神よ、何故にわれを見すてたまいし？」やがて闇は地に落ちかかり、大地はふるえて死者を嘔きだし、空はあやしい兆《きざし》に満ちていた。かくて三日三夜。かくてさらに四十余日。次いでペテロとパウロ。次いで使徒たちの行い。次いでジェロームとアウグスティヌス。そして多くの月を経てフランチェスコ、なつかしきアッシジのフランチェスコ。時をへだてて一の教義に次ぐ他の教義、一の教会に次ぐ他の教会、一の十字軍に次ぐ他の十字軍、一の異端審問に次ぐ他の異端審問。すべてはイエスの名においてであった。

またあるひとびとは〝彼〟が天国から降って、かの行いをくりかえすことを想像している。

おそらくはそうなるだろう。

ゴルゴタの丘で流された貴い血の数滴を保存しているブリュージュでは、その凝固した血を液体とするような何かの出来ごとが毎年――しかもその当日に！――起っている。ほかの何人《なんぴと》の血も、いまだかつてこのような振舞をしたことはない。

この次のとき、もしも、イエスを十字架にかけるよう役人に手渡すかわりに、首斬りの手に〝彼〟を渡すとしたら、驚くべきことではないか？　もしもわれらの〝主〟にして〝救い主〟なるお方の血がどっと溢れ出るとき、突如として火焔の舌を吐いて語りだしたら？

愚か者よ、われは不滅なり。人間は不滅なり。世界は不滅なり。やめよ、汝痴呆の者！　もうたくさんだ！これはすでに七万九千四百五十七兆六千四百八十三億二千五百四十九万六千七百二十一回もくりかえされたことだ。大いなるエホバの名において、あの斧を下に置け！

もし本心からの欲求があるなら、それはかなえられるだろう。ロボットの空虚な創造によってでなく、記憶の水門を開くことによってではなく、宇宙から小びとが来ることや空の発射台から爆弾を敵に打ちこむことによってでなく。あらゆる危険な細菌やウイルスを減らすことや、さらにはキリストの再臨や死者のよみがえりの徳によってでもなく。

まず第一に諸君は諸君の欲求が本心からのものであることを証明しなければならぬ（それも非ユークリッド的論理によってではなく！）。第二に、諸君は諸君の誠実さを実証する根拠になる正気さについての証明書を提出せねばならぬだろう。第三には、諸君は不当な自負や我執《がしゅう》に毒せられている可能性に対して予防注射がすんでいなければならぬだろう。

これだけのことをすませてから、はじめて諸君は秘伝に参入する用意がととのったことになる――阿呆と間抜けとの友愛組合が課する苦行にしたがうのだ。三つの質問が諸君に発せられるだろう。三つだけだ。第一――「もしきみが創造主の力を与えられたら、きみはこの世界にいかに命ずるか？」第二――「きみがすでに所有しているのでない何事をきみは欲するか？」第三――「われわれを本当に驚かすようなことを何か言ってみよ！」

もし諸君がこれらの質問に満足に答えたら、諸君はおのが誕生の地へ帰り、静かに手を合わせて坐り、すべての神の被造物、細菌、ウイルスにいたるまでの一切の被造物の欲求について瞑想《めいそう》に耽るべきである。それら一切――ゴキブリの最後の一匹にいたるまでの欲求の何たるやを諸君が知ったとき、諸君は友愛組合へ報告し、結社を解消すべきである。

ところでこれは、たとえば諸君の身体を縮めて母親の胎《はら》へ逆戻りするとか、絶対に反撃もされないし、他の惑星の生物に迷惑をかけないという保証つきの爆弾を生産する方程式をみつけるとかいう試みよりはずっと簡単ではあるまいか？　大地はその驚異を日ごとにあらわし示している。ぼくらはやっとその表面を引っ掻き始めたにすぎない。辛抱せよ！　もし時間がないなら、永遠というものはつねに存在する。しかもそれはつねに手のとどくところにある――たとえばあのラジオで広告している冷えた、薄色の、さわやかなビールのように。

これはいわば幕間《まくあい》のくつろぎだ。調子はずれかもしれないが、それはぼくの咽喉《のど》がかわいているからだ。いままでのところで生じたかもしれぬ矛盾は――諸君がどんな気むずかし屋か、ぼくは知っている！――みんなピアノの鍵盤の上できれいに皺のしできるはずだ、あれはシャープだのフラットだのと言っているが、黒いか白いかの違いだけで、どこにも絶対に区別はありはしないのだ。それに、ここまではみな前置きで、空白を埋めるための必死の立ち回りだったのだ。実を言うと……

さてぼくは数分前にいささかの放尿のため――〝take a leak〟などという野卑な言いかたはしない――崖のふちまで行ったところ、突然、『ヒエロニムス・ボスの「千年王国《ミレニウム》」』について、まだほとんど何も言っていないことに気がついた。もし諸君がこの書物を買ったら――きっと買ってくれることと思うが――ぼくはその最後の図版、百四十七頁の対面にある図版二十三を見てもらいたいと思う。題して『ピタゴラスの洞窟』という。もし諸君の眼を射たものが直下に電撃のショックを与えなかったなら、すぐにその本を最寄りの精神病院に送りたまえ、そこでは狭窄衣《きょうさくい》で蓋《おお》って本を保管してくれるだろう。

ぼくがいま引用しようとしている頁（百二十七頁）の最後の五つの語は——「真正の愛の行い……*the task of genuine love*」となっている。その個所をくりかえそう——

真正の愛の行い

諸君にお願いする、その箇所をすぐに探さないでください。ま、どこであろうと、まず腰を下ろし、右の言葉について、静かに考えてください。そしてみずからに問うてください、この惑星上に住みついて来たこの幾年間に、諸君はかつてかかる問題に一瞬でも思いを凝らしたことがあったかどうかと。ほんの少しの間でもいい、いま諸君の肩に負わされているあらゆる問題をひっくるめても、それよりも重みのかかる問題があるかもしれぬと仮定してください（何一つ問題を持たぬという問題をも含めての話だ）。まともな料簡を持つために日曜学校へ入ろうなどという料簡になっては困る。諸君は諸君自身の思想を思考できるのは無論のことと考えてください。さてそのうえで、おもむろに自問してください——真正の愛の行いとは何か？

ぼくがこれから引用しようとしている書物の著者は、その前の頁で〝アダム宗徒の優生学の *unum necessarium*（唯一の必要不可欠のもの）〟について語っている。アダム宗徒とは何者かについては、かれらの〝至福千年〟との関係、ならびにほかのさらに薄気味わるい謎を含めて、読者がこの書物そのものに直接ついて看られることをお願いする。だがその前にまず世の中のことを一瞥してもらいたい。そのいわゆる状況なるものについて。

一度ラジオなりテレビなりが故障したら、諸君は一日か二日はニュースのない時間をたのしみ、いったいあのガヤガヤ騒ぎは何のためだったろうと自問せずにいられないだろう。ついこのあいだ国連のことでどなったり嘆いたりしていた、あれは何だ？　あれはついこのあいだのことなのか、それとも一万年前のことだったか？　ぼくにはラジオが法と秩序とか、平和と調和だとか、人類の友愛だとか、永遠の昔からお喋りしたように思えるのだが。いまももちろん人びとは大まじめだ。あるいは少なくともぼくらにそう信じさせたがっている（「給仕、ホット・ケーキをもう一つ！　そうだ、蜜とクリームで」）。そこに本心からの欲求があり、それはかなえられようとしている。誰しもが人間は闘いをやめねばならぬという点で一致している。だが困るのは誰も自分の武器を投げだす気がないことだ。現状では、全体的破壊に反対する人びとは断片的破壊に賛成する連中に反対されている。このたった一つしかない世界に生れた市民たちの事実上の全部と言ってもいい大多数は国連に代表者を送っており、加入していないのはアフリカおよびオーストラリアのごく少数の野蛮人と、アメリカ・インディアンと、それに数億人の中国人だけである――その中国人は、最古からの最高の文明人の子孫なのだが、全然信用のおけない連中である（少なくとも今日のところはそうである。明日になればまた別の風が吹くだろう。今日はまだだめである）。

このような国連の画期的会期を目前に見て――ここでは旧にも増しての拒否権発動、本国請訓、会期の延期、議事録、第一公式の勲章、宴会、航空機の旅程、威嚇とそれに対する覚悟と、恐慌とヒステリアと、さらにより以上の原爆貯蔵と、もっと多くのもっと優秀な爆撃機と、多々ますます弁ずる戦闘艦、駆逐艦、潜水艦、戦車、火焔放射器と――それら以外には何一つ新しい事態は起らなかったことを知って、諸君はまったく決定的に、千年王国は決して導入されていないことを知るのである。

そして諸君は動物園の二匹のみだらな猿——おたがいの尻から蚤のとりっこをしている二匹の猿だって、かれらに劣らず立派なはたらきをしていることを知るのである。

このむつかしい争点を一瞬にして解決するには——ときに、それはどんな争点だっけ？　——争う余地のない叡智《えいち》と善意の持主なる三人の人物を拉《らっ》し来って、腰布だけを纏わせて稲田のなかで会わせるがよい。この三人は何も惑星間の外交官なんぞである必要は少しもない。単なる正常人、たとえば老子、仏陀、イエスに似た人間たちである。政治家でも経世家でも、夢想家でもない、実際的な考えかたの人間、言いかえれば善意のひとびとだ。

上に挙げた三賢人の特に際《きわ》だった特色の一つはといえば——それはかれらが何か言いたいことがあったときにだけ語った、ということだ。かれらが黙していたとき、かれらはそうでないときにも増して簡明であった。

国連で、もしも明日、会議が日程にのぼっているなら、われらの傑出した代表たちの唇から、あの蜜のごとき知恵の言葉——〝真正の愛の行い〟——が流れ出るときを想像してみたまえ。この想裡の光景をば、『ヒエロニムス・ボスの「至福千年」』からの一場面についての次の記述（百二十七頁）と対比してみたまえ——

「……これら明色の髪の男女はみなあまりによく似ているので、ほとんど別個に語ることができないほどであり、またかれらの態度はすべて無名であり無私である。かれらは単一の家族であり、かれらの表情が無言の夢み心地と黙々たる凝視にのみ限られている点からして一層植物の一系族を想わせるのである。かれらの静謐《せいひつ》は植物のそれに似ており、それゆえにまた美しく描かれた、まさぐるようなその手は、近くの花々の支えを求める蔓《つる》のごとくにも見えるではないか。

「またかれらは牧場の野生の花々のように思い思いに大地から生い立ったかのようにも見える。なぜならこの裸形の生きものたちの隠微な形体の単一性は、決して形態的鍛練に従えられた結果ではないからだ。しかもこれら動く肉体が集中し集約されている場合と、またひろがり散らばっている場合とを問わず、そのありかたがどれほど奔放自在であっても、どこにもそれらが集まりすぎて混雑したり、またでたらめに空隙《くうげき》が出来すぎたりしたところがない。各自がどれほど自由にみずからの好みに従おうとも、かれらすべてをともに結びつける見えざる紐帯《じゅうたい》が残っているのだ。これこそこの天国のような牧場の住人たちすべてを兄弟のように姉妹のように親密に寄り合わせている優しさなのである。

14 浴泉での一日

イギリスの文士はそのクラブを、百万長者はそのヨットを、回教寺院の祈祷時刻を知らせる男はその寺院の尖塔を、逃げ場所にしている。ではぼくはといえば、スレード・スプリングズの硫黄鉱泉がある。

もしぼくの運がよくて誰も来ていなければ、ぼくはそこの岩やラッコや、通りすがりの鯨や、ただよう雲や、霧や靄《もや》、水に浮ぶ海草の島や、啼きしきるカモメなどとともにそこの甘美な孤独をたのしむのだ。潮がひいているときならば、ぼくは燃える太陽とたたきつける寄せ波とが彫刻したトレミー王朝の王と女王の顔のような二つ面《おもて》の岩と語りあう。斜めに傾いた日光の下で、かれらの容貌はスペードの王と女王の顔のようにあざやかな輪郭をみせている。まことに奇妙なことに、ぼくはカモメがかれらの顔容を汚すのを一度も見たことがない。

一人で浴泉をたのしめることはまことに稀である。たいていは浴槽にも日光浴の台にも人がいる。浴泉から最も多くのものを引き出す人びとはみずからの口を閉ざしている連中である（ゲーテは何と言ったっけ？「私は個人的には言説を断念したいのだ」）。賢い人びとは談話の欲求をもたない。かれらはもっぱら治癒力ある温泉の湯気にひたり、太陽の光に身をさらす特権の故にそこにある自然の力に感謝している。

客たちは人種も職業も千差万別で、猟銃でアザラシを射ってよろこんでいるバカ者から、エビのようにからだを炙《あぶ》りながら夢中でクロスワード・パズルを解いている忙しい会社重役までいる。ギルロイ[1]から来た男たちがここへ侵入したときは、まるで水牛の群れといっしょに水をはねとばしているようだった。みんなすごい体躯の持主で、エジプトの聖牛アピスの再来みたいだ。最も頻繁に時を定めてやって来るのは皮膚病の人たちや関節炎、腰痛、痛風、リューマチ、滑液嚢炎《かつえきのうえん》などの患者たちである。なかでも七年疥癬《かいせん》をわずらっている怒りっぽい男などは尻が赤むけになって、まるで燃えさかる太陽のようだ。もう一人は、脱腸帯を着けることを拒んでいるために、化物のような睾丸を、手押し車のなかへ押しこまれそうな恰好でもてあつかっている。静脈瘤にいたっては、およそ陽のもとに存在するあらゆる種類が集まる。青と紫の色に染めた氷砂糖みたいに見えるやつなぞは最も人目をまどわせる風体である。

一定の日になると、昔からある両性具有結社のメンバーたちがここを占領する（「おお、ロン、ぼくはいまのきみの髪の形がすてきだと思うわ！」）。かれらの大多数は古代ギリシャの青年市民かと思う体格をしている。その多くは芸術家であり、全部が踊りがうまく、とりとめのない雑談はかれらの好むところである。かれらはいつも非個人的な事柄をまことに個人的に議論する。そしてかれらはいつも忙しい――マニキュアをしたり、髪にウェーヴをかけたり、筋肉をきたえたり、化粧をしたり、ポケット鏡で自分を写して見惚れたりするのだ。まったく、見た目に楽しい連中だ。かれらが髪を垂らしたときはなおさらそうだ。またかれらがこちらに親しみを持ち秘密をうちあけて来るときも。しばしば連中の化粧しているところを観察していて、ぼくはスパルタの勇士たちを連想した――テルモピレーの戦いの直前のかれらを。だがぼくは、このスレード・スプリングズのタイプの連中が最後の一人となるまで死を決してたたかうかどうか、怪しいものだと思う（「そんなのちょっとバカげてるわ、そう

1　西カリフォルニアの町（訳注）

思わない?」)。ときにはスマートで小粋な様子の、どこの国かはわかりにくいヨーロッパ人の若者が、美貌のフランス産の愛玩犬《プードル》を連れて現われ、まるで伊達男が情婦に対するような態度で犬をあつかっているところもある。こうしたタイプの人間は、たいていは世界漫遊の観光客で、またしばしば香水商人などもいるが、概して話し相手としておもしろい。彼は何事についても、また何でもないことについても、同じように巧みに喋る術を心得ている。彼の主たる関心事は例の犬で、もし何か他に伝えたい大切なことがあるとすれば、彼はそれを犬に、こっそり話しかけるのだ。

　ぼくは温泉であらゆる考えられる限りのタイプに出会った——というか、少なくともつい先日まではそう思っていた。ところがぼくは新しいタイプに出っくわしたが、おそらくこれはそういうタイプの最初の人物であろう。その日ぼくは一人きりで、安らかな気分だった。海はおだやかで、ほとんど鏡のようだったし、引き潮どきだった。岸を縁どる丸石の珊瑚色《さんごいろ》の歯齦《はぐき》が高く突き出ていた。浜辺にそって黒く焦げ、色あせた岩の、雲母《うんも》のように光って薄くそげた鱗《うろこ》じみた表面をみつめていると、ぼくはいつか夢幻境に落ちこむような思いがした。一切が美しい秩序のなかにおさまろうとしている。崖ごしに投げだされている古い浴槽までが自然の一部で、海草のジャングルや水平線上の霧の帯や、山々の動かざる動きと一つにとけあっているようだった。ぼくは〝恍惚の鰐《わに》〟の恰好な餌食だった。

　ふと振り向くと——それまでぼくはガード・レールのところに立っていたのだ——そこにぼくは黒い皮膚の、途方もなく大きな胴まわりの——まるでインド・ゴムで包んだ鯨の脂肪で出来たかと思われる男を見た。突き刺すような黒い眼が無煙炭みたいに光っていた。牙のように突っかかって来る、落着きのない眼だ。彼は十歳ぐらいの白人の少年を連れていた、その少年を彼は一の子分のようにこき使っていた。

まもなく砂金を入れた小さなバッグを持って山から帰って来た古顔の連中がわれわれの仲間に加わった。数分後に、わが友ボブ・フィンクが現われた。みなとちょっと話をしたあと、ぼくはもう少し温まるために浴槽に戻った。そのうちに例のでぶちゃんは猛烈にからだを洗い、牡牛みたいに鼻息を吐き、浴槽のなかで立ちあがり、からだを振り動かし、胸をたたき、さて日光浴のために外へ出た。彼はそこにいるひとびとを探るよう見てから、一つのテーブルへ進み、そこに長々と横になった。上向きにかしいだ彼の頭はぼくの頭のわずか二フィートのところにあった。

ガラガラ蛇を話題にして、散漫な、気さくな雑談が始まっていた――かれらが決してインディアンを悩まさないことなど。そこから話は移って、渡り者の労働者のこと、無政府主義の意味、といったことに切り替った。山地から来た男の一人に正札つきの渡り労務者の弟がある、つまり信念のかたいアナーキストだという話だった。かれはかなり詳しく弟の哲学について説明していた。そのときぼくが気づいたことは、例のインド・ゴムみたいな肌の男が、他人の話の腰を折って、根掘り葉掘りこまかい質問をする病気を持っていることだった。この男は生れつきの懐疑派らしくて、何事につけても誰よりも格段に物を知っているし、みんなはまた呆れ返った物知らずばかりのようだった。彼の質問は厚かましく、喧嘩ごしで、質問というより嘲弄とか愚弄とかに近かった。それに加えて、声も甚だ気持よくなかった。興奮してくると、誰の言うことでも――それが彼に話しかけたのでも何でもないのに――一言一句がみな腹の立つことばかりのように、テーブルからすべり降りて、小型のヘルクレスみたいに、それも漫画のそれのように気どって、えばりくさって歩きまわり、それから今度は誰かの真正面に立ちはだかって、問いかける――「波が高くなったり低くなったりするのは何のためかね？あんたに答えられるか？」

相手があっさり、知らん、と答えると、彼はよくよく失望落胆した顔をみせる。彼は相手に、「知らんね、あんたは知ってるかい?」と言われたかったのだ。

その間、ぼくは静かに仰向けに身を浮かせながら、彼を観察していた——いったいこの男はどこから来たのか、どういう職業についているのかと考えながら。ときどきぼくは身を起して、彼に率直な答えを与えた。それが彼には顎のあたりへジャブを食ったような気持にするらしかった。とうとうぼくは思い切って、彼にむかって問いかけた。

「あんたはエジプトの人かね……それともトルコ人かな?」

「わしはインド生れです」と彼は答えた。その眼は火のように燃え、首が左から右へと揺れていて、そして、自分の超満足の心境を披瀝したいとでも思ったものか、右の言葉のあとにクー、クヮッ、クーというような、とても孔雀だって真似のできそうもない奇声を発した。

「なるほど」ぼくは言った。「しかしきみはヒンドゥーではないでしょうね? インドのどの辺の出身ですか?」

「ボンベイの近く……プーナです」彼は答えた。

「そんならグジャラーティ語を話すはずだ」

「いや、ヒンディ語ですよ」彼の眼がふたたび燃えた。燃えながら踊った。

「サンスクリットを知っていますか?」

「いや、しかし書くことはできます」

「きっとあんたは貴族《ラジャー》でしょうな」

「王族《マハラジャー》ですよ!」彼は言い返した。

「聖人《マハトマ》ではないんですか？」

「いや、それに行者《ヨギ》でもないです」

一休みして、ぼくと彼とはたがいに興味をもって相手を観察した。

「行者《ヨギ》と聖者《マハトマ》とはどう違うか、教えてもらえますか？」

「行者《ヨギ》は自分のことだけを考えます」

（それはなかなかいい答えだ、とぼくは心に思った）

声をだして――「で、それをどうやってあんたは知りました？」

「わしは書物に書いてないことをたくさん知っています」にやりと笑って、彼は答えた。「わしは旅をします。世界じゅう旅して廻っています」

また一休み。彼は「それで、次のご質問は？」といった顔でぼくを見た。

「九月には……今年の九月には……イギリスに行くことになっています。ロンドンをご存じですか？」

ぼくがうなずいて見せる間もなく、彼は言葉をつづけた。「ロンドンから、パリへ行きます、そしてパリからベルリン、その次はウィーン、それからローマ、アテネ、ダマスクス、イェルサレム、カイロ……」

「九月には……今年の九月……」ぼくは言った。「ぼくは日本にいるはずです。そのあと、カンボジア、ビルマ、インド……」

「インドへいらしたことがおありですか？」

「いや」

「インドへ行かなきゃいけません！」まるで命令をくだすように彼は言った。

ほかのことよりも彼の上手《うわて》に出る必要から、ぼくはそれには少し考える必要があると言った。「金がかかるからね、そういう旅には。ことに、あんたのお国をひとまわりするのにはね」

彼はジャッカルみたいな笑い声をあげ、うなじを反らせてキーキー声をだした——「金ですと？ 何のために金が要るんです？」ちょっと休んでから彼はたずねた——「あなたのご商売は？」

「商売はしていない。ものを書くんだ」

「論説を書くんですね？」

「いや、本だ」

たちまち彼は活気づいた。あぶらぎった仏像みたいに、よくふくらんだ尻の上にあぐらをかいて、少し乗り出し気味に、光る眼をぼくに注いだ。

「論説を……おもしろい論説をお書きなさい……わしが五千ドル、手に入れてあげますよ。いや、もっとだ……いくら入り用です？」

ぼくが答える前に彼は立ちあがって、まるでぼくを浴槽から引きずり出そうとするように、ぼくの腕をつかんだ。「あなたの欲しいだけ、みんなわしが手に入れてあげます、それからジャワ、ビルマ、インド、セイロン、バリ島……好きなだけ旅をするように……」急に彼は黙った。「いいかね」興奮のためにもう踊りだしそうにしながら彼は言った、「わしはあんたに〝自然〟について書いてもらいたい、〝人間〟ではなくて——わかりますか？」数歩、あとへ退《さが》って、頭上にそびえる山々を指さし、それからぼくに浴槽から出るように手招きした。ぼくは出た。「あすこに樹がありますね……それからあすこの黒いところ、見えるでしょう？」彼は手を大きく弓形に振って、その場所を指し示した。ぼくはそこに彼がどういう特別な興味のあるものを見たのか、探るように眺めわたした。ぼくの眼には単に普通の山なみ、普通の起伏、普通の樹々、岩、藪《やぶ》があるきりだった。

彼は腕をおろし、まるでぼくに解くべき〝公案〟を与えているかのようにぼくの顔を見て、それから叫んだ――「あなた、あれについて、あれをそのまま、書くことができますか――」もう一度、腕を大きく振りまわして、その場所を指さした――「あれを描写するんでなしにですよ？」

思わず知らず、ぼくは口をあけた。あれを描写するんでなしに、だと！

「あなたの仕事は」と彼はつづけた、「ああいった……あれを何と呼びますか？……地震だ！……そういうものについて語ることです……洞窟や岩穴、火山、波、アシカ、サメ、クジラ等について……〝人間〟ではなく。その論文で〝象徴学《シンボロジー》〟を語らなければなりません、おわかりですか？　それがわしらの興味を持っていることなんです」

（わしら、だと！　この男が言う〝わしら〟とは誰のことだろう？）

「それはそうと」と彼は、もうこれで話はまとまった、契約書は出来て、ぼくの荷物もととのった、と言わぬばかりに、「それはそうと、あなたは外国語を――英語のほかの国語を、ご存じですか？　きっと幾つかはお話しになるはずです」

彼の気に入るようにぼくは言った――「フランス語を少し知っている、それから……」

「わしにフランス語で話してごらんなさい！」

「どんなことを言えばいいかね？」

「何でも！　わしは何でもわかります。わしが話せるのはフランス語、イタリア語、ドイツ語、スペイン語、ギリシャ語、ロシア語、ペルシア語……」

「*T'es bien calé!*（大した物識りだな！）」ぼくは吠えた。

「それは何語ですか？」彼は吠え返した。

「*Du français, espèce de con! Démerde-toi!*（フランス語だい、ばか野郎！　糞でもくらえ！）

（ぼくが彼をからかっていることは無論彼は知らない）

「*Où avez-vous apprendi le français?*（どちらでフランス語をお習いでしたか？）」

「*Comme toi, à Paris. Panam!*（きさまと同じパリさ。パナムだよ！）」[2]

「わしは正しいフランス語だけを話します。礼儀にかなったフランス語を」そうつぶやく彼は僕を非難がましく見た。やっと彼は少し事情がのみこめたらしい。

それに対してぼくは答えた——「*A quoi bon continuer? Sprechen Sie Deutsch?*（こんなこと続けて何になるんだ？　あなたはドイツ語をお話しですか？）」

「*Ja wohl!*（もちろん！）」彼は叫んだ。「*Je vous dite que je parle Arabe, Espagnol*……（申し上げたとおり、私はアラビア語、スペイン語……を話します……）それからギリシャ語とトルコ語。アルメニア語も少し」

「*Fabelhaft!*（まるで嘘みたいだ！）」

「*Was meint das?*（それはどういうことですか？）」

「異常とか……法外とかいうことさ。*Kennen Sie nicht ein Wort wie fabelhaft? Vielleicht kennen Sie wunderbar.*（あなたは*fabelhaft*なんて単語も知らないんですか？　おそらく*wunderbar*なら知ってるでしょう）」

「*Wunderbar, ja!* それはドイツ語だ……ところでわしはもう一つ話せる国語を言いましょうか——*Dar-goon!*」

「聞いたことがないな」

彼はにやりと笑った。ほんの一瞬だけ、ぼくは彼がへこたれて、「実はわしもですよ！」と言うの

2　パナムはパリの卑語（訳注）

ではないかと思った。だが彼はへこたれなかった。

彼は顔をそむけ、海や、もりあがる海草の島を眺めるようなそぶりをした。もう一度こちらへ向き直ったとき、彼の顔には茫漠とした表情があった。

思い入れたっぷりに少し間を置いてから、彼は訊ねた――「あなたは造物主を信じますか?」

「信じる」とぼくは答えた。

「結構! ではあなたはクリスチャンですか?」

「いや」とぼくは答えた。「ぼくは宗教を持たない」

「あなたはユダヤ人ですか?」

「ぼくの知る限りそうではないね」

「しかし神は信じるんでしょう?」

「信じる」

彼はぼくをすかし見るように見た。明らかに彼はぼくの言葉を信じていなかった。

「きみは何を信じるんだね?」ぼくが訊ねた。

「造物主を!」彼は答えた。

「宗教を持ってるの?」

「いや。わしはバハイ運動に属しています。あれこそ唯一の宗教です」

「そうか!」ぼくは頓狂《とんきょう》な叫びをあげ、わが意を得た思いをした。

「あなたは造物主を知らなければなりません。イエス・キリストは人間にすぎない、神ではありません。神が御みずからを十字架にかけられるのをお許しになりますか? まったくナンセンスだ!」彼はいきなり振向いて、太陽をまっすぐに見あげた。そして乱暴にぼくの腕をひっぱった。「あそこをごらんなさい！」彼は燃えさかる団塊を指さして、ぼくに命じた。「あれのうしろにあるものがあなたに見えますか、言ってください！」

「いいや」ぼくは言った。「きみは？」

「太陽のうしろに、星々、あらゆる天体のうしろに、およそ人間が望遠鏡で見ることのできる一切のもののうしろに、創造主がおいでになります。何人《なんぴと》も〝彼〟を見るに充分なほど優れた眼を持ちません。だがあそこにおいでになる……あなたは神を信じなければいけません。それは不可欠です。さもなければ——」

「さもなければ、何だね？」

「さもなければ、あなたは滅びる。インドには、たくさんの宗教があります、たくさんの信仰、たくさんの偶像、たくさんの迷信があります……そしてたくさんの愚か者が」

これで終った。ぼくは何も言わなかった。空白に対する空白。

「ナイルのことを聞いたことがありますか？」

「何のことを？」

「ナイル！　河ですよ……エジプトの」

「ああ、ナイルか！　そりゃ、もちろん知ってる。誰だってナイル河を知ってるよ」

彼は横眼で侮蔑の一瞥をぼくに与えた。

「ええ、仰しゃるとおり、誰でもナイルを知っています、が、かれらはナイル河が幾つあるか知っていますか？」

「そりゃどういう意味だい？」ぼくが言った。

「白いナイル、青いナイル、黒いナイルとあることをご存じですか？」

「いや」ぼくは答えた、「ぼくは緑のナイルだけしか知らない」

「そうだろうと思いましたよ」彼は言った。「それではお訊きしますが、ナイルとは何ですか？」

「いまきみが言ったじゃないか……河だよ」

「しかしそれはどういう意味ですか？」

「え、河がか？」

「いや、ナイルですよ！」

「もしきみが語源的なことを言ってるのなら」ぼくは言った、「ぼくは自分の無知を告白しなきゃならない。象徴的意味で言ってるなら、もう一ぺん無知を告白せざるを得ない。それから秘教的な意味でなら、やっぱり三度目に無知だと答える。これじゃ二人で五の目賭博《ばくち》をやってるようなものだ。きみの番だよ！」

まるでぼくが何も言わなかったかのように、彼は最高に衒学的《げんがくてき》な口ぶりで、ナイルとは——エジプト語で（！）——知恵と豊穣を意味するのだと教えた。「これでおわかりになりましたか？」と彼はつけ加えた。

「そう思うよ」と、ぼくはこの上なく謙遜につぶやいた。

「そしてその理由は（いったい何の理由なんだ？）ナイルは蛇のように静かに横たわっており、しかもその上に嘔《は》きだす、ということです。わたしは幾度もナイルを上ったり下ったりしました。そうしてスフィンクスやピラミッドを見ました……」

「さっきはダマスクスへ行っていたと言ったんじゃなかったかい？」

「そこへ行くところだと言ったんです。ええ、ダマスクスへも行きましたよ。わたしはどこへでも行きます。なぜ人間は一個所にとどまっていなければいけないんです？」

「きみは金持ちにちがいない」とぼくは言った。

彼は大きく首を横に振り、眼をぐるぐるとまわし、前と同様の鳥の啼き声みたいな奇声を発し、そして答えた。

「チョッ、チョッ！　わたしは何者かといえは、わたしは芸術家です」

「芸術家？　何だ、絵描きかね？」

「絵も描きます。しかし何者かというなら、わたしは彫塑家《ちょうそか》です」

奇想天外《ヴンダバール》だ！　ぼくは腹のなかで叫んだ。荒唐無稽《ファーベルハフト》だ！　もしこの男が彫塑家なら、おれは黒白混血児だ。

「きみはベニー・ブファーノを知ってる？」ぼくは口頭試問をするようにこの問いを投げた。

用心ぶかく彼は答えた――「名は聞いています」それから急いで言い足した――「わたしはあらゆる彫塑家を知っています――死んだ人も含めて」

「リプシッツはどう思うかね？」

「あんなのは彫塑家じゃありません！」

「じゃ、彼は何者だい？」

「鉄工職人です」

「それでジャコメッティは？」

「果物の砂糖漬けだ！」

「ではピカソは？」

「ペンキ塗り職人です。やめる潮どきを知らない男だ」

ぼくは揖《かじ》をダマスクスのほうへ引き戻した。きみはレバノンへ行ったことがあるか？

ある。

「で、メッカは？」

「行きました！　メディナへも。それからアデンにアディス・アベバへも。もっと知りたい土地がありますか？」

このとき、わが友フィンクがぼくに火を貸せと口を挟んだ。彼がぼくに見せた表情は――いったい、いつまでこんなゲームをつづけるつもりなんだ？――と語っていた。彼は物識り先生に向って、巻煙草をすすめた。

「いまはいいです！」先生は両の掌を挙げて、嫌悪の表情をしてみせながら言った。「からだを拭いてから一本いただきましょう。あとのほうがいいです」

ぼくはフィンクが立ち去りながら、「勝手にしやがれ！」とつぶやくのを聞いた。そのあいだに、ぼくの最後の質問――それとも彼自身のか？――への答えのつもりか、彼の嘴《くちばし》が言葉を噴きだしていた。ぼくは最初の数文句を聞きそこなった。耳をかしたときは彼は言っていた――「……商店もないし、行商人もいない、買うものもなければ売るものもないです。あんたの欲しいものは何でも手に入ります。何によらず出来たものは広場へ持って行って、そこへ置きます。果実《くだもの》が欲しかったら樹からもげばよろしい。好きなだけ取っていい。けれどもポケットにいっぱい入れてはいけません……」

いったい全体、これはどこの話だ？　ぼくは怪訝《けげん》に思ったが、彼の思想のつながりを断ち切るのは遠慮した。

「そこへ行けた人間はごく少ししかありません。国境で役人がわしを止めました。わしの旅券を取り上げました。かれらがあっちへ行っているあいだに、わしは自分の会おうとしている男の肖像を描きました。かれらが戻って来たので、その肖像を渡しました。たいへんよく似ていることをかれらは認めました。『きみは好い人だ』とかれらは申しました。『きみなら誰のものも盗まないことを信用できる』それでかれらはわしを入れてくれました。金は一銭も要らなかった。わしの望むものは何でもただでくれました。大部分の日数をわしは王宮で暮しました。もし欲しかったら女も手に入ったでしょう。しかしそんなものをくれと頼むのはいけないことです……」

ここまで来てぼくは彼が何の話をしているのか問わずにいられなかった。「それはどこの国かね？」

「さっき言いましたよ——アラビアです！」

「アラビア？」

「ええ。それでわしの友人とは誰だったでしょう？」

「ぼくがどうしてそれを知ってるんだい？」

「サウド王ですよ」彼はこの言葉を定着させるあいだ、一息入れた。「世界で最も富める人です。毎年、彼はアメリカに五億バレルの石油を売ります。イギリスには二億バレル。フランスには一億五千万。ベルギーへは七千五百万。彼はそれを売るんです。引き渡すんじゃありません。諸外国はやって来て、持ってゆかなくてはなりません。王が要求するものはすべて」——彼はぼくに弱々しい微笑を投げて
「一バレルについて一ドル、それだけです」

「というと、諸外国はその樽《バレル》を自分で持って来なきゃならないというのかい？」

「いや、王は石油をパイプから吸い上げます。樽はただです。石油に対してだけ代金を請求します。一バレル一ドル。それ以上でもないが、それ以下はむろんいけない。それが王の利得です」

わが友フィンクがまた引き止めに来た。彼はだいぶいらいらしていた。ぼくをわきへ引き寄せて、「これからさき、いつまでつづけるつもりなんです？」

ぼくらの友は自分の浴槽へ小走りに戻って行った。ぼくらは身のまわりの物を手に取って行きかけた。カワウソが一匹、ぼくらの下の鏡のような海から頭を突きだした。ぼくらは一瞬その場にいて、やつの怪しげな挙動をみまもった。

「ちょっと！」とぼくらのインド・ゴムの友が叫んだ。

ぼくらは振り向いた。

「ちょっとあなたのドイツ語のおさらいをしてさしあげましょう」

「なぜだい？」ぼくは叫んだ。

「幾つかの国語を知っておくべきだからですよ。特にドイツ語を」

「しかしドイツ語なら知っているよ」

「それならアラビア語をおやりなさい。便利ですよ」

「それでヒンディ語はどうかね？」

「ええ、ヒンディもね……それからタミル語も」

「サンスクリットではなく？」

「ええ、あれはいまはもう誰も使わない。チベットだけです」

ちょっと話がとぎれた。彼はセイウチみたいに湯をあたりへ跳ねかしていた。

「さっき言ったことを忘れないでください——あなたの書くものにもっと象徴学をとりいれること!」

「やってみよう」ぼくは言った。「そして造物主を信じるべきだということ、そうじゃなかったかな?」

ぼくは彼の返答を待ったが、相手は何も言わなかった。彼は足ゆびのあいだに石鹸を塗っていた。

ぼくは一声、叫んだ、ありたけの声をだして。

彼は誰かから耳うちされているときのように耳に手をあて、見上げた。

「さあ、ぼくのために微笑してくれ!」とぼくは言った。

彼は唇をうしろへ引くように顔をつくった。

「ちがうよ、そういうんじゃない。きみがさっきやったようにだ。眼玉をぐるぐるまわして。頭を前へうしろへ動かして」それからぼくは進んで——「チョッ、チョッ、チョッ。ああいうふうにさ」ぼくは言った。「さあ、やってくれよ、ぼくらが帰る前に」

おどろいたことに、彼はぼくの望むとおりのことをした。

「結構!」ぼくは言った。「やっとぼくはきみがヒンドゥーかも知れないと思うようになったよ。ぼくはヒンドゥー人はたくさん知っている。前にはたくさんのヒンドゥーの友だちとつきあった——ニューヨークでね。みんな、いいやつだった。少しばかり変ったのも、幾人かいたが……きみはマズムダールのことを聞いたことはないかね?」

「誰?」

「マズムダール。ハリダス・マズムダールだよ。あれは天才だった」

「その人のファーストネームは何だったか、もう一度言ってください」

「ハリダス」

「それはヒンドゥーの名じゃない！」

「そうかね？　うむ、あれはチェコでもなかった。ブルガリア人の名だとしておこうか」

一休み。

「それはそうと」とぼくは言った、「きみはきみの名を一度もぼくに言わなかった」

「たいした名じゃないです」彼は答えた。「誰もわたしを知らない。わたしは自分の好きな名を勝手に使います――それが気に入ったら」

「そいつは愉快だ。まったく愉快だ。明日はぼくはハウナマンという名を採用しよう。きみはそういう名を前に聞いたことがあるかね？　明日はぼくはスリ・ハウナマンと自称することにしよう……そうしてズボンの尻に穴をあけて、好きなときに尻尾を振れるようにしておこう。それをきみに憶えておいてもらいたいね。わかったかい？」

彼はもうそれ以上、話が聞えないように、頭を湯のなかへ沈めてしまった。

「さあ。ボブ」ぼくは言った、「では行こう。ぼくは一バレルの石油をモナコの大公に引き渡さなきゃならない」

ぼくらが彼の浴槽のわきを通るとき、彼は顔をあげ、人さし指を立てて、猿のように厳《おごそ》かに言った――「インドへ行くのを忘れてはいけませんよ。あなたが決心するまでに七年の猶予をあげます。それまでに行かないと、結局行かれませんよ」

この独断の語をキッカケに、ぼくらは退場した。

15 共同体《コミュニティ》の新しい機構

「もしあなたがどこへ行くかを知らないなら、どの道を通ってもあなたはそこへ行けるだろう」[1]

ぼくにとってはすべてがこの文句と同じように単純で明瞭に思われる日々がある。ぼくは何を言おうとしているか? それは、奴隷、あくせく働く貧乏人、下積みの文士、落伍者、アルコール中毒者、麻薬常習者、神経病者、分裂病患者、殴られ役の拳闘家、はては芸術家のできそこない、等々にならずにこの地上で暮しを立ててゆく問題について言っているのだ。

察するにぼくらは世界のいかなる国とくらべても最高の生活水準を持っているらしい。だが、果してそうだろうか? 問題は、高い水準とは何を意味するかによるのだ。たしかにこのアメリカぐらい暮しに経費のかかる場所はない。その経費にはドルとかセントだけではなく、汗と血、欲求不満、倦怠、破壊された家庭、ついえた理想、病気と狂気等も含まれる。ぼくらは最もすばらしい病院、最も豪奢な精神病院、最も天国のような刑務所、最高の装備と最高の給与の陸海軍、最も速力の大きい爆撃機、原子爆弾の最大の貯蔵、等を持っているが、しかもいまだかつてこれら各項目のどれも需要を満たすほど充分にあったことはない。ぼくらの筋肉労働者は世界で最高の賃金を取っている。ぼくらの詩人は最悪の報酬しか受けない。自動車の台数は誰も数えきれない。ドラッグストアにいたっては、いったい世界のどこにあれに似たものが見いだされるか?

ぼくらがほんとうに怖れている敵は一つしかない、細菌だ。しかしぼくらはいたるところの前線

1 Out of Confusion, by M. N. Chatterjee (Yellow Springs, Ohio: Antioch Press, 1954)（原注）

でやつらをやっつけている。なるほど、何百万人が依然として癌《がん》、心臓病、精神分裂症、多発性硬化症、結核、癲癇《てんかん》、大腸炎、肝硬変、皮膚炎、胆石、神経炎、ブライト氏病[2]、滑液嚢炎《かつえきのうえん》、パーキンソン氏病[3]、糖尿病、遊動腎臓、脳性小児麻痺、悪性貧血、脳炎、運動失調、子宮脱垂、筋ジストロフィー、黄疸《おうだん》、リューマチ熱、小児麻痺、竇《とう》及び洞の疾患、悪臭呼気、舞踏病、嗜眠発作、鼻カタル、白帯下《こしけ》、女子淫乱症《ニムフオマニア》、肺結核、癌、偏頭痛、渇酒症、悪性腫瘍《しゆよう》、高血圧、十二指腸潰瘍、前立腺疾患、座骨神経痛、甲状腺腫、カタール、喘息《ぜんそく》、佝僂病《くるびよう》、肝炎、腎炎、憂鬱症、アメーバ赤痢、痔出血、扁桃腺炎、しゃっくり、帯状疱疹《ほうしん》、冷感症に不能症、それに頭垢《ふけ》さえも、またもちろんすべての、いまでは無数の精神病にも――ひとびとは悩んでいる、が――わが国の科学者は今後百年かそこら以内にこれらすべてを矯正するだろう。ではどのようにして？　もちろんこのような大災厄、大崩壊をまきだした憎むべき細菌どもをことごとく絶滅することによってだ！　一大予防戦争――冷たい戦争じゃない！――を展開するわけだが、この戦争でこれから出てくる抗生物質のための戦場になるのはぼくらの哀れな脆《もろ》い肉体だ。一つの細菌が他の細菌を追跡し、追いつき、殺戮《さつりく》する、それもぼくらの日常の役割には少しの支障も起さずにやる、いわば細菌の隠れん坊遊びだ。だがこの勝利が達成されるまでは、ぼくらは相変らず朝食前に、それぞれ効力も色もちがう二十から三十のヴィタミン剤を飲み、タイガーズミルクやビールの酵母を飲み、オレンジとグレープフルーツのジュースを飲み、オートミールには最低のラム酒用の糖蜜を使い、珪石の石臼で挽《ひ》いた薄黒い小麦粉で作ったパンにピーナッツ・バターを塗りつけ、コーヒーには精製しない蜂蜜や砂糖を入れ、玉子はフライにしないでゆで玉子にし、そのあとで超強化ミルクをもう一杯追加し、おくびとゲップを少しし、自分で一本注射をやり、標準より減ったかふえたかを知るために体重を量り、逆立ちをし、規定どおりの組み合せ体操をやり

2　腎臓炎の一種（訳注）
3　脳疾患の後遺症として起る震顫麻痺（訳注）

――それからまだ起きてからやっていなかったとすれば――あくびと伸びをし、排便をし、歯をみがき（ただし一本でも残っている場合）、一つ二つお祈りをし、さてそれからバスなり地下鉄なりに間に合うように一散走りで仕事に向い、それ以外は風邪をひいたかなと感じる――すなわち不治の鼻カタルにかかるまでは健康状態について一切考えないことにするわけだ。だがぼくらは絶望してはいけない。絶対に絶望するな！ ただもっとヴィタミンをふやし、カルシウムと燐の錠剤を余分にのみ、熱い砂糖入りウイスキーを一、二杯やり、寝る前に高灌腸[4]を一発ほどこし、もし知っているならもう一つお祈りをし、それで一日を終ることにする。

以上のような摂生法があまり複雑な気がしたら、次のような簡単なやつもある――過食をしない、飲みすぎない、煙草をすいすぎない、働きすぎ、考えすぎをしない、あせらない、くよくよしない、不平を言わない、そしてなかんずく、いらいらと怒りっぽくならないこと。行先が歩いてゆけるところなら車を使うな。走ってゆけるところなら歩くな。ラジオを聴くな、テレビを観るな。新聞、雑誌、ダイジェスト、株式市場レポート、漫画、推理小説あるいはミステリーの類いを読むな。催眠剤、覚醒剤をのむな。投票せず、月賦、年賦の買いものをせず、気晴らしのためと一攫千金のためとを問わずカード遊びをせず、投資をせず、わが家を抵当に入れず、種痘や予防接種をせず、釣りや猟銃の法律をみださず、ボスを怒らせず、いやなときは決してイエスと言わず、下品な言葉を使わず、妻や子に乱暴をせず、体重がふえようと減ろうと心配せず、一度に十時間以上は眠らず、自分で焼けるならばお店のパンを食べず、不愉快な職ではたらかず、あんなわるいやつが当選するようでは世の中はお終《しま》いだなどと考えたりせず、気違い病院に入れられても自分は狂人だとは思わず、命じられたより以上のことは決してせず、ただきちんとやり、自分のことがちゃんとやれるようになるまでは決して

4 注入薬が結腸に達する灌腸（訳注）

隣人を助けようとはせず、以下これに準ず……

簡単かね、これが？

要するに、短く言えば、畑のネズミをおびやかすような空飛ぶ恐竜をつくりだすな、ということだ！

前にも言ったように、アメリカにとって敵はただ一つしかない。細菌である。厄介なことに、細菌は百万もの違った名のもとに横行している。やっと退治したと思ったとたんに、新しい装いをして飛び出てくる。細菌とは擬人化された疫病の名だ。

ぼくらがまだ若い国民であった頃、生活は素朴で単純だった。当時のぼくらの大敵は銅色人《レッドスキン》すなわち北米インディアンだった（彼はぼくらが彼の土地を彼からとりあげたときにぼくらの敵になった）。その若いアメリカにはチェーン・ストアもなければ配達サービスも分割払い契約もなく、ヴィタミンも、超音波空飛ぶ要塞（重爆撃機）も、電子計算機もなかった。悪者や強盗はほかの市民とちがう様子をしていたから容易に見分けることができた。身を護るために必要なものは右手にマスケット銃、左手に聖書、それだけで足りた。一ドルは一ドルで、それより多くも少なくもなかった。そして金の一ドル、あるいは銀の一ドルは確かに紙幣の一ドルと同じ価値があった。事実、小切手より信用があった。ダニエル・ブーンとかデービー・クロケットとかいう人たちは本物で、ぼくらが今日想像するほどロマンティックではなかったかもしれぬが、かれらは断じてスクリーンの英雄ではなかった。国民は、真実の欲求があったがゆえにあらゆる方向に膨脹しつつあった――その頃すでにぼくらは二百万ないし三百万の人口があって、自由な活動をするゆとりが必要だった。インディアンや野牛はまもなく圏外へ押しのけられ、それとともに多くのほかの道具建ても消えて行った。工場や作業場が建てられ、大学、牢獄、精神病院がこれに次いだ。すべてが活況を呈していた。やがてぼくらは奴隷を解放した。南部の人びとを除き、それで誰しもが幸福になった。またそれによってぼくらは自由が貴重なものであることを認識した。ぼくらは血の損失から恢復すると、世界のほかの国々を解放することについて考えはじめた。これを実行するためぼくらは、小さなスペインとの戦争のことなどは別としても、二度の世界大戦をやり、そしていま、指導者たちの警告によれば今後四十年か五十年はつづくかもしれぬ冷たい戦争にぼくらは入りこんでいる。いまではぼくらはぼくらの擁護する種類の自由を受け取りたがらない地球上の全部の男、女、子供をみな殺しできるかもしれぬ点にまでほとんど達している。事情をいくらか割引して考えても、ぼくらの意図が成就したあかつきには、全部の人が充分に食いかつ飲み、不足なく着るものと住む場所と娯楽とが得られることになる、と言ってよかろう。これが全アメリカ的プログラムであって、この点では二つの途はありえない！　ぼくらの科学者たちはそうなればほかの問題、たとえば病気、狂気、過度の長寿、惑星間旅行その他、といったものにわき目もふらず熱中することができるだろう。すべてのひとびとが現実の病気ばかりでなく、空想の病気にも対抗できるような予防接種を受けるだろう。戦争は永久的に廃止され、〝治にいて乱を忘れず〟なんてことは不必要になる。アメリカは膨脹しつづけ、進歩しつづけ、援助しつづけるだろう。ぼくらは月にも星条旗を立て、さらにぼくらの居ごこちよき小さな宇宙の範囲内にあるすべての星にも立てるだろう。一つの世界でそれはあるだろうし、アメリカはどこまでもどこまでも。さあ楽隊《バンド》、やれ！

　さて、隣人のハワード・ウェルチが商売をやっているところを観察するに、いましがたぼくが描写したような輝かしき未来なるものは、すべてとりとめのない夢物語ではないかと心配になる。ぼくの見るところのハワードは平凡な、男前のいい、ごく普通のミズーリ出身の男で、精力と自恃《じじ》と善意とにみちた人物なのだが、あの進歩と膨脹のプログラムは彼の単純で常識ゆたかな、率直なものの見方とはどうも一致しないようにぼくには思われるのだ。ハワードが百パーセントのアメリカ人でないなどとは誰にも言えない。むしろそれ以上だ。百二十パーセント強度だ。だが彼の全アメリカ的プログラムの観念は、ぼくが右に輪郭を描いたものとはどこか違う。それはあれほど大袈裟なものではないが、ぼくらの混乱した詭弁家たちの星条旗ユートピアよりは単純でわかりやすい。

いまから四年ほど前、ハワードがこの土地に来たとき、彼の考えていたことは自分の二本の手でやれる仕事と泊る場所とをみつけること、それだけだった。彼は与えられる働き口について選《よ》り好《ごの》みをしなかった。着るものや食うものについてもうるさくなかった。彼はズボン一着、シャツ一枚、上着一枚しかほしがらなかった。彼はメキシコの豆、果汁、ニュージーランド・ホウレンソウ、野生のカラシ菜、その他その種の食品でやってゆくことができた。ハワードをビッグ・サーへ引き寄せた真の理由は、親しみの持てるひとびとの小社会で、それら隣人たちのなかで自分も自活し、自給自足の生活ができるような、そうした小社会を見いだしたいという希望にほかならなかった。彼には奇怪な〝世界観〟も、イデオロギー的観点も、十字軍的な渇望もなかった。〝小さな土地と生活〟——それが彼の夢だった。彼は緑の牧場を求める孤独な放浪者のようにやって来た。それと同じような単純でありきたりなものを求めて。

ぼくはなぜハワードを一人だけ選びだすか？　彼が独自的だと認めるからではなく、彼こそ、ぼくの考えかたによれば、本物のアメリカ人タイプだからだ。背が高く、痩せて、筋肉質で、敏感で、機転がきいて、眼がよく光り、ゆっくりした話しぶり、音楽的な声、カラッとした人なつこいユーモア、バンジョー、ギター、ハモニカを好み、必要ならば鬼のようにはたらく能力があり、妖精のように活発で、人がよく、他人とは争うことが嫌いだが挑発されるとすぐにカッとなり、いつも自分の仕事のことを考え、いつも自分を実力より下に見せるように努め、いつでも人に手をかすことを厭わず、服装は変っているがその変りかたは感じがよくて派手であり、小心なほど良心的で、時間に正確なばかりでなく何事も几帳面で、センチメンタルだが女々しくはなく、理想家肌で、いささか喧嘩ばやく、追随者でもないが指導者にもならず、付合いはいいが束縛には警戒心が強く、そして異性に関する限り、少しばかり一緒に住みにくいタイプ。働き手として、助力者として、友として、隣人として、信頼のできる男。

これがぼくの讃美する〝孤独なアメリカ人〟のタイプ、ぼくが信じられる、一緒にやってゆけるタイプ、そしてたとい彼が役職につくよう指名されることはないにしてもぼくとしては一票を入れたいタイプだ。ぼくらの詩人が讃歌を作った民主主義的人間、だが、哀しいかな、野牛やオオジカやエルクや大熊や、鷲《わし》やコンドルやアメリカ・ライオンやといっしょに、急激に根絶やしにされている。決して戦争を始めない種類のアメリカ人、決して争いを起さず、決して人種差別をせず、決して同胞たちの上に君臨しようとせず、決してより高い教育を望まず、決して隣人に文句をつけず、決して芸術家をみじめにあつかわず、そして決して乞食を追い払わないアメリカ人。しばしば師につかず文字の教養もない人で、詩人あるいは音楽家としての才能を、そう自称している連中以上に持っている者がいる――哲学者としても同様だ。その生活の全体が美的なのだ。彼が変っているとか、ときには滑稽にさえ見えるのは、それこそ彼の誠実と独創性なのだ。彼が彼自身以外の何ものでもないものになろうとする信念、これこそ知恵の精髄ではないのか？

ハワードはぼくがだいぶ前に、〝至福千年〟のオレンジを拾い集めるときに語った若者たちの一人だ。〝欄外に〟住むことに満足しているタイプ――パン屑を拾うことをよしとする種類の人だ。ぼくは過去数年のあいだにこうしたひとびとに数多く出会った。かれらはかれらについてぼくの言うことのすべてに同意するとは限らないが、ぼくの気持ではかれらはみな何か共通なものを持っている。かれらはそれぞれ違った道を歩んでここへ到達した。それぞれ自分の目的をもち、オハジキとサイコロとが違うようにめいめい違ってはいるが、しかもみな〝自然人〟だ。みんな普通の世間なみの眼からはどこか〝特異〟である。ぼくからみると、かれらはみな奉仕の人、善意の人、強い自主性をもつ人ばかりだ。共同社会をつくるのには理想的な素材だ。それぞれ、どの一人をとって見ても、さまざまの計画に倦きあきして、単調な仕事の踏み車から自己を解放する決意がかたく、自分自身の生涯を生きようとしている。そしてつねに最善をつくそうと志している。かれらのうち、自分の生きかたで生きる権利以上の空想を人生に要求する者は一人もない。いかなる党、信条、教条、イズムも信奉せず、しかもこの邪悪な時代にも人生をいかに生くべきか、生きうるかについて、きわめて強い、きわめて確実な思想を抱いている者ばかりだ。自分たちの思想のため旗を振ろうとは決してしないが、その思想を実行に移すためには全力をつくしている。やむを得ない場合にはときどき妥協するけれども、いつも筋を通すことには頑張る。隣人たちのやりかたに自分を適応させはするけれども、かならずしもかれらの見解には同じない。まず最初に自分を批判し、自分を嘲笑し、自分をへりくだる。何ものにもまして人間の威厳を尊重する。ときには気むずかしく、それは〝つまらぬこと〟に関した場合にそうだが、ほんとうの危急の場合にはいつでも役に立つ男。強制にしたがうことを求められた場合には絶対に耳をかさない。

かれらの全部がほとんど無一物に近い生活でも幸福に生きられることを実証した者ばかりだ。全部が結婚しているか、その経験を持っている。全部が多くの点で極めて有能である。大臣として、かれらは完璧だろう。かれらの指導にしたがえば決して革命の必要はなく、またたく間に国はおさまってしまうだろう。

かれらが知る知らぬにかかわらず、これがまさしくかれらのやろうとしていることだ。かれらの目標はより大きな、よりよきアメリカではなく、人間のために作られた世界である。かれらが求めているものは新しい昔ながらの生きかた、人間的な熱望にこたえ、人間らしい釣合いのとれた生きかたである。子宮の安全と無事とに戻るのではないが――荒野からは脱出するのだ！

ぼくが少し前に、これらのひとびとの目標は自給自足の人になることだと言ったが、あれでぼくの考えをはっきり言えただろうか？　かれらが求めているのは、できるだけ他に依存しない人間になることだ。相互依存という言葉のほうが近いだろう。ハドソン・キンボールは、この観念を極度に押し進めたが、それが極度に困難なことを知った。自分自身の人生を生きようと企てた彼は、野菜畑をつくり、山羊、鶏、兎、家鴨《あひる》を飼い、蜜蜂も飼ったが、ぼくの勘ちがいでないとすれば、それでも彼の細君は音楽の個人教授をやり、彼自身も週に幾日か町ではたらいて、どんな簡素な生活様式をとっても避けられない急場の必要をみたすための現金を稼がねばならなかった。彼にはどんな悪徳も道楽もなかった。煙草もすわず酒ものまず、細君も同様だった。かれらは八つか九つの子供一人と夫婦でできるだけの倹約な暮しをしていたが、それでもうまくいかなかった。

反対に、ジャック・モルゲンラートは、とてもうまくやっている。実際、非常にうまくとぼくは言いたい。彼は何ごとにつけても、できるだけ少ししか働かない。細君と三人の子供をたてすごすのに必要な数ドルを稼ぐのにちょうど足りるだけ、働くのだ。ジャックは二台の車を持っているが、キンボール家は一台も持たない（後者が町へ出るときには、まず二マイル近く歩いて国道へ出て、それから乗せてくれる車をつかまえるのだ。燃料やケロシン油の費用を避けるために、かれらは日暮れに寝ることにしていた）。ジャックは車が壊れたとき、自分でエンジンを取り払う。ぼくは彼がそうする必要があれば新しい車体を組み立てることもできると信じている。ジャックは雇われるためには車が必要なのだ——またトラックも。そうでなかったら彼は夢にも車を持とうなどと思わないだろう。

ウォレン・レオポルドの場合は——彼は建築家、請負師、画家、兼すぐれた大工で、細君と四人の子供がいるが、われわれの小社会で最も躾《しつけ》のよい、最も自足した子供たちである（ロペス家の子供たちは別として）。彼の考え、というより理想は、家を必要としない生活をすることだ——かれらはテントのなかか岩の下に一緒に住んでいる。ウォレンは家を建てることは好きだが、自分の職業は嫌っている。またそれには立派な理由がある。というのは、建築家は第二のフランク・ロイド・ライトになるだけの自己確立をなしとげるまで、建築についてまったく理解のない俗衆の趣味にかなうような家を設計すべく運命づけられているからだ。簡単に言えば、自分の信ずるところとは正反対の仕事をせねばならぬからだ。このディレンマを逃れるために、ウォレンは自分の考えにもとづいた家を建て、そこにしばらくのあいだ住んでから、それが気に入った誰かに売るという、まことに気のきいたことを思いついた。一度、彼はある金持ちの女のために住宅を設計する契約を結び、彼女は依頼料として多額の金を払った。ウォレンはその女性が要求する種類の家を全然みとめなかったが、自分のできるだけのことはしようと決心した。当時彼には二人の子供があり、その一人が何かのひどく金のかかる手術を数回も受ける羽目になった（ちょうどその子が病に倒れる直前のある日、ぼくは彼とモンタレーの街で出会った。ウォレンはそのときもまだ依頼料として受け取った金額の大きさに眼がくらんでいた。彼はそんな報酬などもらわず、自由に自分の建築思想を実現するほうがずっといいと思っていた。だがこのときの彼のぼくへの挨拶は次のようだった。「四、五百ドルの金をあんた貰ってくれませんか？　ぼくはこんな大きな金を持って、どうしていいかわからないんだ」彼には自分の生活水準を改善するという考えはどうしても浮ばなかった。そうする誘惑すら感じなかった。ぼくが彼の申し出をことわると、彼は言った――「どうです、あんたはいつもヨーロッパへ食糧や衣類を送っていますね」――そのときはまだ戦争が終って間もなくだった――「この金を取って、困ってる人たちにあげてください。」ぼくはふたたびことわったが、今度はいくらか自信が弱まった……だが、とにかくウォレンとはそういう男なのだ）。

　ウォレンは一流の大工としてたくさんの金を稼ぐことができた。彼は稼ぎたくはないのだ。彼が欲しいのは少しばかりの土地、果樹と野菜を栽培し、兎や鶏を飼えるだけの土地であって、一日に十二ドル五十セントの金――それとも一流の大工がいま稼ぐのは二十ドルだったか？――が何だというんだ？　だがおそらくアメリカの大工、煉瓦工、技師、建築家等が陥りやすい挫折感と幻滅との気持をよりよく伝えるために、一通の手紙の一部を引用しようと思う――これはかつてぼくがコスモコクシック電報会社のために人を雇ったり馘《くび》にしたりしていた当時、電報配達人として雇ったことのあるエジプト人の学生から受け取ったものだ。それは一九二四年の春の出来ごとで、モハメッド・アリ・サルワットはワシントン特別区によりよい職場を探そうとぼくの会社から仕事をやめて行ったのだ。

　　畏敬すべき最も高貴なる貴下よ――

　私は悲しみの手がいかにわが心を傷つけたるかを記し貴下に知っていただかねばなりませぬ。私の心の苦痛の故に貴下のお心に重荷をおかけすることを深き悲しみといたしますが、しかも私は貴下が稀なる高雅な魂を持たれることを知ることに深甚の感謝を覚ゆるものであります。

ここに私は、大いなる、暗く波だつアメリカの大洋のうちなる巨巌に打ち当り、微塵に砕けたる難破船となりました。親愛なる貴下よ、私はひとびとがこの国を賞讃するのをしばしば耳にし、その美《うる》わしさを想像し心酔した私は穏和なる東洋より熱烈にこの地に引き寄せられたのです。

この国に足跡を印してよりいまだ幾何《いくばく》ならずして、私が当然のことと思っていたのは単なる詩的感傷にすぎなかったことを知りました。希望の壮麗なる伽藍《がらん》は基礎なき夢想にすぎませんでした。私ははなはだしく落胆失望しました。あるペルシア詩人の詩句に曰く――

かくて汝の苦しみ痛みを預くべき
友愛のゆたけき心なからめや。
これぞ蝕《むしば》まれたる汝の胸を医《いや》すべき
芳《かんば》しき友愛のバルサムと知れ。

御承知のごとく、私がニューヨーク・シティを去りましたのは、かの地において生計の手段を得ることに失敗したためであります。かの西方のメトロポリスの織るがごとき雑沓《ざっとう》の群集に立ちまじり、私は茫然自失の境に途方に暮れました。かくて私はフランス人ユゴーの小説『レ・ミゼラブル』の主人公ジャン・バルジャンの心境もかくやと偲《しの》びつつ、旅行用ナップザックを肩に、この地をめざし歩みを進めましたのは、ここならば容易にわが生活の途も得られるならんとの曇りなき希望を抱いたからにほかなりませんでした。しかるに何たる不幸、何たる不運ぞ、ワシントンのすべては私がすでに他所《よそ》で一度味わったところと同様でありました。悲しいかな！ 私のごとき人間は世界の公園として知られた当地ではおのれのパンを食うことすらままならないのです。怖るべき災厄。この大いなる国に現存する諸状況を思うとき、私の記憶に流れ入るはロングフェローの数行でありますーー

なしとげられたこと、それが何事であろうとも
すでに一夜の憩《いこ》いを稼ぎだしたのだ。

また私はシェイクスピアの『ハムレット』中の詞句によって、このアメリカを考えざるを得ませんーー

「このデンマークの国に、何事か腐ったところが！」

これ以上、私に何が言えましょう、わが親愛なる貴下よ？ わが希望の咲き乱れたる薔薇《ばら》は、はやくも色あせました。当地の状態ははなはだ悪いのです。〃資本主義〃は、二十世紀の中葉、この真昼の太陽のもとで〃労働〃をば奴隷と化しつつあり、〃民主主義〃はもはや意味なき空語となり果てました。

金を持てる者は持たざる者にすさまじき虐待を加えつつあり、それはひとえに前者が後者に食を与えねばならぬが故でありまして、また金を持てる者はおのれの霊性にやどる美しき情操を失って堕落しております。それが弱点の主たる禍心であります。社会の誤りであります。

機会のあり次第どうぞお手紙をください。どうすればよいか、助言してください。私は忍耐づよくあるべきでしょうか、私の忍耐はやがてその限度に来るのではないでしょうか？　合衆国の状況は現状のように今後も引きつづき悪いのでしょうか？　この暗雲を切り開き、迷蒙を打破すべき太陽のかがやく希望がありましょうか？　私にはとてもあるとは信じられません。私がいま考えているのは次のようなことです――アメリカへ来て、失意を抱いてエジプトへ帰るのは、まさにわが人生の白い頁に印せられた黒い汚点にまぎれもない、さればわれは帰国するよりはむしろ死を欲する。

私の魂はまことに野望にみちており、それが肉体と呼ばるる泥の檻に囚《とら》われているのです！　果して私はこの檻から解き放たれて自由と解放とを享受しうるでしょうか？　私はニューヨークへ帰りたいと思いますが、御地での私の宿命がいかにあるならんかを知るまでは帰りますまい。私は衣類のことをあつかう下役としてあなたに雇っていただきたいのです、あなたの御指揮のもとで定住の生活が可能である限り、勤務の時間はいくら長くてもかまいません。私の現状にたいするあなたの御同情は、かならずや私を何かの地位に置き安住を得らるるよう、ふたたびお骨折りくださるであろうことを信じて疑いません。何とぞ私を助けてください。

貴下が私をそのような仕事につかせることができ、貴下の御親切に応答申しあげるようお知らせを頂き次第、私はニューヨークへ帰ります。私は世間のひとびとに何らの信を置きませぬ故、あなたもかれらのことについてお心を労せられませんように。私は貴下にのみ極めて確固不動の信頼を抱いております。貴下こそは私の問題を解決しうるお方です。

どうぞできる限り私を助けることを躊躇せられませんように。私はあなたが下役として私を雇ってくださるか、あるいはどこかに見苦しからぬ仕事をみつけていただきたいのです。こんなに長いあいだ失業していては私はとてもやってゆけません。生きてゆけません。どうぞもう一度この手紙を読んでください！　お暇なときにこの手紙を読みかえして、どうぞ御返事をお書きください。

たいへん長い時間をあなたに費やさせました。もうやめねばなりません。私の心からの好意と尊敬とをこめて、私は最高の敬意にみちた讃嘆の情を貴下の足もとに置くことのお許しを願いあげます。

貴下の従順なる僕《しもべ》として常にある

モハメッド・アリ・サルワット（署名）

幾度か、福音書を読むたびごとに思うのだが、ぼくはイエスが持ちあるいた荷物についての記述にただの一度も出会ったことがない。たとえばサマセット・モームが中国を歩きまわるときに使ったような、肩にかける小カバン一つのことさえ書いてない（彫刻家のブファーノは、ぼくの知っている誰よりも身軽な旅をする男だが、そのベニーでさえ髭剃り道具用のキットを持ち、そのなかには着替えの下着と歯ブラシとソックス一足とを入れてゆく）。イエスときたら、どう考えても歯ブラシ一本持っていなかったらしい。荷物も家具も、着替えの下着もハンカチも、旅券も身分証明書も、預金通帳も恋文も保険証券も住所録も持っていなかった。たしかに彼には妻も子供も家もなく（冬宮すらもなく）またかたづける必要のある文通すらもなかった。ぼくの知る限り、彼は一行の文章も書かなかった。家は、どこであろうと彼がそこにいた、その場所だった。彼が帽子をとって掛けたところ、というわけではない――だって彼は一度も帽子をかぶらなかったから。

彼は何も欲しがらなかった、そこが肝腎のところだ。彼はたとえば衣裳係りの給仕というような下賤な仕事について考える必要すらなかった。しばらく後に彼は大工として働くことをやめた。もっと高い賃金を求めていたわけではない。もちろん、彼にはなすべきもっと重要な仕事があった。額に汗して生きることとの愚劣さを立証するために彼は立ち上ったのだ。野の百合を見よ……

先日、ぼくらの国の絵入り週刊誌の一つを見ていたら、リンカーンの新車広告が眼にとまった。見出しには――「平凡なことに満足したことのないひとびとのために」とあった。新車は「近代生活とすばらしいドライヴ」に好適な車だと書いてあった。さらに見てゆくと、この同じ週刊誌に、大きな新しい橋の写真が出ていた――それはカルカッタ市――いや、それともボンベイだったか？――にある鉄道の橋だと思うが、その河岸に、ちょうどこの工学技術の勝利のかげになったところに、一人のヨギが、腰布だけ着けて逆立ちしているのが見られた。彼はもしその気なら永久にそのままの姿勢でいられそうな印象を与えた。見たところ、彼にはその新しい橋は要らないものらしかったし、〃近代生活に好適な〃リンカーンの新車なども要らないようだ。彼の求めるものが何であれ、イエスと同じく、それはないに等しいほど僅かであり、ごく稀にしか起らないだろう。

「世界の問題は個人の問題である」と、かつてクリシュナムルティは言った、「もし個人が安らかであり、幸福をもち、大きな寛容の心と他人を助けたいという切実な望みを持っているなら、このような世界問題は存在することをやめるだろう。きみはきみ自身の問題を考察し終える前に世界問題を考察する。きみ自身の心情、きみ自身の精神のうちに平和と理解とを確立し終える前に、きみは他人の心に、きみの国民やきみの国家に平和と静穏とを確立したいと望む。ところが平和と理解とは、きみ自身の内部に理解と確信と力とがあるときにのみ来るものである」[5]

5 クリシュナムルティ『知恵の泉』The Pool of Wisdom, by J. Krishnamurti (Holland: Star Publishing Trust, 1928)（原注）

もしもぼくが〝人間的価値の世界結社〟の理事者だったら、ぼくはウォレン・レオポルドを〝シュヴァリエ〟にするだろう。ウォレンが荷作りして引越しをするとき（細君や四人の子供といっしょに）、そうして彼はときどきそれをやるのだが、彼はそれを一時間か二時間でやってのける。彼が他人の意向にしたがって家を建てることをやめて後、ウォレンは何回か太平洋岸地方を旅して歩いた。いつもどこか〝小さな土地と生活〟を探求しての旅だった。かつて彼がぼくに語ったように——「どこにでも土地はたくさんあるのだから、誰かが少しの土地を手放す気になってもいいはずだ。わしらが欲しいのは半エーカーだけなんだ」この輝ける州の北部の県の一つで、彼はある日、とある土地をみつけた。その男は彼にその土地をやると言った——しかも無料で。細君や子供の手助けで、ウォレンは土地を切り開き、住む小屋を建て、野菜畑をつくり始めたところ、ちょうど万事が思うようにやってゆけそうになったとき、彼はそこを明けわたさねばならなくなった。隣人たちが彼を好かなかった。彼はかれらと肌合いが違っていた——彼はひげをはやしていたし、共済組合に加わるのをことわったし、インディアンやその他の〝よからぬ手合い〟と仲よくするし、思想が急進的すぎるし、等、等だった。最後に、彼にその土地をくれた男はその土地の持主ではないことがわかった。彼はただ自分が持主だと思っていただけなのだ。それでウォレン一家は引越した。そして話はいつも同じことになる——「あんたはここには向かない」

なるほど、自分の生活を簡素にしようとする人間は向かない。金を儲けようとしない者、金を儲ける金を儲けようとしない人間は向かない。一年じゅう同じ一着の服を着ている人間、ひげを剃らない人間、間違った教育を受ける学校へ自分の子供たちを送ることをいいと信じない人間、教会や共済組合や政党に参加しない人間、〝殺人と死と荒廃会社〟に奉仕しない人間は、みんな向かない。『タイム』、『ライフ』、それに幾種かの〝ダイジェスト〟の一つを読まない人間は向かない。投票をせず、保険に入らず、月賦計画で生活せず、借金を積みあげず、小切手の当座勘定を持たず、セーフウェイ・ストアとかグレイト・アトランティック&パシフィック紅茶会社とかと取引をしない人間、そういう者はこの国に向かない。ベスト・セラーの流行本を読まず、そういう本を市場で安売りする〝女衒《ぜげん》〟のような仕事で稼いでいる連中を支持して助けることをしない人間もまた向かない。おのれの心情と良心の命ずるところにしたがって、ものを書き、絵を描き、彫刻し、あるいは作曲をする資格が自分にはあると信じるほどの阿呆である人間はこのアメリカに向かない。また一個の芸術家以外の何者でもない者、頭のてっぺんから爪先までの芸術家になりたいと思う者も同様だ。

ボブ・ナッシュがデス・ヴァレー[6]のファーネス・クリークへ行くためにワイルド・キャット・キャニオンを去るとき、彼はグッゲンハイム財団の特別研究員《フェローシップ》[7]の地位を申請した。ぼくは彼の立候補の数人の発起人の一人だったので、彼の〝計画《プロジェクト》〟の概要を読む機会があった。ぼくはグッゲンハイムの理事者たちがボブ・ナッシュの申し込んだような申請書を果して受理したかどうか、疑問に思っている。それは単純で、本心からの、誠実なものだった。結びの言葉は次のようだった――「けだし私の窮極の目標は、宇宙を理解するため、私の現に立っている道に残りたい、という単純なものであります」

宇宙を理解するために！　もっぱら金銭を窓から投げだすことに献《ささ》げられた財団の豪華な室内に、これらの言葉がどのように跳ね返ったことだろう！

ボブ・ナッシュについてぼくの好きな点は、彼がグッゲンハイム奨学金のことは〝意に介せず〟に彼の計画を進めて行ったことだ。もし彼がその金を手に入れたら、ぼくは一カ月間つづけて逆立ちを

6　死の谷の意、カリフォルニアとネヴァダの州境にある乾燥地（訳注）

7　工業家ダニエル・グッゲンハイム(1856-1930)の名でつくられた基金財団（訳注）

してお目にかけよう——あの鉄橋のかげにいたヨギのように。

イエスは補助金なしで彼の仕事をした、それは偉大な仕事だった。リンカーンもそうだったし、ジョン・ブラウンも、ウィリアム・ロイド・ギャリソンもそうだった。[8] かれらの努力が、あるひとびとの信じているように失敗に終ったとしても、それはかれらに金銭的、またはアカデミックな支持がなかったためではない。イエスが、病を医《いや》す力を認められて、名誉学位を——LL. D. とか、D. D. とか、M. D. とかを——受けるところをきみは想い描けますか？　あらゆる学位のなかで〝神学博士〟D. D. ——Doctor of Divinity というのが、彼には最もふさわしくないだろう、いかが？　今日、もちろん、もし神の御業《みわざ》を行いたいと思ったら、きみはまず学位を取らなければならない。次に、主の御業《みわざ》を行うかわりに、きみは説教をする。社会保障が、みにくい問題はみんな解決してくれる。

おのれの生活を簡素化すること！　これを企てるのはこの世で最も自然なことのように思われるが、実は最も困難なもののようである。あらゆるものが途中で邪魔をする。文字どおりあらゆるものがだ。ソローはそれをどう言ったか？「わたしは確信する、この地上で生命を維持することは、もしわれわれが簡素に、かつ賢明に生きようとするならば、それは艱難ではなくして、かえって慰楽であることを」[9]

この〝もし〟がむずかしいのだ！　全国民が、簡素にまた賢明に生きることを断乎として排撃しているように見える。ぼくらの指導者たちは共同の努力をすることについてお喋りをしているが、かれらはどういう意味で言っているのだろう？　平和と理解とを達成することへ向っての共同の努力というつもりだろうか？　とてもそうは思えない。

ソクラテスは彼を審《さば》く者たちに次のように反抗した——「私は確信する、おお、アテナイの人びとよ、私はずっと以前に死んでいるはずであったし、また諸君にも私自身にも何の善をも行わなかった

8　みな奴隷解放に献身したひとびと（訳注）

9　傍点はミラー（訳注）

であろう……真に正義のために闘う意志のある者は、たとい僅かの間しか生きなくても、私人の身分を持たねばならず、公人たる身分を持ってはならない[10]」

共同社会《コミュニティ》を作りだすためには——また共同社会《コミュニティ》の意識なくして、国家とか人民とかはいったい何であろうか？——共通の目的がなくてはならぬ。いまオレンジの花が咲き誇ろうとしている当地、ビッグ・サーでさえも、共通の目的、共同の努力などはありはせぬ。ここには顕著な隣人らしさはあるが、コミュニティの精神はない。ほかの農村社会と同様、ここにも共済組合《グレンジ》はある、だがいったい人間の生活において〝共済組合〟とは何か？　真の働く者たちは共済組合の外にいる。ちょうど、〝まことの神の僕《しもべ》たち〟が教会の外にいるように。そしてまことの指導者たちは政治の世界の外にいるのだ。

まったく奇妙なことに、ぼくがいままで語って来たこれら孤独な旅人たち——ジャック、ボブ、ハドソン、ウォレン、ハワードらのような連中——は、コミュニティについてお喋りするひとびとよりも真のコミュニティ精神を強く持っている。かれらはかれら自身のために考える、かれらは現に自分たちの現在の立場を知っている、かれらは身軽に旅をし、いつでも他人の役に立てる。かれらは〝他人の心のなかに平和と静穏とを確立〟するためには働いていない。だがまたかれらは周囲の人びとの苦境に無関心でもない。かれらは自分にくらべて不運なひとびとを看すごしたり無視したりはしない（この点についてかれらだけがそうだと言っているのではない。ただこのような態度のとれるひとびとは、この土地では、いるとしてもまことに少ないのだ）。ぼくが強調したいのは、精神的または肉体的に、かれらに近づくことが容易であり、かれらの援助を得ることが容易だ、ということだ。かれらは小さな争いごとで問題を構えたりしない。また辻褄の合わぬ弁解（金持ちがするような）もしない。かれらはイエス

10　一九五五年十二月七日付、『マナス』（カリフォルニア州ロサンジェルス）の社説『ヨーロッパのためのソクラテス』から引用。〝Socrates for Europe〟, Manas, Los Angeles, California, Dec. 7, 1955.（原注）

またはノーと答える。そのうえに、かれらの答えがどうであるか、あらかじめわかっている。イエスであるかノーであるかを問わず、それが正しい答えであることがわかるのだ。

前のほうで、ぼくはかれらがぼくたちの共和国の機構にひびを入れる罪を犯しているかのように語った。ところが真実は、何千万という他の多くの知られざるひとびととともに、かれらは新しい機構、簡素で、生きる力のある機構、現代の疲労と緊張、苦しみと悩みとを耐え抜くことのより可能な機構を創造するのに力を協《あわ》せているのだ。かれら自身の生きかたを実践することで、かれらはぼくらの生きかたをこれほど不条理な、不毛なものにしている大切でないものを指摘してくれるのだ。

外国への観光旅行から帰ったひとびとは、ヨーロッパ、アジア、アフリカの大衆の貧困と悲惨とについてお喋りをする。かれらはぼくら、アメリカにいる者が頒け与えられている物質の豊かさについて自慢して語る。かれらは能率、衛生施設、家庭的慰楽、高賃金、移動の自由や言論表現の自由、等々について喋々する。かれらはそれらの特権がまるでアメリカの〝発明〟であるかのように喋る（まるで過去にギリシャもローマも、エジプトもシナもインドもペルシアも存在しなかったかのように）。かれらはこれらの慰楽のため、その他一切の進歩と豊かさとのためにぼくらが支払っている代価については喋ったことがない（まるでぼくらが犯罪、病気、自殺、嬰児殺し、売春、アルコールの害、麻薬中毒、軍事教練、軍備競争と致命的武器への妄執等から自由であるかのように）。かれらは自動車、服飾の最新ファッション、生産過剰、冷蔵庫と冷凍庫、電気洗濯機、電気掃除機、ヴィタミンとバルビツール酸塩、乾燥穀物食、ポケットブック本、等々について喋る。あるいはまた社会保障、年金、減食の流行、オートメーション、ジェット推進ロケット、月世界旅行、図書館、病院、大学等について喋る。さらに精神分析とダイアネティクス[11]の驚異について語る人もあれば、センチメンタルな調子でラッコの絶滅について述べる人

11 心理療法の一種（訳注）

もある。かれらは会費と家賃とを払い、車を持ち、適当な服装をし、保険料を払い、その上に戦車や軍艦や潜水艦やジェット爆撃機やを製造し、何と何の爆弾の貯蔵をもっとふやすことのために税金を納めるために下劣な、無意味な、健康を蝕《むしば》む労働をしなくてはならぬことについては決して話さない。どんな非常緊急の事態にも、どんな不慮の事故にも、保険がかかっているし、安全を保証されている、とかれらは信じている。かれらは銀行に預金を持っていたりいなかったりだが、借金をし、首どころか耳まで抵当で埋まってることは確実だ。かれらは世界で最もすばらしい医療サービスを持っていると思いこんでいるが、最後にはいくらアメリカ市民でもかならず罹《かか》る数知れない恐ろしい病気の一つにやられて死ぬだろう。工場、作業場、鉱山、実験場で不具になったり手や足を失ったりするひとびとは数えきれないし、自動車事故で傷つき、不具になり、または殺されるひとびとはもっと多い。戦争の神《マルス》の暴虐よりも自動車による災厄のほうが多いのだ。疾病だけでもほかの死亡者数をみんな併《あわ》せたよりも多くの人間を殺すだろう。過度の飲酒、あるいは麻薬の使用によって〝戦闘力《オール・ド・コンバ》を失った〟状態にされる人も多い。また過食や、自然の栄養分を奪われた食品類を食べることからだめになる人も、それに劣らぬほど多い。さらに何もなくても恐怖と苦悩のために死ぬ者も無数にある。

そこで、話をつづけるが……運よく財産をこしらえたひとびとも、もし長生きをすれば、かれらが抜け目なく儲けた金は自分の子供たちに湯水のように使い果されるのを見ることになる。一台の車しか必要でないのに三台持ったひとびとは、やがて車椅子で余生を送るだろう。金を貯めるひとびとは、金を儲ける金を儲けたがる連中の食いものになるだろう。一生をせっせと働くひとびとは老年になって犬を飼うのに足りるくらいしかない年金受領者になるだろう。働く人間だからといって、のらくら者より幸せになれるというものではない。いまではほとんどいなくなった渡り者労働者は比較的には贅沢な生活を送っている。平均寿命は長くなっているが、健康なり活力なり寿命なりにおいて、バルカン諸国の貧しい、頑丈な山地人にはとてもかなわない。この満ち足りた国でいったい幾人が、八十、九十、百歳までも生きて、しかも能力を失わず、慢性病にかからず、自分の歯を満足に残しているだろう？　七十歳までこの世にどうにかしがみついている連中のうち幾人が、ほんとに〝生きている〟と言えるのか？（諸君は南カリフォルニアやフロリダの空想好きな病弱者たちが、エンジンをつけた車椅子で走っているのを見ただろうか？　かれらがクリベッジやチェッカーズや、カジノやドミノで、のんべんだらりと日を送っている有様を諸君は観察しただろうか？）

また作家、画家、彫刻家、音楽家、俳優、舞踊家——つまり創造力ある少数者は、どのようにして生涯を終るか？　薔薇のベッドの上でか？　かれらの一人でも、ゲーテが死の床に就いたときのような顔をするものがあるか？　詩人たちがどのようにして舞台から消え去ってゆくかに注意したまえ。健全な意識を持った人間で、来世にもこの国で詩人になりたい者は一人もあるまい。

なるほど、ヘミングウェイは見たところ、すばらしい生活をしている。これに似た生活をしている数千人の作家の名を挙げてみたまえ！

偉大なミラレパがどのようにして死んだか、暇を見て読んでみるのは参考になるだろう（彼を毒殺しようとする陰謀が失敗した後のことだ）。あるいはラーマクリシュナが、癌の蹂躙《じゅうりん》に敗れながら、その死の床でどのように弟子たちを慰め、元気づけたか。またあるいはウィリアム・ブレイクがどのように歌いながら世を去って行ったか。

不思議に、科学のあらゆる便益にもかかわらず、ひとびとはこれらのひとびとのような死にかたをしていない。このアメリカでは、ひとびとはみじめに死んでゆく——医者や病院に法外な額の金を支払うくせに。あるいはかれらはすばらしい葬式をしてもらうかもしれぬが、誰もまだかれらを平和に、高尚に、静寧《せいねい》に死なせることに成功していない。自分のベッドで死ぬという贅沢を味わう者は少ない。

「人間のからだは、好い加減に出来てしまったものではない。目的があり、意匠してつくられたものだ。まことに、『それは花のごとくに咲き出で、切り倒される。それは影のごとくに逃れ去り、続くことがない』これがすべての物質的な存在のありかたである。だがそれらを支配する創造の諸力と自然の諸法則は全能、全知、あまねく一切所にあって、永遠である。

「人体は直径一インチの百分の一より小さい一個の細胞から発生し、細胞には人体を組み立てている材料は何も含まれていない。まもなくそれは一《いっ》の物質的全一体に生長し、六万二千五百マイルにのぼる血管さえもこの全一体の極めて小さい部分にすぎない。人体は濫用、病気、その他の外力がそれを滅ぼすまでは生き、そして機能する。

「一部の人体はすでに死んだ世界へ入りこむ。他の者は長短さまざまの期間、生存し、その平均寿命は現在、約五十九年である。人によっては百歳またはそれ以上、生きる。……

「肉体の九つの基本的機能のうち、生長と回復の機能は長寿にとって最も必要である。創造的過程の結果としての生長は成熟期にやむように見えるが、われわれは……やむのではないことを発見した。この過程は単に部分的に隠れ退くにすぎない。基本的な肉体の諸物質が生命の維持のために代謝せねばならぬ範囲までは、この過程は活動をやめないのである。だが適切な誘引なしでは、この創造過程は疲れて、その働きは遅滞する。創造過程が肉体の衰頽に充分に打ち勝ち、優勢であるとき、一億四千万個の細胞は毎分ごとに創造されている。このことは肉体の基本的な構成分子が毎月八パーセント置き換えられ、すなわち毎年九十六パーセントが置き換えられることを意味する。

「この創造の割合が保持され得るならば、平均寿命は今日のそれの数倍になるであろう。事実、人間はほとんど無限に生きるかも知れないのである……」[12]

ぼくらの生活の日々で、ぼくらが永続させている大きなまやかしは、ぼくらが生活をより楽に、より快適に、より楽しめるものに、より益あるものにしつつあるというまやかしである。ぼくらはまさにその正反対をやっているのだ。ぼくらは毎日、あらゆる方法で生活を味気なく、平板に、益なきものにしている。ただ一つの醜い言葉ですべてを蔽うことができる――浪費。ぼくらの思想、ぼくらの精力、ぼくらの生命そのものが、不賢明、不必要、不健康なものを創造するために使い果されつつある。森で、畑で、鉱山で、工場で行われている途方もなく愚劣な活動は、幸福にも、満足にも、心の平安にも、またそれに従事するひとびとの長命にも、何ひとつプラスを与えていない。朝から晩までやりつづけることを余儀なくされる仕事を楽しんでいるアメリカ人はごく、ごく、少数にすぎないのだ。大多数は自分の仕事をば、おのれを愚かにし、堕落させるものと見ている。そこからの出口を発見した者も実に僅少だ。絶対多数のひとびとはどんな奴隷、どんな犯罪人、どんな低能にも劣らないほど救われぬ運命にあるのだ。世の中の仕事、と高尚らしく呼ばれてはいるが、これはあくせくと働くひとびとによってなされている。かれらのうちの多くのひとびとが立派な教育を受けているという事実は、この光景をそれだけ悪いものにしているにすぎない。いったい自分が弁護士だ、医師だ、説教者だ、法官だ、化学者だ、技師だ、教師だ、建築家だ、と言ってみたところでそれがどれほど問題になるというのだ？　その自分がモッコ担ぎであり、沖仲仕であり、銀行の事務員であり、溝掘り人夫であり、賭博師であり、塵芥取り人夫であるとしたって同じことではないか。朝から晩までやって

12　スピアーズ脊柱指圧法（カイロプラクティック療養病院、コロラド州デンヴァー市）のレオ・レ・スピアーズ博士著『長寿の可能なる理由』から採録。スピアーズ博士はその後心臓発作で死亡した。（原注）

いる仕事を誰がほんとうに愛しているか？　人間を勤めなり、商売なり、専門職業なり、事業なりにかじりつかせているものは何か？　惰性だ。ぼくらはみなおたがいにみなを万力で締めつけるように閉じこめて、おたがいにおたがいを食いものにし、おたがいにおたがいを犠牲にしあっている。昆虫の世界の話は、比較すればぼくらはかれらの退落した子孫に似ている！

　このショウを主宰し、それを監督し統制するものとして、人民の選出した代表者たちで構成された政府が立っているが、こいつは、ヘマな職人、落伍者、茶番師、悪党などの寄せ集めとして、とても歯の立つ相手ではないだろう。

　それにまたぼくらの大富豪たち——かれらは幸福なのか？　少なくともかれらだけは、陽気で、ほがらかで、軽い心であるべきはずだ。ぼくらの一切の努力の目標は自分の欲するもの以上を持つことではないのか？　かれらを見よ、ぼくらの哀れな大富豪たちを！　およそ地上での最も哀れな人間の標本。飢えに迫ったアジア人たちが、一人のこらず、一夜にして百万長者になりえたらと、どんなにぼくは望んでいるか！　どんなに速くかれらはアメリカ式生活の不毛性を認識することだろう！

　さて次には中産階級がいる——これぞ国民の堡塁だなぞとぼくらが好い気持で言っているのだが。沈着で、着実で、信頼がおけて、教養あり、保守的で、自尊心が強い。中道を進むにはかれらをあてにすることができる。この連中以上にからっぽな人間たちがありうるだろうか？　みんな蝋人形博物館の塡《つ》めものをした死体みたいに生きている。朝と晩に自分で体重を量る。今日はイエスと言い、明日はノーと言う。風のまにまに、右に左に羽根のようで、しかも付和雷同の拡声器だ。一生を通じて立派に前線を守り抜いた人たち。その前線のうしろには——何もない。砂嚢一つありはせぬ。

　そして労働者——ぼくらが得意で自慢するとおり世界最高の賃金を取っている。自分の車を持ち、自分の家を持つ（かれらの一部が）。だがみんな保険と軍事公債と墓地の割当て分の荷を負っている。子供らは月謝なしで教育を受け、学校には遊び場とレクリエーション・センターの設備があり、食物は〝衛生食品センター〟の検査員の承認ずみだ。工場はエア・コンディション設備がある。便所も衛生的で、いつも故障なく保たれている。週四十時間、時間外は二倍の賃金。週給百ドルでは暮しがたたない。政府からむしられ、銀行からむしられ、商人からむしられ、労働組合指導者からむしられ、ボスからむしられ、あらゆる人間からむしられている。おたがいにむしりっこだ。ぼくは高級《デラックス》労働者の話をしているので、かれらはときには高級《デラックス》兵隊になったり高級《デラックス》政治家になったりする。下層の、未組織の、前代未聞の多種多様な労働者のほうは、これは鼠のような生活をしている。かれらは国民の面《つら》よごしである。わが国は貧困とか不潔とか悪徳とか文盲とか乞食、物もらいとか、あるいは怠惰とか無能とかいうものを相手にしない国なのだ！

例外はギャングというやつで、かれらは日ごとにますますスマートに、ますます能率的に、ますます狡猾に、ますますビジネスライクに、ますます進歩的に、ますます名誉ある――これはどうかと思うが――ますます若者たちを（漫画、映画、ラジオ、テレビを通じて）教化するようになっているし、また一般人のあいだに浸透して、ときには隣席に坐った男がかれらの一味なのか、それとも弁護士、裁判官、銀行家、国会議員、ないしは牧師さまなのか、見きわめがつけかねる場合もあるほどだ……そうしてこのギャングたちを除けば、はっきり言うが、誰よりもうまくやっている人間、自分が何をしているか完全に承知していて、それを好いている人間、疲労だの悲しみだのはほとんど見せたことがなく、人生から最大の享楽を得ている人間は誰かというと、それは一回の呼出し《コール》について五十ないし百ドル稼ぐコール・ガールたちであって、彼女たちの大部分は高度に知性的で、教養あり、これを眺めればまことに愉《たの》しく、いつも立派な装《なり》をし、よく本を読んでおり、態度振舞は簡素で気取りがなく、うるさかったり野卑だったり虚栄的だったりするところは少なく、その点、彼女たちのお得意さんである男どもの女房や妾よりはずっと上である。おそらく最高裁判所の判事でも彼女たちの一人と一、二時間を過すことを愉しく、有益で、ためになると感じるだろう。遺憾なのは彼女たちには一般大衆の手はとどかないことだ！

浮浪《ルンペン》プロレタリアートの恋愛詩人として、ぼくは品位あるアメリカ人が上記のことを真面目には受け取らないだろうことを知っている。のみならずまた、最近の統計によれば、子供をも一定率で含めた男女一千三百九十七万六千二百三十八人が、全国の刑務所、少年感化院、病院、精神病院、精神欠格者のための施設、および類似の施設内で朽《く》ち腐れつつあるという事実をも、立派なアメリカ人諸氏は同様、たいして気にもとめぬだろう。右に挙げた数字の点ではことによるといくらか誤っているかもしれぬが、事実そのものは正確だ。ロード・バックリーが言うように――「きみはそれを棄てなさい、ナッズ、そこでわしらがそれを拾いあげる！」

言うまでもないことだが、これらは誰しもが飼猫の排泄についての躾《しつけ》をするために、猫の鼻の下をこするのを嫌うだろう、といった種類の事実である。これらの事実の気配を感じるだけでも、チドリやミサゴのような鳥に心理的下痢を起させるだろう。諸君の子供たちが学士《マスター》の位を取れるくらいになるまでは、これらの事実を持ち出さぬほうがいい。若者は思慮分別のつく年齢になるまで虫のつかないように大切にしてやるのが一番だ。

第三部　失楽園記

Conrad Moricand

Born in Paris, January 17, 1887, at 7:00 or 7:15 P.M.

Died in Paris, August 31, 1954.

ぼくをコンラッド・モリカンに紹介したのはアナイス・ニンである。一九三六年の秋のある日、彼女は彼をヴィラ・スーラのぼくのアトリエへつれてきた。ぼくの第一印象は、あまりよくなかった。陰気で、教師然としていて、独善的、自己中心的にみえたのだ。運命論者的気質が全体ににじんでいた。

彼がきたのは午後もおそくであった。しばらく話をしてから、オルレアン通りにある小さなレストランへ食事に出かけた。メニューを見る態度から彼が潔癖性《けっぺきしょう》であることがすぐにわかった。食事のあいだじゅう彼は、料理は、料理として楽しみながらも、休むひまもなくしゃべりつづけた。しかし、それは料理にはそぐわない、むしろ消化不良を起させる種類の話題だった。

彼は、気にしまいと思っても気にしないわけにはいかないある種の臭いがした。ベイラムと湿った灰とタバ・グリに少量の上等な香水がまじりあった臭いだった。のちに、これらのものは、それぞれに分解して、一つのまぎれもない香り——死の香りとなるのだが。

モリカンと会う以前から、ぼくは占星術のサークルの人たちと知りあっていた。なかでもアナイス・ニンの従兄弟のエデュアルド・サンチェスは、たいへんな博識家で、精神分析家の忠告にしたがって、いわば治療法として、占星術に取り組んでいた。エデュアルドを見ていると、しばしば私は、神の最も有用な創造物といわれているみみずを思いだした。彼の摂取力と消化力とは、まことにすさまじかった。地虫と同じように、彼の刻苦精励はもっぱら他人の利益のためであって、自分のためではなかった。そのころ彼は冥王星—海王星—天王星の〝交会〟[1]の研究に没頭していた。彼は直観を確証する資料を求めて、歴史学や形而上学や伝記文学に深入りして探索していた。そして彼は念願の大テーマ〝アポカタスタシス〟[2]の研究にいよいよ乗り出したのである。

モリカンを知ってからぼくは新しい世界に足を踏みいれた。モリカンは占星術者であり、錬金術の

1　二つ以上の天体が同一の天球上の経度——黄経上にあらわれること（訳注）

2　帰参——サタン及びすべての罪びとが終局において神への帰参がかなうという神学説（訳注）

研究に専念している学者であると同時に、神秘主義者でもあった。風貌はどこか魔術師をおもわせるものがあった。長身で、頑丈な体格をしており、肩幅が広く、動作は重々しくゆったりとしていたので、アメリカ・インディアン系統の子孫と見まちがえられそうだった。モリカンという名前とモヒカンという部族名になにかの関連があると考えると楽しいと、これは彼があとになってぼくに打ちあけてくれたことである。悲しみに沈んでいるときの彼の表情には、まるで意識してモヒカン族の最後の末裔《まつえい》を気取っているかのような、少しばかり滑稽を感じさせるところもあった。こんなとき彼は、頬骨の高い四角な頭と身についた鈍重さや冷静さと相俟《あいま》って、悩める花崗岩という感じを与えた。

内面的には彼は、神経質で気紛れで不屈の意志をもった落着かない人間だった。きまりきった毎日の生活にすっかり慣れきって、隠遁者か苦行者のような規律正しい生活を送っていた。このような生活態度を彼のほうで選んだのか、それとも意に反してそうせざるをえなかったのかは容易には決めがたい。こういう生活を送りたかったというようなことを彼はついぞ口にしたことがなかったのだ。彼の振舞いを見ていると、もう世のなかの辛酸苦労にうちのめされてしまって自分の運命にあきらめている人のようだった。幸運よりも罰を受けるほうが気が軽いという人のような。彼にはどこか非常に女性的なところがあったし、それはそれで魅力がなくもなかったのだが、彼の場合にはどうしても彼の得にはなっていなかった。いわば乞食の生活を送っている度しがたいダンディーというところだった。しかもまったく過去に生きているのだ！

ぼくらが知りあった頃の彼を一番うまく表現しようとしたら、自分の墓をいつもひきずって歩いているストア哲学者といえばあたっているだろう。しかし彼は、ぼくも徐々にわかってきたのだが、いろいろの面をもった男だった。彼は敏感で、特に気にさわるような言動に対しては極端に感じやすく、十六歳の少女のように移り気で、感情に動かされやすかった。もともとは公明正大な人間ではないのだが、つとめて公平に、わけへだてなく、公正にするようにしていた。しかも義理堅くあろうと努めていた。だが、私の感じでは、生来彼は本質的に油断のならない人間のようだった。理由をあげろと言われれば困るが、本当のところ、彼に会ったとたんに気付いたのはこの言いようのない油断のならなさだった。これもまた一種の知能だ、それが問題なのだといった印象を意識して心からぬぐい去ったぼくをおもい出す。

そのころぼくが彼にどう映ったかは、これはぼくが推測するしかない。彼はぼくの書いたものを、フランスの雑誌に翻訳されて載った二、三の断片的なものをのぞいては知らなかった。もちろん彼はぼくの生年月日を知っていたし、知りあってしばらくしてからぼくの星占いもしてくれた（記憶にまちがいがなければ、ぼくの生れた時刻の誤りを指摘してくれたのは彼だった。ぼくは正午というべきところを真夜中と教えたのだった）。

ぼくは彼との話はぜんぶフランス語で話したが、ぼくのフランス語は流暢とはとても言えなかった。これは実に情けない話で、なぜといって、彼は生れつきの座談上手であるばかりでなく、言葉に対して敏感な、フランス語を詩人みたいに話すことのできる男だったのだ。おまけに微妙さとニュアンスを大切にする男ときてる！　彼と会っていると二重の喜びを味わうことができた――さまざまの教え（占星学のだけではなく）を受ける喜びと音楽を聴いている喜びと。彼は、音楽家が自分の楽器をあつかうように言葉を用いたのである。かてて加えて、ぼくが書物でしか知らなかった有名人の個人的な逸話が聞けるという喜びがあった。

要するにぼくは聞き手としては理想的な人間だった。それに、会話の好きな者、とくに会話を独占したがる者にとって、注意深い、熱心な、理解のある聞き手を得ることにまさる喜びがありうるだろうか。

そのうえぼくは相槌をうつのがうまかった。質問が要を得ているのだ。

なんといってもぼくは彼の目に奇妙な動物と映ったにちがいない。ブルックリン出身の国籍放棄者、フランスびいき、放浪者、なったばかりの小説家、ナイーヴで熱狂的で、スポンジみたいに何でも吸収したがっていて、すべてのものに興味があって、一見かじのきかない人間。当時のぼくはこのようなイメージの男だった、と思う。何にもましてぼくは社交的だった（彼は正反対だ）。それに〝デカン〟[3]は同じでなかったが、二人とも磨羯宮生れ《キャプリコーン》だった。二、三年は離れていたが、同じ年輩でもあった。

ぼくは彼にとって一種の刺戟剤の働きをしていたようだ。ぼくの生来の楽観主義とむこうみずの気質は彼の身にしみついた悲観主義と用心深さを補足していた。ぼくはあけっぴろげで腹蔵なく物を言うほうだったし、彼は慎重で遠慮勝ちだった。ぼくの性質は何にでも手を出したがるほうだったが、彼は逆で、興味の対象を限定し、選んだものを全身全霊をこめてやるほうだった。彼はフランス人特有の理性と論理性をあますところなく身につけていたが、ぼくのほうはたびたび辻褄の合わないことを言ったし、急に脱線することもあった。

二人に共通の点といえば、磨羯宮生れの基本性質だった。『占星学の鏡《ミロワール・ダストロロジ》』という著書のなかで彼は磨羯宮生れの人間に共通しているこれらの要素を簡潔明瞭に列挙している。少し例をあげてみると、「類似点」という項で彼が書いているのは――

「哲学者。審問官。魔法使い。隠遁者。墓掘り人。乞食。」

「深遠多識。孤独、苦悩。」

3 占星術の黄道十二宮のうち、同じ宮が十度ずつ三つのデカンに分れている（訳注）

「裂け目。ほら穴。人の通わぬ地。」

　彼の挙げているさまざまのタイプの磨羯宮生れの人間のなかから少し例を取ってみる。――「ダンテ、ミケランジェロ、ドストエフスキー、エル・グレコ、ショーペンハウエル、トルストイ、セザンヌ、エドガー・アラン・ポー、マクシム・ゴーリキー……」

　モリカンによるとこれらのひとびとが共通して有しているとされている性質をもう少し挙げてみる。

「落着いていて、寡黙で、閉鎖的。孤独と神秘的な物とを愛し、思索的。」

「厳格。真面目で陰鬱。」

「精神的に早熟。」

「善よりも悪に目ざとい。何事につけても弱点はたちどころに見抜く。」

「悔悟、後悔、絶え間のない自責。」

「受けた屈辱は絶対に忘れない。」

「滅多に笑わない。笑っても冷笑的な笑い。」

「深遠多識だが陰鬱。苦労して晩成。頑固で忍耐強い。倦《う》むことのない勤勉さ。蓄積進歩の機を逸しない。」

「知識欲旺盛。計画性を以て長期の事に当る。複雑で抽象的なものの研究に適す。」

「精神的ないくつかの次元を同時に生きる。いくつかの思想を全く同時に有することが可能。」

「人生の深淵のみに光を投じる。」

　それぞれの宮に三つのデカンすなわち区画がある。最初の区画《デカン》――ぼくは十二月二十六日生れなので――には彼はこう記してある――

「極めて忍耐強く、粘り強い。成功のためには手段を選ばぬところもある。忍耐の力で、しかし着実に目標を達成……この世の生活を過度に重要視する傾向。自我が甚だ強い。愛憎は首尾一貫している。自己を高く評価している」

これらの性質を引用したことにはいろいろの理由がある。これらの性質のそれぞれが当っているか当っていないかは、読者諸氏のそれぞれの判断におまかせする。

話をもとに戻そう……ぼくが初めてモリカンと会ったとき、彼はノートル・ダム・ド・ロレット街にあるモディアル・ホテルという名のごく簡素なホテルで生活していた――というより「生存していた」というほうが当っているだろう。彼は財産を失ってしまうという一大危機を切抜けたばかりのときだった。まったくの一文無しとなってしまい、そのうえ実際的なことがらに対しては手腕も関心も持ちあわせていなかったので、彼はその日暮しの生存をつづけているところだった。朝食は自分の部屋でコーヒーとクロワッサンを摂り、時には昼の食事ぬきで夜も同じものを食べていた。

アナイスは彼にとってまったく天来の使いだった。彼女は彼に多くはなかったができるかぎりの金銭的な援助をあたえた。しかし彼女が同じように援助してやらねばならないと感じていた者はほかにも、かなり相当数いたのである。モリカンはすこしも気付きはしなかったが、彼をぼくに紹介することでアナイスは自分の重荷をいくぶんでも軽くしようとしたのだ。彼女は、彼女らしく、このことをおだやかに、如才なく、慎重にやった。しかしこれで彼女は彼と完全に手が切れた。

ぼくが、道徳的な面でならともかく、そのほかの面で彼に援助をあたえることのできないことくらいアナイスも重々承知していたが、しかしぼくが機略縦横で、あらゆる層の友人知人をもっており、彼に深い興味をおぼえさえしたら、たとえ一時的にせよ、彼を助ける方法を何とか見つけてくれるだろうということも、彼女は知っていた。

彼女の憶測ははずれたとは言いがたい。

当然ぼくの置かれた立場からしたら、肝心かなめのことはこの文無し先生に今までより規則正しく、もっと多量に食事を摂らせるよう取計らうことである。彼に日に三度の食事をまちがいなく食わせるだけの金はぼくにはなかったが、ときどき一度の食事をくれてやることならできたし、そうしてやりもした。時にはぼくは彼を昼食や夕食に外に連れだした。ぼく自らの手でできるだけ量の豊富な美味《おい》しい食事を作ってやれるからと、彼をぼくの宿へ招いたことならもっとある。彼はほとんどいつも死にそうなほど腹をすかしていたので、食事の終り頃にはたいがい酔っぱらってしまったのも無理はない。酔ったといっても、たしかに酒はふんだんに飲んだが、酒に酔ったのではなく、食物に、衰弱した彼の体がそんなに多量に受け入れることのできない食物に酔ったのだ。皮肉なのは——ぼくにはじつによく理解できたが——部屋に帰りつく頃には彼はすっかり前と同じくらい腹がすいているということだ。可哀そうなモリカン！　今の彼の苦難がもっているこの喜劇的な一面はぼく自身がそれこそ幾度となく体験したことではないか！　腹ペコペコで歩くこと、腹一杯で歩くこと、食後の散歩にと歩くこと、食べ物を求めて歩くこと、パリに出てきたときのバルザックと同じように、歩くというのが懐ろ具合から許される唯一のレクリエーションだからという理由だけで歩くこと。不安を静めるために歩くこと。泣くのをやめて歩くこと。誰か知った者はいないかというむなしい必死の気持で歩くこと。歩く、歩く、歩く……でも、こんなことをくどくどと書き記す必要がどこにあろう?・「歩行偏執症」のレッテルを貼りつけて、それでおさらばとしよう。

たしかにモリカンの苦患には際限がなかった。ヨブのようにありとあらゆる苦難を受けていた。ヨブのような信仰心はまったくなかったが、それでも彼は驚くべき堅忍不抜さを示していた。おそらく支えとなるものがないだけにますます驚くべき忍耐心だった。彼は懸命に努力して苦しさを人に気取られないようにしていた。少なくともぼくのいるところでは取乱すようなことはまずなかった。そのときには、どうしても涙がおさえられず出てきたときには、そんな彼は見るに耐えなかった。ぼくはどう言っていいのか、どうしたらいいのか分らなくなるのだった。彼の体験している苦悩は、よりによって自分一人がなぜこんな罰を受けねばならないのか当の本人が理解できないような、一種独特の苦悩だった。彼の話を聞いていると、いつも間接的にではあったが、彼がついぞこれまで同胞人類に故意にたくらんで害をあたえたことのないことをぼくに信じさせた。それどころか、彼はいつも人のためになろうと考えてきた。彼は悪い考えをいだいたことはなかったし、人に悪意をもったことは絶えてないと思いたいらしかったが、彼の言うことに嘘はなかったとぼくは思っている。たとえば、彼の零落の原因となった男のことを彼はたしかに一度も悪くいったことはない。彼は自分が人を信用しすぎたのがいけなかったのだとしか言わなかった。それはまるで彼だけが悪いのであって、彼の信頼につけこんだ男は悪くないといわんばかりの口吻だった。

実世間のことがらに関してはほとんど彼と同じくらい才覚のないぼくだったが、それでも無い知恵をしぼって、ぼくの友人にほどよい料金でモリカンから星占いをしてもらうよう頼んでみようということを思いついた。見料は百フランと言ったとおぼえているが、ことによると五十フランでしかなかったかもしれない。その頃は十二から十五フランくらいでかなりの食事ができた。モリカンの部屋代にしても三百フラン以上ということはありえなかったし、むしろ以下だったろう。

ぼくがぼくの友人知人を紹介しつくすまでは万事が順調に運んだ。星占いをしていない友人知人がいなくなると、モリカンを気落ちさせないようにと、ぼくは人間を発明しはじめた。というわけは、ぼくは彼に、この世に存在してもいない人間の姓名・性・生れた場所と生年月日や時間を教えはじめたのだ。もちろんこれら星占いの見料はぼくがポケット・マネーで払った。事情がどう変化したか、となんと気づかないモリカンは、これら架空の人物のことを恐ろしいほど変化に富んだ個性のひとびとだなどと言い立てた。ときどき、支離滅裂な例を目の前にしたときなどは、こちらのお方にお会いしたいなどと言いだしたり、もっと詳しいことを教えてくれとしつこくせがんだりしたが、そんなときもちろんぼくは、ことをわきまえた人間みたいに平気に気軽な口調でことこまかにでっちあげを喋った。

人の性格を読むということになると、モリカンはある種の神秘な洞見の力をもっているのではないかという印象を与えた。彼が自分で第六感と呼ぶものの働きで、彼は与えられた資料を見事に解き明かした。しかも時には資料とか生年月日・生誕地等々の助けさえ必要としなかった。ジョルジュ・プロルソンが主宰する雑誌『ヴォロンテ』の後援グループが催した宴会のことをぼくは生涯忘れないことだろう。ユージン・ジョラスとぼくとが出席者のなかで唯一のアメリカ人で、あとは全部フランス人だった。その夜テーブルを囲んだ者はおよそ二十人はいただろう。料理は絶品で、ぶどう酒とリキュールは豊富にあった。モリカンはぼくのむかいの席に着いた。彼の隣にジョラスが坐り、反対隣に、たしかではないが、レイモン・クノーが坐ったと覚えている。みんな上機嫌で、会話も至極はずんだ。

モリカンが座のなかにいた以上、おそかれ早かれ占星学の話題が議論の材料にあがることは避けられなかった。モリカンはといえば平気の平左で、胃袋にできるかぎりいろいろと詰め込んでいる。いわば、とうぜん予期している冷嘲や揶揄を待ち伏せしているといった恰好だった。

いよいよ始まった——誰かが他意もなく無邪気な質問をしたのだ。それを機にたちまち、一種の軽い狂おしさが、その場の雰囲気にしみわたった。四方八方から質問が矢のようにあびせられた。それはまるで熱狂者が、というよりももっと悪くて気違いが姿を現わしたかのようだった。ジョラスはもうこの頃には少々加減が悪くなっていたので、いつもより激昂した口調で、モリカンにちゃんとした証明をしてみせろと言いだした。まわりに坐っている者がそれぞれどの十二宮に属するのか一人一人あててみろとモリカンをせめたてた。もちろんモリカンは一人一人と話をかわしてみて頭のなかで宮の分類を仕立てていた。職業柄そうせざるをえなかったのだ。人と話をしているとき、その人間の話しぶり、身振り、顔面痙攣《けいれん》や個人的性癖、精神的肉体的な傾向等々を観察するというのは、彼にとって日常茶飯事だった。彼は鋭敏かつ達者にテーブルについている顕著なタイプの人間を識別分類してみせることができた。それで彼は、つぎからつぎと人を選りだしては話しかけ、獅子宮、金牛宮、天秤宮、処女宮、天蝎宮《てんかつきゅう》、磨羯宮等々と、言い当てていった。それからジョラスのほうを向くと、彼はあなたの生年月日とおそらく生れた時間もあてることができると思うと言った。言ってから、彼は長い間をおき、指定の日の天宮のさまをにらむかのように心持ち頭をもち上げ、そして生年月日を正しく言い当て、しばらくまた間をおいてから、生れた時間はこうだろうと言った。図星だった。ジョラスはぽかんとしてしまって、モリカンがさらに彼の過去のこまごまとしたこと、ジョラスの親友までもが知らなかった事実をいくつか明らかにしだしたときも、まだ驚きのあまり息ができないでいた。モリカンはジョラスの好き嫌いを言った。過去にかかった病気と将来かかりそうな病気の名を言った。そのほか読心術者しか当てることができそうにもないありとあらゆることを言った。もしぼくの記憶がまちがいでなかったならば、彼のあざの位置まで言ったのである（このような不意打ちは、持ち札が良いときモリカンが好んで出す切り札だった。それは十二宮図に自分の署名をするようなものだった）。

これは彼が型通りに動いた場合だった。いつもこうとは限らないで、薄気味の悪いときもあれば、不穏な空気になることもあった。やればいつも出来は上々だった。降霊術の会などよりはるかにすばらしかった。

これらの会のことを想いだしていると、ぼくの心は彼がホテルの最上階に借りていた部屋のほうへといつも立ちかえる。むろんエレベーターはなかった。屋根裏まで五階か六階を歩いてのぼらなくてはならない。いったん彼の部屋へ入ると、外の世界はまったく遮断された。それは不規則な形の部屋で、あちこち歩けるくらい広く、少ないながらモリカンが火事場から拾ってきた家具類ばかりが備えられてあった。部屋に入った第一印象は整頓のそれだった。万事がきちんとしていた、きちんとしすぎていた。椅子や美術品やペーパー・ナイフの位置が二、三ミリメートルでもどっちかへ片寄っていると、それで印象が台無しにされてしまうらしかった――少なくともモリカンの心のなかではそうだった――書き物テーブルの配置の仕方にも彼の整頓への偏執はあらわれていた。いつ行ってみても、どこにも、塵一つ埃一つ落ちていなかった。すべてにしみ一つなかった。

彼は身だしなみについても同様であった。いつも清潔な糊のきいたリンネルを着、上着とズボンにはアイロンがきいていて（おそらく彼は自分でアイロンをかけていたのだろう）、靴はみがいてあり、ネクタイはもちろん着ている服に合わせてあって、帽子、外套、オーバーシューズや衣類戸棚にいつも小綺麗にしまってあるもの等を忘れはしなかった。彼が第一次世界大戦中に経験したもの――彼は外人部隊にいたが――のなかで最も鮮明に記憶していることは、彼が否応なく我慢させられた不潔だった。ある夜戦友の一人が反吐《へど》を彼の全身に吐きかけてしまったので、夜が明けると素裸になり、（塹壕《ざんごう》のなかの）湿った雪で頭の天辺《てっぺん》から足の指先まで洗い落したというが、そのさまを彼はぼくに一度ながながと話してくれたことがある。彼にとっては、こんな目にあうくらいなら鉄砲に当って傷を負ったほうがましだったろうと、ぼくはそのとき思ったものだ。

彼がこんなに絶望的に貧乏で惨めな状態にあった時期のことでぼくがどうしても忘れることができないのは、彼の身にしみついている上品さと潔癖さの雰囲気である。いつだって彼は素寒貧《すかんぴん》の男よりはどちらかというと、不調の時期にある株式仲買人というふうに見えた。彼の着ているものは、最良の生地に最良の仕立てをしたものばかりだったから、後生大事に扱う彼の丁寧さからしてもあと十年はあきらかに着られそうだった。つぎを当てたとしたところで、彼はそれでも身だしなみの良い紳士に見えたことだろう。ぼくとちがって、着物を質に入れたり、食事代を捻出するために売り払ったりするということは、彼には決して思い浮ばなかった。彼にはその立派な服装が必要でもあったのだ。途切れがちの世間《ル・モンド》との関係を維持していこうと思ったら、体裁を整えねばならなかったのである。毎日の手紙にも彼は一流の文房具類を使用した。少し香水をふくませもした。特徴のある彼の筆蹟もまた、ぼくがこれまで強調しておいた特質を帯びたものだった。彼の手紙は、彼の原稿や星占いの報告と同じで、王家の文書のような格式のある、一語一語をたんねんに裁量して自分の言っていることには生命を賭けもするという人のもののような趣があった。

彼が住んでいた部屋にあった物の中に、ぼくが生きているあいだ忘れられそうにないものが一つある。食器棚だ。夜も引きあげどきになると、たいがい長居をしてしまっていたが、ぼくはそっと身を斜めにしてこの食器棚まで進み、彼の視線がこっちに向けられていない瞬間をみすまして、たくみに五十フランか百フランの紙幣を一枚食器棚の上に置いてある小彫像の下にすべりこませたものである。彼に直接手渡したり郵便で送ったりしようものなら、彼はどう控えめに言っても困惑はしただろうから、ぼくはこのことを幾度も幾度もやらねばならなかった。彼はぼくが最寄りの地下鉄まで行くのを待つようにしてやにわにたち上がり、近くのビヤホールで大酢漬キャベツ《シユクルート・ガルニ》を買いこむことだろうと、ぼくは部屋を出るときにいつも思った。

もうひとつ言っておかねばならないのは、彼の持物をめったなことで好きだとは言えなかったことで、というのもそんなことを言おうものなら、彼はその物をまるでスペイン人みたいにぼくに押しつけてくるからであった。ぼくの賞《ほ》めるのが彼のしているネクタイでもステッキでも同じことだった。彼はまだ余分がいくらかあった。そんなわけでぼくは、モイーズ・キスリングが彼に以前プレゼントした美しいステッキをついつい自分のものにしてしまった。一度などは彼が一つしかもっていない金のカフスボタンをくれるといってきかないのを、手練手管を弄してやっと思いとどまらせたものだ。彼がどうしていつまでも糊のきいたカフスとカフスボタンをしているのか、ついにぼくは聞きだせなかった。尋ねていたら、彼は他に合うワイシャツがないのだと答えていたのだろう。

書き物テーブルを斜めに置いてある窓ぎわの壁には、彼が星占いをしてやっている人物の資料がいつも二つ三つはピンでとめてあった。チェスをやっている人が詰将棋の駒を並べてある盤をいつも手もとにそなえているように、彼はそれらをいつも手近な壁にそなえておいた。彼の信念としては、占いが煮えたつのには時間をかけるのがよかったのだ。彼自身の資料は特製の壁龕《へきがん》にほかのものと一緒に掛けられてあった。

彼はそれを、まるで晴雨計を見る海員のように、暇さえあれば見ていた。彼はいつも「運開き」を待っていた。彼が話してくれたところだと、出口が全部ふさがれてしまったとき死が宮図にあらわれるのだという。死の到来を前もって予知することはむずかしいと、彼ははっきり言った。人が死んでしまってからその死を知るのはずっとやさしい。その場合はすべての事がグラフを見るように劇的に、明々白々となってくるのだという。

ぼくがはっきりと覚えているのは、運がついたりはずれたりしていく具合を自分の宮図に示すのに彼が用いた赤と青の鉛筆の印である。それは振子、それも無限の忍耐力をもった男でなければとても最後までは見ていられないようなゆっくりとした動きの振子が動いているのを見ているようなものだった。振子が一方にゆれると、彼はまるで歓喜に満ちているようだったが、反対のほうへゆれると彼は意気銷沈してしまった。彼にはいまの状態を何とかしようという努力をする覚悟がすこしもなかったものだから、「運開き」を待っていてどうするつもりだったのかは今でもぼくにはわからない。彼は一息いれる以上のことを待ってはいなかったのかもしれない。彼のような性格の人間が望んでいることといったら、ぼた餅が棚から落ちてくることくらいだった。仕事などがふって湧いたところで彼が見向きもしなかっただろうことはたしかだ。彼の唯一無二の願いは自分の研究を続けることだった。見たところ彼は自分のこの限界をあきらめているらしかった。彼は活動家肌の人間ではなかったし、いつかはペンの力で頭角をあらわしそうな作家でもなかったし、かといって物乞いをやりうるほど柔軟性のある従順な性格でもなかった。彼はただモリカンであり、自分自身の手で作成した宮図のためあまりに前もって自分のことがわかりすぎてしまっている人間だった。何よりも困ったことに、厄運の土星につきまとわれている「被占者」なのだ。ときにはおのれの薄倖《はっこう》を悲しむのあまり、自分の星レグルス[4]からほんの一条の有望さの光をでも躍起になって引き出そうと骨を折ることもある——みじめな魔法使。要するに、悲痛な狭い人生を送ることを運命づけられている犠牲者だった。

「誰だってたまには好い運が舞いこむもんだよ」とぼくは彼によく言ったものだ。「悪いことがそう

4 獅子座の一等星（訳注）

いつまでも続くわけがないんだ。ほら、あのことわざ何といったっけ――『甲の損は乙の得』かな？」

彼が話を聞く気分にあるときは、ぼくはもっと踏みこんで、こうも言った――「どうしてしばらくでもいいから星のことを忘れないんだよ？　休暇を取って、運命はおれのものだといわんばかりに振舞ったっていいじゃないか。何が起きるか、誰にだってわかるもんじゃないよ。街で一人の男に会って、しかも見も知らぬ人間だったとして、きみ自身は錠がかかっているとばかり思いこんでいるドアを、その人が開けてくれるということもあるかもしれない。それに神の助けというようなものだってある。きみがその気にさえなっていたら、何かが起るなら起れと待ち構える気持でさえいたら、神の加護だって望めるというものだ。そうして、もしきみが空に書かれてあることを忘れさえしたらね」

こういうことを話してきかせると、彼は取りようによってはさまざまの意味に取れる不思議な顔つきをぼくにしてみせるのだった。時には彼は、世間の子に甘い親が、解くこともできない問題を子供が質問してきたときに浮べる微笑に似た、やさしい、なにか物足りなげな、そんな微笑をぼくに投げかけることもあった。また彼はそんなとき決して性急に返事をしてはくれなかった――彼にとってはその解答はいつも心に携えているものではあるが、こんなふうに問い詰められたときには口に出すのも億劫《おっくう》になってしまうのだった。こうして彼もぼくも黙ってしまったところで、彼は大急ぎで自分が確信していることをもう一度試しているような、これまで言ったり考えたりしたことを（もう何度目かはわからなかったが）もう一度急いで検討しているかのような、さらにはこの問題を広め深めて、ぼくにも誰にも想像もつかないような広い視野から考え直すことで今一度自分自身に疑いを投げかけているかのような感じだったが、それからゆっくりと、重苦しく、ひややかに、論理的に、自己弁護の冒頭の文句を繰りだして来るのだった。

「ねえ、君」と、ぼくは彼が言う言葉を今でも耳に聞く思いがする。「運というが、それがまずどういう意味なのかを理解せねばならない。宇宙は法則に従って運行を続けているのであり、惑星の誕生や運行も人間の運命も、ひとしくこれらの法則に依存しているのだから」そう言うと彼は、気持の良い回転椅子のなかで身をのばし、自分の宮図がもっとよく見えるようにと少しばかり椅子を回転させてから、さらに話を続けた。「あれを見てくれよ！」彼が指さしたのは、彼の運命がそのとき釘づけにされていた特別な行詰りだった。それから彼は、ぼくに頼むのだった。「この状態でぼくに残されている唯一の運は」と、彼はきわめてまじめくさって言った。「きみなのだ。これがきみだ！」と彼は、どうやってどこでぼくがそうなるのかを説明してくれた。「きみとあの天使のアナイス。きみたち二人がいなかったとしたら、ぼくにはまったく救いようがないんだ！」

「しかしきみはどうしてもっと積極的にものを見ないんだい？」とぼくも言った。「もしアナイスとぼくが宮図に現われているというのなら、もしぼくらがきみの言うとおりの位置にあるのなら、きみの信頼と信用をすべてぼくらに置いてくれたらいいじゃないか。ぼくらの力できみを自由にさせたらいいじゃないか。人が他人にしてやれることに限度のあるものじゃないよ。そうだろ？」

もちろん彼はこれに対しても解答の準備ができていた。彼の一番の欠点は、何に対しても答えの用意ができているということだった。彼も信頼の力を否定はしなかった。ただ自分は人を信頼することが許されていない人間なのだと、彼はごく簡単に言うのだった。宮図のここに信頼心の欠けていることがちゃんと出ているのだ。どうにも仕方がないではないか？　自分は知識の道を選んだのだが、そうすることで自分の翼をはさみ切ってしまったのだと、彼は自分でつけ加えるべきだった。

彼が自分で信頼心の欠如という言い方をしたこの去勢状態の性質と原因について彼がほんのちょっとぼくに教えてくれたのは、ずっと後年のことだった。それは、両親がまったく構ってくれなかったこと、学校の先生のいこじで残酷な仕打ち、特に彼を非人間的なやり方で辱しめ苦しめた一人の教師のことなど、彼の子供時代と関係したものだった。彼の元気の無さ、精神的な惨めさを説き明かしてくれるに足る、醜い痛ましい物語だった。

戦争の前はいつだって変らないが、世間は熱に浮かされているようだった。終末が近づいていたので、すべての事が歪曲され、誇張され、大急ぎで進められていた。金持ちは蜂か蟻のように大忙しで、資金や資産、邸宅やヨットや金ぶちの債券や鉱山株や宝石や秘蔵美術品などをあちこちに分散しなしていた。零落をまぬがれようと懸命のこれら臆病風にふかれた連中を相手に、大陸間の空を往復していた男が一人、その頃ぼくの親友だった。彼が話してくれる話は途方もないものばかりだった。しかもありふれたものばかりだった。いやになるくらいありふれていた（いったい誰が大金持ち連中から成る軍隊を想像できるだろうか）。もう一人の友人は化学技師で、中国であれ満州であれ蒙古であれ、チベットであれペルシアであれアフガニスタンであれ、どこでも極悪行為の行われているところへ出むいて行き、そしてときどき夕食などにひょっこり姿をあらわしたりしたが、彼の話も途方もないものばかりだった。しかもいつも、陰謀、略奪、賄賂、裏切り、謀略、その他この世のものとも思えない計略などの聞き慣れた話ばかりだった。戦争はまだ一年かそこら先の話だったが、しかし戦争の徴候はもう歴然としていた――それも第二次世界大戦の徴候であるばかりでなく、その後つぎからつぎへと起るだろう戦争や革命の徴候が。

〝ボヘミアン〟までもがもう自分たちの塹壕で安閑としていることはできなかった。驚くほどたくさんの若きインテリがすでに地位を逐われたり、財産を奪われたり、見も知らぬ上層部のために将棋の歩のように突き動かされたりしていた。毎日ぼくはまったく思いもかけない人間からの訪問を受けた。いつだろう？——これが誰しも心にいだいている唯一の疑問だった。いまのうちにできるだけうまくやろう！　そして、船の最終便まではとしがみついていたぼくらはそうした。

この陽気な、どうなろうと知ったことじゃない式の雰囲気にモリカンは決して加わろうとはしなかった。彼は乱痴気騒ぎになるか、すっかり酩酊してしまうか、あるいは警察がやって来るかしないと終りにならないことになっている夜の祭りに招待されるような人間ではまずなかった。彼を招待しようなど、ぼくはまったく思いもかけなかった。彼を食事に招《よ》ぶという段になると、ぼくはそのとき列席する二、三の客を慎重に選ぶことにしていた。それはいつも同じ人物になってしまった。いわば占星学仲間というところである。

一度だけ、彼にはめずらしい条約破棄だが、前触れもなしにぼくを訪問してきた。彼は意気揚々としていて、今日は午後ずっと栈橋を散歩してきたのでと言った。帰り際、彼は上着のポケットから小さな包みを取りだして、ぼくに手渡した。「きみにあげる！」と、彼は声に感動をこめて言った。声の調子からして、ぼくだけしか心ゆくまで味わえないようなプレゼントだなとぼくは思った。

その書物は、というのは書物が包みの中身だったのだが、バルザックの『セラフィタ』だった。『セラフィタ』さえなかったならば、モリカンとのぼくの付合いはあのような終りかたはしなかっただろうと思う。あとで述べるように、この貴重なプレゼントのためにぼくはたいへんな目にあうことになるのである。

ここで強調しておきたいのは、熱に浮かされたような時代の風潮や急速な物ごとの推移やすべての人が——おそらく作家は人一倍に——陥っていた混乱状態などと一致して、精神の脈拍が少なくともぼくの場合、めだって速くなっていたということである。ぼくの出会ったひとびと、毎日毎日起ることでほかの人には些細な事かもしれない事件、これらすべてのことがぼくの心には非常に特別な意味合いをもって映った。すべてに、興味津々で刺戟的であるばかりでなく時には幻想的でさえある「連繋《エンシェーヌマン》」が存在していた。モントルージュでもジャンティイでもクレムリン・ビセートルでもイヴりでも、ちょっとパリの郊外へ散歩にでかけるだけで、もうその日一日ぼくの調子は狂ってしまうのだった。ぼくは朝の早くから調子が狂い、脱線してしまい、まごついてしまうのが楽しみだった（この散歩というのは朝食の前に行く「健康のための散歩」だった。散歩で精神を自由に空にし、タイプライターにつきっきりの一日に精神的肉体的に備えようとしていたのである）。トンブ・イソワール通りをとって外延広路のほうへ行き、それから郊外へ出ると、足の向くまま気の向くままで散策した。それから引返して、ぼくはいつも本能的にランジス広場のほうへと足を転じたが、この広場は映画『黄金時代』のいくつかの場面や、特に監督のルイス・ブニュエルと何か神秘な関連があるのだった。奇妙な街の名前、どこのものともつかぬ独立した雰囲気、浮浪児やいたずらっ子やよその世界からやって来た怪物どもなどの変な集まりと、ここは近所でもぼくにとって薄気味の悪い、はなはだ魅力に富んだ場所だった。ときどきぼくは公衆ベンチに腰を掛け、外の世界を忘れるためにしばらくのあいだ目を閉じ、それから突然目を開けて、まるで夢遊病者がうつろな眼差しで見るように周囲を眺めわたした。町外れ《バンリュ》のやぎ、道板、灌水袋、安全ベルト、鉄の桁組《けたぐ》み、陸橋《パセレル》、いなご《ソテレル》、これらが頭のない鳥やリボンをつけた鹿の角《つの》や錆びたミシンや水の滴《したた》る偶像やそのほか信じがたい事象と一緒になって、雲のかかったぼくの眼球の前を漂っていた。それは村とか近所といったものではなくて一つのベクトルだった。まったくぼくの芸術的な目的のためだけに造られた、ぼくを情緒的な一群に結びつけておくためだけに創造されたきわめて特殊なベクトルだった。フォンテーヌ・ア・ミュラール通りを歩きながらぼくは一心不乱にぼくの恍惚感を抑えようと努め、心のなかに（朝食後まで）三つのまったく異なるイメージをしっかりと固定させようと努めるのだが、これらのイメージは、もしぼくがうまく融合させることができれば、前にはどうしても突き破ることのできなかった（ぼくの書物の）書きにくい箇所にくさびを打ちこむことを可能にしてくれるものだった。ランジス広場を蛇のように走っているブリア・サヴァラン通りはエリファス・レヴィの著書を冷静に評価させてくれるし、（その先にある）ビュット・オ・カイユ通りは〝十字架の道行き〟を想い出させるし、（別の角にある）フェリシアン・ロップス通りはベルを鳴り響かせ、それとともにハタハタと鳩をとび立たせる。もしぼくが宿酔《ふつかよい》で苦しんでいるときだったら——その頃そういうことはよくあったが——これらの連想やデフォルメや相互浸透はいっそうドン・キホーテ式に鮮明に、色彩豊かになった。こんな日は朝の郵便で『易経』の第二冊か第三冊やスクリャービンのアルバムやジェイムズ・アンソールの生涯に関しての小冊子やピコ・デラ・ミランドラについての論文などを受けとっても、なんの感慨も湧かなかった。ぼくの机の傍には、最近の歓楽の名残りをとどめて、空のぶどう酒の壜がいつもきちんと並べて置いてあった——いわくニュイ・サン・ジョルジュ、ジュヴレ・シャンベルタン、クロ・ヴージョ、ヴォーヌ・ロマネ、ムルソー、トラミネ、シャトー・オー・ブリオン、シャンボール・ミュジニー、モントラシェ、ボーヌ、ボジョレ、アンジュ、そしてバルザックのかの〝偏愛の酒〟たるヴーヴレ。最後の一滴まで飲み干してあるとはいえ、いまだ変らざる旧友。なかにはまだ最後の楽しみを残しているものもあった。

わが部屋《シェ・モワ》での朝食。熱いミルクの入った強いコーヒー、美味いあったかいクロワッサンを二、三切れ、すばらしいバターとジャムを少しつけて。そして朝食と共にセゴヴィアをひとしきり。皇帝だってこんな贅沢はできやしない。

げっぷを少々しながら、歯を楊枝でせせりながら、ぼくの指がむずむずして来る——ぼくはすばやく周囲を見わたし（まるで部屋中がきちんとしているかを確かめるがごとくに！）、ドアに鍵をしめると、タイプライターのまえにドスンと坐る。出発。頭が燃えている。

でも、ぼくの精神の中国製飾り箪笥《だんす》のどの引出しを最初に開けようか？ それぞれの引出しに処方と規定と公式がひとつずつ入っている。品目のなかには紀元前六〇〇〇年までさかのぼるものがある。さらに昔にさかのぼるものだってある。

まず埃を吹きはらわねばならない。特に、かくも素晴らしい、かくも遠慮なく入りこんでくる、かくも目に見えないくらいのパリの埃を。ぼくは根源の場所までもぐっていかねばならない——ウィリアムズバーグ、カナーシー、グリーンポイント、ホーボーケン、ゴワナス運河、エリー湖へ、いまは墓の中で朽ちていってる遊び友だちのもとへ、グレンデールやグレン・アイランドやセイヴィルやパッチョーグなどの魅惑の地へ、公園や島々やもうゴミ捨場になってしまっている入江までもぐらねばならない。ぼくはフランス語で考えて英語で書き、非常におとなしくしていて荒々しい口調で話し、聖人としてふるまいながらバカかのろまでいなくてはならない。もともと釣合いのとれていないものの釣合いをとりながら、しかも綱渡りの綱から落ちてはならない。ぼくはブルックリン橋という名で呼ばれている叙情詩を眩惑の広間へと召喚し、しかもランジス広場の馥郁《ふくいく》たる香りをとどめていなくてはならない。この瞬間のものでなくてはならないが、しかも大回帰のうず潮に高なっていなくては……

そして、遠くではあるが奇妙に馴染みのある世界からやって来た布告官のように書物が届きだしたのは、することも見ることも、飲むものも消化するものも多すぎるくらいふんだんにあったこの頃である。ニジンスキーの『日記』、『永遠の夫』、『禅の精神』、『沈黙の声』、『独立集団《アブソルート・コレクティブ》』、『チベットの死者の書』、『ガリアの僧《リュバージュ》』、『ミラレパの生涯』、『ウォー・ダンス』、『ある中国神秘家の黙想』等々……

いつの日か大きな部屋と白壁とのある家が手に入ったならば、ぼくは大きな図表かグラフを作り、一つにはどんな書物よりよくわかる我が友人たちの物語を書きつけ、もう一方には我が人生における書物の物語を書き記そうと思っている。それをそれぞれの壁に、むかい合せに、おたがいを補足させ、おたがいを削除するように、貼る。しかしこの種の出来ごと、この種の計りがたい経験を言葉で仕上げることができるくらいに長生きすることのできる人はいない。そういう仕事は、星々が群がり輝く神秘《ミステリウム》を表わしているように、象徴的、図表的にしか、やることができない。

ぼくはどうしてこんなことを話しているのだろうか？　それというのもこの頃——することも見ることも味わうものも、その他なにやかや多すぎるほどふんだんにあったこの時期に——過去と未来とがおどろくべき明瞭さ、正確さで一点に集中してしまったので、友人や書物だけでなく、生物、物体、夢、歴史上の事件、記念碑、街路、地名、散歩、邂逅、会話、空想、物想い、それらすべてが鋭く焦点に集まり、砕けて角や亀裂や波や影となって、それぞれの本質や意味を調和の取れた、理解のできる方法でぼくの前に露呈したからである。

友人のこととなれば、ぼくはほんの少々考えさえすれば仲間や団体のことを思いだすことができた。それらは、ぼくが全然努力しないでも、重要度、影響、存続期間、親密さ、精神的意味、濃密さ等々の順序にしたがってひとりでに列を作った。それぞれが位置についたとき、ぼくはまるで、エーテルのなかをスピードもリズムも放心した天使のようにさまよいながら、しかもそれぞれとまったく正確に然るべき黄道帯の点で出会い、まったく正確に運命づけられている時に、それが幸運にしろ厄運にしろ、波長が合っているかのようだった。それらは揃いも揃って何と不思議な出現のしかたであったことか！　霧につつまれているものもあれば、番兵のように鋭いものもあり、幻想の氷山のようにこわ張ったものもあれば、秋の花のようにしぼんでいるものもあり、死にむかって疾走しているものもあれば、ゴム車輪の上の酔っ払いなんぞのようにゆるゆる進んでいるものもあり、際限のない迷路を苦労して押し進んでいるものもあれば、ルミノールに包まれてでもいるかのように友人の頭の上をすいすいと進んでいくものもあり、何でも押潰してしまうような重い物を持ちあげているものもあるかと思えば、研究中の書物にはりつけになっているもの、鉄球や鎖で縛られていながら飛び立とうとしているものもあるというようにさまざまだったが、しかもかれらのすべてが、その欲求、深さ、洞察力、風情、香り、脈拍数に従って、明瞭になり、名前をつけられ、分類がなされ、見分けがつけられていた。一方では燃えている惑星のように中天にかかっているものもあれば、他方には冷却してしまった遠くの星みたいなものもいた。驚くほど突然新星のように芽を出したかとおもうとすぐに塵芥と化してしまったものもいたし、いわば慈愛深い惑星といった恰好で、いつも呼べば答えてくれる距離のところを慎重に運行したものもいた。なかには、高慢そうにではなく、まるで呼ばれるのを待っているかのように離れたところにいたものもあったが、それはあたかも、名前からしていつでも読めそうな感じがするからと、決してやって来はしない理想的な時期まで読むのを引きのばしている（たとえばノヴァーリスのような）作家のごとくであった。

そしてモリカン――彼はこのきらめく混乱の列に属していただろうか？　属していたとは思えない。彼は、これまたその頃よくあった現象だが、単に装飾の一部分にすぎなかった。当時ぼくの心の眼に映った彼の姿をぼくはいまでも見ることができる。冷淡で、陰鬱で、泰然として、眼をきらきら光らせ、唇をとがらせ「へーえ《ウエ》！」と金属的な声で言いながら、彼は半影部に姿をひそませている。まるで独りごとでも言っているみたいに――「へーえ《ウエ》！ 先刻承知だよ。以前に聞いたことがある。もうとっくに忘れてはいたがね。へーえ《ウエ》！ そうともそうともさ《チュ・パルレ》！ 迷宮、金の角を生やしたシャミー[5]、聖杯、金羊毛を求めた勇士たち、ブリューゲルふうのケルメス祭、天蝎宮の傷ついた鼠蹊部《そけいぶ》、聖餐式のパンの冒瀆、アレオパゴスの裁判官、月の都の幻想、相利共生のノイローゼ、小砂だらけの荒野でただ一匹鳴くうまおい虫。元気を出せ、輪車はゆっくりと回っている。いつか必ず……」いま彼は自分の五芒星《パンタックル》に心を傾けている。ガイガー・カウンターで読んでいる。金の万年筆の蓋《キャップ》をとって、彼は紫のミルクをインキ代りに書く――ポルフィリ、プロクルス、プロティヌス、聖バレンタイン、背教者ジュリアン、ヘルメス・トリスメギストス、ティアナのアポロニウス、クロード・サン・マルタン。彼は上着のポケットに小さな薬壜をたずさえており、それには没薬と乳香と少量のサルサ根の炭酸水が入っている。神聖の芳香！ 左手の小指には彼は陰と陽の印がついているひすいの指輪をしている。用心深く彼は重い真鍮の時計、竜頭巻き時計を取りだし、床に置く。恒星時で九時三十分で、月は恐慌の先端にあり、黄道には彗星のいぼが点々としている。土星も不吉なミルク状の色をして現われてきている。「へーえ《ウエ》！」と彼は、まるで議論はこれっきりだといわんばかりに、叫ぶ。「ぼくは何かに反対するために物を言うということはしないからね。ぼくは観察する。ぼくは分析する。ぼくは計算をする。ぼくは抽出する。英智は成るものだけど、知識というものは確固不動のものだ。外科医には外科用メス、墓掘り人にはつるはしとシャベル、精神分析者には夢の本、バカ者にはバカ帽子ってこと。ぼくはぼくでちゃんと腹痛をもっているからね。空気は食べるのに稀薄すぎるし、かといっ

5 カモシカの一種（訳注）

て石は重すぎるし。カリ・ユガ[6]だ。ほんの九百七十六万五千八百五十四年もしたら、この蛇の穴から脱けだせるさ。きみ、「勇気を出せよ！」《ジュ・クラージュ・モン・ヴュ》

もう一度後にもどって最後の眺望をしてみよう。年は一九三九年。月は六月。ぼくはドイツ軍の蛮人どもに放り出されるのをじっと待っているような真似はしなかった。ぼくは休暇を取ろうとしている。二、三時間もすれば、ギリシャにむけて発つことになっているのだ。

ヴィラ・スーラのアトリエで残っているぼくのものといったら、ドアの向いの壁にはってあるチョークで書いたぼくの誕生宮図くらいのものだ。これを解明するのは誰でもこの部屋のあとがまになる人まかせだ。きっと前線の士官がやることだろう。もしかしたら博識家かもしれない。

そうそう、もう一方の壁の天井近い高さのところに、文字が二行、こう書いてある――

今や世界は滅亡せねばならぬ《イエット・ミュステ・ディーヴェルテ・フェルシンケン》
今や奇蹟が起らねばならぬ《イエット・ミュステ・アイン・ヴンダ・ゲシエーエン》

なるほど何が？

さていよいよわが親友モリカンとの最後の夜だ。〝シュルレアリスムの父[7]〟が住んでいる活気のある区域から対角線的に反対の位置にあるフォンテーヌ通りのとあるレストランでのつつましい食事。ぼくらはパンを裂きながら彼のことを話し合った。また『ナジャ』だ。そして『聖餐式のパンの冒瀆』。

彼モリカンは悲しそうにしている。ぼくも少しばかり悲しい。ぼくはもう一部分しかそこにいない。ぼくの心は、翌朝は着いていることになっているロカマドゥールにもう達している。モリカンはきっ

6 ヒンドゥー教では世界を四期に分けるが、カリ・ユガは第四の暗黒時代（訳注）

7 アンドレ・ブルトンのこと（訳注）

ともう一度自分の宮図を前にしてみて、振子の振れ具合をたしかめて——まちがいなく左に動いている！——レグルス星かリゲル星かアンタレス星かベテルギウス星がほんの少しでも、ほんの少しでいい、助けにきてくれてないかを見ることだろう。ほんの九百七十六万五千八百五十四年もしたら、天候が変る……

ヴァヴァンの地下鉄駅を出ると霧雨が降っている。ただの一人っきりで酒を飲むべきだとぼくは心に決める。磨羯宮生れは孤独を愛するのではなかったか。へーえ《ウエ》！　乱痴気騒ぎのただ中での孤独。天国的な孤独ではない。この世的な孤独。見棄てられた天体位置。

霧雨が軽い雨に——陰気で、甘美な憂鬱さの雨へと変る。乞食の雨。ぼくの物想いはさまよい移る。突然ぼくは、若き日の悲しみの街の家の陰鬱な裏庭にぼくの母親が好んで植えた大きな菊を見凝《みつ》めている。菊はフックスさんがある年の夏に家にくれたリラの叢《くさむら》のちょうど反対側に、まるで造花のように、ぼくの目の前にかかっている。

しかり、磨羯宮生れは孤独の野獣だ。晩成で、着実で、忍耐強い。精神的な次元のいくつかを同時に生きる。一つでない範囲の中でものを考える。死に魅せられている。たえず登り、登りつづける。おそらくエーデルワイスを求めてだ。あるいはもしかしたら永遠性《アンモルテル》かも——。母を知らない。ただ「母たち」のみ。笑うこと少なく、笑うといつも顔が幾分かそぐわない。郵便切手かなんぞのように友人を集めるが、しかも内気。思いやりから物を言わないで、本当の事を言う、形而上学、抽象的概念、電磁気的な見せびらかし。人生の深淵にもぐる。ほかの人間がほくろやいぼやにきびしか見ないところに星や彗星や小遊星を見る。人食鮫のまねをするのに飽きると自分の肉を食う。偏執症者。歩行偏執症者。しかし愛情に変節をすることがない——そして憎悪においても。へーえ《ウエ》！

戦争が始まってから一九四七年までのあいだ、モリカンからは一通も手紙が届かなかった。ぼくは彼を死んだものとあきらめていた。ところが、ぼくと妻とがパーティントン・リッジの新家庭に居をかまえてからしばらくして、あるイタリア公爵夫人の転送うわ書きのある部厚い封筒が届いた。なかには投函してから六カ月たっているモリカンの手紙が入っていたが、彼はこれを、もし住所がわかるようなことがあればぼくのほうへ転送してくれと、公爵夫人に頼んだのだった。彼の住所はスイスのヴェヴェイ近くの村となっていて、戦争が終ってからずっとそこに住んでいると、彼は書き記していた。ぼくはすぐに返事を書き、彼がまだ生きていることを知って大いによろこんでいる旨を記し、さらにぼくにしてやれることは何かないかをたずねた。大砲の弾丸《たま》のように彼の返事がとんで来たが、そこに記されているこまごまとした彼の現在の状態は、ぼくもとうぜん予想していたように、以前からすこしも変ってはいなかった。彼は可哀そうなくらい細々とした年金をもらい、煖房のない部屋で、例によって食べる物もなく、煙草を買う金さえままならない状態で生活していた。すぐさまぼくらは食糧や彼がなくて困っているらしいほかの必需品をいろいろと送りだした。さらにぼくらにできるかぎりの金も送った。それだけでなく、彼が切手に無駄な金を使わないですむようにと、国際郵便クーポンも送った。

それから手紙のやりとりが始まった。手紙のたびごとに彼の状態は悪化した。あきらかにぼくらの送ったわずかばかりの金はスイスではそれほどの足しにはならなかった。彼の女家主は会えば追い出すとおどし、健康はおとろえる一方で、彼の部屋はとても住めるしろものではなく、食い物はろくになく、かといってどんな仕事にしろ見つけることはできないし、それに――スイスでは乞食というものがないのだ！

彼にいままで以上の金を送ってやることは不可能だった。理由は簡単、ぼくらにもそんな金の持ちあわせはなかったからである。どうしたらよいのか？　ぼくは幾度も幾度も考えてみた。解決策はなさそうだった。

そのあいだにも彼の手紙が——いつも立派なペンで書かれてあり、いつも航空便で、いつも何かを頼んだり懇願したりしていて、一通ごとに絶望的な調子になってくる彼の手紙が——続々と舞いこんできた。ぼくが何か徹底的な手をうってやらないかぎり、彼はおしまいだ。そのことを彼ははっきりとにおわせていた。

やっとぼくは、ぼくにはすばらしいと思える考えが浮んだ。少なくとも親切な考えではあった。それは彼を招《よ》んでぼくらと住まわせ、ぼくらの物を使い、ぼくらの家を一生涯自分の家と彼に思ってもらうことだった。これがあまりに簡単明瞭な解決策だったので、どうしてもっとはやく思いつかなかったのだろうと、ぼくは不思議だった。

ぼくは二、三日間はこの名案を妻に打ち明けないでいた。こんな手を打つしかないことを彼女に納得させるにはいくらか説得の手間がかかるだろうことをぼくは承知していたからである。といっても彼女が寛容でないからというのではなく、彼という人間は生活を面白くしてくれるようなタイプではほとんどなかったからだ。彼を招ぶというのは憂鬱神を呼んで肩にとまらせるようなものだった。

「どこにお泊めするつもりなの？」——ぼくが勇を鼓してこの話の口を切ったときの彼女の最初の言葉はこうだった。ぼくらにはぼくら夫婦が寝ている居間と、その隣の子供のヴァルが寝ている小さな翼《よく》しかなかったのだ。

「ぼくの仕事場を彼にあけわたそう」とぼくは言った。その仕事場というのはヴァルが寝ている部屋とほとんど同じくらいの大きさの独立した小室だった。その二階が一部分をもう仕事場に改装してあるガレージだった。ぼくの考えではそっちのほうをぼくが使おうと思っていた。

次に大問題が起きた——「どうやって渡航費を捻出するつもりなの?」というやつだ。

「それはぼくが考える」とぼくは答えた。「重要なのは、彼と生活するってことをきみがやってみてくれるかどうか、という点だ」

ぼくらは何日間も行きつ戻りつしてこの問題を話し合った。彼女の胸の中は変な予感と虫の知らせで一杯になっているらしかった。彼女は後生だからそんな考えはなかったことにしてくれと、ぼくに頼んだ。「私にはわかってるの。あなたが後悔するだけよ」と彼女はぶつくさ言った。

彼女がどうしても理解できなかったのは、なぜぼくがそんなに深く付き合った友人でもない人間に対して、どうしてもそんな責任を取らねばならないと考えているのかということだった。「ペルレスというのなら」と彼女は言った。「それなら話は別だわ。あの方はあなたにとって大事な方だから。あるいはあなたのロシア人のお友だちのユージンだったらね。それがモリカン!　あの人にあなたがどういう義理があるというの?」

この最後の文句はぼくにうっちゃりを食わせた。ぼくがモリカンになんの義理があっただろう?何もない。同時に義理だらけだ。ぼくに『セラフィタ』をわたしてくれたのは誰だったか?

ぼくはこの点を説明しようと努めてみた。だが途中でぼくはあきらめてしまった。こんなことをやろうとするのがいかにバカげていることか、ぼくも理解できた。たった一冊の書物!　こんなものを根拠に議論するなんて、頭が少々変なのにちがいない。

もちろんぼくはほかにも根拠があった。しかしぼくはあくまでも『セラフィタ』をわが支持者とした。どうしてか？　ぼくはその根本を探りだしてみようとした。でも最後には自分で自分が恥ずかしくなった。どうしてぼくは自分を正当化する必要があるのだ？　どうして言い訳をしたりする必要がある？　この男は飢え苦しんでいるのだ。病気なのだ。一文無しなのだ。まさにロープが切れんとしているのだ。根拠はこれで充分ではなかろうか？　なるほど彼はぼくと付き合っているときからずっと文無し、惨めな文無しだった。戦争でも何の変化も起らなかった——彼の状態が一層絶望的になっただけだ。だがどうして彼が深く付き合っていた友人か、それともただの友人かと、言い逃れをいろいろやらねばならないのだ？　彼がまったく赤の他人だとしても、彼がぼくの慈悲に身をまかそうとしていること、それだけで充分ではないか。溺れている人間を沈むにまかせておくなんてできるものではない。

「やらねばならないからやるんだよ！」とぼくは言った。「どうやってやったらいいかは分らないが、とにかくやる。今日彼に手紙を書いて知らせよう。」それから、彼女を慰めるためにと、ぼくはこう付け加えた。「おそらく彼のほうで来たがらないよ」

「その心配はないわ」と彼女は言った。「あの人は藁でもつかむことでしょう」

それでぼくは手紙を書いて、事情をぜんぶ彼に説明した。家の図、彼が住むことになる部屋の寸法、部屋に煖房の設備のないこと、および家は町からたいへん離れていることなども書き送った。「ここの生活を退屈でやりきれないと思うことになるかもしれない」とぼくは書いた。「話し相手といえばぼくらしかいないし、図書館もないし、カフェもないし、一番近くの映画館だって四十マイルの遠くだ。だが少なくともきみはもう食べ物や家のことで心配をする必要がなくなるだろう」最後にぼくは、いったんこちらへ来たら自分が自分のあるじになれるし、なんでも好きなことに時間が使える。お望みでさえあれば一生涯のんべんだらりと過したって構いはしないと書いて、手紙を結んだ。

彼はすぐに返事を寄こした。嬉しくてならない。きみは聖人だ、きみは救い主だ云々、云々といった調子だった。

それからの数カ月は資金調達に費やされた。ぼくはできるかぎりの人から金を借り、もっていたわずかばかりのフラン紙幣を彼の用にまわし、印税の前借りなどをして、最後に、彼がスイスから英国まで飛行機で行き、そこでクイーン・メリー号でもエリザベス号でも、どっちでもよいから乗って、ニューヨークへ着き、ニューヨークからサンフランシスコまで飛行機で来て、そこでぼくが彼と会うという手筈をととのえた。

借りたりかき集めたりしているこの数カ月間、ぼくは彼にもっと良い環境で生活してもらえるように用意をした。彼を肥らせねばならなかった。さもないと病人を手許におくことになるだろう。ぼくが満足に解決させることのできなかったことが一つあった。彼のたまっている部屋代を清算することだった。事情がゆるすかぎりでぼくにできる最大限は、女家主に読ませるようにと彼にぼくの手紙を送り、その手紙で金が出来次第彼の借金は返済するからと約束することだった。ぼくは彼女に、誓って約束する旨を書き記した。

出発直前に彼は最後の手紙を送って寄こした。女家主の件については万事が順調に運んだということを知らせてくるためだった。彼の記しているところだと、女家主の懸念を和らげるために、いやいやながらに彼は彼女と寝たという。もちろん彼はもっと上品な言葉で書いていた。しかし彼ははっきりと、いやでたまらなかったがとにかく義務をはたしたと、書いていたのである。

クリスマスの二、三日前、彼はサンフランシスコの飛行場に降り立った。ぼくの車が故障していたものだから、ぼくは友人のリリク（シャッツ）に頼んで彼に会ってもらい、ぼくが迎えに行けるまでバークレイのリリクの家に彼を泊めておいてもらった。

モリカンが飛行機から一歩出た途端、彼は自分の名前が放送されているのを聞いた。「モリカンさま《ムッシユ・モリカン》！　モリカンさま《ムッシユ・モリカン》！　お呼び出し申しあげます《アタンシヨン》！」彼は立ちすくんだまま、口をぽかんと開けて聞いていた。きれいな高い声が、お友だちがお待ちですのでインフォメーション・デスクまでおこし下さいと、申し分のないフランス語でマイクを通し彼に話しかけてくれていたのだから。彼はまったくまごついてしまった。なんという国だろう！　なんというサービスだろう！　一瞬彼は自分が君主のような気になった。

インフォメーション・デスクで彼を待っていたのはリリクだった。女の子にアナウンスを教えたのもリリクだった。彼をすぐに連れて帰ってやり、極上の食事をあつらえてやり、夜明けまで彼と起きていて、買えるだけ最良のスコッチ・ウイスキーをしつこいくらい彼にすすめたのもリリクだった。そしてその上に、リリクは彼にまるで楽園かなんぞのように——実際それは楽園だったのだが——ビッグ・サーの話をして聞かせた。床についたときの彼モリカンは幸福だった。

ある意味では、ぼくが自分で彼を迎えに行ったりするよりもうまく事が運んだ。

二、三日たってもまだぼくはサンフランシスコへ行くことができなかったので、リリクに電話して、モリカンを車で連れてきてくれるよう頼んだ。

次の日二人は夜の九時頃やって来た。

彼が着く以前にぼくはたくさんの内面的な悶着を経験していたので、ドアを開けて彼が庭の踏み段を降りてくるのを見たときには、なにかもう無感覚のようになっていた（それに磨羯宮生れは自分の感情を一時にすべて表わすということはめったにないのだから）。

モリカンはといえば、彼は感動をまる出しにしていた。ぼくらが抱擁から身を離したとき、大きな二条の涙が彼の頬を伝わるのが見えた。彼はついに「家庭《ホーム》」にいるのだ。無事で、元気で、安全で。

ぼくが彼の睡眠と仕事用にと彼に明けわたした小さな仕事部屋は、ホテル・モディアルの彼のかつての屋根裏部屋とくらべたら、だいたい半分くらいの大きさしかなかった。寝台と書き物テーブルと西洋箪笥《だんす》を入れたらそれでいっぱいだった。二つの石油ランプに火をつけるとそれで体がほてるくらいだった。ファン・ゴッホのような人間だったらこの部屋を魅力的だと思ってくれもしたろうが。

例のきれい好きな整頓癖で、彼がたちどころにすべての整理をしてしまったさまをぼくは気づかないわけにはいかなかった。彼を二、三分間一人にさせて鞄の荷を解かせ、アヴェ・マリアを言わせておいた。おやすみを言いにとぼくが戻ってくると、書き物テーブルは昔と同じように整理がついていた――紙の束は三角定規に斜めに置いてあり、大きな吸取紙が広げてあり、その側にインク壜とペンが鋭くとがらせた鉛筆を取りそろえたのと並べて置いてある。鏡のついている整理箪笥の上には彼の櫛やブラシ、マニキュア鋏や爪磨きやすり、携帯用時計、彼の衣服ブラシや一対の小さな額入り写真などがならべられてあった。彼はもう大学生みたいに旗やペナントも二、三枚貼ってあった。これで彼の誕生天宮図さえあればすべてが完全というところだった。

そこのアラジンのランプをどうやればよいか、ぼくは彼に説明してやったのだが、あまりに複雑すぎたため、彼にはすぐ理解することはできなかったようだ。かわりに彼は蝋燭《ろうそく》を二本つけた。それから、彼が住むことになるこの部屋の狭さの詫びを言い、まるで気楽で小さな墓場といったところだなと冗談を言いながら、ぼくは彼におやすみを言った。彼は星を見て、きれいで香りの良い夜の空気を吸いたいからとぼくについて外に出てきて、この部屋なら申し分なくくつろげるだろうよと、ぼくに言ってくれた。

翌朝彼を起しに行ってみると、彼はもうすっかり服を着替えて、階段の一番上に立っていた。彼は海を見わたしていた。太陽は水平線を離れたばかりの天のところで明るく輝いており、空気はこのうえなく新鮮で、気温は晩春の一日のような暖かさだった。彼は太平洋の空漠たる広さやきわめて鋭くはっきりとしている遠くの水平線や万物の明るく青い広大さなどに恍惚としているらしかった。一羽の禿鷹が目に見えるところに飛んできて、家の前で低く輪を描いて舞うと、またかき消すようにどこかへ飛んで行った。この光景に彼は放心したようになっていた。それからとつぜん、いやに温かいねと言った。「信じられない」と彼は言った。「まだ二月になったばかりというのに！」「ここはまったくの天国《セ・タン・プレ・パラディ》だ」と彼は階段を降りながらつぶやいた。

朝食が終ると、彼はぼくにプレゼントしてくれた置時計の時間の合わせかたと捩子《ねじ》の巻きかたを教えてくれた。先祖伝来の品で、彼が最後まで身からはなさなかったものだと、言った。何代も彼の家に伝わっているものだった。十五分ごとに鐘が鳴った。まことにやわらかく、美しい旋律で。複雑な機械装置をながながとぼくに説明してくれているあいだ、彼はこの時計を細心の注意をはらいながら扱った。万一故障することがあったら持って行ってくれと、サンフランシスコの信用できる時計屋を調べておいたくらいの用意周到さだった。

彼のこのすばらしい贈り物に心からの感謝の気持を言いあらわそうとしたが、でもどういうわけか心の深い一隅で、ぼくはこのやっかいな時計を迷惑に思っていた。家にある物のなかでぼくが大切にしていようなものは何ひとつなかった。それが世話をやき注意をはらわねばならない代物を背負いこまされてしまったのだ。「白象だな」[8]とぼくはひとりごとに言った。世話したり、時間を合わせたり、捩子を巻いたり、油をさしたり等々は彼がやったらいいじゃないかと、ぼくは大きな声で言った。「きみなら慣れているから」とぼくは言った。子供のヴァル――いまはまだ二歳になったばかりだった――が音楽を聴こうとこの時計をいじくりまわしてくれるようになるまであとどのくらいかかるだろうかなどと、ぼくは思っていた。

　驚いたことには、妻は彼のことを陰気くさくて、神経過敏で、年をとりすぎていて、よぼよぼしているとは思っていないのだった。それどころか、彼はたいへん魅力的で――そしてなかなかのやり手《サボワール・フエール》だと、彼女は言った。妻は彼の身ぎれいさと上品さにかなり感心しているらしかった。「あの方の手に気がついた？　きれいだわ！　音楽家の手ね。」たしかに彼の手は、へら状の指と、いつもみがいてある手入れの良い爪の立派な強い手であった。

「むかしの着物をすこしでも持ってきてるかい？」とぼくは尋ねた。黒っぽい背広服を着てばかりいる彼は少々都会風すぎたからだ。

　彼が古い着物を持っていないことはやがてわかった。というよりも、古い新しいに関係なく、彼はいつも着たきり雀だったのだ。彼がぼくをいくぶんの好奇の眼差しでつま先から頭のてっぺんまでじろじろ見回していることにぼくは気づいた。ぼくはといえば、もう三つぞろいの服なんか持っていなかったからである。コーデュロイのズボンと穴のあいたセーターと誰かのお古のジャケットと運動ぐつ、これがぼくの身につけているものだった。つばのだらりと垂れさがっているぼくのソフト帽――ぼくが所有している最後のものだった――は、びん革の周囲一面に換気口ができあがっていた。

8　白象とはインド・セイロン・シャム・ビルマなどで神聖視される象。国王がきらいな臣下を困らせる時にはこれを下賜したといわれる（訳注）

「ここでは着物なんて必要ないんだよ」とぼくは言った。「ご希望とあらば素っ裸で歩いたって構やしない」

「なんてすばらしい《ケル・ヴィ》んだ」と彼は叫んだ。「まるでお伽噺の中の生活《セ・ファンタスティック》だ」

その日の昼ちかく、彼は髭をそりながら、打ち粉はないかとぼくに尋ねた。「もちろん、あるさ」とぼくは言って、いつもぼくが使っているカンを彼に手渡した。「もしかしたらヤードレイのものがないかい？」と彼。「いや」とぼくは言った。「どうして？」

彼は、半分女の子のような、半分申し訳なさそうな、変てこな微笑を浮べた。「ぼくはヤードレイ以外のものが使えないんだよ。今度きみが町に出ることがあったら、いくつか買ってきてもらえないだろうか、ね」

とつぜん、まるで大地がぼくの足の下で裂けたかのような感じがした。彼は、「本物の楽園《アン・ヴレ・パラディ》」の真ん中で死ぬまで人生の安息所を保証されて、ここで安全無事でいることができるというのに、そのうえどうしてもヤードレイの打ち粉でなくては厭だなどと！「出て行け！　もとの苦難の生活に戻るがいい！」と、自分の直観に忠実に、ぼくは即刻その場で言うべきだった。

それは些細な出来ごとであったし、彼以外の人間であったならば、ぼくはすぐに忘れてしまって、気まぐれか欠点か性癖だと片づけてしまい、決して不吉な予感などと受け取りはしなかっただろう。だがその瞬間、妻の言うとおりであったこと、ぼくはたいへんな過ちを犯してしまったことを、ぼくは悟った。その瞬間、アナイスが手を切りたいと思ったのも当然な、人の血を吸うヒルの根性を感じ取った。彼が甘やかされて育った子供であり、生れてこのかた堅気の仕事らしい仕事をやったことの唯の一度もない人間であり、プライドが高いので公然と物乞いをすることはできないくせに友だちの汁を吸えるだけ吸いとることは平気な貧乏人であることを、ぼくは理解した。これらすべてのことをぼくは見抜き、感じ取って、そしてもう、これがどういう終りかたをするかも予見できた。

毎日毎日ぼくは土地の新しい面を彼に見せてやろうとした。硫黄鉱泉を見せたときに彼は、自然で原始的で人に荒されていないから、ヨーロッパの鉱泉よりもすばらしいと、感嘆した。すぐ近くに「処女森」があり、やがて彼も、アメリカ杉やマドローニャや野生の花や繁茂した羊歯《しだ》などがすっかり気にいってしまって、そこの森を一人歩きするようになった。アメリカの森林にあるような粗野な様子の森林というものがヨーロッパにはなかったので、彼はそのさまにもっと魅せられてしまって、それを「ほったらかし《ネグレクト》」などと呼んでいた。彼は、山道の両側に交叉して幾段も積んである枯れた枝や幹を誰も取りにこないということが、どうしても理解できなかった。こんなにたくさんの薪が無駄になっているなんて！　こんなにたくさんの家庭用品が使われもしないで、取りにこられもしないで、そしてヨーロッパのひとびとは火のない惨めな部屋で身をよせ合っているなんて！「なんという国だろう！」と彼は叫んだ。「どこに行っても物が余っている。アメリカ人が気前のよいのも無理はない」

ぼくの妻は料理が下手ではなかった。むしろどちらかというとうまいほうだった。いつだって食べるものは充分にあり、ぶどう酒は料理を洗い流してしまうくらいあった。カリフォルニア製ぶどう酒ではあったが、しかし彼はこの酒のほうがヨーロッパで手に入る普通の赤ぶどう酒《ヴァン・ルージュ・オルディネール》よりもおいしいと思ってくれた。だが、食事のことで彼がどうしても馴染むことのできないものが一つだけあった――食事ごとのスープがないことだった。それにフランスでは習慣となっているフル・コースというのがないのも、彼には淋しかったらしい。アメリカの慣習である軽い昼食に彼はなかなか慣れることができなかった。昼が正餐をすべきときだと言う。アメリカの正餐は夕食だ。それでも、チーズは悪くはなかったし、サラダだって、いろいろ考えてみれば、きわめてすばらしかった。もっとも彼は、ぼくらが大好きだからとふんだんに用いるオリーブ油よりは、ピーナッツ油《ドイーユ・ダラシッド》が使えたら嬉しかったのだろうが。家でニンニクをたくさん使うのが彼には嬉しかった。また〝ビフテキ〟にいたっては、彼はこんな代物をヨーロッパで食べたことはなかった。ときどきぼくらは苦心してどこからかコニャックを手に入れてきて彼に飲ませたが、これも彼に早く故国のことを忘れてもらわんがためであった。

しかし彼がいちばん頭を悩ませたのがアメリカの煙草だった。特に紙巻煙草がひどかったらしい。ゴロワーズ・ブリュ[9]がサンフランシスコかニューヨークのどこかで手に入れることはできないだろうか、ときた。できないことはないが、でも高いだろうと、ぼくは申しあげた。ビトウィーン・ジ・アクツでも試してみるんだなと、教えてやった（一方ではぼくは、彼には話さないで、大都会の友人に頼み、フランスの煙草を探してもらった）。小さな葉巻のほうはとても吸いやすいらしかった。これを吸うと彼の好きな両切り葉巻《シエルート》[10]をいくぶんかでも思いだせるらしかった。そのつぎ町に出た折、ぼくは苦労してイタリアのストージー[11]をいくつか手に入れた。これはいい、ときた。よし！　だんだんなんとかなっていくだろうと、ぼくは内心で思った。

まだ解決のついてないのが書簡用紙のことだった。特定のサイズの紙がぜひ要るのだと、彼は言いはったのだ。彼はヨーロッパからもってきた見本を見せてくれた。ぼくはこれと同じものがあるかと、町までそれをもって行った。不幸なことに同じものはなかった。見本のものは半端なサイズで、明らかにもうアメリカでは需要のないものだった。彼はそんなはずはないと、なかなか信じようとしなかった。アメリカは何でも生産しているし、しかも豊富に生産している。それが、ごくあ

9　フランスの煙草（訳注）
10　インド・マニラ原産（訳注）
11　細い長巻きの安葉巻煙草（訳注）

りふれた便箋と同じものが手に入らないなんて、おかしい。彼は怒ってしまった。見本の紙を持ちあげ、指先でぱちんぱちんとはじきながら、彼は叫んだ――「ヨーロッパならどこでだって、これとまったく同じサイズの紙が手に入るのに。それが、何だってあるアメリカで見つけられないなんて。めんどうなんだろう《セ・エメルダン》!」

本当のところ、こんなことはくそくらえだった。ぴったり同じサイズの紙でなくては書けないような、そんなものがあるのか? ヤードレイの打ち粉だって、ゴロワーズ・ブリュだって、オーデコロンだって、(歯の清掃にというから)粉のついた、少し香水が入っている軽石だって、要るというものはなんだって見つけてきてやったのに、今度は紙のことでぼくを悩ませているのだ。

「ほんのちょっとでいいから外に出てみないかい」とぼくは頼んだ。ぼくは静かに、やさしく、慰めるような口調で話した。「外を見たまえ……あの海を! あの空を見たまえ!」ぼくは満開の花を指さした。ちょうどその時はちどりが、まるで家の前のバラの木に止るかのように、やって来た。翼が一枚のこらず音をたてている。

「あれをごらんよ《ルガルデーモワ・サ》!」とぼくは大きな声で言った。彼が見ているあいだわざとぼくは黙っていた。それからおだやかな調子でぼくは言った――「こういうものすべてを手にしている人間は、書かなければならないとなったらトイレット・ペーパーにでも書けるんじゃないのかい?」

これは効き目があった。

「ねえ、きみ《モン・ビユ》」と彼は口を切った。「ぼくはきみにうるさい男だと思われたくはないんだけど……」

「そう思っているよ」とぼく。

「ゆるしてくれ。悪いと思っている。きみのしてくれたことには、ぼくは誰にも真似のできないくらい感謝しているんだ」

「ねえ、モリカン。ぼくは感謝してもらいたくて言ってるんじゃないよ。もう少し常識をもってもらいたいんだ（ぼくは『俗識』と言いたかったのだが、それをフランス語で何というのか、すぐには思いつかなかった）。この家に紙が一枚もなくったって、きみには幸福でいてもらいたいんだ。きみはもう自由な人間なんだよ、それがわかっているのかい？　まったく、ふざけた話だが、きみはぼくよりも良い生活をしてるんだ！　ねえ、この生活をすっかり駄目にしてしまうことはよそうじゃないか」――こう言いながらぼくは、海や空や空の鳥や緑の山脈のほうへゆっくりと手をひろげた。「紙とか煙草とか打ち粉とか、そんなくだらないことの話でいまの生活を駄目にすることはよそうじゃないか。ぼくらがいま話し合うべきことは――神だよ」

　彼はしょげ返ってしまった。ぼくはその場で即座にあやまりたい気持になったが、そうはしなかった。そうはしないでぼくは森のほうへ散歩にでかけた。森の奥の池のそばに腰を下ろすと、ぼくはフランス人の言う自省《エグザマン・ド・コンシャンス》をしてみた。ぼくは立場を入れ代え、自分が彼の立場になってみて、彼の目でぼくを見てみようとした。実を言うと、あまりうまくいかなかった。どういうわけか、彼の立場になってみるということさえうまくいかなかったのだ。

「ぼくの名前がもしモリカンだったら」とぼくは静かにひとりごとで言った。「もうとっくに自殺していただろう」

　ある点では彼は理想的な泊り客だった――ほとんど一日中彼は一人っきりでいたからである。食事の時間以外は彼はほとんど終日部屋にこもりっきりで、本を読んだり、書き物をしたり、おそらくは瞑想にふけったりしていた。ぼくは彼のちょうど上にあたる仕事場兼ガレージで仕事をした。最初はカチャカチャ鳴りっぱなしのぼくのタイプライターの音が彼を悩ませた。彼の耳にはそれが機関銃のラタタタタ……という音に聞えるらしかった。しかし段々と慣れてきて、ついにはなかなか刺戟的だと言ったりした。昼食と夕食のときには彼はリラックスするようになった。きわめて独立独歩型の人間である彼は、これらの機会をとらえてはぼくらを会話にひきこもうとした。彼は、いったん釣針にとらえられてしまうと身を引き離すのがむずかしいという型の座談家だった。昼食のときにはぼくは唐突に会話から離れて、あとは妻を相手に彼にできるだけ話を続けさせておいたりしたものだ。ぼくが大切にしている唯一のものが時間である。もし時間を浪費せねばならないというのならば、友人のモリカンの話を聞くよりもむしろ居眠りでもして、時間を無駄にしたほうがよかった。

夕食となると事情が異なった。ぼくの時間だからと授業を途中で失礼させてもらう口実がなかなか見つからなかったからである。一日じゅう本を読む暇がなかったのだから、夕食後書物に目を通すことができればよかったのだが、ぼくには機会がつかめなかった。いったん夕食の席についてしまったら、あとは彼が疲れきってしまうまで、なす術《すべ》がなかった。もちろん、会話はぜんぶフランス語だった。モリカンは少し英語を学ぼうとしたのだが、ちょっとやってすぐやめてしまった。彼の「性に合わない」言葉らしかった。ドイツ語よりも悪いと、彼は思っていた。さいわい妻はフランス語が少し話せたし、聞くのだったらもっとたくさんわかったが、でもモリカンのような会話の才に恵まれた男の話を聞き取るには充分でなかった。ぼくだって彼の話を全部が全部理解できたわけではない。彼の話を中断し、いま話したことをもう一度簡単な言葉で言い直してもらってから、それを妻に英語で話してやるというようなことが何度もあった。ときにはすっかり我を忘れてしまって、堰《せき》を切ったように彼に英語で話しかけてしまい、当然ぽかんとしている彼の顔でふと気がつくということも幾度かあった。

奔流のような彼の話を英語に直すのは汗をかいて風邪を治すようなものだった。何度もあったことだが、ぼくが妻に何やら英語で説明してやっていると、彼はその間自分もぼくの言っていることが理解できるという顔をしていた。妻のほうも、彼がぼくにフランス語で二人だけの話をしかけたときなんかには、同じことをやるのだった。そんなわけで、三人が三人とも別のことを話していながら、うなずき合ったり、お互いに同意し合ったり、ノーと言うつもりでイエスと言ったり、それやこれやで会話がすっかり混乱してしまい、三人とも同時にお手あげというようなこともあった。するとぼくらは、まるで一本の綱をセメントで固めるように、すっかり最初から文章ごと、一区切りごとにやりなおすのだった。

そしてもどかしいことも色々とありはしたが、それにもかかわらず、ぼくら三人はお互いをきわめて良く理解し合うことができた。ただ、長い、過度に潤色されたひとりごとを言っているときは、妻もぼくも彼についていくことができなかった。そんなときでも、長く引きのばした話や聖書解釈学のある点についての内容空虚な説明などの蜘蛛《くも》の巣のように複雑な迷路で、彼の言うことを聞いているのは楽しかった。時にはぼくはわざと注意を集中するのをやめて、彼の会話を追っていく道から簡単に足を踏みはずして、彼の言葉の音楽をよりよく楽しんだりした。冴えかえっているときの彼は一人演奏のオーケストラといったところだった。

彼が話し始めたとなれば、何が話題であっても一切関係なかった——食べ物のことでも、着物のことでも、儀式のことでも、ピラミッドのことでも、トリスメギストスのことでも、エレウシスの神秘的な儀式[12]のことでも。どんなテーマも彼の会話術のたくみさを示すのに役立った。複雑微妙なものすべてを愛していたので、彼はいつだって明快で、説得力があった。彼にはこまやかな言葉づかいに対

12 古代ギリシャのエレウシス市とアテナイ市で女神デメテル

する女性のような直観的な鋭さがあって、いつでも目の前にしているような音色、陰影、ニュアンス、匂い、味覚の再現をしてみせてくれた。彼は人をとりこにする人独特の優雅さと熱意と流暢さとを兼ね備えていた。そのうえ彼は、死のような静寂が領している砂漠で響き渡っているゴングの音に効果の点で比すことができるような響きを、自分の声に込めることができた。たとえば彼がオディロン・ルドンの話をしたときには、彼の言葉からは、快い色彩や、微妙で神秘的な調和や、錬金術の蒸気と空想や、憂鬱そうな黙考と精神の蒸留作用など、微妙すぎて言葉のなかに固定することはできないが、しかし感覚的に配列された言葉だけが暗示を与え、呼びさますことのできるいろいろの効果が発せられた。彼の声の操りかたにはどこかハーモニウム・オルガンを思わせるものがあった。それはどこか中間的な地帯を暗示させるもので、たとえば、形体と精神とが交錯する、音楽的にしか伝えることのできない天と地の流れの合流点といった感じだった。この音楽のような声にともなってなされるジェスチュアは、ごく限られた、決りきったもので、大部分は顔の動きだった――陰気で、野暮なほど厳密で、目と唇だけに限っていえば悪魔的だが、目だけに限定していえば烈しくて、哀れで、痛ましかった。頭蓋ぜんたいを動かしたときには身ぶるいするほど効果的ではあった。他の部分、彼の体は、指をときどき軽くとんとんと打つとき以外は、ほとんど不動といってもよかった。彼の知性も音響室、すなわち喉頭にも胸にもなく、彼がイメージを引き出してくる最高天に当る位置の体の中央部に置かれているオルガンに集中されているようだった。

　例によって彼の話から逃避しているとき、ぼくは気まぐれな夢想の沼の、葦《あし》や藺草《いぐさ》の茂っているなかをさまよいながら放心したようにぼんやりと彼を見つめていると、まるで彼を反射望遠鏡で眺めているかのように、彼の姿は次から次へと変り、まるで雲が足ばやに動いてさまざまの形をとるのに似

の祭典として神秘的な儀式を隔年に挙行した（訳注）

ていた――憂《うれ》いをふくんだ賢者に見えたかと思うと、巫女《みこ》に見えたり、偉大な天文学者かと思えば、錬金術師に見え、つぎには星占いのようでもあるが、またたちまち魔法使に見えたりする。エジプト人に見えることもあれば、蒙古人に見えることもあり、あるときはイロクォイ族かモヒカン族、またときにはカルディア人やエトルリア人に見えることもあった。ときどきは過去の特定の人物がふと思い浮んで、まるで彼が一瞬その人物の化身となったか、あるいはその人物に深い親近感を抱いているためのように思えた。その人物たちというのは、モンテズーマ、ヘロデ、ネブカドネザル、トレミー、バルタザール、ユスティニアヌス、ソロンなどだった。見方によっては教えるところのある人名ばかりだ。これらの人間がどんなに雑然としていても、なかなか類型の見つからない彼の天性の諸要素を本質的には結びつけているのだった。彼は合金であり、しかもきわめて奇妙な合金だった。青銅でも、真鍮でも、金と銀の合金のこはく金でもない。むしろ、何かの奇病の犠牲となってしまった肉体から連想するような、名前のないコロイド性の合金の一種だった。

彼が若いときに形づくって、二度とぬぐい去ることのできないイメージが一つ、彼の内部深くにあった――〝ふさぎ屋ガス〟のイメージだ。彼が十五か十六のときの写真を見せてくれたとき、ぼくは心の底から動揺させられた。それはぼくの子供時代の遊び友だち、ガス・シュメルツァーに生き写しの写真で、ぼくはこのガスを、その陰気くさくて憂鬱そうな――永遠に陰気で憂鬱そうな顔つきが嫌いで、我慢することができないくらいにいじめたり、困らせたりしたものだったのだ。モリカンの心のなかにはもうこの年齢のころから――あるいはもっと早くからかも知れやしない――「胡散《うさん》くさい」とか「辛気くさい」とか「陰気たらしい」とかいう言葉で連想されるような相貌が刻み込まれていたのだ。彼の写真には既に、肉体がやがてなっていくミイラが感じとられた。彼の左の肩には不吉の鳥のとまっているのが見えた。月光が彼の血を変化させ、彼の眼球に感光性を与え、囚人や阿片《あへん》常習者や禁断の惑星に住んでいる人間なんぞのような青白さでもって彼の皮膚を染めているのを感じることができた。彼のことを知っている人間だったら、彼がきわめて誇りにしていて、彼が信じきっており、いわば彼の直観的な筋肉を酷使しているあの繊細なアンテナが目に見えるようだった。もっと極端な言いかたをするならば——極端な言いかたが悪いわけはない——彼の悲しげな目、陰気で猿人のような目の奥を覗き込むと、それは、この上なく大胆な夢想に耽る科学者の想像力の限界さえ超えている乾いた、冷たい、殺人的な宇宙の光に照らしだされている、無際限の洞穴のようなゴルゴタにも比せられようか、いわば頭蓋の内側のもう一つの頭蓋を見ることができたのだ。

蘇生術にかけては彼は大名人だった。死の臭いがするものすべてに手で触れながら、彼は生きて戻ってきた。すべてのものが、その埋められていた墓から脱け出して、彼のもとへ浸《し》み出てきた。贋《にせ》の生きものを創りだそうと思ったら、彼は棒をふりさえすればよかった。しかし、すべての魔法と同じことで、もっとも詩的なものにおいてさえ、最後はいつも塵と灰だった。モリカンにとって過去が生きている過去であることはめったになかった。過去は、せいぜい博物館に似せることができる死体公示所といったところだった。彼が生きているものについて語ると、それさえが博物館展示品を列挙しているがごときものでしかなかった。彼の熱意のなかでは現に在るものとかつて在ったものとの区別がなかった。時間が彼の媒体だった。生命と無関係な不死の媒体。

おそらく共通する点が多いためか、磨羯宮生れはうまが合うと言われている。ぼく個人の信じているところでは、現世に執着するこれら磨羯宮生れのあいだでは、ほかのタイプの人間同士にまさって相違点が多く、お互いを理解しあうことがむずかしいようだ。磨羯宮生れ同士の相互理解は表面的な一致であり、いわば休戦であることが最も多い。人生の深淵や高みを熟知し、同じところに長く住んでいることはほとんどないので、かれらはお互い同士よりも、大怪鳥《ロック》や巨鯨《レヴィアサン》のほうに縁が深い。おそらくかれらがほんとうに理解していることは、かれらの相違は標高の相違であり、それは主として位置の移動にもとづくということであろう。かれらは、全音階を走駆することができるので、あの人この人とごく簡単に同じ立場になってやることができる。これが磨羯宮生れのきずなであり、赦すことはできるが決して忘れることがないというかれらの性質の説明ともなるものだ。かれらは何事も忘れない、永遠に。かれらの記憶力は魔法幻術みたいだ。おのれの個人的・人間的な苦難を憶えているだけでなく、おのれの人間以前、人間以下の苦難をも憶えている。かれらは、泥のなかをはいまわる鰻《うなぎ》のように簡単に、原形質の粘泥のなかへ滑り戻っていくことができる。またもっと高度の領分、神々《こうごう》しい領域のことも記憶していて、それはまるでかれらがかつて地上の奴隷状態から長いあいだ解放されていたことがあったかのようであり、熾天使《セラフィム》[13]の言葉さえ聞き知っているかのようである。実際のところ、地上的なものごとに執着しているかれらがすべてのタイプの人間のなかで最もふさわしくないのが地上の生活であると、そう言ったってほとんどまちがいではない。かれらにとって地上とは、単に牢獄であったり浄罪界であったり罪滅ぼしの場であったりするだけでなく、またそれは一つの繭でもあって、いずれは不滅の翼を身につけて、それを離れて飛び去っていくことになるのであろう。ここからかれらの中間性、ものを受け入れる能力と願望、異常なほどの回心への変り身の早さなどが生じてきている。かれらは、すぐほかの惑星、ほかの天体へ発たねばならない訪問客としてのように、この世へ入って来る。地上でのかれらの態度は、最後のひと眺めをしているような、いつも地上的なものにさようならを言っているようなものである。かれらは地上のまさに精髄を吸収し、そうするこ

13 天使最上級（訳注）

とで、永遠に地上に別れを告げるときの新しい肉体、新しい姿を準備しているのだ。ほかの人は一回きりしか死なないが、かれらは数えきれないくらい何度も死ぬ。そこから、生に対する、あるいは死に対する免疫性が生じる。かれらの本当に居るべき所は神秘の只中である。そこではすべてがかれらにとって明瞭だ。そこではかれらは別々に住み、おのおのの夢をつむぎ、そして〝安息〟するのだ。

ぼくらと一緒に住むようになってから一週間とたたないうちに、彼は〝相談事〟があるからとぼくを彼の小部屋へ呼んだ。相談事というのはコデイン[14]のことだった。生れてこの方の苦しみや窮乏生活についてくどくどと前置きしてから、彼は最近のスイス滞在中に経験した悪夢についての簡単な説明で終るまで、ながながと話をした。彼は、スイス国籍ではあったが、スイスは自分の国じゃないし、性に合わないし、どうも馴染めないと言った。戦争（第二次大戦）のあいだいろいろと苦汁をなめさせられたが、それよりももっとひどい苦難が心ないスイス人から押しつけられてしまった。彼はいろいろ喋ったが、これらはみな七年間にわたる疥癬《かいせん》のことを言いたかったからだった。彼は話をやめるとズボンを巻き上げた。ぼくは仰天してしまった。彼の足は二本ともただれきっていたのだ。もうくどくどと話す必要もなかった。

それで、もし少しコデインが手に入れば、たとえ疥癬が治らないとしても、神経を静める役には立つだろうし、そうしたら少なくとも少しは睡眠をとることができるだろうと、彼は言った。おそらく明日町に出ることだろうから、そのとき少し探してもらえないだろうか？　ぼくは探してみようと承知した。

眠るためとか目を覚ますためとかで、ぼくはコデインとかその類いの薬を用いたことは一度もな

14　アヘンから採るアルカロイドで、催眠剤に用いる（訳注）

かった。それでこの薬が医師の処方がないと買えないなんて少しも知らなかった。薬店まで行ってはじめてぼくはこのことを知らされた。モリカンをがっかりさせてはいけないので、ぼくは知合いの医師を二人ほど訪ねてみて、必要な処方を書いてもらえないだろうかを尋ねてみた。二人とも駄目だと言った。

このことをモリカンに話すと、彼はほとんど逆上せんばかりになった。まるでアメリカの医者が一致して陰謀をたくらみ彼をみじめな状態に置こうとしているに違いないと言わんばかりであった。「なんというふざけた話だ!」と彼は大声で言った。「スイスだって誰もが買えるんだ。アメリカときたら、コカインか麻薬でもくれといったほうが手に入りやすいらしいね」

それから二、三日たったが、その間、彼は一睡もしなかった。そしてまた相談事があるという。今度は、解決策を思いついたと、彼はぼくに言った。それもごく簡単な名案だと言った。スイスのかかりつけだった薬剤師に手紙を書き、コデインを小さな包みで送ってくれるよう頼もうという。どんなに包みが小さくても、そんな輸入の仕方は法にふれると、彼に説明してやった。それにそんなことをしてくれればぼくが罪に落ちることになるんだと、ぼくは言った。

「なんという国だ! なんという国だ!」と、両手を天のほうにあげながら彼は言った。「もういちど風呂療治をやってみたらどうだい」とぼくは言ってみた。彼はやってみようと約束してくれた。もっともそのときの彼の顔は、ヒマシ油を一杯飲んでくれとぼくに言われたような顔だった。

ぼくが部屋を出ようとすると、彼は今日来たばかりの手紙を見せてくれた。彼の女家主からのもので、彼の払いがまだであることや、ぼくが約束を守っていないことなどが記されていた。ぼくは彼女のことや勘定のことなどすっかり忘れていた。

銀行に預金はなかったが、ちょうどポケットに紙幣の持ち合せが少しあった。ぼくはそれを取り出した。「これで当分の間は黙っていてくれるだろう」と言いながら、ぼくはそれをテーブルに置いた。

一週間くらいしてから彼は再びぼくを部屋へ呼びつけた。彼は封を切ったばかりの封筒を手にしていた。彼はぼくに中身を見てほしがった。それはスイスの薬剤師からの手紙で、お役に立てて嬉しいという意味のことが書いてあった。手紙から目を離すと、彼が掌に持っている小さな丸薬が目に留った。

「どうだい」と彼は言った。「やっぱり道はあるものだね」

ぼくは心から腹が立ったが、黙っていた。立場が逆だったら、ぼくだって同じことをやっただろうことは否定できなかった。彼が必死だったことは明らかだ。それに、風呂療治は役に立たなかったのだ。彼の言うことを信じるならば、いっそう悪くなるだけだったという。とにかく彼はもう風呂に入ろうとしなかった。風呂は彼の体に良くなかった。

必要なものが手に入ったので、彼はいつもどおり森の散策を開始した。これでいい、彼には運動が必要なんだと、ぼくは思った。でも彼はやりすぎた——過度の散歩で彼の血は煮えくり返った。でも見方を変えれば、これらの散歩は彼にとって良かった。森にはまだ彼のスイス人魂に必要なものが残っていたのだ。散歩から戻ってきたときの彼は、くたくたになってはいたが、意気揚々としていた。「今夜は」と彼は言うのだった。「薬を飲まないでも眠れそうだよ」

彼は自分をあざむいていたのだ。痒《かゆ》みはますますひどくなっていたのである。彼は、ぐっすりと寝込んでいるときでも、体中をひどく掻きつづけた。疥癬はほかにも広がった。もう腕もやられていた。生殖器以外の体全部が疥癬だらけになってしまうのももう時間の問題だった。

もちろん明けても暮れても疥癬に悩まされていたという訳ではない。客のあったときなど——特にフランス語を話す客だと――彼の元気は一晩で回復した。あるいは占領当時の活動がもとでいまだに牢獄に入っている彼の親友から手紙を受け取ったときもそうだった。ときには滅多にないご馳走などがあって一両日くらいは彼の気分が良くなることもあった。もちろん痒みがそれでなくなるということはなかっただろうが、でも掻きまわすのだけはしばらくお休みとなるらしかった。

日がたつにつれて、ぼくという男が、ひとびとがプレゼントを喜んでしたくなるような人間であると、彼にもますますわかってきた。ありとあらゆるものの入った包みが手紙と一緒に届いていた。モリカンが仰天したのは、それらがたいがい無くて困っているものだったということだ。家に酒が切れると、友人が両腕一杯の酒壜をもってかならず現われてくれたし、薪がなくなったとなると、数カ月も使えるくらいの薪のたばをもって、近所の誰かがやってくるのだった。もちろん書物や雑誌は毎日どっさり届いていた。ときには郵便切手を何シートももらうことがあった。ただ金だけはどっさりとはいかなかった。これだけはいつもちょろちょろと、それもすぐ無くなってしまうくらいのちょろちょろでしか入ってはこなかった。

このプレゼントが休みなく流れ込んでくるのを、モリカンは隼《はやぶさ》のような目で見ていた。客のほうもいつも間断なく流れ込んでいたが、それについては、退屈な人や長居ばかりする人間だってわが家の重荷を軽くしてくれる役には立っていることを、彼は見ぬいていた。「こうなるのが当然なんだ」と彼は言うのだった。「きみの天宮図にちゃんと出ている。木星がきみから離れていくことがあっても、きみは無防備で放りだされるということがないんだ。それに、きみだと、不幸だって結局は益になるんだから。きみという人はおそらく損をするということがないんだよ」

これまでぼくの人生であったさまざまの苦しさや犠牲のことをあげつらうことで、このような言葉に答えるということはぼくの思いもよらないことだった。だが、「天宮図に出ているというのと、それを実生活で明らかにしてみせるということとは違うんだ」と、よく一人で思ったりした。

　彼のまったく気づかないことが一つだけあった——ぼくの友人たちがいつも彼にいろいろと親切にしてくれたり、なにくれとなく世話をしてくれていることだった。みんながどんなに彼のことを気にかけているか、彼は少しも気づいてはいなかったのである。彼の振舞いを見ていると、ここは富める国なんだからこんなことはみな当り前だと思っているかのような感じがした。アメリカ人ってのはそうなんで、もともと親切で思いやりがあるんだろう。重大な心配事があるわけでもないし。生れたときから運が良くて、あとは神さまたちが世話をやいてくれるんだからね、と言わんばかりだった。アメリカ人の善意について話すときは、軽蔑の影がいつも彼の声につきまとった。大きなカリフラワーやニンジンやカボチャや、そのほかこの国で食べきれないくらい作られている化けものじみた恰好の野菜や果物と同じで、ただきみたちのことを我慢しているだけだと言わんばかりだった。

　モリカンに一生涯ぼくの家に住むようにと招《よ》んだとき、彼に一つだけ頼んだ小さなことがあった。それは、できたら娘にフランス語を教えてくれないかということだった。こう頼んだのも、娘がフランス語を覚えてくれたらいいという深い関心からでなく、むしろ彼がぼくらに必要以上の義理を感じないですむようにという思惑からだった。彼がぼくの家に住んでいるあいだに娘が習得したフランス語といったら、「はい《ウィ》」と「いいえ《ノン》」と「今日は《ボンジュール》」と「モリカンおじさん《ムシュー・モリカン》！」がその全部だった。彼は子供というものに用がないようで、特別に行儀の良い子供以外は、子供というものをうるさがった。行儀作法にうるさい人の例にもれず、行儀が良いというのは目や手の届くところにいないということだった。ぼくが子供が大好きで、一緒に散歩したり、娘を懸命に面白がらせたり、遊んでやったり、物を教えたりしてやって、また忍耐づよく彼女の阿呆らしい質問やうるさいほどのおねだりを聞いてやっているのが、彼にはまったく理解できなかった。とうぜん娘がぼくに与えてくれている喜びなどわかりようがなかった。娘がぼくの唯一つの喜びであることは誰の目にもはっきりとしていたが、おそらく彼はそのことを認めたくはなかったのだろう。ぼくは何かといえばいつもヴァル、ヴァルだった。これには、モリカンだけでなく、皆がいらいらしたらしい。とくに妻がそうだった。それで近所の意見としては、ぼくは一人娘を甘やかしている耄碌爺《もうろくじい》さんということになってしまった。外から見たらそれはそのとおりだった。だが、この状態、というかこの関係の下にある真実については、ぼくは最も親しい友人にさえ打ち明けるのがためらわれた。まったく皮肉なことに、ぼくにこれらの非難をあびせた当の御本人たちが、自分のかわいい子供に対しては、同じ愚かしいことをしており、同じどうかと思う愛情の示し方をしているのだった。ヴァルについては、彼女はぼくの血であり肉であり、目にいれても痛くなかった。ぼくが唯一つ残念なのは、もっと彼女に時間をさいてやり、もっと相手をしてやることのできないことだった。

この頃、近所の若い母親たちのあいだでダンスがはやりだした。なかには歌の練習も始めるものがいた。たいへんよろしい。世の言い方でいうならば、殊勝なことだ。だが、子供たちはどうしたろう。子供たちも歌や踊りを教えてもらえただろうか。全然。それはもっと後のことで、バレー教室に通えるくらい大きくなってからか、あるいは子供の文化教育に是非ともと若い母親どもの考える気まぐれの流行が何かしら起ったときにということらしかった。母親たちはいまは自分の潜在能力開発に忙しくて、他まで手がまわらないのである。

ヴァルにぼくが最初の歌を教える日がやってきた。ぼくらは森の中を家へ向って歩いていた。娘の疲れた小さな足に無理をさせてはいけないので、ぼくは彼女を肩車に乗せていた。と突然、彼女がぼくに歌ってくれと言う。「どんなお歌が好きなの」とぼくは言ってから、エイブラハム・リンカーンはたった二つしか歌を知らなかったんだよ、一つは『ヤンキー・ドゥードル』[15]で、もう一つは『ヤンキー・ドゥードル』でないものさという、簡単な笑話をしてやった。

「それ歌って！」と彼女。

ぼくは歌った、やけ気味で——。彼女もまねて歌った。家に着くまでに彼女は歌詞を暗記してしまった。ぼくは大喜びだ。当然二人で何度も何度もこの歌を歌うという羽目になった。あれもヤンキー・ドゥードル、これもヤンキー・ドゥードルという調子だった。ヤンキー・ドゥードル飛切り上等、他の歌はくそくらえ。

モリカンはこんな気晴らしには、爪の先ほどの興味も示さなかった。「可哀そうなミラー！」と彼は、ぼくがなんてバカげた真似をしているんだろうと思いながら、心のなかで一人ごとを言ったことだろう。可哀そうなヴァル！　彼女がモリカンと少しお話をしようとして、「おじさんは英語がわからないの」と拒絶されてしまうたびに、ぼくは身を切られる思いをした。

食事のときには彼女は、ぼくにはすばらしいとしか思えない意味のないお喋りや、テーブル・マナーの悪さで彼をしょっちゅう悩ませていた。

「あの娘はもっと躾をきびしくしないといけないよ」と彼はよく言った。「親からいつもあんなに相手にしてもらえるというのは、子供にとっては良くないからね」

妻はといえば、彼と同じ意見だったので、時計のように調子を合わせてくるのだった。子供の教育に妻があらゆる努力を払っているのにそれを全部ぼくが駄目にしてしまうと嘆き、子供の行儀作法の

15　アメリカ独立戦争前からの流行歌で、準国歌とも称すべきもの（訳注）

悪いのを見るとぼくが悪魔みたいに嬉しがるとでも思えそうなことを言った。妻の精神のほうが融通がきかないのであり、躾以外に頼むものをもってないのだということは、もちろん彼女は認めることができなかった。

「この人は自由がいいと思ってるんですよ」と、自由の概念がまったくくず同然といった口調で、妻は言ったものである。

これにモリカンが同情するのだった。「そうです。アメリカの子どもはちっちゃな野蛮人になっている。ヨーロッパでは子供はちゃんと自分のところをわきまえているのに、この国では、子供が支配しているんだから」

すべて言うとおりだ、ああ！　でも……彼も付け加えるのを忘れたことがある。それは、理解力のあるヨーロッパ人なら誰もが知っていることで、モリカンだって充分すぎるくらい心得ており、これまでも何度か認めたことのあることなのだが、すなわち、ヨーロッパでは、特に彼の知っているヨーロッパでは、子供が年の到らないとうの先から大人になってしまい、死ぬほど窮屈な躾を受けており、「野蛮」であるばかりでなく、残酷で気違いじみていて無意味な教育を受けているのであり、そして厳格で規則ずくめの方法が行儀の良い子供を作ることはあったとしても、自由な大人を作ることは滅多にないということだ。それに彼は、自分の子供時代というものがどんなであったか、躾とか行儀作法とか教養とか教育というものがいったい彼になんの役に立ったのかを説明してくれるべきだった。

そのぼくの目を恐れて自己弁護するために、彼は最後に妻にこう説明した。つまりぼくが生れついてのアナーキストで、ぼくの自由観というのが特に個性的なものであり、躾なんて考えただけでぼくの本性は毛嫌いしてしまうというのだった。ぼくは反逆者で、無頼漢で、いわば精神的な気まぐれ者だ。人生におけるぼくの役目は混乱をひきおこすことだ。そしてぼくのような人間も必要なんだと、きわめて真面目な顔で言い足した。それから、急に夢中になったようになって、彼はいま言ったことの訂正を始めるのだった。ミラーは善良すぎて、親切すぎて、温和すぎて、忍耐力がありすぎて、寛大すぎて、我慢強すぎるのも事実であることを、認めないわけにはいかないというのだ。ぼくの一方の本質である狂暴さや残忍さや無鉄砲さや陰険さなどとこれでつり合いがとれたと言わんばかりだった。ここで彼は、ぼくは躾を理解することはできる、というのも、彼の言葉だと、ぼくの物を書く能力はきわめて厳しい自己修養から出発しているのだから、というようなことまで言った。

「まったく複雑な人間《セ・タン・エートル・ビヤン・コンプリケ》ですよ」と彼は結論した。「さいわい、ぼくはこの人間を理解しています。内側まで知りつくしていますから」と言いながら、彼は、虱《しらみ》をつぶすみたいに、テーブルの端へ親指をおしつけた。彼の親指の下にいるのはぼくだった。彼が研究し、分析し、解剖しつくして、必要とあらばいつでも説明してみせることのできる、変則的な存在のぼくだった。

　ときにはさいさき良く始まった一夕が、ぼくらの家庭的な問題についての複雑な議論——ぼくは大嫌いなのだが、どういうわけか女房族というものが、特によく話を聴いてくれる者がえられたときは大好きらしい代物——で終ることがあった。妻と議論をして理解点に達するなんてことはぼくはとうの昔にあきらめていたので——そのくらいなら石の壁に向って話したほうがましだ——事実がまちがったり歪曲されて話されているとき、それを正すということでしか議論に加わらなかった。大部分ぼくは金剛石のように黙っていた。物事にはいつも二つの面があるということを充分に承知しているモリカンは、見ていて気の毒なくらいの努力をしながら、議論をもっと根本的な地盤へ引きもどそうとした。

「ミラーのような人間を相手にしてもどうしようもありませんよ」と彼は妻に言うのだった。「この男はぼくやあなたみたいな物の考え方をしないのですから。循環論法で考えるんですね。論理とか尺度という考えは持ち合せていませんし、理性とか常識というものは軽蔑してるんです」

それから彼は、どうして妻とぼくとが見解の全き一致をみることができないかを証明するために、妻の良い点と悪い点について話してきかせた。「でもぼくはあなたがた二人を理解しています。仲介者の働きだってすることができますよ。難問をどうやって解決するか、ぼくにはわかっていますから」

実際、彼の言ったことはまったくその通りだった。じつにすばらしいレフェリーに彼はなってくれた。それで、大喧嘩となるのが常だったものも、彼がいると、涙で幕切れとなるか、お互い口をつぐんでしまうのだった。ときどきぼくのほうで、いいかげん彼がくたびれて、お休みを言い、妻と二人きりにしてくれないかなと心のなかで祈っていると、妻の方は全然逆のことを願っているらしいことが感じとられた。彼女がぼくと話しあうチャンス、あるいはぼくに話しかけるチャンスは、彼がいるときだけだった。二人だけだとお互いの喉《のど》にくらいつくか、お互い黙ったきりになってしまうしかなかった。モリカンは、毎日のこととなってしまったこの猛烈な長ったらしい議論を上手に別の次元にまで引き上げてくれることがあった。少なくとも一時的にせよ彼は妻とぼくの考えを引き離し、冷静に検討し、ほかの角度から考察して、それぞれから我執の要素をとり除いてくれた。彼が自分の占星学の知識を発揮したのはこういう場合だった。感情にとらわれている者にとって、彼のような占星学からの説明ほど冷静で客観的で、慰めとなり効果の持続するものはなかったからである。

夜という夜が議論討論ばかりで過されたわけではもちろんない。一番楽しい夜というのは、彼の話すにまかせているときだった。何といっても彼は独演しているときが最も良かったのだ。たまたまぼくらが絵の話題に触れたとなると――彼は若いときは画家だった――あとは彼の話が長々と聞けるという豊かな報酬がまちがいなく受け取れたのである。いまフランス画壇で有名になっている画家のなかには、彼が親しく付き合っていたものが大勢いた。なかには彼が裕福だった時代に助けてやったことのある者まで居た。ぼくが黄金時代と呼んでいる時期――「野獣派《レ・フォーヴ》」の登場に先立つ二、三十年間――に関する彼のいろいろの逸話は、こってりして美味な食事が愉快だという意味で、愉快なものだった。この逸話にはいつも、ある種の悪魔的な魅力さえある物すごい感想という香辛料がきいていた。ぼくにとってこの時期は強い関心で一杯だった。ぼくはいつだって、もう二、三十年早く生れていたならばなあと思っていたし、もっと若いときにヨーロッパを訪れ（そこに住みつか）なかったことが心残りでならなかった。第一次世界大戦の前にヨーロッパを見ておきたかった、ということだ。アポリネールやドゥアニエ・ルソーやジョージ・ムーアやマックス・ジャコブやヴラマンクやユトリロやドランやサンドラールやゴーギャンやモディリアーニやサングリアやピカビアやモーリス・マグルやレオン・ドーデなどと仲間や親友になれるのだったら、何を捨てても惜しくはないのだが――。セーヌ河の沿岸を自転車で通り、この河にかかっている橋を幾度も渡ったり、ブージヴァルやシャトゥーやアルジャントゥイユやマルリ・ル・ロワやピュトーやランブイエやイシー・レ・ムリノーやそのほか似たような町を全速力で自転車を駆るということが、一九三二年や三三年でなく一九一〇年頃にできていたならば、その歓喜はどんなにすばらしいものとなっていたことであろうか。二十一歳のときに馬に曳かれたバスの一番上からパリの町並みを眺めることができていたならば、どんなに違っていたことであろうか。あるいはもし、印象派で有名となった時代に漫歩者《フラヌール》として大並木道《グラン・ブルバール》を眺めることができていたならば――

モリカンはこの時代のすばらしさと惨めさとを意のままに再現してみせることができた。カルコがたくみに表現しており、アラゴンやレオン・ポール・ファルグやドーデやデュアメルやほかの多くのフランス作家が折にふれ書き記している「パリの郷愁《ノルタルジー・ド・パリ》」を思い起させることができた。街の名やぐらぐらした記念建築物やレストランやキャバレーのいまはもう残っていないものをちょっと述べるだけで、もう連想がつぎからつぎへとわいてくるのだった。彼はすべての物をスノッブの目で見てきているので、彼の話はいっそうするどくぼくの連想を刺戟した。彼がどんなにその渦中にあったとしても、彼は彼が話題にのせるほかの人間ほど苦しい目を経験してはいなかった。彼の苦しみは、戦争で死ななかったり、自殺をしなかったり、気が狂ってしまわなかった者たちが有名になるようになったときから始まったものだった。マックス・ジャコブに――世を見捨てて、行者のような生活をしている彼の貧乏な友人マックスに二、三スーの金を無心せざるをえない時がやってくるだろうなどと、裕福な時代の彼が想像したことがあっただろうかとぼくは思ってみる。かつての友人たちが綺羅星《きらぼし》のごとく地平線にのぼっているとき自分は零落し、かつては遊び場であったこの世界までがさもしい乱痴気騒ぎの場、夢と空想の墓場となってしまうということは、考えてみると恐ろしいことだ。

彼はどんなにフランス共和国やそれと関連のあるすべてのものを憎んでいたことだろう。フランス革命の話をするときの彼は、まるで悪そのものと面とむかっているかのごとくだった。ノストラダムスと同じで、フランスの堕落と病気と没落は人民《ル・ピユプル》――すなわち賤民野郎《ラ・カナーユ》――が天下を取ったときから始まったのだと言った。いまから考えてみると、彼が一度だってジル・ド・レイの話をしなかったのは奇妙なことである。ラーマクリシュナやミラレパや聖フランシスのことも話したことがない。ナポレオンは、よろしい。ビスマルク、よろしい。ヴォルテール、よろしい。ヴィヨン、これもよろしい。

そしてもちろんピタゴラスは大いによろしい。アレクサンドリアの世界についてなら、彼はまるで前世からそれを知っていたかのように、はっきりと詳しく知っていた。マニ教の思想の世界にも彼は精通していた。ゾロアスターの教えのなかでは、彼は「悪の実在」を主張する側面が特に好きで、長々と話をした。善の神《オーマズド》が終局的には悪の神《アーリマン》に勝つであろうとおそらく彼は信じていたのであろうが、もしそうだとしても遠い未来においてやっと実現されるかもしれない万が一の出来ごとであって、それについていろいろと思いめぐらしたり、希望を託したりすることさえもが不毛であるくらい遠い先の話だった。彼の抱いている最強の確信は、そうではなくて、たぶん悪の実在だったのだろう。彼はこのことをあまりに強く認識していたものだから、何事も充分に享楽することができなかった――人生のあらゆる局面、あらゆる階層、あらゆる領分に瀰漫《びまん》している悪霊を、彼は能動的にかつ受動的にいつも払い清めていたのだ。

ある夜、彼の心に密接に関係していることどもを二人で話し合ったとき、ぼくはもう占星学へまったく興味をなくしてしまったのかと、彼は唐突にぼくに尋ねた。

「きみは全然占星学のことを口にしないじゃないか」と彼は言った。

「そうだね」とぼくは答えた。「これ以上やってどんな役に立つのか、ぼくにはわからないんだよ。ぼくはきみみたいに占星術に興味をもったことは一度だってない。ぼくにとってはそれは、これから学ばねばならない言葉とか、もう一つ弾《ひ》き方をおぼえねばならない鍵盤と同じものだった。ぼくが本当に興味をもっているのは、すべての物ごとの詩的な局面だけだよ。結局のところ、ただ一つの言葉しかないのだし――真理の言葉がね。そこにどうやって達するかはたいした問題じゃないんだ」

ぼくのこの言葉に対する彼の返事がどんなものであったか、正確には憶えてないが、ただ、ぼくがあまりにいつまでも東洋思想に関心をもっていることを暗々裡に非難したようなものだったということを記憶している。ぼくが抽象的な思索に深くはいりこみすぎていると、彼はほのめかした。あまりにゲルマン的だということらしい。それで占星学をやるというのはぼくに必要な中和剤となるということだった。霞《フルー》んで模糊《もこ》としたぼくのうちにたくさんの完全化と適応と組織化を行うというのは意味がある。ぼくのようなタイプの人間は、聖人か熱狂者のいずれかになる危険がいつもつきまとっているという。

「狂人にはなってないだろ、え？」

「まだね《ジャメ》！」

「でもいくぶん阿呆じみたところがある。そう言うんだろ？」

彼の返事は……然り《イエス》かつ否《ノー》だった。ぼくには宗教的な強い傾向、形而上学的な性癖がある。十字軍的なものがかなりある。ぼくは生れつき謙虚であると同時に傲慢で、悔悟の苦行をする人間であると同時に異端審問者でもある。等々。

「それできみは、占星学に精通すればそれらの傾向がなくなるだろうと思っているのかい？」

「そうだとはっきり言いたくはないが」と彼は言った。「ただ、きみがもっと物事をはっきりと見る……きみが自分の問題の本質をつかむことができるようにはなるだろうということだけを言っておこう」

「でもぼくは自分の問題というものがないんだよ」とぼくは答えた。「宇宙論的な問題以外はね。ぼくは自分自身と――そして世の中とも調和して生きている。なるほど、妻とはうまくいってないが、それを言えばソクラテスだってそうだったし、それに……」

彼がぼくにそのさきを言わせなかった。

「わかったよ」とぼくは言った。「じゃ、聞かせてくれたまえ——占星学はきみの何の役に立ったんだい？　占星学のおかげできみは自分の欠点が矯正できたのかい？　世界と調和することができたのかい？　平安と喜びが与えられたのかい？　どうして気でも触れたみたいに体を掻いているんだい？」

そのときの彼の顔つきから、ぼくの言い方が卑劣だったらしいことはすぐわかった。

「悪かった」とぼくは言った。「でも、きみも知っているように、ぼくは大切なところでは無作法で、露骨になってしまうんだ。きみを軽蔑したり、からかっているんじゃないんだから。でも、ぼくの知りたいことがある。ズバリと答えてくれたまえ。何が最も大切なんだろう——平安と喜びだろうか、それとも英知だろうか？　もし知識の量を少なくすることでもっと幸福な人間になれるというのだったら、きみはどっちを選ぶかい？」

彼の答えはぼくにはわかっていたようなものだった。そのような問題においては人間に選択の自由はない、というのが彼の答えだった。

ぼくははげしく反論した。「おそらく」とぼくは言った。「ぼくはいまでもアメリカ人的なものをたくさん持っているのだろう。ということは、ナイーブで、楽観的で、だまされやすいということだよ。たぶん、ぼくがフランスで過したみのり多い年月のなかから得たものといったら、ぼく自身の内的な精神を強め、深めることができたということだけだった。ヨーロッパ人の目から見たら、ぼくなんか根っからのアメリカ人で、アメリカ人気質を古傷みたいにさらけだしているアメリカ人でしかありゃしないよ。どっちにしろ、ぼくはこの富める国が生んだ人間なのであり、物が多過ぎるというのもいいものだと信じている人間であり、奇蹟を信じている人間なんだ。ぼくのこれまでの苦労はみんな自分に責任がある。ぼくの悲嘆や苦悩や到らぬ点やですぎた真似は全部、誰のせいでもない、ぼくが悪いんだ。占星学を深く学んでいたらぼくにもわかっただろうときみが考えているものをすべて、ぼくは人生経験から学んだんだよ。ぼくは一個の人間に可能なかぎりのあやまちを犯してきたし、そしてその罰に相応の償いもさせられた。こういう言い方がゆるされるならば、こういうことがあったおかげで、研究や修養を通して人生行路に待ちうけている誘惑や落し穴をいかにして避けて通るかを学んだりする場合よりも、豊かに、ずっと聡明に、ずっと幸福になることができたんだ。……占星学というものは人間の潜在力をあつかうものじゃないのだろうか? ぼくは潜在力がある人間なんかに興味はないんだ。その潜在の可能力を現実化し――実現しているものに興味がある。それに一体、潜在力のある人間とは何なのだろうか? それは、人間的なもの全ての総和ということではなかろうか? あるいは同じことだが、神的なものではなかろうか? ぼくは神を探しているときみは思っている。ぼくは探してなんかいやしない。神は在る。世界は在る。人間は在る。ぼくらは在る。完全な実在、それが神なんだ――それと人間と、そして世界と、そして名前のつけがたいものも含めて、在るもの全てが。ぼくは実在を探している。もっともっと多くの実在を求めているんだ。この点ではぼくは熱狂的だと言ってもいい。で、占星学は何なのだい? それが実在と何の関係がある? 少しはあるだろう。天文学だってそうだし、生物学だってそうだし、数学だってそうだし、音楽だってそうだし、文学だってそうだし、あるいは野原の牛だって、花や草や、それらを生命へと還元する糞だってそうだ。気分によって、あるものが他のものより重要だと思えることがある。こっちは価値があるが、あっちは無いんだというふうにね。すべての物が重要で、価値があるんだよ。そのように物事を見てくれたまえ、そしたらぼくもきみの占星学を受け入れることができるし……」

「またいつもの癖がでてきたね」と彼は肩をすくめながら、言った。

「わかってる」とぼくは答えた。「ちょっと我慢して聞いてくれたまえ。あとできみの意見も聞かせてもらおう……ぼくは、自分が全心かけて信じていることに対しても、しょっちゅう反逆する。ぼく自身を含めて、なにごとも攻撃してみないと気がすまないんだ。なんのために？　物事を単純化するためにだ。ぼくらはたくさんのことを知りすぎているし——あまりに物を知らなさすぎるんだ。ぼくらがいろいろと苦労するのは、知識があるせいだね。知性じゃないよ。知性ならいくらだってあったほうが良い。そうではなくて、ぼくはもう専門家の話を聞いたり、一言居士の連中の話を聞くのに、もううんざりしているんだ。ぼくは占星学の効力を否定するものじゃない。ぼくが反対しているのは、どれか一つの視点のとりことなってしまうということなんだよ。もちろん、親和力や相似性や照応性、天上的な旋律《リズム》と地上的な旋律《リズム》とがあるが……『天における如く、地においても』というやつだな。そうでなけりゃ、ものに秩序もなく、支離滅裂となってしまう。でも、それを知って、それを受け入れたら、それを忘れてしまったっていいじゃないか。ぼくの言うのは、それを自分の人生の活きた一部分にするということ、つまり、ある物を吸収し、修得して、体の隅から隅までにそれを浸潤させることで忘れてしまい、実人生の精髄と助けによって、それを改革し、応用するということなんだ。占星学にしろ、宗教にしろ、ヨガにしろ、政治学にしろ、経済学にしろ何であれ、自分の知っている唯一の言葉ですべてを濾過しないと気のすまない人間というのは、ぼくは嫌いなんだ。この宇宙というものにぼくらの興味はそそられるし、結局宇宙は神的なものであり、すべての知識を超越していると認めざるをえないものなんだが、この宇宙について唯一つはっきりと言えることは、宇宙の説明をやろうと思ったら、どんなものでもすべて、ごく簡単に説明がつくということなんだ。宇宙についてぼくらが公式化してみせるすべての説明は、正しくもあり同時に正しくもないと言える。それにはぼくらの真実も過誤もふくまれている。宇宙についてどう説明してみようとこのことに変りはありゃしないし……

「話の発端に戻ろう。ぼくらはみんなそれぞれちがった人生を送っている。自分にとって生活ができるだけスムーズで、調和の取れているものであるようにしたいと、みんなが思っている。人生の最大限を経験したいというのが、変らざる願いなんだ。それを実現する道は、書物や教師や科学や宗教や哲学にたよって、こんなにたくさんの知識を——といっても、たかがしれてるが！——身につけることなんだろうか？ ぼくらは真に目醒めることができないのだろうか？ いまみたいな苦心惨憺をしないで目醒めることはできないものなんだろうか？」

「人生は十字架《キャルバリー》でしかないんだ」と彼は言った。「占星学の知識があったって、この厳しい事実を変えられやしない」

「例外の人間だっているだろう。たしかに……」

「例外なんてありゃしないさ」と彼は答えた。「みんな、最高に博識の人間だって、人に知られぬ悲しみと悩みがあるんだよ。人生というのは間断のない苦闘で、苦闘に悲しみと苦しさはつきものだ。そしてこの苦しさのために人間には力と人格が備わっていくのさ」

「何のために？ 何の目的で？」

「人生の重荷をよりよく耐えていくことができるためにだよ」

「なんて悲しいことを考えているんだい！ それじゃまるで、負けるとわかっている試合のために練習するようなものじゃないか」

「試合放棄ということだってあるさ」と彼は言った。

「でもそれでは解決されたことにはならないだろう?」

「ある種の人間にとってはそうだろうが、そうでない人間だっている。ときには選択の自由さえ与えられていないことがあるんだ」

「きみの考えでは、いわゆる自由な選択というものが人間に本当にゆるされているのかい?」

彼はしばらく考えてから、答えた。

「そう、ある程度の自由な選択が人間にはゆるされているとぼくは信じている。でもその程度は、一般に考えられているよりもはるかに低いものなんだ。自分の宿命という限界の範囲内でぼくらは自由に選択することができる。占星学が重要な意味をもつのはまさにこの点においてさ。この世に生まれついてる自分の運命を理解したらば、占星学でそれが理解できるんだけど、そうしたら、選択しえないものを選択するというようなことがなくなるんだよ」

「偉人の生涯は」とぼくは言った。「その全く逆のように見えるんだけど」

「きみの言う通りで、そのように見えるだけさ。偉人の天宮図を調べてみれば、かれらの生涯以外の選択がほとんどありえなかったというはっきりした事実がわかるんだ。人間が選択したり、意図したりすることは、その人間の人格といつだってきちんと一致しているのさ。同じジレンマに陥っても、ナポレオンのような人間と聖パウロみたいな人間とでは、取る道が違うだろうからね」

「わかる、わかる、そんなことはみなわかってるよ」とぼくは彼の話をさえぎった。「聖フランシスは、たとえ占星学の深い知識があったとしても聖フランシスだったろうし、聖パウロは聖パウロだったろうし、ナポレオンはナポレオンであっただろうということも、ぼくにはわかっているし、そう信じてもいる。自分の問題を理解するとか、それらを深く検討して、不必要なものを取り除くなどということは、もうぼくには興味がないんだ。重荷としての人生、戦場としての人生、難問としての人生――こういう人生の見方はみな一方に偏しているんだよ。碩学《せきがく》の書いた部厚い書物なんかよりも、二行の詩句からもっとたくさんのことを教わり、たくさんのことを与えられることだってある。何でも本当にそれを意味あるものとしようと思ったら、まずそれを詩化しなければいけないんだ。ぼくが占星学や、その意味でなら他の何でも、身につけることができるとしたら、詩として、音楽として、得るしかない。もし占星学的な物の見方がそれで新しい調子、新しい和声、新しいバイブレーションをもたらしてくれるのならば、もう占星学は目的をはたしてしまったことになる――ぼくにとってね。知識は人を苦しめるし、英知は人を悲しませる。真理への愛は知識や英知とは関係がないんだよ。そんなものの領分を超越しているんだよ。どんなものにせよ人間のいだく確信は証明の域を超えているんだから。

「ことわざに『種々雑多の寄合いが世界を作る』というのがある。そのとおりだ。でも、同じ事が意見や思想といわれているものには当てはまらないんだ。意見や思想、ある限りを寄せ集めてみたところで、それで全体の像が得られるというものではないからね。こうしたさまざまの角度からの明察の全部を集めたって、真理にはならないし、これからだってなることなんかありゃしない。知識のある限りを集めたってますます混乱するだけだ。知力は自分からにげだしてしまう。精神が知力じゃない。知力は自我の産物で、そして自我というものは鎮まることも、満ち足りることもない。ぼくらはいつ、わかったとわかることができるのだろうか？　いつかわかることができるなんて信じることを止めたときなんだ。降服したとき真理が訪れる。そしてそれは言葉で言い表わすことはできない。頭脳が精神ではない。頭脳は精神を支配したがっている暴君なんだ。

「こうしたことが占星学と何の関係があるんだろうか？　全然関係がないかもしれないし、しかも関係大ありなんだ。きみにとってはぼくは磨羯宮生れの人間の例の一つだし、精神分析者にとってはまた他の例だし、マルクス主義者にとってはまた別種の標本だろうし、等々となる。こんなものいろいろがいったいぼくにとって何だというのだろう。きみの撮影器械にどう写るかなんていうことが、ぼくに何の関係があるというのだろう。人間を全体的に、あるがままに見ようとしたら、もっと別のカメラが必要なんだ。カメラのレンズ以上に客観的な目をもたねばならないんだ。人間の本性を見えなくさせるほどキラキラと輝いている光沢のあるさまざまの結晶面を、まずのぞきこまねばならないんだ。ぼくらは知識を得れば得るほど、ものがわからなくなるし、装備を整えれば整えるほど、ものが見えなくなってくる。ぼくらが本当にものを見、ものがわかることができるのは、見ようとする気持を捨てたとき、わかろうとする気持ちを捨てたときだよ。ものを見て、わかっている者に眼鏡や理論の必要なんかありゃしない。ぼくらの努力や苦闘はみな、告白と似ているところがある。自分が弱くて、無知で、盲目で、孤立無援だということを思い知るという点でね。しかもぼくらは本当はそうじゃないんだ。ぼくらは自分の考えているぼくらとまったく同じに小さくなったりも、大きくなったりもするものだよ。

「人類の進化上、人間が自己への信頼をなくしてしまった時に、占星学の発端があるのじゃないだろうかと、ぼくはよく考えるんだけど。あるいは、もっと別の言い方をすれば、人間が自己の一体性を喪失した時にね。人間が存在することを止めて、知ろうとしたときからだよ。精神分裂症というのはそういう昔から始まったのであって、昨日今日始まったというものじゃないんだ。そして人間が分裂したとき、無数の破片へと分裂してしまった。でも現代だって、ばらばらになってはいるが、人間が再び全体的な存在となることは可能なんだ。アダム時代の人間と現在の人間とで異なっている点といったら、前者は楽園に生れたが、後者は楽園を創らねばならないということだけだ。こう考えると、ぼくは自由な選択の問題に立ち戻らざるをえない。人間が自分は自由だということを証明しようと思ったら、自由であることを選ぶということしか手はない。そしてそれができるのは、人間が自分で自分を不自由にしているということを悟ったときだけなんだよ。ということは、人間が神のものとしてしまっている権限を神からもぎ取らねばならないということだと、ぼくは考えている。自分のうちに神を認識することが多ければ多いほど、人間は自由になることができる。そして自由になればなるほど、決心をしなければならないことが少なくなるし、選択ということがますます少なくなってくるものなんだ。自由というのは正しい呼び方じゃない。確信というほうが近いな。過誤が無いことだ。なぜなら、どんな立場においても、本当に正しい行動というものは、二つも三つもあるというものではなくて、いつも唯の一つしかないんだからね。自由という言葉には選択といったものが含まれているし、選択というのは、ぼくらが自分の愚かしさを意識している度合いに応じてしか、存在してはいないものだもの。聖人は思いわずらいをしないと言っていいだろう。そのくらい思想と一体となっているし、自己の道と一体となっているんだ。

「ぼくの話がわき道にそれてばかりいるように聞えるかもしれない。本当は、そうじゃないんだ。ぼくが別の言葉で話しているだけのことさ。ぼくが言っているのは、平安と喜びとは誰もが手の届くところにあるということなんだよ。ぼくらの本質は神に似たものだということが言いたいのだよ。思想にしろ、行動にしろ、限界なんてものはありはしないということが言いたいのだ。ぼくらはたくさんの部分なんかではなく、全体なんだということが言いたいのだ。ぼくらはあるがままなんだし、否認によって以外はそのほかのものであることができやしないということが言いたいのだ。相違点ばかりを見て取るということは相違点を作りあげていることなんだということが言いたいのだ。磨羯宮生れが磨羯宮生れとして通用するのは星占い者のあいだだけだろう。占星学は少数の惑星と太陽と月とを利用するけど、そのほかの無数の惑星、ほかの宇宙、星、彗星、流星、小遊星なんかはどうなんだい？重要なのは距離なのかい、大きさなのかい、それとも光度なのかい？　すべては一つで、相互に作用し合い、相互に影響し合っているのと違うだろうか。ここで影響が始まり、ここでもう影響がなくなるなどと、いったい誰が言えることなんだい？　これは重要だが、あれは重要でないなどと、誰が言えるんだい？　この宇宙は誰のものだろう？　誰が宇宙を調節しているのだろう？　誰の精神が宇宙に活気を与えているのだろう？　もしぼくらが援助や手引きや指導を必要としているなら、まっすぐに根源へ向えばいいではないか。それに、どうしてぼくらは援助や手引きや指導が必要なんだろう？すべてのものをぼくらにとって快適なものとするため、もっと能率よくことを行うため、もっとよく人生の目標を達成することができるためにだ。どうしてすべてのことはこんなに複雑で、困難で、曖昧で、不満足なものなんだろうか。それはぼくらが自分を宇宙の中心に置いているからであり、ぼくらが自分の願いどおりにすべてのことをやりたいなどと思っているからなんだよ。ぼくらが発見する必要のあることは、生命といっても、精神といっても、神といってもいいが、それが何を欲しているかということなんだ。もし占星学の目的がこれだと言うのならば、じゃぼくも賛成だ。

「ほかにもう一つ言いたいことがあるのだが、それを言ったら、もうこの件はすっかり終りとしよう。それはぼくらの毎日の問題のことなんだけど、特に周囲の者とどうやって仲良くやっていくかという問題が、なかでも重要な問題と思えるんだ。ぼくの言いたいのは、人間の多様性とか相違点についての意見を構えたり、それを意識していながらお互いに顔を合わせるというのだったら、お互いが仲良く、気持良くやっていけるだけの知識なんて決して得ることができないだろうということなんだよ。他の人間とうまくやっていくことができるためには、人間の最下部へ、人間すべての内部に存在している、人間共通の基底へ、まずもぐっていかねばならないんだ。これはむつかしいことじゃないし、とにかく心理学者とか、人の心を鋭く読める人間にならねばならないなんて要求をしたりはしない。占星学的な人間の分類とか、それらのタイプがあれやこれやに対しいかに反応のしかたがさまざまであるか、などということを一つも知る必要がありはしない。すべての人間とうまくやっていくことのできる簡単で直接的な方法は唯一つしかないのだし、それは、真実に、正直にふるまうということなんだよ。ぼくらは周囲の人間から妨害や屈辱を受けるのではないかと恐れ、それを避けようとして一生を送っている。時間の無駄だ。もしぼくらが恐怖と偏見を打捨てさえしたら、殺人者だって、聖人に対すると同じくらい容易にぼくらは対することができる。病気や貧乏や悪や何やかやから脱け出そうとして、人びとが自分の宮図を研究しているのを見ると、ぼくはその占星学の言葉にうんざりしてしまうんだよ。ぼくにはそれが星を開発するような哀れな努力に思えてならないのだ。まるで運命というものがぼくらのところへやってくるもののように話しているが、ぼくらが送る毎日の生活のなかからぼくらが運命を創り出しているということを忘れているような話しぶりじゃないか。ぼくのいう運命というのは、ぼくらに襲いかかる悲しみのことなんだけど、これらはぼくらが考えているほど神秘的なんかでは少しもない原因の単なる結果なんだよ。ぼくらが苦しんでいる悩みの大部分は、ぼくら自身の行動に原因があるんだから。人間は、地震や火山やら、大旋風《トルネード》や津波の被害で悩んだりしやしない。人間が悩むのは、自分自身のまちがった行動や自分の愚かさや自然の法則を自分で知らなかったり、無視したりしたことの結果なんだよ。人間には戦争を無くすことも、病気を無くすことも、老年やおそらくは死だって無くすことができる。人間は貧困や悪や無知や挑み合いや競争の裡《うち》に生きる必要なんかないんだ。こういう状態は人間の領分内のもので、人間はそれを変える力をもっている。でも人間が、自分の個人的な運命なんかだけに関わっているあいだは、いまの状態を変えることなんかできやしない。医者が伝染や汚染をこわがって診察をことわったとしたらどうだろうか。聖書にもあるように、ぼくらはみな同じ体に属しているものなんだ。そうしてぼくらはみなお互い同士争っている。ぼくらの肉体的な体には、その体に住みこんでいるぼくらにさえ無い英知が宿っている。それにぼくらは意味もない命令を下しているんだから。病気にしろ、罪にしろ、戦争にしろ、その他ぼくらを苦しめているたくさんのものにしろ、神秘的なものはどこにもありゃしない。簡素で賢明な生活をしてごらん。忘れて、赦して、諦めて、放棄してごらん。こんな簡単な生き方の知恵を学ぶためにぼくは自分の天宮図を研究したりしなければいけないのだろうか。明日を楽しむために昨日と一緒に生きねばならないのだろうか。もしその気になれば、すぐにでも過去を反古《ほご》と捨てて、ただちに正しい生活を始めることはできないものだろうか。平安と喜び。……これは求めれば与えられるものなんだよ。一日一日、それでぼくらには充分じゃないか。まったく、それさえも多過ぎる。今日だけでいい！　美しき今日《ル・ベル・オジュール・ドイ》よ！　これはサンドラールの書物の一冊にあった題名じゃなかったかい？　これ以上のものがあるだろうか……」

もちろんぼくはこの熱弁を一気にふるったわけではないし、このとおりの言葉で話したわけでもない。たぶんその大部分は、ただぼくが自分で言ったと思っているだけのものかもしれない。それでもいい。あの頃と今でぼくに変りはない。これらすべては一度だけ心に浮んだといったものではなく、幾度も幾度も考えてきたことである。これの価値については読者におまかせするしかない。

最初の大雨が近づくにつれて、彼は元気がなくなってきた。なるほど彼の部屋は小さいし、天井や窓から雨漏りはするるし、わらじむしなどの虫がわいてきたし、それらの虫が彼の寝ているときにベッドに落ちてきたりするし、部屋を暖めるためにくさい石油ストーブを使わねばならないとなると、部屋のなかのありとあらゆる裂け目割れ目を密閉し、ドアの下の隙間に粗い麻布をぎっしりと詰め、窓をきちんと閉め切ったりしたあとに残っているなけなしの酸素を使いはたしてしまうことになるのだった。なるほど今年の冬は例年以上に雨が多かったし、嵐が猛烈な勢いでやってきて、数日間も続くといったことなどのある冬であった。それで可哀そうに彼は一日じゅう部屋に閉じこもり、そわそわしていて、落着かなくて、暑すぎるか寒すぎる温度に悩まされ、休みなく体を掻いて掻きまくっているのだが、無数のこのいやらしい虫どもを払いのけることができないでいた。部屋じゅう閉め切って、密閉して、いぶし消毒しているのにあとからあとからわいてきて、這いまわり、うようよしているこれら醜い虫どもは、空気のなかからわいてくるのだと説明する以外、どうやってその存在を説明することができたろうか。

ある日の夕方近く、ランプを見てくれと彼の部屋へ呼ばれたときの、彼のこの上ない困惑と憔悴の表情を、ぼくは決して忘れることができないだろう。「見てくれ」と、マッチをすってその火をランプの芯に点《つ》けながら、彼は言った。「見てくれ、すぐ消えてしまうんだ」

田舎の人ならよく知っているように、アラジンのランプはドン・キホーテみたいに神経過敏なのだ。きれいに芯のよい調子にさせておこうと思ったら、いつも完全な状態にたもっておかねばならない。

先を切ってやるというのもそれだけで微妙な手術となる。もちろんこれまでだって色々のことを何度も彼に説明してやったのだが、でも彼の部屋に行ってみるたびに、ランプがほの暗くなっていたり、煙を立てていたりした。彼がランプが癪《しやく》に障《さわ》っていて、それでわざわざ手入れをしたりしたくなかったのだということも、ぼくにはわかっていた。

ぼくはマッチをすり、それを芯に近づけながら、「ね、簡単だろ……なにもむつかしいとこなんてありゃしない」と、まさに口に出して言いかけた——と、驚いたことに、芯に火が点かない。ぼくは何度かマッチをすってやり直したが、やはり芯には依然として火が点かない。ぼくは蝋燭に火を点けてみて、それがぶつぶつ音を立てるのを見て、はじめて原因がわかった。

ドアを開けて、空気を少し入れかえてから、もう一度やってみた。今度は火が点いた。「空気だよ、きみ。空気が要るんだ!」彼はびっくりしてぼくを見つめた。空気を入れようと思ったら、窓を開けておかねばならないだろう。ということは、風や雨を入れるということになる。「それは厄介《セ・アンメルダン》だなあ」と彼は叫んだ。まったくそうだった。厄介以上だった。ある朝見ると、彼がベッドで窒息して死んでいた、などという図をぼくは想像してみた。

ついに彼はちょうど必要なだけの空気を入れる独特の方法を考え出した。オランダ・ドア[16]の半上段ところどころに紐でつなげた留め金を挿入することで、少なくても多くても、必要なだけの空気を入れることができるようになった。窓を開けたり、ドアの下の麻布を取りのぞいたり、たくさんの割れ目裂け目を密閉するのに用いたパテを掘り出したりする必要はもうなくなった。ランプについては、彼は代りに蝋燭を使うことに決めた。そのため彼の部屋は、彼の病的な精神状態にぴったりの、死体置場みたいな感じになってしまった。

16 上下二段に仕切られた扉で、一方だけあけ(しめ)ておくことができる(訳注)

そのあいだも疥癬《かいせん》が彼を悩まし続けた。食事におりてくるたびに彼は裾やズボンの足をまくりあげて、掻いたあとを見せてくれた。彼の体はもう赤ただれが群れをなして走りまわっているようなものだった。もしぼくが彼だったら、弾丸を頭にぶち込んでいたことだろう。

なんらかの手を打たない限り、みんなが頭がおかしくなってしまうだろうことははっきりしていた。昔ながらの療法をぜんぶ試みてみたが——無駄だった。やけになったぼくは、数百マイル離れた所に住んでいる友人に特別の用があるから来てもらえないかと頼んでみた。彼は内科の全般にわたる有能な医師で、おまけに外科も精神分析もやれた。フランス語も少し知っていた。まったく彼は滅多に居ない人間で、寛大率直な男だった。治すことができなかったとしても有益な忠告を与えてくれるだろうことはわかっていた。

さて、彼がやって来た。彼はモリカンを頭の天辺《てっぺん》から足の先、内側までをも調べつくした。それが終ると、彼は相手と話を始めた。疥癬のどんどん広がっていくことにはもう少しも注意を払わず、そのことをそれ以上話もしなかった。彼は実にいろいろのことを話したが、疥癬のことだけは話題に出さなかった。それはまるで彼が自分のやってきた用向きをすっかり忘れてしまっているかのようだった。ときどきモリカンのほうで彼の訪問の目的を思い出させようとしたが、ぼくの友人はいつも相手の関心をうまくほかの話題へとそらしてしまった。とうとう彼は、処方箋を書いてそれをモリカンの鼻のさきに置くと、帰る準備を始めた。

彼の本当の考えが知りたくて、ぼくは彼を車のところまで送っていった。

「何もすることはないよ」と彼は言った。「気にしなくなれば、疥癬も消えるだろう」

「で、消えるまでは……？」

「錠剤を飲ませてくれ」

「本当に効くだろうか？」

「それは本人次第だ。本当は毒にも薬にもなりゃしない。本人がそう信じないならね」

重い沈黙が続いた。

とつぜん彼が言った。「本当の忠告が欲しいかい？」

「もちろんだよ」とぼくは言った。

「じゃ彼をきみの手から放り出してしまえ！」

「どういうことだい？」

「どうもこうもない、言ったとおりだ。これではきみは癩病患者と一緒に住んでいるほうがましだ」

ぼくは困惑し切った顔付をしていたにちがいない。

「簡単なことなんだ」と彼は言った。「彼は良くなりたいと思ってないんだよ。彼の望んでいるのは同情とか、目をかけてもらうことなんだ。彼は大人じゃない、子供だ。甘やかされた子供だよ」

また沈黙。

「彼が自殺しちまうんじゃないかという心配は無用だ。あらゆることが失敗したとなると、おそらくそんなことをほのめかすことがあるかもしれない。あの男は自殺なんかしやしない。自分を愛しすぎてるんだから」

「わかった」とぼくは言った。「そういうことなんだな……でも、一体ぼくは彼になんと話したらいいんだい？」

「それはきみにまかせるよ、ヘンリー」——彼はエンジンをかけた。

「オーケイ」とぼく。「もしかしたらぼくがその薬を飲むかもしれん。とにかく、本当にありがとう」

モリカンはぼくを待ちかまえていた。彼は処方箋を読んでたのだが、なんと書いてあるのかさっぱりわからなかったのだ。筆蹟がひどかった。

ぼくの友人の意見ではきみの苦しい病気は心理的なものだと、ぼくは二言三言で説明してやった。

「どんなバカだって、そのくらいのことわかってるさ」と彼は無愛想に言った。そして次には――「あの男は本当に医者なのかい？」

「きわめて有名な医者だよ」とぼくは答えた。

「変だな」とモリカン。「まるでバカみたいな話をするんだ」

「え？」

「まだ自慰をやってるのかと聞いたり」

「それから《エ・ピュイ》……？」

「男と同じくらい女も好きかとか。麻薬を飲んでたことがあるかとか。放射能を信じてるかとか。何々してるか、何々してるか……あいつはバカだ《セ・タン・フー》！」

しばらくのあいだ彼は怒りに言葉も出なかった。それから、ひどく絶望的な調子で、まるで一人ごとのように言った。「神さま《モン・ジュ》、神さま《モン・ジュ》、ぼくに何ができるのでしょうか《ケ・ス・ク・ジュ・ピュ・フェール》？ 何と《コム》、とぼくは《ジュ・スイ》孤独《スウル》なんでしょうか《トゥ・スウル》！」

「さあ、さあ」とぼくはつぶやいた。「気を鎮めたまえよ！ 疥癬より悪いものだって世のなかにはある」

「たとえば？」と彼は尋ねた。あまりにそれが急速だったので、ぼくは不意をつかれてしまった。「たとえばどんなものがある?」と彼は繰り返した。

「心理的な……あー《ブワッ》、いやだ！　あの男はぼくを白痴と思ってるに違いないんだ。何という国だろう！人間味なし。理解力なし。知性なし。ああ、死ぬことさえできたならなあ……今夜でもいい！」

　ぼくは一言も口をきかなかった。

「親愛なる《モン・シエール》ミラー、きみがぼくの今のような苦しみを味わうことがありませんように！　これとくらべたら、戦争だって何でもありゃしない」

　とつぜん彼の目が処方箋に留った。彼はそれを取りあげ、握りこぶしでつぶすと、床に投げ捨てた。

「錠剤だと！　あいつはこのモリカンに。錠剤を！　バカ《バー》！」彼は床に唾をはいた。「きみの友だちはやぶ医者だ。にせ医者だ。やま師だ」

　彼を悲惨さから救い出してやろうという最初の試みはこうやって終った。

　一週間が過ぎた。そして、誰あろう、ぼくの旧友ギルバートが訪れてきてくれたのである、ああ、やっとフランス語の話せる人間が、フランス文学を愛している人間が来てくれたと、ぼくは思った。モリカンにとって何と願ったり叶ったりのことだろう！

　ぶどう酒を飲みながら、二人を会話にもちこむのは苦のないことだった。二、三分間もすると、二人はボードレールやヴィヨンやヴォルテールやジッドやコクトーやロシア舞踊《ル・バレー・ルュス》や『ユビュ王』[17]などのことについて議論をたたかわせていた。

　二人がうまくやっているのを見ると、ヨブの苦しみを自分でも経験したことのあるギルバートが彼の元気をつけてくれるだろうと思いながら、気をきかせて席を立った。あるいは少なくとも、彼を酔わせてはくれるだろうと思いながら――

17　一八九六年に上演されたアルフレッド・ジャリ［一八七三―一九〇七年］の戯曲で後年の超現実主義の先駆と目される前衛的風刺喜劇（訳注）

一時間かそこらして、ぼくが犬を連れて散歩しているところへ、ギルバートが車でやって来た。「どうしたんだい、もう帰るのかい?」とぼくは言った。壜を空にしないうちから帰るというのはギルバートらしくなかった。

「もうたくさんだ」と彼は答えた。「何ていう……」

「誰が、モリカンのこと?」

「そのとおり」

「どうしたというんだい?」

返事のかわりに彼は胸くそ悪くてたまらないという顔付をしてみせた。

「ぼくだったらあの男をどうしてくれるか、わかるかい、きみ《アミーゴ》?」と彼は憎らしそうに言った。

「いや、わからん。どうするんだ?」

「崖からつき落してやる」

「それは、言うは易く、行うは難しというやつだ」

「やってみろよ! それが一番の解決策だ」そう言って、彼は帰って行った。

ギルバートの言葉はショックだった。他人のことをあんな言いかたで罵るというのはまったく彼らしくなかった。彼は、自分でも地獄を経験している人間で、とても親切で、温和で、思いやりのある男だったのだ。おそらく彼はモリカンという人間をすぐに見抜いてしまったのだろう。

しばらくすると、通りの数マイル下方に小さな家を借りて住んでいたぼくの良き友、リリクが、モリカンを慰めようとできるだけのことをしてくれるようになった。モリカンはリリクが好きになり、絶対の信頼を彼に置いていた。またそれが当然だった。というのは、リリクはただただ彼のためよかれと世話をしてくれたからだ。リリクは何時間も彼と対坐して、彼の苦悩の物語をじっと聞いてやっていた。

モリカンはぼくが彼のことを本気で心配してくれないと思っているらしいことを、リリクの口ぶりからぼくは知った。「きみが自分の仕事のことを少しも尋ねてくれないって、彼は言ってたよ」

「仕事？　どういうことなんだい？　彼は何かやってるのかい？」

「回想録を書いているらしいね」

「それはおもしろい」とぼくは言った。「いつかぜひ見せてもらいたいもんだ」

「ところで」とリリクは言った。「きみは彼の絵を見たことがある？」

「何の絵？」

「ふうん、まだ見ていないのか？　折鞄にいっぱい持っているんだよ。エロチックな絵なんだ。きみは運が良かったよ」と言って彼はくすくすと笑った。「税関で見つけられなくて」

「出来は良いのかい？」

「良くて、同時に悪いな。子供に見せる代物でないことはたしかだよ」

この会話の数日後、旧友が一人やって来た。レオン・シャムロイである。例によって彼は土産物を山のように持ってきた。大部分が食べもの飲みものだった。

こんどはモリカンの鷹《たか》のような目がますます大きくひろがる番だった。

「驚いたなあ」と彼はつぶやいた。彼はぼくをわきへ呼んで、言った。「億万長者なんだろう？」

「なあに、フォックス映画社の筆頭カメラマンだよ。オスカー賞を全部さらっている男だ」

「きみが彼の話を理解することさえできたらねえ」とぼくはさらに言った。「あの男みたいに言いたいことが言えて、それで押し通せる男なんて、アメリカじゅう探したっていやしないんだから」

ちょうどこのときレオンが口をだした。

「何をこそこそと話しているんだい？」と彼は尋ねた。「こちらの御仁はどなただい——モンパルナス時代の友だちの一人というわけかい？　英語は話さないんだって？　そんならここで何をしてるんだ？　きみを食い倒してるってとこだろう。なにか飲ませてやれ！　退屈してるのか——それとも悲嘆にくれてるのかね」

「さあ、これを一本やってもらってくれ」と言いながら、レオンは胸のポケットから葉巻をひとつかみ取りだした。「一本たった一ドルの代物だ。これでもやれば元気がでるかもしれんぜ」

彼はモリカンに、葉巻をどうぞという仕草でうなずいてみせた。それと同時に彼は置いておいた吸いかけのハバナを捨てて、新しいのに火を点けた。葉巻はどれも一フィートくらいの長さがあって、生れて七年目のガラガラ蛇ほども太かった。香りもすばらしかった。一本二ドルでも安いなと、ぼくは心のなかで思った。

「おれはフランス語がわからんと言ってやってくれ」と、モリカンが長々とフランス語で礼を述べたので、レオンはいささか困惑しながら言った。彼が包みをほどくと芳《こうば》しいチーズやサラミや塩漬豚《ラクス》がこぼれるように出てきた。彼は肩ごしに——「おれたちが飲み食いをやろうと思ってるんだってことを彼氏に話してやってくれ。おしゃべりは後にしよう。おーい、おれの持ってきたぶどう酒はどこだい？　いや、待ってくれ。車にヘイグ・アンド・ヘイグの壜がある。彼氏にはそっちをやろう。可哀そうに、やっこさん、これまでウイスキー一杯飲んだことないんだろ、きっと。……どうしたってんだい、彼氏は。ニタッとも笑うことができないのかい？」

彼はこの調子で喋《しゃべ》りつづけ、さらに包みをほどき、とうもろこしパンを大きく切って、すばらしく美味しいバターを塗り、オリーブをナイフで刺し、アンチョビを食べ、それから酸っぱい漬物を食べ、これを少々、あれを少々と賞味し、同時にヴァルにもって来てくれた菓子箱を開き、そのほかにも美しいドレスやロザリオを出し、それから……「おい、これはおまえさんのだぞ、この野郎」と、彼はぼくに高価な煙草函を投げて寄こした。「きみのものはもっと車にある。ところでと、忘れてたが——暮しむきのほうはどうなんだい？　まだ一財産作りあげたってとこまでは行ってないんだろうな？　きみとビュファーノときたら、お似合いの孤児《みなしご》の一対だからな。きみらにおれみたいな友だちがいるんで助かってるんだ……働いて食わしてくれるからな！」

その間にリリクが車へ行って、いろいろの物を持ち出してきた。ぼくらはヘイグ・アンド・ヘイグの栓を抜き、それからモリカンのために（そしてぼくらのためにも）有名商標のボルドーを抜き、彼がもってくるつもりだったペルノーやシャルトリューズのほうを品定めするように見やった。部屋の空気はもう煙でむんむんし、床には紙や紐が散らかっていた。

「ここのシャワーはまだ使えるだろうな？」とレオンは絹のシャツのボタンをはずしながら、尋ねた。「あとでちょっと浴びないと。三十六時間一睡もしてないんだよ。まったく、二、三時間でいいから逃げだしたくなるぜ！　ところでと、今夜はここにごろ寝させてもらえるかい？　もしかしたら二晩になるかもしれんが、いいかい？　きみと話がしたいんだ。近いうちにまとまった金をつくってやらんといかんな。きみだって一生涯乞食で通したくはないんだろう？　何も言うな。きみの言いたいことぐらい、こっちはちゃんとお見とおしだ……ところでと、水彩画はどこにあるんだい？　持って来いよ！　おれのことわかってるだろ。帰るまでに半ダースくらいは買うかもしれんぜ。いいものであれば、ということだが」

とつぜん彼はモリカンが両切り葉巻《シェルート》を口にくわえているのに気づいた。

「あの男はどうしたってんだい？」と彼は叫んだ。「なんのために腐れ煙草を口にくわえてるんだろう？　立派な葉巻を差し上げたんじゃなかったかなあ？」

モリカンは赧《あか》くなりながら、葉巻はあとのために取っておくつもりだと説明した。貰った品は立派すぎて、すぐに吸うのはもったいない。しばらく大事にしておいてから火を点けさせてもらうと言った。

「ば……くだらない！」とレオンは叫んだ。「ここはアメリカだと言ってやれよ。おれたちは明日のことなんか思いわずらわないとね。いまのを吸ってしまったら新しいのを一箱ロサンジェルスから送ってやると、彼氏に言ってやってくれ」と言って頭をこちらへ向けると、彼は心もち声を落した。「ところで何があの男を苦しめてんだい？　あちらで死ぬほど腹を減らしてたのかい？　ま、とにかく、あんなのどうでもいいや！　なあ、このあいだの晩聞いた面白いジョークを聞かせてやろう。それを彼氏に翻訳してやってくれないか。やつが笑うかどうか、見たいんだ」

妻は食卓の仕度を始めたが、誰もまともに席につこうとはしない。レオンはもう小咄、それも猥褻な小咄を話しだしていたし、リリクのほうは種馬のようにおならをしていた。途中でレオンは話をやめ、またパンを大きく目に切ったり、コップに酒をついだり、靴とソックスを脱いだり、オリーブを取ったり、等々とやっている。モリカンは目を円くして彼のことを見まもっている。彼がまだ見たことのない人間の標本。本当のアメリカ人のタイプ《ル・プレ・ティップ・アメリケン・クワア》だな、ふーん。ぼくは彼がことによると本当に楽しくなって来たのではないかと思った。彼は、ボルドーを舐めるように飲んで、舌鼓をうっている。塩漬豚が気にいってるようだ。とうもろこしパンはといえば、彼はこれまで見たことも味わったこともなかった。すばらしい！　なんとも言えない《アウスゲツアイヒネツト》！

　リリクは笑いすぎて、涙が彼の頬を転がり落ちている。おもしろいジョークで、猥褻なジョークでもあったが、翻訳はむつかしかった。

「なにがむつかしいもんか」とレオンが言った。「彼氏の国じゃ、こういう言葉を使わないのかい？」

　彼はモリカンがご馳走に首をつっこみ、酒をすすり、大きなハバナをふかそうと努力しているのを見つめている。

「よし。ジョークのことは忘れろ。腹いっぱい詰めこんでるようだから、それで結構だ。で、彼氏は何をやってるって言ったっけ？」

「まず第一が占星学者だよ」とぼくは言った。

「てめえの尻《けつ》と地面の穴の見分けもつかん人間じゃないか。それが占星学だと！　いったい誰がこの間抜け野郎の言うことを聞いてやるんだい？　もっと自分が賢くなることを考えろって言ってやるがいい……おい、待てよ、彼氏におれの生年月日を教えてみよう。どうやるか、これは見物だぞ」

　ぼくはモリカンに事情を知らせる。彼はまだ下地が充分でない、もしよかったら、もう少しレオンを観察していたいと、言う。

「何て言った？」

「その前に食べるものをもっと味わいたいそうだ。でもきみが例外的な人間であることを、彼はもう知っているよ」とぼくは、白々しい雰囲気をやわらげるために、最後の綾《あや》をつけ加えながら言った。

「なかなかうまいことを言うじゃないか。おれが例外的な人間か、そのとおりだぜ。誰だって、いまのおれの立場だったら、頭が変になっちまうだろうからな。おれは仲間になったぜって、彼氏に代りに言ってくれないか」と言いながら、直接モリカンのほうを向いて、言う――

「お酒はどうですかい……赤ぶどう酒《ヴァン・ルージュ》は。いい酒でしょ、え？」

「素敵《エパタン》です」とモリカンは、彼の目の前で言われた当てこすりのことを知りもしないで、言う。

「当り前だ、きさまの尻《けつ》に賭けたっていいや」とレオンが言う。

「おれさまが買った酒だからな。おれは良い物は見ればわかるんだ」

彼はモリカンのことを、まるで彼の唇は訓練の行きとどいたカワウソだと言わんばかりの顔つきで見まもっていたが、今度はぼくのほうを向いて、「星を読むこと以外に何かやらないのかい？」と、ぼくを責めるような顔で見てから、彼はさらに言う――「この男は一日じゅうのんべんだらりとあぐらをかいてるのが何より好きなんだぜ。働かせなよ。庭を掘るとか、野菜を植えるとか、鍬で草とりするとか、そんなことをやらせろよ。おれはこういう連中を知ってるよ。みな似かよってる」

妻は不愉快になりかけていた。モリカンの感情を傷つけてもらいたくなかったのだ。

「この方はあなたが見てもおもしろいものをお部屋にお持ちですよ」と彼女はレオンに言った。

「まったくだ」とリリクが言った。「きみのお好みのやつだよ、レオン」

「何をみんなおれの気を揉ませてんだい？　その大秘密ってのは何だい？　言ってしまえよ！」

ぼくらは説明をしてやった。意外にもレオンは興味を示さなかった。

「ハリウッドはそういうもので一杯だよ」と彼は言った。「みんなおれに何をしろと言いたいんだ――自慰かい？」

夕方近くなった。モリカンは自分の部屋へ引きあげた。レオンはぼくらを連れだして、きっかり九十キロも出る彼の新車を見せてくれた。とつぜん彼は車の後ろに、ヴァルに持ってきた玩具《おもちゃ》があることを思いだした。

「ビュファーノはこの頃どうしてるんだ?」と、トランクのなかを手探りしながら、彼は尋ねる。

「インドに行ってると思うよ」

「ネルーに会いにだぜ、きっと」と嬉しそうに彼は笑った。「あの男が一文も持ってなくてあちこち動き回るのには、まったく感心させられるよ。ところで、きみのほうはこのところ金回りはどうなんだ?」

言いながら彼はズボンのポケットに手をつっ込み、クリップで挟んだ紙幣の束を取りだし、その何枚かをはがした。

「さあ、これを取っておけよ」と、ぼくの掌のなかに紙幣をおしこみながら、彼は言う。「帰るまでにはきみに借金をするかもしれんからな」

「なにかおもしろい本あるかい?」と彼は唐突に尋ねる。「このまえ貸してくれたジオノの本みたいなものがいい。覚えてる? それからきみがいつも話してるサンドラールという男のはどうだい? もう一冊くらい翻訳が出たのか?」彼はまた吸いかけのハバナを捨てると、踵でつぶし、新しいのに火を点けた。「おれが本に目を通したりなんかしないとでも思ってるんだろうな。おあいにくさまだ。おれは読書家だぜ……いつかおれに何かきみが台本を書いてくれて――そしていくらかましな金をもうけてくれるといいな。それはそうと」――彼はモリカンの仕事場のほうへ親指をぐいと向けて――「あの男にたくさんの金がかかるのかい? きみは間抜けだぜ。なんだってこんな羽目になっちまったんだ?」

ぼくは話すと長くなるから……またいつか話そうと言った。

「彼氏の絵はどうなんだい?　おれが見てみたほうがいいかな?　売りたいと思ってるんだろ?幾枚か、おれが引き受けてもいいんだぜ――きみの足しになるんだったらな……待てよ、そのまえにちょっと用を足して来よう」

戻ってきたとき、彼はまた新しい葉巻を口にくわえていた。彼は晴れやかな顔つきをしていた。

「いい排便ぐらいいいものはほかにないな」と彼はにこにこしながら言った。「さて、あの泣きっ面の大将のところへ行くとするか。それからリリクを連れてきてもらえないかい。何かやろうとしたら、どうもその前にあの男の意見が聞きたいんだ」

ぼくらがモリカンの部屋へ入ると、レオンは鼻をくんくんいわせた。「こりゃいかん、窓を開けさせてくれ」と彼は大きな声で言った。

「だめだよ、レオン。すき間風をこわがっているんだ」

「まったくこの男らしいよ。大声あげて泣きたいからなんだろ。いいよ。きたならしい絵のほうを見せてくれと言ってくれ――早いとこたのむぜ!　十分間以上もこの部屋にいなけりゃならないんだったら、おれは吐いてしまうぞ」

モリカンはきれいな革の折鞄を持ちだした。彼はそれを目の前に用心して置くと、静かにゴロアーズ・ブリュに火を点けた。

「火を消してくれるよう頼んでくれ」とレオンが言った。彼はポケットからチェスターフィールドの箱を取り出して、モリカンに一本差し出した。モリカンはアメリカの巻煙草はどうも吸えないからと、丁寧にことわった。

「キザな男よ!」とレオンは言い、「さあ!」と、大きな葉巻をモリカンに差し出した。

モリカンはこれもことわった。「このほうが好きなんです」と彼は、うす穢《きた》ないフランスの煙草を手でくるくる回しながら、言った。

「そういうことなら、勝手にしやがれだ!」とレオンは言った。「用件にかかるよう言ってやってくれ。日が暮れるまでこんな墓のなかで無駄に過せるものか」

しかしモリカンはせきたてられて急いでやるような人間ではなかった。彼は彼独特のやりかたで絵を見せてくれた。彼は誰にも絵に触れさせなかった。彼は絵を自分の前に持ちあげ、まるでシャベルでしか扱えなかった古代のパピルスかなんぞのように、ゆっくりと、一枚一枚めくっていった。ときどき彼は胸のポケットから絹のハンカチを出して、それで手の汗を拭いた。

ぼくも彼の絵を見るのはこれがはじめてだった。正直なところ、絵はどれも後味の悪いものばかりだった。ひねくれていて、自虐的で、冒瀆的な作品だった。淫らな怪獣から犯されている子供の絵、ありとあらゆる禁制の交媾《こうこう》を行なっている乙女たちの絵、神聖な置物で自らを穢《けが》している修道尼の絵……鞭打ち、中世の拷問、手足の切断、乱舞乱交の底ぬけ騒ぎ、等々の絵。繊細な筆致で描かれていたが、そのために反って画題をますますいやらしく見せていた。

今度だけはレオンも途方に暮れていた。不審そうにリリクのほうを向いた。幾枚かの絵をもう一度見せてくれと頼んだ。

「この男は絵の描き方を知っているじゃないか」と彼は言った。

するとリリクが、なかでもずば抜けてよく描けていると認めた二、三の絵を名指しした。

「そいつらを貰おう」とレオン。「いくらだい?」

モリカンは値段を言った。買い手がアメリカ人としても、高い値段だった。

「包んでくれと言ってくれ」とレオンは言った。

「値段ほどの価値がありゃしないが、もらっとこう。きっと誰かが本気で欲しいなんて言ってくれるだろうからな」

彼は財布を取り出し、手早く札の勘定をしたが、それをまたポケットに戻した。

「現金の余裕はないや」と彼は言った。「家に帰ったら小切手を送るからと言ってくれんか……信用してくれればの話だが」

これを聞くとモリカンの気が変ったようだった。一枚売りはしたくないと言った。全部買ってくれるか、それとも一枚も買わないか。彼は全部の値段を言った。途轍《とてつ》もない値だった。

「こりゃ気違いだ」とレオンは甲高い声をあげた。「絵なんか、手前《てめえ》の尻にでも貼っときやがれ」

ぼくはレオンが考え直させてくれと言ってるからと、モリカンに説明した。

「いいとも」とモリカンは、口をゆがめ、抜け目のなさそうな微笑を浮べながら、言った。金はほとんど貰ったようなものだと、何も知らない彼が心のなかで思っていることがわかった。奥の手はいくらでもあるよ、こんなことでも彼は考えていたのだろう。「いいとも」と、ぼくらが部屋を出て行くとき、彼はもう一度言った。

階段を降りているとき、レオンがこう洩らした——

「あの野郎に少しでも脳ミソがありゃ、おれにあの折鞄を渡して、見せてまわってくれって、そう言うだろうよ。そうすりゃ、いまの値段の倍くらいの金は簡単だろう。もちろん絵のほうは変なもので汚されっちまうだろうがね。なんて気むずかしい阿呆なんだろ！」彼はぼくの脇腹を勢いよくこづいた。「あの猥雑な絵を汚してみるのも悪くはないだろうて。え？」

階段を降り切ったところで彼はしばらく足をとめ、そしてぼくの腕をつかんだ。

「彼氏のどこがおかしいか、きみはわかってるだろうな。あいつは病人だよ」彼は中指を自分の頭にあてた。

「あいつがいなくなったら」と彼はさらに言った。「部屋を消毒しといたほうがいいぜ」

二、三日たって、夕食のテーブルを囲んでいるとき、とうとうぼくらは戦争のことを話題として触れてしまった。モリカンは上機嫌で、自分の経験談を進んで話す気になっていた。なぜもっと早くに戦争の話をぼくらがしなかったのか、わからない。たしかに、スイスからよこした手紙のなかで、彼はぼくらが一九三九年の六月のある夜に別れてから起ったことの全部を、概略ではあったが知らせて来た。だがぼくはその大方を忘れてしまっていた。彼が外人部隊に入ったこと、それは彼としては二度目で、それも愛国心からではなくて死にたくなかったために入隊したことは知っていた。食べ物と住む所を確保しようとしたら、彼にはそれ以外の道がなかったのだ。軍隊生活の過酷さにはまったく不向きだったので、外人部隊ではもちろん、数カ月しか続かなかった。除隊されて、彼は、当然のことながらかつてなかったほど絶望的な気持をいだいて、モディアル・ホテルの古巣へ帰って行った。ドイツ兵が進駐してきたときもパリにいた。ドイツ兵がいるということも、食べ物が無いことにくらべたら、彼はさほど苦にならなかった。万策つきたとき彼はパリ放送の要職を占めている旧友のところへ駆け込んだ。友人は彼を雇ってくれた。ということは、金と食べ物と煙草にありつけたということだ。厭な仕事だったが、でも……とにかく、友人はいま投獄されていた。もちろん敵国協力者ということで。

その夜、彼は、この時期のことを全部、それもことこまかに、おさらいしてくれた。まるで胸のなかを洗いざらいぶちまけねばならないのだと言わんばかりだった。ぼくはときどき話の筋道を見失った。ぼくには政治とか宿怨とか陰謀とか抗争とかいうことに少しも興味がないので、話が彼の最もひどい受難の時代のことになり、そのとき実はドイツ軍の命令で、強制的にドイツに連れて行かれた（かれらは結婚相手まで選んで彼に押しつけたそうだ）という打明け話のくだりになったあたりで、ぼくはさっぱり筋がわからなくなった。とつぜんに、話全体が支離滅裂になってしまった。彼の背中にピストルをさしつけているゲシュタポの手先といっしょに、いきなり彼は真空のなかに消え去った。いずれにしろ実に非条理な、身の毛のよだつ悪夢である。彼がドイツ軍に使われて何かの役目をしていたかどうか——彼は自分の立場を決してはっきりとは説明しなかった——それはぼくにとってまったくどうでもよかった。彼が自分は裏切り者になったとそっと打ち明けたとしても、ぼくは気にも留めなかったことだろう。ぼくが知りたかったことは、彼がどのようにしてその窮境から脱け出すことができたのか？——またどのようにして五体満足で戻って来られたのか？　ということだった。

と、不意にぼくは気がつく——彼は脱出行の話をしていた。場面はもうドイツでなくて、フランスに移っている……それともそれはベルギーかルクセンブルクだろうか？　彼はスイス国境めざして進んでいる。何日も何週間も引きずってきた二つの重い旅行鞄のため、へたばりそうになりながら。今日はフランス軍とドイツ軍とのあいだを抜けて行くかと思うと、翌日はアメリカ軍とドイツ軍とのあいだを抜けて歩いて行く。あるときは中立地帯を横切り、あるときは荒涼たる無人の境を過ぎた。どこであろうと、話はいつも同じだ——食う物もなく、宿るべき屋根もなく、手をさしのべてくれる人もない。いささかの栄養と眠る場所と、そうしたものを手に入れるには彼は病気にでもなるほかはない。とうとう本当に病気になってしまう。両手に鞄を提げ、熱にふるえ、咽喉は渇ききり、目まいがし、失神しそうになりながら、死物狂いで、町から村へ、村から町へ、歩きつづける。砲声よりも大きく腹の虫の鳴くのが聞える。弾丸は頭上の空を截《き》って飛び、悪臭を放つ屍体がところ嫌わず山をなして横たわり、病院には人があふれ、果樹はまる裸で、家々は破壊されており、道路は家を失った者、病人、不具者、負傷者、寄る辺なく希望もない魂たちで一杯だ。誰もみな自分のことしか考えていない！　戦争だ！　戦争だ！　そしてその真只中を彼は喘《あえ》ぎもがきながら、歩いている――パスポートとからっぽの腹をかかえた一人の中立のスイス人が。ときたまアメリカ兵が煙草を投げ与えてくれる。だがヤードレイの化粧《タルク》粉はない。トイレット・ペーパーもない。香料入り石鹸もない。それやこれやで彼は疥癬になってしまう。疥癬だけでなくて虱《しらみ》もたかった。虱だけでなくて壊血病も。

軍隊はみんな彼の周囲で、てんでに気がすむまで戦っている。彼の身の安全なんか少しも意に介していないようだ。でも戦争が終結に近づいていることは疑えない。実はもう終っていて、掃蕩が残されているだけだ。誰一人、何故に、誰のために戦ってるのか知ってはいない。ドイツ軍はたたきのめされたが、降服しようとはしない。阿呆どもだ。呪われた阿呆ども。まったくの話、アメリカ兵以外はみんながへたばっている。間抜けのアメリカ兵どもだけは、背嚢にはうまい弁当をしこたま詰め、ポケットは煙草やチューインガムやウイスキー壜やクラップ博打のさいころやらでふくらまして、大道をわが物顔に闊歩している。こんな給与のいい兵隊は歴史始まって以来だ。金も使おうにも使い道がなく、焼きすてるぐらいしかない。ただ早くパリに着いて、そしてみだらなフランス女を――あるいは、女の子が残っていなかったら、歯抜け婆さんでも――強姦できる機会がありますようにと祈っているだけだ。そして連中は騒ぎまわった揚句に、発つときには残り物を燃やしてしまう——飢え苦しんでいる市民たちがびっくり仰天してそれを見まもっている。命令だ。進軍だ！　掃蕩だ！　進め、進め……パリめざして！　進め、ベルリンめざして！　進め、モスクワめざして——！　好きなだけかっぱらえ、好きなだけ飲んじまえ、好きなだけ犯してしまえ。できなかったら、糞でもひっかけとけ！だがぐずぐずするな！　止るな、進め、進め！　終結は近い。勝利は目の前だ。旗をあげろ！　万歳！万歳！　そら、くそったれ陸軍大将、くそったれ海軍大将！　くそったれ、お先にどうぞ——！　いまをのがしたらチャンスがないぞ！

なんという素敵な毎日！　なんといういやらしい混乱！　なんという身の毛もよだつ狂気のさま！

（「余はおまえらが愛しとった肉親恋人を無数に殺した将軍何の何某であるぞよ」）

幽霊さながらに、われらが親愛なるモリカンは、もう精も根も尽きはてて、九死一生の危難をくぐり、にらみ合う軍と軍とのあいだを気の狂った鼠のように駆けめぐって、そのへりを迂回したり、その側面を突っ切ったり、うまいことやりすごしたり、またときには真正面からもろにぶつかってしまったりした。びっくりしたはずみに上手な英語がときどき口から飛び出すかと思うと、ときにはドイツ語も喋り、またときにはどんな嘘でも出鱈目でも話して、巻きぞえにならないように、自由に歩くことだけに専念したが、でもどんなときでも例の鞍袋だけはしっかりと持って、それがいまでは一トンくらいにも重く感じられたが手放さずに、たとえ廻り道だろうと、環状路だろうと、双頭の鷲だろうと、U字形に曲折していようと、いつも方向だけはスイス国境めざして、あるときは四つん這いになり、他のときは背をのばして歩き、肥料車の下に身を隠すかと思えば、舞踏病患者の真似をして急場をしのぎながら、後方へ押しかえされぬ限りはたえず前へと進んだ。最後にかろうじて国境へ辿り着くと、国境は封鎖されている。回れ右。出発点へ引返す。前後からの砲火。下痢。熱、さらに高熱。尋問。予防注射。撤退。別の新しい幾つもの軍隊との駈引。別の前線。別のラッパ。別の勝利。別の退却。当然さらに増える死傷者。さらに増える強欲な連中。さらに増す死臭。

でもいつだってしばらくすると、彼は自分のスイスのパスポートとふたつの旅行鞄となけなしの正気と死物狂いの自由への願いとは手放さないですんでいる。

「それで、何が入っていたから、そのカバンをそう後生大事にしていたんだね?」

「大切なもの一切合財だよ」と彼は答えた。

「たとえば?」

「書物とか、日記とか、原稿とか……」

ぼくはすっかり面くらって彼を見た。

「本当かい! きみはまさか……」

「本当だよ」と彼は言った。「書物とか、書きものとか、天宮図とか、プロティヌスやイアンブリコスやクロード・サン・マルタンやらの書抜きとか……」

がまんできないで、ぼくは笑いだした。笑って、笑って、笑いぬいた。一生止らないのではないかと思った。

彼は機嫌をそこねた。ぼくはあやまった。

「きみはその象みたいに重い荷物を引きずりまわしていたのかい」とぼくは大きな声で言った。「自分の命さえもが危ないっていうときに」

「人間は自分にとって貴重なものなら何一つ捨てないものだよ――ぼくの場合がまさにそれだよ!」

「ぼくなら捨てる」とぼくは叫んだ。

「でもぼくの全人生がその荷物のなかに納められていたんだ」

「きみは命も捨てるところだったんだ!」

「モリカンに限ってそんなことはない!」と彼は答え、目をぎらぎらと輝かせた。

その瞬間、彼がいろいろと苦しい目にあったことを聞いても、彼が少しも可哀そうだとは思わなくなった。


それからあと幾日もぼくは、その二つの旅行鞄のことで気が重かった。ヨーロッパという気の狂った掛布団の上を這う南京虫のように這いずりまわっていたときの彼を苦しめたのと同じ重みで、鞄がぼくの心にのしかかっていた。夢にまで見た。ときには夢にモリカンが現われることもあった――エミール・ヤニングスによく似たモリカン――映画『最後の人』のヤニングス、グランド・ホテルのボーイの職を馘《くび》になり、地位を失って、洗面所の案内人の身に零落して、夜毎夜毎そっとかつての制服を取り出して見ている、あのヤニングスによく似ていた。夢のなかのぼくはそのモリカンをいつも尾《つ》けていて、呼べば聞える距離にいつだっているのだったが、砲声や電撃爆弾や、機関銃の音、負傷者の悲鳴、断末魔の叫び声などで、どうしても哀れなコンラッドにぼくの声が届かないのだ。いたるところ戦争と荒廃。ちぎれた手や足で一杯な砲弾跡、ボタンをちぎり取られ、ご立派な生殖器が無くなって、まだ温かいままの兵隊の瀕死の姿、鮮血の色をした虫が這っている、まだ晒《さら》されて間のない頭蓋があるかとおもうと、垣根の郵便受けに子供が突き刺さっていたり、血や吐瀉物のたらたら漏れている砲架、人間の手足をぶら下げたまま逆立ちしている樹木――その一本の腕にはまだ手の一部がくっついているが、手の残りの部分は手袋のなかに埋まっている。あるいは暴走する獣たち、狂気に灼熱したその目、すさまじい疾走にかすんで見えぬ脚、燃えあがる背と腹、こぼれ出た内臓、倒れた獣らにつまずく獣らのあとからさらに何千頭の獣ら、いやもっと、何百万頭が、みな毛を焼き、焦げつき、悲鳴をあげ、かきむしられ、打ちのめされ、血をしたたらせ、吐き、狂気の逸走に先を競い、死んだものを乗りこえて急ぎ、ヨルダン川めざして走り、勲章もパスポートも手綱も馬銜《はみ》も馬勒《ばろく》も皮も毛も嘴《くちばし》もタチアオイもむしりとられたままで、涯もなく続いている。そしてコンラッド・モリトラスは、足を黒エナメル皮靴につっ込み、髪にはきれいにポマードを塗り、爪にはマニキュアをし、リンネルの服には糊をきかせ、髭にはワックスを塗り、ズボンにはプレスをして、いつもぼくの前方を逃げるように進んでいる。旅行カバンを脚荷のようにぶらつかせた〝さまよえるオランダ人〟みたいに、冷たい息を凍てついた蒸気のように背後に凝固させながら、全速力で走っている。国境へ！　国境へ！

　そしてそれがヨーロッパだった！　ぼくの見たこともないヨーロッパ、ぼくが味わったことのないヨーロッパだった。ああ、イアンブリコス、ポルフィーリ、エラスムス、ドゥンス・スコトゥスよ、われらはいまどこにどうしているのか？　何という化金水をぼくらは飲んでいるのか？　いかなる英知をわれらは吸い取っているところなのか？　ああ、賢者たちよ、アルファベットを定義してみせてくれ！　この痒さを測定してくれ！　できるものなら、狂気を死ぬまで鞭打ってみせろ！　あれらの星はわれらを見下ろしているのだろうか、それとも、病める肉体の薄い膜にあいた焼けついた穴なのだろうか？

　そしてドッペルゲンガー（幽霊）将軍はいまどこにいる？　アイゼンハワー将軍は？　猫足《プッシーフット》・コルネリウス・自動《トリップ》ハンマー将軍[18]は？　敵はどこにいる？　ジャックはどこだ、ジルはどこだ？　是非

18　猫の足のようにひそかに忍び寄って死の鉄槌を振りおろす者（訳注）

とも電報を打ちたくてならない——天地創造の主なる神へ！　でもどうもわたしは名前が想いだせないのです。それほどわたしはまったく無害な、罪のない者です。中立国人です。課税品は二つの鞄しかありません。そうです、一市民です。おとなしい狂人、それ以外の何者でもないのです。勲章も欲しがりませんし、もちろん記念碑を立ててくれとも申しません。ただ鞄が無事であってさえくれたらいいんです。からだは後から行きます。体が胴体だけになっても、私は行きます。モリトラス、これが私の名です。ええ、スイス人です。外人部隊兵《レジオネール》。傷疾軍人《アン・ミュティレ・ド・ラ・ゲール》。何とでも好きなように呼んでください。イアンブリコスと呼んでも構わない。それともただの——「疥癬野郎」とでも！

雨季を利用して、ぼくらは土地を開墾し、野菜を少し植えることにした。前に掘ったことのない土地を選んだ。ぼくがつるはしで掘り起すと、妻がそのあとを鋤《すき》でやっていった。女がこんな仕事をやっているのを見て、モリカンは少し良心の呵責を覚えたのではないかと思う。彼がわたしにも鋤を使わせてくれと言い出したときには、ぼくら夫婦は驚いてしまった。三十分もすると彼はくたくたになっていた。だが気分が爽快にはなったようだ。事実、すっかり元気になったので昼食のあと、レコードをかけてよいか——音楽を少し聴きたくてたまらないのだと言いだしたくらいである。レコードを聴きながら、彼は鼻歌を歌い、口笛をふいた。グリーグの音楽はないか、『ペール・ギュント』があれば特にありがたいのだがと、彼は言った。さらにずっと以前ピアノを弾いていたことがある、空で弾いていたとも話した。それから彼はグリーグは実に偉大な作曲家だと思うし、自分は一番好きだと言った。これにはぼくは仰天してしまった。

妻はウィンナー・ワルツをかけた。彼はますます元気づいた。いきなり彼は妻の前へ行って、踊っていただけませんかと言った。ぼくはあやうく椅子から転げおちるところだった。モリカンがダンスを！　信じられないくらいだった。笑止の沙汰だった。でも彼は踊った。全身全霊をこめて踊った。彼はくるくる、くるくると旋回したあげく、とうとう目まいがするほど踊った。

「ダンスがお上手ですこと」と妻は、彼が息をはずませ、汗をかきながら椅子に坐ったとき、言った。

「きみはまだ青年だね」とぼくも半畳を入れた。

「一九二〇年頃から踊ったことがないんだ」と彼は心もち頬を染めながら言った。そして股《もも》をぴしゃりと叩いた。「こいつはガタがきてるんだけど、でも少しは生気が残っていたとみえる」

「ハリー・ローダーを聴くかい？」とぼくは尋ねてみた。

ちょっとのあいだ、彼は当惑していた。ローダー、ローダー……？　そしてやっと彼もわかった。

「頼む」と彼は言った。何でも聴いてみたい気分らしい。

ぼくは『夕暮れのそぞろ歩き《ロウミン・イン・ザ・グロウミン》』をかけた。驚いたことに、彼は歌おうとさえした。おそらく昼食のときにぶどう酒を少し飲んだのだろうと思ったが、そうではなかった。今度は酒や料理に酔っているのではなかった。めずらしく彼はただただ幸福だったのだ。

どうにもやりきれなかったのは、悲しそうな彼よりも幸福そうな彼を見るほうが痛ましい感じがしたことである。

この感興もたけなわのとき、ジーン・ウォートンが入って来た。彼女は最近ぼくの家のちょうど上に家を建ててそこに住んでいた。モリカンにも前に一、二度、会ったことがあったが、挨拶を交わす程度であった。今日は、彼のほうが上機嫌だったので、なかなかの英語を駆使して、彼女と少しばかり話しあった。彼女が帰って行くと彼は、とてもおもしろい婦人だ、それになかなか魅力もあると言った。さらに、彼女は人を惹きつける個性の持主で、健康と喜びに満ちあふれているとも言った。彼女ともっと付き合ってみたい、彼女といるととても楽しいのだと、彼は言うのであった。

彼はたいそう上機嫌であったので、自分の回想記を持ってきて、ぼくに読ませてくれたくらいだった。まったくこの日はモリカンにとって記念すべき日だった。だが最良の日というのは、ジェイム・デ・アングロが彼の住んでいる山頂から山を降ってぼくらを訪ねてくれた日である。彼はわざわざモリカンに会いに来てくれたのだ。もちろん、ジェイムの存在についてはモリカンに話したことがあるが、しかし二人を会わせようとしたことはぼくたち夫婦にはさらさらなかった。実を言うと、二人に共通点というものがほとんどなかったので、かれらがウマが合うだろうとは思っていなかったのである。それに、ジェイムが少々酒をきこし召したあとはどういうことになるか、わからなかったからでもある。彼がやって来て、そして大騒ぎもせず、誰彼かまわず悪口言ったり、罵ったり、侮辱したりしなかった日はきわめて稀だったのだ。

昼食をすませてほどなく、ジェイムが馬でやって来て、馬を樫の木につなぐと、それの肋骨のところへ一発くらわし、階段を降りて来た。明るい、晴れた日で、二月にしてはよほど暖かだった。例によってジェイムは額に鮮やかな色彩の鉢巻をしていた——おそらく彼の汚れたハンカチか何かだろう。クルミの木みたいに褐色で、ひょろ長くて、少しガニ股になってはいるものの、まだまだ彼は美男子で、大いにスペイン人であり——かつまた大いに何をやらかすかわからぬ男であった。鉢巻に羽毛でもさして、少々グリース・ペイントを塗って、衣装を変えたならば、彼はチペワ族かショーニー族のインディアンとして立派に通用したかもしれない。まったくの法外人だった。

二人が挨拶を交わすのを見ていながら、ぼくは、共にパリの静かな上流階級の住宅街で青春を送ったこの二人の男（誕生日が五日と離れていない）がまた何と相異なっていることかと、その対照に感銘せずにはいられなかった。人生の暗黒面を見、余命もすでに数えるほどしかなく、二度と相見《あいまみ》えることもなさそうな二人の〝小公子〟。一人は身綺麗で、整頓好きで、女性的で、こせこせしていて、用心深く、都会人で、世捨て人で、星占い者――もう一人はすべてその正反対。一人は歩行者で、もう一人は騎士。一人は審美家で、もう一人は野生の鴨。

二人に共通点がないなどと考えたのはまちがっていた。大いに似通っているところがあったのだ。共通の文化、共通の言語、共通の背景、共通して書物や図書館や研究が好きなこと、共通した会話の才、共通の惑溺――一人は麻薬に、もう一人はアルコールに――といったものだけでなく、二人はもっと大きな共通点をもっていた――悪に憑《つ》かれていることがそれだった。ぼくが会った人のなかで、悪魔的なところがあると言える人はごく少ないが、ジェイムはそういう人間の一人だった。モリカンときたら、いつも悪魔信仰家だった。それぞれの悪魔に対して取る二人の態度で異なっている唯一の点といったら、モリカンは悪魔を怖れているのに対し、ジェイムはそれを養い育てようとしている点だった。少なくともぼくにはいつもそう思えた。二人とも徹底した無神論者であり、完全な反キリスト者であった。モリカンは古代の異教世界へかたむいていたし、ジェイムは原始世界のほうへ傾いていた。二人ともいわゆる文化人、学者であり、高雅な趣味人であった。ジェイムは野蛮人か薄のろの真似をしていたが、どうしてどうして、微妙繊細な趣味の持主だった――彼がどんなに〝お上品な〟ものすべてを唾棄しようとも、子供時代に彼がそうであった〝小公子〟から決していまだに成長しきってはいないのである。モリカンが華美な人生《ラ・ヴィ・モンデエーヌ》を捨て去ったのは、これはやむにやまれぬ事情からだけだった――心中では彼はいまだにダンディーで、しゃれ者で、そうしてスノッブであった。

壜とグラスを持って行きながら――ところで壜には半分しか入ってなかったのだが――ぼくは面倒な事が起るのだろうなと予期していた。このように相異なった道を歩んできた二人の人間が長いあいだ仲良くやっていられるとは思えなかったのである。

だが、この日はぼくは間違ってばかりいた。二人はウマが合ったばかりか、酒に手を触れるいとまもないくらいだった。二人は酒よりも強いものにすっか陶酔した――過去にである。

アンリ・マルタン街の名が出る――わずか二、三分で、二人はまさしく同じブロックで育ったことを発見した！　――さあ始まった。子供時代の話をしながらジェイムは、すぐ両親の物真似をしたり、学校友だちに化けてみせたり、昔のいたずらを再現したり、フランス語からスペイン語に切り変えたかと思うとまたすぐもとに戻ったり、弱虫小僧の恰好をしてみせるかと思うと、内気な少女に早変りし、腹を立てたスペインの大公の尊大ぶりから次にはまた癇癪もちの母親の溺愛ぶりを真似してみせたりする。

モリカンは抱腹絶倒していた。彼がこんなに心から、またこんなに長く笑うことができるとは、ぼくは考えてもみなかった。彼はもはや憂鬱そうな貪欲家でも、年老いた賢明そうな阿呆でもなく、楽しい時を過している普通の、自然な人間であった。

この思い出の祝祭の邪魔をしてはいけないので、ぼくは部屋の中央のベッドに身を投げ、昼寝のふりをした。

だが、ぼくの耳は大きく開かれていた。

およそ二、三時間で、ジェイムは自分の波乱多かりし人生を全部おさらいしてしまったように思えた。そしてまたそれは何という人生であったことだろう！　パッシーから未開の米国西部へ――一足飛びに。贅沢のただなかで育てられたスペイン大公の息子としての身分から、カウボーイ、医学博士、人類学者、言語学の大家を経て、最後にここビッグ・サーのサンタ・ルチア山脈の尾根にある牛牧場主へ。大切にしていたものすべてから切り離された一匹狼、もう一人のスペイン人の隣人ボロンダとのべつ反目しており、書物や辞書（ほんの少々の例を挙げると、中国語、サンスクリット語、ヘブライ語、アラビア語、ペルシア語など）を読みふけり、小さな果樹園と菜園をやっており、シーズン中もシーズン外も鹿を殺し、いつも馬の調教をやり、たえず酔っぱらい、大の親友でも誰とでも喧嘩をやらかし、訪問客を鞭で追い払い、真夜中になって勉強をし、言語についての彼の著書、というよりも、それが言語についての決定的な書物であり――それをちょうど死ぬまでに書きあげることを彼は望んでいる――その著述の仕事に舞い戻るのだ……暇を見つけて二度結婚し、三人の子をもうけ、なかでもその一人を愛したが、その息子は不可思議な交通事故で彼の真下で圧死してしまい、この悲劇が彼に永遠にぬぐい難い影響を与えている。

こんなことをみなベッドで聞いているというのは奇妙なものだった。いわゆるシャーマン教道士が聖人に、人類学者が占星学者に、学者が学者に、言語学者が書痴に、騎士が散歩者に、冒険家が世捨て人に、野蛮人が伊達男に、言語を愛する者が話し言葉を愛する者に、科学者が神秘学者に、スペインのやくざが前外人部隊兵に、熱血スペイン人が無神経のスイス人に、無骨な土人が身だしなみのよい紳士に、無政府主義者が都雅なヨーロッパ人に、謀叛人が礼儀正しい市民に、曠野の男が屋根裏部屋の男に、飲んだくれが麻薬常用者に話しているのを聞くのは奇妙なものだった……

十五分間ごとに置時計《パンジュール》が旋律の美しいチャイムを鳴らした。

とうとう二人が、たいへん重要な事柄を話し合っているらしい、真面目な、熱心な話をしているのが聞えた。言語についてであった。モリカンはもうほとんど口を開かない。全身を耳にして聴き入っている。この北アメリカ大陸に、かくも多種多様の言語が、単に方言だけでなくて、はっきりしないものやら未発達のもの、規則と構造がきわめて複雑で、奇怪なと言ってもいいくらいのものなど、大小許多《あまた》の言語がかつて話されていたということは、言語の知識が豊富な彼ではあるが、夢にも思わなかったろう。バントゥー語[19]とサンスクリット語くらい、フィンランド語とフェニキア語、バスク語[20]とドイツ語くらいも相異なった言葉を話す部族が隣り合せに住んでいたということを――アメリカ人だって知っている者はほとんどいないのだ――どうして彼が知ることができただろうか。ビッグ・サーのような地球のはるか隅っこで、ジェイム・デ・アングロという名の背教者で無頼漢の男が、あらゆる大陸・あらゆる時代・あらゆる人種部族から取ってきた言語と方言を、比較し、分類し、分析し、それらの根源・格変化・接頭辞と接尾辞・語源・相同関係・類似と変則などを解剖するのに寧日ないなどということは、さすが世界人の彼にも思いもよらないことだった。野蛮人と学者と世間人と世捨て人と理想主義者と悪魔《ルシファー》の息子とが、アングロのように、一個の人間のなかで一体となることがありうるなどと、彼は思ってもいなかった。それで、彼が後で言ったように言ったとしても無理からぬ話だった――「彼は恐るべき存在だ。《セ・タン・エートル・フォルミダブル》あれこそが人間だ！《セ・タン・オム・スルユイ・ラー》」

そのとおり、ジェイム・デ・アングロは本当の人間だった。愛され、憎まれ、毛嫌いされ、愛らしく、魅力的で、喧嘩腰で、うるさくて、悪魔崇拝の碌《ろく》でなし野郎で、高慢かつ挑戦的な精神をもった男であり、全人類に対しやさしさと同情をいっぱい持ってはいるが、同時に残酷で、邪悪で、下品で、たちの悪い男。自己が最大の敵である男。片輪にされ、去勢され、骨の髄まで屈辱されて、恐ろしいほどの苦痛の裡に死ぬよう運命づけられている男。しかも、理性と明晰さとどうにでもなりやがれの

19 南部及び中央アフリカの言語（訳注）
20 スペインのピレネー山脈に住む一種族の言語（訳注）

精神と神や人間に対する反抗心と——そして偉大な非個性的自我とを、最後の最後まで持ち続けている男。

二人は親友になることができるだろうか？　それは疑わしい。山頂まで歩いて行って、友情の手を差し出してみようという気にモリカンがならなかったのは幸いだった。いろいろと共通点があったにもかかわらず、やはり二人はまったく別の世界に住んでいた。たとい悪魔自身だって二人を友人、兄弟の絆で結びつけることはできなかっただろう。

その午後の二人の出会いを心のなかで思いめぐらしてみると、ぼくの眼には、二人の個性や興味や人生観に影さしたいくつかの世界が混じり合うことで、この二人の病的な自負心をもつ男がほんの数時間、催眠術にかけられてしまった姿が見えるのだ。

人間関係にも星の場合と同じように、瞬時の、神秘的なめぐりあい、自然の法則への背反のように思われる結び付きがあるのだ。この出来ごとを見まもっていたぼくにしてみたら、それは火と水の結婚を目撃しているようなものだった。

二人ともがすでに他界してしまったいま、かれらが果して二度と出会うことがあるだろうか、あるとしたらどのような領域でだろうかと空想を逞しゅうしても、許されることだろう。二人とも、帳消しにすることや、発見することや、生き抜かねばならないことがまだ多かったのだ！　誇りにあふれ、知識ゆたかに、世界とその悪とでいっぱいの、かくも孤独な二つの魂よ！　信仰のひとかけらも二人には無かった。世界を抱きしめながら世界を罵り、人生に執着しながら人生を冒瀆し、社会から逃げながら神と対面することはできず、魔法や巫術《ふじゅつ》の類をもてあそびながらついに人生の知恵や愛の知恵を身につけえなかった二人。どういう領域で二人はふたたび会うのだろうかと、ぼくは自問する。そうして二人はおたがいがわかるのだろうか？　と。

ある晴れた日ぼくがモリカンの部屋の前を通りすぎようとしていると——ぼくは崖からゴミを捨ててきたばかりのところだった——彼は両開きドアの上にもたれて、瞑想にふけってでもいるようだった。ゴミを捨てに行ったときはいつもそうだったが、ぼくは広漠とした海岸の光景に心を洗われたようで、とても気分が良かった。特にその朝は万物が明るく、静かで、空も海も山も、まるで鏡に映ってでもいるかのように、ぼくのことを見返してくれた。もし地球が丸くなかったならば、ぼくは中国までも見わたすことができただろう——空気はそのくらい澄んでいて、きれいだった。

「今日は良い天気だね《イル・フエ・ボー・オジュール・ドゥイ》」とぼくは、ゴミ箱を置いて煙草に火を点《つ》けながら、言った。

「うん、良い日だ《ウイ・イル・フエ・ボー》」と彼は言った。「ちょっと入らないか、きみ」

なかに入って、ぼくは彼の書き物テーブルの傍の椅子に坐った。今日は何だろうと、思った。また相談事だろうか。

彼は、どう切り出そうかと思案しているのか、ゆっくりと煙草に火を点けた。たとい千も万もの推理を、ぼくの側ではたらかせてみたところで、このとき彼が何を言い出そうとしていたか、当てることはできなかったろう。だが、いまも言ったとおり、ぼくはめずらしい上機嫌だった。彼が何を悩んでいようと、ぼくにはほとんどどうでもよかった。ぼくの精神は自由で、明晰で、天空海闊だった。

「ねえ、ミラー君《モン・シェール・ミラー》」と彼は平坦な、ゆったりした口調で切り出した。「きみがぼくに対してしていることは、何人《なんぴと》も他人に向ってする権利の無いことだと思う」

ぼくはいっこうに訳がわからず、彼を見た。

「ぼくがきみに対してしていることというと……」

「そうだろう」と彼は言った。「おそらくきみは自分が何をしたか、わかってないのだろう」

ぼくは返事をしなかった。彼が次に何を言い出すか、とそればかりが念頭にあって、怒りなどは毫《ごう》も感じなかった。

「きみはぼくを招いてくれて、ここでぼくの余生を送る棲家《すみか》にしていいと言ってくれた……ぼくは働く必要がないし、好きな事をやってていいとも言ってくれた。そしてその見返りとしては何も要求しなかった。こんなことが他人にできるわけがない。不公正だ。それによってぼくは耐えられぬ立場に置かれることになる」陰険な手段だとでも彼は言いたかったのだろう。

彼はちょっと一息入れた。ぼくはすっかり面くらってしまって、咄嗟《とっさ》には返事が出てこなかった。

「それに」と彼は話を続けた。「この土地はぼくには適さない。ぼくは都会人だ。ぼくは足の下に舗道がないのが堪えられない。せめて、ちょっと出かけてゆけるカフェか、それとも図書館か映画館でもあればいいいんだが。ここではぼくは囚人同様だ」彼は部屋を見まわした。「これがぼくの毎日を送っている場所だ――それに夜も。一人っきりで。話し相手もなく。きみさえも来てはくれない。きみはほとんど一日じゅう忙しすぎる。のみならず、きみはぼくのしていることに無関心だ、それが、ぼくにはわかる……ぼくはどうすべきだろう、死ぬまでここに坐っているのかい？　ぼくが愚痴をこぼすような人間でないことはきみも知っててくれる。ぼくは何事もできるだけ内に秘めている。仕事に心をもっぱらにして、時には散歩をし、書を読み……そうして、絶えず体を掻いている。こんなことがいつまで我慢できるというのだ？　もう幾日か、ぼくはいずれ気が狂ってしまうような気がしている。ぼくはこの土地に向かない……」

「きみの気持はわかる、ぼくはわかったように思う」とぼくは言った。「こういうことになってしまったのは、まったく残念なことだ。ぼくとしてはただきみに良かれと思ってしたことなんだが」

「そう《ウイ》、ぼくにもそれはわかってるよ《ジュ・ル・セ》、きみ《モン・ビュー》。これはみんなぼくが悪いんだ。でもしかし……」

「ぼくに何をしてほしいのだい？　パリに送り返せというのかい？　それはできない――少なくともいますぐにはね」

「わかっているよ」と彼は言った。

彼にわかっていないのは、彼をアメリカへ連れて来るために借金した金をぼくがまだ返せないで苦労していることだった。

「さっき考えていたんだが」と彼は指先でテーブルの端をたたきながら言った。「サンフランシスコのような都会に住んでみるのはどんなものかとね」

「少しのあいだだったらすばらしいだろう」とぼくは言った。「だが、それをどうしてやっていくかだ。きみにできる仕事は何もないし、ぼくだってきみのあすこでの生活を支える力はないよ」

「もちろんのことだ」と彼は言った。「そんなことは考えてもいやしない。それどころか、きみはもうこれまでにたっぷりやってくれたよ。充分以上だよ。きみにこのお礼をすることはぼくには一生できないだろうよ」

「そんな話はよそうじゃないか！　問題は、きみがここで不幸だということだ。誰も悪くない。きみもぼくも、どうしてこの事態を予想できたろう？　きみが本当のことを話してくれて嬉しいよ。たぶん二人で一緒に頭を絞ったら、何か名案が浮ぶだろう。たしかにぼくはきみやきみの仕事に充分な注意を払わなかったけれど、でもぼくの毎日がどんなものかは、きみもわかってくれるだろう。自分の仕事に当てる時間だってろくにないんだからね。そりゃ、まあ、ぼくだってたまにはパリの街を散歩したくなるし、きみの言うように、足の裏に舗道を感じたくもなる。ぼくだって、気の向いたときにカフェに行って、気心の合った連中に会ってみたいとも思うよ。もちろん、ぼくときみでは立場が違う。ぼくはここにいて惨めじゃない。絶対にそうじゃない。どんなことがあろうと大丈夫だ。ぼくに沢山の金があったら、飛びだして旅行もするだろうし、旧友たちを呼んで滞在してもらいもするだろう……いまは夢にも思っていないことをいろいろとやることだろう。でも肝に銘じて確かなことが一つある――ここが楽園だということだ。何かまずいことになったとしても、ぼくは決してそれをこの土地のせいにはしないだろう……今日は晴れて、美しい日じゃないかね、きみ？　明日どしゃ降りになれば、またそれも美しいだろう。霧が一面にこめて、ぼくらを閉じこめたら、それもまた美しいことだろう。きみがはじめてここを見たときは、きみにもここは美しかった。きみが出ていった後でもここはやっぱり美しいだろう……どこがいけないのか、わかるかい？　（ぼくは自分の頭蓋を叩いた）問題はここだよ！　今日のような日は、ぼくが別のときにきみに幾度となく話したことが本当にそのとおりだと思うんだよ――世界には何もいけないことはない。いけないのはぼくらが世界を見るその見方だと」

　彼は陰気に微笑んだ――その微笑は、こう語っているかのようだった、「そういう脱線のしかたが、まさにミラー的だね。ぼくが苦しいんだと言うと、ミラー氏はすべては完全だと答えるのだから」と。

「きみがいま考えていることはわかってる」とぼくは言った。「信じてくれ、ぼくはきみのためを思っているのだ。だがきみだって自分から何かをやろうとしなければいけないよ。ぼくはできるだけのことをした。ぼくが間違ったことをしたのだったら、きみが助けてくれなきゃ。法律的にはぼくがきみに責任を負っているけれど、道義的にはきみの責任者はきみ自身なんだから。きみを助けることのできるのはきみしかいないんだ。きみの悩みにぼくが無関心だと、きみは思っている。きみの疥癬を、ぼくが軽くしか考えていないと、きみは思っている。それは間違いだ。ぼくが言いたいのは、痒さの原因をつきとめろ、ということだけだよ。きみは掻いて掻いて掻きまくることはできるかもしれないが、でもきみが痒さの原因をつきとめないかぎり、痒みが止りはしない」

「まったくきみの言う通り《セ・タ・セ・ヴレ》だ」と彼は言った。「ぼくはもうどん底まで落ちてしまった」

彼はしばらくのあいだ頭を垂れていたが、やがてぐっと頭を上げた。何かの考えがひらめいたらしかった。

「そうだ」と彼は言った。「落ちるところまで落ちてしまったんだから、何だってやってやろう」

それが正確にどういう意味なのか、ぼくはわからないでいると、すぐに彼が「あの女性、マダム・ウォートン、彼女のことをきみはどう思う?」と言った。

ぼくは微笑した。これは少々難問だった、

「つまり、彼女には本当に人を医《いや》す力があるのかい?」

「うん、ある」とぼくは言った。

「ぼくでも助けてくれることができると思うかね?」

「それは」とぼくは答えた。「それはきみ次第だ――つまりきみが助けてもらいたいと本当に思っているかどうかによるね。きみがもし自分に充分な自信さえもっていたら、自分でも医すことができると、ぼくは思ってる」

この最後の言葉を彼は無視した。それから彼女の思想や治療の方法や彼女の生い立ちなどについてぼくから聞き出しにかかった。

「彼女のことについてならぼくはきみに沢山のことを話してやれないことはない」とぼくは言った。「なんなら一日じゅうだって話してあげられる。でもそれが何になるんだい？　誰かの手に自分を託すのだったら、すっかり身をまかせないと駄目だよ。彼女が自分で信じていることと、彼女がきみにしてやれることとは別の問題なんだ。もしぼくがきみの立場だったら、もしぼくがきみの言ってるようにどうしようもないところまで来ているのだったら、どうやって治してもらうのかなんて気にしないだろうね。ただ治してもらいたいとだけ願うだろうよ」

モリカンは彼としてできるだけぼくの言葉を鵜呑みにしてから、モリカンはミラーじゃないし、ミラーはモリカンじゃないと言った。さらに彼は、実を言うと彼女の思想にはときどきついて行けないところがあるが、でも彼女がきわめて知的な女性だと思っていると言った。彼女にはどこか神秘家か神秘学者めいたところがあるのではないかと、彼は疑っていた。

「それは間違いだ」とぼくは言った。「彼女は神秘主義や神秘学に用なんかありゃしないよ。彼女が魔法を信じているというなら、それは日常茶飯の魔法のことだよ……たとえばイエスがやったようなものさ」

「まさかぼくに改宗しろと言うのじゃないだろうね」と彼は溜息をついた。「いわゆる新宗教のイカサマにはぼくは我慢がならないんだ」

「あるいはきみにはそういうものこそが必要かもしれんぜ」とぼくは笑いながら言った。

「駄目《ノン》だ！　本気できみは」と彼は言った。「ぼくが彼女に自分をまかせることができると考えてるのかい？　畜生、彼女のまくし立てるのがキリスト教でも何でも、聞いてやろう。何だってやってやるぞ。この厭な、厭な疥癖が治るのだったら。お望みとあらば、お祈りでもしてやる」

「きみの厭なことをやってくれなんて、彼女は何も言わないと思うよ、モリカン。彼女は自分の意見を人に押しつけるような種類の人間じゃない。でもこれだけは言える……もしきみが彼女の言うことを真面目に聴いて、彼女が何かきみのためになることができそうだと本当に信じたら、きみはいま考えているのとは別の考え方や行動の仕方を採用するようになるだろう。とにかく、考えるのと行うことを別にしてはいけない——特に彼女に対してはだめだ。彼女はきみのことをすぐ見抜いてしまうだろう。そして結局、彼女をだましているのではなくて、自分をだましているということになってしまう」

「じゃあ、彼女ははっきりした思想をもっているんだね……宗教的な思想のことだけど」

「もちろんさ！　つまり、きみの言い方に従えば、だが」

「どういう意味なんだい？」と彼は少し驚いたようだった。

「ぼくの言うのはだね、きみ、彼女はどういう宗教的な思想も持ってないということだよ。彼女は徹頭徹尾、宗教的なんだ。彼女は何かについて考えるんじゃなくて、ただ考えるんだ。彼女は物事を考えつくして——そしてそれを行い抜く。彼女が人生、神、その他について考えることはきわめて簡単で、おそらく最初はきみには理解できないくらい簡単なのだ。きみの言う意味では、彼女は思想家ではない。彼女にとっては、精神がすべてだ。人は自分が考えるところのものだ。どこかいけないところがあるのなら、それはきみの思考の面にいけないところがあるのだ。これでわかってもらえるだろうか？」

「まったく簡単《セ・ビヤン・サンプル》なことだ」と彼は、深く頷きながら悲しそうに言った（それでは簡単すぎる！　という意味だったのだろう）。もしぼくが複雑で、難解で、とてもついて行けないとでも話したならば、彼がもっと感激したであろうことは明らかだ。簡単で直截《ちょくせつ》なものはすべて彼には疑わしかった。それに、人の悩みを医す力は魔術的な力であり、研究と規律と訓育を通してのみ得られる力であり、秘密の修行を積み、奥義を極めた上での力でなければならないというのが彼の信念だった。誰でもが万物の力の根源と直接に交通できるなどということは、最も彼の思い及ばぬ境地だった。

「彼女のなかにはある種の力があるんだ」と彼は言った。「肉体的な活力で、きっとそれが伝達されうるものなんだよ。それがどこから来ているか彼女も知らないかもしれないが、彼女はそれを身につけていて、それを放射するのだ、無知な人間にときどきそういう力が備わっていることがある」

「彼女は無知なんかではない、それははっきり言えるよ！」とぼくは言った。「またもしきみが彼女のなかに感じるのが肉体的な力というのだったら、きみは自分でそれをつかまえることはないだろう、もっとも、もしきみが……」

「もし何だい？」と彼は身を乗りだすようにして尋ねた。

「いまは言うまい。もう彼女についての話はこれで充分だろう。結局、ぼくがきみにとやかく言っても、うまく行くかどうかはきみ次第で、彼女のせいじゃないんだから。自分が治りたいと思わない人間が、何かを治してもらったためしはないのだ。その逆もまた真なりで、そのほうがもっと呑みこみにくいがね。肯定的な見方をするよりも否定的な見方をするほうが、いつだって楽なものさ。とにかく、痒みが止るかどうかは、きみにとっていい実験となるじゃないか。しかし、彼女の助力を頼む前に、その事を良く考えてみてくれ。そして頼むのはきみが自分で頼むんだよ、いいかい《コンプリ》？」

「心配しなくていい」と彼は答えた。「自分で頼むよ。会えたら、今日頼んでもいい。彼女がぼくに何をしろと命令したって構わない。もしお望みなら、跪いてお祈りでもなんでもするよ。うん、何でも！　もう万策尽きてるんだから」

「いいだろう」とぼくは言った。「いまにわかるよ《オン・ヴラ》」

あまりすばらしい朝だったので、ぼくはタイプライターの前に坐る気がしなかった。森へ一人で出掛け、池のそばのいつも立ち止るところまで来ると、丸木に腰を掛け、頭を両手でかかえ、笑いだした。ぼくは自分を笑い、それから彼のことを笑い、それから運命を笑い、それから起伏激しくうねっている荒浪を笑った。ぼくの頭のなかには荒浪のうねりのほか何も入っていなかったからだ。まったくのところ、これは幸運な成行きだった。ぼくと彼とが結婚していなかったのも幸運だった——子供もないし、面倒なことは何もない。彼がパリに戻りたいと言いだしたところで、何とかやってやれるだろうと、ぼくは考えた。つまり彼が少々協力してくれさえしたら、ということだった。

それにしても何と彼は良い教訓を与えてくれたものだ！　他人の問題を代って解いてやろうなどという誤りは、二度と決して犯すものか。多少の自己犠牲をすれば、他人が困難を克服する手助けをしてやることができるだろうなどと考えるのは、何という迷妄だろう！　何という主我的な思いあがりだろう！　それにぼくが彼を駄目にしているといった彼の言葉はまったく正しい！　正しいが、やはり間違っている。なぜなら、あのようにぼくを非難した以上、彼は続けてこう言うべきだったのだ——「ぼくは出ていく。明日出ていく。そして今度は歯ブラシ一本持って行かない。何が起ろうと、自分で自分の道を切り開いてみせる。ぼくの身の上に何が起ろうと、せいぜいが強制送還だ。でも、地獄に連れて行かれたところで、誰かの迷惑になっているよりはましだ。少なくとも、ぼくは安心して体を掻いていられるからな」と。

ここまで考えたところで、ぼくは妙なことに気づいた。ぼくも痒みを感じているのだ。ただぼくのは手の届く痒みではなく、肉体的には出て来ない痒みだった。だがそれはまさしくそこにあるという点では同じだった——あらゆる痒みが発し、そして終るところにそれはあった。ぼくのこの苦しみで運の悪い点は、誰もぼくが掻いているのを見たことがないことだ。だがぼくは昼も夜も、熱にうかされ、狂ったように、誰にも邪魔されずに、掻いていた。パウロのようにぼくはいつも「この死の体より我を救わん者は誰ぞ」と一人で叫んでいた。世界の各国からひとびとが、ぼくの作品を読んで大きな勇気と感激を与えられたと、感謝の手紙を書き送ってくるのは何という皮肉だろう。明らかにそういうひとびとはぼくを自由な人間と見なしている。だが毎日毎日の生活のなかで、ぼくは、ぼくの精神に取り憑き、どんな肉体的な苦悩も及ばないほどぼくを苦しめている屍体と、幽霊と、癌と、戦っているのだ。ぼくの配偶者として選び、「良き生活」をぼくとともに味わう相手として選んだ人と、毎日ぼくは顔を合わせ、新たな戦いを戦わねばならない。もうそもそものはじめから地獄——地獄と拷問以外の何ものでもなかった。さらに悪いことには、近所の人たちは彼女のことを、てきぱきしていて快活で、気前が良くて温かい、理想的な妻と考えていたのだった。とても立派な若いお母さんで、とても家政上手な奥さんで、とてもお客を迎えるのがうまい婦人！　三十歳も年上の、しかも作家の、それもヘンリー・ミラーみたいな男と暮らすのは楽じゃない。みんながそう知っていた。彼女が最善を尽していると、みんなが理解していた。うん、あの女は勇気があるんだ！

それに、前にもこんな失敗をしたことがあったのじゃないのか？　一度ならず何回も！　ぼくのような男とうまくやっていける女の人がいったい居るだろうか？　ここらあたりにぼくらの議論はいつも落着くのだった。これらの問いに何と答えよう？　答えは無かった。どちらか一方が離れて、枯木のように倒れるまで、同じ事態を何度も、何度も繰り返せという判決を受け、宣告され、罰せられてきたのだ。

ぼくの側で降参しないかぎり、一日といって平和な日が、一日として幸福な日はなかった。彼女が口を開いたとたんに——戦争だ！

問題はごく簡単みたいだ。ぶちこわしてしまえ！　離婚しろ！　別れろ！　でも子供をどうしよう？　法廷で、娘を引き留めておく権利を要求するとき、どうしたらいいのだろうか。「あなたが？　作家としてあのような評判を取っているあなたが？」裁判官が口角に泡をふきださせて罵るのが目に見えるようだ。

ぼくが自殺することだって、問題の解決になりはしないだろう。いまの状態で続けていくしかない。戦い抜かねばならない。いや、戦い抜くというのは当っていない。円滑《アイアン・アウト》にやっていくのだ（何を用いて？　アイロンで？）妥協だ！　このほうがいい。いいや、それも駄目だ！　それなら、降服だ！　負けたと認めろ。彼女にぼくの体を踏み越えて歩かせるんだ。感じないし、聞えないし、見えないふりをしていろ。死んだふりをしていろ。

あるいは——すべては善であり、すべては神であり、善以外のものは存在していないし、すべて善であり光であり愛である神以外は存在していないと信じこむことだ。信じこめ！……できない！　人間はひたすらに信じなくてはならぬ。やめろ！　それだけでも充分じゃないのだ。信じるだけでなく、知っていなくてはならぬ。いや、なおその上に……自分が知っていることを知っていなくてはならぬのだ。

でも、いろいろ考えてみたところで、いったん彼女と面と向って、彼女があざけり、皮肉り、笑い草にし、侮辱し、冷笑し、裏切り、嘘をつき、ごまかし、軽蔑し、話をねじまげ、人を小バカにし、黒を白と言い、せせら笑い、蛇みたいにしっしっと叱りとばし、うるさく小言を言うばかりか、蔭口をたたき、ヤマアラシのように針を立てて向ってくるのを見たら、どうなるだろうか……？　そのときはどうなる？

なんだい、善だとか、神の示顕だとか、愛の発露だとかごたくを並べて――みんな逆じゃないか。じゃ、どうする？

否定面を見つめるんだ。そこを見すかすんだ……そうしたら肯定的な面が見えてくるようになる。いつかやってみろよ――朝の運動にいい。特に五分間くらい逆立ちした後がいい。それでうまくいかなかったら、跪いて祈るさ。

きっとうまくいく。うまくいくに違いない！

それがおまえの悪い点だ。違いないとおまえが思うと、そうはきまっていかないんだから。でも結局は、うまくいくに違いない。そうでなけりゃ、死ぬまで体を掻き続けるしか手がない。友人のアラン・ワッツが言ったじゃないか。「痒みの掻きようがないと疑う余地なく明らかになると、痒みは自然と止まるもんだ」と。

家に帰る途中、大きな使われていない飼葉桶の立っている空地の端に立って、缶や鍋がちゃんとしているかを確かめた。明日、天気が良かったら、ヴァルがまたままごとの朝食を作ってくれるだろう。そしておそらくぼくも、ベーコンとか卵とかオートミールとか、彼女が出してくれたものは何でも、こうやるとおいしくできるんだよと、ままごとに教えてやることだろう。

ま、ま、ままごとだ……自分は幸福なんだとままごとをやれ。自分は自由なんだとままごとをやれ。自分は神なんだとままごとをやれ。精神がすべてなんだとままごとをやれ。

ぼくはモリカンのことを考えた。「もし彼女がそうやれというのならば、跪いてお祈りでもしてやろう」阿呆らしい話だ！　彼はこう言ったって同じに良かったんだ。「ぼくは踊ろう、歌おう、口笛を吹こう、頭で立ってみせよう……彼女がそうやれというのならばね」彼女がそうやれというのならば。まるで彼女が彼の身の為を少しも思っていないような口振りじゃないか。

ぼくは禅僧たちのこと、なかでもある老僧のことを考えだした。その老僧の言葉にこういうのがある。「汝を悩ますは汝の心にあらざるか？　よし、さらば、心なるものをば取りいだし、ここに置きて、ともにそを観察せん」あるいは何かこのような意味の言葉だった。

いったいあの気の毒な男、痒がって爪を肉に食い込ませるたびに、陽気な禅僧たちの一人がエーテルのなかから現われて、ごつい棍棒で三十九回も彼を打ちのめしたら、それでも彼はいつまでも掻き続けるつもりなのだろうか？

そのくせおまえだって、家に帰って彼女がおまえの前に立っているのを見れば、癇癪を起してしまうだろうが。

その癇癪玉を掻け！

彼女はこう言いさえすればいい。「お部屋でお仕事と思ってたのに」と。

そしたらおまえの返事はこうだ。「一日じゅう仕事してなくちゃならないのかい。たまには散歩ぐらいしてもいけないものかね？」

そしてそんな具合に大喧嘩が始まって、ぼくはとても否定面を見つめるなんてことはできやしないだろう……おそらく赤を見て、次に黒を見て、次に緑を見て、次に紫をと見ることだろうよ。

こんなに美しい日なのに！　おまえがこれを作ったのかい？　彼女がこれを作ったのかい？

バカ……誰が作ろうとかまうもんか！　家に降りて行って、彼女が何のことで喧嘩したがってるのか見てみようじゃないか。神が作ったんだ。それが答えさ。

それでぼくはヤマアラシみたいに針を立てて降りて行く。

さいわいジーン・ウォートンが来ている。モリカンがもう彼女に会いに行ったのだ。彼女は同意してくれたらしい。

ジーンがいると、雰囲気が何とちがってくることだろう！　まるで太陽が光と暖かさと情愛を深めて、窓という窓から射しこんでいるみたいだ。急にぼくはふだんのぼくに返る。本来のぼくらしくなる。ジーン・ウォートンのような人間と口論や言い争いなんて誰だっておそらくできやしない。少なくとも、ぼくにはできない。ぼくは妻のほうを見る。ちょっとは違ってみえるかな？　正直なところ、違っている。たとえば、いまは戦意が見えない。彼女もふだんの彼女らしい。人間並みになっている、というところだろう。

彼女の裡《うち》に神が見えるなんて極端な言い方はぼくはしない。冗談じゃない。

とにかく、いまは凪《なぎ》だ。

「じゃ、彼を引き受けてくれるね？」とぼくが言う。

「ええ」とジーンは答える、「この方は必死なほど熱心でいらっしゃるように思います。もちろん、容易なことではないでしょうけど」

「何の言葉で話をするの？」とぼくはあやうく尋ねるところだったが、この問いそのものがおのずから答えになっていた。もちろん、神の言葉で！

他の人間ならこれは効くにきまっていた。モリカンだと……？

神は石の壁にも物を言って、それに返事をさせることができる。しかし人間の心は鋼鉄の壁よりも厚く、貫通しにくいものとなることがある。ヒンドゥー人のことわざに何とあるか？「もし神が隠れることを望むなら、隠れ場所に人間を選ぶだろう」

その日の夕方、一日の最後の散歩にと庭の石段をのぼりかけたとき、ジーンが門を入って来るのと出会った。彼女は一方の手に手提げランプを持っており、もう一方の手には書物らしきものを携えていた。彼女は空中を漂っているかのように思えた。確かに足は地についていたが、彼女の肉体には重量がなかった。それまで見ていた彼女よりも、さらに美しく、さらに光り輝いているように思えた。まことに光と愛の使者、平安と静謐《せいひつ》の使者であった。ビッグ・サーの郵便局ではじめて彼女と会ってからの五年間に、彼女ははっきりと変っていた。彼女の信じているものが何であれ、行なっていることが何であれ、そのことが彼女を精神的だけでなく肉体的にも変えたのだ。ぼくがモリカンだったら、その瞬間たちどころに健康にされていたことだろう。

しかし事はそういう具合には運ばなかった。実際のところ、まったく思惑はずれだった。最初から終りまで失敗だった。

翌朝になってモリカンから全部の報告を受けた。彼は腹を立てていただけでなく、狂暴なほどカンカンになっていた。「あんなナンセンスが！」と彼は叫んだ。「あんな取扱いを受けるなんて、ぼくが子供だというのか、バカか白痴だとでもいうのか？」

ぼくは彼をわめくままにしておいた。やっと静まってから、詳しい事情、少なくとも彼の物の考え方からしたら重要なことを、ぼくは聞き出した。まったくぶちこわしもいいところで、事もあろうに

『科学と健康』とは！　彼の話では、彼はジーン・ウォートンの話についていこうとして全力をつくしたというのだが——どうもつまるころ彼はほとんど何一つ理解しなかったようだ。話の内容もむつかしくて、とてものみこめなかったが、そのあと帰り間際になって彼女はメリー・ベーカー・エディの本を彼の鼻さきにつきつけ、これを二、三章読んで、それについてじっくり考えてみるようにと言った。そしてこの章とこの章を精読するのがよいと思うと、彼女はその個所を指示したという。もちろん、モリカンにとっては、その『聖書への鍵』という本は一年生の子供の読本程度の価値しかなかった。いや、それ以下というべきだった。彼はその種の〝ナンセンス〟を生れてこの方、否定し、嘲笑し、抑圧することに全生涯を費やした人間なのである。彼がジーン・ウォートンから期待していたのは、彼の体に手をあててくれて、昼も夜も掻かずにいられない妖魔を魔法の交霊で彼のなかから追い出す助けをしてもらうことであった。治療の技術について心霊な説明をしてもらうことなど、毫も望んではいなかった。あるいは、もっと真実に近いことを言うと——彼は自分で自分が治せるのだ、いや、むしろ自分で自分を治さねばならない、ならないのだと言われるのが厭だったのだ。

しばらくしてジーンに会ったとき、彼の言ったことを話してやると、彼女が例の本を彼に預けたのは彼をクリスチャン・サイエンスに宗旨替えさせるなどといった気持からではなく、ただ彼に少しのあいだでも彼自身のことを忘れさせるためだったと説明してくれた。彼女は彼のこと、彼のフランス語がはっきりと理解できたし、次の夜も、そして必要なかぎり幾日間でも、彼と新たに取り組んでいく覚悟だったと、言った。実を言うと、メリー・ベーカー・エディを読めと勧めたのは間違いだったかもしれないが、でも、彼が誠意をもって、ほんの少しでも自己放棄する気持があったら、あの書物でそんなに怒ることもなかったろうとも言った。本当に死物狂いになっていれば人間は何にでも慰めを見つけることができるし、ときには性分に合わないもののなかにだって見つけられるのだから。

その書物についていろいろと話し合ったので、ぼくは自分でもそれが見たくなった。メリー・ベーカー・エディについてはたくさんのことを読んできたが、奇妙なことに、肝腎の彼女の著書そのものにおもむいたことがなかったのである。その本がぼくにとって愉快な驚きとなることはすぐにわかった。メリー・ベーカー・エディが手にとるように理解できた。彼女に抱いていた批判的な意見はどこかへ行ってしまった。実際どおりの偉大な魂、人間的、そうだ、骨の髄まで人間的で、大いなる光に満たされており、ぼくらだって心を大きくし、受け入れるだけの心の広さをもっていれば受けることのできそうな啓示によって転身した魂、それが彼女だった。

モリカンはといえば、いわばぼくらは彼の足許から最後の踏石を取り去ってしまったようなものだった。彼は以前にもないほど気落ちしていた。この上なく意気銷沈し、哀れで、惨めだった。毎晩彼はバンシー[21]のように泣いていた。夕食の前にはアペリティフの酒の代りに、彼の掻き傷の展示という馳走をぼくらにしてくれた。「これは非人間的だ」と彼は言う。「何とかしてくれなくちゃ」それから溜息まじりに、「せめて温湯の風呂に入ることとさえできたらなあ」

家には風呂桶《バスタブ》がなかった。奇蹟の薬もなかった。言葉が、空しい言葉があるだけだった。とにかくもはや彼は、悪魔に身を売り渡してしまって苦しみに燃えている哀れな人間でしかなかった。

最後の破局が来る前に、ただ一つある夜のことが鮮明に記憶に残っている。ぼくがこの夜のことをよく憶えているのは、宵の口、まだ夕食の最中に、彼がその横に坐っているヴァルのことをどうも我慢がならないと、ぼくが忘れることのできないような言い方で言ったからである。会話に飽きてしまったので、彼女はナイフやフォークを弄《もてあそ》んだり、皿をガチャガチャいわせたり、他人の注意を引くこと

21 家に死人のあるとき恐ろしい泣声でそれを知らせるという化け物（訳注）

をいろいろとやりだしていた。とつぜん、冗談半分に、彼女は彼のパンのかけらを取ってしまった。怒った彼は彼女の手からパンを奪い去ると、皿の反対側にそれを置いた。ぼくがびっくりしたのはその不機嫌な動作よりも、その時の彼の目つきだった。それは憎悪に満ちた眼差しであり、殺人でもしでかしそうなほど逆上してしまっている人間の眼差しだった。ぼくは絶対にあの目を忘れなかったし、絶対に赦せなかった。

一時間か二時間して、子供を寝かしつけてから、彼は長々しい話を始めたが、ここではそれを簡潔に概括してみよう。どういう契機でその話を始めたのか、もう憶えていない。だが、その話は子供のこと、八、九歳の女の子のことだった。それを話し出すと一晩じゅうかかるようだった。

長話を始めるときにはよくあるように、彼は話の発端を関係のない包紙で包んでみせた。そろそろ本筋に入ったなと思いだすには（大通り《グラン・ブルバール》の話をずっと聞いて）彼がジュフロア通りのことを話し出すまで待たねばならなかった。たまたまジュフロア通りというのはぼくにとっても思い出がたくさんあるアーケードの一つだった。その昔、この有名な通りを歩いているとき、ぼくには実にさまざまの事が起こったものだ。ぼくのというのは内的な出来ごとのことで、ごく瞬間的な、ごく微妙な、ごく根源に密接したものであるから、それについて書き記そうなどという気には決してならない類の出来事のことである。

ふと気がつくと、モリカンが、ある女性とその娘の後を尾《つ》けているという話をしていて、ぼくは驚いてしまう。その二人はジュフロア通りに入ったばかりのところで、見たところ、ショー・ウィンドウをのぞいて歩いているらしい。いつ彼が二人の尾行を始めたのか、なぜ、どうやって、どのくらい長くということはどうだっていい。彼の目と手振りが突然示した内面の興奮がぼくをとらえ、ぼくの注意を引きつけたのである。

彼が興味を持ったのは母親のほうだろうとぼくは最初思っていた。彼は画家のようにすばやく、たくみに彼女のことを描写してみせた。モリカンにしかこの種の女の描写はできないというように描写してみせた。彼女の特徴のない服装や、にせの母親らしさや、無邪気な娘を連れて大通りを散歩していますというみせかけを、彼は数言で剥ぎ取ってしまった。彼女がジュフロア通りに入って行ったとたん、後ろを振り返ろうとして振り返らなかったその一秒の何分の一かの躊躇で、彼は彼女の正体を見抜いていた。彼が尾けていることを彼女が知っていると、彼はそのとき知ったのだ。

彼が娘の女の子のことを狂想的に語るのを聞いているのはほとんど苦しくなるほどだった。女の子の何が彼をそんなに感激させたのだろうか。根性曲りの天使といったその顔付がなのだ！

彼の言葉は絵を見るように生き生きとしていて、悪魔みたいに激しいものだったので、ぼくはそんなことはないと思いながらも、その子供が悪に染まっていると信じかけていた。あるいはきわめて無垢だったために……

彼の心のなかで起っていることを考えると、ぼくは身震いしてしまった。

次の出来ごとは日常よくあることにすぎなかった。彼が最新のスポーツ服を着たマネキンを飾ってある窓の前で立ち止ると、その二、三フィート先で、母と子とが、美しい聖餐式用のドレスを着た処女像を見詰めている。子供が驚嘆にうっとりとしているのを見ると、彼は女に素速い視線を投げ与え、それから彼女の子供のほうを見て、意味ありげに頷いてみせた。女のほうは、ほとんどそれとわからぬほどに頭を振って答えると、ちょっと目を伏せ、それから彼を真正面から見、彼の心のなかまで見るようにしてから、子供の手を取り、連れて歩きだした。二人がかなりの距離まで行くのを待ってから、彼はまた後をついていった。アーケードの出口の近くで、女はちょっと足を止め、菓子を買った。彼女は、彼の足許のほうにうつむいた頭を向けたくらいで、それ以上のサインは送って寄こさなかった。どう見ても母娘のほほえましい散歩としか見えない散歩をそれからまた続けた。一度か二度、子供のほうが、鳩のバタバタと飛び立つ音やガラス玉の光に気を取られた子供がいつでもやる恰好で、振り向くような動作をした。

二人の歩調は変らなかった。母と子とは、散歩をして、町並みを楽しんでいるかのように、ぶらぶらと歩いていた。のんびりと通りを登ったり、下ったりして行った。だんだんと二人はフォリ・ベルジェールの近くまでやって来た。それからとうとうホテルへ、どちらかというとけばけばしい名前のホテルへ、やって来た（ぼくがこう言うのは、そのホテルをぼくが知っていたからだ。むかしそのホテルで一週間ほどを、大部分ベッドのなかで過したことがあったのだ。その一週間というもの、仰向けに寝て、セリーヌの『夜の果ての旅《ボアイアージュ・オ・ブー・ド・ラ・ニュイ》』を読んでいた）。

ホテルへ入るときでも、女は彼が尾けているかどうか確かめようと、目に見えるほどの動作をしなかった。その必要もなかったのだ。ジュフロア通りでそのことはテレパシー風にすべて取り決められていた。

彼は外でちょっと立ち止ると、気を落着かせ、それから、まだ胸はどきどきしていたけれど、おだやかにデスクへ歩いて行き、部屋を予約した。帳面《フィシュ》に記入していると、女が財布のなかへ何かを入れる都合で鍵をちょっと下に置いた。頭をめぐらしてみなくても、彼は難なくその番号が読めた。彼はギャルソンにチップを気前よくはずむと、持ち物はないので、部屋まで案内してくれなくともよいと言った。最初の階段を登りつめたときには、心臓が口まで出てきたみたいに鼓動が激しくなっていた。

次の階段を大急ぎで登り、求める部屋のほうへ急いで廊下をまわると、目の前にあの女がいた。あたりに人影はなかったが、二人は立ち止りもしなかった。二人は赤の他人のように、彼女は洗面所へ、彼は自分の部屋へ向っているのだと言わんばかりに、すれちがった。ただ、伏目になり、ちらっと横を見た彼女の眼差しが、予想どおりのことを物語っていた——「彼女はあそこです《エレ・ラー》!」彼は大股でそのドアまで行くと、鍵穴にさし込んだままの鍵をまわして、なかへ入っていった。

彼はここで話を止めた。彼の目ははっきりと踊っていた。「それからどうしたんだ?」とぼくが言い出すのを彼が待っているのはわかっていた。ぼくは懸命になって本当の感情を外に表わすまいとした。彼の待っている言葉はぼくの喉につかえてしまった。ぼくの思い描くことができるものといったら、おそらく服を脱ぎかけのままベッドの端に腰を掛け、菓子をかじっている女の子の姿くらいのものだった。「いい児だから、そこにいるのよ。お母さん、すぐ来ますからね」と女は、ドアを閉めながら、言いでもしたのだろう。

やっと、無限の時が過ぎたと思えるくらいいたって、ぼくは我にもなく言ってしまっていた。「で《エ・ビヤン》、それからどうしたんだい?」

「それからどうしたって?」と彼は、残忍な喜びに目を輝かせながら、大声を立てた。「どうしたもこうしたも、その女の子をいただいたの《ジュ・レ・ユウ》さ!」

彼の口からこれらの言葉がほとばしったとき、ぼくは自分の髪が逆立つのを覚えた。ぼくが対坐していたのはもはやモリカンではなく、魔王《サタン》、彼自身だった。

雨は降りつづけ、雨洩りはひどくなり、壁はますます湿っぽくなって、わらじ虫もどんどんと数がふえた。水平線はもうすっかり見えなくなり、風はゴウゴウと怒ったように吹き募った。二つの仕事場の背後に三本の高いユーカリの木が立っていたが、それが強い風に鞭打たれて、二つに曲ってしまうように思えた。すっかり意気消沈してしまっているモリカンの状態にしてみたら、それらの木は彼の頭蓋をこつこつとたたく三匹の千手《せんじゅ》悪魔であった。まったく、どこに目をやっても、雨の壁と、木の幹が揺れ動き、うず巻き、ねじれている森とのほか、何も見えなかったのだ。それとともに、彼を何よりも悩ませたのは、小止みなく泣き叫び、呻き、咆え、むせぶ風の音だった。普通の感覚の状態にある人間だったら誰が聞いても、それは雄々しい、勇壮な、この上なく心酔わせる音だった。自分がゴム人形以上に力の無い、意味の無い存在だという甘美な感情に浸ることができた。吹き荒れているときに敢えて外に出れば、たちどころにたたきのめされた。そのすさまじさには何か狂気めいたものがあった。人間にできることは止むまで待ち抜くことだけだ。その憤怒のため力尽きて自然と熄《や》むにちがいないのだ。

しかしモリカンは待ち抜くことができなかった。彼はもう持ちこたえられる限度まできていた。ある日の午後——もう暗くなっていたが——彼は降りて来て、もう一分間と我慢がならないと言った。「これじゃ叫喚地獄だ」と彼は叫んだ。「世界じゅう、どこを捜したって、こんなひどい雨があるものか。無茶苦茶《セ・フー》だ！」

夕食のとき、自分の惨めな状態のおさらいをしていて、彼は急に泣きだした。この苦しみを取り除くために何かしてくれと、彼はぼくに頼んだ——というよりも、懇願した。まるでぼくが血も涙もない人間だといわんばかりに、哀訴し、歎願した。こんな男の言うことを聴いているほうがよほどの苦しみだった。

「ぼくに何ができるんだ?」とぼくは言った。「きみはぼくが何をやるべきだと思う?」

「モンタレーへ連れて行ってくれ。病院へ入れてくれ。ここからどうしても脱け出したい」

「いいだろう」とぼくは言った。「そうしてあげよう。この丘から出ることができるようになり次第、きみを移してあげる」

それはどういう意味なのだ? 彼は知りたがった。弱々しい恐怖の表情が彼の顔に広がった。

車が故障しているだけでなくて、ハイウェイに通じる道路も落石でふさがれてしまったのだと、説明してやった。きみを移す方法を考えられるようになるまでには、嵐はよっぽど静まっているはずだ、とも言ってやった。

だがこれは彼の必死の願いを強める効果しかなかった。「考えてくれ、考えてみてくれよ」と彼は哀訴した。「ここから出られる方法が何かあるはずじゃないか。まさかぼくがまったくの気違いになればいいと思ってるんじゃないだろう?」

最後の手段として、翌朝道路をハイウェイまで歩いて行き、リリクに配達してもらうよう手紙を郵便箱に置いておくしかなかった。郵便はまだ配達されていたのだ。一日じゅう、そして夜おそくまでも、ハイウェイ人夫は道路から崩壊物の山を清掃してくれていた。人間的に可能なら、リリクが来てくれるだろうことはわかっていた。道路のすそを遮断している大丸石に関しては、どこかの巨人《タイタン》がそれらをどけてくれることを祈るしかなかった。

それでぼくは降りて行き、生死にかかわる問題だという手紙を書き、モリカンには用意をしておくように言った。リリクは翌朝の六時に、あるいは五時半と言ったかもしれないが、来てくれるよう頼んでおいた。その時間までには暴風雨も幾分か静まっているだろうし、丸石もいくつかは取り除かれているだろうとぼくは考えたのだ。

その夜、彼の最後の夜、モリカンは彼の部屋へ行こうとしなかった。肘掛椅子に一晩じゅう座っていると言うのだ。ぼくらは彼をできるだけテーブルへ引き留めておき、しつこいくらい彼に飲み物を飲ませ、できるだけ彼を喜ばせ、そしてとうとう、夜も明けそめかけた頃、彼におやすみを言った。部屋は一つしかなかったし、ぼくらのベッドはその中央にあった。ぼくら夫婦はベッドに入って、眠ろうとした。彼がオーバーとマフラーにすっぽり身をつつみ、帽子を眼のところまで下げて、肘掛椅子に座っている傍のテーブルでは、小さなランプがちらちらと揺らいでいた。火は消えてしまい、窓は開いてなかったが、部屋はすぐ湿っぽく、冷えてきた。風はまだ家の角あたりで泣声をたてていたが、雨はあがりかけているようにぼくには思えた。

当然のことながら、ぼくは眠れなかった。できるだけ静かに横になっていて、彼がぶつぶつとひとりごとを言うのを聞いていた。ときどき彼はうめくようにして、突然「ああ、神さま《モン・ジュ》、神さま《モン・ジュ》、いつ終るのでしょうか」とか、あるいは——「何という苦しさだろう《ケル・スユプリス》」と言っていた。

午前五時頃ぼくはベッドから離れ、アラジンのランプに火を点け、ストーヴにコーヒーをかけると、服を着た。まだ暗かったが、嵐は終っていた。雨を吹き散らす、ごく普通の風しか吹いていなかった。彼に気分はどうかと尋ねると、彼はうめいた。こんな夜を送ったのははじめてだ。もう終りだ。病院へ着くまで体力が続けばいいがと言った。

熱いコーヒーを啜っているとき、彼はベーコン・エッグの匂いをかいだ。それで彼はちょっと元気になった。「ぼくはあれが大好きさ《ジャドール・サ》」と彼はもみ手をしながら言った。そのとき突然の恐怖感が彼をとらえた。

「あのリリクが本当に来るかどうか、どうしてわかるのだい？」

「まちがいなく来るから、心配しないでくれ」とぼくは言った。「きみを救うためだったら地獄を渡ってだって来てくれる男だ」

「そうだね、彼はすばらしい人間《ウィ・セ・タン・シック・ティプ》だ。本当の友人《アン・ヴレ・アミ》だ」

そのときはもう妻も服を着て、テーブルを調え、ストーヴに火を入れ、ベーコン・エッグを運んで来た。

「万事うまくゆきますわ」と彼女は言った、「リリクは五分とたたないうちにここへ来てくれますからね」彼女は彼がまるで子供みたいな話し方をした（さぁ、坊や、心配しないでね。ママがここにいますから、なにも困ることはありませんよ）。

劇でも見ている気になったぼくは、手提げランプに火を点け、上の道路まで出て行ってリリクに合図をしようと、急に決心した。裏山を登っているとき、ルーズヴェルト川近くの曲り角を、彼の車が大きな音をたててやって来るのが聞えた。ぼくはランプを左右に振って、すっかり元気づいたものだから、大声で呼んでみた。彼も光が見えたに違いない、すぐと警笛の返事が聞えて来て、間もなく彼の車が、手負いの竜かなんぞのように、煙をはき、大きな音をたてているのが見えてきた。

「ひょー」とぼくは叫んだ。「運がいいぞ！　よくやったね！　すごい！」ぼくは彼を強く抱きしめた。

「下ではひどい目にあった」と彼は言った。「どうやってあの岩をどけることができたのか自分でもわからないよ。運よくかなとこを持って来てたんだ……モリカンはどう？　もう起きてる？」

「もう起きてるかだと？　冗談じゃない、一睡もしてないんだ。さあ、来てコーヒーでも飲めよ。朝食はすんだのかい？」

彼はまだだった。コーヒー一杯飲んでいなかった。

ぼくらがなかへ入ると、モリカンは厚切りの肉を食べていた。すっかり元気を取り戻したようだった。リリクに挨拶をしていると、その途中で彼の目に涙が溢れてきた。「もう終りです《セ・ラ・ファン》」と彼は言った。「でもあなたが来て下さったのは本当にありがたい。あなたは聖人だ」

出発の時間になると、モリカンは立ちあがったが、足がもつれて、ベッドのところまでよろめいて行って、倒れてしまった。

「どうしたんだい?」とリリクが叫んだ。「もう力が尽きてしまったんじゃないだろうね?」

モリカンは悲しそうな顔を上げた。「歩けないんです」と彼は言った。「見て下さい」そう言いながら、彼は足と足の間の隆起物を指さした。

「それがどうしたの?」リリクとぼくと、同時に叫んだ。

「ぼくの睾丸が!」と彼は叫んだ。「はれ上がってしまったんだ」

本当にはれ上がっていた。二つの岩みたいだった。

「車まで運んで行ってあげよう」とリリクが言った。

「ぼくは重すぎますよ」とモリカンは言った。

「バカを言っちゃいけない!」とリリク。

モリカンはぼくらの肩に腕をまわし、リリクとぼくが彼の足の下で手を組んだ。彼は一トンくらいの重さがあった。静かに、そっと、ぼくらは彼を庭の階段から車のなかへと運んで行った。彼は瀕死の牛のような呻き声をたてた。

「さあ、さあ、気を楽に。すぐ着くよ。息を止めて、歯をかんでいてくれ。勇気だよ、きみ《ジュ・クラージュ・モン・ヴュ》」

嵐が去った後の荒廃のさまを見ながら、曲りくねった山の道を分け入るように注意して進んでいるとき、モリカンの目はだんだん大きく見開かれてきた。やっと最後の道の、やや険しい下り坂のところまで来た。大きな石が今にも落ちそうに頭上でぐらぐらしていた。ハイウェイまで来てみて、リリクのやってのけたことの大いさがわかった。こんな事をやってのけるとは、人間の手に可能なことは思えなかった。

夜が明けきって、雨はすっかり上がり、ぼくらは車を進ませていた。数ヤードごとに車を止め、崩れ去った跡をどかせねばならなかった。そういう状態が続き、やっと標識の立っているところまで来た。それには「落石注意。四十マイル前方まで、危険なカーブと落石あり」とあった。だがもうそこも通り過ぎてしまったことだ。

ぼくの思いは最前線でのモリカンの右往左往へと戻った。二つの旅行鞄。そしてイアンブリコス。それらは、思い合せてみると、非現実的な、彼の見た悪夢としか思えなかった。

「睾丸のほうはどうだい？」とぼくは尋ねた。

彼はさわってみた。いくらか良くなったと思うと言った。

「そりゃ良い」とリリク。「単なる神経だよ」

ぼくは笑いをこらえた。「神経！」モリカンの苦悩を表現するのに、単なる神経だとは！

モンタレーに着くと、モリカンに飲ませるコーヒーを買うために、車を止めた。太陽の日射しは強く、屋根の天辺《てっぺん》が光っていた。世界は再び平常の生活を始めていたのだ。もう二、三マイルもすれば着くからねと、ぼくらは彼に言った。サリナスの郡立病院のことだった。

彼はもう一度睾丸に触れてみた。はれはもうほとんどひいていた。

「ぼくらの言ったとおりじゃないか！」
「へーえ《クワ》」とモリカンは言った。「でも、変だ《メ・セ・ドロール》。どういう訳だろう？」
「神経さ」とリリクが言った。
「苦悩だよ《アンゴワス》」とぼくは言った。

ぼくらは病院の前へ車を乗りつけた。思っていたほど悪い病院でもなさそうだった。外から見ると、むしろ陽気なところくらいに思えた。と言っても、入院するのがぼくでなくてよかったのは確かだ。

ぼくらはなかへ入った。まだ早すぎたようだ。それからお決りの手続き——質問、症状の説明、書類の記入。それから、お待ちくださいだ。死にかけていようがなんであろうが、いつだって、暫くお待ちくださいとくる。

ぼくらは少し待ってから、医者はいつ来るのだと尋ねてみた。モリカンにすぐベッドを当てがって、それから医者に会おうと思っていたのだ。間違いだった。まず医者に会って、それからベッド——それも空きがあればの話だ。

二度目の朝食を摂ることにした。ガラス張りの食堂があった。病院関係のものだったが、もしかしたらそう見えただけかもしれない。またベーコン・エッグを食べた。それからさらにコーヒーも。コーヒーは臭くて弱いものだったが、モリカンは良い味だと言った。彼はゴロワーズ・ブリュに火を点け——そしてニッコリと笑った。寝心地のよいベッドや、いろいろと世話をやいてもらえるだろうことや、守護天使たちのまんなかでゆっくりとくつろげる贅沢のことなどを、おそらく考えていたのだろう。

やっと診察室へ行くときが来た。寒くて、素《そ》っ気《け》なくて、器具類が光っていて、殺菌剤の臭いのする、どこの病院でも同じの部屋だった。弱った惨めな体を持って来て、診てくれと差し出す。自分と体とが別個のものとなってしまう。体を返してもらえたら運がいいほうだ。

彼は服を脱ぎ、ニシンみたいに真裸で立っている。医者は彼の体をキツツキみたいにコツコツ叩いている。彼の苦しんでいるのは痒みだともう説明してある。全然耳をかさず、まず他にどこか悪いとこがないかを診てみないと——肺結核や、胆石や喘息や扁桃腺炎や肝硬変や鉱夫病や頭垢《ふけ》や……医者も悪いやつじゃない。愛想がよくて、礼儀正しくて、進んでお喋りをする。フランス語もわかる。大体において、モリカンのような症状例を見るのは気分転換になって、喜んでいるようだ。

モリカンもどちらかというと喜んでいるようだ。とうとう本当に心をかけてもらえる。えもいえない彼の表情を見ていると、疥癬以上の、何かひどい病気を医者が見つけてくれたらいいのにと彼が考えているかのような印象に取られてしまう。

何も着ていない状態だと彼は悲しそうに見える。老いぼれのやくざ馬だ。無気力で太鼓腹で、掻き傷やかさぶただらけであるばかりでなく、彼の皮膚は不健康で、煙草の葉のように斑点がついていて、脂気《あぶらっけ》がなく、弾力性がなく、光沢がない。ミルズ・ホテルなんかの洗面所の前に立っている社会の落伍者か、バワリーの簡易宿泊所から出てきたばかりののらくら男なんぞのように見える。彼の体は太陽か空気に触れたことがないみたいだ——半分燻製《くんせい》みたいだ。

診察は終った。衰弱していて、貧血で、胆汁症で、心臓が弱まっていて、脈拍不全で、高血圧で、飛節内腫で、二重関節であるほか、どこといって悪いところはない。いよいよ痒みを調べることになった。

原因はアレルギーで、おそらく数種類のアレルギーだろうというのが医者の診察である。アレルギーはこの医師の専門だ。だから自信満々なのだ。

誰も異を唱えないし、モリカンだって承服した。彼もアレルギーのことは聞いたことがあったが、さして重く考えたことはなかった。ぼくもだ。リリクもだ。だが今日はアレルギーということになった。明日はなにか別のものかもしれない。とにかくアレルギーだ。そういうことにしておけ！

テストの準備のために、試験管や注射器や針や剃刀《かみそり》の刃などを分けたり、整理したりしながら、医者はモリカンにいろいろと質問する。

「麻薬の癖がついているでしょう？」

モリカンがうなずく。

「わかりますよ」と医者は、針の痕がまだ見えているモリカンの足や腕や股を指さしながら、言う。

「何を飲んでました？」

「何でもです」とモリカンは答える。「でも何年か前の話です」

「阿片《あへん》も？」

この言葉にモリカンはいくぶんか驚いた様子をする。

「どうしてわかりましたか？」と尋ねる。

「何千人も阿片をやってる人間を診療しましたからね」と医者は言った。彼はモリカンの背中のほうで何かをいじくりまわした。モリカンがくるりと頭をまわすと、即座に言った——「どうやって止められたのです。話してみて下さい！」

「自分の意志でです」とモリカンは言った。

「どういうことです？」と医者が言った。「もう一度言ってみて下さい！」

モリカンはくり返した。「自分の意志でです。容易ではありませんでした。死ぬかと思いました」

「もしそれが本当なら」と医者は相手の手を取りながら言った。「それができたのは、ぼくの知ってるかぎり、あなたが最初の人です」

モリカンは顔を赤らめた――自分がやったのではない軍功に対して勲章をもらおうとしている男の恥じらいにそれは似ていた。

そのうち医者はモリカンの背中で十文字並べの遊戯みたいなことを始めた。彼は左肩のあたりから始めて、右肩までまっすぐ横に引き、それから下に、つぎにまた横にと引いた。遊戯が一回終る度に彼は数分間待った。最初の遊戯は全部青インクで、二回目はピンクのインクで、三回目は緑色でと、スペクトルができ上がっていった。誰も勝たなかった。モリカンの背中は人間並みの広さしかないし、しかもそれが首から腰までみみずばれだらけだったので、今日のところは引分けと言うしかなかった。まだやるべきテストは三十か四十くらいあった。そのなかの一つは陽性になるはずだった。少なくとも医者はそういうふうに見ていた。

「それでベッドのほうは？」とモリカンはシャツとズボンを着ながら、言った。

「ベッド？」と医者はびっくりして言った。

「ええ」とモリカンは答えた。「休んだり……体力を回復するための場所が――」

医者はうまい冗談を聞かされたように笑った。

「重症患者のベッドだって充分ではないのです」と彼は言った。「あなたはお悪いところがありません。明後日もう一度いらして下さい。そうしたらもっとテストをいたしますから」彼は鎮静剤の処方箋を書いた。「すぐによくなりますから」

ぼくらはビッグ・サーに住んでいるので、サリナスまでそう頻繁に来ることはできないと説明した。

「しばらく町のほうに泊めておいてあげたらどうですか?」と医者は言った。一週間もしたら原因がわかりますから。心配は何もございません。その点は御安心いただいて結構ですから……ちょっと衰弱しているだけです。過敏症です」

外に出るとぼくらはバーを捜した。みんなひどく飲みたかった。

「背中のほうはどうだい?」とリリクは、背中をたたくような恰好に手を差し上げながら、言った。

モリカンはその手を見て縮み上がった。「真っ赤な焼網みたいだ」と彼は言った。

ぼくらは薄汚ないバーに入ると、二、三杯を干しながら、麻薬常習の癖について話しあった。深く話し合えば、なかなか啓発的な話題である。

モンタレーでは彼のためにセラ・ホテルでバス付きの部屋を契約した。彼のこれまで住んでいた小さな部屋にくらべたら、これは豪勢なものだった。ぼくらはベッドに寝てみて充分やわらかで弾力があるかどうか確かめてみたり、電燈を点けたり消したりして読み書きに不自由しないだけの明るさがあるか調べてみたり、窓のブラインドの扱い方を彼に教えたり、毎日かならず新しいタオルと石鹸をもらえるから心配するなと言ってやったり、等々、した。彼のほうは持って来た小さな鞄の中身を開けていた。化粧台のほうは、どこに行こうとかならずやる例の彼の癖で、もう整理がついていた。彼が原稿や便箋やインクや定規を取り出しているとき、とつぜんぼくは、ベッドの傍のテーブルでは書き物をするのに小さすぎることに思い当った。ぼくらは支配人を呼んで、もっと大きなものを備えてもらえないかと訊いてみた。たちどころにボーイが適当な大きさのテーブルを持って来てくれた。

モリカンは有頂天になっているようだった。まるで天国にいるかのように周囲を見渡していた。特にバスルームは彼をうっとりさせた。好きなだけ風呂に入れるし、それにフランスと違って余分の金を取られないことも、ぼくらは彼に説明しておいたのだ（これもまたアメリカのいい面というわけだった。「すばらしい国だ！」）。

あと残っていることは、彼になにがしかの金を手渡すことと、誰か車を持っている人にたのんで、彼を病院まで送り迎えしてもらう手筈を調えることぐらいだった。

「じゃ、また《オ・ルヴォアール》」とぼくが言ったとき、これが彼を見る最後になろうとは知らなかった。

彼は数分間のうちに十歳くらいも若返った。握手をしながら、二、三日したらまた顔を出すからとぼくが約束すると、彼は「しばらくしたら赤ぶどう《ポルト》酒を飲みに行くだろうよ」と言った。

リリクとぼくが通りを歩いていると、画家のエルウッド・グレアムにばったり出会った。二、三言葉を交わしているうちに、彼が毎日郡立病院に通って来ていることがわかった。喜んでモリカンを送り迎えしようと、彼は言ってくれた。

ぼくらはすぐにホテルへとって返したが、モリカンはもうどこかへ出かけていた――〝ポルト〟でも飲みに行ったのだろう。車と専用運転手が使えるからという書置きをぼくらは置いて、帰った。

家に帰ったとたんに、ぼくが感じた安堵感は筆舌に尽しがたいものだった。妻も妊娠数カ月という体だったし、彼に出てもらう潮時だったのだ。でも彼女はぼくよりも、彼が居る苦痛をよく耐えていた。

二、三日したが、どうしてもモンタレーまで行って彼を見舞う気にはなれなかったので、彼に手紙を書いて、何とか言い訳をした。すぐ彼は返事を寄こして、気分はずっと良くなったこと、医者はまだ病気の原因を見つけてはくれないが、しかしいまのきわめて居心地のよい部屋を大いに楽しんでいると知らせて来た。追伸から、部屋代の支払日が二、三日のうちに来ることと、新しい下着類がすぐ要るようになることを予告された。

二、三週間のあいだ、ぼくらは手紙のやり取りをしていて、そのあいだぼくは町まで行ったこともあったが、彼の見舞いはせずじまいだった。するとある日の手紙で、彼はサンフランシスコへ行く心を決めた、あそこなら何か仕事があるだろうと思うし、無ければパリに戻る工面をしてみるつもりだ、と知らせて来た。さらに、ぼくがもう彼に会う気がないことはわかっていると、書いてあった。

この手紙を受け取るとすぐ、ぼくは彼の持物の残りをまとめ、人をたのんでホテルの彼あてにとどけてもらい、さらに最低二週間くらいの生活費を郵送した。彼がぼくらのあいだにこれだけの距離を置くようになったことで、ぼくはますますホッとした。また、彼がとうとう自分の力で何かをやろうというまでの元気を出してくれたということでも。

そしてぼくはレオンにすすめられた通りに彼の部屋をいぶし消毒した。

彼にも手紙を書いて、こまごまとした説明や知識を与えておいた。あまり贅沢でないフランス風のレストランやバーのある区域とか、そうしたことを教えたのだ。もし英語が通じなかったら、タクシーの運転手にでも巡査にでも、またそれ以外の誰にでも、自分の住所を紙に書いて見せてやれといった注意まで与えた。図書館や前衛派の映画館や博物館や美術館がどこにあるかも教えておいた。

やがて、彼が適当なホテルを見つけたこと、ただしそこの部屋代はぼくが指示した額よりずっと高いことを知らせて来た。また彼は、食事ができて、数人の気さくなフランス人と会うことのできるバーも見つけた。英語がろくに通じないのでバスや電車に乗る自信がなく、どこに行くにもタクシーに乗らなければならないので、金がどんどん出てしまうと彼は書いて来た。

彼もいずれ分相応に姿勢をかえて、もっと金のかからない生活に落着いてくれるだろうと思いながら、ぼくは彼がなにを言っても我慢して耳をかしていた。タクシーの件ではいらいらさせられた。パリはサンフランシスコよりもはるかに大きな都市だったが、ぼくは彼よりも少ない持ち金と、彼の英語以下のフランス語の知識で、どうにかあの街のなかを歩きまわったものだ。しかしその頃のぼくには頼るべき人間はいなかった。ここが違う点《サ・フエ・チユンヌ・デイフエランス》だ！

もちろん彼はスイス領事館に問い合せて、旅行客のビザで就職など論外だということが、すぐわかった。アメリカの市民権を取るという手があるにはあったが、彼にはアメリカの市民になる気なんか少しもなかった。

いったいどうするつもりなんだろうと、ぼくは思った。スイス領事に頼んでパリまで送り帰してもらうつもりなのだろうか？

おそらく彼は故国へ送り帰してくれとスイス領事に頼んだのだろうし、そしておそらくそれはぼくの責任だと言われたのだろう。とにかくぼくの印象としては、彼は波のまにまに流されているという感じだった。ぼくが食べ物や煙草やタクシー代や居心地のいい部屋や風呂の面倒を見てやってるかぎり、彼はあわてだしそうになかった。サンフランシスコは、少々〝田舎風〟だったらしいが、それでもビッグ・サーよりはずっと彼の性に合った。少なくとも足の下には堅い舗道があった。

彼が移ってから一カ月くらいすると、そろそろいまの調子で彼を生活させておくのがこたえてきた。彼の立場で考えるかぎり、このままの状態が無期限につづきそうだという気がぼくにはして来た。とうとう彼に、本当にヨーロッパへ帰る気があるのならば、旅費のほうはできるだけ面倒をみようと言ってみた。彼は大喜びするどころか、陰鬱な調子で、いよいよ困ったら、そうだね、まあ帰ってもいいよと答えて来た。帰国の問題を考えてやってるだけでありがたいと思えといわんばかりの口吻なのだ！

この意見の交換があってからほどなく、たまたま親友のラウール・ベルトランが訪ねてきた。彼はぼくの家で数回モリカンに会ったことがあり、ぼくの悩みの種を知っていた。いまの状態を説明してやると、彼は進んで、サンフランシスコを出港するフランスの貨物船にモリカンを乗せることができるかどうか調べてみようと言ってくれた。しかも、船賃は無料だという。

ぼくはこの吉報をすぐモリカンに通知して、パナマ運河を通り、途中メキシコと中央アメリカへ立寄る長い船旅がいかに楽しいものであるか、なるべく乗り気になるように筆を弄した。たいそう魅力的な話に仕立てあげてしまったので、ぼくは逆に自分が彼と立場を交代したい気持になりかけたほどだ。

いまでは彼の返事を正確には憶えてないが、とにかく彼はしぶしぶながら承知した。そのあいだにベルトランはもう交渉にかかっていた。一週間とたたぬうちにモリカンを乗せてくれる貨物船が見つかった。三十六時間後に出航の予定だという――モリカンに電報連絡するだけの時間しかない。電報局が電文を誤読すると困るので、電文はぜんぶ英語で書いた――五十語の詳しい文章の電文となった。

まったく驚いたことに、船が出航してしまってから彼は郵便で返事をよこし、それには、コンラッド殿下はこんなやりかたで追い立てられるのは心外であり、少なくとも数日前には予告を受けるべきであるのみならず、かかる重要な電文を自分の理解しえぬ言葉で書き送られるとはなんたる思いやりのないやりかたであるか、等々の苦情が述べてあった。控え目に言っても、あきれた傲慢さだった。さらに追伸では、自分は長い船旅が好きでないの、自分は船旅は苦手だの、死ぬほど退屈してしまうだろうの、その他のごたくが並べてあった。そうして最後に――申しわけないがまた少々、金を送ってもらえまいか、と来た！

ぼくは怒り心頭に発してしまった。そのことを少しもぼかさず知らせてやった。それからラウール・ベルトランに長々と詫び状を書いた。スイスのでなく、フランスの領事たる彼、いろいろと骨を折ってくれているというのに、かのシラミ野郎のモリカンはその努力に恩誼を感じるだけの礼儀さえ持ち合せてないのだ。

しかしベルトランは、われわれが相手にしている男のやりくちをぼくよりよく理解していた。彼は困惑もしなければ驚きもしなかった。「もう一度やってみましょう」と彼は言った。「あんたはあの男と手を切らなきゃだめですよ！」またこうも言った――「このつぎはひとつ飛行機に乗せてやりましょう。それなら断われないでしょう」

するとどうだろう、十日もすると彼は飛行機の便を取って、やって来た。今度はモリカンにたっぷり予告期間を与えた。

ふたたび彼は、しぶしぶではあったろうが、承諾した。追いつめられたネズミだった。しかし出発の時が来ても彼は姿を見せなかった。また心変りがしたのだ。どういう言い訳をしたかは、もうぼくは憶えていない。

この頃までにはぼくのたくさんの親友たちは、かれらのいわゆる〝モリカン事件〟のことを聞き知っていた。いたるところでぼくは「きみのあの友だちはどうなった？　もう手が切れたかい？　自殺でもしたのか？」と尋ねられた。何人かは、おまえは全くの阿呆だよと、歯に衣《きぬ》を着せず堂々と言い切った。「ほうりだしてしまえよ、ヘンリー、さもないといつまでも手は切れないぜ！　あいつはカラカラになるまできみの血を吸うやつだ」これがぼくの受けた忠告の基調だった。

ある日ヴァルダがやって来た。彼はいまサウサリートのフェリー・ボートのなかに住んでいて、この船を屋形船にも舞踊の宮殿にも仕事場にも変形して使っていた。モリカンの件はいくつもの出所からたっぷりと聞きこんでいたので、ひどく興味をそそられていた。彼のその際の態度は、ひどくおもしろがると同時に本気で心配している、といったものだった。どういうふうにしてモリカンと接触したものだろう？　と彼はぼくに相談した。ヴァルダはモリカンのことを、聖人と薄のろが簡単にひっかかってしまう寄生虫的化物だというふうに言った。

彼はぼくをまったくのだらしのない犠牲者と見なして、つぎのような典型的なヴァルダ式解決法を提案した。サンフランシスコに知合いの金持ちの婦人がいる、彼女はハンガリーかオーストリアの伯爵夫人で、年は取っているがまだ魅力的で、モリカンのような変人を「蒐集」するのが大の趣味だ。占星学、神秘学《オカルティズム》――これは彼女の好みにぴたりだ。大きな邸があるし、金は焼き捨てるほどあるし、客人を一年かそこら泊めても何とも思っていない。モリカンがぼくの言うように話が上手なら、彼女のサロンにとっていい呼びものになるだろう。世界じゅうの有名人があすこには集まるのだから、と彼は言った。たしかにモリカンのような人間には恰好の憩いの港らしい。

「いいかね、ぼくの腹案はこうだ」と彼は話をすすめた。「サウサリートに帰ったら、さっそく彼女に頼んで夜会《ソアレ》の手筈を調えてもらう。モリカンも招待されるようしておく。あの男なら、口を開けさえすれば彼女が引っかかってくるだろうよ」

「彼女が彼にそれ以上のものを要求しないことは確かだろうね」とぼくは言った。「老境に入りかけた伯爵夫人で、まだ魅力的というのなら、モリカンがもう満たしてやることのできない要求をもちかけてくるかもしれないぞ」

「その点なら心配は要らない」と彼はわけ知り顔をしてみせながら、言った。「彼女が手を振りされすれば、サンフランシスコ一の最高の伊達男が手に入るんだ。それに、きみが見たこともないような淫乱な顔つきの抱き犬も二匹飼っているしね。いやいや、彼を引き取ってくれるというのなら、サロン用に使うだろうよ」

ぼくはヴァルダの提案を大仕掛けな冗談だと見ていた。事実、そのことはもうそれきり考えもしなかった。そのうちモリカンから、逆にぼくに対する非難でいっぱいな手紙が届いた。どうしてそう大急ぎで自分を追い出すのだ？　こんな仕打ちを受けるようなことを何か自分はしたか？　きみの家で病気になったのは自分の罪だったろうか？　彼は、ぼくが彼の身柄の責任者であること、その旨書類にぼくが署名したこと、および彼はその書類をまだ手許に持っていることなどを念をおしてきた。もしきみが約束を踏みにじるならば、きみの著書がフランスで惹き起したスキャンダルのことを然るべき当局に知らせるつもりだなどと脅迫めいたことさえ書いていた（まるで当局がまだ知らずにいるかのように！）。自分はきみのことをもっと悪く言うかもしれない……きみが無政府主義者で、反逆者で、変節者であること、その他——

ぼくの怒りは天井に届きそうだった。「あの野郎！」とぼくは言った。「とうとうおれを脅迫しだしたな」

そのあいだにもベルトランは二度目の飛行便を取ろうと尽力してくれていた。そしてリリクも商用でバークリーに行く用意をしていた。彼もこの厄介なモリカン問題で何とかしようとしてくれていた。少なくとも彼はモリカンに会って、いくらか正気を吹きこみたいと思っていた。

つぎにヴァルダから手紙が来た。彼が伯爵夫人のもとで夜会を取決め、彼女には会のときすばらしい人間を紹介しようと話したところ、彼女もその思いつきに共鳴したが、ところが……簡単に言ってしまうと、モリカンはやって来て、伯爵夫人を一目見ると、あとは会が終るまで彼女のことを罪悪のように避けていたと言う。モリカンはその晩ずっとむっつりとだまりこくっていて、ただときどき、金のある亡命貴族の、ひからびた食欲をそそる新しい餌をせっせとかき集めるためにサロンなんかを催している虚栄心と愚劣さについて辛辣な言葉を吐いていたらしい。

「あのバカ野郎が！」とぼくは思わずつぶやいた。「女の百万長者に取り入って、浮び上がることもできやしないのか」

この出来ごとと踵を接して、ベルトランが別の飛行機の便を取って現われたが、今度はゆっくり一週間の余裕のあるものだった。銀色の空の鳥がお役に立とうと待っていますと、もう一度ぼくはコンラッド殿下に申しあげた。ご試乗ねがえれば光栄ですが――？

今度は返事も明確ではっきりとしていた。すべての謎は剥ぎとられた。

彼の手紙の概要を言うと……たしかに仰せの飛行機には乗りましょう、ただし、まずきみがパリの銀行に一千ドル相当の預金口座を私の名義で設けてくれることが条件です。かかる要求を出さざるをえない理由も難なく納得していただけることと思う。ヨーロッパを出たときの私は文無しだったが、さりとて文無しで帰るつもりは毛頭ない。アメリカへ来るようにすすめたのはきみであり、またきみは私の面倒を見てくれると約束した。パリに戻るというのはきみの側の希望であって、私の希望ではない。きみは私を厄介ばらいし、おのれの神聖な義務を放棄したがっている。これまでのきみの出費に関しては――彼はこれをごく些細な事のように書いていた――先祖伝来の家宝で、私の唯一無二の財産であり、金に代えがたい品物をきみの許へ置いてきていることをご想起ねがいたい（もちろん彼の言うのは置時計《パンジュール》のことだ）。

ぼくは激怒した。すぐ彼に返事を書いた。今度きみが飛行機に乗らず、この国から立ち去ってぼくを以前の平安に戻してくれないかぎり、ぼくはきみと絶縁する。きみがどうなろうと知ったことじゃない。金門橋から飛びこみたければ、どうぞご勝手に。追伸——リリクが一両日中にきみを訪ねる——置時計《パンジュール》を持ってね。きみはその時計を尻に突込むなり、質に入れて、その売上高で一生を暮すなり、好きなようにしてくれたまえ。

たちまち部厚い返事が届いた。彼はすっかり狼狽していた。縁切だと？ 文無しで放り出すというのか？ 異国の地に一人ぼっちで？ 病気の男を、老人になろうとしている男を、就職の権利すらない男をか？ いや、きみにそんな事ができるはずがない！ 私が昔から知っているミラー、誰にも一様に手をさしのべる、大いなる恵み深い心情のミラー、情けないやくざ者の私を憐れと思い、生きてるかぎり世話をしてやろうと誓ってくれた、あのミラーが！

「そうとも」とぼくも書き送った。「そのミラーさ。もう辟易している。うんざりしている。きみとの関係を断ち切りたいと思っている」そして彼のことを、虫けら、ヒル野郎、穢ないゆすりと悪口を言った。

彼は妻に鉾先を向けた。長ったらしい、めそめそした、自己憐憫で一杯の文面だった。きっと貴女《あなた》なら私の置かれている状態を理解してくれるでしょう！ 善良なミラーは正常なセンスを失って、われとわが身を木石にしてしまった。可哀そうに《ル・ポーブル》、いつか自分のしたことを後悔するでしょう。云々、云々。

彼の言うことに耳を傾けないよう、妻には注意した。彼女はぼくの言うことのほうに耳を傾けなかったようだ。彼に同情してしまった。モリカンが最後の土壇場になればまともになって、飛行機に乗り、自分の愚かな要求のことは忘れるだろうと、彼女は信じていた。「愚かな」なんて言っているのだ。「呪縛された」人間についてのラーマクリシュナの言葉をぼくは憶いだした。「かく世界の網に捕えられている人間のことをバッダ即ち呪縛された人間という。このひとびとを覚醒させることは何人《なんぴと》にもできない。かれらは悲惨や悲痛や言語に絶した苦悩の打撃を数知れず受けたのちも、正常に戻ることがない」

ぼくはたいへんだった時代の実にいろいろのことを思ってみた。特に最初は国内で、次に外国でぼくが送った乞食生活のことを思いだした。親友の、いわゆる「ダチ《バディーズ》」の手から受けた冷淡なはねつけのことを思ってみた。ぼくが難破船の船員みたいにへばりついているときに差し出された食事のこと、それと一緒にもらった説教のことを思ってみた。レストランの窓の前に立って、ひとびと――もう料理なんか必要としていない、充分すぎるほど飽食しているひとびと――が食事しているのを眺めながら、それらの人がぼくの目つきに気づき、招じ入れてくれて、一緒に食ってもらえないだろうかとか、この残り物を食べないかと言い出さないかなあと、空しい希望をいだいたりした時代のことを思ってみた。ぼくの受けた施し物のこと、通りすがりにぼくに投げかけられた十セント銅貨、あるいは一握りのペニー銅貨のこと、そしてぼくが鞭で打たれた野良犬のように、口では阿呆んだらと悪口を言いながらも施し物を狂ったように拾ったことなどを思ってみた。どんなにたくさんのはねつけを受けようとも、実際無数にあったが、またどんなにたくさんの侮辱と恥ずかしめが投げかけられようと、一片のパンは常に一片のパンだったし――また施し物をしてくれた人にいつも愛嬌よく、あるいはうやうやしく礼を述べていたわけではないとしても、自分の星のめぐり合せにはいつだって感謝していた。一片のパン以上のものを貰ったって然るべきで、少なくとも文明国なら、どんな価値のないやくざ者でも、必要なときには一回の食事を摂るくらいの資格がありそうなものじゃないかと、一度くらいだったら思ったことがあるかもしれない。だがまもなくぼくはもっと大きな物の見方ができるようになった。「おありがとうございます」と言うことができるようになったばかりでなく、後足で立って、物乞いをすることもできるようになった。そのことはぼくをどうしようもなく辛い思いにしたわけじゃなかった。しばらくしたら、なかなかおどけていておもしろいと思うまでにさえなった。こういうことは、時には人間みんながやってみることも必要で、特に金持ちの家に生れついた者は是非やってみるべきだ。

だがあのモリカン野郎ときたら！ あんなに物事をねじまげるあいつのやりくち！ 世話をすると約束したらそれが、ホテル住まいをさせたり、無い金のなかから飲み代や劇場やタクシー代まで出す義務があるかのように、よしんば自分一人に対してとしても、見せかけるとは。そして、それにも飽きると、じゃ、パリの銀行に彼の名義で千ドル預けてくれとくる。なぜって、彼、モリカンは、もう一文無しになるのが厭なんだからだ！

ぼくはもう一度ブロードウェイと四十二丁目通りの角に立っている。肌寒い夜で、雨が顔を打つ。群集をもう一度よく見まもって、知っている顔、拒絶したりせず、悪意の眼差しを投げないで施し物をしてくれそうな通りすがりの顔を捜してみる。あれがいい！「旦那さん、すみませんがコーヒー代を恵んで下さい」その男は立ち止りもせず、ぼくの顔を見もしないで、金をくれる。十セント銅貨だ！ 光り輝いている愛らしい施し物。まるまる十セント！ こういう気前のいい人間の翼をとらえ、上着の裾をつかんで、ていねいに傍に呼び、落着きはらった、しかし鳩のように無邪気な声で、「旦那、私はどうしたらいいんでしょう？ きのうの朝から何も食ってないし、体はこごえて、ずぶ濡れです。家じゃ女房が私の帰るのを待っています。もちろん腹をすかせて。おまけに病気で。申しわけありませんが、一ドル、できたら二ドルくらい恵んでもらえませんか。旦那、ほんとに困ってるんです、どうにもならないんです」と言ったら、どんなにか愉快なことだろう。

いやいや、こういう類いの話し方は書物にふさわしくない。カナダ銅貨でも――汚れたパン一かけらでももらったら、感謝すべきだ。自分がせがまれる番になったら、「さあ、取っておけ。それで好きなようにするがいい」と――しかも心から――言うことができると思って、感謝すべきだ。そう言いながら、ポケットのなかのものを全部やってしまう。そう言いながら、自分は雨に濡れながら家に帰る。食事も摂らないで！

そんな事をぼくがやったことがあるか？　無論、ある。何度もある。そういう事をやってみるのはすばらしいことだった。すばらしすぎるくらいだった。もう一人の自分が犬のようにぺこぺこして、泣き事を言って、物を乞うているのを見れば、ポケットのなかを空にするくらい何でもない。いつだって頼めば食事が摂れるとわかっているときに、食事を抜くことぐらい楽なものだ。あるいは、明日の風が吹くとわかっていれば。何でもない。取引に勝つのはきみ、寛大王子《プリンス・バウンティフル》のほうなんだから。われわれがちょっと慈悲ある行いをするときに恥ずかしさで頭を垂れてしまうのも不思議じゃない。

金持ち連中にはどうしてこのことがわからないのか、どうして機会をみてこの金のかからない気分のよさを味わおうとしないのだろうかと、ぼくは考えることがある。ポケットに二十五セント銅貨を詰め込んで銀行から出て来て、歩道に並んでいる文無しの者たちにソロモン王のように分け与えてやり、一人一人みんながつつましく「おありがとうございます」と言ってうやうやしく帽子を取っている、カリフォルニアの無冠の帝王ヘンリー・ミラーのことを考えてもみろ！　もし一日の仕事に取りかかる前に、そのようなつつましい心をもつことができたならば、どんなにいい強壮剤となることだろうか。

あのまがいもの野郎のモリカンも、羽振りのよい時分には、まったく気前がよかったと聞いている。ほとんど食べ物がなかったときでも、人に分け与えて一緒に食べることを厭がらなかったらしい。しかし彼は街に出て、物乞いをしたことがなかった。やったとしても、優雅な筆蹟で、上等の文房具を使ってやった——文法も構文も句読点もいつだって申し分なかった。穴があいていたり、つぎはぎでもいい、それのあるズボンをはき、椅子に掛けて、物乞いの手紙を書くなどという経験は彼にはなかった。部屋が氷のように寒くて、腹が空っぽで、吸いかけの巻煙草は紙屑籠のなかから拾いだしたものであっても、なお彼は……よそう。ぼくの言わんとしていることは明らかだと思う。

とにかく彼は二つ目の飛行機にも乗らなかった。そして、きみを呪ってやるという手紙を彼が寄こしたときも、ぼくは彼が本気で言っていることを一分間たりとも疑ったりはしなかった。同じ事の繰り返しを避けるために、悪魔大王陛下、今後彼からの手紙は一切開封してもみないことを通達した。同時に、彼をぼくの手から離して、運命のなすがままにまかせること、二度と再び彼がぼくの手紙やぼくが送った金の色を見ることはないだろうことを知らせた。

これで彼からの手紙の洪水が止ったわけではもちろんない。手紙は、日増しに部厚くなりながら《トウジユール・プリユ・エスパセ》、届き続けたが、一度も開封されたことはなかった。いま手紙はU・C・L・Aの図書館に保管されている。まだ封をされたまま。

彼が外人部隊時代からの友人サンドラールと決裂したことをぼくに話したときのその話し方をぼくはとつぜん思い出す。彼が古き良き時代を懐かしんで、幾晩もその想い出を語った、その一宵のことだった――サンドラール、コクトー、ラディゲ、キスリング、モディリアーニ、マックス・ジャコブ等のすばらしい友人ができたが、それら友人が一人ずつ消えて行った――あるいは彼を見捨てて行った。だがマックスは別で、彼だけは最後まで忠実な友だった。しかしサンドラールは――彼はサンドラールのことをじつに暖かく語り、そのときでも心から賞讃していたというのに――どうしてそのサンドラールが彼を見捨てたのだろうか。彼はこんなふうにそのことを話した――

「ある日――彼がどういう気質か、きみも知っているね――彼はぼくに腹を立てた。そしてそれっきりだった。もう二度と近づけなかった。やってはみたが、無駄だったのさ。ドアは閉ったきりだった」

一九三八年にサンドラールに会ったとき、つい口がすべって、あなたの旧友のモリカンと知合いになりましたよと言った。そのとき彼が何と言ったかは、ぼくはとうとうモリカンに打ち明けなかった。「モリカン?」と彼は言ったのだ。「あれは友だちなんかじゃない《ス・ネ・パ・ザン・アミ》。あれは生ける屍だよ《セ・タン・カダーヴル・ヴィヴァン》」そしてドアはバタンと閉った。

それから、置時計《パンジュール》。ぼくはこれを彼に渡してくれとリリクにあずけた。するとリリクはこの骨董品がどのくらいの値打ものか調べてみようという気になった。それで彼は手渡す前に、故障の場合は持って行ってくれとモリカンが住所を教えていてくれたその時計屋へ持って行った。これの値打?　時計のことについてはちとうるさいその男の話だと、売ったって五十ドルもらえたら運がいいほうだろうという。骨董屋ならもう少しはずむかもしれない。でも、いくらも違いますまいよ、ということだった。

「そいつは滑稽だね」と、彼からその話を聞いたとき、ぼくは言った。

「わしもそう思いましたよ」とリリクは言った。「それで骨董屋、次には質屋に持って行ってみた。どこも同じでね。そんなくず物は売れませんね、ですとさ。もちろん、みんな褒めてはくれましたがね。

すばらしい組立てだって。でも誰が買う気を起すでしょうか？　というんです」

「あいつがいつもこの品で大騒ぎをしていたから、あんたも知りたいだろうと思って」と彼は言った。

それから彼はモリカンと電話で話をしたときのことを話した（モリカンは興奮していて彼を部屋に呼ぶことができなかったらしい）。それはほとんど三十分間くらいも続いた会話だった。しかもモリカンが一人で喋ったのだ。

「あんたがいなかったのは残念至極でした」とリリクは言った。「すごい威勢でしたよ。あんなに怒り散らして、毒づいて、しかも同時にあんなに雄弁にまくしたてられる人間がいることを、ぼくははじめて知りました。やつがあなたについて言ったことといったら……まったくあなたが聞いたら頭から湯気が出ますぜ！　それにあんたのことを何と呼んだと思いますか？　聞き始めて数分間もしたらこっちも楽しくなっちゃってね。いったいどこまでやるつもりか見たくなって、時には相槌を打ってやりましたよ。とにかく、気をつけたほうがいいです。やつはできるかぎりのことをしてあんたを困らせる気ですからね。あれは正気じゃないですね、ぼくは本当にそう思っています。気違いだ。絶対そうです……一番最後にやつが言ってたことで憶えているのは、いずれあんたのことがフランスの新聞で読めるだろうという文句ですがね、やつは自己弁護演説《プレドワイエ》を考えているんです。両『回帰線』の作者、山頂の聖人、フランス読者の愛するヘンリー・ミラーの内情をあんたの愛読者にぶちまけるって言うんです……『何と愉快なことだろうて《ケル・ファルスウール》』て、これがやつの最後の言葉でしたよ」

「彼は『いまに見てろ《ジュ・ロレ》！』と言ってなかったかい？」

「そうそう、そのとおり。それも言ってましたよ」

「そんなことだろうと思った。バカ者《ル・クイヨン》が！」

モリカンの作戦活動について最初に知らされたのはサンフランシスコのスイス領事館からの手紙だった。ていねいな公式の手紙で、モリカンが役所に来たこと、彼の絶望的な状態、などが記されており、最後に、当件に関し貴君の御意見を伺いたいとあった。ぼくもかなり長い返事を書いて、モリカンの手紙の写しを送付してもよいことや、モリカンに言ったことをもう一度書き記し、ぼくは手を引いたのであり、断じて気を変えることはないと結んだ。これに対する回答は、事情の如何を問わず、法律的な観点からしたら、貴君がモリカン氏の後見人です、ということだった。件《くだん》の御手紙を御迷惑ながら御送付ねがえないでしょうか、ともある。

ぼくは手紙の複写写真を送った。それから次の成行きを待った。

この時点で起ったことは想像するに難くなかった。自分の手で書いたことを否認することはできやしない。

次の手紙は、モリカンの問題はきわめて困難な問題であり、この気の毒な人間の精神が確かでないことは明らかである、という趣旨のものだった。領事館は、かかる目的に当てられている資金がありさえすれば、喜んで彼を送り返すところであるが、と書かれていた（もちろんそんな資金はないのだ）。そこで、私、副領事が、お宅へお訪ねして一緒に相談すれば、おそらく何らかの適切な妥協案がまとまると思う。それまでのあいだ、できるだけモリカンの世話はする、と手紙は述べていた。

それで、副領事がやって来て、一緒に長いあいだ話しこんだ。さいわい妻がそこに居て、ぼくの供述を助けてくれた。それから、軽い食事をしたあと、彼はカメラを取り出し、ぼくらや家の写真を数枚とった。彼はここの場所に魂を奪われてしまった。もう一度、今度は友人として来てよいかと、ぼくに尋ねた。

「しかもあのおバカさんはここが我慢ならんと言うのですからなあ」と彼は頭をふりながら言った。

「とんでもない、ここは楽園ですよ」

「失楽園です！」とぼくはすかさず答えた。

「彼のことはどうなさるおつもりですか？」とぼくは、彼が帰ろうとしているとき、敢えて尋ねてみた。

彼は肩をすくめた。

「いったい何ができるでしょうか」と彼は言った。「ああいう人間に？」

同国者のためにぼくがやったことに対し厚く礼を述べ、ぼくが受けた迷惑に対し遺憾の意を表してから、彼は言った。「あなたはよほど忍耐力のある方ですね」

その後彼からの連絡はなかった。モリカンがどうなったか知らされもしなかった。ところが一九五四年の七、八、九月合併号の『ル・ゴエラン』を受け取ってみると、彼の死が報ぜられていた。『ル・ゴエラン』の編集長テオフィル・ブリアン——モリカンの唯一の最後の友人——から、彼がビッグ・サーに着いてから三カ月とたたないうちに起きたモンタレーでの別れと、彼の哀れな最期とのあいだの期間について、ぼくは二、三の事実を知らされた。

ぼくらが別れたのは一九四八年の三月だった。彼が移住当局の手でこの国から追放される一九四九年の秋まで、どうやって生計を立てていたのか、依然謎のままである。ブリアンもこの時期のことについてはよく知っていなかった。むろん、黒い謎《エヴィドマン》だ。九月の終り頃、彼はブルターニュのブリアンの家に現われ、そこを浮世からの避難所にさせてもらった。だがここでも六週間しか続かなかった。ブリアンが手紙で使ったうまい言い方を借りるならば、「共同生活を無期限に続けられないことは、遺憾ながらすぐわかった」のだ。かくて、十月の十七日モリカンの忠実な友人は彼を車でパリに連れて行き――そしてかつてのモディアル・ホテルに彼を泊らせた。ここでも、しばらくのあいだはうまくいってたが、急速に事情が悪化した。とうとう、この上ない絶望のうちに、彼が最後の屈辱を受けねばならぬことを運命が宣告した。つまり、パリのサン・マンデ通りにあるスイス養老院に入院の申請をするということだった。これは奇しくも彼の両親が設立した施設だった。ここで彼は中庭に面した小さな部屋を選んだが、そこの窓から見える金属板は、彼の母親と兄イヴァン・モリカン博士とに依る施設竣工を記念したものだった。

「彼の友人は皆《トゥー・セ・ザミ》」とブリアンは手紙に書いている。「ぼくを除いて、彼のことを見捨ててしまっていた。数多い原稿も編集者の総肘鉄を喰ってしまった。そしてたしかに、重苦しいいざこざが彼とアジール誌の編集長のあいだで起りもしました。私は努力して彼の気を鎮め、あの小室を与えたのですが、彼はその部屋をまったく驚くほどきれいに整理したのですが、その部屋は彼の最後の安息所となってしまいました」

最後はきわめて突然やって来た。『ル・ゴエラン』に載ったブリアンの死亡記事に依ると、死んだ日の朝モリカンはある女性の親友の訪問を受けた。正午近くだった。別れるとき彼は彼女に、もうぼくを見ることは二度とないだろうと、そう言っただけだった。健康そうで元気も良かったし、会話のなかにもそんな言葉を裏づけるようなことはなにも話題にのぼっていなかったので、彼女はそれを単なる気紛れ《ブタード》とかたづけた、その日の午後、四時頃、彼は心臓発作を起した。彼は台所に行って助けを求めたが、急を要する容態だったにもかかわらず、驚かねばならぬ筋合いの者は誰もいなかった。医者が呼ばれはしたが、手がふさがっていた。手があいたら、後で行くということだった。医者が着いたときは、手遅れとなっていた。もう虫の息の可哀そうなモリカンを病院にかつぎこむしか術《すべ》がなかった。聖アントワーヌ病院に着いたときは意識を失っていた。意識を回復しないまま、同夜の十時半に彼は死んだ。一九五四年、八月三十一日だった。

死ぬ直前の彼は、ブリアンの手紙だと、「浮浪人の最期みたいに素裸で、鼠のように唯ひとり《スユル・コム・アン・ラ・ニュ・コム・ラ・デルニエール・デ・クロシャール》」だったという。

エピローグ

幾年か前に、ぼくはチベットの聖者ミラレパの言葉に出会った――「それは書かれた。書かれねばならなかった。それがどこへ導いたかを見よ」

ぼくは郵便の着くとき、たびたびこの言葉を思いだした。郵便！ この太平洋岸一帯では、これは週に三回起る出来ごとである。ということは、まず最初に、日が定まっているということだ。ろくに昼食をすませる暇もなく、郵便屋のジェイクが呼笛を鳴らしているのを聞く。とたんに郵便袋、洗濯物、小包、書籍、ケロシン油の缶、それに何によらず修繕したいもの、取り替えたいもの、中身を詰め直したいもの、等々を引きずりながら崖を登ってハイウェイへ出る。郵便屋とその細君がトラックから荷物を下ろし始める。誰も彼も、ジェイクが郵便や速達小包やトランク、マットレス、薪、石炭袋その他の物といっしょに運んで来たバター、玉子、巻煙草、パン、ケーキ、ミルク、新聞といった品々にむらがり集まる。自分の受け取る物を集め終るのに三十分かそこらかかり、そのあいだに噂話が無料でまき散らされる。

ときにはジェイクの到着を一時間か二時間待たなくてはならないこともある。ときには道路が破損していたり、ジェイクのトラックが故障したりする。

月曜日、水曜日、金曜日、この三日間は、降っても照っても、郵便トラックの到着のほか何も考えることができない。

トラックが行ってしまうと、今度は自分の品物を家まで運ぶこと、石炭や薪、ケロシン、洗濯もの、郵便袋、速達小包、書籍、新聞、食品、それに薬屋や金物屋から届いた日用品などを、すべりやすい土手から引きずりおろす作業が始まる。このために何回かの往復が必要になる。もし海岸でなく山の上に住んでいるとすれば、一回の往復が一時間の損失になる。

ようやく終って腰を下ろし、二杯目のコーヒーをすすりながらケーキの一片を試食するか、翌日にまわしたのではまずくなりそうなドーナツでも頬張りながら、ゆっくりと郵便物の封を開ける。まもなく床には封筒やら包み紙やらボール紙、小包紐、詰め物の紙かんな屑などが散らばる。しばしばくは自分の郵便物を読む最後の人間になる。いよいよそれに取りかかるときまでに、いちばん大切な、関心の大きい知らせはとうの昔に口頭で伝えられている。ぼくは石炭の燃え殻のなかに見えなくなった手袋を探してる男みたいに、手紙類のなかを掻き探すのが常だ。ぼくの著書の批評文が鼻のさきへ突きつけられる。たいていは貶《けな》した批評だ。手紙のうちの一部は封を切らずに置く。それらはぼくが絶対に返事をしたことがないのに部厚な手紙を寄こすのをやめない退屈な連中からのものだ。誰かがいま新聞を読んでいる。叫び声が起る。「これ読むから聴いて!」そこで読みかけの手紙から眼を離さずに、ぼくは外の世界をあつかった不愉快なニュースの一片に耳をかす。さて今度は小包便が開かれ、ぼくらは到着した書物、レコード、雑誌、パンフレット等々を見始める。ときにはそのなかにおもしろいものがあって、一時間かそこら椅子に釘づけになってることもある。ふと顔を上げて見ると、もう五時になってる。ぼくは狼狽する。「仕事をしなけりゃ」などとひとりごとをつぶやく。だがその頃にはドアにノックがあって、誰かと思えば見ず知らずの三、四人の人が立っていて、あなたがこの素敵な地方にお住まいと聞いたものですから、どんな暮し方をしていらっしゃるか見たくてお訪ねすることにしたんですというお客様たちだ。そこでこっちはミネソタかオレゴンの親切な友人が送ってくれたぶどう酒の栓を抜いて、なに、忙しいったってそれほどのこともないさという顔をする。「どうぞゆっくりして、夕食でも召しあがってください、もうじき食事の時間ですから」などと言う。

訪問客たちが帰ったときには、あるじは食ったり飲んだり喋《しゃべ》ったりで疲れ切っているが、そこでまた郵便物に手をのばす。もうあらまし寝る時刻だが、さっき読みかけた手紙が一つあって、それだけでも読んでしまいたい。と、そのとき手紙の山のなかに下積みになった電報を一通、発見する。それは即刻、なるべく電報で返事してくれとあるが、郵便屋はとうの昔に町へ帰ってしまったし、ここには電話もなければ車もない。この次に郵便屋が来るまで待つか――それとも明朝、はやく起きて、ハイウェイに立って通る車に手を挙げ、すまないがモンタレーに寄って、この電報を打ってくださいとドライヴァーに頼むか、しなければならない（その男が頼まれたとおりやってくれたかどうか、わかるのは数週間後だ）。翌朝、いざ腰を下ろして仕事にかかろうとするとき、またもやちらと郵便物のほうを見る。すぐに返事しなければならぬ手紙が三通か四通あることがわかる。そこで返事を書きだす。おそらく原稿なり写真なりを取り出すためにトランクのなかを掻きまわしたり、引用のためにある書物なりパンフレットなりの本文にあたったりする必要があるだろう。もちろん書類はファイルしてあるが、それが役に立つことは一度もない。そこで部屋のなかを何から何までひっくりかえしている最中に、隣人の一人がやって来て、すまないが手をかしてくれないか……屋根の修繕だか水はけの管の取り替えだか、それとも新しいストーヴの据えつけだか、そんな仕事だ。三時間後に、やっと仕事机に戻ってくる。郵便物は相変らずこっちの顔を睨んでいる。うるさい、それを片寄せる。日影が薄らいで、早くしろ、早くしろ、早くしろとせきたてる。

残っている一時間かそこらで、いったい何ができるというのだ？　あれこれとぶつかってはみる。何一つうまくはいかない。日影の薄らいでゆくその速度にばかり気をとられている。まもなく薪を割ったり石炭を崩したり、ケロシン・ランプに油を入れたり、赤ん坊が泣くから抱いてやったりする時間だ。もしかすると洗ったおしめがないかもしれない。そのときは三マイルさきの硫黄鉱泉まで走ることになる。ときには通りすがりの車にヒッチで乗せてもらえることもあるが、ないときは惨めだ。バケツ一杯のおしめを提げて六マイル歩くのはとても冗談ごとじゃない。しかも雨降りのときもある。すっかりへたばって、長椅子にぶっ倒れ、欲も得もなくひと鼾《いびき》かきたいところだが、さて戻ってみると旧い友達が——一千マイルの道程を遠しともせずに会いに来てくれたのでは！

家へ戻る途中、歩き疲れても、雨が降っても、書きたいアイデアが心のなかでは湧き流れていた。数時間前に筆をおいたその場所からどう進むか、ちゃんとわかっていると思っていた。忘れないようにと、何度も何度もそれを——その一語を、一句を、あるいはときには一段落の全部を自分に言い聞かせた。この小さな項目を落してはならない、しっかりつかんでいなければ、思想は散乱してしまうだろう（もちろん鉛筆と紙なんぞ持って歩くことは決してない）。だからとぼとぼと山路をたどりながら、愚かしい鍵になる言葉をくりかえしくりかえししていた。だが同時に頭の一方では、この嵐が幾日も幾週もつづくとしたら石炭や薪は間に合うだろうかと心配する。原稿を置いてある書斎の窓は閉めて来たかしら？　あすこの云々という一行を消すのを忘れるなよ……

言うまでもなく、ようやく大切な用件の手紙に返事を書きあげる前に、また郵便日が来てしまう。時間はひどく窮屈だ。朝はいつも短くて、何か一つ二つしているうちに過ぎてしまう。書こうと思った手紙を書く暇がなく、結局あっさりした走り書きか、ときには葉書ですませることになる。「いずれまたそのうち……例によって取急ぎ、あなたの友なる、某々」やがてまたジェイクの呼笛が鳴り、またもや新しい苦悶のひとたばを受け取るために駆けだしてゆく。毎月曜日、水曜日、金曜日、運命そのもののごとく確実に。

もちろん夜は仕事ができる。あたりまえだ。ぼくだってやろうとはする。書斎ではもう仕事ができなくなったときは、ぼくは書類を持って居間へ行く。書類をひろげたかと思ったとたんみたいに、もう夕食のためのテーブルを仕度する時間だ。ぼくは書類をわきに置く。夕食を食べる。さて食卓をかたづけ、皿を洗い、また書類をひろげる。不思議に、ぼくは睡くなる。掛時計を見る。まだ九時半だ。ニューヨーク、パリ、その他どこの大都会でも、まだちっとも睡くなくて、どんな映画を見にゆこうかなと考えている時刻だ。だがここビッグ・サーでは思いつくことは一つしかない——寝床へもぐりこむことだ。何て怠け者になったんだと自分をやっつけながらベッドへ這いこみ、明けがたにはパッと起きだそうと、心がまえだけはしておこうと工夫する。

ときには実際に夜明けに起きることもあるのだ、嘘ではない。すると自然があまり美しいので、ぼくはまずひと歩きしないではいられない。ぼくはこれまでもかつて朝起きていきなり仕事にかかったことがなく、また空きっ腹でやったこともない。

で、その散歩だが、これがすばらしい。ぼくの頭には無数の新しいアイデアが湧く、そのどれもが奇想天外、才気煥発のものばかりだ。家に近づく頃にはもう駈足になっている。アイデアがありすぎるものだから、どれからさきに手をつけていいかわからぬ。ランボー論をつづけたものか、それともラットナーの原稿に手を入れようか?　いや、こんなに幸先のいい一日の始まり具合なんだから、いっそ今朝から『薔薇色の十字架』と取っ組もうか?　誰もまだ起きていない。ぼくは爪先だちで動きまわり、火を熾《おこ》し、朝食を用意し、その合間には赤ん坊の枠つき寝台のわきに立って長い時間をつぶす。眠っているとき、この女の子はまるで天使のようだ。まもなく鳩みたいに雀みたいに啼いたり囀《さえず》ったり、犬の仔みたいに喉を鳴らしたりするだろう。ぼくは朝食のあとではすぐにがむしゃらに仕事にはかかれない。赤児が湯に入ったり服を着せられたりするところを見たいし、しばらくは自分で抱いてやりたいし、彼女の小鳥と仔犬の言語で会話をしたい。さてそのあと、まさに一日がこれほど気持よく始まったのだから、その故にやっぱり書くのはやめておこうと決心する。そうだ、絵を描こう。こんなすばらしい日なんだから、どうせ悪口を言われるにきまってる本なんか書いて時間をむだにするのは惜しい。そうだ、おれは自分の心から楽しめることをやりたい。水彩画を一、二枚、描こう。

そこで、書類や文献を慎重に並べておいた六フィートのテーブルはすっかりかたづけなければならない。画用紙に水を張り、パレットを掃除し、これまで一度も使ったことのない新しい色鮮やかな絵具を絞り出したり、お祭り騒ぎの用意をする。さあそれからは夢中だ、やめられない、水彩画マニア。幾日つづくか、幾週になるかもわからない。そのあいだはほかのことはいっさい忘れている。ぼくはまた画家になったんだ。唯一の人生だ、これが！　なぜぼくは作家なんかに生れたんだろう？　ことによるとぼくはいまではもう作家ではないかもしれないのだ。だが心の底のほうではわかっている、したい放題をやったあとでは、またタイプライターへ戻ってゆくことを。まあ何とか言ってもぼくは結局タイプの前に坐ったままで死ぬだろう。わかっている。だがときたまは、いつかおれは書くのをやめるだろうと考える贅沢を自分に許すこともある。おれは何もしなくなる。ただ生きるのだ。

しかし、ただ生きる、とはどういう意味だろう？　創造することなしに生きる、想像のなかだけに生きる……それが生きることか？　違う、そうではないことをぼくは知っている。ぼくはまったくそういう放棄、断念の段階にはいない。まだまだ策励が、願望がありすぎるし、世の中と交信したい欲求が大きすぎる。「だがテンポをゆるめることはできないのか？」ぼくは自問する。「なぜ少しの間、気楽にやっていてはいけないのだ？」

ぼくがまだ返事のしてない手紙のことや、ほんの短い言葉でもいいから欲しいと叫んでくる多くのひとびと――助言を、賛成を、励ましを、評価を、あれを、これを、求めるひとびとのことを思いだすのはそういうときだ。ぼくはまず第一にかれらの問題のことを考える、わかってもらいたい。そのあとで、ぼくはまだ完結していない自作のことを考える。それから今度はぼくがいまだに訪ねたいと思う国々のこと――中国、インド、ジャワ、ビルマ、タヒチ、ペルー、ペルシア、アフガニスタン、アラビア、チベット、ハイチ、カロリン諸島。だがこれをみんなやれる時間があるだろうか？　ぼくはあと何年、自分に割り当てられているか、計算してみる。やっぱりあきらめなきゃ。ことによったら百歳まで生きるかもしれない。ことによったら、いま五十代のぼくは第二の青春を通過してるのかもしれない。七十になったら、そのときは自分のしたいことを何でもできる時間が持てるかもしれないんだ……こんな調子だ。

するとそこへジェイクの呼笛を鳴らすのが聞えてくる！　郵便日だ！　また同じことが始まる。どうにも仕方はない、お手あげだ。

いままでいろいろ愚痴を述べたが、過ぐる二年間、ぼくを窮境から引き上げようと骨折ってくれた友、エミール・ホワイトのことはまだ一言も言ってなかった。彼がいなかったらぼくはどんなことをやっていただろう？　彼がビッグ・サーへ来て以来、惜しみなく時間と力とを与えてくれた。ぼくが以前に住んでいたパーティントン・リッジを上り下りして運んでくれた荷物の量は、一頭の驢馬を斃死させるに充分だった。来る日も来る日も彼はぼくらのために森へ行って薪を集め、それを割り、石炭袋を山の上まで引き上げ、壊れたところ、水の洩るところ、ぐらつくところはすべて修理してくれた。さらに、それでもまだ足りないかのように、帰りがけにはぼくが返事を書く暇のなかった手紙を持って帰って、ぼくに代って返事を書いてくれた。また何百冊の本、何百枚の水彩画をぼくのために発送してくれた。まるで無から有を生ずるようにぼくの書斎を建ててくれた。妻の留守中には料理をしてぼくに食べさせた。自分が町へドライヴしてぼくら家族のための日用品をいくらか廉《やす》く買うために車を一台買ってさえくれたが、その車が路をそれて彼の大切な右手の指を二本あやうく失うところだった。こうして彼がぼくのためにやってくれた数限りもないサービスを列挙し始めたらとてもたまったものではない。

一時は、ぼくは問題は解決したと思った。エミールがぼくの秘書、給仕頭、私設の用心棒《ボディガード》兼大物警備員になってくれるだろう。あらゆることを彼がとりしきってくれるだろう、と思った。また事実、しばらくは彼はそうやってくれた。まったく申し分なかった。そのうち、ぼくの煽動で彼は絵を描きだした。まもなく真剣に描くようになった。ある日、ぼくのところへやって来て、ぜんぜん無邪気にこう言った——「どこがいけないのか、ぼくにはわからんのですがね。この頃、何をやるにも時間が足りなくて困るんです。はじめここへ来たときには、暇がありすぎるほどあったんだけど」

ぼくは微笑を禁じえなかった。どこがいけないのか、ぼくにはわかりすぎるくらいだった。郵便さ！　手紙にいちいち返事を書いて、自分の仕事もやるというのは無理なのだ。ぼくはそのことを説明してみたが、彼は納得しなかった。彼の考えでは、絵も描き、そして文通のほうもかたづけられるはずだった（そして余った時間で雑用もやる気だった）。自分がどれほどの重荷を引き受けているか、彼にはわかっていなかったのだ。はじめのうちは全世界のこれほど多くのひとびとと通信を交わすということがすばらしいことに思えた。彼が受け取った愛読者の手紙はずいぶん感動的でもあり励ましでもあった。通信はふえこそすれ、減ることはなかった。しばらくは彼も楽しんでいた。そのうち、だんだんに、深みにはまって動きがとれないでいることが彼にもわかってきた。そうしてそこに気づく一方では絵を描きたい欲望が日ましに強くなった。

　で、要するに、ぼくは自分に来た手紙をエミールに返事してくれと廻すのをやめたわけだ。彼は画家になってしまったし、ぼくは彼がずっと画家であって欲しいと思う。手紙が何だというのだ！　勝手に返事をみつけるがいいのだ！

　そうして、これが目下のぼくらの状態である。いまになってはじめてぼくはこのパンフレット[1]を書くことによってもはや手紙書きの仕事はなくなるであろうという名案を思いついたわけだ。ぼくはこれを送ることにするつもりだ。

　まあ様子を見よう。なんだかぼくはこのパンフレットを送った上にまた手紙や葉書を書くことになりそうな気もする。少なくとも、妻はそう考えている。彼女の予想が当るかもしれない。しかしどうなるかを知る唯一の方法はやってみることだ。

1　この文章を作った本来の意図がこれだった（原注）

　およそ作家には、彼を待ち受けている二つの大きな意外事がある――一つは彼の努力に対する適切な反応がないことであり、二つめは反応が実際に来た場合、それには彼を圧倒する性質があることである。そのどちらも他方に劣らず厄介だ。

受け取ったすべての手紙に返事を書くことは明らかに不可能である。

　もちろん、秘書を雇う気があれば雇えるだろうが、ぼくには雇うだけの甲斐性がないし、第一、秘書を必要とするような立場になりたくもないのだ。ぼくは商売をしてるのではない。ぼくはぼく自身がつくりだした特異な羈絆《きはん》から自己を解放しようと真摯《しんし》な努力をつづけている人間である。

　これが総括的《アン・ブロック》な答えであり、雨あられのように間断なくぼくに降りそそいでいるあらゆる好意、激励、贈り物、忠言、批判の類いに対する先回り的挨拶にほかならない。ぼくに手紙をくれる大多数の諸君がぼくを援助しようという気持であることを、ぼくは感謝をこめて認識している。してみればかれらこそは真っ先にぼくの辛い立場をわかってくれて、かれらの信頼と好意のあらわれを受けとめ、これに応える唯一の途は、返事の手紙をではなく、作品を書きつづけることだ、ということを認めてくれるはずではなかろうか？

もちろん、何か手応えのある情報を入手するために手紙を寄こす人もたくさんあるし、こういう要望をぼくはみたすべく努める。また文筆の道に入ったばかりの男女のひとびとからの手紙もあって、このひとびとの質問にはぼくはしばしば答えに苦しんだり、まったく答えられなかったりする（また事実、単にぼくが作家であるという理由だけで、こうした質問に答えることが果してぼくの仕事だろうか？）。誰しもおのれにつきまとう諸問題にはおのれ自身の解答をみつけるほかはないのであって、しかもそれはその当人の独自のやりかたで見つけるほかはないのだ。何人《なんぴと》も何を書くべきか、またいかに書くべきかを他人に教えることはできないし、おのれを無力化し絶滅しようと脅やかす憎むべき諸力といかに闘うべきかを告げることはできない。ぼくはときどきこう答えたくなることがある――「それならなぜきみはぼくの本をもう一ぺん読まないんですか？」と。「でも、ほんのちょっとでもぼくの原稿を見てくださるわけにはいかないんですか？　せめて一つか二つの助言を与えてくださることはできないんですか？」

はい、できません。たといぼくにそれをするだけの暇と精力、あるいはそれにかなうと期待された知恵があるとしても、そんなことは無益です。人はおのれのなしつつあることを全心をかたむけて信じねばなりません、いま現在ではこれが自分のなしうる最善だと知り――完成なんぞはいまも今後も思い切ってしまえ！——作品を生みだしたことによって生じる諸結果を受諾せねばならないのです。自分の最良の批評家は自分です。進歩（わるい言葉だ）、実現《レアリザシオン》（セザンヌのオバケ）、熟達（技能者のゴール）、これらのものは、誰でもみな知っているとおり、たゆみない勤勉、労苦と悪闘、反省、思索、自己解剖、そしてなかんずく自己に対して小心翼々、無情冷酷な誠実を持ちつづけることを通じて、はじめてなしとげられるものだ。自分はわかってもらえない、正当に評価されていない、受け容れてくれない、といって抗議する人たち——われわれのうちの幾人がそうでなかったろう？　——に向っては、ぼくに言えることはこれだけだ——「きみの立場をはっきりさせたまえ！」

ぼくらは芸術や精神的な諸価値が終末に来る時代に生きている。しかし真理は——献身と無私とを通じて人は別種の勝利をなしとげるという真理は失われていない。ぼくの言いたいのは、おのれの諸問題と正面からぶつかるのでなく、それを超克する能力のことだ。

生に奉仕せよ、さらば汝は支えられん。これは人生の曲り角ごとに姿を現わす真理である。ぼくが衷心からの確信をもってこう語れるのは、ぼく自身この悪闘を経て来たからだ。ぼくが強調したいことは、問題の性質がどうであれ、それに創造的に取り組む以外に道はないということである。チェスについてよく言われるように、学ばるべき〝定跡〟の本などというものはないのだ。突破口を見つけるためには、壁を破らねばならぬ——そしてその壁はほとんどつねにおのれ自身の心にある。もしきみが構想《ヴィジョン》をもち、大いなる仕事にとりかかろうとする内からの衝迫をもつならば、そのときはきみはそれを成就するのに必要な長所や能力をきみ自身のうちに発見するだろう。何をやってもうまくいかなかったら、祈りたまえ！　おそらく、あらゆる工夫を出し尽して行き詰ったときこそ、はじめて一条の光明が訪れるだろう。おのれの能力の限界を認めたとき、ようやくぼくらは限界などというものはないことを知るだろう。

ここでぼくは一つの告白をしたい。おそらく手紙を書くことがこれほど厄介な重荷になった本当の理由は、ぼくが何にもまして手紙を書くことが好きだ、という点にあるのだ。これはもう立派な一つの悪徳である。ある日、格別にたくさんの手紙束を受け取ったぼくの一友人が、郵便にざっと目を通してからこう言った――「ここには返事をする必要のあるものは一つもないな」――ぼくはこの言葉を決して忘れることはないだろう。まったく、びっくり仰天したのである。たしかに、この友人は手紙を書くことが大嫌いな性格だった。ときどき彼は葉書を寄こしたが、いつも温かみらしいもの、いやそれに似たものすらも含まれない電報文ふうのスタイルで用件を述べるだけだった（ところがぼくが葉書を出すときには、ひどく申し訳ない気持になるので、たいていはすぐ次の日に追っかけて長い手紙を出すことになる）。だが肝腎な点は、わが友ならば何一つ心配すべきことを認めない場所に、ぼくは少なくとも三日間の仕事を必要と認めるということだ。

そのとおり、ぼくが受け取る郵便を減らしたいと願うのは、決して無関心の故ではない。何かそれ以上のもの、それとははっきり違うものの故なのだ。ぼくの言いたいことをいっそうはっきりさせるために、次のように言ってみようか――ある一通の手紙のぼくに及ぼす効果は、しばしばその日のぼくの残りの時間の平静をみだすに充分である、と。そのような手紙に、ぼくはすぐに返事を書きたいと思う。しばしばぼくは電報で返事をすることが至上命令だと思いこむ（もしぼくが富豪だったらきっと電信線を焼き払ってしまうだろう）。ときどき、ぼくに手紙を寄こした人がぼくの返事を待ってるとはとても信じられない気がする場合がある。これは何か崇高な自我主義《エゴティズム》みたいに聞えるかもしれない。

それにしても……そうだ、たしかにこの即刻に返事をしなければならんと素朴に思いこむ気持は、ぼくの欠点の一つ、あるいはぼくの妄想の一つとも言える。だがぼくの本性がこんなふうだからこそ、ぼくは不断にみなぎり、溢れているのだ――ぼくの反応はつねに刺戟に対して不釣合なのだ。より熱烈に生きること、より充実して他と協同すること、あらゆる通信の通路をつねに開いておくこと――これがぼくの性向であるらしい。……そしてまた過ぎ去った時の思い出というものがある、当時、ぼくが自分の声の聞かれることを求めてしたあらゆる努力は、風に逆らって唾を吐く以上の何ものでもなかったのだ。

きみが最も便りを聞きたいと思う人物は、決して手紙を書く労を取らぬ男である。こうした人物たちの自己満足――と言うべきか、それとも無関心か――は実に腹立たしい。人は時として狂気にまで駆りたてられるほどだ。この挫折感は、人が、自分は決して孤独ではないこと、他者から切り離されてはいないこと、したがって返事を受け取ることはさほど重要ではないことを発見する日までは持続しうるし、また事実持続するのだ。実は大切なことは与えることのみであり、返礼を考えることなしに与えることだという認識が訪れるまでは。

ぼく自身かつて返事を期待して裏切られた人が幾人かあったが、後にぼくはかれらもいまぼくが陥っているのと同じ苦境にあったことを知った。その頃ぼくがそれを知り、次のように書きかつ述べたとしたら、どんなにすばらしいことだったろう――「どうぞ強いて返事をしようとなさらないでください。私はただ単にあなたがこの世にあって創造された作品を世におひろめになっていることの故にいかに多くのものを私が負うているかを知っていただきたかったのです」今日、ぼくはときたまこのような音信をぼく自身受け取っている。このようなものこそが愛の道であり、それは相手への信頼と責任解除の言葉を用いてなされるのだ。

では、いったいぼくはなぜ自分に圧力を加えてくるひとびとについて考えることをやめないのか? おそらくはぼく自身の弱さのためであろう。もしもぼくがつねにおのれのすべてを与えていることを確信として知っていたならば、このような圧迫感がありえただろうか? いつになっても、この〝かたづかない務め〟が残っている感じだ。いつになっても、やっぱりおれの援助が不可欠なんだというこの気持が抜けないのだ。ぼくを苦しめ苛《いじ》めるひとびとに向って憫《あわ》れみや思いやりが欲しいと愬《うった》えるぼくは何という愚か者だろう! ぼくは自己を護ろうなどとするべきではない。ぼくは何事であれ自分の従事している仕事に没頭しているべきであって、ほかのことはいっさい顧慮してはならないのだ。

ぼくが答えようとしていることは実はぼくが自分自身に答えたいことなのだ。ぼくが最良の状態にあるときは、他人に対する自分の責任は自分が没頭している創作の仕事で始まりそして終る、と信じている。このような決断に達するまでにはかなりの時間がかかった。他のひとびと、ぼくより優れたひとびとと同様、ぼくもまた義務感とか、憐憫の情とか、他人に対する自然な顧慮とか、そのほか数知れぬさまざまの情感にもごもご揺り動かされて来た。自分に呼びかけられた何千という懇願や質問に答えることで、何と貴重な時間をぼくは浪費して来たことだろう! もうぼくはそういうことはしない。いまから以後、ぼくは一日の最良の時間、ぼく自身の最良の部分をば、ぼくの内なる最良のものに献《ささ》げつくすつもりだ。それをすませたら、数時間の閑暇《レジャー》を楽しもう。平和と静穏とのなかでゆったり過すのだ。絵が描きたくなったら——文章を書くムードでないときにはしばしばぼくはそうなる——絵を描こう。だが手紙の返事だけは書くまい! またぼくに向けて投げこまれる他人の本を読んだり、他人の原稿のために序文を書いたりもすまい。ぼくはもっぱらおのれを喜ばすこと、おのれの精神の滋養になることだけをしよう。

これがぼくの答えです。

もしぼくの言葉がかたくなで理性的でないように思えたら、ぼくを全体的に非難する前にそれらの言葉についてゆっくり考えてみてください。ぼくは実に長い、長いあいだ、この問題について思いを凝らして来たのです。返事するべきだと自分が思う場合に返事をするために、ぼくは自分の仕事、自分の閑暇、友人や家族に対する義務を犠牲にして来た。このような犠牲を払うことをもはやぼくは善しとしないのです。

もしも、しかしながら、きみがこれより良い解決法を提案できるなら、ぼくは決してそれをはねつけたりはしないだろう。自分の解答が完璧な解答だとは思っていない。これはいまのところぼくが言いうる最良のものだ。とにかくこれは心からのものだ、そのことに何らかの意味があるとすれば。何事もおのが眼で見、手で触れなくては信じないというトマス[2]のような疑ぐりぶかい人たちに対しては、どんな適切な解答もなしえたことはないのだ。

もちろんどんな厚い鎧《よろい》でも突き通すことはつねに可能だ。ぼくの誠実に疑問を投げる人たちに対しては、いまでは絶版にはなっているが本気で捜す人には手に入れることのできるある書物に注意を向けるよう、ぼくは薦めたい——その書物とはヤーコプ・ヴァッサーマン作『マウリツィウス事件[3]』である。この本の三五七—三七〇頁、そこではエツェル・アンデルガストが彼の愛好する作家を訪れたときのことが記録してあるが、それがその証しである。エツェルはディレンマに陥っている——悲劇的なディレンマ。だがその作家、メルヒオール・ギゼルスはより以上にさえ大きなディレンマに陥っている。こうした状況は決して特異ではないことをぼくは言い添えよう。これに似た多くの場合が、

2　イエスの弟子の一人、ヨハネ伝第二〇章二四—二九（訳注）

3　一九二九年、ニューヨーク、Havace Liveright刊本（原注）

有名な人物たちの伝記のなかに見いだされる。ぼくは右の場合が古典的なものに思えるので、これを引証するのだ。またこれが幾度も幾度も忘れられていることの故にも。

たしかに、どうしてもきみに会わなくてはならない、会えなければ死ぬとまで思いつめる人がときどきあることは事実だ。もちろんこれは妄想だが、ぼくはこういう人たちに同情を覚える。ぼく自身たびたび自殺の瀬戸際まで行ったことがあるから、そういう気持がどういうものか知っている。だがその最良の治療法は、他人に慰めを求めることではなくて、拳銃なり、短刀なり、毒薬壜なりに手をかけることだ。死の恐怖は言葉以上に切れ味の鋭いものだ。

「神はわれわれが幸福であることを欲する」とニジンスキーは言った。同様にある著者は、生を否定したり生を汚したりするよりも、むしろ世の中に身をまかせることが生を豊かにし、生を増大するゆえんであろう、という希望を述べた。もしこの作家が世の中のことに直接に介入することの意義を信ずるなら、彼は治療者であって作家ではない。もし彼が世の悪と悲しみとを除く力があると信ずるなら、彼は聖者であって、言葉の紡《つむ》ぎ手ではない。ニーチェが指摘したように、芸術は病を医《いや》す過程である。だがそれは主として芸術の実践者のためにそうなのだ。人はおのれを知るために書き、かくして結局は自我を追放する。これが芸術の神聖な目的である。

真の芸術家は読者を読者自身に投げ返し、彼が彼自身のものなる無尽蔵の能力をみずからの内に発見するのを助ける。何人《なんぴと》もおのれ自身の努力を通ぜずして救われたり医されたりはしない。唯一の真の療法は信仰療法である。

おのれの内なる心霊を創造的に用いる者はみな芸術家である。生きること自体を芸術たらしめること、これが到達点《ゴール》だ。

少し前、ぼくは手紙を書くことを楽しむと言った。それがぼくの紛れもない本物の情熱なのだと言った。ぼくを悲しませるのは、ぼくがこのひとびとところ正常な文通を楽しみたいと思うひとびとに手紙を書く暇がほとんど見いだせないことなのだ。そのひとびととはぼくの親友たち、ぼく自身と同じ言語を話すひとびとのことだ。そのようなひとびとへの手紙をぼくはたいてい最後の角笛を聴くときまで、ぼくが事実上だめになってしまうまで書くのを控えている。これらのひとびとにもっと気楽に、もっとたびたび書かないことは、言わば一種の自己抛棄、損失であって、それの結果の一つはぼくが睡っているあいだにかれらに手紙を書いている自分に気づくことである。ぼくがつねに接触を保っていたいと切に念じているひとびとすべての名を挙げるとすれば一ページは軽く埋められるだろう。

次にまたこの人となら公開の往復書簡を書いてもいいと思う作家たちがいる。一冊の本なり、文芸批評なりを読んで、突如として自分が熱狂していることに気づくことがある。「すぐにこの人に手紙を書こう！」ぼくは心のなかで叫ぶ（ただ一言、〝アーメン〟を言うだけでもいい）。だがぼくは書かない。机の上に、まだ返事を出してない手紙がいっぱいあることを思いだす。またもや昔からの、義務と欲求との板ばさみになった闘いが起るのだ。陽気な昔馴染《むかしなじみ》たちと遊び騒ぐかわりに、みじめに気落ちして跛《びっこ》をひいて歩いてゆくことになる。私は時折、どれほど自分を罵ったことか！

実にしばしばぼくは暴発する。とつぜんに、誰か地球の向う側にいる人に手紙を出そうという気になる――モザンビーク、ラホール、コーチシナといった土地に住む誰かに。返事が貰えないことははじめからわかっている。ちっともかまわない。書けば心に喜びが得られる。このような衝動に従うことで、ぼくは半端な時間を利用して、カイザーリンク、セリーヌ、ジオノ、フランシス・カルコ、ヘルマン・ヘッセ、ジャン・コクトーといったひとびとに手紙を書いたことがある。ときには返事が実際に来ることがあり、そんなときぼくは有頂天になる。そんなときその日は佳き日であり、祝日である。そんなときはアメリカ政府がぼくらのためにしてくれるサービスに感謝してしまう――雨、風、霰《あられ》、雪、霙《みぞれ》、霜、氷、雲また霧をものともせず貨物を運んでくれる成層圏のパイロットたちをぼくは祝福する。

さてその次にはまた、たとえようもない静けさがぼくの心に浸み入って、自分が誰かに手紙を書きたい、たとい神にでも書きたいと思ったことがあることに驚く、そんな時がある。「きみがどこにいようとも、かならずこの音信を受け取っているはずだ!」おのれの内部から放射する知恵の光があまりにも力強いので、その光がどんな地球の隠れた凹みにでも届くに決っているという気がする。ときには、まるでこの気持を確証するかのように、ちょうどぼくがそうした輝く静穏の時に無言の通信を送った、その当の遠国の友人から手紙を受け取ることもある。ぼくらは――ぼくらすべては、もっとこうした瞬間を持つべきなのだ。ぼくらが普段しているよりずっと多くをだ。ぼくらは誰とでも、およそいついかなるときも、どれほど(言葉のいかなる意味においても)遠隔な人とでも、即時に交信することは可能であることを事実として知り、規範として受け容れ、それによって生きるようになるべきなのだ。ぼくらがぼくら自身と一つになるとき、すべては一つになる。ぼくらが完全に生きてあるとき、郵便配達も、電信電話線も必要でなくなる。翼すらも要らなくなる。一挙手一投足もせずに、ぼくらはそこに、いたるところにいる。

もしもぼくがこのような在りかたを不断になし得るようになったら、もはや交信がぼくをおびやかすことはなくなるに違いない。知恵の光を放つ存在とは、命ぜられると否とを問わず照りわたる日光に似たものだ。そのときぼくは独力でやり遂げ、自己の存在の極みに留まることになるのだ。

　まったく不思議な話ではないか、自分の問題を解こうとした結果、ぼくがこんな結論に達したというのは！　あんな愚痴を並べ始めたとき、どうしてぼくは自分がこんな告白に到ろうと予見できたろう？　「創造的に汝の問題と取り組め！」と言ったぼくではなかったか？　雌の鵞鳥《がちょう》にとって好いことは、雄の鵞鳥《がちょう》にも好い。とにかく、泣きごととして、あるいは愬えとして書き始めたのが、祈りとして終ることになった。どこまでも死物狂いになるほかはない、そうすれば光が訪れるだろうとぼくは言った。然り、まさしくいま光はぼくのために訪れつつある。ますます明瞭にぼくにわかって来たことは、答えはまったくぼくの側にあるということだ。変らねばならぬのはぼくであり、生そのものにいっそうの信頼を信心を、確信を表明せねばならぬのもぼくである。

　ぼくがおのれの思いに声を与えたいという衝動にしたがったことはよかった。あるいはぼくだけでなく読者よ、きみにもよいかもしれぬ。というのは、ぼくをうずうずさせるものは君もうずうずさせるに違いないからだ。ぼくらのうちの誰も例外ではない。ぼくらはみな一つの本質、一つの問題、一つの解答である。


　はじめてこの驚くべき土地を見たとき、ぼくはひそかに思った――「ここならば平和が見いだせるだろう。ここならばおれがやるべく定められた仕事をする力を見いだすだろう」と。

　ぼくらの上に影を落している尾根の裏側には、ほとんど誰も足跡を印したことのない荒地がある。それは大森林であり、永久に別物として区別されるように意図された鳥獣の禁猟保存区域である。夜となれば、あたり一面にたちこめた沈黙がひしひしと感じられる。それは尾根の裏側の遠くから始まって、濃霧や星たち、温かな谷間の風とともに這い寄る沈黙であり、大地そのものの謎のように深い謎をたたみこんで運んでくる沈黙である。魅力的な癒しの環境。都会のひとびとが、おのれらの心配ごとや悩みごとを抱いてやってくるのは、まったくの不協和音だ。むかしの癩者のように、かれらはかれらの傷やただれを持ちこんでくる。ここに住みつく者は誰もが最後の侵入者でありたいと思う。土地の表情そのものが、ここを手つかずにして——少数の明るい精神の者たちにとっての精神的保安林にしたいと思わせるのだ。

近頃、ぼくはこの土地に違った見方をするようになっている。明けがたに、また日暮れの頃に山中を歩み、深い渓谷や遠い水平線のほうへと広がる海を見晴らしながら、夢みごこちの空想に心奪われ、この土地の森厳な美のすべてに溺れつつ、ぼくはときどき想うのだ——これらすべての山腹が人家でみたされ、斜面はことごとく段段畑になり、いたるところ、野生の花々ばかりでなく、人間の手によって人間の愉悦のために植えられた花々も繚乱《りょうらん》と咲き乱れる日が来たらどんなにすばらしいことだろうか、と。百年後、いや五百年後にはここはどうなっているだろうかとぼくは想像を逞しゅうする。斜面に点在するヴィラや、うねりながら海へと降っている巨大な石段や、ボートがたくさん碇《いかり》をおろしている海や、ボートには色彩鮮やかな帆が開き、それが微風にものうげにはためくさまをぼくは想い描く。崖のそそり立つ脇腹に切りこまれた岩棚をぼくは見る——そこに天と地とのあいだに宙吊りになった会堂や修道院が建てられる——ギリシャのように。目の覚めるような日覆いの下に食卓が並び（イタリア共和政時代のヴェニスやジェノヴァのように）、黄金の酒盃にぶどう酒が注がれるのをぼくは見る、そしてその金と紫の輝きの上に笑声を、何千、何万の喜ばしげな咽喉《のど》から湧き起る真珠色の早瀬のせせらぎのような笑声をぼくは聞く……

そうだ、ぼくは現在まだほんの数家族が散らばっているだけの地域に住むたくさんのひとびとの姿を目に浮べることができるのだ。ここには何万、何十万のこれから来るひとびとのための余地がある。ジェイクが週に三回、食糧と郵便物を届ける必要はなくなるだろう。今日では夢想だもされない方法や手段がそこには出来るだろう。事実それはいまからごく短い年数のうち実現しうるのだ。ぼくらが夢みるものは明日の現実にほかならない。

この土地は楽園となりうる。いや、いまでもそれは、それを生きているひとびとのためには楽園だ。だがいずれは、それはまた別の楽園、万人がそこに頒《わ》け持ち、万人がそれに参加する楽園となるだろう。そうしてそれが究極の、唯一の楽園なのだ。

平和と孤独！ このアメリカのこの地にあってもぼくはそれを味わうことができた。ああ、パーティントン・リッジでのあの最初の数日間！ 起きるとすぐぼくは丸太小屋の戸口へ行き、青々とびろうどのような、たたなわる山々のうねりを眺めわたした、そのとき、わが胸に湧き起る満ち足りた思い、ありがたさの思いに、思わずぼくの手は高く挙がって神を讃えた。おお、祝福あれ！ 一にして全てなる御身に祝福あれ！ ぼくは樹々を、鳥たちを、犬を猫を祝福した、ぼくは花々を、柘榴《ざくろ》を、棘《とげ》あるサボテンを祝福した、ぼくはいたるところの男たちと女たちを、かれらが垣のどちら側にいるかにかかわりなく祝福した。

それがぼくの好む毎日の始まりかただ。好ましく始まった一日だ、と言おう。そしてされぼこそぼくはここに、このサンタ・ルチアの斜面上、造物主への感謝の祈りがごく自然に、容易に出てくるこの土地に、とどまることを決断したのだ。外の世界ではひとびとはたがいに呪詛し罵倒し責め苛《さいな》み、人間のいっさいの本能を冒瀆し、神の創造物を（それがかれらの力にかなうことならば）修羅の巷と化しているかもしれぬが、ここでは、然り、ここではそのようなことは思いも寄らず、渝《かわ》ることなき平和、神の平和がここにはあって、ほんの指折り数えるほどの良き隣人たち、けだかく、年古りた樹木、灌木、ヨモギの藪、野生のライラック、うるわしいルピナス、またはケシとノスリ、鷲《わし》とハチドリ、地鼠とガラガラ蛇、そして無辺無窮の海と空と、それら被造物の世界と一つになって生きている隣人たちによって造りだされた清澄な安らかさもここにはある。

（完）

カリフォルニア、ビッグ・サー

一九五五年五月―一九五六年六月

解説

この本は著者が一九四四年から住みついたカリフォルニア州南部のビッグ・サーでの生活記録である。この土地が著者にとってどういう意味を持ったかは、第一部の『至福千年のオレンジ』と題するエッセイでほぼ語りつくされている——少なくとも語りつくす意図をもって著者はこのエッセイを書いたと信じられる、激しく、勁い文章である。『至福千年』とは十六世紀フランドルの画家ヒエロニムス・ボスのこの題名の絵画を指し、その絵に描かれたオレンジから受けた感銘を機縁にして、著者は著者の生活にとってビッグ・サーという環境《アンビエンス》がどういう意味をもつかを述べているのである。

ボスは極めて異端的な宗教的秘密結社の一員であったという説もあり、その代表作と目せられる『天国と地獄』や『最後の審判』等では特に作者の〝悪〟への執心が顕著に感ぜられるグロテスクで不快な幻想を描いた点が目立つといわれるが、この『至福千年』は主題としてそういう傾向とは無縁の地上の楽園を描いていて、ミラーはそこにボスの〝魔術的ヴィジョン〟を、「現象的世界を透視し、それを透明にし、かくてその原初のすがたをあらわにし」た異様なリアリティを、発見した。

ミラーはセザンヌにもゴッホにもない何かをボスのオレンジに感じたという。それがどうして彼にあって〝ビッグ・サー〟に結びついたか——結局、第一部はそのことを熱烈に説いているのだから、ここでくりかえす愚はやめるが、この対置を通じて著者はまことに大時代な〝楽園《パラダイス》〟という観念について、そのリアリティについて語りかけるのだ。誰しもが〝楽園〟概念から直ちに結びつくのは、その選ばれた土地の自然美と、そこに集まる人々の団体生活、すなわち〝共同体《コミュニティ》〟の観念であろう。ボスの属していた〝自由精神〟教団を研究したフレンガーの書『ヒエロニムス・ボスの「至福千年」』を読んだミラーは、人間の物質的な支配を蒙る以前の自然界にあってこそ人間は精神的、同胞的な結合をもちうるという信念が、この教団の人たちの、したがってボスのものであることを知った。ビッグ・

サーの自然がまさにこのようなものであり、そこに住みつく意思をもって住みついた人々の心もまたこの環境にふさわしいものになってゆくことを感得しえたときに、その十六世紀の同胞たちがみずからの教団生活に名づけたのが他ならぬ〝楽園〟という名であったことを知れば、ミラーがこの二十世紀にこの語を筆にするにいたった事情ものみこめるわけである。

ミラーはビッグ・サーの海と山とに、毎日の明けがたと暮れがたとの二度、この世ならぬ〝真の光〟を見たことを記している。それを信ずると信ぜぬとにかかわらず、〝風景は心のすがただ〟という箴言の正しさを誰しも認めずにいられまい。〝冷房装置の悪夢〟ばかりでなく、二十世紀の〝混沌〟そのものを生きぎって来たミラーの言葉なればこその重みがここにはある。

自然を愛することを通じて自己を認識するという教えは『ウォールデン』の著者ソローのものであり、またそのような自覚に立って共同体〝新しき村〟の建設に立ちむかったのは若き日の武者小路実篤だった。この本からうかがわれる限りでは、著者は過去の幾つかの〝芸術家コロニー〟に関心をもって調べたりしてはいるけれども、積極的にそうしたものの建設に意欲を燃やした跡はなく、むしろ多くのエピゴーネンの襲来に迷惑した実情が報告されている。しかし、迷惑はともかくも、著者が感得した〝楽園〟がまったく著者ひとりのものでないことは言うまでもなく、小規模で流動的ではあったが〝コロニー〟の存在はあったし、いまもあるだろう。

だがそれよりも重要なのは、ビッグ・サーへの巡礼の人々をも含めて、アメリカ生活の正常な歯車から離れ、個人として生き甲斐を求める若者の増大である。いわゆる〝声なき多数〟の〝アメリカ的生活様式〟の支持者からは相手にされないが、さればとてこの堅固な体制を破壊しようとはせず、つつましく〝欄外〟で、おのれに忠実に生きようとするひとびと——言い忘れたがミラーがかれらのことを書いたのは一九五六―七年の昔で、しかも彼に接触を求めて来た人々の多数は兵役を体験していた――かれらのなかからやがてケルアックやギンズバーグがあらわれ、無数のヒッピー族がそのあとにつづいたことは誰しもが知る事実である。体制を否定はするが、集団的にそれに抵抗しようとはしない、これらのひとびとの存在がアメリカ社会の重要な現象であることをミラーは見抜いていた――「かれらはいまやまるで別の惑星から来た無名の使者たちのように、われわれの身のまわりをうろうろしている。実例の示す力により、かれらの徹底した非随順性と、さらに言ってみればその〝非抵抗性〟とのために……潜在的な刺戟のつよい力があることをみずから証しつつある（四〇頁）」

一九六七―八年になって、学生を中心とする戦争反対の気運が盛りあがったが、かれらの行動がいわゆる民主党ハト派と結びついて、体制内の選挙運動の形をとっていたことは、日本の学生運動のすがたを見て来たものにはかえって異様ですらあったが、わたしには右のようなミラーの指摘とこの現象とが結びつくように思えてならない。往年のヒッピーを生んだ地盤が、さらに若い学生たちのあいだに広い裾野をひろげているように思われるのである。アメリカ社会の徹底的な批判者であるミラーは、このような欄外の人々の系譜がアメリカ史に脈々とつづいていることを確認していると見てよいだろう。今年になってわたしは『ウッドストック』『アリスのレストラン』等の映画を見て、音楽を通じて精神的に結びつくアメリカの若者のすばらしい拡がりと盛りあがりに強く打たれた。かれらのうちにはミラーの読者が――あるいは彼の読者なる作家や詩人の読者が――たくさんいるのではないかとわたしは想像したのである。

一九七〇年十一月

田中西二郎

＊本書は、1971年に新潮社から出版された旧版を底本とし、原書からの欠落箇所を補うなどの修正を加え、出版いたしました。

ビッグ・サーとヒエロニムス・ボスのオレンジ

2012年5月10日初版第一刷発行

著者：ヘンリー・ミラー

訳者：田中西二郎

発行者：山田健一

発行所：株式会社文遊社

東京都文京区本郷 4-9-1-402　〒113-0033

TEL: 03-3815-7740　FAX: 03-3815-8716

郵便振替：00170 − 6 − 173020

書容設計：羽良多平吉 @EDiX

本文基本使用書体：本明朝小がな Pr5N-BOOK

印刷：シナノ印刷

製本：難波製本

乱丁本、落丁本は、お取り替えいたします。

定価は、カバーに表示してあります。

　ISBN 978-4-89257-072-8